OEUVRES

COMPLETES

DE

VOLTAIRE.

OEUVRES

COMPLETES

DE

VOLTAIRE.

TOME CINQUANTIEME.

DE L'IMPRIMERIE DE LA SOCIÉTÉ LITTÉRAIRE-
TYPOGRAPHIQUE.

1 7 8 5.

COMMENTAIRES

SUR

CORNEILLE.

AVERTISSEMENT
DES EDITEURS.

ON a eu foin, dans ces Commentaires, de citer les paffages entiers de *Corneille*, afin qu'il fût poffible de les lire fans avoir fon théâtre fous les yeux ; et pour en faciliter l'ufage aux perfonnes qui ont les différentes éditions de ce poëte, on a numéroté les vers de chaque fcène.

C'eft un des ouvrages de M. de *Voltaire* les plus propres à former le goût des jeunes gens et des étrangers ; et on n'a pas cru pouvoir fe permettre de le retrancher de cette édition, ni forcer ceux des foufcripteurs, qui voudraient avoir les Oeuvres de M. de *Voltaire* complètes, d'acheter une édition de *Corneille* avec les Commentaires.

Les indications des *tomes* et des *pages* défignent toujours l'édition de *Corneille* commentée, en 8 volumes in-4°, publiée par M. de *Voltaire* en 1 7 7 4, beaucoup plus ample que la première édition de 1 7 6 2, en 1 2 volumes in-8°.

N. B. Les traductions du Jules-Céfar de *Shakefpeare*, et de l'Héraclius de *Calderon*, font jointes au théâtre, tome IX de notre édition.

A MESSIEURS
DE L'ACADEMIE
FRANÇAISE.

MESSIEURS,

J'AI l'honneur de vous dédier cette édition des ouvrages d'un grand génie, à qui la France et notre compagnie doivent une partie de leur gloire. Les commentaires qui accompagnent cette édition feraient plus utiles fi j'avais pu recevoir vos inftructions de vive voix. Vous avez bien voulu m'éclairer quelquefois par lettres fur les difficultés de la langue ; vous m'auriez guidé non moins utilement fur le goût. Cinquante ans d'expérience m'ont inftruit, mais ont pu m'égarer ; quelques-unes de vos féances m'en auraient plus enfeigné qu'un demi-fiècle de mes réflexions.

Vous favez, Meffieurs, comment cette édition fut entreprife ; ce que j'ai cru devoir au fang

de *Corneille* était mon premier motif ; le fecond
eft le défir d'être utile aux jeunes gens qui
s'exercent dans la carrière des belles-lettres , et
aux étrangers qui apprennent notre langue.
Ces deux motifs me donnent quelques droits
à votre indulgence. Je vous fupplie, Meffieurs,
de me continuer vos bontés , et d'agréer mon
profond refpect.

VOLTAIRE.

AVERTISSEMENT

DU COMMENTATEUR,

Sur la feconde Edition, en 8 vol. in-4°.

Dans la première édition de ce commentaire, je crois avoir remarqué toutes les beautés de *Corneille*, et même avec enthoufiafme ; car quiconque ne fent pas vivement n'eft pas digne de parler de ces morceaux, d'autant plus admirables que nous n'en avions aucun modèle ni dans notre nation, ni dans l'antiquité.

Dans le deffein d'être utile aux jeunes gens, dont le goût peut n'être pas encore formé, je remarquai auffi quelques défauts ; et j'eus foin de dire, plus d'une fois, que le temps où vivait *Corneille* était l'excufe de ces fautes.

Des gens qui, dans le fond du cœur, étaient choqués autant que moi de ces défauts, et qui en parlent tous les jours avec le mépris et la dérifion qui ne leur conviennent pas, osèrent me reprocher d'avoir imprimé pour le progrès de l'art, et d'avoir difcuté, avec quelque attention, la centième partie des critiques qu'ils débitent eux-mêmes fi souvent dans les cafés et dans les réduits qu'ils fréquentent.

Pour répondre à leurs reproches, j'examinerai plus févèrement toutes les pièces de *Corneille*, tant celles qui auront un fuccès éternel, que celles qui n'ont eu qu'un fuccès paffager : j'oublierai fon nom ; et je n'aurai devant les yeux que la vérité : j'ai eu

cette hardieffe néceffaire fur des objets plus importans ; je l'aurai fur cette partie de la littérature.

Ceux qui crurent que je voulais exalter *Corneille*
par des louanges fe trompèrent ; ceux qui imaginèrent
que je voulais le déprimer par des critiques fe trompèrent bien davantage : je ne voulus qu'être jufte.
J'avais affez long-temps réfléchi fur l'art, je l'avais affez
exercé, pour être en droit de dire mon avis. Je dus
le dire, puifque j'étais obligé de faire un commentaire.

Ce fut en partie ce commentaire même qui fervit
à l'établiffement heureux de la defcendante de ce
grand homme ; mais il fallait auffi fervir le public.
Ce n'eft pas la perfonne de *P. Corneille*, mort il y a
fi long-temps, que je refpectai ; c'était Cinna, c'était
le vieil Horace, c'étaient Sévère et Pauline, c'était
le dernier acte de Rodogune. Ce n'eft pas lui que je
voulus déprimer, quand je développai les raifons de
fes inégalités : quand on préfère une maifon, un
jardin, un tableau, une ftatue, une mufique, le
connaiffeur ne fonge ni à l'architecte, ni au jardinier,
ni au peintre, ni au ftatuaire, ni au muficien ; il n'a
que l'art en vue et non l'artifte. Au contraire, les
contemporains, toujours jaloux, ne fongent qu'à
l'artifte et oublient l'art : aucun de ceux qui écrivirent
contre *Corneille* n'avait la moindre connaiffance du
théâtre : l'abbé d'*Aubignac* même qui avait tant lu
Ariftote, et qui difait tant d'injures à *Corneille*,
n'avait pas la première idée de cette pratique du
théâtre qu'il croyait enfeigner.

Un orgueil très-méprifable, un lâche intérêt plus
méprifable encore, font les fources de toutes ces

critiques dont nous fommes inondés : un homme de génie entreprendra une pièce de théâtre ou un autre poëme pour acquérir quelque gloire, un *Fréron* le dénigrera pour gagner un écu. Un homme qui fait un honneur infini à la littérature, enrichit la France du beau poëme des faifons, fujet dont jufqu'ici notre langue n'avait pu exprimer les détails ; cet ouvrage joint au mérite extrême de la difficulté vaincue les richeffes de la poëfie et les beautés du fentiment. Qu'arrive-t-il ? un jeune pédant de collége, ignorant et étourdi, preffé par l'orgueil et par la faim, écrit un gros libelle contre l'auteur et l'ouvrage : il prétend qu'il ne faut jamais faire des poëmes fur les faifons ; il critique tous les vers fans alléguer jamais la moindre raifon de fa cenfure ; et après avoir décidé en maître, ce pauvre écolier va lire aux comédiens fa Médée.

Un homme de cette efpèce, nommé *Sabatier*, natif de Caftres, fait un dictionnaire littéraire, et donne des louanges à quelques perfonnes pour avoir du pain : il rencontre un autre gueux qui lui dit : Mon ami, tu fais des éloges, tu mourras de faim ; fais un dictionnaire de fatires, fi tu veux avoir de quoi vivre. Le malheureux travaille en conféquence, et n'en eft pas plus à fon aife.

Telle était la canaille de la littérature du temps de *Corneille ;* telle elle eft aujourd'hui, telle on la verra dans tous les temps ; il y aura toujours dans une armée des officiers et des goujats, et dans une grande ville des magiftrats et des filoux.

REPONSE

A UN DETRACTEUR DE CORNEILLE.

Comme on achevait cette édition, (*) il eft tombé entre les mains de l'éditeur je ne fais quel livre intitulé : *Réflexions morales, politiques, hiftoriques, et littéraires, fur le théâtre*, fans nom d'auteur ; à Avignon, chez *Marc Chave*, imprimeur et libraire.

L'auteur paraît être un de ces fanatiques qui commencent depuis quelques temps à lever la tête, et qui fe déclarent les ennemis des rois, des lois, des fages, et des beaux arts. Cet homme pouffe la démence jufqu'à traiter *Corneille* d'impie. Il dit que le parallèle continuel que *Corneille* fait des hommes avec les dieux, fait tout le fublime de fes pièces. Il anathématife ces beaux vers que *Cornélie*, dans la Mort de Pompée, adreffe aux cendres de fon mari :

Oui, je jure des dieux la puiffance fuprême,
Et, pour dire encor plus, je jure par vous-même,
Car vous êtes plus cher à ce cœur affligé, &c.

Et voici comme cet homme s'exprime :

,, Mettre des cendres au - deffus de la puiffance
,, des dieux qu'on adore, eft-il rien de plus faux et
,, de plus infenfé ? Cette penfée, tournée et retournée,
,, eft répétée en mille endroits dans les tragédies de
,, *Corneille*. Ce fou, qui aux petites maifons fe difait

(*) L'édition de 1762 en 12 vol. in-8º du théâtre de *Corneille*, avec le commentaire de M. de *Voltaire*.

,, le *Père éternel*, et cet autre, qui se croyait *Jupiter*,
,, ne parlaient pas plus follement, &c. ,,

Il faut voir quel est ici le fou, si c'est le grand *Corneille* ou son détracteur. Ce pauvre homme n'a pas compris que, *pour dire encore plus*, ne signifie pas, et ne peut signifier que la cendre de *Pompée* est au-dessus de la Divinité, mais que la cendre de son époux est plus chère à *Cornélie* que les dieux qui n'ont pas secouru *Pompée*. Ce sentiment, qui échappe à une douleur excessive, n'a jamais déplu à personne. Le détracteur prétend-il qu'on doive, sur le théâtre, adorer dévotement *Jupiter* et *Vénus*? que prétend-il? que veut-il? et qui de *Corneille* ou de lui mérite les petites maisons? Laissons ces misérables compiler des déclamations ignorées. Le mépris qu'on a pour eux est égal au respect qu'on a pour le grand *Corneille*.

REPONSE

A UN ACADEMICIEN.

Vous me reprochez, Monsieur, de n'avoir pas assez étendu ma critique dans mes commentaires sur plusieurs vers de *Corneille*; vous voudriez que j'eusse examiné plus sévèrement les fautes contre la langue et contre le goût; vous blâmez ces vers-ci dans Pompée : (*a*)

> Qu'il eût voulu souffrir qu'un bonheur de mes armes
> Eût vaincu ses soupçons, dissipé ses alarmes.
> Prenez donc en ces lieux liberté toute entière.

(*a*) Acte III, scène IV.

J'avoue que je devais remarquer les deux premiers vers, *qu'un bonheur des armes* ne peut fe dire, et qu'un bonheur des armes qui eût vaincu des foupçons n'eft pas tolérable. Mais il y a tant de fautes de cette efpèce, que j'ai craint de charger trop les commentaires. J'ai laiffé quelquefois au lecteur le foin d'obferver par lui-même les beautés et les défauts.

Prenez donc en ces lieux liberté toute entière,

ne me paraît point un vers affez défectueux pour en faire une note. Vous avez trouvé trop de déclamation, trop de répétitions dans le rôle de *Cornélie*. Il me femble que je l'indique affez.

Je ne puis blâmer, avec la même rigueur que vous, ce que *Cornélie* dit au cinquième acte, en tenant l'urne de *Pompée* dans fes mains :

N'attendez pas de moi de regrets ni de larmes ;
Un grand cœur à fes maux applique d'autres charmes.
Les faibles déplaifirs s'amufent à parler,
Et quiconque fe plaint cherche à fe confoler.

Il eft vrai qu'en général on ne doit point dire de foi qu'on a un grand cœur ; il eft vrai qu'aujourd'hui on n'applique point de charmes à des maux ; il eft encore vrai que, quand on parle affez long-temps, on ne doit point dire que les faibles déplaifirs s'amufent à parler : mais voici ce qui m'a déterminé à ne point critiquer ces vers. Il m'a paru que *Cornélie* s'impofe ici le devoir de montrer un grand cœur, plutôt qu'elle ne fe vante d'en avoir un.

Appliquer des charmes à des maux, m'a paru bien, parce que dans ce temps-là ce qu'on appelait charmes, la magie, était extrêmement en vogue, et que même *Sextus Pompée*, fils de *Cornélie*, fut très-connu pour avoir employé les prétendus secrets des sortiléges. *Les faibles déplaisirs s'amusent à parler*, semble signifier ici, *s'amusent à se plaindre*, et *Cornélie* s'excite à la vengeance.

Je n'ai point repris ces vers :

Mettant leur haine bas me sauvent aujourd'hui,
Par la moitié qu'en terre il a reçu de lui.

Je conviens avec vous qu'ils sont mauvais ; mais ayant déjà remarqué la même faute dans Polyeucte, je n'ai pas cru devoir y revenir dans les notes sur Pompée.

Si vous me reprochez trop d'indulgence, vous savez que d'autres ont trouvé dans mes remarques trop de sévérité ; mais je vous assure que je n'ai songé ni à être indulgent, ni à être difficile. J'ai examiné les ouvrages que je commentais, sans égard ni au temps où ils ont été faits, ni au nom qu'ils portent, ni à la nation dont est l'auteur. Quiconque cherche la vérité ne doit être d'aucun pays. Les beaux morceaux de *Corneille* m'ont paru au-dessus de tout ce qui s'est jamais fait dans ce genre chez aucun peuple de la terre : je ne pense point ainsi, parce que je suis né en France, mais parce que je suis juste. Aucun de mes compatriotes n'a jamais rendu plus de justice que moi aux étrangers ; je peux me tromper, mais c'est assurément sans vouloir me tromper.

Le même esprit d'impartialité me fait convenir

des extrêmes défauts de *Corneille*, comme de fes grandes beautés. Vous avez raifon de dire que fes dernières tragédies font très-mauvaifes, et qu'il y a de grandes fautes dans fes meilleures. C'eft précifément ce qui me prouve combien il eft fublime, puifque tant de défauts n'ont diminué ni fon mérite, ni fa gloire. Je crois de plus qu'il y a des fujets qui ont par eux-mêmes des défauts abfolument infurmontables : par exemple, il me femble qu'il était impoffible de faire cinq actes de la tragédie des Horaces fans des longueurs et des additions inutiles. Je dis la même chofe de Pompée ; et il me paraît évident que l'on ne pouvait faire le beau cinquième acte de Rodogune, fans gâter le caractère de la princeffe qui donne le nom à la pièce.

Joignez à tous ces obftacles, qui naiffent prefque toujours du fujet même, la prodigieufe difficulté d'être précis et éloquent en vers dans notre langue. Songez combien nous avons peu de rimes dans le ftyle noble. Sentez quelles peines extrêmes on éprouve à éviter la monotonie dans nos vers, qui marchent toujours deux à deux, qui fouffrent très-peu d'inverfions, et qui ne permettent aucun enjambement.

Confidérez encore la gêne des bienféances, celle de lier les fcènes, de façon que le théâtre ne refte jamais vide ; celle de ne faire ni entrer ni fortir aucun acteur fans raifon. Voyez combien nous fommes affervis à des lois que les autres nations n'ont pas connues ; vous verrez alors quel eft le mérite de *Corneille* d'avoir eu du moins des beautés qu'aucune nation n'a, je crois, égalées. Mais auffi vous voyez qu'il n'eft guère poffible d'atteindre à la perfection. Les difficultés de l'art, et les limites de l'esprit se montrent par-tout. Si quelque pièce entière approche de cette perfection, à laquelle il est à peine permis à l'homme de prétendre, c'est peut-être, comme je l'ai dit, la tragédie d'Athalie, c'est celle d'Iphigénie. J'ai toujours pensé que ce sont-là les deux chefs-d'œuvre de la France, comme j'ai pensé que le rôle de Phèdre était le plus beau de tous les rôles, sans faire aucun tort au grand mérite du petit nombre des autres ouvrages qui sont restés en possession du théâtre. Ce mérite est si rare, et cet art est si difficile, qu'il faut avouer que depuis *Racine* nous n'avons rien eu de véritablement beau.

Par quelle fatalité faut-il que presque tous les arts dégénèrent dès qu'il y a eu de grands modèles ? Vous n'êtes content, Monsieur, d'aucune des pièces de théâtre qu'on a faites depuis quatre-vingts ans ; voilà presque un siècle entier de perdu. Je suis malheureusement de votre avis : je vois quelques morceaux, quelques lambeaux de vers épars çà et là, dans nos pièces modernes, mais je ne vois aucun bon ouvrage. J'oserai convenir avec vous hardiment qu'il y a une tragédie d'Oedipe, qui est mieux reçue au théâtre que celle de *Corneille ;* mais je crois, avec la même ingénuité, que cette pièce ne vaut pas grand'chose, parce qu'il y a de la déclamation, et que le froid ressouvenir des anciennes amours de *Philoctete* et de *Jocaste*, me paraît insupportable.

Toutes les autres pièces du même auteur me semblent très-médiocres ; et la preuve en est que j'en oublie volontiers tous les vers, pour ne m'occuper que de ceux de *Racine* et de *Corneille*.

J'ai fait toute ma vie une étude affidue de l'art dramatique ; cela feul m'a mis en droit de commenter les tragédies d'un grand maître. J'ai toujours remarqué que le peintre le plus médiocre fe connaiffait quelquefois mieux en tableaux qu'aucun des amateurs qui n'ont jamais manié le pinceau.

C'eft fur ce fondement que je me fuis cru autorifé à dire ce que je penfais fur les ouvrages dramatiques que j'ai commentés , et de mettre fous les yeux des objets de comparaifon. Tantôt je fais voir comment un efpagnol et un anglais ont traité à peu-près les mêmes fujets que *Corneille*. Tantôt je tire des exemples de l'inimitable *Racine*. Quelquefois je cite des morceaux de *Quinault*, dans lequel je trouve , en dépit de *Boileau* , un mérite très-fupérieur.

Je n'ai pu dire que mon fentiment. Ce n'eft point ici un vain difcours d'appareil, dans lequel on n'ofe expliquer fes idées, de peur de choquer les idées de la multitude ; mais en expofant ce que j'ai cru vrai, je n'ai en effet expofé que des doutes que chaque lecteur pourra réfoudre.

J'ai toujours fouhaité, en voyant la tragédie de *Cinna*, que, puifque *Cinna* a des remords . il les eût immédiatement après la fcène où *Augufte* lui dit :

Cinna , par vos confeils je retiendrai l'empire ,
Mais je le retiendrai pour vous en faire part.

Je n'ai penfé ainfi qu'en interrogeant mon propre cœur ; il m'a femblé que. fi j'avais confpiré contre un prince , et fi ce prince m'avait accablé de bienfaits dans le temps même de la confpiration, ce ferait alors même que j'aurais éprouvé un violent repentir.

Si d'autres lecteurs penfent autrement, je ne puis que les laiffer dans leur opinion ; mais je fens qu'il ne m'eft pas poffible de leur facrifier la mienne.

J'obferverai encore, avec vous, qu'il y a quelquefois un peu d'arbitraire dans la préférence qu'on donne à certains ouvrages fur d'autres. Tel homme préfèrera Cinna, tel autre Andromaque ; ce choix dépend du caractère du juge. Un politique s'occupera de Cinna plus volontiers ; un homme plein de fentiment fera beaucoup plus touché d'Andromaque. Il en eft de même dans tous les arts : ce qui fe rapproche le plus de nos mœurs eft toujours ce qui nous plaît davantage.

Ainfi, Monfieur, quand je vous dis que les tragédies d'Athalie et d'Iphigénie me paraiffent les plus parfaites, je ne prétends point dire que vous deviez avoir moins de plaifir à celles qui feront plus de votre goût. Je prétends feulement que, dans ces deux pièces, il y a moins de défauts contre l'art que dans aucune autre ; que la magnificence de la poëfie y répand fes charmes avec moins d'enflure, et avec plus d'élégance que dans les pièces d'aucun autre auteur ; que jamais plus de difficultés n'ont produit plus de beautés : mais, comme il y a des beautés de différente efpèce, celles qui feront le plus conformes à votre manière de penfer feront toujours celles qui devront faire le plus d'effet fur vous.

Je m'en fuis entièrement rapporté à vous fur tout ce qui regarde la grammaire : c'eft un article fur lequel

il

il ne peut guère y avoir deux avis ; mais , pour ce qui regarde le goût , je ne peux faire autre chofe que de conferver le mien , et de refpecter celui des autres.

SENTIMENT

D'un académicien de Lyon , fur quelques endroits des commentaires de Corneille.

J'AVAIS adopté dans ma jeuneffe quelques idées de M. de *Voltaire* fur la poëfie , et fur la manière d'en juger. Les critiques de M. *Clément* m'ont infpiré quelques réflexions dont je vais rendre compte aux gens de lettres plus inftruits que moi , qui les jugeront.

M. de *Voltaire*, en commentant *Corneille*, a prétendu qu'il ne faut introduire dans le difcours que des métaphores qui puiffent former une image ou noble , ou agréable. Il condamne ces deux vers d'Héraclius :

> Et n'eût été Léonce en la dernière guerre ,
> Ce deffein avec lui ferait tombé par terre.

Il blâme fur ce principe ces autres vers d'Héraclius :

> Le peuple impatient de fe laiffer féduire
> Au premier impofteur armé pour me détruire ,
> Qui s'ofant revêtir de ce fantôme aimé ,
> Voudra fervir d'idole à fon zèle charmé.

Pour fentir , dit-il , combien cela eft mal exprimé , mettez en profe ces vers :

> *Le peuple eft impatient de fe laiffer féduire au premier*

Comment. fur Corneille. Tome I.   B

imposteur armé pour me détruire ; qui s'osant revêtir de
ce fantôme aimé, voudra servir d'idole à son zèle charmé.

Ne sera-t-on pas révolté de cette foule d'impropriétés ? Peut-on se vêtir d'un fantôme ? L'image est-
elle juste ? Comment peut-on se mettre un fantôme
sur le corps ? &c.

M. *Clément* traite ce sentiment de M. de *Voltaire* de
ridicule excessif. Il l'attaque d'une manière plausible en
ces termes :

,, La métaphore est principalement consacrée aux
,, choses intellectuelles qu'elle veut rendre sensibles
,, par des images frappantes. Ainsi, quand on dit :
,, Mon ame s'ouvre à la joie, mon cœur s'épanouit,
,, on emprunte l'image d'une fleur qui s'ouvre et
,, s'épanouit aux rayons du soleil. Or, quoiqu'on
,, puisse peindre cette fleur, on ne peut pas assurément
,, peindre de même une ame, &c. ,,

Il me semble qu'on doit répondre à M. *Clément* :
Ce n'est pas de pareilles métaphores que M. de *Voltaire*
parle. Elles sont devenues des expressions vulgaires
reçues dans le langage commun. Le premier qui a
dit, mon cœur s'ouvre à la joie, la tristesse m'abat,
l'espérance me ranime, a exprimé ces sentimens par
des images fortes et vraies : il a senti son cœur, qui
était auparavant comme serré et flétri, se dilater en
recevant des consolations : et c'est même ce que des
peintres, en des temps grossiers, ont voulu figurer
dans des tableaux d'autel, en peignant des cœurs
frappés de rayons qu'on supposait être ceux de la
grâce. La tristesse ne jette point une ame sur le plan-
cher ; mais un peintre peut fort bien figurer un
homme abattu, terrassé par la douleur, et en figurer

un autre qui fe relève avec férénité, quand l'efpérance lui rend fes forces. Une ame ferme, un cœur dur, tendre, caché, volage, un efprit lumineux, rafiné, pefant, léger, furent d'abord des métaphores : elles ne le font plus, c'eft le langage ordinaire. M. de *Voltaire* parle de celles qu'un poëte invente. Je crois avec lui qu'il faut abfolument qu'elles foient toujours juftes et pittorefques. *Un deffein qui tombe à terre* n'a, ce me femble, ni juftelle, ni vérité, ni grâce, et il eft impoffible de s'en faire une idée. M. *Clément* prétend qu'on peut dire dans une tragédie, *un deffein eft tombé par terre*, parce qu'on dit dans la converfation, *ce deffein a échoué*. Je crois qu'il fe trompe. Je penfe que le premier qui s'avifa de dire, *mes deffeins ont échoué*, fe fervit d'une métaphore hardie, noble, frappante, et très-pittorefque. L'idée en était prife d'un naufrage; et les *deffeins* étaient mis à la place de l'homme; c'était proprement l'homme qui fefait naufrage. Il eft d'ufage de dire qu'un deffein a échoué; ce n'eft plus une métaphore, c'eft aujourd'hui le mot propre. Il n'en eft pas de même de *tomber par terre;* c'eft une invention du poëte, elle n'a rien de pittorefque ni de noble; et ce vers ne me paraît pas plus élégant que celui-ci,

Et n'eût été Léonce en la dernière guerre.

Il me femble auffi que perfonne n'approuvera un impofteur qui *s'ofant revêtir d'un fantôme aimé, fert d'idole à un zèle charmé.* Si quelqu'un s'avifait aujourd'hui de nous donner de tels vers, je ne penfe pas qu'on trouvât un feul homme qui ofât en prendre la défenfe.

On a blâmé dans l'Andromaque ce vers d'*Oreste*, qui compare les feux de son amour aux feux qui consument Troye,

> Brûlé de plus de feux que je n'en allumai.

On condamne ce vers d'*Arons* dans Brutus, où *Arons* dit, en parlant des remparts de Rome,

> Du sang qui les inonde ils semblent ébranlés.

En effet ces figures sont trop recherchées, trop hors de la nature. Le *fantôme* aimé dont on se revêt pour servir d'idole au zèle charmé, paraît encore plus défectueux. C'est ce que le père *Bouhours* appelle du nerveze, dans sa *Manière de bien penser.*

Souvent il arrive que des vers louches, obscurs, mal construits, hérissés de figures outrées, et même remplis de solécismes, font quelque illusion sur le théâtre. La règle que donne M. de *Voltaire*, pour discerner ces vers, me paraît assez sûre. Dépouillez ces vers de la rime et de l'harmonie, réduisez-les en prose ; alors le défaut se montre à nu, comme la difformité d'un corps qu'on a dépouillé de sa parure.

Je me souviens d'avoir entendu réciter ces vers, dans une tragédie fort extraordinaire,

> Du sang de Nonius avec soin recueilli,
> Autour d'un vase affreux dont il était rempli,
> Au fond de ton palais, j'ai rassemblé leur troupe,
> Tous se font abreuvés de cette horrible coupe.

Réduisez ces vers en prose, et voyez si vous pouvez en faire quelque chose d'intelligible. Comparez-les enfuite aux vers d'*Efchyle* fur un fujet femblable, traduits par *Boileau* dans le traité du fublime.

> Sur un bouclier noir fept chefs impitoyables ,
> Epouvantent les Dieux de fermens effroyables ;
> Près d'un taureau mourant qu'ils viennent d'égorger,
> Tous, la main dans le fang , jurent de fe venger.

C'eſt à peu-près la même idée que celle des vers précédens ; mais quelle différence ! vous trouverez ici non-feulement de grandes images et de l'harmonie, mais encore toute l'exactitude de la profe la plus châtiée.

Le judicieux *Boileau* avait donc très-grande raifon de dire ,

> Mon efprit n'admet point un pompeux barbarifme,
> Ni d'un vers ampoulé l'orgueilleux folécifme.
> Sans la langue , en un mot , l'auteur le plus divin
> Eſt toujours , quoi qu'il faſſe , un méchant écrivain.

Je penfe qu'il n'y a aucun bon vers , même avec la conſtruction la plus hardie, qui ne réfiſte à l'épreuve que M. de *Voltaire* propofe, et qui ne forte triomphant de cet examen rigoureux. *Je t'aimais inconſtant, qu'au-rais-je fait fidèle !* eſt peut-être la conſtruction la plus hafardée qu'on ait jamais faite. C'eſt un vers, fi on compte douze fyllabes ; c'eſt de la profe , fi on en détache le vers fuivant. Mais dans l'un et dans l'autre cas, *qu'aurais-je fait fidèle* eſt mille fois plus énergique que fi on difait, qu'aurais-je fait fi tu avais été fidèle? Ce tour fi nouveau enlève; il ne faudrait pas le répéter. Il y a des expreffions que *Boileau* appelle *trouvées*, qui

B 3

font un effet merveilleux dans la place où un homme de génie les emploie : elles deviennent ridicules chez les imitateurs.

M. *Clément* croit que M. de *Voltaire* veut dire qu'il faut tourner en profe un vers, en lui fubftituant d'autres expreffions pour en bien juger. C'eft précifément le contraire. Il faut laiffer la conftruction entière, telle qu'elle eft, avec tous les mots tels qu'ils font, et en ôter feulement la rime.

M. de *la Motte* fembla prétendre que l'inimitable *Racine* n'était pas poëte ; et, pour le prouver, il ôta les rimes à la première fcène de Mithridate, en confervant fcrupuleufement tout le refte, comme il le devait pour fon deffein. M. de *Voltaire* lui démontra, fi je ne me trompe, que c'était par cela même que ce grand homme était auffi bon poëte qu'on peut l'être dans notre langue. Pourquoi ? C'eft qu'on ne trouva pas dans toute cette fcène de Mithridate, délivrée de l'efclavage de la rime, un feul mot qui ne fût à fa place, pas une conftruction vicieufe, rien d'ampoulé ou de bas, rien de faux, de recherché, de répété, d'obfcur, de hafardé. Tous les gens de lettres convinrent que c'était la véritable pierre de touche. On voyait que *Racine* avait furmonté fans effort toutes les difficultés de la rime. C'était un homme qui, chargé de fers, marchait librement avec grâce. C'eft certainement ce qu'on ne pouvait dire d'aucun autre tragique depuis les belles fcènes de *Cornélie*, de *Pauline*, d'*Horace*, de *Cinna*, du *Cid*. Ouvrons Rodogune dont la dernière fcène eft un chef-d'œuvre, et lifons le commencement de cette pièce fameufe dégagée feulement de la rime.

,, Ce jour *pompeux*, ce jour heureux nous luit enfin
,, qui doit diffiper la *nuit d'un trouble fi long* , ce grand
,, jour où l'hyménée étouffant la vengeance, remet
,, l'intelligence entre le Parthe et nous, affranchit la
,, princeffe, et nous fait pour jamais un lien de la
,, paix du motif de la guerre. Mon frère, ce grand
,, jour eft venu où notre reine, ceffant de tenir plus
,, la *couronne incertaine*, doit rompre fon filence obftiné
,, aux yeux de tous, nous déclarer l'aîné de deux
,, princes *jumeaux*, et l'avantage feul d'un *moment de*
,, *naiffance* dont elle a caché la connaiffance jufqu'ici,
,, mettant le fceptre dans la main *au* plus heureux,
,, va faire l'un fujet, et l'autre roi. Mais n'admirez-
,, vous point que cette même reine *le* donne pour
,, époux à l'objet de fa haine, et n'en doit faire un
,, roi qu'afin de couronner celle qu'elle aimait à
,, *gêner* dans les fers? *Rodogune*, traitée par elle en
,, efclave, *va être montée par elle* fur le trône, &c. ,,

En lifant ce commencement de *Rodogune* tel qu'il
eft mot à mot dans la pièce, je découvre tout ce qui
m'était échappé à la repréfentation. Un jour *pompeux*,
un jour *heureux*, un *grand* jour, en quatre vers ; une
nuit d'un trouble, une princeffe *affranchie*, fans que
je fache encore quelle eft cette princeffe ; un *motif* de
la guerre qui devient un lien de la paix, fans que je
puiffe deviner quel eft ce motif, quelle eft cette guerre,
qui la fait, à qui on la fait, quel eft le perfonnage
qui parle. Je vois une reine qui ceffe de *tenir plus* la
couronne incertaine, et qui va mettre le fceptre dans
la main *au* plus heureux ; mais on ne m'apprend pas
feulement le nom de cette reine. J'apprends feulement
que *Rodogune va être montée* fur le trône par cette reine
inconnue.

B 4

Toutes ces irrégularités fe manifeftent à moi bien plus aifément dans la profe, que lorfqu'elles m'étaient déguifées par la rime et par la déclamation. Je fuis confirmé alors dans le principe de M. de *Voltaire*, qui établit que, pour bien juger fi des vers font corrects, il faut les réduire en profe. M. *Clément* dit que *ce fyftême eft celui d'un fou*. Je ne crois point être fou en l'adoptant; j'efpère feulement que M. *Clément* aura un jour une raifon plus fage et plus honnête.

Les bornes de ce petit écrit ne me permettent que d'ajouter ici quelques mots fur les injures atroces que M. *Clément* dit à M. de *la Harpe*, dans fa differtation qui devait être purement grammaticale. Il l'accufe d'avoir fait une partie des commentaires fur le théâtre de *Corneille* par un motif d'intérêt, et il hafarde cette calomnie pour l'accabler d'outrages qui ne peuvent que retomber fur celui qui les prodigue fi injuftement. Je n'ai jamais vu M. de *Voltaire*; mais je fuis affez inftruit de fes procédés envers la famille de *Pierre Corneille*, et du fentiment de tous les honnêtes gens, pour favoir combien ils réprouvent les invectives odieufes de M. *Clément*, qui font auffi déplacées que fes critiques. J'ai peu vu M. de *la Harpe*, je ne le connais que par les excellens ouvrages qui lui ont mérité tant de prix à l'académie, et par des pièces de poëfie qui refpirent le bon goût. Tous ceux qui ont pu lire ce libelle de M. *Clément*, condamnent unanimement cette fureur groffière avec laquelle il amène ici le nom de M. de *la Harpe* pour l'infulter fans aucune raifon. On eft bien furpris qu'il continue comme il a débuté, et qu'après avoir fait un volume d'injures déjà oublié contre M. de *Saint-Lambert* et tant d'autres gens de lettres fi eftimables, il veuille perfuader au public que MM. de *Voltaire* et de *la Harpe* ont travaillé de concert à décrier le grand *Corneille*, tandis que l'auteur de Zaïre, d'Alzire, de Mérope, de Brutus, de Sémiramis, de Mahomet, de l'Orphelin de la Chine, de Tancrède, eft à genoux devant le père du théâtre, devant le grand auteur du Cid, d'Horace, de Cinna, de Polyeucte, de Pompée, tandis qu'il ne relève les fautes qu'en admirant les beautés avec enthoufiafme, tandis qu'à peine il critique Pertharite, Théodore, Dom Sanche, Attila, Pulchérie, Agéfilas, Suréna; enfin, tandis qu'il n'a entrepris le commentaire de cet auteur fi grand et fi inégal, que pour augmenter la dot de fa vertueufe defcendante.

Il m'a paru que le commentateur de *Corneille* n'avait eu en vue que la vérité, et l'inftruction des gens de lettres. J'aime à voir comment en imitant la conduite de l'académie, lorfqu'elle jugea le Cid, il mêle à tout moment la jufte louange à la jufte critique. J'aime à voir comme il craint fouvent de décider. Voici comme il s'exprime fur une difficulté qu'il fe propofe dans l'examen du troifième acte de Cinna. *C'eft fur quoi les lecteurs, qui connaiffent le cœur humain, doivent prononcer. Je fuis bien loin de porter un jugement.* J'aime fur-tout à voir avec quel refpect, avec quels fentimens d'un cœur pénétré il met Cinna au-deffus de l'Electre et de l'Oedipe de *Sophocle*, ces deux chefs-d'œuvre de la Gréce; et cela même en relevant de très-grands défauts dans Cinna. M. de *Voltaire* m'a paru un homme paffionné de l'art, qui en fent les beautés avec idolâtrie, et qui eft choqué très-vivement des défauts. Un libraire m'a affuré qu'il fe traite ainfi lui-même ; et qu'il a été malade , par un excès d'affliction , de ce qu'on avait imprimé de lui des pièces de fociété , qu'il ne jugeait pas dignes du public.

Qu'a donc de commun M. *Clément* avec l'auteur de Cinna, et avec celui de Mahomet ? De quel droit fe met-il entre eux ? Pourquoi ce déchaînement contre tous fes contemporains ? Faut-il aboyer ainfi à la porte à tous ceux qui entrent dans la maifon ! que ne donne-t-il plutôt des exemples ! que ne donne-t-il fa tragédie de Médée ! nous lui applaudirons fi elle eft bonne. Les beautés qu'il aura répandues enrichiront notre littérature ; mais tant qu'il fatiguera le public de fatires en profe , et d'injures perfonnelles , il ne faudra que le plaindre.

REMARQUES

SUR LES DISCOURS

DE CORNEILLE,

Imprimés à la suite de son théâtre, tome VIII de l'édition in-4°, publiée par M. de Voltaire, en 1774.

PREMIER DISCOURS.

Du poëme dramatique.

PAGE 401..... *Il faut observer l'unité d'action, de lieu et de jour ; personne n'en doute.*

On en doutait tellement du temps de *Corneille*, que ni les Espagnols, ni les Anglais ne connurent cette règle. Les Italiens seuls l'observèrent. La Sophonisbe de *Mairet* fut la première pièce en France où ces trois unités parurent. *La Motte*, homme de beaucoup d'esprit et de talent, mais homme à paradoxes, a écrit de nos jours contre ces trois unités. Mais cette hérésie en littérature n'a pas fait fortune.

P. 402. *On en est venu jusqu'à établir une maxime très-fausse : qu'il faut que le sujet d'une tragédie soit vraisemblable.*

Cette maxime, au contraire, eſt très-vraie en quelque
ſens qu'on l'entende. *Boileau* dit avec raiſon dans ſon Art
poëtique :

> Jamais au ſpectateur n'offrez rien d'incroyable.
> Le vrai peut quelquefois n'être pas vraiſemblable.
> Une merveille abſurde eſt pour moi ſans appas.
> L'eſprit n'eſt point ému de ce qu'il ne croit pas.

P. 402. *Il n'eſt pas vraiſemblable que Médée tue ſes enfans,
que Clytemneſtre aſſaſſine ſon mari, qu'Oreſte poignarde ſa mère,
mais l'hiſtoire le dit, &c.*

Cela n'eſt pas commun. Mais cela n'eſt pas ſans vraiſemblance dans l'excès d'une fureur dont on n'eſt pas le
maître. Ces crimes révoltent la nature, et cependant ils
ſont dans la nature. C'eſt ce qui les rend ſi convenables
à la tragédie qui ne veut que du vrai, mais un vrai rare
et terrible.

Ibid. *Il n'eſt ni vrai, ni vraiſemblable qu'Andromède,
expoſée à un monſtre marin, ait été garantie de ce péril par un
cavalier volant.*

Il ſemble que les ſujets d'*Andromède*, de *Phaéton*, ſoient
plus faits pour l'opéra que pour la tragédie régulière.
L'opéra aime le merveilleux. On eſt là dans le pays des
métamorphoſes d'*Ovide*. La tragédie eſt le pays de l'hiſtoire, ou du moins de tout ce qui reſſemble à l'hiſtoire
par la vraiſemblance des faits et par la vérité des mœurs.

P. 405. *Quelque heureuſement que réuſſiſſe cet étalage de
moralités, il faut toujours craindre que ce ne ſoit un de ces
ornemens ambitieux qu'Horace nous ordonne de retrancher.*

Il nous ſemble qu'on ne peut donner de meilleures
leçons de goût, et raiſonner avec un jugement plus ſolide :
il eſt beau de voir l'auteur de Cinna et de Polyeucte
creuſer ainſi les principes de l'art dont il fut le père en
France. Il eſt vrai qu'il eſt tombé ſouvent dans le défaut
qu'il condamne ; on penſait que c'était faute de connaître

son art, qu'il connaissait pourtant si bien. Il déclare ici qu'il vaut beaucoup mieux mettre les maximes en sentiment que les étaler en préceptes : et il distingue très-finement les situations, dans lesquelles un personnage peut débiter un peu de morale, de celles qui exigent un abandonnement entier à la passion.... Ce sont les passions qui font l'ame de la tragédie. Par conséquent un héros ne doit point prêcher, et doit peu raisonner. Il faut qu'il sente beaucoup et qu'il agisse.

Pourquoi donc *Corneille*, dans plus de la moitié de ses pièces, donne-t-il tant aux lieux communs de politique, et presque rien aux grands mouvemens des passions ? La raison en est, à notre avis, que c'était là le caractère dominant de son esprit. Dans son Othon, par exemple, tous les personnages raisonnent et pas un n'est animé.

Peut-être aurait-il dû apporter ici un autre exemple que celui de Mélite. Cette comédie n'est aujourd'hui connue que par son titre, et parce qu'elle fut le premier ouvrage dramatique de *Corneille*.

P. 407. *La seconde utilité du poëme dramatique se rencontre en la naïve peinture des vices et des vertus.*

Ni dans la tragédie, ni dans l'histoire, ni dans un discours public, ni dans aucun genre d'éloquence et de poësie, il ne faut peindre la vertu odieuse et le vice aimable. C'est un devoir assez connu. Ce précepte n'appartient pas plus à la tragédie qu'à tout autre genre : mais de savoir s'il faut que le crime soit toujours récompensé et la vertu toujours punie sur le théâtre ; c'est une autre question. La tragédie est un tableau des grands événemens de ce monde ; et malheureusement plus la vertu est infortunée, plus le tableau est vrai. Intéressez ; c'est le devoir du poëte : rendez la vertu respectable ; c'est le devoir de tout homme.

P. 408. *Il est certain que nous ne saurions voir un honnête homme sur notre théâtre, sans lui souhaiter de la prospérité, et nous fâcher de ses infortunes.*

On ne fort point indigné contre *Racine* et contre les comédiens, de la mort de *Britannicus* et de celle d'*Hippolyte*. On fort enchanté du rôle de *Phèdre* et de celui de *Burrhus*; on fort la tête remplie des vers admirables qu'on a entendus :

> Et que tout ce qu'il dit, facile à retenir,
> De fon ouvrage en vous laiffe un long fouvenir.

C'eft là le grand point. C'eft le feul moyen de s'affurer un fuccès éternel. C'eft le mérite d'*Augufte* et de *Cinna*, c'eft celui de *Sévère* dans Polyeucte.

P. 409. *La quatrième utilité du théâtre confifte en la purgation des paffions, par le moyen de la pitié et de la crainte.*

Pour la purgation des paffions, je ne fais pas ce que c'eft que cette médecine. Je n'entends pas comment la crainte et la pitié purgent, felon *Arifote*. Mais j'entends fort bien comment la crainte et la pitié agitent notre ame pendant deux heures, felon la nature; et comment il en réfulte un plaifir très-noble et très-délicat, qui n'eft bien fenti que par les efprits cultivés.

Sans cette crainte et cette pitié, tout languit au théâtre. Si on ne remue pas l'ame, on l'affadit. Point de milieu entre s'attendrir et s'ennuyer.

Ibid. *Le poëme eft compofé de deux fortes de parties. Les unes font appelées parties de quantité ou d'extenfion... Les autres fe peuvent nommer des parties intégrantes.*

Il eft à croire que ni *Molière*, ni *Racine*, ni *Corneille* lui-même, ne penfèrent aux parties de quantité et aux parties intégrantes, quand ils firent leurs chefs-d'œuvre.

P. 410. *Arifote définit fimplement (la comédie) une imitation de perfonnes baffes et fourbes. Je ne puis m'empêcher de dire que cette définition ne me fatisfait point.*

Corneille a bien raifon de ne pas approuver la définition d'*Arifote*, et probablement l'auteur du Mifanthrope ne

l'approuva pas davantage. Apparemment *Ariſtote* était
ſéduit par la réputation qu'avait uſurpée ce bouffon
d'*Ariſtophane*, bas et fourbe lui-même, et qui avait
toujours peint ſes ſemblables. *Ariſtote* prend ici la partie
pour le tout, et l'acceſſoire pour le principal. Les principaux perſonnages de *Ménandre* et de *Térence*, ſon
imitateur, ſont honnêtes. Il eſt permis de mettre des
coquins ſur la ſcène. Mais il eſt beau d'y mettre des
gens de bien.

Ibid. *Lorſqu'on met ſur la ſcène une ſimple intrigue d'amour
entre des rois, et qu'ils ne courent aucun péril ni de leur vie,
ni de leur Etat, je ne crois pas que, bien que les perſonnes
ſoient illuſtres, l'action le ſoit aſſez pour s'élever juſqu'à la
tragédie.*
Nous ſommes entièrement de l'avis de *Corneille*.
Bérénice ne nous paraît pas une tragédie ; l'élégant et
habile *Racine* trouva, à la vérité, le ſecret de faire de
ce ſujet une pièce très-intéreſſante. Mais ce n'eſt pas
une tragédie. C'eſt, ſi l'on veut, une comédie héroïque,
une idylle, une églogue entre des princes, un dialogue
admirable d'amour, une très-belle paraphraſe de *Sapho*,
et non pas de *Sophocle*, une élégie charmante ; ce ſera
tout ce qu'on voudra ; mais ce n'eſt point, encore une
fois, une tragédie.

P. 413. *Je connais des gens d'eſprit, et des plus ſavans
en l'art poëtique, qui m'imputent d'avoir négligé d'achever le
Cid et quelques autres de mes poëmes, parce que je n'y conclus
pas préciſément le mariage des premiers acteurs.*
Ces ſavans en l'art poëtique ne paraiſſent pas ſavans
dans la connaiſſance du cœur humain. *Corneille* en ſavait
beaucoup plus qu'eux. Ce qui nous paraît ici de plus
extraordinaire, c'eſt que, dans les premiers temps ſi
tumultueux de la grande réputation du Cid, les ennemis
de *Corneille* lui reprochaient d'avoir marié *Chimène* avec
le meurtrier de ſon père, le propre jour de ſa mort, ce

qui n'était pas vrai ; au contraire , la pièce finit par ce
beau vers :

·Laiffe faire le temps , ta vaillance , et ton roi.

P. 415. *L'action doit avoir une jufte grandeur.... Elle
doit avoir un commencement, un milieu et une fin. Ces termes...
excluent les actions momentanées qui n'ont pas ces trois parties.
Telle eft peut-être la mort de la fœur d'Horace qui fe fait tout
d'un coup ,* &c.

Tout ce qu'ont dit *Ariftote* et *Corneille* fur ce commencement , ce milieu et cette fin , eft inconteftable ; et la
remarque de *Corneille* , fur le meurtre de *Camille* , par
Horace , eft très-fine. On ne peut trop eftimer la candeur
et le génie d'un homme qui recherche un défaut dans
un de fes ouvrages étincelant des plus grandes beautés ,
qui trouve la caufe de ce défaut et qui l'explique.

P. 416. *Quelques-uns réduifent le nombre des vers qu'on
récite (au théâtre) à quinze cents.*

Deux mille vers , dix-huit cents , quinze cents , douze
cents ; il n'importe. Ce ne fera pas trop de deux mille
vers, s'ils font bien faits , s'ils font intéreffans. Ce fera
trop de douze cents, s'ils ennuient. Il eft vrai que, depuis
l'excellent *Racine* , nous avons eu des tragédies très-
longues , et généralement très-mal écrites qui ont eu de
grands fuccès , foit par la force du fujet , foit par des
vers heureux qui brillaient à travers la barbarie du ftyle ,
foit encore par des cabales qui ont tant d'influence au
théâtre. Mais il demeure toujours très-vrai que douze cents
bons vers valent mieux que dix-huit cents vers obfcurs,
enflés , pleins de folécifmes ou de lieux communs pires
que des folécifmes. Ils peuvent paffer fur le théâtre à la
faveur d'une déclamation impofante ; mais ils font à
jamais réprouvés par tous les lecteurs judicieux.

P. 417. *Je viens à la feconde partie du poëme qui font les
mœurs.... Je ne puis comprendre comment on a voulu entendre
par ce mot de* bonnes *, qu'il faut qu'elles foient* vertueufes.

Quand

Quand on difpute fur un mot, c'eft une preuve que l'auteur ne s'eft pas fervi du mot propre. La plûpart des difputes en tout genre ont roulé fur des équivoques. Si *Ariftote* avait dit, il faut que les mœurs foient vraies, au lieu de dire, il faut que les mœurs foient bonnes, on l'aurait très-bien entendu. On ne niera jamais que *Louis XI* doive être peint violent, fourbe et fuperftitieux, foutenant fes imprudences par des cruautés; *Louis XII* jufte envers fes fujets, faible avec les étrangers; *François I* brave, ami des arts et des plaifirs; *Catherine de Médicis* intrigante, perfide, cruelle. L'hiftoire, la tragédie, les difcours publics, doivent repréfenter les mœurs des hommes telles qu'elles ont été.

P. 418. *La poëfie (dit Ariftote) eft une imitation de gens meilleurs qu'ils n'ont été.*

Meilleurs eft encore ici une équivoque d'*Ariftote*; il entend qu'il faut un peu exagérer, dans la poëfie; que les hommes y doivent paraître plus grands, plus brillans qu'ils n'ont été. Il faut frapper l'imagination. Voilà pourquoi, dans la fculpture, on donnait aux héros une taille au-deffus du commun des hommes.

Il fe pourrait que les mots grecs qui répondent chez *Ariftote* à *bon* et à *meilleur*, ne fignifiaffent pas précifément ce que nous leur fefons fignifier. Il n'y avait peut-être pas d'équivoque dans le texte grec, et il y en a dans le français.

P. 419. *C'eft ce qui me fait douter fi le mot grec* ραθυμοι *a été rendu dans le fens d'Ariftote par les interprètes.*

Corneille n'a-t-il pas grande raifon de traduire par *débonnaires* le mot grec fi mal traduit par *fainéans*? En effet, le caractère de *manfuétude*, de *débonnaireté* eft oppofé à *colère*; fainéant eft oppofé à *laborieux*.

Avouons ici que toutes ces differtations ne valent pas deux bons vers du Cid, des Horaces, de Cinna.

P. 422. *Ariftote dit que la tragédie fe peut faire fans mœurs.*

Comment. fur Corneille. Tome I.　　　　C

Peut-être qu'*Ariſtote* entendait, par des tragédies ſans
mœurs, des pièces fondées uniquement ſur des aventures
funeſtes qui peuvent arriver à tous les perſonnages, ſoit
qu'ils aient des paſſions ou qu'ils n'en aient pas ; ſoit
qu'ils aient un caractère frappant, ou non. Le malheur
d'*Oedipe*, par exemple, peut arriver à tout homme, indépendamment de ſon caractère et de ſes mœurs.

Qu'une princeſſe, ayant appris la mort de ſon mari
tué ſur le rivage de la mer, aille lui dreſſer un tombeau,
et qu'elle voie le corps de ſon fils étendu mort ſur le
même rivage ; cela eſt déplorable et tragique, mais n'a
aucun rapport à la conduite et aux mœurs de cette
princeſſe.

Au contraire, les deſtinées d'*Emilie*, de *Roxane*, de
Phèdre, d'*Hermione*, dépendent de leurs mœurs. Auſſi
les pièces de caractère ſont bien ſupérieures à celles qui
ne repréſentent que des aventures fatales.

*P. 424. Il y a cette différence.... entre le poëte dramatique
et l'orateur, que celui-ci peut étaler ſon art.... et que l'autre
doit le cacher.*

Grande règle, toujours obſervée par *Racine* et par
Molière, rarement par d'autres. Il faut au théâtre, comme
dans la ſociété, ſavoir s'oublier ſoi-même. *Corneille*, qui
aimait à diſſerter, rend quelquefois ſes perſonnages trop
diſſertateurs ; et ſur-tout, dans ſes dernières pièces, il
met le raiſonnement à la place du ſentiment.

Ibid. La diction dépend de la grammaire.

Oui ; et encore plus du génie, témoin les beaux vers
de *Corneille* dans ſes premières tragédies.

*Ibid. Le retranchement que nous avons fait des chœurs a
retranché la muſique de nos poëmes. Une chanſon y a quelquefois bonne grâce.*

Cela fut écrit avant que l'opéra fût à la mode en
France. Depuis ce temps, il s'eſt fait de grands changemens. La muſique s'eſt introduite avec beaucoup de

fuccès dans de petites comédies ; et ce nouveau genre de fpectacle a pris le nom d'opéra comique.

Ibid. *Je n'ai plus qu'à parler des parties de quantité, qui font le prologue, l'épifode, l'exode et le chœur, &c.*

Il eft difficile d'appliquer à notre ufage le prologue, l'épifode, l'exode et le chœur des Grecs ; les Anglais ont un prologue et un épilogue, qui font deux petites pièces de vers détachées ; dans la première, on demande l'indulgence des fpectateurs pour la tragédie ou la comédie qu'on va jouer ; dans la feconde, on fait des plaifanteries, et fur-tout des allufions à tout ce qui a pu, dans la pièce, avoir quelque rapport aux mœurs de la nation et aux aventures de Londres. C'eft une efpèce de farce récitée par un feul acteur. Cette facétie n'eft pas admife en France, et pourra l'être ; tant on aime, depuis quelque temps, à prendre les modes anglaifes.

P. 426. *Il faut qu'il n'entre aucun acteur dans les actes fuivans, qu'il ne foit connu par le premier. Cette maxime eft nouvelle et affez févère, et je ne l'ai pas toujours gardée.*

Cette maxime nouvelle, établie par *Corneille*, était très-judicieufe. Non-feulement il eft utile pour l'intelligence parfaite d'une pièce de théâtre, que tous les perfonnages effentiels foient annoncés dès le premier acte ; mais cette fage précaution contribue à augmenter l'intérêt. Le fpectateur en attend avec plus d'émotion l'acteur qui doit fervir au nœud, ou à le redoubler, ou à le dénouer ; ne fût-il qu'un fubalterne. Rien ne fait mieux voir combien *Corneille* avait approfondi tous les fecrets de fon art.

Molière, fi admirable par la peinture des mœurs, par les tableaux de la vie humaine, par la bonne plaifanterie, a manqué à cette règle de *Corneille*. Dans la plupart de fes dénouemens, les perfonnages ne font pas affez annoncés, affez préparés.

P. 427. *Quand je n'aurais point parlé de Livie dans le premier acte de Cinna, j'aurais pu la faire entrer au quatrième.*

C 2

Il eût été mieux de ne point du tout faire paraître *Livie*. Elle ne fert qu'à dérober à *Augufte* le mérite et la gloire d'une belle action. *Corneille* n'introduifit *Livie* que pour fe conformer à l'hiftoire, ou plutôt à ce qui paffait pour l'hiftoire ; car cette aventure ne fut d'abord écrite que dans une déclamation de *Sénèque* fur la clémence. Il n'était pas dans la vraifemblance qu'*Augufte* eût donné le confulat à un homme très-peu confidérable dans la république, pour avoir voulu l'affaffiner.

P. 428. *La confpiration de Cinna et la confultation d'Augufte, avec lui et Maxime, n'ont aucune liaifon entre elles.... bien que le réfultat de l'une produife de beaux effets pour l'autre.*

C'eft un grand coup de l'art, en effet ; c'eft une des beautés les plus théâtrales, qu'au moment où *Cinna* vient de rendre compte à *Emilie* de la confpiration, lorfqu'il a infpiré tant d'horreur contre les cruautés d'*Augufte*, lorfqu'on ne défire que la mort de ce triumvir, lorfque chaque fpectateur femble devenir lui-même un des conjurés, tout à coup *Augufte* mande *Cinna* et *Maxime* les chefs de la confpiration. On craint que tout ne foit découvert ; on tremble pour eux. Et c'eft-là cette terreur qui produit, dans la tragédie, un effet fi admirable et fi néceffaire.

Ibid. *Euripide a ufé affez groffièrement (du prologue.)*

Toutes les tragédies d'*Euripide* commencent, ou par un acteur principal qui dit fon nom au public, et qui lui apprend le fujet de la pièce, ou par une divinité qui defcend du ciel pour jouer ce rôle, comme *Vénus* dans Phèdre et Hippolyte.

Iphigénie elle-même, dans la pièce d'Iphigénie en Tauride, explique d'abord le fujet du drame, et remonte jufqu'à *Tantale* dont elle fait l'hiftoire. *Corneille* a bien raifon de dire que cet artifice eft groffier. Ce qui eft furprenant, c'eft que ce défaut, qui femblerait venir de l'enfance de l'art, ne fe trouve point dans *Sophocle*, un peu antérieur à *Euripide*. Ce font toujours dans les tragédies de *Sophocle* les principaux acteurs qui expliquent le fujet de la pièce, fans paraître vouloir l'expliquer; leurs deffeins, leurs intérêts, leurs paffions s'annoncent de la manière la plus naturelle. Le dialogue porte l'émotion dans l'ame dès la première fcène.

P. 430. *Plaute a cru remédier à ce défordre d'Euripide en introduifant un prologue détaché*, &c.

Plaute fait encore pis; non-feulement il fait paraître d'abord *Mercure* dans l'Amphitryon pour annoncer le fujet de fa tragi-comédie, pour prévenir les fpectateurs fur tout ce qu'il fera dans la pièce; mais au troifième acte, il dépouille *Jupiter* de fon rôle d'acteur. Ce *Jupiter* adreffe la parole au public, l'inftruit de tout et lui annonce le dénouement. C'eft prendre affurément bien de la peine, pour ôter aux fpectateurs tout leur plaifir. Cependant la pièce plut beaucoup aux Romains, malgré ce défaut énorme, et malgré les baffes plaifanteries qu'*Horace* condamne dans *Plaute;* tant le fujet d'Amphitryon eft piquant, intéreffant et comique par lui-même.

Ibid. *Térence, qui eft venu depuis lui, a gardé ces prologues, et en a changé la matière.*

Les prologues de *Térence* font dans un goût qui eft encore imité par les Anglais. C'eft un difcours en vers adreffé aux auditeurs pour fe les rendre favorables. Ce difcours était prononcé d'ordinaire par l'entrepreneur de la troupe. Aujourd'hui, en Angleterre, ces prologues font toujours compofés par un ami de l'auteur. *Térence* employa prefque toujours ces prologues à fe plaindre de fes envieux, qui fe fervaient contre lui des mêmes armes. Une telle guerre eft honteufe pour les beaux arts.

P. 431. *Ces prologues doivent avoir beaucoup d'invention, et je ne penfe pas qu'on n'y puiffe raifonnablement introduire que des dieux imaginaires de l'antiquité, qui ne laiffent pas toutefois de parler des chofes de notre temps, par une fiction poëtique qui fait un grand accommodement de théâtre.*

Il refte à favoir fi ces fictions poëtiques font au théâtre un accommodement fi heureux ; le prologue de la *Nuit* et de *Mercure* dans l'Amphitryon de *Molière*, réuffit autant que la pièce même. Mais c'eft qu'il eft plein d'efprit, de grâces et de bonnes plaifanteries. Le prologue d'*Amadis* fut regardé comme un chef-d'œuvre. On admira l'art avec lequel *Quinault* fut joindre l'éloge de *Louis XIV* avec le fujet de la pièce, la beauté des vers et celle de la mufique. Le fiècle de grandeur et de profpérité qui produifait ces brillans fpectacles, augmentait encore leur prix

P. 432. *Ariftote blâme fort les épifodes détachés.*

Un épifode inutile à la pièce eft toujours mauvais ; et, en aucun genre, ce qui eft hors d'œuvre ne peut plaire ni aux yeux, ni aux oreilles, ni à l'efprit. Nous avons dit ailleurs que le Cid réuffit malgré l'infante, et non pas à caufe de l'infante. *Corneille* parle ici en homme modefte et fupérieur.

P. 435. *Quoique l'auteur (de Mariamne) eût bien mérité ce beau fuccès, par le grand effort d'efprit qu'il avait fait à peindre les défefpoirs d'Hérode, peut-être que l'excellence de l'acteur, qui en foutenait le perfonnage, y contribuait beaucoup.*

La Mariamne de *Triftan* eut, en effet, long-temps une très-grande réputation. Nous avons entendu dire au comédien *Baron*, que, lorfqu'il voulut débuter, *Louis XIV* lui fefait quelquefois réciter des vers de Mariamne ; les belles pièces de *Corneille* la firent enfin oublier.

SECOND DISCOURS.

De la tragédie.

PAGE 437. *La tragédie a ceci de particulier, que par la pitié et la crainte elle purge de semblables passions.*

Nous avons dit un mot de cette prétendue médecine des passions dans le commentaire sur le premier discours. Nous pensons avec *Racine*, qui a pris le *Phobos* et l'*Eleos* pour sa devise, que, pour qu'un acteur intéresse, il faut qu'on craigne pour lui, et qu'on soit touché de pitié pour lui. Voilà tout. Que le spectateur fasse ensuite quelque retour sur lui-même ; qu'il examine, ou non, quels seraient ses sentimens s'il se trouvait dans la situation du personnage qui l'intéresse ; qu'il soit purgé, ou qu'il ne soit pas purgé , c'est, selon nous, une question fort oiseuse.

Paul Bény peut rapporter quinze opinions sur un sujet aussi frivole, et en ajouter encore une seizième ; cela n'empêchera pas que tout le secret ne consiste à faire de ces vers charmans tels qu'on en trouve dans le Cid :

> Va , je ne te hais point. — Tu le dois. — Je ne puis...
> Tu vas mourir ! Don Sanche est-il si redoutable ?
> Sors vainqueur d'un combat dont Chimène est le prix.

Il n'y a point là de purgation. Le spectateur ne réfléchit point s'il aura besoin d'être purgé. S'il réfléchissait , le poëte aurait manqué son coup.

> *Et quocumque volent animum auditoris agunto.*

P. 439. *Ce n'est pas une nécessité de ne mettre que les infortunes des rois sur le théâtre , celles des autres hommes y trouveraient place , s'il leur en arrivait d'assez illustres pour la mériter.*

C 4

Rois, empereurs, princes, généraux d'armée, principaux chefs de républiques ; il n'importe. Mais il faut toujours, dans la tragédie, des hommes élevés au-deſſus du commun ; non-ſeulement parce que le deſtin des Etats dépend du ſort de ces perſonnages importans, mais parce que les malheurs des hommes illuſtrés, expoſés aux regards des nations, font ſur nous une impreſſion plus profonde que les infortunes du vulgaire.

Je doute beaucoup qu'un payſan de Leuctres, nommé *Scédaſe*, dont on a violé deux filles, fût un auſſi beau ſujet de tragédie que Cinna et Iphigénie. Le viol, d'ailleurs, a toujours quelque choſe de ridicule, et n'eſt guère fait pour être joué que dans le beau lieu où l'on prétend que Ste *Théodore* fut envoyée ; ſuppoſé que cette *Théodore* ait jamais exiſté, et que jamais les Romains aient condamné les dames à cette eſpèce de ſupplice ; ce qui n'était aſſurément ni dans leurs lois ni dans leurs mœurs.

P. 440. (*Ariſtote*) *ne veut point qu'un homme fort vertueux y tombe de la félicité dans le malheur.*

S'il était permis de chercher un exemple dans nos livres ſaints, nous dirions que l'hiſtoire de *Job* eſt une eſpèce de drame, et qu'un homme très-vertueux y tombe dans les plus grands malheurs ; mais c'eſt pour l'éprouver, et le drame finit par rendre *Job* plus heureux qu'il n'a jamais été.

Dans la tragédie de Britannicus, ſi ce jeune prince n'eſt pas un modèle de vertu, il eſt du moins entièrement innocent ; cependant il périt d'une mort cruelle. Son empoiſonneur triomphe. *Cet événement eſt tout à fait injuſte.* Pourquoi donc Britannicus a-t-il eu enfin un ſi grand ſuccès, ſur-tout auprès des connaiſſeurs et des hommes d'Etat ? c'eſt par la beauté des détails, c'eſt par la peinture la plus vraie d'une cour corrompue. Cette tragédie, à la vérité, ne fait point verſer de larmes, mais elle attache l'efprit, elle intéreffe ; et le charme du ftyle entraîne tous les fuffrages, quoique le nœud de la pièce foit très-petit, et que la fin, un peu froide, n'excite que l'indignation. Ce fujet était le plus difficile de tous à traiter, et ne pouvait réuffir que par l'éloquence de *Racine*.

Ibid. *Il ne veut pas non plus qu'un méchant homme paffe du malheur à la félicité.*

Il y a de grands exemples de tragédies qui ont eu des fuccès permanens, et dans lefquelles cependant le vertueux périt indignement, et le criminel eft au comble de la gloire ; mais au moins il eft puni par fes remords. La tragédie eft le tableau de la vie des grands : ce tableau n'eft que trop reffemblant, quand le crime eft heureux. Il faut autant d'art, autant de reffources, autant d'éloquence dans ce genre de tragédie, et peut-être plus que dans tout autre.

P. 443. *Un des interprètes d'Ariftote veut qu'il n'ait parlé de cette purgation des paffions dans la tragédie, que parce qu'il écrivait après Platon, qui bannit les poëtes tragiques de fa république, parce qu'ils les remuent trop fortement.*

Après tout ce qu'a dit judicieufement *Corneille* fur les caractères vertueux ou méchans, ou mêlés de bien et de mal, nous penchons vers l'opinion de cet interprète d'*Ariftote*, qui penfe que ce philofophe n'imagina fon galimatias de la purgation des paffions, que pour ruiner le galimatias de *Platon*, qui veut chaffer la tragédie et la comédie, et le poëme épique de fa république imaginaire. *Platon*, en rendant les femmes communes dans fon Utopie, et en les envoyant à la guerre, croyait empêcher qu'on ne fît des poëmes pour une *Hélène* ; et *Ariftote*, attribuant aux poëmes une utilité qu'ils n'ont peut-être pas, imaginait fa purgation des paffions. Que réfulte-t-il de cette vaine difpute ? qu'on court à *Cinna* et à *Andromaque* fans fe foucier d'être purgé.

P. 444. *Notre siècle n'a vu (les conditions qu'Ariftote demande) que dans le Cid.*

Le Cid, comme nous l'avons dit, n'eft beau que parce qu'il eft très-touchant.

Ibid. *L'exclufion des perfonnes tout à fait vertueufes qui tombent dans le malheur, bannit les martyrs de notre théâtre.*

Un martyr qui ne ferait que martyr ferait très-vénérable, et figurerait très-bien dans la vie des faints, mais affez mal au théâtre. Sans *Sévère* et *Pauline*, Polyeucte n'aurait point eu de fuccès.

Ibid. *S'il eft bien amoureux... il peut s'emporter de colère et tuer dans un premier mouvement; et l'ambition le peut engager dans un crime.*

On s'intéreffe pour un jeune criminel que la paffion emporte, et qui avoue fes fautes, témoin *Venceflas* et *Rhadamifte*.

P. 447. *La perfection de la tragédie confifte... à exciter de la pitié et de la crainte, par le moyen d'un premier acteur, comme peut faire Rodrigue dans le Cid, et Placide dans Théodore.*

Il eft trifte de mettre *Placide* à côté du Cid.

P. 448. *On défapprouve fa manière d'agir; (de Félix) mais cette averfion... n'empêche pas que fa converfion miraculeufe, à la fin de la pièce, ne le réconcilie pleinement avec l'auditoire.*

La converfion miraculeufe de *Félix* le réconcilie, fans doute, avec le ciel, mais point du tout avec le parterre.

P. 449. *Qu'un indifférent (dit Ariftote) tue un indifférent, cela ne touche guère... d'autant qu'il n'excite aucun combat dans l'ame de celui qui fait l'action.*

Ariftote montre ici un jugement bien fain, et une grande connaiffance du cœur de l'homme. Prefque toute tragédie eft froide fans les combats des paffions.

P. 451. *Difons donc (que cette condamnation) ne doit s'entendre que de ceux qui connaiffent la perfonne qu'ils veulent perdre, et s'en dédifent par un fimple changement de volonté, fans aucun événement notable qui les y oblige.*

Il nous femble qu'on ne peut mieux expliquer ce qu'*Ariftote* a dû entendre. Si un homme commence une action funefte et ne l'achève pas fans avoir un motif fupérieur et tragique qui le force, il n'eft alors qu'inconftant et pufillanime ; il n'infpire que le mépris. Il faut, ou que la nature ou la gloire l'arrête ; et un tel dénouement peut faire un très-bel effet ; ou bien le crime commencé par lui eft puni avant d'être achevé, et le fpectateur eft encore plus content.

P. 453. *Le poëme d'Oedipe excite peut-être autant de commifération que le Cid ou Rodogune ; mais il en doit une partie à Dircé.*

Il eft toujours étonnant que *Corneille* ait cru que fa *Dircé* ait pu faire quelque fenfation dans fon Oedipe.

Ibid. *Cela fe voit manifeftement en la mort de Crifpe, faite par un de leurs plus beaux efprits, Jean-Baptifte Chiraldelli, &c.*

On ne connaît plus guère la mort de *Crifpe*, de *Jean-Baptifte Chiraldelli*, et pas davantage celle du jéfuite *Stéphonius*. Mais il eft clair qu'il n'y a prefque rien de tragique dans cette pièce, fi *Conftantin* ne connaît pas fon fils, s'il n'y a point dans fon cœur de combats entre la nature et la vengeance.

P. 455. *J'eftime donc... qu'il n'y a aucune liberté d'inventer l'action principale, mais qu'elle doit être tirée de l'hiftoire ou de la fable.*

C'eft ici une grande queftion, s'il eft permis d'inventer le fujet d'une tragédie. Pourquoi non ? puifqu'on invente toujours les fujets de comédie. Nous avons beaucoup de tragédies de pure invention, qui ont eu des fuccès durables à la repréſentation et à la lecture. Peut-être même ces ſortes de pièces ſont plus difficiles à faire que les autres. On n'y eſt pas ſoutenu par cet intérêt qu'inſpirent les grands noms connus dans l'hiſtoire, par le caractère des héros déjà tracé dans l'eſprit du ſpectateur. Il eſt au fait avant qu'on ait commencé. Vous n'avez nul beſoin de l'inſtruire ; et, s'il voit que vous lui donniez une copie fidelle du portrait qu'il a déjà dans la tête, il vous en tient compte ; mais dans une tragédie où tout eſt inventé, il faut annoncer les lieux, les temps et les héros ; il faut intéreſſer pour des perſonnages, dont votre auditoire n'a aucune connaiſſance. La peine eſt double ; et, ſi votre ouvrage ne tranſporte pas l'ame, vous êtes doublement condamné. Il eſt vrai que le ſpectateur peut vous dire : ſi l'événement que vous me préſentez était arrivé, les hiſtoriens en auraient parlé. Mais il peut en dire autant de toutes les tragédies hiſtoriques dont les événemens lui ſont inconnus : ce qui eſt ignoré, et ce qui n'a jamais été écrit, ſont pour lui la même choſe. Il ne s'agit ici que d'intéreſſer.

Inventez des reſſorts qui puiſſent m'attacher.

Il ne faut pas, ſans doute, choquer l'hiſtoire connue, encore moins les mœurs des peuples qu'on met ſur la ſcène. Peignez ces mœurs, rendez votre fable vraiſemblable, qu'elle ſoit touchante et tragique, que le ſtyle ſoit pur, que les vers ſoient beaux ; et je vous réponds que vous réuſſirez.

P. 457. *Les apparitions de Vénus et d'Eole ont eu bonne grâce dans Andromède.*

Pas ſi bonne grâce.

P. 458. *Qu'aurait-on dit, ſi, pour démêler Héraclius de Martian, après la mort de Phocas, je me fuſſe ſervi d'un ange ?*

Nous avouons ingénument que nous aimerions prefque autant un ange defcendant du ciel, que le froid procès par écrit qui fuit la mort de *Phocas*, et qu'on débrouille à peine par une ancienne lettre de l'impératrice *Conftantine*, lettre qui pourrait encore produire bien des conteftations.

Louis Racine, fils du grand *Racine*, a très-bien remarqué les défauts de ce dénouement d'*Héraclius*, et de cette reconnaiffance qui fe fait après la cataftrophe ; nous avons toujours été de fon avis fur ce point. Nous avons toujours penfé qu'un dénouement doit être clair, naturel, touchant ; qu'il doit être, s'il fe peut, la plus belle fituation de la pièce. Toutes ces beautés font réunies dans Cinna. Heureufes les pièces où tout parle au cœur, qui commencent naturellement et qui finiffent de même !

Ibid. Je ne condamnerai jamais perfonne pour en avoir inventé ; mais je ne me le permettrai jamais.

Nous ne voyons pas pourquoi *Corneille* ne fe ferait pas permis une tragédie, dans laquelle un père reconnaîtrait un fils après l'avoir fait périr. Il nous femble qu'un tel fujet pourrait produire un très-beau cinquième acte. Il infpirerait cette crainte et cette pitié qui font l'ame du fpectacle tragique.

P. 459. Ariftote... dit... qu'il ne faut pas changer les fujets reçus.

Nous penfons qu'on pourrait changer quelque circonftance principale dans les fujets reçus, pourvu que ces circonftances changées augmentaffent l'intérêt, loin de le diminuer.

Quidlibet audendi femper fuit æqua poteftas.

P. 460. *Quodcumque oftendis mihi fic, incredulus odi.*

Médée ne doit point tuer fes enfans devant des mères qui s'enfuiraient d'horreur. Un tel fpectacle révolterait des cannibales et des inquifiteurs même. *Cadmus* ne peut guère être changé en ferpent qu'à l'opéra. Nous aurions fouhaité qu'*Horace* eût dit *averfor et odi*, au lieu de *incredulus odi* ; car le fujet de ces pièces étant connu et reçu de tout le monde, la fable paffant pour une vérité, le fpectateur n'eft point *incredulus* ; mais il eft révolté, il recule, il fuit à l'afpect de deux figures d'enfant qu'on met à la broche. A l'égard de la métamorphofe de *Cadmus* en ferpent, et de *Progné* en hirondelle, c'étaient encore des fables qui tenaient lieu d'hiftoire. Mais l'exécution de ces prodiges ferait d'une telle difficulté, et l'exécution même la plus heureufe ferait fi puérile et fi ridicule, qu'elle ne pourrait amufer que des enfans et de vieilles imbécilles.

P. 463. *Ariftote... nous apprend que le poëte n'eft pas obligé de traiter les chofes comme elles fe font paffées, mais comme elles ont pu ou dû fe paffer felon le vraifemblable ou le néceffaire.*

Tout ce que dit ici *Corneille* fur l'art de traiter des fujets terribles, fans les rendre trop atroces, eft digne du père et du légiflateur du théâtre ; et ce qu'il propofe fur la manière de fauver l'horreur du parricide d'*Orefte* et d'*Electre*, eft fi judicieux que les poëtes qui, depuis lui, ont manié ce fujet fi cher à l'antiquité, fe font abfolument conformés aux confeils qu'il donne.

A l'égard du confeil d'*Ariftote*, de repréfenter les événemens *felon le vraifemblable ou le néceffaire*, voici comment nous entendons ces paroles.

Choififfez la manière la plus vraifemblable, pourvu qu'elle foit tragique et non révoltante ; et, fi vous ne pouvez concilier ces deux chofes, choififfez la manière dont la cataftrophe doit arriver néceffairement par tout ce qui aura été annoncé dans les premiers actes.

Par exemple, vous mettez fur le théâtre le malheur d'*Oedipe*, il faut que ce malheur arrive. Voilà le néceffaire. Un vieillard lui apprend qu'il eft inceftueux et parricide, et lui en donne de funeftes preuves. Voilà le vraifemblable.

P. 471. *On peut m'objecter que le même philofophe dit qu'au regard de la poëfie, on doit préférer l'impoffible croyable au poffible incroyable*, &c.

Il nous femble que *Corneille* aurait pu s'épargner toutes les peines qu'il prend pour concilier *Ariftote* avec lui-même. Nous n'entendons point ce que c'eft que *l'impoffible croyable et le poffible incroyable*. On a beau donner la torture à fon efprit, l'impoffible ne fera jamais croyable; l'impoffible, felon la force du mot, eft ce qui ne peut jamais *arriver*. C'eft abufer de fon efprit que d'établir de telles propofitions; c'eft en abufer encore de vouloir les expliquer. C'eft vouloir plaifanter, de dire que, quand une chofe eft faite, il eft impoffible qu'elle ne foit pas faite, et qu'on n'y peut rien changer. Ces queftions font de la nature de celles qu'on agitait dans les écoles, fi DIEU pouvait fe changer en citrouille, et fi, en montant à une échelle, il pouvait fe caffer le cou.

P. 475. *J'ai fait voir qu'il y a des chofes fur qui nous n'avons aucun droit; et, pour celles où ce privilége peut avoir lieu, il doit être plus ou moins refferré, felon que les fujets font plus ou moins connus.*

Voilà tout le précis de cette differtation : ne changez rien d'important dans la mort de *Pompée*, parce qu'elle eft connue de tout le monde; changez, imaginez tout ce qu'il vous plaira dans l'hiftoire de *Pertharite* et de *don Sanche d'Arragon*, parce que ces gens-là ne font connus de perfonne.

TROISIEME DISCOURS.

Des trois unités, d'action, de jour et de lieu.

PAGE 477. *Je tiens donc . . . que l'unité d'action consiste dans la comédie en l'unité d'intrigue, ou d'obstacles aux desseins des principaux acteurs; et en l'unité de péril dans la tragédie, soit que son héros y succombe, soit qu'il en sorte.*

Nous pensons que *Corneille* entend ici, par unité d'action et d'intrigue, une action principale, à laquelle les intérêts divers et les intrigues particulières font subordonnées; un tout composé de plusieurs parties qui toutes tendent au même but. C'est un bel édifice, dont l'œil embrasse toute la structure, et dont il voit avec plaisir les différens corps.

Il condamne, avec une noble candeur, la duplicité d'action dans ses Horaces, et la mort inattendue de *Camille*, qui forme une pièce nouvelle. Il pouvait ne pas citer Théodore. Ce n'est pas la double action, la double intrigue qui rend Théodore une mauvaise tragédie; c'est le vice du sujet; c'est le vice de la diction et des sentimens; c'est le ridicule de la prostitution.

Il y a manifestement deux intrigues dans l'Andromaque de *Racine*, celle d'*Hermione* aimée d'*Oreste*, et dédaignée de *Pyrrhus*, celle d'*Andromaque* qui voudrait sauver son fils, et être fidelle aux manes d'*Hector*. Mais ces deux intérêts, ces deux plans font si heureusement rejoints ensemble, que, si la pièce n'était pas un peu affaiblie par quelques scènes de coquetterie et d'amour, plus dignes de *Térence* que de *Sophocle*, elle ferait la première tragédie du théâtre français.

Nous avons déjà dit que, dans la Mort de Pompée, il y a trois à quatre actions, trois à quatre espèces d'intrigues mal réunies. Mais ce défaut est peu de chose en

comparaison

comparaison des autres qui rendent cette tragédie trop irrégulière. Le célèbre Caton d'*Addiffon* péche par la multiplicité des actions et des intrigues, mais encore plus par l'infipidité des froids amours, et d'une confpiration en mafque. Sans cela *Addiffon* aurait pu, par l'éloquence de fon ftyle noble et fage, réformer le théâtre anglais.

Corneille a raifon de dire qu'il ne doit y avoir qu'une action complète. Nous doutons qu'on ne puiffe y parvenir que par plufieurs autres actions imparfaites. Il nous femble qu'une feule action fans aucun épifode, à peu-près comme dans Athalie, ferait la perfection de l'art.

P. 480. *Il y a grande différence (dit Ariftote) entre les événemens qui viennent les uns après les autres, et ceux qui viennent les uns à caufe des autres.*

Cette maxime d'*Ariftote* marque un efprit jufte, profond et clair. Ce ne font pas-là des fophifmes et des chimères à la *Platon*. Ce ne font pas-là des idées archétypes.

Ibid. *La liaifon des fcènes ... eft un grand ornement dans un poëme.*

Cet ornement de la tragédie eft devenu une règle, parce qu'on a fenti combien il était devenu néceffaire.

P. 484. *Je n'ai pas befoin de contredire Ariftote pour me juftifier fur (le char de Médée.)*

Que devons-nous dire de tout ce morceau précédent? Applaudir au bon fens de *Corneille* autant qu'à fes grands talens.

Ibid. *Ariftote ne preferit point le nombre des actes, Horace le borne à cinq,* &c.

Cinq actes nous paraiffent néceffaires; le premier expofe le lieu de la fcène, la fituation des héros de la pièce, leurs intérêts, leurs mœurs, leurs deffeins; le fecond commence l'intrigue; elle fe noue au troifième;

Comment. fur Corneille. Tome I.   D

le quatrième prépare le dénouement qui se fait au cinquième. Moins de temps précipiterait trop l'action, plus d'étendue l'énerverait. Il en est comme d'un repas d'appareil : s'il dure trop peu, c'est une halte ; s'il est trop long, il ennuie et il dégoûte.

P. 485. *Il faut, s'il se peut, y rendre raison de l'entrée et de la sortie de chaque acteur.*

La règle qu'un personnage ne doit ni entrer ni sortir sans raison, est essentielle ; cependant on y manque souvent. Il faut un dessein dans chaque scène, et que toutes augmentent l'intérêt, le nœud et le trouble. Rien n'est plus difficile et plus rare.

P. 486. *Aristote veut que la tragédie bien faite soit belle et capable de plaire sans le secours des comédiens et hors de la représentation.*

Aristote avait donc beaucoup de goût. Pour qu'une pièce de théâtre plaise à la lecture, il faut que tout y soit naturel, et qu'elle soit parfaitement écrite. Il y a quelques fautes de style dans Cinna. On y a découvert aussi quelques défauts dans la conduite et dans les sentimens ; mais, en général, il y règne une si noble simplicité, tant de naturel, tant de clarté ; le style a tant de beautés qu'on lira toujours cette pièce avec intérêt et avec admiration. Il n'en sera pas de même d'Héraclius et de Rodogune ; elles réussiront toujours moins à la lecture qu'au théâtre. La diction dans Héraclius n'est souvent ni noble ni correcte. L'intrigue fait peine à l'esprit, la pièce ne touche point le cœur ; Rodogune, jusqu'au cinquième acte, fait peu d'effet sur un lecteur judicieux qui a du goût. Quelquefois une tragédie, dénuée de vraisemblance et de raison, charme à la lecture par la beauté continue du style, comme la tragédie d'Esther. On rit du sujet, et on admire l'auteur. Ce sujet, en effet, respectable dans nos saintes écritures, révolte l'esprit par-tout ailleurs. Perfonne ne peut concevoir qu'un roi foit affez fot pour ne pas favoir au bout d'un an de quel pays eft fa femme, et affez fou pour condamner toute une nation à la mort, parce qu'on n'a pas fait la révérence à fon miniftre. L'ivreffe de l'idolâtrie pour *Louis XIV*, et la baffeffe de la flatterie pour madame de *Maintenon*, fafcinèrent les yeux à Verfailles. Ils furent éclairés au théâtre de Paris. Mais le charme de la diction eft fi grand que tous ceux qui aiment les vers en retiennent par cœur plufieurs de cette pièce. C'eft ce qui n'eft arrivé à aucune des vingt dernières pièces de *Corneille*. Quelque chofe qu'on écrive, foit vers, foit profe, foit tragédie ou comédie, foit fable ou fermon, la première loi eft de bien écrire.

P. 488. *La règle de l'unité de jour a fon fondement fur ce mot d'Ariftote : que la tragédie doit renfermer la durée de fon action dans un tour du foleil, &c.*

L'unité de jour a fon fondement, non-feulement dans les préceptes d'*Ariftote*, mais dans ceux de la nature. Il ferait même très-convenable que l'action ne durât pas en effet plus long-temps que la repréfentation ; et *Corneille* a raifon de dire que fa tragédie de Cinna jouit de cet avantage.

Il eft clair qu'on peut facrifier ce mérite à un plus grand qui eft celui d'intéreffer. Si vous faites verfer plus de larmes en étendant votre action à vingt-quatre heures, prenez le jour et la nuit ; mais n'allez pas plus loin. Alors l'illufion ferait trop détruite.

P. 490. *Si nous ne pouvons renfermer l'action dans deux heures, prenons-en quatre, fix, dix ; mais ne paffons pas de beaucoup les vingt-quatre heures, de peur de tomber dans le déréglement, &c.*

Nous fommes entièrement de l'avis de *Corneille* dans tout ce qu'il dit de l'unité de jour.

D 2

P. 493. *Je souhaiterais, pour ne point gêner du tout le spectateur, que ce qu'on fait représenter devant lui en deux heures se pût passer en effet en deux heures, et que ce qu'on lui fait voir sur un théâtre qui ne change point, pût s'arrêter dans une chambre ou dans une salle... mais souvent cela... est mal aisé pour ne pas dire impossible... &c.*

Nous avons dit ailleurs que la mauvaise construction de nos théâtres, perpétuée depuis nos temps de barbarie jusqu'à nos jours, rendait la loi de l'unité de lieu presque impraticable. Les conjurés ne peuvent pas conspirer contre *César* dans sa chambre ; on ne s'entretient pas de ses intérêts secrets dans une place publique ; la même décoration ne peut représenter à la fois la façade d'un palais et celle d'un temple. Il faudrait que le théâtre fît voir aux yeux tous les endroits particuliers où la scène se passe, sans nuire à l'unité de lieu ; ici une partie d'un temple, là le vestibule d'un palais, une place publique, des rues dans l'enfoncement ; enfin tout ce qui est nécessaire pour montrer à l'œil tout ce que l'oreille doit entendre. L'unité de lieu est tout le spectacle que l'œil peut embrasser sans peine.

Nous ne sommes point de l'avis de *Corneille*, qui veut que la scène du Menteur soit tantôt à un bout de la ville, tantôt à l'autre. Il était très-aisé de remédier à ce défaut en rapprochant les lieux. Nous ne supposons pas même que l'action de Cinna puisse se passer d'abord dans la maison d'*Emilie*, et ensuite dans celle d'*Auguste*. Rien n'était plus facile que de faire une décoration qui représentât la maison d'*Emilie*, celle d'*Auguste*, une place, des rues de Rome.

P. 497. (Fin du discours.) Après les exemples que *Corneille* donna dans ses pièces, il ne pouvait guère donner de préceptes plus utiles que dans ces discours.

REMARQUES

Sur la vie de Pierre Corneille, écrite par Bernard de Fontenelle, son neveu.

P AGE 498.... *Il fit la comédie de Mélite, qui parut en 1625... et sur la confiance qu'on eut du nouvel auteur qui paraissait, il se forma une nouvelle troupe de comédiens.*

Comme on a promis des notes grammaticales, il est juste d'observer que la *confiance du nouvel auteur* est une faute de langue. On a de la confiance en quelqu'un, dans le mérite et les talens de quelqu'un ; mais non pas *du* mérite et *des* talens. On a de la défiance *de*, et de la confiance *en*. Cette remarque est pour les étrangers ; ils pourraient être induits en erreur par cette inadvertance de M. de *Fontenelle*, qui écrivait d'ailleurs avec autant de pureté que de grâce et de finesse.

P. 499. *Il est certain que ces (premières) pièces ne sont pas belles ; mais, outre qu'elles servent à l'histoire du théâtre, elles servent beaucoup aussi à la gloire de Corneille.*

Ce qu'on ne peut lire ne peut guère servir à la gloire de l'auteur. La gloire est le concert des louanges constantes du public. Deux ou trois littérateurs qui diront d'un ouvrage mauvais en soi, *cet ouvrage était bon pour son temps*, ne procureront à l'auteur aucune gloire. *Corneille* n'est point un grand homme pour avoir fait de mauvaises comédies, bien moins mauvaises que celles de son temps ; mais pour avoir fait des tragédies infiniment supérieures à celles de son temps, et dans lesquelles il y a des morceaux supérieurs à tous ceux du théâtre d'Athènes.

P. 500. *Le théâtre devint florissant par la faveur du cardinal de Richelieu.*

Malgré le cardinal de *Richelieu*, qui, voulant être poëte, voulut humilier *Corneille* et élever les mauvais auteurs.

Ibid. Les princes et les minijtres. n'ont qu'à commander qu'il se forme des poëtes, des peintres, tout ce qu'ils voudront, et il s'en forme.

C'est de quoi je doute beaucoup. Notre meilleur peintre, *le Pouſſin*, fut perſécuté, et les bienfaits prodigués aux académies ont fait tout au plus un ou deux bons peintres qui avaient déjà donné leurs chefs-d'œuvre avant d'être récompenſés. *Rameau* avait fait tous ſes bons ouvrages de muſique au milieu des plus grandes traverſes, et *Corneille* lui-même fut très-peu encouragé. *Homère* vécut errant et pauvre. *Le Taſſe* fut le plus malheureux des hommes de ſon temps. *Camoëns* et *Milton* furent plus malheureux encore. *Chapelain* fut récompenſé; et je ne connais aucun homme de génie qui n'ait été perſécuté.

Ibid. La règle des vingt-quatre heures fut une des premières dont on s'aviſa; mais on n'en feſait pas encore trop grand cas, témoin la manière dont Corneille en parle lui-même dans la préface de Clitandre, imprimée en 1632.

Les tragédies italiennes du ſeizième ſiècle étaient dans la règle de trois unités, règle admirable d'*Ariſtote*. La Sophonisbe de *Mairet* fut la première pièce de théâtre, en France, dans laquelle cette loi fut ſuivie: elle est de 1633.

En Angleterre, en Eſpagne, on ne s'est aſſujetti que depuis peu à cette règle, et encore très-rarement.

P. 501. Corneille... prit tout à coup l'eſſor dans Médée, et monta jusqu'au tragique le plus ſublime.

Les louanges trop exagérées font tort à celui qui les donne, ſans relever celui qui les reçoit.

P. 502. Corneille avait dans ſon cabinet cette pièce (le Cid) traduite en toutes les langues de l'Europe, hors l'eſclavonne et la turque. Elle était en allemand, en anglais, en flamand; et, par une exactitude flamande, on l'avait rendue vers pour vers.

On en uſe encore ainſi en Italie, et même en Angleterre. Il y a de nos ouvrages de poëſie traduits en ces deux langues, vers pour vers; et, ce qui eſt étonnant, c'eſt qu'ils font aſſez bien traduits.

Ibid. M. Péliſſon . . . dit qu'il était paſſé en proverbe de dire : Cela eſt beau comme le Cid. Si ce proverbe a péri, il faut s'en prendre aux auteurs qui ne le goûtaient pas ; et à la cour, où c'eût été très-mal parler que de s'en ſervir ſous le miniſtère du cardinal de Richelieu.

J'oſe plutôt penſer qu'il faut s'en prendre à Cinna, qui fut mis par toute la cour au-deſſus du Cid, quoiqu'il ne fût pas ſi touchant.

Le cardinal de *Richelieu* montra tant de partialité contre *Corneille*, que, quand *Scudéri* eut donné ſa mauvaiſe pièce de l'*Amour tyrannique*, que le cardinal trouvait divine, *Sarraſin*, par ordre de ce miniſtre, fit une mauvaiſe préface, dans laquelle il louait *Hardy*, ſans oſer nommer *Corneille.*

P. 5o3. Il récompenſait comme miniſtre ce même mérite dont il était jaloux comme poëte.

Pierre Corneille avait le malheur de recevoir une petite penſion du cardinal, pour avoir quelque temps travaillé ſous lui aux pièces des cinq auteurs.

P. 5o4. Enfin il alla juſqu'à Cinna et à Polyeucte, au-deſſus deſquels il n'y a rien.

On peut croire que *Fontenelle* parle ainſi, moins parce qu'il était neveu du grand *Corneille*, que parce qu'il était l'ennemi de *Racine*, qui avait fait contre lui une épigramme piquante, à laquelle il avait répondu par une épigramme plus violente encore. Les connaiſſeurs penſent qu'*Athalie* eſt très-ſupérieure à *Polyeucte*, par la ſimplicité du ſujet, par la régularité, par la grandeur des idées, par la ſublimité de l'expreſſion, par la beauté de la poëſie. Il eſt vrai que ces connaiſſeurs reprochent au prêtre *Joad* d'être impitoyable et fanatique, de dire à ſa femme qui parle à *Mathan : Ne craignez-vous pas que ces murailles ne tombent ſur vous, et que l'enfer ne vous engloutiſſe ?* d'aller

D 4

beaucoup au-delà de fon miniftère, d'empêcher qu'Athalie n'élève le petit *Joas*, qui eft fon feul héritier, de faire tomber la reine dans le piége, d'ordonner fon fupplice comme s'il était fon juge, de prendre enfin le brave *Abner* pour dupe. On reproche à *Mathan* de fe vanter de fes crimes ; on reproche à la pièce des longueurs. Prefque tous ces défauts font ceux du fujet ; mais le grand mérite de cette tragédie eft d'être la première qui ait intéreffé fans amour, au lieu que dans Polyeucte le plus grand mérite eft l'amour de *Sévère*.

Ibid. *Voiture vint trouver Corneille . . . pour lui dire que Polyeucte n'avait pas réuffi (à l'hôtel de Rambouillet) ; que fur-tout le chriftianifme avait extrémement déplu.*

C'eft qu'on n'avait encore vu que les comédies de la Paffion et des Actes des apôtres. D'ailleurs il faut peut-être pardonner à l'hôtel de *Rambouillet* d'avoir condamné l'imprudence puniffable de *Polyeucte* et de *Néarque*, qui exercent dans le temple une violence que D I E U n'a jamais commandée. On pouvait craindre encore qu'un homme, qui réfigne fa femme à fon rival, ne pafsât pour un imbécille plutôt que pour un bon chrétien. Le caractère bas de *Félix* pouvait déplaire ; mais on ne fefait pas réflexion que *Sévère* et *Pauline* feraient réuffir la pièce.

P. 5o5. *La plus grande beauté de la comédie était inconnue ; on ne fongeait point aux mœurs et aux caractères. . . . Molière eft le premier qui l'ait cherchée.*

Fontenelle oublie ici que la comédie du Menteur eft une pièce de caractère. Il y a beaucoup d'incidens, il en faut auffi ; les pièces de *Molière* n'en ont peut-être pas affez. Tous fervent à faire paraître le caractère du Menteur.

On avait, long-temps avant *Molière*, plufieurs pièces dans ce goût en Efpagne, le Menteur, le Jaloux, l'Impie ou le Convié de Pierre, traduit depuis par *Molière*, fous le nom du Feftin de Pierre.

P. 507. *Il ne perdit pas en vieilliſſant l'inimitable nobleſſe de ſon génie ; mais il s'y mêla quelquefois un peu de dureté... Ainſi, dans Pertharite, une reine conſent à épouſer un tyran qu'elle déteſte, pourvu qu'il égorge un fils unique qu'elle a, &c.*

Tout cela eſt dit mal à propos ; Pertharite eſt de 1653. *Corneille* n'avait que quarante-ſept ans.

P. 508. *Il eſt aiſé de voir que ce ſentiment, au lieu d'être noble, n'eſt que dur ; et il ne faut pas trouver mauvais que le public ne l'ait pas goûté.*

Comme s'il n'y avait que cela de mauvais dans Pertharite.

Ibid. *Cet ouvrage (l'imitation de J. C. en vers français) eut un ſuccès prodigieux.*

Il y a une grande différence entre le débit et le ſuccès. Les jéſuites, qui avaient un très-grand crédit, firent lire le livre à leurs dévotes, et dans les couvens ; ils le prônaient, on l'achetait, et on s'ennuyait. Aujourd'hui ce livre eſt inconnu. L'Imitation de *Jéſus* n'eſt pas plus faite pour être miſe en vers qu'une épître de St *Paul*.

P. 510. *Corneille dédaigna fièrement d'avoir de la complaiſance pour ce nouveau goût.*

Au contraire, il n'a fait aucune pièce ſans amour.

Ibid. *Bérénice fut un duel dont tout le monde ſait l'hiſtoire. Une princeſſe fort touchée des choſes d'eſprit ... eut beſoin de beaucoup d'adreſſe pour faire trouver les deux combattans ſur le champ de bataille.*

La princeſſe *Henriette*, (*) belle-ſœur de *Louis XIV*, ne propoſa pas ſeulement ce ſujet parce qu'elle était touchée des choſes d'eſprit, mais parce que ce ſujet était, à pluſieurs égards, ſa propre aventure.

La victoire ne demeura pas à *Racine*, ſeulement qu'il était le plus jeune, mais parce que ſa pièce eſt

(*) *Henriette-Anne* d'Angleterre.

incomparablement meilleure que celle de *Corneille*, qui tomba et qu'on ne peut lire. *Racine* tira de ce mauvais sujet tout ce qu'on en pouvait tirer. Son goût épuré, son esprit flexible, sa diction toujours élégante, son style toujours châtié et toujours charmant, étaient propres à toutes les matières, et *Corneille* ne pouvait guère traiter heureusement que des sujets conformes au caractère de son gènie.

P. 513. *Il a eu souvent besoin d'être rassuré par des casuistes sur ses pièces de théâtre, et ils lui ont toujours fait grâce en faveur de la pureté qu'il avait établie sur la scène*, &c.

Ces casuistes avaient bien raison. L'art du théâtre est comme celui de la peinture. Un peintre peut également faire des ouvrages lascifs et des tableaux de dévotion. Tout auteur peut être dans ce cas. Ce n'est donc point le théâtre qui est condamnable, mais l'abus du théâtre. Or, les pièces étant approuvées par les magistrats, et ayant la sanction de l'autorité royale, le seul abus est de les condamner. Cette ancienne méprise a subsisté, parce que les comédies des mimes étaient obscènes du temps des premiers chrétiens, et que les autres spectacles étaient consacrés chez les Romains et chez les Grecs par les cérémonies de leur religion. Elles étaient regardées comme un acte d'idolâtrie; mais c'est une grande inconséquence de vouloir flétrir des pièces très-morales, parce qu'il y en a eu autrefois de scandaleuses. Les fanatiques qui, par une jalousie secrète, ont prétendu flétrir les chefs-d'œuvre de *Corneille*, n'ont pas songé combien cet outrage révolte des hommes de génie; ils font un tort irréparable à la religion chrétienne, en aliénant d'elle des esprits très-éclairés, qui ne peuvent souffrir qu'on avilisse le plus beau des arts.

Le public éclairé préfèrera toujours les *Sophocles*, les *Euripides*, les *Térences* aux *Baïus*, *Jansénius*, *du Verger-de-Haurane*, *Quesnel*, *Petit-Pied*, et à tous les gens de cette espèce.

Au refte, cette perfécution fanatique ne s'eft vue qu'en France. On a tempéré en Efpagne, en Italie, les anciennes rigueurs qui étaient abfurdes ; on ne les connaît point en Angleterre. Les vainqueurs de *Bleinheim* et les maîtres des mers, les contemporains de *Newton*, de *Locke*, d'*Addiffon* et de *Pope*, ont rendu des honneurs aux beaux arts. Le grand *Corneille* avait projeté un ouvrage pour répondre aux détracteurs du théâtre.

REMARQUES

SUR MEDÉE,

Tragédie repréfentée en 1635.

Nous commençons ce recueil par la Médée, parce que, dans ce poëme, on peut entrevoir déjà le germe des grandes beautés qui brillent dans les autres pièces. Nous rejettons à une autre place les fix premières comédies, dans lefquelles il n'y a prefque rien qui faffe apercevoir les grands talens de *Corneille*.

J'avoue qu'il ferait aujourd'hui inconnu s'il n'avait fait d'autre tragédie que Médée. Il était alors confondu parmi les cinq auteurs que le cardinal de *Richelieu* fefait travailler aux pièces dont il était l'inventeur. Ces cinq auteurs étaient, comme on fait, *l'Etoile*, fils du grand audiencier, dont nous avons les mémoires; *Boisrobert*, abbé de Châtillon-fur-Seine, aumônier du roi et confeiller d'Etat; *Colletet*, qui n'eft plus connu que par les fatires de *Boileau*, mais que le cardinal regardait alors avec eftime; *Rotrou*, lieutenant civil au bailliage de Dreux, homme de génie; *Corneille* lui-même, affez fubordonné aux autres, qui l'emportaient fur lui par la fortune ou par la faveur.

Corneille fe retira bientôt de cette fociété, fous le prétexte des arrangemens de fa petite fortune qui exigeait fa préfence à Rouen. *Rotrou* n'avait encore rien fait qui approchât même du médiocre. Il ne donna fon Venceflas que quatorze ans après la Médée, en 1649, lorfque *Corneille*, qui l'appelait

fon père, fut devenu fon maître, et que *Rotrou*,
ranimé par le génie de *Corneille*, devint digne de lui
être comparé dans la première fcène de Venceflas,
et dans le quatrième acte. Encore même, cette pièce
de *Rotrou* était-elle une imitation de l'auteur efpagnol *Francefco de Roxas*.

Mais en 1635, temps auquel on joua la Médée
de *Corneille*, on n'avait d'ouvrage un peu fupportable, à quelques égards, que la Sophonisbe de *Mairet*,
donnée en 1633. Il eft remarquable qu'en Italie et
en France, la véritable tragédie dut fa naiffance à
une Sophonisbe. Le prélat *Triffino*, auteur de la
Sophonisbe italienne, eut l'avantage d'écrire dans
une langue déjà fixée et perfectionnée; et *Mairet*, au
contraire, dans le temps où la langue françaife luttait
contre la barbarie. On ne connaiffait que des imitations languiffantes des tragédies grecques et efpagnoles, ou des inventions puériles, telles que l'Innocente
infidélité de *Rotrou*, l'Hôpital des fous d'un nommé
Beys, le Cléomédon de *du Ryer*, l'Orante de *Scudéri*,
la Pélérine amoureufe. Ce font-là les pièces qu'on
joua dans cette même année 1635, un peu avant
la Médée de *Corneille*.

Avec quelle lenteur tout fe forme! Nous avions
déjà plus de mille pièces de théâtre, et pas une feule
qui pût être foufferte aujourd'hui par la populace des
provinces les plus groffières. Il en a été de même
dans tous les arts, et dans tout ce qui concerne les
agrémens de la fociété, et les commodités de la vie.
Que chaque nation parcoure fon hiftoire, et elle verra
que, depuis la chute de l'empire romain, elle a été
prefque fauvage pendant dix ou douze fiècles.

La Médée de *Corneille* n'eut qu'un fuccès médiocre, quoiqu'elle fût au-deffus de tout ce qu'on avait donné jufqu'alors. Un ouvrage peut toucher avec les plus énormes défauts, quand il eft animé par une paffion vive, et par un grand intérêt, comme le Cid ; mais de longues déclamations ne réuffiffent en aucun pays, ni en aucun temps. La Médée de *Sénèque*, qui avait ce défaut, n'eut point de fuccès chez les Romains ; celle de *Corneille* n'a pu refter au théâtre.

On ne repréfente d'autre Médée à Paris que celle de *Longepierre*, tragédie à la vérité très-médiocre, et où le défaut des Grecs, qui était la vaine déclamation, eft pouffé à l'excès ; mais, lorfqu'une actrice impofante fait valoir le rôle de Médée, cette pièce a quelque éclat aux repréfentations, quoique la lecture en foit peu fupportable.

Ces tragédies uniquement tirées de la fable, et où tout eft incroyable, ont aujourd'hui peu de réputation parmi nous, depuis que *Corneille* nous a accoutumés au vrai ; et il faut avouer qu'un homme fenfé qui vient d'entendre la délibération d'*Augufte*, de *Cinna* et de *Maxime*, a bien de la peine à fupporter *Médée* traver-fant les airs dans un char traîné par des dragons. Un défaut plus grand encore dans la tragédie de Médée, c'eft qu'on ne s'intéreffe à aucun perfonnage. *Médée* eft une méchante femme qui fe venge d'un malhonnête homme. La manière dont *Corneille* a traité ce fujet nous révolte aujourd'hui ; celles d'*Euripide* et de *Sénèque* nous révolteraient encore davantage.

Une magicienne ne nous paraît pas un fujet propre à la tragédie régulière, ni convenable à un peuple dont le goût eft perfectionné. On demande pourquoi

nous rejetterions des magiciens, et que non-feulement nous permettons que dans la tragédie on parle
d'ombres et de fantômes, mais même qu'une ombre
paraisse quelquefois sur le théâtre ?

Il n'y a certainement pas plus de revenans que de
magiciens dans le monde ; et, si le théâtre est la représentation de la vérité, il faut bannir également les
apparitions et la magie.

Voici, je crois, la raison pour laquelle nous souf-
fririons l'apparition d'un mort, et non le vol d'un
magicien dans les airs. Il est possible que la Divinité
fasse paraître une ombre pour étonner les hommes
par ces coups extraordinaires de sa providence, et
pour faire rentrer les criminels en eux-mêmes ; mais
il n'est pas possible que des magiciens ayent le pouvoir
de violer les lois éternelles de cette même providence :
telles sont aujourd'hui les idées reçues.

Un prodige opéré par le ciel même ne révoltera
point ; mais un prodige opéré par un sorcier, malgré
le ciel, ne plaira jamais qu'à la populace.

Quodcumque ostendis mihi sic, incredulus odi.

Chez les Grecs, et même chez les Romains, qui
admettaient des sortiléges, Médée pouvait être un
très-beau sujet. Aujourd'hui nous le reléguons à
l'opéra, qui est parmi nous l'empire des fables, et qui
est à peu-près parmi les théâtres ce qu'est l'*Orlando
furioso* parmi les poëmes épiques.

Mais, quand *Médée* ne serait pas sorcière, le parricide qu'elle commet presque de sang froid sur ses
deux enfans, pour se venger de son mari, et l'envie
que *Jason* a, de son côté, de tuer ces mêmes enfans,

pour fe venger de fa femme, forment un amas de monftres dégoûtans, qui n'eft malheureufement foutenu que par des amplifications de rhétorique, en vers fouvent durs ou faibles, ou tenant de ce comique qu'on mêlait avec le tragique fur tous les théâtres de l'Europe, au commencement du dix-feptième fiècle. Cependant cette pièce eft un chef-d'œuvre, en comparaifon de prefque tous les ouvrages dramatiques qui la précédèrent. C'eft ce que M. de *Fontenelle* appelle *prendre l'effor, et monter jufqu'au tragique le plus fublime.* Et, en effet, il a raifon, fi on compare Médée aux fix cents pièces de *Hardy*, qui furent faites chacune en deux ou trois jours, aux tragédies de *Garnier*, aux Amours infortunés de *Léandre* et de *Héro*, par l'avocat *la Selve*, à la Fidelle tromperie d'un autre avocat nommé *Gougenot*, au Pirandre de *Boifrobert* qui fut joué un an avant la Médée.

Nous avons déjà remarqué que toutes les autres parties de la littérature n'étaient pas mieux cultivées.

Corneille avait trente ans quand il donna fa Médée; c'eft l'âge de la force de l'efprit; mais il était encore fubjugué par fon fiècle. Ce n'eft point fa première tragédie; il avait fait jouer *Clitandre* trois ans auparavant. Ce *Clitandre* eft entièrement dans le goût efpagnol, et dans le goût anglais; les perfonnages combattent fur le théâtre; on y tue, on y affaffine; on voit des héroïnes tirer l'épée; des archers courent après les meurtriers; des femmes fe déguifent en hommes; une *Dorife* crève un œil à un de fes amans avec une aiguille à tête. Il y a de quoi faire un roman de dix tomes, et cependant il n'y a rien de fi froid et de plus ennuyeux. La bienféance, la vraifemblance

négligées,

négligées, toutes les règles violées, ne font qu'un très-léger défaut en comparaifon de l'ennui. Les tragédies de *Shakefpeare* étaient plus monftrueufes encore que *Clitandre*, mais elles n'ennuyaient pas. Il fallut enfin revenir aux anciens pour faire quelque chofe de fupportable, et Médée eft la première pièce dans laquelle on trouve quelque goût de l'antiquité. Cette imitation eft, fans doute, très-inférieure à ces beautés vraies que *Corneille* tira depuis de fon feul génie.

Refferrer un événement illuftre et intéreffant dans l'efpace de deux ou trois heures, ne faire paraître les perfonnages que quand ils doivent venir, ne laiffer jamais le théâtre vide, former une intrigue auffi vraifemblable qu'attachante, ne dire rien d'inutile, inftruire l'efprit et remuer le cœur, être toujours éloquent en vers, et de l'éloquence propre à chaque caractère qu'on repréfente ; parler fa langue avec autant de pureté que dans la profe la plus châtiée, fans que la contrainte de la rime paraiffe gêner les penfées ; ne fe pas permettre un feul vers, ou dur, ou obfcur, ou déclamateur ; ce font là les conditions qu'on exige aujourd'hui d'une tragédie, pour qu'elle puiffe paffer à la poftérité avec l'approbation des connaiffeurs, fans laquelle il n'y a jamais de réputation véritable.

On verra comment, dans les pièces fuivantes, *Pierre Corneille* a rempli plufieurs de ces conditions.

On fe contentera d'indiquer, dans cette pièce de Médée, quelques imitations de *Sénèque*, et quelques vers qui annoncent déjà le grand *Corneille* ; et on entrera dans plus de détails quand il s'agira de pièces dont prefque tous les vers exigent un examen réfléchi.

REMARQUES

Tome premier de l'édition in - 4°, page 9.

J E *vous donne Médée toute méchaute qu'elle eſt* , &c.
Je n'ai pu découvrir qui eſt ce monſieur *P. T. N. G.*
à qui *Corneille* dédie Médée. Mais il eſt aſſez utile de voir
que l'auteur condamne lui-même ſon ouvrage.

Cette dédicace eſt faite pluſieurs années après la repréſentation. Il était alors aſſez grand pour avouer qu'il
ne l'avait pas toujours été.

Pag. 10. *Dans la portraiture , il n'eſt pas queſtion ſi
un viſage eſt beau , mais s'il reſſemble.*

Portraiture eſt un mot ſuranné, et c'eſt dommage ; il
eſt néceſſaire : *Portraiture* ſignifie l'art de faire reſſembler ;
on emploie aujourd'hui *portrait* pour exprimer l'art
et la choſe. *Portraire* eſt encore un mot néceſſaire que
nous avons abandonné.

Ibid. *Et dans la poëſie, il ne faut pas conſidérer ſi les
mœurs ſont vertueuſes , mais ſi elles ſont pareilles à celles de
la perſonne qu'elle introduit.*

Il faut ſur-tout qu'elles ſoient intéreſſantes , c'eſt là
le premier devoir. Des jeunes gens, dont le goût n'était
point encore formé , et qui n'avaient qu'une connaiſſance confuſe du théâtre et de l'art des vers, ſe ſont

fouvent étonnés du peu de fuccès de la tragédie d'Atrée.
Ils ont cru que la délicateffe de nos dames s'effrayait
trop de voir préfenter à *Thiefte* une coupe remplie du
fang de fon fils. Ils fe font trompés. Ce fang, qu'on ne
voyait pas, ne pouvait effaroucher les yeux ; et l'action
de *Cléopâtre* dans Rodogune eft plus criminelle et plus
atroce que celle d'*Atrée*. Cependant on la voit avec un
plaifir mêlé d'horreur. Le grand défaut d'Atrée eft qu'on
ne peut s'intéreffer à la vengeance raffinée d'une injure
faite il y a vingt ans. On peut exercer une vengeance
exécrable dans les premiers mouvemens d'une jufte
colère. Mais élever le fils d'un adultère fous le nom
de fon propre fils pour le faire manger en ragoût à fon
véritable père, quand cet enfant fera majeur, ce n'eft-
là qu'une horreur abfurde ; et quand cette horreur eft
mife en vers obfcurs, chevillés et barbares, il eft
impoffible aux gens de goût de la fupporter. Nous ne
pouvons trop fouvent faire cette remarque.

P. 11. *J'efpère qu'elles vous fatisferont encore aucunement
fur le papier.*

Aucunement, vieux mot, qui fignifie *en quelque forte,
en partie*, et qui valait mieux que ces périphrafes.

REMARQUES

SUR MEDÉE,

TRAGEDIE.

ACTE PREMIER.

SCENE PREMIERE.

Vers 7 . Quoi ! Médée eft donc morte, ami ? — Non, elle vit ;
Mais un objet plus beau la chaſſe de mon lit, &c.

JE ne ferai fur ce début qu'une feule remarque, qui
pourra fervir pour plufieurs autres occafions. On voit
affez que c'eft-là le ftyle de la comédie ; on n'écrivait
point alors autrement les tragédies. Les bornes qui
diftinguent la familiarité bourgeoife , et la noble fimplicité , n'étaient point encore pofées. *Corneille* fut le
premier qui eut de l'élévation dans le ftyle , comme
dans les fentimens. On en voit déjà plufieurs exemples
dans cette pièce. Il y a de la juftice à lui tenir compte
du fublime qu'on y trouve quelquefois , et à n'accufer
que fon fiècle de ce ftyle comique négligé et vicieux
qui déshonorait la fcène tragique. Je n'infifte point fur
la *meilleure faifon* , fur les *mille et mille malheurs* , fur le
Jafon *fans confcience* , fur Créufe *poffédée autant vaut* , fur
une flamme *accommodée au bien des affaires*. C'était le
malheureux ftyle d'une nation qui ne favait pas encore
parler. Et cela même fait voir quelle obligation nous
avons au grand *Corneille* de s'être tiré dans fes beaux
morceaux de cette fange où fon fiècle l'avait plongé,

et d'avoir feul appris à fes contemporains l'art fi long-
temps inconnu de bien penfer et de bien s'exprimer.

V. 35. Et depuis, à Colchos, que fit votre Jafon ?
　　　Que cajoler Médée et gagner la toifon.

On doit dire ici un mot de cette fameufe toifon
d'or. La Colchide , pays de *Médée* , eft la Mingrélie ,
pays barbare , toujours habité par des barbares , où l'on
pouvait faire un commerce de fourrures affez avantageux.
Les Grecs entreprirent ce voyage par le Pont-Euxin
qui eft très-périlleux ; et ce péril donna de la célébrité
à l'entreprife : c'eft-là l'origine de toutes ces fables
abfurdes qui eurent cours dans l'Occident. Il n'y avait
alors d'autre hiftoire que des fables.

V. 43. Et j'ai trouvé l'adreffe , en lui fefant la cour ,
　　　De relever mon fort fur les ailes d'Amour.

Ce vers eft un exemple de ce mauvais goût qui
régnait alors chez toutes les nations de l'Europe. Les
métaphores outrées , les comparaifons fauffes , étaient
les feuls ornemens qu'on employât ; on croyait avoir
furpaffé *Virgile* et *le Taffe* , quand on fefait voler un fort
fur les ailes de l'Amour. *Driden* comparait *Antoine* à un
aigle qui portait fur fes ailes un roitelet , lequel alors
s'élevait au-deffus de l'aigle ; et ce roitelet , c'était
l'empereur *Augufte*. Les beautés vraies étaient par-tout
ignorées. On a reproché depuis à quelques auteurs de
courir après l'efprit. En effet , c'eft un défaut infupportable de chercher des épigrammes quand il faut donner
de la fenfibilité à fes perfonnages ; il eft ridicule de
montrer ainfi l'auteur quand le héros feul doit paraître
au naturel ; mais ce défaut puéril était bien plus commun du temps de *Corneille* que du nôtre. La pièce de
Clitandre, qui précéda Médée, eft remplie de pointes ;

E 3

un amant qui a été bleffé en défendant fa maîtreffe, apoftrophe fes bleffures, et leur dit :

> Bleffures, hâtez-vous d'élargir vos canaux.
> Ah ! pour l'être trop peu, bleffures trop cruelles,
> De peur de m'obliger vous n'êtes point mortelles.

Tel était le malheureux goût de ce temps-là.

V. 73. . . . . . . Les fœurs crient miracle.

J'ai remarqué que, parmi les étrangers qui s'exercent quelquefois à faire des vers français, et parmi plufieurs provinciaux qui commencent, il s'en trouve toujours qui font, *crient*, *plient*, *croient*, &c. de deux fyllabes. Ces mots n'en valent jamais qu'une feule, et ne peuvent être employés qu'à la fin d'un vers. *Corneille* fit fouvent cette faute dans fes premières pièces ; et c'eft ce qui établit ce mauvais ufage dans nos provinces.

V. 87. Et l'amour paternel qui fait agir leurs bras,
Croirait commettre un crime à n'en commettre pas.

Ce morceau eft imité du feptième livre des Métamor-phofes.

> *His, ut quæque pia eft, hortatibus impia prima eft ;*
> *Et, ne fit fcelerata, facit fcelus : haud tamen ictus*
> *Ulla fuos fpectare poteft, oculofque reflectunt.*

Remarquez que *Corneille* fut le premier qui fût tranf-porter fur la fcène françaife les beautés des auteurs grecs et latins.

V. 158. . . . . Adieu ; l'amour vous preffe,
Et je ferais marri qu'un foin officieux,
Vous fit perdre pour moi des temps fi précieux.

Le lecteur judicieux s'aperçoit, fans doute, combien la plupart des expreffions font impropres ou familières dans cette fcène. Nous demandons grâce pour cette pre-mière tragédie. Nous tâcherons de ne faire des réflexions utiles que fur les pièces qui le font elles-mêmes par les grands exemples qu'on y trouve de tous les genres de beautés.

SCENE II.

V. 1. Depuis que mon efprit eft capable de flamme,
Jamais un trouble égal n'a confondu mon ame.

Cette fcène, où *Jafon* débute par dire que fon efprit eft capable de flamme, eft entièrement inutile. Et ces fcènes, qui ne font que de liaifon, jettent un peu de froid dans nos meilleures tragédies, qui ne font point foutenues par le grand appareil du théâtre grec, par la magnificence des chœurs, et qui ne font que des dialo-gues fur des planches.

SCENE III.

V. 19. Vous le faurez après, je ne veux rien pour rien.

On fent affez que ce vers eft plus fait pour la farce que pour la tragédie. Mais nous n'infiftons pas fur les fautes du ftyle et de langage.

SCENE IV.

V. 1. Souverains protecteurs des lois de l'hyménée,
Dieux, garans de la foi que Jafon m'a jurée, *&c.*

Voici des vers qui annoncent *Corneille.* Ce monologue eft tout entier imité de celui de *Sénèque* le tragique.

Dii conjugales, tuque genialis tori Lucina cuftos.

Rien n'eft plus difficile que de traduire les vers latins et grecs en vers français rimés. On eft prefque toujours

E 4

obligé de dire en deux lignes ce que les anciens ont dit en une. Il y a très-peu de rimes dans le ſtyle noble, comme je le remarque ailleurs ; et nous avons même beaucoup de mots auxquels on ne peut rimer : auſſi le poëte eſt rarement le maître de ſes expreſſions. J'oſe affirmer qu'il n'eſt point de langue dans laquelle la verſification ait plus d'entraves.

V. 6. Et m'aidez à vénger cette commune injure,

n'appartient qu'à *Corneille. Racine* a imité ce vers dans *Phèdre* :

Déeſſe, venge-toi ; nos cauſes ſont pareilles.

Mais, dans *Corneille,* il n'eſt qu'une beauté de poëſie ; dans *Racine,* il eſt une beauté de ſentiment. Ce monologue pourrait aujourd'hui paraître une amplification, une déclamation de rhétorique : il eſt pourtant bien moins chargé de ce défaut que la ſcène de *Sénèque.*

V. 31. Me peut-il bien quitter après tant de bienfaits ?
M'oſe-t-il bien quitter après tant de forfaits ? *&c.*

Ces vers ſont dignes de la vraie tragédie, et *Corneille* n'en a guère fait de plus beaux. Si, au lieu d'être noyés dans un long monologue inutile, ils étaient placés dans un dialogue vif et touchant, ils feraient le plus grand effet.

Ces monologues furent très-long-temps à la mode. Les comédiens les feſaient ronfler avec une emphaſe ridicule ; ils les exigeaient des auteurs qui leur vendaient leurs pièces ; et une comédienne, qui n'aurait point eu de monologue dans ſon rôle, n'aurait pas voulu réciter. Voilà comme le théâtre, relevé par *Corneille,* commença parmi nous. Des farceurs ampoulés repréſentaient dans des jeux de paume ces maſcarades rimées qu'ils achetaient dix écus : les Athéniens en uſaient autrement.

V. 61. Soleil, qui vois l'affront qu'on va faire à ta race,
Donne-moi tes chevaux à conduire en ta place.

Cette prière au Soleil, son père, est encore toute de *Sénèque*, et devait faire plus d'effet sur les peuples qui mettaient le soleil au rang des dieux, que sur nous qui n'admettons pas cette mythologie.

SCENE V.

V. 6. S'il cesse de m'aimer, qu'il commence à me craindre.

Le vers de *Sénèque*, *adeone credit omne consumptum nefas ?* paraît bien plus fort.

V. 12. Et faut-il perdre ainsi des menaces en l'air ?

J'ai déjà dit que je ne ferais aucune remarque sur le style de cette tragédie, qui est vicieux presque d'un bout à l'autre. J'observerai seulement ici, à propos de ces rimes *dissimuler* et *en l'air*, qu'alors on prononçait *dissimulair* pour rimer à *l'air*. J'ajouterai qu'on a été longtemps dans le préjugé, que la rime doit être pour les yeux. C'est pour cette raison qu'on fesait rimer *cher à bûcher*. Il est indubitable que la rime n'a été inventée que pour l'oreille. C'est le retour des mêmes sons, ou des sons à peu-près semblables qu'on demande, et non pas le retour des mêmes lettres. On fait rimer *abhorre*, qui a deux *rr*, avec *encore* qui n'en a qu'une ; par la même raison *terre* peut rimer à *père* ; mais *je me hâte* ne peut rimer avec *je me flatte*, parce que *flatte* est bref, et *hâte* est long.

V. 41. Cette lâche ennemie a peur des grands courages, *&c.*

Cela est imité de *Sénèque*, et enchérit encore sur le mauvais goût de l'original : *fortuna fortes metuit, ignavos premit. Corneille* appelle la fortune *lâche*. Toutes les tragédies qui précédèrent sa Médée sont remplies d'exemples de ce faux bel efprit. Ces puérilités furent fi long-temps en vogue, que l'abbé *Cotin*, du temps même de *Boileau* et de *Molière*, donna à la fièvre l'épithète d'*ingrate*; cette ingrate de fièvre qui attaquait infolemment le beau corps de mademoifelle de *Guife*, où elle était fi bien logée.

V. 48. Dans un fi grand revers que vous refte-t-il ? — Moi.
. . . . . . Moi, dis-je, et c'eft affez.

Ce *moi* eft célèbre. C'eft le *Medea fupereft* de *Sénèque*. Ce qui fuit eft encore une traduction de *Sénèque*. Mais dans l'original et dans la traduction, ces vers affaibliffent la grande idée que donne, *moi, dis-je, et c'eft affez*. Tout ce qui explique un grand fentiment l'énerve. On demande fi le *Medea fupereft* eft fublime ? je répondrai à cette queftion, que ce ferait en effet un fentiment fublime, fi ce *moi* exprimait de la grandeur de courage. Par exemple, fi lorfque *Horatius Coclès* défendit feul un pont contre une armée, on lui eût demandé, que vous refte-t-il ? et qu'il eût répondu, *moi*, c'eût été du véritable fublime : mais ici il ne fignifie que le pouvoir de la magie ; et, puifque *Médée* difpofe des élémens, il n'eft pas étonnant qu'elle puiffe feule et fans autre fecours fe venger de tous fes ennemis.

ACTE SECOND.

SCENE II.

Vers 12. Ah! l'innocence même, et la même candeur! &c.

C'EST dans la scène de *Sénèque*, qui a servi de modèle à celle-ci, qu'on trouve ce beau vers :

Si judicas, cognosce ; si regnas, jube.
N'es-tu que roi ? commande. Es-tu juge ? examine.

C'est dommage que *Corneille* n'ait pas traduit ce vers, il l'aurait bien mieux rendu.

Ah ! l'innocence même, et la même candeur ! Quæ causa pellat innocens mulier rogat. Cette ironie est, comme on voit, de *Sénèque*. La figure de l'ironie tient presque toujours du comique ; car l'ironie n'est autre chose qu'une raillerie. L'éloquence souffre cette figure en prose, *Démosthènes* et *Cicéron* l'emploient quelquefois. *Homère* et *Virgile* n'ont pas dédaigné même de s'en servir dans l'épopée ; mais dans la tragédie il faut l'employer sobrement ; il faut qu'elle soit nécessaire ; il faut que le personnage se trouve dans des circonstances où il ne puisse s'expliquer autrement, où il soit obligé de cacher sa douleur, et de feindre d'applaudir à ce qu'il déteste.

Racine fait parler ironiquement *Axiane* à *Taxile*, quand elle lui dit :

. . . . . Approche, puissant roi,
Grand monarque de l'Inde, on parle ici de toi.

Il met aussi quelques ironies dans la bouche d'*Hermione ;* mais, dans ses autres tragédies, il ne se sert plus de cette figure. Remarquez, en général, que l'ironie ne convient point aux passions : elle ne peut aller au cœur, elle sèche les larmes. Il y a une autre espèce d'ironie qui est un retour sur soi-même, et qui exprime parfaitement l'excès du malheur. C'est ainsi qu'*Oreste* dit dans l'Andromaque : *Oui, je te loue, ô Ciel, de ta persévérance.* C'est ainsi que *Gatimozin* disait au milieu des flammes : *Et moi suis-je sur un lit de roses ?* Cette figure est très-noble et très-tragique dans *Oreste*, et dans *Gatimozin* elle est sublime. Observez que toutes les scènes semblables à celle-ci sont toujours froides ; il convient rarement au tragique de parler long-temps du passé. Ce poëme est *natum rebus agendis ;* ce doit être une action.

V. 85. Vous voulez qu'on l'honore, et que, de deux complices,
 L'un ait votre couronne, et l'autre des supplices.

 Hic pretium sceleris tulit, hic diadema.

V. 133.. . . . . Soldats, remettez-la chez elle.

Si *Médée* est une magicienne aussi puissante qu'on le dit, et que *Créon* même le croit, comment ne craint-il pas de l'offenser, et comment même peut-il disposer d'elle ? C'est-là une étrange contradiction que l'antiquité grecque s'est permise. Les illusions de l'antiquité ont été adoptées par nous ; les juges ont osé juger des sorciers ; mais il s'était répandu une opinion aussi ridicule que celle de la magie même, et qui lui servait de correctif ; c'était que les magiciens perdaient tout leur pouvoir dès qu'ils étaient entre les mains de la justice. L'*Arioste* et le *Tasse*, son heureux imitateur, prirent un tour plus heureux ; ils feignirent que les enchantemens pouvaient être détruits par d'autres enchantemens ; cela seul mettait de la vraisemblance dans ces fables qui, par elles-mêmes, n'en ont aucune. *Arioste*, tout fécond qu'il était, avait appris cet art d'*Homère* ; il est vrai que son *Alcine* est prodigieusement supérieure à la *Circé* de l'*Odyssée* ; mais enfin *Homère* est le premier qui paraît avoir imaginé des

préfervatifs contre le pouvoir de la magie, et qui par-là
mit quelque raifon dans des chofes qui n'en avaient pas.

SCENE III.

***V*. 5.** Et le facré refpect de ma condition
En a-t-il arraché quelque foumiffion ?

Il eft bien ici queftion du facré refpect qu'on doit à la
condition de ce *Créon*, qui, d'ailleurs, joue dans cette
pièce un rôle trop froid.

SCENE IV.

***V*. 3.** Nous n'avons déformais que craindre de fa part.

Nous n'avons que craindre, eft un barbarifme. Cette pièce
en a beaucoup. Mais, encore une fois, c'eft la première
de *Corneille*.

***V*. 25.** Je voudrais pour tout autre un peu de raillerie,
Un vieillard amoureux mérite qu'on en rie.

Ces vers montrent qu'en effet on mêlait alors le comique au tragique. Ce mauvais goût était établi dans
prefque toute l'Europe, comme on le remarque ailleurs.

SCENE V.

***V*. 24.** La robe de Médée a donné dans mes yeux.

La robe de *Médée*, qui a donné dans les yeux de
Créufe, et la defcription de cette robe ne feraient pas
fouffertes aujourd'hui, et la réponfe de *Jafon* n'eft pas
moins petite que la demande.

SCENE VI.

V. 23. Souvent je ne fais quoi qu'on ne peut exprimer,
    Nous furprend, nous emporte, et nous force d'aimer.

Voilà le germe de ces vers qu'on applaudit autrefois dans Rodogune :

    Il eft des nœuds fecrets, il eft des fympathies,
    Dont par le doux rapport les ames afforties, &c.

C'eft au lecteur judicieux à décider lequel vaut le mieux de ces deux morceaux. Il décidera peut-être que de telles maximes font plus convenables à la haute comédie, et que les maximes détachées ne valent pas un fentiment. Cette même idée fe retrouve dans la fuite du Menteur, et elle y eft mieux placée.

SCENE VII.

Aegée feul. Il eft inutile de remarquer combien le rôle d'*Aegée* eft froid et infipide. Une pièce de théâtre eft *une expérience fur le cœur humain.* Quel reffort remuera l'ame des hommes ? ce ne fera pas un vieillard amoureux et méprifé qu'on met en prifon, et qu'une forcière délivre. Tout perfonnage principal doit infpirer un degré d'intérêt ; c'eft une des règles inviolables : elles font toutes fondées fur la nature. On a déjà averti qu'on ne reprend pas les fautes de détail.

ACTE TROISIEME.

SCENE PREMIERE.

Vers 1. Malheureux inftrument du malheur qui nous preffe,
Que j'ai pitié de toi, déplorable princeffe !

C'EST ici un grand exemple de l'abus des monologues. Une fuivante, qui vient parler toute feule du pouvoir de fa maîtreffe, eft d'un grand ridicule. Cette faute de faire dire ce qui arrivera, par un acteur qui parle feul, et qu'on introduit fans raifon, était très-commune fur les théâtres grecs et latins : ils fuivaient cet ufage parce qu'il eft facile. Mais on devrait dire aux *Menandres*, aux *Ariftophanes*, aux *Plautes* : Surmontez la difficulté ; inftruifez-nous du fait fans avoir l'air de nous inftruire : amenez fur le théâtre des perfonnages néceffaires qui aient des raifons de fe parler : qu'ils m'expliquent tout fans jamais s'adreffer à moi : que je les voie agir et dialoguer ; finon, vous êtes dans l'enfance de l'art.

SCENE II.

V. 31. Pour montrer, fans les voir, fon courage apaifé,
Je te dirai, Nérine, un moyen fort aifé, &c.

Convenons que ce n'eft pas un trop bon moyen d'apaifer une femme et une mère que de lui arracher fes enfans, et de lui prendre fes habits. Cette invention de comédie produit une cataftrophe horrible ; mais ce contrafte même d'une intrigue faible et baffe, avec un dénouement épouvantable, forme une bigarrure qui révolte tous les efprits cultivés.

SCENE III.

V. 1. Ne fuyez pas, Jafon, de ces funeftes lieux ;
C'eft à moi d'en partir ; recevez mes adieux, *&c.*

Cette fcène eft toute de *Sénèque.*

Fugimus, Jafon; fugimus, hoc non eft novum,
Mutare fedes. Caufa fugiendi nova eft , &c.
Ad quos remittis, Phafim et Colchos petam? &c.

Il y a dans ce couplet de très-beaux vers qui annon-
çaient déjà *Corneille.* C'eft en ce fens, et c'eft dans ces
morceaux détachés qu'on peut dire avec *Fontenelle* que
Corneille s'éleva jufqu'à *Médée.*

V. 85. Oui, je te les reproche, et de plus.... quels forfaits ? —
La trahifon, le meurtre, et tous ceux que j'ai faits.

Médée dit dans *Sénèque : Quodcumque feci.*

V. 90. Celui-là fait le crime, à qui le crime fert.

Tua illa funt, cui prodeft fcelus is fecit.

V. 141. Je t'aime encore, Jafon, malgré ta lâcheté,

n'eft point imité de *Sénèque ;* et *Racine* en cet endroit ,
s'eft rencontré avec *Corneille* , quand il fait dire à *Roxane :*

Ecoutez, Bajazet, je fens que je vous aime, *&c.*

La fituation et la paffion amènent fouvent des fentimens et des expreffions qui fe reffemblent fans qu'elles
foient imitées. Mais quelle différence entre *Roxane* et
Médée ! Le rôle de *Médée* eft l'effai d'un génie vigoureux
et fans art , qui en vain fait déjà quelques efforts contre
la barbarie qui enveloppe fon fiècle ; et le rôle de *Roxane*
eft le chef-d'œuvre de l'efprit et du goût dans un temps
plus heureux ; l'un eft une ftatue groffière de l'ancienne
Egypte ; l'autre eft une ftatue de *Phidias.*

V. 150.

*V.*150. Que je t'aime, et te baife en ces petits portraits, *&c.*

On fent affez que le mot *baife* ne ferait pas foufert aujourd'hui ; mais il y a une réflexion plus importante à faire : *Médée* conçoit la vengeance la plus horrible, et qui retombe fur elle-même. Pour y parvenir, elle a recours à la plus indigne fourberie : elle devient alors exé-crable aux fpectateurs ; elle attirerait la pitié, fi elle égorgeait fes enfans dans un moment de défefpoir et de démence. C'eft une loi du théâtre qui ne fouffre guère d'exception ; ne commettez jamais de grands crimes que quand de grandes paffions en diminueront l'atrocité, et vous attireront même quelque compaffion des fpectateurs. *Cléopâtre*, à la vérité, dans la tragédie de Rodogune, ne s'attire nulle compaffion. Mais fongez que fi elle n'était pas poffédée de la paffion forcenée de régner, on ne la pourrait pas fouffrir, et que fi elle n'était pas punie, la pièce ne pourrait être jouée.

SCENE IV.

V. 1. . . . . Il eft en ta puiffance
D'oublier mon amour, mais non pas ma vengeance.
Je la faurai graver en tes efprits glacés
Par des coups trop profonds pour en être effacés.

Cette idée déteftable de tuer fes propres enfans pour fe venger de leur père, idée un peu foudaine, et qui ne laiffe voir que l'atrocité d'une vengeance révoltante, fans qu'elle foit ici combattue par les moindres remords, eft encore prife de *Sénèque*, dont *Corneille* a imité les beautés et les défauts.

ACTE QUATRIEME.

SCENE II.

Vers 1. Le charme eſt achevé, tu peux entrer, Nérine.

Dans la tragédie de Macbeth, qu'on regarde comme un chef-d'œuvre de *Shakeſpeare*, trois ſorcières font leurs enchantemens ſur le théâtre : elles arrivent au milieu des éclairs et du tonnerre avec un grand chaudron, dans lequel elles font bouillir des herbes. *Le chat a miaulé trois fois*, diſent-elles, *il eſt temps, il eſt temps* ; elles jettent un crapaud dans le chaudron, et apoſtrophent le crapaud, en criant en refrain : *Double, double, chaudron, trouble, que le feu brûle, que l'eau bouille, double, double.* Cela vaut bien les ſerpens qui ſont venus d'Afrique en un moment, et ces herbes que *Médée* a cueillies le pied nu, en feſant pâlir la lune, et ce plumage noir d'une harpie. Ces puérilités ne feraient pas admiſes aujourd'hui.

C'eſt à l'opéra, c'eſt à ce ſpectacle conſacré aux fables que ces enchantemens conviennent, et c'eſt là qu'ils ont été le mieux traités. Voyez dans *Quinault*, ſupérieur en ce genre :

> Eſprits malheureux et jaloux,
> Qui ne pouvez ſouffrir la vertu qu'avec peine,
> Vous, dont la fureur inhumaine,
> Dans les maux qu'elle fait trouve un plaiſir ſi doux,
> Démons, préparez-vous à ſeconder ma haine ;
> Démons, préparez-vous à ſervir mon courroux.

Voyez en un autre endroit ce morceau encore plus fort que chante *Médée :*

> Sortez, ombres, ſortez de la nuit éternelle.
> Voyez le jour pour le troubler :

Que l'affreux défefpoir, que la rage cruelle,
    Prennent foin de vous raffembler :
    Avancez , malheureux coupables,
    Soyez aujourd'hui déchaînés ;
Goûtez l'unique bien des cœurs infortunés,
    Ne foyez pas feuls miférables.
Ma rivale m'expofe à des maux effroyables,
  Qu'elle ait part aux tourmens qui vous font deftinés.
    Non, les enfers impitoyables
Ne pourront inventer des horreurs comparables
    Aux tourmens qu'elle m'a donnés.
Goûtons l'unique bien des cœurs infortunés ,
    Ne foyons pas feuls miférables.

Ce feul couplet vaut mieux, peut-être, que toute la
Médée de *Sénèque*, de *Corneille* et de *Longepierre* , parce
qu'il eft fort et naturel, harmonieux et fublime. Obfervons
que c'eft-là ce *Quinault* que *Boileau* affectait de méprifer,
et apprenons à être juftes.

V. 80. Avant que fur Créufe ils agiraient fur moi.

Cette fuivante, qui craint la brûlure, et qui refufe de
porter la robe, eft très-comique et fournirait de bonnes
plaifanteries. Il était fort aifé d'envoyer la robe par un
domeftique qui ne fût pas inftruit du poifon qu'elle
renfermait.

S C E N E   I I I.

V. 1. Nous devons bien chérir cette valeur parfaite, *&c.*

On voit combien *Pollux* eft inutile à la pièce ; *Corneille*
l'appelle un perfonnage protatique.

S C E N E I V.

V. 20. J'eus toujours pour fuſpects les dons des ennemis.

Ce vers eſt la traduction de ce beau vers de *Virgile* :

. . . . *Timeo Danaos, et dona ferentes.*

Et *Virgile* lui-même a pris ce vers d'*Homère* mot à mot.
Quand on imite de tels vers qui ſont devenus proverbes,
il faut tâcher que nos imitations deviennent auſſi proverbes dans notre langue. On n'y peut réuſſir que par
des mots harmonieux aiſés à retenir. *Pour ſuſpects les
dons*, eſt trop rude ; on doit éviter les conſonnes qui ſe
heurtent. C'eſt le mélange heureux des voyelles et des
conſonnes qui fait le charme de la verſification.

S C E N E V.

(*Aegée en priſon.*)

V. 1. Demeure affreuſe des coupables, &c.

Rotrou avait mis les ſtances à la mode. *Corneille* qui les
employa, les condamne lui-même dans ſes réflexions
ſur la tragédie. Elles ont quelque rapport à ces odes que
chantaient les chœurs entre les ſcènes ſur le théâtre grec.
Les Romains les imitèrent : il me ſemble que c'était
l'enfance de l'art. Il était bien plus aiſé d'inférer ces
inutiles déclamations entre neuf ou dix ſcènes qui
compoſaient une tragédie, que de trouver dans ſon ſujet
même de quoi animer toujours le théâtre, et de ſoutenir
une longue intrigue toujours intéreſſante. Lorſque notre
théâtre commença à ſortir de la barbarie, et de l'aſſer-
viſſement aux uſages anciens, pire encore que la barbarie,
on ſubſtitua à ces odes des chœurs qu'on voit dans
Garnier, dans *Jodèle* et dans *Baïf*, des ſtances que les

perfonnages récitaient. Cette mode a duré cent années ; le dernier exemple que nous ayons des ftances eft dans la Thébaïde. *Racine* fe corrigea bientôt de ce défaut ; il fentit que cette mefure, différente de la mefure employée dans la pièce, n'était pas naturelle ; que les perfonnages ne devaient pas changer le langage convenu ; qu'ils devenaient poëtes mal à propos.

V. 37.   Amour, contre Jafon tourne ton trait fatal,
Au pouvoir de tes dards je remets ma vengeance ;
Atterre fon orgueil, et montre ta puiffance
A perdre également l'un et l'autre rival.

Quand même ces ftances ennuyeufes et mal écrites auraient été auffi bonnes que la meilleure ode d'*Horace*, elles ne feraient aucun effet ; parce qu'elles font dans la bouche d'un vieillard ridicule, amoureux comme un vieillard de comédie. Ce n'eft pas affez au théâtre qu'une fcène foit belle par elle-même ; il faut qu'elle foit belle dans la place où elle eft.

SCENE VI.

V. 75.   Un fantôme pareil et de taille et de face,
Tandis que vous fuirez, remplira votre place.

On voit affez que ce fantôme pareil et de taille et de face, et cet anneau enchanté, et ces coups de baguette, ne font point admiffibles dans la tragédie.

ACTE CINQUIEME.

SCENE PREMIERE.

Vers 1. Ah, déplorable prince ! ah, fortune cruelle !
Que je porte à Jason une triste nouvelle !

Ce *Theudas* qu'on ne connaît point, qu'on n'attend
point, et qui ne vient là que pour être pétrifié d'un
coup de baguette, reffemble trop à la farce d'Arlequin,
magicien.

SCENE II.

V. 11. Quoi ! vous continuez, canailles infidelles ! &c.

Voilà la feule fois où l'on a vu le mot de *canailles*
dans une tragédie. *Fontenelle* dit que *Corneille* s'éleva
jufqu'à *Médée*; il pouvait dire que, dans tous ces endroits,
il s'abaiffa jufqu'à *Médée*.

Mais il y a bien pis ; c'eft que toutes ces lamentations de
Créon et de *Créufe* ne touchent point. Comment fe peut-il
faire que le fpectacle d'un père et d'une fille, mourans
d'une mort affreufe, foit fi froid ? c'eft que ce fpectacle
eft une partie de la cataftrophe : il fallait donc qu'elle
fût courte.

SCENE III.

V. 1. Lâche, ton défefpoir encore en délibère.

Chofe étrange. *Médée* trouve ici le fecret d'être froide
en égorgeant fes enfans ! C'eft qu'après la mort de *Créon*
et de *Créufe*, ce parricide n'eft qu'un furcroît de vengeance, une feconde cataftrophe, une barbarie inutile.

V. 2. Lève les yeux, perfide, et reconnais ce bras
　　　 Qui t'a déjà vengé de ces petits ingrats.

On ne relèvera pas ici l'expreſſion très-vicieuſe, *de ces petits ingrats*, parce qu'on n'en relève aucune. Le plus capital de tous les défauts dans la tragédie, eſt de faire commettre de ces crimes qui révoltent la nature, ſans donner au criminel des remords auſſi grands que ſon attentat, ſans agiter ſon ame par des combats touchans et terribles, comme on l'a déjà inſinué. *Médée*, après avoir tué ſes deux enfans, au lieu de ſe venger de ſon mari, qui ſeul eſt coupable, s'en va en le raillant.

V. 13. Va, bienheureux amant, cajoler ta maîtreſſe.

Lorſqu'à ces crimes commis de ſang froid on joint une telle raillerie, c'eſt le comble de l'atrocité dégoûtante. Il fallait, par un coup de l'art, intéreſſer pour *Médée*, s'il était poſſible : c'eût été l'effort du génie. *Le Taſſe* intéreſſe pour *Armide*, qui eſt magicienne comme *Médée*, et qui, comme elle, eſt abandonnée de ſon amant. Et lorſque *Quinault* fait paraître *Médée*, il lui fait dire ces beaux vers :

　　Le deſtin de Médée eſt d'être criminelle,
　　Mais ſon cœur était fait pour aimer la vertu.

Au reſte, il ne ſera pas inutile de dire ici aux lecteurs, qui ne ſavent pas le latin, ou qui n'en liſent guère, que c'eſt dans la Médée de *Sénèque* qu'on trouve cette fameuſe prophétie, qu'un jour l'Amérique ſera découverte, *venient annis ſecula ſeris*. Il y en a une dans *le Dante* encore plus circonſtanciée et plus clairement exprimée ; c'eſt touchant la découverte des étoiles du pôle antarctique. Il ſuffirait de ces deux exemples pour prouver que les poëtes méritent en effet le nom de prophète, *vates*. Jamais, en effet, il n'y eut de prédiction mieux accomplie. Si *Sénèque* avait, en effet, eu l'Amérique en vue, tout l'art qu'on attribue à *Médée* n'aurait pas approché du fien.

SCENE DERNIERE.

V. 1.   O dieux ! ce char volant, difparu dans la nue,
Le dérobe à fa peine auffi-bien qu'à ma vue, &c.

Voilà encore un monologue plus froid que tout le refte ; rien n'eft plus infipide que de longues horreurs.

REMARQUES

Sur l'examen de Médée, par Corneille.

PAGE 94. *Cette tragédie a été traitée en grec par Euripide, et en latin par Sénèque*, &c. Les amateurs du théâtre, qui liront cet examen et les fuivans, s'appercevront affez que *Corneille* raifonnait plus qu'il ne fentait ; au lieu que *Racine* fentait plus qu'il ne raifonnait : et au théâtre il faut fentir.

Corneille, dans fes réflexions fur Médée, ne touche aucun des points effentiels, qui font les perfonnages inutiles, les longueurs, les froides déclamations, le mauvais ftyle et le comique mêlé à l'horreur.

PREFACE

DU COMMENTATEUR

SUR LE CID.

Lorsque *Corneille* donna le Cid, les Efpagnols avaient fur tous les théâtres de l'Europe la même influence que dans les affaires publiques ; leur goût dominait ainfi que leur politique ; et même en Italie, leurs comédies ou leurs tragi-comédies obtenaient la préférence chez une nation qui avait l'*Aminte* et le *Paftor fido*, et qui, étant la première qui eût cultivé les arts, femblait plutôt faite pour donner des lois à la littérature que pour en recevoir.

Il eft vrai que dans prefque toutes ces tragédies efpagnoles, il y avait toujours quelques fcènes de bouffonneries. Cet ufage infecta l'Angleterre. Il n'y a guère de tragédies de *Shakefpeare* où l'on ne trouve des plaifanteries d'hommes groffiers à côté du fublime des héros. A quoi attribuer une mode fi extravagante et fi honteufe pour l'efprit humain, qu'à la coutume des princes mêmes, qui entretenaient toujours des bouffons auprès d'eux ? coutume digne de barbares qui fentaient le befoin des plaifirs de l'efprit, et qui étaient incapables d'en avoir ; coutume même qui a duré jufqu'à nos temps, lorfqu'on en reconnaiffait la turpitude. Jamais ce vice n'avilit la fcène françaife ; il fe gliffa feulement dans nos premiers opéra, qui, n'étant pas des ouvrages réguliers, femblaient permettre cette indécence ; mais bientôt l'élégant *Quinault* purgea l'opéra de cette baffeffe.

Quoi qu'il en foit, on fe piquait alors de favoir l'efpagnol, comme on fe fait honneur aujourd'hui de parler français. C'était la langue des cours de Vienne, de Bavière, de Bruxelles, de Naples et de Milan : la ligue l'avait introduite en France ; et le mariage de *Louis XIII*, avec la fille de *Philippe III*, avait tellement mis l'efpagnol à la mode, qu'il était alors prefque honteux aux gens de lettres de l'ignorer. La plupart de nos comédies étaient imitées du théâtre de Madrid.

Un fecrétaire de la reine *Marie de Médicis*, nommé *Chalons*, retiré à Rouen dans fa vieilleffe, confeilla à *Corneille* d'apprendre l'efpagnol, et lui propofa d'abord le fujet du Cid. L'Efpagne avait deux tragédies du Cid ; l'une de *Diamante*, intitulée *el honrador de fu padre*, qui était la plus ancienne ; l'autre *el Cid* de *Guilain de Caftro*, qui était la plus en vogue : on voyait dans toutes les deux une infante amoureufe du *Cid*, et un bouffon, appelé le valet gracieux, perfonnages également ridicules ; mais tous les fentimens généreux et tendres dont *Corneille* a fait un fi bel ufage, font dans ces deux originaux.

Je n'avais pu encore déterrer le Cid de *Diamante*, quand je donnai la première édition des commentaires de *Corneille* ; je marquerai dans celle-ci les principaux endroits qu'il traduifit de cet auteur efpagnol.

C'eft une chofe, à mon avis, très-remarquable que, depuis la renaiffance des lettres en Europe, depuis que le théâtre était cultivé, on n'eût encore rien produit de véritablement intéreffant fur la fcène française, et qui fît verfer des larmes, fi on en excepte quelques fcènes attendriffantes du *Paftor fido* et du Cid efpagnol. Les pièces italiennes du feizième fiècle étaient de belles déclamations imitées du grec ; mais les déclamations ne touchent point le cœur. Les pièces efpagnoles étaient des tiffus d'aventures incroyables ; les Anglais avaient encore pris ce goût. On n'avait point fu encore parler au cœur chez aucune nation. Cinq ou fix endroits très-touchans, mais noyés dans la foule des irrégularités de *Guilain de Caftro*, furent fentis par *Corneille*, comme on découvre un fentier couvert de ronces et d'épines.

Il fut faire du Cid efpagnol une pièce moins irrégulière et non moins touchante. Le fujet du Cid eft le mariage de *Rodrigue* avec *Chimène*. Ce mariage eft un point d'hiftoire prefque auffi célèbre en Efpagne que celui d'*Andromaque* avec *Pyrrhus* chez les Grecs ; et c'était en cela même que confiftait une grande partie de l'intérêt de la pièce. L'authenticité de l'hiftoire rendait tolérable aux fpectateurs un dénouement qu'il n'aurait pas été peut-être permis de feindre ; et l'amour de *Chimène*, qui eût été odieux s'il n'avait commencé qu'après la mort de fon père, devenait auffi touchant qu'excufable, puifqu'elle aimait déjà *Rodrigue* avant cette mort, et par l'ordre de fon père même.

On ne connaiffait point encore, avant le Cid de *Corneille*, ce combat des paffions qui déchire le cœur, et devant lequel toutes les autres beautés de l'art ne font que des beautés inanimées. On fait quel fuccès eut le Cid, et quel enthoufiafme il produifit dans la nation. On fait auffi les contradictions et les dégoûts qu'effuya *Corneille*.

Il était, comme on fait, un des cinq auteurs qui travaillaient aux pièces du cardinal de *Richelieu*. Ces cinq auteurs étaient *Rotrou*, *l'Etoile*, *Colletet*, *Boisrobert* et *Corneille*, admis le dernier dans cette société. Il n'avait trouvé d'amitié et d'estime que dans *Rotrou*, qui sentait son mérite ; les autres n'en avaient pas assez pour lui rendre justice. *Scudéri* écrivait contre lui avec le fiel de la jalousie humiliée, et avec le ton de la supériorité. Un *Claveret*, qui avait fait une comédie, intitulée *la Place royale*, sur le même sujet que *Corneille*, se répandit en invectives grossières. *Mairet* lui-même s'avilit jusqu'à écrire contre *Corneille*, avec la même amertume. Mais ce qui l'affligea, et ce qui pouvait priver la France des chefs-d'œuvre dont il l'enrichit depuis, ce fut de voir le cardinal, son protecteur, se mettre avec chaleur à la tête de tous ses ennemis.

Le cardinal, à la fin de 1635, un an avant les représentations du Cid, avait donné dans le palais cardinal, aujourd'hui le palais royal, la *comédie des Tuileries*, dont il avait arrangé lui-même toutes les scènes. *Corneille*, plus docile à son génie que souple aux volontés d'un premier ministre, crut devoir changer quelque chose dans le troisième acte qui lui fut confié. Cette liberté estimable fut envenimée par deux de ses confrères, et déplut beaucoup au cardinal, qui lui dit qu'*il fallait avoir un esprit de suite*. Il entendait par esprit de suite la soumission qui suit aveuglément les ordres d'un supérieur. Cette anecdote était fort connue chez les derniers princes de la maison de *Vendôme*, petits-fils de *César de Vendôme*, qui avait assisté à la représentation de cette pièce du cardinal.

Le premier miniftre vit donc les défauts du Cid avec les yeux d'un homme mécontent de l'auteur, et fes yeux fe fermèrent trop fur les beautés. Il était fi entier dans fon fentiment, que quand on lui apporta les premières efquiffes du travail de l'académie fur le Cid, et quand il vit que l'académie, avec un ménagement auffi poli qu'encourageant pour les arts et pour le grand *Corneille*, comparait les conteftations préfentes à celles que la *Jérufalem* et le *Paftor fido* avaient fait naître; il mit en marge, de fa main : ,, L'applaudiffement et le blâme du Cid n'eft qu'entre ,, les doctes et les ignorans, au lieu que les contefta- ,, tions fur les deux autres pièces ont été entre les ,, gens d'efprit. ,,

Qu'il me foit permis de hafarder une réflexion. Je crois que le cardinal de *Richelieu* avait raifon, en ne confidérant que les irrégularités de la pièce, l'inutilité et l'inconvenance du rôle de l'infante, le rôle faible du roi, le rôle encore plus faible de *Don Sanche* et quelques autres défauts. Son grand fens lui fefait voir clairement toutes ces fautes ; et c'eft en quoi il me paraît plus qu'excufable.

Je ne fais s'il était poffible qu'un homme occupé des intérêts de l'Europe, des factions de la France, et des intrigues plus épineufes de la cour, un cœur ulcéré par les ingratitudes et endurci par les vengeances, fentît le charme des fcènes de *Rodrigue* et de *Chimène*. Il voyait que *Rodrigue* avait très-grand tort d'aller chez fa maîtreffe, après avoir tué fon père; et quand on eft trop fortement choqué de voir enfemble deux perfonnes qu'on croit ne devoir pas fe chercher, on peut n'être pas ému de ce qu'elles difent.

Je fuis donc perfuadé que le cardinal de *Richelieu* était de bonne foi. Remarquons encore que cette ame altière, qui voulait abfolument que l'académie condamnât le Cid, continua fa faveur à l'auteur, et que même *Corneille* eut le malheureux avantage de travailler, deux ans après, à l'Aveugle de Smyrne, tragi-comédie des cinq auteurs, dont le canevas était encore du premier miniftre.

Il y a une fcène de baifers dans cette pièce, et l'auteur du canevas avait reproché à *Chimène* un amour toujours combattu par fon devoir. Il eft à croire que le cardinal de *Richelieu* n'avait pas ordonné cette fcène, et qu'il fut plus indulgent envers *Colletet*, qui la fit, qu'il ne l'avait été envers *Corneille*.

Quant au jugement que l'académie fut obligée de prononcer entre *Corneille* et *Scudéri*, et qu'elle intitula modeftement, *Sentimens de l'académie fur le Cid*, j'ofe dire que jamais on ne s'eft conduit avec plus de nobleffe, de politeffe et de prudence, et que jamais on n'a jugé avec plus de goût. Rien n'était plus noble que de rendre juftice aux beautés du Cid, malgré la volonté décidée du maître du royaume.

La politeffe avec laquelle elle reprend les défauts, eft égale à celle du ftyle ; et il y eut une très-grande prudence à fe conduire de façon que ni le cardinal de *Richelieu*, ni *Corneille*, ni même *Scudéri*, n'eurent au fond fujet de fe plaindre.

Je prendrai la liberté de faire quelques notes fur le jugement de l'académie comme fur la pièce ; mais je crois devoir les prévenir ici par une feule ; c'eft fur ces paroles de l'académie, *encore que le fujet du Cid ne foit pas bon*. Je crois que l'académie entendait que le mariage, ou du moins la promeſſe de mariage entre le meurtrier et la fille du mort, n'eſt pas un bon ſujet pour une pièce morale, que nos bienſéances en ſont bleſſées. Cet aveu de ce corps éclairé ſatisfeſait à la fois la raiſon et le cardinal de *Richelieu*, qui croyait le ſujet défectueux. Mais l'académie n'a pas prétendu que le ſujet ne fût pas très-intéreſſant et très-tragique; et quand on ſonge que ce mariage eſt un point d'hiſtoire célèbre, on ne peut que louer *Corneille* d'avoir réduit ce mariage à une ſimple promeſſe d'épouſer *Chimène*; c'eſt en quoi il me ſemble que *Corneille* a obſervé les bienſéances, beaucoup plus que ne le penſaient ceux qui n'étaient pas inſtruits de l'hiſtoire.

La conduite de l'académie compoſée de gens de lettres, eſt d'autant plus remarquable, que le déchaînement de preſque tous les auteurs était plus violent; c'eſt une choſe curieuſe de voir comme il eſt traité dans la lettre ſous le nom d'*Ariſte*.

,, Pauvre eſprit qui, voulant paraître admirable
,, à chacun, ſe rend ridicule à tout le monde, et
,, qui, le plus ingrat des hommes, n'a jamais reconnu
,, les obligations qu'il a à *Sénèque* et à *Guilain de*
,, *Caſtro*, à l'un deſquels il eſt redevable de ſon Cid,
,, et à l'autre de ſa Médée. Il reſte maintenant à
,, parler de ſes autres pièces, qui peuvent paſſer pour
,, farces, et dont les titres ſeuls ſeſaient rire autrefois
,, les plus ſages et les plus ſérieux; il a fait voir une
,, Mélite, la Galerie du palais et la Place royale; ce
,, qui nous ſeſait eſpérer que *Mondory* annoncerait
,, bientôt le Cimetière de Saint-Jean, la Samaritaine

,, et la Place aux veaux (*a*). L'humeur vile de cet
,, auteur, et la baffeffe de fon ame, &c. ,,

On voit, par cet échantillon de plus de cent bro-
chures faites contre *Corneille*, qu'il y avait, comme
aujourd'hui , un certain nombre d'hommes que le
mérite d'autrui rend fi furieux , qu'ils ne connaiffent
plus ni raifon ni bienféance. C'eft une efpèce de rage
qui attaque les petits auteurs, et fur-tout ceux qui
n'ont point eu d'éducation. Dans une pièce de vers
contre lui , on fit parler ainfi *Guilain de Caftro :*

Donc fier de mon plumage , en corneille d'Horace,
Ne prétends plus voler plus haut que le Parnaffe.
Ingrat , rends-moi mon Cid jufques au dernier mot ;
Après tu connaîtras , corneille déplumée,
Que l'efprit le plus vain eft fouvent le plus fot ,
Et qu'enfin tu me dois toute ta renommée.

Mairet, l'auteur de la Sophonisbe, qui avait au
moins la gloire d'avoir fait la première pièce régulière
que nous euffions en France , fembla perdre cette
gloire en écrivant contre *Corneille* des perfonnalités
odieufes. Il faut avouer que *Corneille* répondit très-
aigrement à tous fes ennemis. La querelle même alla
fi loin entre lui et *Mairet*, que le cardinal de *Richelieu*
interpofa entre eux fon autorité. Voici ce qu'il fit
écrire à *Mairet* par l'abbé de *Boifrobert :*

(*a*) Il eft vrai que ces comédies de *Corneille* font fort mauvaifes ;
mais il n'eft pas moins vrai qu'elles valaient mieux que toutes celles
qu'on avait faites jufqu'alors en France.

A Charonne,

A Charonne , 5 octobre 1637.

   » Vous lirez le refte de ma lettre comme un ordre
» que je vous envoie par le commandement de fon
» éminence. Je ne vous célerai pas qu'elle s'eft fait
» lire, avec un plaifir extrême, tout ce qui s'eft fait
» fur le fujet du Cid; et particulièrement une lettre
» qu'elle a vue de vous, lui a plu jufqu'à tel point
» qu'elle lui a fait naître l'envie de voir tout le refte.
» Tant qu'elle n'a connu dans les écrits des uns et
» des autres que des conteftations d'efprit agréables
» et des railleries innocentes, je vous avoue qu'elle
» a pris bonne part au divertiffement ; mais, quand
» elle a reconnu que dans ces conteftations naiffaient
» enfin des injures, des outrages et des menaces,
» elle a pris auffitôt la réfolution d'en arrêter le
» cours. Pour cet effet, quoiqu'elle n'ait point vu
» le libelle que vous attribuez à M. *Corneille*, pré-
» fuppofant par votre réponfe que je lui lus hier au
» foir qu'il devait être l'agreffeur, elle m'a commandé
» de lui remontrer le tort qu'il fe fefait, et de lui
» défendre de fa part de ne plus faire de réponfe,
» s'il ne voulait lui déplaire ; mais d'ailleurs, crai-
» gnant que des tacites menaces que vous lui faites,
» vous, ou quelqu'un de vos amis, n'en viennent
» aux effets, qui tireraient des fuites ruineufes à l'un
» et à l'autre, elle m'a commandé de vous écrire
» que, fi vous voulez avoir la continuation de fes
» bonnes grâces, vous mettiez toutes vos injures
» fous le pied, et ne vous fouveniez plus que de
» votre ancienne amitié, que j'ai charge de renouveler

Comment. fur Corneille. Tome **I.**   **G**

,, fur la table de ma chambre, à Paris, quand vous
,, ferez tous raffemblés. Jufqu'ici j'ai parlé par la
,, bouche de fon éminence ; mais, pour vous dire
,, ingénument ce que je penfe de toutes vos procé-
,, dures, j'eftime que vous avez fuffifamment puni
,, le pauvre M. *Corneille* de fes vanités, et que fes
,, faibles défenfes ne demandaient pas des armes fi
,, fortes et fi pénétrantes que les vôtres : vous verrez
,, un de ces jours fon Cid affez mal mené par les
,, fentimens de l'académie. ,,

L'académie trompa les efpérances de *Boifrobert.*
On voit évidemment, par cette lettre, que le cardinal
de *Richelieu* voulait humilier *Corneille*, mais qu'en
qualité de premier miniftre, il ne voulait pas qu'une
difpute littéraire dégénérât en querelle perfonnelle.

Pour laver la France du reproche que les étrangers
pourraient lui faire, que le Cid n'attira à fon auteur
que des injures et des dégoûts, je joindrai ici une
partie de la lettre que le célèbre *Balzac* écrivait à
Scudéri, en réponfe à la critique du Cid, que *Scudéri*
lui avait envoyée.

— ,, Confidérez néanmoins, Monfieur, que toute
,, la France entre en caufe avec lui, et que peut-être
,, il n'y a pas un des juges, dont vous êtes convenus
,, enfemble, qui n'ait loué ce que vous défirez qu'il
,, condamne ; de forte que, quand vos argumens
,, feraient invincibles, et que votre adverfaire y
,, acquiefcerait, il aurait toujours de quoi fe confoler
,, glorieufement de la perte de fon procès, et vous
,, dire que c'eft quelque chofe de plus d'avoir fatisfait

» tout un royaume que d'avoir fait une pièce régu-
» lière. Il n'y a point d'architecte d'Italie qui ne
» trouve des défauts à la ſtructure de Fontainebleau,
» et qui ne l'appelle un monſtre de pierre : ce monſtre,
» néanmoins, eſt la belle demeure des rois, et la
» cour y loge commodément. Il y a des beautés
» parfaites, qui ſont effacées par d'autres beautés
» qui ont plus d'agrément et moins de perfection ;
» et, parce que l'acquis n'eſt pas ſi noble que le
» naturel, ni le travail des hommes que les dons du
» ciel, on vous pourrait encore dire que ſavoir l'art
» de plaire ne vaut pas tant que ſavoir plaire ſans
» art. *Ariſtote* blâme la Fleur d'Agathon, quoiqu'il die
» qu'elle fût agréable ; et l'Oedipe peut-être n'agréait
» pas, quoique *Ariſtote* l'approuve. Or, s'il eſt vrai que
» la ſatisfaction des ſpectateurs ſoit la fin que ſe
» propoſent les ſpectacles, et que les maîtres mêmes
» du métier aient quelquefois appelé de Céſar au
» peuple, le Cid du poëte français ayant plu auſſi
» bien que la Fleur du poëte grec, ne ferait-il point
» vrai qu'il a obtenu la fin de la repréſentation, et
» qu'il eſt arrivé à ſon but, encore que ce ne ſoit pas
» par le chemin d'*Ariſtote*, ni par les adreſſes de ſa
» poëtique ? Mais vous dites, Monſieur, qu'il a ébloui
» les yeux du monde, et vous l'accuſez de charme et
» d'enchantement ; je connais beaucoup de gens qui
» feraient vanité d'une telle accuſation ; et vous me
» confeſſerez vous-même que, ſi la magie était une
» choſe permiſe, ce ferait une choſe excellente. Ce
» ferait, à vrai dire, une belle choſe de pouvoir
» faire des prodiges innocemment, de faire voir le

  „ foleil quand il eft nuit, d'apprêter des feftins fans
  „ viandes ni officiers, de changer en piftoles les
  „ feuilles de chêne et le verre en diamans. C'eft ce
  „ que vous reprochez à l'auteur du Cid, qui, vous
  „ avouant qu'il a violé les règles de l'art, vous oblige
  „ de lui avouer qu'il a un fecret, qu'il a mieux réuffi
  „ que l'art même ; et ne vous niant pas qu'il a trompé
  „ toute la cour et tout le peuple, ne vous laiffe
  „ conclure de-là, finon qu'il eft plus fin que toute
  „ la cour et tout le peuple, et que la tromperie,
  „ qui s'étend à un fi grand nombre de perfonnes,
  „ eft moins une fraude qu'une conquête. Cela étant,
  „ Monfieur, je ne doute point que meffieurs de
  „ l'académie ne fe trouvent bien empêchés dans
  „ le jugement de votre procès ; et que, d'un côté,
  „ vos raifons ne les ébranlent, et de l'autre l'appro-
  „ bation publique ne les retienne. Je ferais en la
  „ même peine fi j'étais en la même délibération, et
  „ fi, de bonne fortune, je ne venais de trouver votre
  „ arrêt dans les regiftres de l'antiquité. Il a été
  „ prononcé, il y a plus de quinze cents ans, par un
  „ philofophe de la famille ftoïque, mais un philo-
  „ fophe dont la dureté n'était pas impénétrable à la
  „ joie, de qui il nous refte des jeux et des tragédies,
  „ qui vivait fous le règne d'un empereur poëte et
  „ comédien, au fiècle des vers et de la mufique.
  „ Voici les termes de cet authentique arrêt, et je
  „ vous les laiffe interpréter à vos dames, pour lef-
  „ quelles vous avez bien entrepris une plus longue
  „ et plus difficile traduction : *Illud multum eft primo*
  „ *afpectu oculos occupaffe, etiamfi contemplatio diligens*

„ *inventura eſt quod arguat. Si me interrogas, major ille*
„ *eſt qui judicium abſtulit quàm qui meruit.* Votre adver-
„ ſaire y trouve ſon compte par ce favorable mot de
„ *major eſt;* et vous avez auſſi ce que vous pouvez
„ déſirer, ne déſirant rien, à mon avis, que de
„ prouver que *judicium abſtulit.* Ainſi vous l'emportez
„ dans le cabinet, et il a gagné au théâtre. Si le Cid
„ eſt coupable, c'eſt d'un crime qui a eu récompenſe;
„ s'il eſt puni, ce ſera après avoir triomphé; s'il
„ faut que *Platon* le banniſſe de ſa république, il
„ faut qu'il le couronne de fleurs en le banniſſant,
„ et ne le traite point plus mal qu'il a traité autrefois
„ *Homère.* Si *Ariſtote* trouve quelque choſe à déſirer
„ en ſa conduite, il doit le laiſſer jouir de ſa bonne
„ fortune, et ne pas condamner un deſſein que le
„ ſuccès a juſtifié. Vous êtes trop bon pour en vou-
„ loir davantage : vous ſavez qu'on apporte ſouvent
„ du tempérament aux lois, et que l'équité conſerve
„ ce que la juſtice pourrait ruiner. N'inſiſtez point
„ ſur cette exacte et rigoureuſe juſtice. Ne vous
„ attachez point avec tant de ſcrupule à la ſouveraine
„ raiſon ; qui voudrait la contenter et ſatisfaire à ſa
„ régularité, ferait obligé de lui bâtir un plus beau
„ monde que celui-ci ; il faudrait lui faire une nou-
„ velle nature des choſes, et lui aller chercher des
„ idées au-deſſus du ciel. Je parle, Monſieur, pour
„ mon intérêt ; ſi vous la croyez, vous ne trouverez
„ rien qui mérite d'être aimé ; et par conſéquent,
„ je ſuis en haſard de perdre vos bonnes grâces,
„ bien qu'elles me ſoient extrêmement chères, et que
„ je ſuis paſſionnément, Monſieur, votre, &c. „

G 3

C'eſt ainſi que *Balzac*, retiré du monde, et plus impartial qu'un autre, écrivait à *Scudéri*, ſon ami, et oſait lui dire la vérité. *Balzac*, tout ampoulé qu'il était dans ſes lettres, avait beaucoup d'érudition et de goût, connaiſſait l'éloquence des vers, et avait introduit en France celle de la proſe. Il rendit juſtice aux beautés du Cid; et ce témoignage fait honneur à *Balzac* et à *Corneille*.

o

DEDICACE

DE LA TRAGEDIE DU CID,

A madame la duchesse d'Aiguillon, &c.

Marie-*Magdelène de Vignerot*, fille de la sœur du cardinal et de *René de Vignerot*, seigneur de Pont-Courley. Elle épousa le marquis du *Roure de Combalet*, et fut dame d'atours de la reine ; elle fut duchesse d'Aiguillon de son chef sur la fin de 1637.

Cette épître dédicatoire lui fut adressée au commencement de 1637 ; elle y est nommée madame de *Combalet ;* et, dans l'édition de 1638, on voit le nom de madame la duchesse d'*Aiguillon.*

Votre générosité ne dédaigne pas d'employer, en faveur des ouvrages qui vous agréent, ce grand crédit, &c.

La duchesse d'*Aiguillon* avait un très-grand crédit en effet sur son oncle le cardinal, et sans elle *Corneille* aurait été entièrement disgracié : il le fait assez entendre par ces paroles. Ses ennemis acharnés l'avaient peint comme un esprit altier qui bravait le premier ministre, et qui confondait, dans un mépris général, leurs ouvrages et le goût de celui qui les protégeait. La duchesse d'*Aiguillon* rendit, dans cette affaire, un aussi grand service à son oncle qu'à *Corneille* : elle lui sauva, dans la postérité, la honte de passer pour l'approbateur de *Colletet* et l'ennemi du Cid et de Cinna.

Fragment de l'hiſtorien Mariana, allégué par Corneille dans l'avertiſſement qui précède la tragédie du Cid.

MARIANA, L. 4° de la Hiſtoria de Eſpaña. C. 5o.

Avia pocos dias antes hecho campo con D. Gomez conde de Gormaz. Venciolè, y diolè la muerte. Lo que reſultò d'eſte caſo, fue que caſò con doña Ximena, hija y heredera del miſmo conde. Ella miſma requiriò al rey que ſe le dieſſe por marido, (ya eſtava muy prendada de ſus partes) o le caſtigaſſe conforme a las leyes, por la muerte que diò a ſu padre, &c.

Ces paroles de *Mariana* ſuffiſent pour juſtifier *Corneille.* *Chimène* demanda au roi qu'il fît punir le Cid ſelon les lois, ou qu'il le lui donnât pour époux.

On voit combien la vérité hiſtorique eſt adoucie dans la tragédie.

Perſonnages, &c.

(*La ſcène eſt à Séville.*)

REMARQUEZ que la ſcène eſt tantôt au palais du roi, tantôt dans la maiſon du comte de *Gormaz*, tantôt dans la ville ; mais, comme je le dis ailleurs, l'unité de lieu ſerait obſervée aux yeux des ſpectateurs, ſi on avait eu des théâtres dignes de *Corneille*, ſemblables à celui de Vicence, qui repréſente une ville, un palais, des rues, une place, &c. car cette unité ne conſiſte pas à repréſenter toute l'action dans un cabinet, dans une chambre, mais dans pluſieurs endroits contigus que l'œil puiſſe apercevoir ſans peine.

REMARQUES

SUR LE CID,

TRAGEDIE.

ACTE PREMIER.

SCENE PREMIERE. (*)

LE COMTE, ELVIRE.

ELVIRE.

ENTRE tous ces amans dont la jeune ferveur (a)
Adore votre fille , et brigue ma faveur,
Don Rodrigue et Don Sanche à l'envi font paraître
Le beau feu qu'en leurs cœurs fes beautés ont fait naître.
Ce n'eft pas que Chimène écoute leurs foupirs,
Ou d'un regard propice anime leurs défirs ;

(*) *N. B.* Ces deux premières fcènes ne fe trouvant pas dans plufieurs éditions de *Corneille*, on les donne ici entières avec les remarques.

(a) *La jeune ferveur.* *Scudéri* dit que c'eft parler français en allemand de donner de la jeuneffe à la *ferveur.* L'académie réprouve le mot de *fervéur*, qui n'eft admis que dans le langage de la dévotion ; mais elle approuve l'épithète *jeune.*

S'il eft permis d'ajouter quelque chofe à la décifion de l'académie, je dirai que le mot *jeune* convient très-bien aux paffions de la jeuneffe. On dira bien *leurs jeunes amours*, mais non pas *leur jeune colère*, *ma jeune haine* ; pourquoi ? parce que la colère , la haine , appartiennent autant à l'âge mûr , et que l'amour eft plus le partage de la jeuneffe.

(*b*) Au contraire , pour tous dedans l'indifférence ,
Elle n'ôte à pas un ni donne l'efpérance ;
Et fans les voir d'un œil trop févère, ou trop doux ,
C'eft de votre feul choix qu'elle attend un époux.

LE COMTE.

Elle eft dans le devoir ; tous deux font dignes d'elle ,
Tous deux formés d'un fang noble , vaillant , fidelle ,
Jeunes , mais qui font lire aifément dans leurs yeux
L'éclatante vertu de leurs braves aïeux.
Don Rodrigue , fur-tout , n'a trait en fon vifage
Qui d'un homme de cœur ne foit la haute image ,
Et fort d'une maifon fi féconde en guerriers ,
Qu'ils y prennent naiffance au milieu des lauriers :
La valeur de fon père en fon temps fans pareille ,
(*c*) Tant qu'a duré fa force , a paffé pour merveille ;
(*d*) Ses rides fur fon front ont gravé fes exploits ,
Et nous difent encor ce qu'il fut autrefois.
Je me prométs du fils ce que j'ai vu du père ;
Et ma fille , en un mot , peut l'aimer et me plaire.

(*b*) *Au contraire , pour tous* dedans *l'indifférence.*

Dedans , n'eft ni cenfuré par *Scudéri* , ni remarqué par l'académie ; la langue n'était pas alors entièrement épurée. On n'avait pas fongé que *dedans* eft un adverbe : *Il eft dans la chambre , il eft hors de la chambre. Etes-vous dedans ? êtes-vous dehors ?*

(*c*) *Tant qu'a duré fa force , a paffé pour merveille.*

A paffé pour merveille a été excufé par l'académie ; aujourd'hui cette expreffion ne pafferait point ; elle eft commune , froide et lâche. Les premiers qui écrivirent purement , *Racine* et *Boileau* , ont proferit tous ces termes , de *merveille* , de *fans pareille* , *fans feconde* , *miracle de nos jours* , *foleil* , &c. et plus la poëfie eft devenue difficile , plus elle eft belle.

(*d*) *Ses rides fur fon front.* Voyez le jugement de l'académie , auquel nous renvoyons pour la plupart des vers qu'elle a cenfurés ou juftifiés.

Racine fe moqua de ce vers dans la farce des *Plaideurs* : il y dit d'un vieux huiffier :

Ses rides fur fon front gravnient tous fes exploits.

Cette plaifanterie ne plut point du tout à l'auteur du Cid.

Va l'en entretenir ; mais dans cet entretien
Cache mon fentiment, et découvre le fien.
Je veux qu'à mon retour nous en parlions enfemble ;
L'heure à préfent m'appelle au confeil qui s'affemble :
Le roi doit à fon fils choifir un gouverneur,
Ou plutôt m'élever à ce haut rang d'honneur.
Ce que pour lui mon bras chaque jour exécute,
(e) Me défend de penfer qu'aucun me le difpute.

SCENE II. (f)

CHIMENE, ELVIRE.

ELVIRE, feule.

QUELLE douce nouvelle à ces jeunes amans !
Et que tout fe difpofe à leurs contentemens !

CHIMENE.

Eh bien, Elvire, enfin, que faut-il que j'efpère ?
Que dois-je devenir, et que t'a dit mon père ?

(e) *Me défend de penfer qu'aucun me le difpute.*

Vous voyez que ces deux derniers vers font le fondement de la querelle qui doit fuivre ; et qu'ainfi on fait très-mal de commencer aujourd'hui la pièce par la querelle imprévue du comte et de *Don Diegue.*

(f) *Corneille*, fatigué de toutes les critiques qu'on fefait du Cid, et ne fachant plus à qui entendre, changea tout ce commencement, en 1664. La pièce commençait ainfi :

Elvire, m'as-tu fait un rapport bien fincère ?
Ne me déguife rien de ce qu'a dit mon père.

Il me femble que, dans les deux premières fcènes, la pièce eft beaucoup mieux annoncée, l'amour de *Chimène* plus développé, le caractère du comte de *Gormaz* déjà annoncé ; et qu'enfin, malgré tous les défauts qu'on reprochait à *Corneille*, il eût encore mieux valu laiffer la tragédie comme elle était que d'y faire ces faibles changemens ; c'était l'amour de l'infante qu'il devait retrancher ; c'était les fautes dans le détail qu'il eût fallu corriger.

ELVIRE.

Deux mots dont tous vos fens doivent être charmés ;
Il eſtime Rodrigue autant que vous l'aimez.

CHIMENE.

L'excès de ce bonheur me met en défiance.
Puis-je à de tels diſcours donner quelque crôyance ?

ELVIRE.

Il paſſe bien plus outre ; il approuve fes feux ,
Et vous doit commander de répondre à fes vœux.
Jugez , après cela , puiſque tantôt ſon père
Au fortir du conſeil doit propoſer l'affaire , (*g*)
S'il pouvait avoir lieu de mieux prendre ſon temps ,
Et ſi tous vos déſirs feront bientôt contens.

CHIMENE.

Il femble toutefois que mon ame troublée
Refuſe cette joie, et s'en trouve accablée.
Un moment donne au fort des vifages divers ; (*h*)
Et dans ce grand bonheur je crains un grand revers.

ELVIRE.

Vous verrez votre crainte heureuſement déçue.

CHIMENE.

Allons , quoi qu'il en foit , en attendre l'iffue.

(*g*) *Propoſer l'affaire* eſt encore du ſtyle comique ; mais obſervons que le Cid fut donné d'abord fous le titre de tragi-comédie.

(*h*) Ces preſſentimens réuffiffent prefque toujours. On craint avec le perfonnage auquel on commence à s'intéreffer. Mais il faudrait peut-être une autre cauſe à ce preſſentiment que le lieu commun des changemens du fort, et une autre expreffion que les *vifages divers*. Ce morceau eſt traduit de *Diamante*.

      El alma indecifa
      Teme llegar a anegar fe
      En efte profondo abyfmo
      De gloria e felicidades.
      Que en un dia , en un momento ,
      Muda el hado de femblante ,
      Y defpues de una fortuna
      Sucle llegar un defaftre.

SCENE III.

Un page. C'eſt ici un défaut intolérable pour nous. La ſcène reſte vide ; les ſcènes ne ſont point liées ; l'action eſt interrompue. Pourquoi les acteurs précédens s'en vont-ils ? Pourquoi ces nouveaux acteurs viennent-ils ? Comment l'un peut-il s'en aller et l'autre arriver ſans ſe voir ? Comment *Chimène* peut-elle voir l'infante ſans la ſaluer ? Ce grand défaut était commun à toute l'Europe, et les Français ſeuls s'en ſont corrigés. Plus il eſt difficile de lier toutes les ſcènes, plus cette difficulté vaincue a de mérite ; mais il ne faut pas la ſurmonter aux dépens de la vraiſemblance et de l'intérêt. C'eſt un des ſecrets de ce grand art de la tragédie, inconnu encore à la plupart de ceux qui l'exercent. Non-ſeulement on a retranché cette ſcène de l'infante, mais on a ſupprimé tout ſon rôle ; et *Corneille* ne s'était permis cette faute inſupportable que pour remplir l'étendue malheureuſement preſcrite à une tragédie. Il vaut mieux la faire beaucoup trop courte : un rôle ſuperflu la rend toujours trop longue.

V. 5. Et je vous vois penſive et triſte chaque jour,
   Demander avec ſoin comme va ſon amour.

Voilà une nouvelle excuſe du titre de tragi-comédie ; *comme va ſon amour !* qu'auraient dit les Grecs, du temps de *Sophocle*, à une telle demande ? Nous ne ferons point de remarque ſur les défauts de ce rôle qu'on a retranché entièrement.

S C E N E I V.

V. 1. Enfin vous l'emportez, et la faveur du roi
Vous élève en un rang qui n'était dû qu'à moi.

La dureté, l'impoliteffe, les rodomontades du comte
font, à la vérité, intolérables; mais fongez qu'il eft
puni.

N. B. Aujourd'hui, quand les comédiens repréfentent
cette pièce, ils commencent par cette fcène. Il paraît
qu'ils ont très-grand tort; car peut-on s'intéreffer à la
querelle du comte et de *Don Diegue*, fi on n'eft pas
inftruit des amours de leurs enfans ? L'affront que *Gormaz*
fait à *Don Diegue* eft un coup de théâtre, quand on
efpère qu'ils vont conclure le mariage de *Chimène* avec
Rodrigue. Ce n'eft point jouer le Cid, c'eft infulter fon
auteur que de le tronquer ainfi. On ne devrait pas permettre aux comédiens d'altérer ainfi les ouvrages qu'ils
repréfentent.

Dans le Cid de *Diamante*, le roi donne la place de
gouverneur de fon fils, en préfence du comte, et cela
eft encore plus théâtral. Le théâtre ne refte point vide.
Il femble que *Corneille* aurait dû plutôt imiter *Diamante*
que *Caftro* dans cette intelligence du théâtre.

Au refte, dans les deux pièces efpagnoles, le comte
de *Gormaz* donne un foufflet à *Don Diegue ;* ce foufflet
était effentiel.

Les deux pères difent à peu-près les mêmes chofes
dans ces deux fcènes et dans les fuivantes. *Caftro*, qui
vint après *Diamante*, ne fit point difficulté de prendre
plufieurs penfées chez fon prédéceffeur, dont la pièce
était prefque oubliée. A plus forte raifon *Corneille* fut en
droit d'imiter les deux poëtes efpagnols, et d'enrichir
fa langue des beautés d'une langue étrangère.

V. 7. Pour grands que foient les rois, ils font ce que nous fommes.

Cette phrafe a vieilli ; elle était fort bonne alors ; il eft honteux pour l'efprit humain que la même expreffion foit bonne en un temps, et mauvaife en un autre. On dirait aujourd'hui, *tout grands que font les rois : quelque grands que foient les rois.*

V. 17. Rodrigue aime Chimène, et ce digne fujet
De fes affections eft le plus cher objet.

Ce digne fujet ne fe dirait pas aujourd'hui ; mais alors c'était une expreffion très-reçue ; *Monfieur* ne fe dirait pas non plus dans une tragédie. *Mettre une vanité au cœur*, ferait une mauvaife façon de parler.

V. 20. A de plus hauts partis Rodrigue doit prétendre.

Dans l'édition de 1637, il y a : *A de plus hauts partis ce beau fils doit prétendre.* Vous pouvez juger par ce feul trait de l'état où était alors notre langue. Un mélange de termes familiers et nobles défigurait tous les ouvrages férieux. C'eft *Boileau* qui, le premier, enfeigna l'art de parler toujours convenablement ; et *Racine* eft le premier qui ait employé cet art fur la fcène.

V. 35. Pour s'inftruire d'exemple, en dépit de l'envie,
Il lira feulement l'hiftoire de ma vie.

De mis hazañas efcritas.
Dare al principe un traflado.
Y aprendera en lo que hize,
Si no aprende en lo que hago.

V. 55. Loin des froides leçons qu'à mon bras on préfère,
Il apprendrait à vaincre en me regardant faire.

Podra dalle exemplo,
Como mil vezes le hago.

V. 57. Vous me parlez en vain de ce que je connoi.

On prononçait alors *connoi* comme on l'écrivait, et on le fefait rimer avec *moi*, *toi*. Aujourd'hui on prononce *connais*, et cependant l'ufage a prévalu d'écrire *connois;* c'eft une inconféquence, ou je fuis fort trompé, d'écrire d'une façon et de prononcer d'une autre. Quel étranger pourra deviner qu'on écrit *paon*, la ville de *Caen*, et qu'on prononce *pan*, la ville de *Can?* Il ferait à fouhaiter qu'on nous délivrât de cette contradiction, autant que l'étymologie des mots pourra le permettre. On s'eft déjà aperçu combien il eft ridicule d'écrire de la même manière les *françois* qu'on prononce *français*, et Sᵗ *François* qu'on prononce *François*. Comment un étranger, en lifant *anglois* et *danois*, devinera-t-il qu'on prononce *danois* avec un *o*, et *anglais* avec un *a?* Mais il faut du temps pour corriger un abus introduit par le temps.

V. 73. Et par-là cet honneur n'était dû qu'à mon bras.

> Yo lo merefco
> Tambien como tu, y mejor.

V. 75. . . . . Ton impudence,
Téméraire vieillard, aura fa récompenfe.

On ne donnerait pas aujourd'hui un foufflet fur la joüe d'un héros. Les acteurs mêmes font très-embarraffés à donner ce foufflet; ils font le femblant. Cela n'eft plus même fouffert dans la comédie; et c'eft le feul exemple qu'on en ait fur le théâtre tragique. Il eft à croire que c'eft une des raifons qui firent intituler le Cid *tragi-comédie*. Prefque toutes les pièces de *Scudéri* et de *Boifrobert* avaient été des tragi-comédies. On avait cru long-temps en France qu'on ne pouvait fupporter le tragique continu fans mélange d'aucune familiarité. Le mot de *tragi-comédie* eft très-ancien : *Plaute* l'emploie pour défigner fon Amphytrion, parce que fi l'aventure de *Sofie* eft comique, *Amphytrion* eft très-férieufement affligé.

V. 87.

V. 87. Epargnes-tu mon fang ? — Mon ame eft fatisfaite,
  Et mes yeux à ma main reprochent ta défaite. —
  Tu dédaignes ma vie! — En arrêter le cours
  Ne ferait que hâter la Parque de trois jours.

On a retranché ces quatre vers dans les éditions fuivantes. Dans la pièce de *Diamante*, le comte dit à *Don*
Diegue, *Vale*.

S C E N E   V.

V. 15. Comte, fois de mon prince à préfent gouverneur, *&c.*

  Llamalde , llamad al conde
  Que venga a exercer el cargo
  De ayo de vueftro hijo ,
  Que podra mas bien honrallo ,
  Pues que yo fin honra quedo.

V. 25. Si Rodrigue eft mon fils, il faut que l'amour cède,
  Et qu'une ardeur plus haute à fes flammes fuccède.
  Mon honneur eft le fien, et le mortel affront
  Qui tombe fur mon chef, rejaillit fur fon front.

On a retranché ces quatre vers comme fuperflus. Une
ardeur plus haute était mal ; une ardeur n'eft point *haute*.
Il eût fallu peut-être , une ardeur plus *noble*, plus *digne*.
L'académie ne reprit aucune de ces fautes qui échap-
pèrent à la critique de *Scudéri ;* elle fe contenta de juger
des chofes que *Scudéri* avait critiquées ; et fouvent il
critiqua mal, parce qu'il était plus jaloux qu'éclairé.
L'académie, au contraire, était plus éclairée que jaloufe.

S C E N E   V I.

V. 1. Rodrigue, as-tu du cœur ? . . . . .

Dans le Cid de *Diamante*, *Rodrigue* arrive avec le
garçon gracieux qui a peint le portrait de *Chimène. Rodrigue*
trouve le portrait reffemblant, et dit au *garçon gracieux*

Comment. fur Corneille. Tome I.   H

qu'il eſt un grand peintre, *grande pintor;* puis regardant ſon père affligé qui tient d'une main ſon épée et de l'autre un mouchoir, il lui en demande la raiſon : *Don Diegue* lui répond : *Aie, aie l'honneur.* Rodrigue. *Qui eſt-ce qui vous déplaît?* Don Diegue. *Aie, aie l'honneur, te dis-je.* Rodrigue. *Parlez, eſpérez, j'écoute.* Don Diegue. *Aie, aie, as-tu du courage? Rodrigue* répond à peu-près comme dans *Caſtro* et dans *Corneille.*

V. 2. . . . . Agréable colère ! *&c.*

> Eſſe ſentimiento adoro,
> Eſſa colera me agrada,
> Eſſa ſangre alborotada
> Es la que me dio Caſtilla,
> Y la que te di heredada.

V. 7. Viens me venger — De quoi ? — D'un affront ſi cruel
Qu'à l'honneur de tous deux il porte un coup mortel.

> Eſta mancha de mi honor
> Al, tuyo ſe eſtiende.

V. 14. Ce n'eſt que dans le ſang qu'on lave un tel outrage.

> Lavala.
> Con ſangre, que ſangre ſola
> Quita ſemejantes manchas.

V. 16. Je te donne à combattre un homme à redouter.

> Poderoſo es el contrario.

V. 17. Je l'ai vu tout ſanglant au milieu des batailles,
Sé faire un beau rempart de mille funérailles.

Dans les éditions ſuivantes, *Corneille* a mis :

> Je l'ai vu tout couvert de ſang et de pouſſière,
> Porter par-tout la mort dans une armée entière.

L'académie avait condamné *funérailles;* je ne ſais ſi ce mot, tout impropre qu'il eſt, n'eût pas mieux valu que le pléonaſme languiſſant *par-tout* et *entière.*

V. 26. Enfin tu fais l'affront, et tu tiens la vengeance.

> Aqui ofenfa, y alli efpada,
> No tengo mas que dezirte.

V. 29. Accablé des malheurs où le deftin me range,
Je m'en vais les pleurer. Va, cours, vole, et nous venge.

> Ya voy a llorar afrentas,
> Mientras tu tomas venganças.

S C E N E V I I.

V. 1. — Percé jufques au fond du cœur. . . .

On mettait alors des ftances dans la plupart des tragédies, et on en avait dans Médée : on les a bannies du théâtre. On a penfé que les perfonnages, qui parlent en vers d'une mefure déterminée, ne devaient jamais changer cette mefure, parce que, s'ils s'expliquaient en profe, ils devraient toûjours continuer à parler en profe. Or, les vers de fix pieds étant fubftitués à la profe, le perfonnage ne doit pas s'écarter de ce langage convenu. Les ftances donnent trop l'idée que c'eft le poëte qui parle. Cela n'empêche pas que ces ftances du Cid ne foient fort belles, et ne foient encore écoutées avec beaucoup de plaifir.

V. 8. O Dieu, l'étrange peine ! &c.

> Mi padre el ofendido ! eftraña pena !
> Y el ofenfor el padre de Ximena !

V. 11. Que je fens de rudes combats !
Contre mon propre honneur mon amour s'intéreffe ;
Il faut venger un père et perdre une maîtreffe.
L'un m'anime le cœur, l'autre retient mon bras.
Réduit au trifte choix, ou de trahir ma flamme,
Ou de vivre en infame,

H 2

Des deux côtés mon mal eſt infini.

O Dieu , l'étrange peine !

Faut-il laiſſer un affront impuni ?

Faut-il punir le père de Chimène ?

Corneille corrigea depuis cette ſtance ainſi :

Il vaut mieux courir au trépas ;

Je dois à ma maîtreſſe, auſſi-bien qu'à mon père ;

J'attire en me vengeant ſa haine et ſa colère ;

J'attire ſes mépris en ne me vengeant pas.

A mon plus doux eſpoir l'un me rend infidelle,

Et l'autre indigne d'elle.

Mon mal augmente à le vouloir guérir ;

Tout redouble ma peine.

Allons, mon ame ; et puiſqu'il faut mourir ,

Mourons du moins ſans offenſer Chimène.

V. 20. Faut-il punir le père de Chimène ?

Yo he de matar el padre de Ximena ?

V. 49. Allons, mon bras, du moins ſauvons l'honneur.

L'académie avait approuvé *allons , mon ame ;* et cependant *Corneille* le changea , et mit *allons , mon bras.* On ne dirait aujourd'hui ni l'un ni l'autre. Ce n'eſt point un effet du caprice de la langue, c'eſt qu'on s'eſt accoutumé à mettre plus de vérité dans le langage. *Allons* ſignifie *marchons ,* et ni un bras ni une ame ne marchent ; d'ailleurs nous ne ſommes plus dans un temps où l'on parle à ſon bras et à ſon ame.

V. 58. Ne ſoyons plus en peine,

(Puiſqu'aujourd'hui mon père eſt l'offenſé)

Si l'offenſeur eſt père de Chimène.

Haviendo ſido

Mi padre el ofendido ,

Poco importa que fueſe

El ofenſor el padre de Ximena.

ACTE SECOND.

SCENE PREMIERE.

Vers 1. Je l'avoue entre nous, quand je lui fis l'affront,
J'eus le fang un peu chaud et le bras un peu prompt.

CORNEILLE aurait dû corriger *je lui fis l'affront*, que l'académie condamna comme une faute contre la langue. De plus, il fallait dire *cet affront*. Il mit à la place :

Je l'avoue entre nous, mon fang un peu trop chaud
S'eft trop ému d'un mot, et l'a porté trop haut.

Un fang trop chaud qui le porte trop haut eft bien pis qu'une faute contre la grammaire.

Confiefo que fue locura,
Mas no la quiero emendar.

V. 16. Défobéir un peu n'eft pas un fi grand crime,
Et quelque grand qu'il fût, mes fervices préfens
Pour le faire abolir font plus que fuffifans.

C'eft ici qu'il y avait :

Les fatisfactions n'apaifent point une ame ;
Qui les reçoit a tort, qui les fait fe diffame ;
Et de pareils accords l'effet le plus commun
Eft de déshonorer deux hommes au lieu d'un.

Ces vers parurent trop dangereux dans un temps où l'on puniffait les duels qu'on ne pouvait arrêter, et *Corneille* les fupprima.

V. 23. Vous vous perdez, Monfieur, fur cette confiance.

Y con ella has de querer
Perderte ?

H 3

V. 26. Un jour feul ne perd pas un homme tel que moi.

> Los hombres como yo
> Mucho tienen que perder.

V. 28. Tout l'Etat périra plutôt que je périffe.

> Ha de perderfe Caftilla
> Antes que yo.

SCENE II.

V. 2. Connais - tu bien Don Diegue ?

> Aquel viejo que alli efta,
> Sabes quien es ?

V. 2. . . . . Parlons bas , écoute.

> Habla baxo , efcucha.

V. 3. Sais-tu que ce vieillard fut la même vertu ,
La vaillance et l'honneur de fon temps ? le fais-tu ?

> No fabes que fue defpojo
> De honra y valor ?

V. 5. Peut-être.

> Si feria.

V. 5. . . . . Cette ardeur que dans les yeux je porte ,
Sais-tu que c'eft fon fang ? le fais-tu ?

> Y que es fangre fuya
> La que yo tengo en el ojo ?
> Sabes ?

V. 6. . . . . Que m'importe ?

> Y el fabello
> Que ha de importar ?

V. 7. A quatre pas d'ici je te le fais favoir.

> Si vamos à otro lugar ,
> Sabras lo mucho que importa.

V. 9. Je fuis jeune, il eft vrai, mais aux ames bien nées,
La valeur n'attend pas le nombre des années.

Dans la pièce de *Diamante*, *Rodrigue* propofe au comte de fe battre à la campagne ou dans la ville, de nuit ou de jour, au foleil ou à l'ombre, avec plaftron ou fans plaftron, à pied ou à cheval, à l'épée ou à la lance. Ah, le plaifant bouffon ! répond le comte.

RODRIGUE.

En campagna, en poblado ;
De noche, o de dia ; al uelo
Claro, o a la fombra obfcura ;
A cavallo, a pie ; con peto,
O fin el ; a efpada, o lança.

LE COMTE.

Que bueno
Pues me retais ! que generofo moçuelo !

V. 13. Mes pareils à deux fois ne fe font pas connaître,
Et pour leurs coups d'effai veulent des coups de maître.

Coups d'effai, *coups de maître*, termes familiers qu'on ne doit jamais employer dans le tragique ; de plus, ce n'eft qu'une répétition froide de ce beau vers :

La valeur n'attend pas le nombre des années.

Scudéri cenfurait des beautés, et ne vit pas ce défaut.

V. 22. Ton bras eft invaincu, mais non pas invincible.

Ce mot *invaincu* n'a point été employé par les autres écrivains ; je n'en vois aucune raifon : il fignifie autre chofe qu'*indompté*, un pays eft *indompté*, un guerrier eft *invaincu*. *Corneille* l'a encore employé dans les Horaces. Il y a un dictionnaire d'orthographe, où il eft dit que *invaincu* eft un barbarifme. Non ; c'eft un terme hafardé

H 4

et néceſſaire. Il y a deux ſortes de barbariſmes, celui des mots et celui des phraſes. *Egaliſer les fortunes*, pour *égaler les fortunes* : *au parfait*, au lieu de *parfaitement* ; *éduquer*, pour *donner de l'éducation*, *élever* : voilà des barbariſmes de mots. *Je crois de bien faire*, au lieu de *je crois bien faire* ; *encenſer aux dieux*, pour *encenſer les dieux* : *je vous aime tout ce qu'on peut aimer*. Voilà des barbariſmes de phraſes.

SCENE VI.

V. 23. Don Sanche, taiſez-vous, et ſoyez averti
Qu'on ſe rend criminel à prendre ſon parti.

Cette ſcène paraît preſque auſſi inutile que celle de l'infante ; elle avilit d'ailleurs le roi, qui n'eſt point obéi. Après que le roi a dit, *taiſez-vous*, pourquoi dit-il le moment d'après, *parlez* ? et il ne réſulte rien de cette ſcène.

V. 52. Au reſte, on nous menace fort.

C'eſt un petit défaut que cette expreſſion familière ; mais n'en eſt-ce point un très-grand de parler avec tant d'indifférence du danger de l'Etat ? N'aurait-il pas été plus intéreſſant et plus noble de commencer par montrer une grande inquiétude de l'approche des Maures, et un embarras non moins grand d'être obligé de punir, dans le comte, le ſeul homme dont il eſpérait des ſervices utiles dans cette conjoncture ? N'eût-ce pas même été un coup de théâtre, que dans le temps où le roi eût dit, *je n'ai d'eſpérance que dans le comte*, on lui fût venu dire, *le comte eſt mort* ? Cette idée même n'eût-elle pas donné un nouveau prix au ſervice que rend enſuite *Rodrigue*, en feſant plus qu'on n'eſpérait du comte ? *Corneille* ôta depuis,

Au reſte, on nous menace fort.

Il mit :

> Au reſte , on a vu dix vaiſſeaux
> De nos vieux ennemis arborer les drapeaux.

Il faut obſerver que *au reſte* ſignifie *quant à ce qui reſte ;* il ne s'emploie que pour les choſes dont on a déjà parlé , et dont on a omis quelque point dont on veut traiter. Je veux que le comte faſſe ſatisfaction. Au reſte , je ſouhaite que cette querelle puiſſe ne pas rendre les deux maiſons éternellement ennemies. Mais quand on paſſe d'un ſujet à un autre , il faut *cependant* , ou quelque autre tranſition.

V. 79. Puiſqu'on fait bonne garde aux murs et ſur le port ,
> Il ſuffit pour ce ſoir.

Le roi a grand tort de dire , *il ſuffit pour ce ſoir* , puiſque en effet les Maures font leur deſcente le ſoir même , et que ſans le *Cid* la ville était priſe. On demande s'il eſt permis de mettre ſur la ſcène un prince qui prend ſi mal ſes meſures ? Je ne le crois pas ; la raiſon en eſt qu'un perſonnage avili ne peut jamais plaire.

V. 82. Dès que j'ai ſu l'affront , j'ai prévu la vengeance ;
> Como la ofenſa ſabia
> Luego cay en la vengança.

S C E N E   V I I.

V. 1. Sire , Sire , juſtice.
> Juſticia , juſticia pido.

Voyez comme dès ce moment les défauts précédens diſparaiſſent. Quelle beauté dans le poëte eſpagnol et dans ſon imitateur ! Le premier mot de *Chimène* eſt de demander juſtice contre un homme qu'elle adore : ç'eſt peut-être la plus belle des ſituations. Quand , dans l'amour, il ne s'agit que de l'amour, cette paſſion n'eſt pas tragique. *Monime* aimera-t-elle *Xipharès* ou *Pharnace*? *Antiochus* épouſera-t-il *Bérénice*? bien des gens répondent, que m'importe? Mais *Chimène* fera-t-elle couler le ſang du *Cid*? Qui l'emportera d'elle ou de *Don Diegue*? Tous les eſprits ſont en ſuſpens, tous les cœurs ſont émus.

V. 2. Je me jette à vos pieds.
> Rey, a tus piés he llegado.

V. 2. . . . . J'embraſſe vos genoux.
> Rey, a tus piés he venido.

V. 6. Il a tué mon père.
> Señor, a mi padre ha muerto.

V. 7. Au ſang de ſes ſujets un roi doit la juſtice.
> Haura en los reyes juſticia.

V. 8. Une vengeance juſte eſt ſans peur du ſupplice.
> Juſta vengança he tomado.

V. 13. Sire, mon père eſt mort; mes yeux ont vu ſon ſang...
> Yo vi con mis proprios ojos
> Teñido el luziente azero.

V. 17. Ce ſang qui tout ſorti fume encor de courroux,
> De ſe voir répandu pour d'autres que pour vous, &c.

Scudéri ne reprit point ces hyperboles poëtiques qui, n'étant point dans la nature, affaibliſſent le pathétique de ce diſcours. C'eſt le poëte qui dit que *ce ſang fume de courroux*; ce n'eſt pas aſſurément *Chimène*; on ne parle pas ainſi d'un père mourant. *Scudéri*, beaucoup plus accoutumé que *Corneille* à ces figures outrées et puériles, ne remarqua pas même en autrui, tout éclairé qu'il était par l'envie, une faute qu'il ne ſentait pas dans lui-même.

V. 25. J'arrivai fur le lieu fans force et fans couleur.

> Yo lleguè cafi fin vida.

V. 33. Il ne me parla point.

Puifqu'il était mort, il n'eft pas bien furprenant qu'il n'ait point parlé. Ce font là de ces inadvertances qui échappent dans la chaleur de la compofition, et auxquelles les ennemis de l'auteur, et même les indifférens ne manquent pas de donner du ridicule. *Corneille* fubftitua depuis, *fon flanc était couvert.*

V. 33. — Mais pour mieux m'émouvoir...

Les connaiffeurs fentent qu'il ne fallait pas même que *Chimène* dît *pour mieux m'émouvoir.* Elle doit être fi émue, qu'il ne faut pas qu'elle prête aux chofes inanimées le deffein de la toucher.

V. 34. Son fang fur la pouffière...

> Efcriviò en efte papel
> Con fangre mi obligacion.

V. 34. — Ecrivait mon devoir.

L'efpagnol dit, *parlait par fa plaie.* Vous voyez que ces figures recherchées font dans l'original efpagnol. C'était l'efprit du temps; c'était le faux brillant du *Marini* et de tous les auteurs.

V. 36. Me parlait par fa plaie.

> Me hablò
> Con la boca de la herida.

V. 51. Sacrifiez Don Diegue et toute fa famille,
> A vous, à votre peuple, à toute la Caftille.
> Le Soleil qui voit tout ne voit rien fous les cieux
> Qui vous puiffe payer un fang fi précieux.

Il n'était pas naturel que *Chimène* demandât la mort de *Don Diègue*, offensé si cruellement par son père. De plus, cette fureur atroce de demander le sang de toute la famille, n'était point convenable à une fille qui accusait son amant malgré elle. *Corneille* substitua depuis :

> Immolez, non à moi, mais à votre couronne,
> Mais à votre grandeur, mais à votre personne ;
> Immolez, dis-je, Sire, au bien de tout l'Etat,
> Tout ce qu'enorgueillit un si grand attentat.

V. 57. — Que l'âge apporte aux hommes généreux
Avecque sa faiblesse un destin malheureux !

Les éditions suivantes portent :

> Au bout de leur carrière un destin rigoureux.

V. 67. Et fouillé sans respect l'honneur de ma vieillesse,
Avantagé de l'âge, et fort de ma faiblesse.

Les autres éditions portent :

> Jaloux de votre choix, et fier de l'avantage
> Que lui donnait sur moi la faiblesse de l'âge.

V. 77. Si montrer du courage et du ressentiment, &c.

> Si me toco la vengança
> Y te toca la justicia,
> Hazla en mi, rey soberano.

V. 80. Quand le bras a failli l'on en punit la tête.

> Castigar en la cabeça
> Los delitos de la mano.

V. 81. Du crime glorieux qui cause nos débats,
Sire, j'en suis la tête, &c.

Corneille substitua :

> Qu'on nomme crime ou non ce qui fait nos débats.

Mais ce changement eſt vicieux. *Ce qui fait nos débats* eſt très-faible. Il ſemble que *Don Diegue* parle ici d'un procès de famille.

V. 82. — Il n'en eſt que le bras.

> Y ſolo fue mano mia
> Rodrigo.

V. 87. Aux dépens de mon ſang ſatisfaites Chimène.

> Con mi cabeça cortada
> Quede Ximena contenta.

V. 97. Prends du repos, ma fille, et calme tes douleurs.

> Soſſiegate, Ximena.

V. 98. M'ordonner du repos, c'eſt croître mes malheurs.

> Mi llanto crece.

Croître aujourd'hui n'eſt plus actif ; on dit *accroître ;* mais il me ſemble qu'il eſt permis en vers de dire, *croître mes tourmens, mes ennuis, mes douleurs, mes peines.*

ACTE TROISIEME.

SCENE PREMIERE.

Vers 1. Rodrigue, qu'as-tu fait ? Où viens-tu, miſérable ?

> Que has hecho Rodrigo ?

V. 6. Ne l'as-tu pas tué ?

> No mataſte al conde ?

V. 7. Mon honneur de ma main a voulu cet éffort.

> Importavale a mi honor.

V. 8. Mais chercher ton aſile en la maiſon du mort.

> Pues, ſeñor,
> Quando fue la caſa del muerto
> Sagrado del matador ?

V. 12. Je cherche le trépas après l'avoir donné.

> Yo bufco la muerte,
> En fu cafa.

V. 14. Je mérite la mort de mériter fa haine. &c.

> Y por fer jufto,
> Vengo a morir en fus manos,
> Pues eftoi muerto en fu gufto.

V. 21. Non, non, ce cher objet à qui j'ai pu déplaire
Ne peut pour mon fupplice avoir trop de colère ;
Et d'un heur fans pareil je me verrai combler,
Si pour mourir plutôt je la puis redoubler.

On voit que cette faute tant reprochée à *Corneille*, d'avoir violé l'unité de lieu pour violer les lois de la bien-féance, et d'avoir fait aller *Rodrigue* dans la maifon même de *Chimène*, qu'il pouvait fi aifément rencontrer au palais ; que cette faute, dis-je, eft de l'auteur efpagnol ; quelque répugnance qu'on ait à voir *Rodrigue* chez *Chimène*, on oublie prefque où il eft ; on n'eft occupé que de la fituation. Le mal eft qu'il ne parle qu'à une confidente.

On n'a point de *colère pour un fupplice* : c'eft un barba-rifme. *Corneille*, au lieu de l'*heur fans pareil*, mit depuis :

> Et j'évite *cent morts* qui me vont accabler.

On ne peut guère corriger plus mal. L'idée d'éviter tant de morts ne doit pas fe préfenter à un homme qui la cherche. Ces *cent morts* font une expreffion vague, un vers fait à la hâte ; il ne fe donnait ni le temps, ni la peine de chercher le mot propre et un tour élégant. On ne connaiffait pas encore cette pureté de diction, et cette éloquence fage et vraie que *Racine* trouva par un travail affidu, et par une méditation profonde fur le génie de notre langue.

V. 25. Chimène eft au palais, de pleurs toute baignée.

> Ximena efta
> Cerca, en palacio, y vendra
> Acompañada.

V. 31. Elle va revenir, elle vient, je la vois.

> Ella vendra, ya viene.

SCENE II.

V. 8. Sous vos commandemens mon bras fera trop fort. —
Malheureufe !

Quelque infipidité qu'on ait trouvé dans le perfonnage de *Don Sanche*, il me femble qu'il fait là un effet
très-heureux, en augmentant la douleur de *Chimène* ;
et ce mot *malheureufe*, qu'elle prononce fans prefque
l'écouter, eft fublime. Lorfqu'un perfonnage qui n'eft
rien par lui-même fert à faire valoir le caractère principal,
il n'eft point de trop.

SCENE III.

V. 8. La moitié de ma vie a mis l'autre au tombeau.

> La mitad de mi vida
> Ha muerto la otra mitad.

Scudéri trouvait là trois moitiés. Cette affectation,
cette apoftrophe à fes yeux ont paru à tous les critiques
une puérilité dont on ne trouve aucun exemple dans
le théâtre grec,

> Et ce n'eft point ainfi que parle la nature.

Par quel art cependant ces vers touchent-ils ? N'eft-ce
point que *la moitié de ma vie a mis l'autre au tombeau*,
porte dans l'ame une idée attendriffante qui fubfifte
encore malgré les vers qui fuivent ?

V. 9. Et m'oblige à venger, après ce coup funefte.

> Y al vengar
> De mi vida la una parte
> Sin las dos he de quedar.

V. 11. Repofez - vous , Madame.

     Defcanfad.

Defcanfad n'eft-il pas un mot plus énergique et plus noble que *repofez-vous* , *Madame ?* Le mot de *repofer* eft un peu de la comédie , et ne peut guère être adreffé qu'à une perfonne fatiguée. Dans la tragédie, on peut propofer le repos à un conquérant, pourvu que cette idée foit anoblie.

V. 13. Par où fera jamais mon ame fatisfaite ,

     Si je pleure ma perte et la main qui l'a faite ?

     Que confuelo he de tomar ?

V. 17. Il vous prive d'un père , et vous l'aimez encore !

     Siempre quieres a Rodrigo ?

     Que mato a tu padre ; mira.

V. 18. C'eft peu de dire aimer, Elvire, je l'adore.

     Es mi adorado enemigo.

V. 33. Penfez-vous le pourfuivre ?

     Pienfas perfeguille ?

V. 44. Dans un lâche filence étouffe mon honneur.

Corneille corrigea depuis , *fous un lâche filence* ; mais un honneur n'eft point étouffé *fous un lâche filence* ; il femble qu'un *filence* foit un poids qu'on mette fur l'honneur.

V. 54. Après tout que penfez-vous donc faire ?

     Pues como haras ?

V. 56. Le pourfuivre, le perdre, et mourir après lui.

     Seguirele hafta vengarme,

     Y haure de matar muriendo.

Ce vers excellent renferme toute la pièce, et répond à toutes les critiques qu'on a faites fur le caractère de

            Chimène.

Chimène. Puifque ce vers eft dans l'efpagnol, l'original contenait les vraies beautés qui firent la fortune du Cid français.

SCENE IV.

V. 1. Eh bien, fans vous donner la peine de pourfuivre,
Soûlez-vous du plaifir de m'empêcher de vivre.

> Mejor es que mi amor firme
> Con rendirme,
> Te de el gufto de matarme
> Sin la pena de feguirme.

Il fallait dire, *de me pourfuivre. Soûlez* eft un terme bas, *m'empêcher de vivre* eft languiffant, et n'exprime pas *donnez-moi la mort. Corneille* corrigea :

> Affurez-vous l'honneur de m'empêcher de vivre.

V. 4. Rodrigue en ma maifon ! Rodrigue devant moi !

> Rodrigo, Rodrigo en mi cafa !

V. 7. . . . . . . Ecoute - moi.

> Efcucha.

Ibid. . . . . Je me meurs.

> Muero.

V. 8. . . . . Quatre mots feulement.

> Solo quiero
> Que en oyendo lo que digo
> Refpondas con effe azero.

V. 15. Il eft teint de mon fang. — Plonge-le dans le mien ;
Et fais-lui perdre ainfi la teinture du tien.

Cela n'a point été repris par l'académie ; mais je doute que cette teinture réufsît aujourd'hui. Le défefpoir n'a pas de réflexions fi fines, et j'oferais ajouter, fi fauffes :

Comment. fur Corneille. Tome I.   I

une épée eft également rougie de quelque fang que ce
foit ; ce n'eft point du tout une teinture différente. Tout
ce qui n'eft pas exactement vrai révolte les bons efprits.
Il faut qu'une métaphore foit naturelle , vraie , lumineufe;
qu'elle échappe à la paſſion.

V. 25. De la main de ton père un coup irréparable
Déshonorait du mien la vieilleffe honorable.

> Tu padre el conde loçano.
> Pufo en las canas del mio
> La atreuida injuſta mano.

V. 31. Ce n'eft pas qu'en effet contre mon père et moi ,
Ma flamme affez long-temps n'ait combattu pour toi, &c.

> Y aunque me vi fin honor ,
> Se malogrò mi efperança
> En tal mudança ,
> Con tal fuerça que tu amor
> Pufo en duda mi vengança.

V. 36. J'ai retenu ma main , j'ai cru mon bras trop prompt.

La main et le bras fefaient un mauvais effet ; l'auteur
a fubſtitué ,

> J'ai penfé qu'à fon tour mon bras était trop prompt.

Peut-être *à fon tour* eſt-il plus mal. C'eſt là changer
un vers plutôt que le corriger.

V. 38. Et ta beauté fans doute emportait la balance.

> Y tu, feñora, vencieras ,
> A no auer imaginado
> Que afrentado ,
> Por infame abhorrecieras
> Quien quififte por honrado.

V. 45. Je te le dis encore, et veux , tant que j'expire,
Sans ceffe le penfer, et fans ceffe le dire.

Tant que j'expire était une faute de langue. Il fallait

jufqu'à ce que j'expire ; mais *jufqu'à ce que* eft rude , et ne doit jamais entrer dans un vers. On a mis à la place :

. . . . . . Et quoique j'en foupire,
Jufqu'au dernier foupir je veux bien te le dire.

Ces deux mots, *foupire* et *foupir* , et ces définances en *ir* font encore plus repréhenfibles que les deux vers anciens.

V. 49. Mais quitte envers l'honneur, et quitte envers mon père,
C'eft maintenant à toi que je viens fatisfaire.

    Cobrè mi perdido honor,
    Mas luego a tu amor rendido
    He venido.

V. 52. J'ai fait ce que j'ai dû , je fais ce que je dois.

    Porque no llames rigor
    Loque obligacion ha fido.

V. 55. Immole avec courage au fang qu'il a perdu
Celui qui met fa gloire à l'avoir répandu.

    Haz con brio
    La vengança de tu padre,
    Como la hize del mio.

V. 60. Je ne t'accufe point , je pleure mes malheurs.

    No te doy la culpa a ti
    De que defdichada foy.

V. 63. Tu n'as fait le devoir que d'un homme de bien.

    Como cauallero hizifte.

V. 92. Va, je fuis ta partie, et non pas ton bourreau.

    Mas foy parte,
    Para folo perfeguirte,
    Pero no para matarte.

V. 113. Ton malheureux amant aura bien moins de peine
A mourir par ta main qu'à vivre avec ta haine.

> Confidera
> Que el dexarme es la vengança,
> Que el matarme no lo fuera.

V. 115. Va, Je ne te hais point. — Tu le dois.
Me abhorreces ?

Ibid. . . . . Je ne puis.

> No es poffible.

V. 122. Et je veux que la voix de la plus noire envie
Elève au ciel ma gloire et plaigne mes ennuis,
Sachant que je t'adore et que je te pourfuis.

> Difculpara mi decoro
> Con quien pienfa que te adoro
> El faber que te perfigo.

V. 127. Dans l'ombre de la nuit cache bien ton départ.

> Vete, y mira a la falida
> No te vean.

V. 128. Si l'on te voit fortir , mon honneur court hafard.

> Es razon
> No quitarme la opinion.

V. 132. Que je meure. —

> Matame.

Ibid. . . . . . Va-t'en. —

> Dexame.

Ibid. . . . . A quoi te réfous-tu ?

> Pues tu rigor que hazer quiere ?

V. 133. Malgré des feux fi beaux qui rompent ma colère,
Je ferai mon poffible à bien venger mon père, &c.

> Por mi honor aunque muger

He de hazer
Contra ti quanto pudiere
Defeando no poder.

V. 137. O miracle d'amour !

femble affaiblir cette touchante fcène , et n'eſt point dans l'eſpagnol.

V. 139. Rodrigue, qui l'eût cru ?

Ay Rodrigo , quien penfara ?

Ibid. . . . . Chimène, qui l'eût dit ?

Ay Ximena, quien dixera ?

V. 140. Que notre heur fût fi proche et fi tôt fe perdît.

Que mi dicha fe acabara !

V. 145. Adieu, je vais traîner une mourante vie.

Quedate, yreme muriendo.

S C E N E V.

Quoique chez les étrangers, pour qui principalement ces remarques font faites, on ne foit pas encore parvenu à l'art de lier toutes les fcènes, cependant y a-t-il un lecteur qui ne foit choqué, de voir *Chimène* s'en aller d'un côté, *Rodrigue* de l'autre, et *Don Diegue* arriver fans les voir ?

Obfervez que quand le cœur a été ému par les paffions des deux premiers perfonnages, et qu'un troifième vient parler de lui-même, il touche peu, fur-tout quand il rompt le fil du difcours.

Nous venons d'entendre *Chimène* dans fa maifon ; mais où eſt maintenant *Don Diegue ?* ce n'eſt pas affurément dans cette maifon Le fpectateur ne peut fe figurer ce qu'il voit ; et c'eſt là un très-grand défaut pour notre nation, qui veut par-tout de la vraifemblance, de la fuite, de la liaifon, qui exige que toutes les fcènes foient naturellement amenées les unes par les autres; mérite inconnu fur tous les autres théâtres, et mérite abfolument néceffaire pour la perfection de l'art.

SCENE VI.

V. 1. Rodrigue, enfin le ciel permet que je te voie.

> Es poffible que me hallo
> Entre tus braços ?

V. 3. Laiffe-moi prendre haleine afin de te louer.

> Aliento tomo
> Para en tus alabanças empleallo.

V. 4. Ma valeur n'a point lieu de te défavouer.

> Bien mis paffados brios imitafte.

V. 12. Touche ces cheveux blancs à qui tu rends l'honneur.

> Toca las blancas canas que me honrafte.

V. 13. Viens baifer cette joue, et reconnais la place
Où fut jadis l'affront que ton courage efface.

> Y lega la tierna boca a la mexilla
> Donde la mancha de mi honor quitafte.

V. 15. L'honneur vous en eft dû, les cieux me font témoins
Qu'étant forti de vous je ne pouvais pas moins.

> Alça la cabeça,
> A quien como la caufa fe atribuya,
> Si hay en mi algun valor, y fortaleza.

V. 30. Je t'ai donné la vie, et tu me rends ma gloire.

> Si yo te di el fer naturalmente,
> Tu me le has vuelto por la fuerça tuya.

V. 56. . . . J'ai trouvé chez moi cinq cents de mes amis, &c.

Vous verrez dans la critique de *Scudéri* qu'il condamne l'affemblée de ces cinq cents gentilshommes , et que l'académie l'approuve. C'eft un trait fort ingénieux, inventé par l'auteur efpagnol , de faire venir cette troupe pour une chofe , et de l'employer pour une autre.

V. 61. Va marcher à leur tête où l'honneur te demande.

> Con quinientos hidalgos deudos mios
> Sal en campana a exercitar tus brios.

V. 68. Ne borne pas ta gloire à venger un affront.

> No diran que la mano te ha feruido
> Para vengar agrauios folamente.

ACTE QUATRIEME.

SCENE PREMIERE.

Vers 1. N'eft-ce point un faux bruit ? le fais-tu bien, Elvire ?

CE combat n'eft point étranger à la pièce ; il fait, au contraire, une partie du nœud, et prépare le dénouement en affaibliffant néceffairement la pourfuite de *Chimène*, et rendant *Rodrigue* digne d'elle. Il fait, fi je ne me trompe, fouhaiter au fpectateur que *Chimène* oublie la mort de fon père en faveur de fa patrie , et qu'elle puiffe enfin fe donner un jour à *Rodrigue*.

SCENE II.

L'infante. Pour toutes ces fcènes de l'infante , on convient unanimement de leur inutilité infipide ; et celle-ci eft d'autant plus fuperflue, que *Chimène* y répète avec faibleſſe ce qu'elle vient de dire avec force à ſa confidente.

V. 27. Hier ce devoir te mit en une haute eſtime.

Cet hier fait voir que la pièce dure deux jours dans *Corneille :* l'unité de temps n'était pas encore une règle bien reconnue. Cependant, ſi la querelle du comte et ſa mort arrivent la veille au ſoir, et ſi le lendemain tout eſt fini à la même heure, l'unité de temps eſt obſervée. Les événemens ne ſont point auſſi preſſés qu'on l'a reproché à *Corneille ;* et tout eſt aſſez vrai-ſemblable.

SCENE III.

Toujours la ſcène vide, et nulle liaiſon ; c'était encore un des défauts du ſiècle. Cette négligence rend la tra-gédie bien plus facile à faire, mais bien plus défectueuſe.

V. 10. J'euſſe pu donner ordre à repouſſer leurs armes.

Le roi ne joue pas là un perſonnage bien reſpectable ; il avoue qu'il n'a donné ordre à rien.

V. 14. Ils t'ont nommé tous deux leur Cid en ma préſence.
Puiſque Cid en leur langue eſt autant que Seigneur.

REY DE CASTILLA.
El mio Cid le ha llamado.

REY MORO.
En mi lengua es mi ſeñor.

REY DE CASTILLA.
Eſſe nombre le eſta bien.

REY MORO.
Entre moros le ha tenido.

Ce ſeul paſſage du Cid eſpagnol, *el mio Cid le ha llamado,* &c. fait voir la ſupériorité du poëte français en ce point ; car que font là ces trois rois maures que *Guilain de Caftro* introduit ? rien autre chofe que de former un vain fpectacle. C'eft le principal défaut de toutes les pièces efpagnoles et anglaifes de ces temps-là. L'appareil, la pompe du fpectacle, font une beauté fans doute ; mais il faut que cette beauté foit néceffaire. La tragédie ne confifte pas dans un vain amufement des yeux. On repréfente fur le théâtre de Londres des enterremens, des exécutions, des couronnemens ; il n'y manque que des combats de taureaux.

V. 15. Je ne t'envierai pas ce beau titre d'honneur.

REY DE CASTILLA.

Pues alla le ha merecido
En mis tierras fe le den.

V. 17. Sois déformais le Cid : qu'à ce grand nom tout cède.

Llamalle el Cid es razon.

V. 21. Que votre majefté, Sire, épargne ma honte.

Le mot de *honte* n'eft pas le mot propre. Une valeur qui *ne va point dans l'excès* eft plus impropre encore.

V. 51. Nous partîmes cinq cents, mais par un prompt renfort,
Nous nous vîmes trois mille en arrivant au port.

L'académie n'a point repris cet endroit, qui confifte à fubftituer l'aorifte au fimple paffé. *Je vis, je fis, j'allai, je partis*, ne peut fe dire d'une chofe faite le jour où l'on parle. Plût à Dieu que cette licence fût permife en poëfie : car *nous nous fommes vus cinq cents, nous fommes partis*, eft bien languiffant : on eût pu dire :

Nous n'étions que cinq cents, nous nous voyons trois mille.

L'académie ne prononça point fur cette faute, uniquement par la raifon que *Scudéri* ne l'avait pas relevée, et qu'elle fe borna, comme je l'ai déjà dit, à juger entre *Corneille* et *Scudéri*.

S C E N E   I V.

V. 2. La fâcheufe nouvelle et l'importun devoir !

Dès ce moment *Rodrigue* ne peut plus être puni ; toutes les pourfuites de *Chimène* paraiffent furabondantes. Elle eft donc fi loin de manquer aux bienféances, comme on le lui a reproché, qu'au contraire elle va au-delà de fon devoir, en demandant la mort d'un homme devenu fi néceffaire à l'Etat.

V. 5. Mais avant que fortir, viens, que ton roi t'embraffe !

> En premio deftas victorias
> Ha de lleuarfe efte abraço.

S C E N E   V.

V. 1. . . . . Enfin foyez contente,
Chimène, le fuccès répond à votre attente.

Cette petite rufe du roi eft prife de l'auteur efpagnol ; l'académie ne la condamne pas. C'eft apparemment le titre de *tragi-comédie* qui la difpofait à cette indulgence ; car ce moyen paraît aujourd'hui peu digne de la nobleffe du tragique.

V. 14. Sire, on pâme de joie, ainfi que de trifteffe.

> Tanto atribula un plazer,
> Como congoxa un pefar.

On ne dit pas *pâmer*, *évanouir* ; on dit *fe pâmer*, *s'évanouir*. Cette défaite de *Chimène* eft comique, et fait rire. Voyez les remarques de l'académie. La faute eft de l'original ; mais fes termes font plus convenables.

V. 42. Pour lui tout votre empire eft un lieu de franchife, &c.

> Son tus ojos fus efpias,
> Tu retrete fu fagrado,
> Tu favor fus alas libres.

V. 55. Et ta flamme en fecret rend grâces à ton roi,
Dont la faveur conferve un tel amant pour toi.

    Si he guardado à Rodrigo
    Quiça para vos le guardo.

V. 58. L'auteur de mes malheurs ! L'affaffin de mon père !

On met peu de remarques au bas des pages de cette pièce. On renvoie le lecteur à celles de l'académie. Cependant il faut obferver que *Chimène* a tort d'appeler *Rodrigue affaffin* ; il ne l'eft pas : elle l'a appelé elle-même *brave homme , homme de bien.*

V. 1 1 7. De moi, ni de ma cour il n'aura la préfence.

Ce tour eft très-adroit ; il donne lieu à la fcène , dans laquelle *Don Sanche* apporte fon épée à *Chimène.*

ACTE CINQUIEME.

SCENE PREMIERE.

Vers 3. Je vais mourir, Madame, et vous viens en ce lieu,
Avant le coup mortel , dire un dernier adieu.

En quel lieu? Il eft trifte que ce mot *adieu* n'ait que *lieu* pour rime. C'eft un des grands inconvéniens de notre langue.

V. 35. Je lui vais préfenter mon eftomac ouvert,
Adorant en fa main la vôtre qui me perd.

C'eft dommage que ces fentimens ne foient point du tout naturels. Il paraît affez ridicule de dire qu'il doit du refpect à *Don Sanche* , et qu'il va lui pré-fenter fon eftomac ouvert. Ces idées font prifes dans ces misérables romans qui n'ont rien de vraisemblable, ni dans les aventures, ni dans les sentimens, ni dans les expreſſions ; tout était hors de la nature dans ces impertinens ouvrages qui gâtèrent ſi long-temps le goût de la nation. Un héros n'oſait ni vivre ni mourir ſans le congé de ſa dame. *Scudéri* n'avait garde de condamner ces idées romaneſques dans *Corneille*, lui qui en avait rempli ſes ridicules ouvrages.

V. 58. Et défends ton honneur, ſi tu ne veux plus vivre.

Ce vers eſt également adroit et paſſionné ; il eſt plein d'art, mais de cet art que la nature inſpire. Il me paraît admirable. Mais le diſcours de *Chimène* eſt un peu trop long.

V. 81. Et cet honneur ſuivra mon trépas volontaire,
Que tout autre que moi n'eût pu vous ſatisfaire,

Cette réponſe de *Rodrigue* paraît auſſi alambiquée et alongée : cette diſpute, ſur un ſentiment très-peu naturel, a quelque choſe des converſations de l'hôtel *Rambouillet*, où l'on quinteſſenciait des idées ſophiſtiquées.

V. 92. Sors vainqueur d'un combat dont Chimène eſt le prix ;

eſt repris par *Scudéri*. C'eſt peut-être le plus beau vers de la pièce, et il obtient grâce pour tous les ſentimens un peu hors de la nature qu'on trouve dans cette ſcène traitée d'ailleurs avec une grande ſupériorité de génie.

Comment, après ce beau vers, peut-on ramener encore ſur la ſcène notre pitoyable infante ?

V. 95. Paraiſſez, Navarrois, Maures et Caſtillans.

Je ne ſais pourquoi on ſupprime ce morceau dans les repréſentations. *Paraiſſez, Navarrois*, était paſſé en proverbe, et c'eſt pour cela même qu'il faut réciter ces vers.

Cet enthoufiafme de valeur et d'efpérance meffied-il au *Cid*, encouragé par fa maîtreffe ?

S C E N E I V.

Chimène, qui arrive à la place de l'infante fans la voir, et qui pourrait auffi-bien ne pas paraître fur le théâtre que s'y montrer, ne fait ici que renouveler ce défaut dont nous avons tant parlé, qui confifte dans l'interruption des fcènes ; défaut, encore une fois, qui n'était pas reconnu dans le chaos dont *Corneille* a tiré le théâtre.

V. 4. Et mes plus doux fouhaits font pleins de repentir.

On a corrigé :

Je ne fouhaite rien fans un prompt repentir.

V. 9. D'un et d'autre côté je vous vois foulagée.

Les raifonnemens d'*Elvire*, dans cette fcène, femblent un peu fe contredire. D'abord, elle dit à *Chimène qu'elle fera foulagée des deux côtés*. Enfuite :

Et nous verrons du ciel l'équitable courroux ,
Vous laiffer par fa mort Don Sanche pour époux.

Il eft probable que ces raifonnemens d'*Elvire* contribuent un peu à refroidir cette fcène ; mais auffi ils contribuent beaucoup à laver *Chimène* de l'affront que les critiques injuftes lui ont fait de fe conduire en fille dénaturée ; car le fpectateur eft du parti d'*Elvire* contre *Chimène* ; il trouve, comme *Elvire*, que *Chimène* en a fait affez, et qu'elle doit s'en remettre à l'événement du combat.

S C E N E V.

L'académie a condamné cette fcène, et on peut voir les raifons qu'elle en rapporte ; mais il n'y a point de lecteur fenfé qui ne prévienne ce jugement, et qui ne voie qu'il n'eft pas naturel que l'erreur de *Chimène* dure fi long-temps. Ce qui n'eft pas dans la nature ne peut toucher. Ce vain artifice affaiblit l'intérêt qu'on pourrait prendre à la fcène fuivante. Il ne refte que l'impreffion que *Chimène* a faite pendant toute la pièce : cette impreffion eft fi forte, qu'elle remue encore les cœurs, malgré toutes ces fautes.

S C E N E   V I.

V. 16. Je lui laiffe mon bien, qu'il me laiffe à moi-même.

> Contentefe con mi hazienda,
> Que mi perfona, feñor,
> Llevarela à un monafterio.

V. 29. Mais puifque mon devoir m'appelle auprès du roi, &c.

Quel devoir l'appelle auprès du roi, au temps de ce combat ?

S C E N E   V I I.

V. 6. Je viens tout de nouveau vous apporter ma tête.

Rodrigue a offert fa tête fi fouvent, que cette nouvelle offre ne peut plus produire le même effet. Les perfonnages doivent toujours conferver leur caractère, mais non pas dire toujours les mêmes chofes. L'unité de caractère n'eft belle que par la variété des idées.

V. 26. Pour vous en revancher confervez ma mémoire.

Le mot de *revancher* eft devenu bas ; on dirait aujourd'hui *pour m'en récompenfer*.

V. 38. Vers ces manes facrés c'eft me rendre perfide,

> Et fouiller mon honneur d'un reproche éternel,
> D'avoir trempé mes mains dans le fang paternel.

Il femble que ces derniers beaux vers que dit *Chimène* la juftifient entièrement. Elle n'époufe point le Cid ; elle fait même des remontrances au roi. J'avoue que je ne conçois pas comment on a pu l'accufer d'indécence, au lieu de la plaindre et de l'admirer. Elle dit à la vérité au roi : *C'eft à moi d'obéir* ; mais elle ne dit point, *j'obéirai*. Le fpectateur fent bien pourtant qu'elle obéira ; et c'eft en cela, ce me femble, que confifte la beauté du dénouement.

V. 68. Laiffe faire le temps, ta vaillance et ton roi.

Ce dernier vers, à mon avis, fert à juftifier *Corneille*. Comment pouvait-on dire que *Chimène* était une fille dénaturée, quand le roi lui-même n'efpère rien pour *Rodrigue* que du temps, de fa protection, et de la valeur de ce héros ?

REMARQUES

SUR

LES OBSERVATIONS

DE

M. DE SCUDERI,

Gouverneur de Notre-Dame de la Garde, sur le Cid.

Page 237 *J*E conjure les honnêtes gens... de ne condamner pas
de l'in-4°. *J*E conjure les honnêtes gens... de ne condamner pas
fans les ouïr, les Sophonisbes, les Céfars, &c. La Sophonisbe
de *Mairet*, qui ne vaut rien du tout, était bonne pour
le temps : elle eft de 1633.

Le Céfar, qui ne vaut pas mieux, était de *Scudéri*.
Il fut joué en 1636.

La Cléopâtre de *Benferade* eft auffi de 1636. Il n'y a
guère de pièce plus plate.

Rotrou eft l'auteur d'Hercule, pièce remplie de vaines
déclamations.

La Mariamne de *Triftan*, jouée la même année que
le Cid, conferva cent ans fa réputation, et l'a perdue
fans retour. Comment une mauvaife pièce peut-elle
durer cent ans ? c'eft qu'il y a du naturel.

Cléomédon de *du Ryer* fut jouée en 1636. On donnait
alors trois ou quatre pièces nouvelles tous les ans. Le
public était affamé de fpectacle ; on n'avait ni opéra, ni
la farce qu'on a nommée *italienne*.

P. 238. *Je me contentais de connaître l'erreur fans la
réfuter, et la vérité fans m'en rendre l'évangélifte,* &c.

Le mot d'*évangélifte* eft bien fingulier en cet endroit.

P. 289.

P. 239. *Je le prie d'en user avec la même retenue, s'il me répond, parce que je ne saurais dire ni souffrir d'injures*, &c. Nous ne ferons aucune réflexion sur le style et les rodomontades de M. de *Scudéri* : on en connaît assez le ridicule. Ses observations fourmillent de fautes contre la langue.

P. 240. *Mais ils vont droit en saper les fondemens, afin que toute la masse du bâtiment croule et tombe en une même heure*, &c. Il n'est pas inutile de remarquer que les censures faites avec passion ont toutes été mal adroites. C'est une grande sottise de ne trouver rien d'estimable dans un ennemi estimé du public.

P. 241. *Par ainsi je pense avoir montré bien clairement que le sujet n'en vaut rien du tout*, &c. Vous verrez que l'académie condamne cette censure ; *et par ainsi* le gouverneur de Notre-Dame de la Garde a fort mal démontré.

P. 242. *Enfin Chimène est une parricide.* Non, elle n'est point parricide, et il est faux qu'elle consente expressément à épouser un jour *Rodrigue*. Mais que tu es ennuyeux avec ton *Aristote !*

P. 244. *Il ne pouvait pas le changer, ni le rendre propre au poëme dramatique. Mais comme une erreur en appelle une autre*, &c. Quelle erreur !

Ibid. *Ce qui, loin d'être bon dans les vingt-quatre heures, ne serait pas supportable dans les vingt-quatre ans*, &c. Mais que cet agréable ami fasse réflexion que la défaite des Maures, dans les vingt-quatre heures, aplanit tous les obstacles.

P. 246. *Mais l'auteur du Cid porte bien son erreur plus avant, puisqu'il enferme plusieurs années dans ses vingt-quatre heures, et que le mariage de Chimène et la prise de ces rois maures, qui, dans l'histoire d'Espagne, ne se fait que deux ou trois ans après la mort de son père, se fait ici le même jour.*

Comment. sur Corneille. Tome **I.**   K

Il suppose toujours le mariage de *Chimène* qui ne se fait point.

P. 247. *Le spectateur n'a-t-il pas raison de penser qu'il va partir un coup de foudre du ciel représenté sur la scène, pour châtier cette Danaïde ?* &c. A quel excès d'aveuglement la jalousie porte un auteur ! Quel autre que *Scudéri* pouvait souhaiter que *Chimène* mourût d'un coup de foudre ?

P. 249. *Cet auteur n'aurait point enseigné la vengeance... Chimène n'aurait pas dit :*

Les accommodemens ne font rien en ce point, &c.

Voilà bien le langage de l'envie ! *Scudéri* condamne de très-beaux vers que tout le monde sait par cœur, et se condamne lui-même en les répétant.

P. 250. *Je découvre encore des sentimens plus cruels et plus barbares... C'est où cette fille, mais plutôt ce monstre,* &c. *Scudéri* appelle *Chimène* un monstre ! Et on s'étonne aujourd'hui des impudentes expressions des feseurs de libelles !

P. 251. *Je ne vis jamais un si mauvais physionome que le père de Chimène, lorsqu'il dit en parlant de Don Sanche et de Don Rodrigue :*

Jeunes, mais qui font lire aisément dans leurs yeux
L'éclatante vertu de leurs braves aïeux.

Remarquez que dans les mœurs de la chevalerie, et dans tous les romans qui en ont parlé, cette condition n'était point honteuse. De plus, cette victoire de *Rodrigue* et sa générosité font de nouveaux motifs qui excusent la tendresse de *Chimène*.

P. 254. *Je parlerais plus clairement de cette divine personne, si je ne craignais de profaner son nom sacré,* &c. Les plus impudens satiriques sont souvent les plus sots flatteurs. A quel propos louer ici la reine, quand il ne s'agit que des rodomontades du comte de *Gormaz* ? Il croyait, par cet artifice, mettre la reine de son parti.

P. 256. *Je vois bien, pour parler aussi des modernes, que dans la belle Mariamne ce discours des songes... n'était pas absolument nécessaire, mais... il y ajoute une beauté merveilleuse,* &c. La belle Mariamne, dont parle *Scudéri*, est un très-mauvais ouvrage, mais très-passable pour le temps où il fut composé. On joua cette Mariamne de *Tristan* quelques mois avant le Cid. Voici ce discours de *Phérore* qui ajoute une beauté merveilleuse :

> Quelles fortes raisons apportait ce docteur,
> Qui soutient que le songe est toujours un menteur ?
> Il disait que l'humeur qui dans nos corps domine,
> A voir certains objets souvent nous détermine :
> Le flegme humide et froid se portant au cerveau,
> Y vient représenter des brouillards et de l'eau :
> La bile ardente et jaune aux qualités subtiles,
> N'y dépeint que combats, qu'embrasemens de villes :
> Le sang qui tient de l'air, et répond au printemps,
> Rend les moins fortunés en leurs songes contens, &c.

Ces vers, si déplacés dans une tragédie, font une malheureuse imitation d'un des beaux endroits de *Pétrone.*

Somnia quæ ludunt animos volitantibus umbris.

P. 258. *Cette épouvantable procédure choque directement le sens commun*, &c. *Scudéri* devait au moins reprocher ce procédé, et non cette procédure, à l'auteur espagnol dont *Corneille* imita les beautés et les défauts. Mais il était jaloux de *Corneille*, et non de *Guillen de Castro.*

P. 259. *Chimène, par un galimatias qui ne conclut rien, dit qu'elle veut perdre Rodrigue, et qu'elle souhaite ne le pouvoir pas*, &c. C'est un des beaux vers de l'espagnol.

Ibid. *Ce méchant combat de l'honneur et de l'amour*, &c. Ce combat de l'amour et de l'honneur est ce qu'on a jamais vu de plus naturel et de plus heureux sur le théâtre d'Espagne.

Ibid.
> Sous cette casaque noire
> Repose paisiblement
> L'auteur d'heureuse mémoire,
> Attendant le jugement.

Il est plaisant de voir *Scudéri* traiter *Corneille* d'homme sans jugement.

P. 263. *Elle ajoute avec une impudence épouvantable :*

> Sors vainqueur d'un combat dont Chimène est le prix, &c.

Ces vers contribuèrent plus qu'aucun autre endroit au succès du cinquième acte.

P. 264. *Elle dit au misérable Don Sanche tout ce qu'elle devait raisonnablement dire à l'autre quand il eut tué son père*, &c. Quelle pitié ! Quoi? *Chimène* devait dire à *Rodrigue* qu'il avait pris le comte de *Gormaz* en traître.

P. 265. *Elle prononce enfin un oui si criminel*, &c. Elle ne prononce point ce *oui*, elle parle avec beaucoup de décence.

P. 266. *Je commence par le premier vers :*

> Entre tous les amans, dont la jeune ferveur.

C'est parler français en allemand.

Voyez le jugement de l'académie.

P. 273. *Celui qui n'en est que le traducteur a dit :*

> Qu'il ne doit qu'à lui seul toute sa renommée.

Voyez l'épître de *Corneille* à *Ariste*, à la fin de ces remarques sur le Cid.

REMARQUES

*Sur la lettre apologétique , ou réponse du sieur
P. Corneille aux observations du sieur de Scudéri,
sur le Cid.*

Pag. 275. *Il ne vous suffit pas que votre libelle me déchire
en public* , &c. Les obfervations fur le Cid.

Ibid. *Bien que je n'aie guère de jugement, si l'on s'en
rapporte à vous, je n'en ai pas si peu que d'offenfer une perfonne
de si haute condition*, &c. M. le cardinal de *Richelieu.*

Ibid. *Je ne doute ni de votre nobleffe, ni de votre vaillance*, &c. Scudéri, dans une de fes lettres adreffées à
M. *Corneille*, s'éleva beaucoup au-deffus de lui par fa
naiffance et fa nobleffe, et fit une efpèce de défi ou
d'appel à M. *Corneille;* ce qui apprêta beaucoup à rire, et
donna lieu à plufieurs pièces qui parurent dans ce temps.
Ces pièces ne font ni affez belles ni affez intéreffantes
pour être rapportées ici, outre qu'elles ne regardent en
rien la critique ou l'apologie du Cid.

M. de *Scudéri* le prenait d'un ton fort haut, lorfqu'il
s'agiffait de nobleffe : il était gouverneur de Notre-
Dame de la Garde. Voyez ce qu'en dit le voyage de
MM. *Bachaumont* et *Chapelle.*

Ibid. *Il n'eft pas queftion de favoir de combien vous êtes plus
noble ou plus vaillant que moi , pour juger de combien le Cid
eft meilleur que l'Amant libéral*, &c. L'Amant libéral, tragi-
comédie, compofée par M. de *Scudéri.*

P. 276. *Quand vous m'avez reproché mes vanités , et
nommé le comte de Gormaz un capitan de comédie*, &c. Un
des acteurs de la tragédie du Cid, dont le caractère eft
extrêmement fier et haut.

Ibid. *Vous ne vous êtes pas souvenu que vous avez mis un A qui lit au-devant de Ligdamon*, &c. Ligdamon, comédie faite par M. de *Scudéri*, au-devant de laquelle il avait mis une espèce de préface qu'il avait intitulée *A qui lit*, dans laquelle il y a une infinité de bravades ridicules et impertinentes.

Cet *A qui lit* répond à la formule italienne *A chi lege*, et n'est point une bravade.

P. 277. *Que même j'en ai porté l'original en sa langue à monseigneur le cardinal votre maître et le mien*, &c. *Corneille* appelle ici le cardinal de *Richelieu* son maître ; il est vrai qu'il en recevait une pension, et on peut le plaindre d'y avoir été réduit ; mais on doit le plaindre davantage d'avoir appelé son maître un autre que le roi.

Ibid. *Il n'a pas tenu à vous que, du premier lieu où beaucoup d'honnêtes gens me placent, je ne sois descendu au-dessous de Claveret*, &c.

Ces deux ou trois lignes que M. *Corneille* avait mises dans cette lettre apologétique, lui attirèrent, de la part de *Claveret*, une lettre pleine d'impertinences et de ridiculités. Elle fut imprimée et vendue publiquement ; elle est si mauvaise qu'elle ne mérite pas d'être rapportée. Plusieurs mauvais auteurs, affectionnés à *Claveret*, firent dans ce même temps de méchantes pièces, tant en vers qu'en prose, qui ne servirent qu'à faire éclater davantage le mérite du Cid et de son auteur. M. *Corneille* en voulait à *Claveret*, parce qu'il avait distribué une pièce, intitulée *l'Auteur du vrai Cid espagnol à son traducteur français*, dans laquelle on prétendait montrer que le dessein et le meilleur de la tragédie du Cid avaient été pillés de l'espagnol ; et cette pièce, quoique mauvaise, avait beaucoup causé de chagrin à M. *Corneille*, parce que *Claveret*, avec qui il était ami, avait été celui qui avait fait courir cette pièce.

P. 278. *Vous vous plaignez d'une lettre à Ariste*, &c. Cette *lettre à Arifte*, compofée par M. *P. Corneille*, eft dans le volume de fes œuvres diverfes.

Ibid. *Je ne fuis point homme d'éclairciffement*, &c. Ceci fe doit entendre du défi que lui avait fait M. de *Scudéri.*

P R E U V E S

Des paffages allégués dans les obfervations fur le Cid par M. de Scudéri, adreffées à meffieurs de l'académie françaife, pour fervir de réponfe à la lettre apologétique de M. Corneille.

P. 283. O<small>N</small> *peut voir ce que j'en ai dit dans la traduction qu'en a faite Jofeph Scaliger, ou dans Heinfius*, &c. Ce *Heinfius* était, comme *Scudéri*, un très-mauvais poëte, auteur d'une plate amplification latine, appelée *tragédie*, dont le fujet eft le maffacre de ce qu'on appelle *les innocens.*

Ibid. *Et l'on verra que la réponfe de M. Corneille eft auffi faible que fes injures*, &c. Mais n'eft-ce pas *Scudéri* qui le premier a dit des injures? Et n'eft-ce pas la méthode de tous ces barbouilleurs de papier, comme les *Fréron*, les *Guyon* et autres malheureux de cette efpèce, qui attaquent infolemment ce qu'on eftime, et qui enfuite fe plaignent qu'on fe moque d'eux?

REMARQUES

Sur la lettre de M. de Scudéri à l'académie françaife.

Pag. 284. *J'ai trop accoutumé de paraître parmi les perfonnes de qualité pour vouloir me cacher.* Ce *Scudéri* eft un modefte perfonnage !

P. 285. *Mondori, la Villiers, n'étant pas dans le livre comme fur le théâtre, le* Cid *imprimé n'était plus le* Cid *que l'on a cru voir.*

Mondori, la Villiers, célèbres comédiens du temps des premières repréfentations du Cid, auxquels M. de *Scudéri* prétend attribuer le fuccès de cette pièce.

Ibid. *L'ingratitude qu'il a fait paraître pour vous, en difant qu'il ne doit qu'à lui feul toute fa renommée, &c.* Vers que M. *Corneille* avait mis dans une pièce, intitulée *Excufe à Arifte,* et qui lui attira un très-grand nombre d'ennemis qui écrivirent contre lui. Cette pièce eft dans le volume de fes œuvres diverfes, et on l'a réimprimée ici à la fuite des *Remarques fur les fentimens de l'académie françaife.*

P. 286. *Qu'il voie et qu'il vainque, s'il peut ; foit qu'il m'attaque en foldat, foit qu'il m'attaque en écrivain, il verra que je fais me défendre de bonne grâce... et qu'il aura befoin de toutes fes forces.* Rodomontade de M. de *Scudéri.*

REMARQUES

Sur les sentimens de l'académie françaife fur la tragi-comédie du Cid.

Pag. 288. Ce jugement de l'académie fut rédigé par *Chapelain ;* il eft écrit tout entier de fa main, et l'original eft à la bibliothéque du roi.

P. 293. *Il n'eft pas croyable qu'un plaifir puiffe être contraire au bon fens . fi ce n'eft le plaifir de quelque goût dépravé, comme eft celui qui fait aimer les aigreurs et les amertumes,* &c. Le goût des aigres et des amers n'eft pas contraire au bon fens, mais au goût général.

Ibid. *Il n'eft pas queftion de plaire à ceux qui regardent toutes chofes avec un œil ignorant ou barbare, et qui ne feraient pas moins touchés de voir affliger une Clytemneftre, qu'une Pénélope,* &c. Il n'y a perfonne qui puiffe s'attendrir pour *Clytemneftre,* quand elle eft donnée pour la meurtrière de fon époux : il ne faut pas apporter des exemples qui ne font pas dans la nature.

P. 294. *Si quelques pièces régulières donnent peu de fatif-faction, il ne faut pas croire que ce foit la faute des règles, mais bien celle des auteurs, dont le ftérile génie n'a pu fournir à l'art une matière qui fût affez riche.* On devrait dire une forme affez belle.

P. 295. *Car le nœud des pièces de théâtre étant un accident inopiné,* &c. Ce nœud n'eft pas toujours un accident ino-piné, fouvent il eft formé par les combats des paffions. Cette manière eft la plus heureufe et la plus difficile.

P. 296. *Tant y a qu'il fe fait avec furprife,* &c. *Tant y a* eft devenu une expreffion baffe, et ne l'était point alors.

P. 299. *Car, ni la bienséance des mœurs d'une fille intro-*
duite comme vertueuse n'y est gardée par le poëte, lorsqu'elle se
résout à épouser celui qui a tué son père, &c. Avec le respect
que j'ai pour l'académie, il me semble, comme au public,
qu'il n'est point du tout contre la vraisemblance qu'un
roi promette pour époux le vengeur de la patrie, à une
fille qui, malgré elle, aime éperdument ce héros, sur-
tout si l'on considère que son duel avec le comte de
Gormaz était en ce temps-là regardé de tout le monde
comme l'action d'un brave homme, dont il n'a pu se
dispenser.

P. 300. *Il y aurait eu moins d'inconvéniens dans la dispo-*
sition du Cid de feindre contre la vérité, ou que le comte ne
se fût pas trouvé à la fin véritable père de Chimène... Si le
comte n'eût pas été le père de *Chimène*, c'est cela qui
eût fait un roman contre la vraisemblance, et qui eût
détruit tout l'intérêt.

Ibid. *Ou que le salut du roi et du royaume eût absolument*
dépendu de ce mariage, &c. Cette idée, que le salut de
l'Etat eût dépendu du mariage de *Chimène*, me paraît
très-belle : mais il eût fallu changer toute la construction
du poëme.

P. 301. *Aristote dit, dans sa poëtique, que le poëte, pour*
traiter des choses avenues, ne serait pas estimé moins poëte,
parce que rien n'empêche que quelques-unes de ces choses ne
soient telles qu'il est vraisemblable qu'elles soient avenues. Avec
la permission d'*Aristote*, le vraisemblable ne suffirait pas.
On n'est point du tout poëte pour traiter un sujet vraisemblable ; on ne l'est que quand on l'embellit.

P. 303. *Il y a encore eu plus sujet de le reprendre, pour*
avoir fait consentir Chimène à épouser Rodrigue le jour même
qu'il avait tué le comte. Il semble qu'elle épouse *Rodrigue* le
jour même que *Rodrigue* a tué son père. Non : elle consent
le jour même à ne plus solliciter la mort de *Rodrigue*,

et elle laiſſe entendre ſeulement qu'un jour elle pourra obéir au roi en épouſant *Rodrigue*, ſans donner une parole poſitive. Il me ſemble que cet art de *Corneille* méritait les plus grands éloges.

P. 308. *Et la beauté qu'eût produit dans l'ouvrage une ſi belle victoire de l'honneur ſur l'amour, eût été d'autant plus grande, qu'elle eût été plus raiſonnable.* Une choſe aſſez ſingulière, mais très-vraie, c'eſt que ſi *Chimène* avait continué à pourſuivre *Rodrigue* après qu'il a ſauvé Séville, et qu'il a pardonné à *Don Sanche*, cela eût été froid et ridicule. Si jamais on fait une pièce dans ce goût, je réponds de la chute. Les mêmes ſentimens qui charmèrent l'Eſpagne, charmèrent enſuite la France.

P. 309. *Chimène pourſuit lâchement cette mort*, &c. Aujourd'hui on dirait *faiblement*.

Ibid. *En un mot, elle a aſſez d'éclat et de charmes pour avoir fait oublier les règles à ceux qui ne les ſavent guère bien*, &c. Il me ſemble qu'il ne s'agit pas ici des règles, mais des mœurs.

P. 310. *Le comte n'était pas obligé de prévoir que l'un d'eux ſerait aſſez lâche pour vouloir racheter ſa vie, en acceptant la condition de la part de ſon vainqueur*, &c. Je ne crois pas que dans les temps de la chevalerie ce fût une lâcheté : rien n'était plus commun que des chevaliers qui, ayant été déſarmés, allaient porter leurs armes à la maîtreſſe du vainqueur. L'action de *Don Sanche* ne parut point du tout lâche en Eſpagne, où l'on était encore enthouſiaſmé de la chevalerie.

P. 311. *Ses diſcours ſont plutôt des effets de la prévention d'un vieux ſoldat que des fanfaronneries d'un capitan de farce*, &c. Il faut remarquer que les fanfaronnades de tous les capitans de comédie étaient alors portées à un excès de ridicule ſi outré, que le comte de *Gormaz*, tout fanfaron qu'il eſt, paraît modeſte en comparaiſon.

P. 312. *La relation qu'Elvire fait à Chimène est très-fuc-cinte : elle est même nécessaire pour faire paraître Chimène*, &c. Donc les comédiens ont eu très-grand tort de retrancher cette scène.

P. 313. *Ayant pu remarquer que Don Sanche est rival de Don Rodrigue en l'amour de Chimène*, &c. On ne dirait point aujourd'hui *rival en l'amour.*

Ibid. *La faute de jugement que l'observateur remarque dans la troisième scène, nous semble bien remarquée*, &c. Il faut, je crois, considérer le temps où se passe l'action ; c'était celui où l'on attachait autant de honte à ne se pas battre en pareil cas qu'à trahir sa patrie, et à faire les actions les plus basses. Il était bien plus déshonorant de ne pas tirer raison d'un affront, que de voler sur le grand chemin ; car, dans ce siècle, presque tous les seigneurs de fief rançonnaient les passans.

Notandi sunt tibi mores.

Ajoutez *tempora.*

P. 320. *Vouloir qu'il y eût... un quatrième parti de ceux qui ne bougeaient d'auprès de la personne du roi. Bougeaient* est devenu depuis trop familier.

P. 323. *Cela* (la ruse du roi qui, pour connaître le sentiment de *Chimène*, lui assure que *Rodrigue* a péri dans le combat) *se pourrait bien défendre par l'exemple de plusieurs grands princes.* Oui, plusieurs grands princes ont pu employer de pareilles feintes, mais elles n'en font pas moins puériles au théâtre ; elles tiennent beaucoup plus du comique que du tragique.

P. 324. *Quant à l'ordonnance de Fernand, pour le mariage de Chimène avec celui de ses deux amans qui sortirait vain-queur du combat, on ne saurait nier qu'elle ne soit très-inique.* Inique sans doute, mais très-conforme à l'usage du temps.

P. 327. *C'est un défaut* (d'unité de lieu) *que l'on trouve en la plupart de nos poëmes dramatiques.* C'est auffi fouvent le défaut des décorateurs et des comédiens. Une action fe paffe tantôt dans le veftibule d'un palais, tantôt dans l'intérieur, fans bleffer l'unité de lieu : mais le décorateur bleffe la vraifemblance, en ne repréfentant pas ce veftibule et cet appartement. Ce ferait un foulagement pour l'efprit et un plaifir pour les yeux, de changer la fcène à mefure que les perfonnages font fuppofés paffer d'un lieu à un autre dans la même enceinte.

REMARQUES

A l'occasion des fentimens de l'académie fur les vers du Cid.

ACTE PREMIER.

SCENE PREMIERE.

Vers 8. Elle n'ôte à pas un ni donne l'efpérance.

Il fallait ni ne donne, *et l'omiffion de ce ne avec la tranfpofition de* pas un, *qui devait être à la fin, font que la phrafe n'eft pas françaife.*

Peut-être faudrait-il laiffer plus de liberté à la poëfie, à l'exemple de tous nos voifins. Ce vers ferait fort beau :

Je ne vous ai ravi ni donné la couronne.

Il eft très-français ; *ni n'ai donné* le gâterait.

V. 15. Don Rodrigue, fur-tout, n'a trait en fon vifage,
Qui d'un homme de cœur ne foit la haute image.

C'eft une hyperbole exceffive de dire que chaque trait d'un vifage foit une image, &c.

N'a trait en fon vifage eft familier. Mais l'hyperbole n'eft peut-être pas trop forte ; car il ferait très-permis de dire ; *tous les traits de fon vifage annoncent un héros.*

V. 20. . . . . A paffé pour merveille.

Cette façon de parler a été mal reprife par l'obfervateur.

A paffé pour merveille ne fe dirait pas aujourd'hui, parce que cette expreffion eft triviale.

S C E N E I V.

V. 33. Inftruifez-le d'exemple.

Cela n'eft pas français ; il fallait dire : inftruifez-le par l'exemple de, &c.

Inftruire d'exemple me paraît faire un très-bel effet en poëfie. Cette expreffion même femble y être devenue d'ufage.

Il m'inftruifait d'exemple au grand art des héros.

V. 39. . . . . Ordonner une armée.

Ce n'eft pas bien parler français, quelque fens qu'on lui veuille donner, &c.

Puifqu'on ne peut rendre ce mot que par périphrafe, il vaut mieux que la périphrafe ; il répond à *ordinare* ; il eft plus énergique qu'*arranger, difpofer.*

V. 54. Gagnerait des combats, &c.

L'obfervateur a repris cette façon de parler avec quelque

fondement , parce qu'on ne sauroit dire qu'improprement :
gagner des combats.

Si on gagne des batailles , pourquoi ne gagnerait-on
pas des combats ?

V. 78. Le premier dont ma race ait vu rougir son front.

L'observateur a eu raison de remarquer qu'on ne peut dire :
le front d'une race.

Pourquoi, si on anime tout en poësie , une race ne
pourra-t-elle pas rougir ? pourquoi ne lui pas donner un
front comme des sentimens ?

V. 87. Epargnes-tu mon sang ?... Mon ame est satisfaite ,
Et mes yeux à ma main reprochent ta défaite.

*Il y a contradiction en ces deux vers , de dire en même temps
que son ame soit satisfaite et que ses yeux reprochent à sa main
une défaite honteuse ,* &c.

Y a-t-il contradiction ? Je suis satisfait, je suis vengé ;
mais je l'ai été trop aisément.

S C E N E V.

V. 11. Nouvelle dignité fatale à mon bonheur,
Faut-il de votre éclat voir triompher le comte ?

Triompher de l'éclat d'une dignité, *ce sont de belles
paroles qui ne signifient rien.* N'est-il pas permis en poësie
de triompher de l'éclat des grandeurs ?

V. 28. Qui tombe sur mon chef, &c.

*L'observateur est trop rigoureux de reprendre ce mot qui
n'est point tant hors d'usage qu'il le dit.* Ce mot a vieilli.

S C È N E   V I.

V. 18. Se faire un beau rempart de mille funérailles.

L'obſervateur a bien repris cet endroit, *car le mot* funérailles *ne ſignifie point des corps morts.*

Funérailles alors ſignifiait *funus*, et n'était pas uniquement attaché à l'idée d'enterrement.

S C E N E   V I I.

V. 14. L'un échauffe mon cœur, l'autre retient mon bras.

Echauffer *eſt un verbe trop commun à toutes les deux paſſions*, &c.

Echauffe n'eſt pas mauvais ; *anime* ferait plus noble. On l'a corrigé ainſi dans quelques éditions.

V. 32. Je dois à ma maitreſſe auſſi-bien qu'à mon père.

Je dois *eſt trop vague*, &c.

L'uſage s'eſt depuis déclaré pour *Corneille.* On dit très-bien :

Je dois à la nature encor plus qu'à l'amour.

V. 49. Allons, mon bras. . .

L'obſervateur devait plutôt reprendre : allons, mon bras, *qu'*allons, mon ame.

Une ame va-t-elle mieux qu'un bras ?

ACTE

ACTE SECOND.

SCENE II.

Vers 3. Sais-tu que ce vieillard fut la même vertu,
La vaillance et l'honneur de son temps ; le fais-tu ?

*L*E *comte répond :* peut-être ; *mais c'est mal répondu*, &c.
Cette faute est de l'espagnol.

V. 5. . . . . Cette ardeur que dans les yeux je porte,
Sais-tu que c'est son sang ?

Une ardeur ne peut être appelée sang par métaphore ni autrement.
Si un homme pouvait dire de lui qu'il a de l'ardeur dans les yeux ; y aurait-il une faute à dire que cette ardeur vient de son père, que c'est le sang de son père ? N'est-ce pas le sang qui, plus ou moins animé, rend les yeux vifs ou éteints ?

V. 6. A quatre pas d'ici je te le fais savoir.

Après avoir dit ces mots, le grand discours qui suit jusqu'à la fin de la scène devient hors de saison.
Cependant on entend les vers suivans avec plaisir : et *la valeur n'attend pas le nombre des années*, est devenu un proverbe.

SCENE III.

V. 26. Les affronts à l'honneur ne se réparent point.

On dit bien faire affront à quelqu'un, *mais non pas* faire affront à l'honneur de quelqu'un.
Cette censure détruirait toute poësie ; on dit très-bien, *il outrage mon amour, ma gloire.*

Comment. sur Corneille. Tome I.   L

V. 45. . . . . Quel comble à mon ennui !

Cette phrase n'est pas française.

On dit , *c'est le comble de ma douleur , de ma joie :*
si ces tours n'étaient pas admis , il ne faudrait plus faire
de vers.

S C E N E *V.*

V. 16. Vous laissez cheoir ainsi ce glorieux courage.

Contre l'opinion de l'observateur , ce mot de cheoir *n'est pas
si fort impropre en ce lieu qu'il ne se puisse supporter ,* &c.
Cheoir n'est plus d'usage.

V. 36. . . . . Et ses nobles journées
Porter de-là les mers ses hautes destinées.

L'observateur a bien repris ses nobles journées ; *car on
ne dit point* les journées d'un homme *pour exprimer les
combats qu'il a faits.*

On disait alors *les journées d'un homme ;* et il en est resté
cette façon de parler triviale : *il a tant fait par ses journées ;*
mais c'est dans le style comique.

V. 38. . . . . Arborer ses lauriers ,

est bien repris par l'observateur , parce qu'on ne peut pas dire
arborer un arbre , &c.

Arborer ses lauriers ne veut pas dire , *mettre des lauriers
en terre pour les faire croître , planter des lauriers :* mais ,
comme on coupait des branches de laurier en l'honneur
des vainqueurs , c'était les arborer que de les porter en
triomphe , les montrer de loin comme s'ils étaient des
arbres véritables. Ces figures ne sont-elles pas permises
dans la poësie ?

SCENE VI.

V. 3. Je l'ai de votre part long-temps entretenu.

On dit bien, je lui ai parlé de votre part ; . . . *mais on ne peut pas dire*, je l'ai entretenu de votre part.

Je ne crois pas qu'on puisse trouver la moindre faute dans ce vers.

V. 18. On l'a pris tout bouillant encor de sa querelle.

On ne peut pas dire : bouillant d'une querelle *comme on dit* bouillant de colère.

Tout bouillant encor de sa querelle, me semble très-poétique, très-énergique et très-bon.

V. 31. Il trouve en son devoir un peu trop de rigueur,
Et vous obéirait s'il avait moins de cœur.

Don Sanche péche fort contre le jugement, d'oser dire au roi que le comte trouve trop de rigueur à lui rendre le respect qu'il lui doit, et encore plus quand il ajoute qu'il y aurait de la lâcheté à lui obéir.

Qu'on fasse attention aux mœurs de ce temps-là, à la fierté des seigneurs, au peu de pouvoir des rois, et on verra que ceux qui rédigèrent ces remarques avaient une autre idée de la puissance royale que les guerriers du treizième siècle.

V. pénult. A quelques sentimens que son orgueil m'oblige,
Sa perte m'affaiblit et son trépas m'afflige.

Toutes les parties de ce raisonnement sont mal rangées ; il fallait dire : à quelque ressentiment que son orgueil m'ait obligé, son trépas m'afflige à cause que sa perte m'affaiblit.

M'oblige ne peut-il pas très-bien être substitué à *m'ait obligé ? A cause que* ferait tout languir ; et le roi peut très-bien s'affliger de la perte d'un homme qui a servi long-

L 2

temps, fans même fonger qu'il pouvait fervir encore. Ce fentiment eft bien plus noble.

SCENE VII.

V. 38. Par cette trifte bouche elle empruntait ma voix.

Chimène paraît trop fubtile en tout cet endroit pour une affligée.
Ce défaut eft de l'efpagnol ; et, en effet, ces fubtilités, ces recherches d'efprit, ces déclamations refroidiffent beaucoup le fentiment.

V. 59. Moi dont les longs travaux ont acquis tant de gloire,
Moi que jadis par-tout a fuivi la victoire.

Don Diegue devait exprimer fes fentimens devant fon roi avec plus de modeftie.
Oui dans nos mœurs, oui dans les règles de nos cours, mais non dans les temps de la chevalerie.

V. 81. Du crime glorieux qui caufe nos débats,
Sire, j'en fuis la tête, il n'en eft que le bras.

On peut bien donner une tête et des bras à quelques corps figurés, comme, par exemple, à une armée, mais non pas à des actions, &c.
Cette faute eft de l'efpagnol.

V. 94. Il eft jufte, grand Roi, qu'un meurtrier périffe.

Ce mot de meurtrier *qu'il répète fouvent, le fefant de trois fyllabes, n'eft que de deux.*
Meurtrier, fanglier, &c. font de trois fyllabes. Ce ferait faire une contraction très-vicieufe, et prononcer fangler, meurtrer, que de réduire ces trois fyllabes très-diftinctes à deux.

ACTE TROISIEME.

SCENE PREMIERE.

ELVIRE.

Vers 8. Mais chercher ton afile en la maifon du mort ;
Jamais un meurtrier en fit-il fon refuge ?

RODRIGUE.

Jamais un meurtrier s'offrit-il à fon juge ?

SOIT *que Rodrigue veuille confentir au fens d'Elvire , foit
qu'il y veuille contrarier , il y a grande obfcurité en ce vers ,* &c.

Y contrarier. Ce verbe ne fe dit plus avec le datif ; on
dit *contrarier une opinion , s'y oppofer, la contredire,* &c.

SCENE II.

V. 6. Employez mon épée à punir le coupable.

*La bienféance eût été mieux obfervée s'il fe fût mis en devoir
de venger Chimène fans lui en demander la permiffion.*

Point du tout ; ce n'était pas l'ufage de la chevalerie ;
il fallait qu'un champion fût avoué par fa dame : et de
plus, *Don Sanche* ne devait pas s'expofer à déplaire à fa
maîtreffe, s'il était vainqueur d'un homme que *Chimène*
eût encore aimé.

SCENE III.

V. 39. Quoi, j'aurai vu mourir mon père entre mes bras !

*Elle avait dit auparavant qu'il était mort quand elle arriva
fur le lieu.*

Le comte venait d'expirer quand *Chimène* a été témoin
de ce fpectacle. Elle eft très-bien fondée à dire, *je l'ai
vu mourir entre mes bras.* Ce n'eft pas affurément une
hyperbole trop forte, c'eft le langage de la douleur.

L 3

S C E N E   I V.

V. 58. Je ne puis te blâmer d'avoir fui l'infamie.

Fui *eſt de deux ſyllabes.*
Fui eſt d'une ſyllabe , comme *lui* , *bruit* , *cuit.*

V. 75. Mais il me faut te perdre après l'avoir perdu ;
Et pour mieux tourmenter mon eſprit éperdu , &c.

Perdu *et* éperdu *ne peuvent rimer, à cauſe que l'un eſt le ſimple et l'autre le compoſé.*

Perdu et *éperdu* ſignifiant deux choſes abſolument différentes , laiſſons aux poëtes la liberté de faire rimer ces mots. Il n'y a pas aſſez de rimes dans le genre noble pour en diminuer encore le nombre.

V. 115. Va, je ne te hais point. — Tu le dois. — Je ne puis.

Ces termes, tu le dois , *ſont équivoques* , &c.
Non aſſurément , ils ne ſont point équivoques ; le ſens eſt ſi clair qu'il eſt impoſſible de s'y méprendre ; et ſi c'eſt une licence en poëſie, c'eſt une très-belle licence.

S C E N E   V I.

V. 35. L'amour n'eſt qu'un plaiſir et l'honneur un devoir.

Il fallait dire, l'amour n'eſt qu'un plaiſir , l'honneur eſt un devoir , &c.
C'eſt encore ici la même obſervation ; il y a peut-être un léger défaut de grammaire : mais la force , la vérité , la clarté du ſens font diſparaître ce défaut.

V. 38. Et vous m'oſez pouſſer à la honte du change !

Ce n'eſt point bien parler que de dire : Vous me conſeillez de changer ; *on ne dit point* pouſſer à la honte.
Le mot de *pouſſer* n'eſt pas noble , mais il ſerait beau de dire : *Vous me forcez à la honte , vous m'entraînez dans la honte.*

V. 53. La cour eft en défordre et le peuple en alarmes.

Il fallait dire en alarme *au fingulier.*
On dit mieux en *alarmes* au plúriel qu'au fingulier
en poëfie.

ACTE QUATRIEME.

SCENE III.

Vers 18. Qu'il devienne l'effroi de Grenade et Tolède.

*I*L *fallait répéter le* de , *et dire* de Grenade et de Tolède.
Il y a bien des occafions où le poëte eft obligé de
fupprimer ce *de.*

V. 41. . . . . Leur brigade était prête.

Contre l'avis de l'obfervateur , le mot de brigade *fe peut
prendre pour un plus grand nombre que de cinq cents . . .
et quelquefois on peut appeler* brigade *la moitié d'une armée.*
La moitié d'une armée , un gros détachement même
n'eft point appelé *brigade* ; et ce mot *brigade* n'eft plus
d'ufage en poëfie.

V. 55. J'en cache les deux tiers auffitôt qu'arrivés.

Cette façon de parler n'eft pas françaife ; il fallait dire ,
auffitôt qu'ils furent arrivés, *&c.*
Auffitôt qu'arrivés eft bien plus fort, plus énergique,
plus beau en poëfie que cette expreffion auffi languiffante
que régulière, *auffitôt qu'ils furent arrivés.*

SCENE IV.

V. *dern.* Contrefaites le trifte.

*L'obfervateur n'a pas eu raifon de reprendre cette façon de
parler qui eft en ufage ; mais il eft vrai qu'elle eft baffe dans la
bouche d'un roi.*

Elle eſt baſſe dans la bouche de tout perſonnage tragique

SCENE V.

V. 3. Si de nos ennemis Rodrigue a le deſſus,
Il eſt mort à nos yeux des coups qu'il a reçus.

Quand un homme eſt mort, *on ne peut dire qu'il a le* deſſus *des ennemis, mais bien* il a eu.

On peut encore obſerver qu'*avoir le deſſus des ennemis,* eſt une expreſſion trop populaire.

ACTE CINQUIEME.

SCENE PREMIERE.

Vers 5. Mon amour vous le doit, et mon cœur qui ſoupire
N'oſe, ſans votre aveu, ſortir de votre empire.

CETTE expreſſion, qui ſoupire, eſt imparfaite : il fallait dire qui ſoupire pour vous ; et, par le ſecond vers, il ſemble qu'il demande plutôt permiſſion de changer d'amour que de mourir.

On pourrait dire encore qu'un cœur, qui n'oſe ſortir du monde et de l'empire de ſa maîtreſſe ſans l'ordre de la dame, eſt une idée romaneſque qui éteint, dans cet endroit, la chaleur de la paſſion, et que tout ce qui eſt guindé, recherché, affecté, eſt froid.

SCENE III.

V. 24. Que ce jeune ſeigneur endoſſe le harnois.

L'obſervateur ne devait pas reprendre cette phraſe qui n'eſt point hors d'uſage, &c.

On endoſſait effectivement alors le harnois. Les chevaliers portaient cinquante livres de fer au moins. Cette mode ayant fini, *endoffer le harnois* a ceffé d'être en ufage. *Boileau* a dit, *dormir en plein champ le harnois fur le dos;* mais c'eft dans une fatire.

V. 27. Un tel choix et fi prompt vous doit bien faire voir
Qu'elle cherche un combat qui force fon devoir,
Et, livrant à Rodrigue une victoire aifée,
Puiffe l'autorifer à paraître apaifée.

Ce dernier vers ne fignifie pas bien puiffe lui donner lieu *de s'apaifer, fans qu'il y aille de fon honneur.*

Cette critique paraît trop févère. Il me femble que l'auteur dit ce qu'on lui reproche de n'avoir pas dit.

S C E N E V.

V. 1. Madame, à vos genoux j'apporte cette épée.

On peut bien apporter une épée aux pieds de quelqu'un; *mais non pas* aux genoux.

On apporte aux genoux comme aux pieds.

Conclufion des fentimens de l'académie fur le Cid.

Le cinquième article des obfervations (de Scudéri) comprend les larcins de l'auteur qui font ponctuellement ceux que l'obfervateur a remarqués.

Le mot *larcins* eft dur. Traduire les beautés d'un ouvrage étranger, enrichir fa patrie et l'avouer, eft-ce là un larcin ?

Il n'a pas laiffé de faire éclater en beaucoup d'endroits de fi beaux fentimens et de fi belles paroles, qu'il a en quelque forte imité le ciel qui, en la difpenfation de fes grâces, donne indifféremment la beauté du corps aux méchantes ames et aux bonnes.

Cette imitation du ciel fait voir qu'on était éloigné de la véritable éloquence, et qu'on cherchait de l'efprit à quelque prix que ce fût.

Néanmoins la naïveté et la véhémence de ses passions, la force et la délicatesse de plusieurs de ses pensées, et cet agrément inexplicable qui se mêle dans tous ses défauts, lui ont acquis un rang considérable entre les poëmes français de ce genre, &c.

Ces dernières lignes font un aveu assez fort du mérite du Cid ; on en doit conclure que les beautés y surpassent les défauts, et que, par le jugement de l'académie, *Scudéri* est beaucoup plus condamné que *Corneille*.

Fin des remarques sur les sentimens de l'académie française.

N. B. Les deux pièces de vers imprimées à la suite des sentimens de l'académie, dans l'édition commentée, ne se trouvant pas dans quelques éditions du théâtre de *Corneille*, on a cru devoir les donner ici en entier avec les remarques au bas des pages.

E X C U S E

A A R I S T E. (*a*)

C E n'est donc pas assez ; et de la part des muses,
Ariste, c'est en vers qu'il vous faut des excuses ;
Et la mienne pour vous n'en plaint pas la façon ;
Cent vers lui coûtent moins que deux mots de chanson ;
Son feu ne peut agir, quand il faut qu'il s'explique
Sur les fantasques airs d'un rêveur de musique,

(*a*) Voici cette épître de *Corneille* qu'on prétend qui lui attira tant d'ennemis ; mais il est très-vraisemblable que le succès du Cid lui en fit bien davantage : elle paraît écrite entièrement dans le goût et dans le style de *Régnier*, sans grâces, sans finesse, sans élégance, sans imagination ; mais on y voit de la facilité et de la naïveté.

Et que pour donner lieu de paraître à fa voix,
De fa bizarre quinte il fe faffe des loix.
Qu'il ait fur chaque ton fes rimes ajuftées,
Sur chaque tremblement fes fyllabes comptées,
Et qu'une faible pointe à la fin d'un couplet,
En dépit de Phébus donne à l'art un foufflet :
Enfin cette prifon déplaît à fon génie :
Il ne peut rendre hommage à cette tyrannie ;
Il ne fe leurre point d'animer de beaux chants,
Et veut pour fe produire avoir la clef des champs.
C'eft lorfqu'il court d'haleine, et qu'en pleine carrière,
Quittant fouvent la terre, en quittant la barrière,
Puis d'un vol élevé fe cachant dans les cieux,
Il rit du défefpoir de tous fes envieux.
Ce trait eft un peu vain, Arifte, je l'avoue ;
Mais faut-il s'étonner d'un poëte qui fe loue ? (*b*)
Le Parnaffe, autrefois dans la France adoré,
Fefait pour fes mignons un autre âge doré :
Notre fortune enflait du prix de nos caprices,
Et c'était une banque à de bons bénéfices ;
Mais elle eft épuifée, et les vers à préfent
Aux meilleurs du métier n'apportent que du vent ;
Chacun s'en donne à l'aife, et fouvent fe difpenfe
A prendre par fes mains toute fa récompenfe.
Nous nous aimons un peu, c'eft notre faible à tous ;
Le prix que nous valons, qui le fait mieux que nous ?
Et puis la mode en eft, et la cour l'autorife.
Nous parlons de nous-même avec toute franchife.

(*b*) *Mais faut-il s'étonner d'un poëte qui fe loue ?*

Le mot *poëte*, *ouate*, étaient alors de deux fyllabes en vers. *Boileau*,
qui a beaucoup fervi à fixer la langue, a mis trois fyllabes à tous les
mots de cette efpèce.

Si fon aftre en naiffant ne l'a formé poëte,
. . . .
Où fur l'ouate molle éclate le tabis.

La fauffe humilité ne met plus en crédit.
Je fais ce que je vaux, et crois ce qu'on m'en dit.
Pour me faire admirer, je ne fais point de ligue :
J'ai peu de voix pour moi, mais je les ai fans brigue ;
Et mon ambition, pour faire plus de bruit,
Ne les va point quêter de réduit en réduit ; (c)
Mon travail fans appui monte fur le théâtre ;
Chacun en liberté l'y blâme ou l'idolâtre.
Là, fans que mes amis prêchent leurs fentimens,
J'arrache quelquefois leurs applaudiffemens ;
Là, content du fuccès que le mérite donne,
Par d'illuftres avis je n'éblouis perfonne ;
Je fatisfais enfemble et peuple et courtifans ;
Et mes vers en tous lieux font mes feuls partifans :
Par leur feule beauté ma plume eft eftimée : (d)
Je ne dois qu'à moi feul toute ma renommée ;
Et penfe toutefois n'avoir point de rival
A qui je faffe tort en le traitant d'égal.
Mais infenfiblement je donne ici le change ;
Et mon efprit s'égare en fa propre louange :
Sa douceur me féduit, je m'en laiffe abufer,
Et me vante moi-même au lieu de m'excufer.

(c) *Ne les va point quêter de réduit en réduit.*

Ce vers défigne tous fes rivaux qui cherchaient à fe faire des protecteurs et des partifans, et cet endroit les fouleva tous.

(d) *Par leur feule beauté ma plume eft eftimée :*
Je ne dois qu'à moi feul toute ma renommée.

Ces vers étaient d'autant plus révoltans, qu'il n'avait fait encore aucun de ces ouvrages qui ont rendu fon nom immortel. Il n'était connu que par fes premières comédies et par fa tragédie de Médée, pièces qui feraient ignorées aujourd'hui, fi elles n'avaient été foutenues depuis par fes belles tragédies. Il n'eft pas permis d'ailleurs de parler ainfi de foi-même. On pardonnera toujours à un homme célèbre de fe moquer de fes ennemis, et de les rendre ridicules ; mais fes propres amis ne lui pardonneront jamais de fe lôuer.

Revenons aux chanfons que l'amitié demande.
J'ai brûlé fort long-temps d'une amour affez grande, (*e*)
Et que jufqu'au tombeau je dois bien eftimer,
Puifque ce fut par-là que j'appris à rimer.
Mon bonheur commença quand mon ame fut prife.
Je gagnai de la gloire en perdant ma franchife.
Charmé de deux beaux yeux, mon vers charma la cour ;
Et ce que j'ai de nom je le dois à l'amour.
J'adorai donc Philis, et la fecrète eftime
Que ce divin efprit fefait de notre rime,
Me fit devenir poëte auffitôt qu'amoureux ;
Elle eut mes premiers vers, elle eut mes premiers feux,
Et bien que maintenant cette belle inhumaine
Traite mon fouvenir avec un peu de haine,
Je me trouve toujours en état de l'aimer ;
Je me fens tout ému quand je l'entends nommer ;
Et par le doux effet d'une prompte tendreffe,
Mon cœur fans mon aveu reconnaît fa maîtreffe.
Après beaucoup de vœux et de foumiffions,
Un malheur rompt le cours de nos affections ;
Mais toute mon amour en elle confommée,
Je ne vois rien d'aimable après l'avoir aimée :
Auffi n'aimé-je plus, et nul objet vainqueur
N'a poffédé depuis ma veine ni mon cœur.

(*e*) *J'ai brûlé fort long-temps d'une amour affez grande.*

Il avait aimé très-paffionnément une dame de Rouen, nommée madame *Dupont*, femme d'un maître des comptes de la même ville, qui était parfaitement belle, qu'il avait connue toute petite fille pendant qu'il étudiait à Rouen au collége des jéfuites, et pour qui il fit plufieurs petites pièces de galanterie, qu'il n'a jamais voulu rendre publiques, quelques inftances que lui aient fait fes amis. Il les brûla lui-même environ deux ans avant fa mort. Il lui communiquait la plupart de fes pièces avant de les mettre au jour ; et, comme elle avait beaucoup d'efprit, elle les critiquait fort judicieufement ; en forte que M. *Corneille* a dit plufieurs fois qu'il lui était redevable de plufieurs endroits de fes premières pièces. *Note ancienne qui fe trouve dans les éditions de Corneille.*

Vous le dirai-je, ami ? tant qu'ont duré nos flammes,
Ma mufe également chatouillait nos deux ames :
Elle avait fur la mienne un abfolu pouvoir ;
J'aimais à le décrire, elle à le recevoir.
Une voix raviffante, ainfi que fon vifage,
La fefait appeler le phénix de notre âge,
Et fouvent de fa part je me fuis vu preffer
Pour avoir de ma main de quoi mieux l'exercer.
Jugez vous-même, Arifte, à cette douce amorce,
Si mon génie était pour épargner fa force :
Cependant mon amour, le père de mes vers,
Le fils du plus bel œil qui fût en l'univers,
A qui défobéir c'était pour moi des crimes,
Jamais en fa faveur n'en put tirer deux rimes ;
Tant mon efprit alors contre moi révolté,
En haine des chanfons femblait m'avoir quitté ;
Tant ma veine fe trouve aux airs mal affortie,
Tant avec la mufique elle a d'antipathie ;
Tant alors de bon cœur elle renonce au jour ;
Et l'amitié voudrait ce que n'a pu l'amour !
N'y penfez plus, Arifte ; une telle injuftice
Expoferait ma mufe à fon plus grand fupplice.
Laiffe-la toujours libre agir fuivant fon choix,
Céder à fon caprice, et s'en faire des loix.

R O N D E A U. (*a*)

Qu'il faſſe mieux , ce jeune jouvencel ,
A qui le Cid donne tant de martel ,
Que d'entaſſer injure fur injure ,
Rimer de rage une lourde impoſture ,
Et ſe cacher ainſi qu'un criminel. (*b*)
Chacun connaît ſon jaloux naturel ,
Le montre au doigt comme un fou folennel ,
Et ne croit pas en ſa bonne écriture.
   Qu'il faſſe mieux.
Paris entier ayant vu ſon cartel
L'envoie au diable et ſa muſe au bordel. (*c*)
Moi, j'ai pitié des peines qu'il endure ,
Et comme ami je le prie et conjure ,
 S'il veut ternir un ouvrage immortel ,
   Qu'il faſſe mieux.

(*a*) Ce rondeau fut fait par *Corneille* , en 1637 , dans le temps du différent qu'il eut avec *Scudéri* , au ſujet des obſervations ſur le Cid.

(*b*) *Scudéri* n'avait pas d'abord mis ſon nom à ſes Obſervations ſur le Cid. Il en fut fait deux éditions , ſans qu'on ſût de quelle part elles venaient. Cela ſe découvrit néanmoins , et les brouilla enſemble.

(*c*) Ce terme groſſier n'eſt pas tolérable ; mais *Régnier* et beaucoup d'autres l'avaient employé ſans ſcrupule. *Boileau* même , dans le ſiècle des bienſéances , en 1674 , ſouilla ſon chef-d'œuvre de l'art poëtique par ces deux vers , dans leſquels il caractériſait *Régnier*.

 Heureux ſi moins hardi dans ſes vers pleins de ſel ,
 Il n'eût jamais mené les Muſes au bordel.

Ce fut le judicieux *Arnaud* qui l'obligea de réformer ces deux vers , où l'auteur tombait dans le défaut qu'il reprochait à *Régnier*.
Boileau ſubſtitua ces deux vers excellens :

 Heureux ſi ſes diſcours craints du chaſte lecteur ,
 Ne ſe ſentaient des lieux que fréquentait l'auteur !

Il eût été à ſouhaiter que *Corneille* eût trouvé un *Arnaud* ; il lui eût fait ſupprimer ſon rondeau tout entier , qui eſt trop indigne de l'auteur du Cid.

AVERTISSEMENT

DU COMMENTATEUR

SUR LA TRAGEDIE DE CINNA.

CE n'eſt pas ici une pièce telle que les Horaces : on voit bien le même pinceau, mais l'ordonnance du tableau eſt très-ſupérieure. Il n'y a point de double action : ce ne ſont point des intérêts indépendans les uns des autres, des actes ajoutés à des actes ; c'eſt toujours la même intrigue. Les trois unités ſont auſſi parfaitement obſervées qu'elles puiſſent l'être, ſans que l'action ſoit gênée, ſans que l'auteur paraiſſe faire le moindre effort. Il y a toujours de l'art, et l'art s'y montre rarement à découvert.

On donne ici (dans l'édition publiée par M. de *Voltaire*) ce chef-d'œuvre du grand *Corneille* tel qu'il le fit imprimer, avec le chapitre de *Sénèque* le philo-ſophe dont il tira ſon ſujet, (ainſi qu'il avait publié le Cid avec les vers eſpagnols qu'il traduiſit.) On y ajoute ſon épître dédicatoire à *Montauron*, tréſorier de l'épargne, et la lettre du célèbre *Balzac*.

EPITRE

EPITRE DEDICATOIRE

A MONSIEUR

DE MONTAURON.

(Page 368 de l'in-4°, tome premier.)

MONSIEUR,

JE vous préfente un tableau d'une des plus belles actions d'*Augufte*. Ce monarque était tout généreux, et fa générofité n'a jamais paru avec tant d'éclat que dans les effets de fa clémence et de fa *libéralité*. Ces deux rares vertus lui étaient fi naturelles et fi inféparables en lui, qu'il femble qu'en cette hiftoire, que j'ai mife fur notre théâtre, elles fe foient tour à tour entre-produites dans fon ame. Il avait été fi *libéral* envers *Cinna*, que fa conjuration ayant fait voir une ingratitude extraordinaire, il eut befoin d'un extraordinaire effort de clémence pour lui pardonner ; et le pardon qu'il lui donna fut la fource des nouveaux bienfaits dont il lui fut prodigue pour vaincre tout-à-fait cet efprit qui n'avait pu être gagné par les premiers ; de forte qu'il eft vrai de dire qu'il eût été moins clément envers lui, s'il eût été moins *libéral*, et qu'il eût été moins *libéral*, s'il eût été moins clément. Cela étant, ne puis-je pas avec juftice donner le portrait de l'une de ces héroïques vertus à celui qui pofsède l'autre en un fi haut degré ; puifque, dans cette action, ce grand prince les a fi bien attachées, et comme unies l'une à l'autre, qu'elles ont été tout enfemble la caufe et l'effet l'une de l'autre? Je le puis certes d'autant

Comment. fur Corneille. Tome I.   M

plus juftement que je vois votre générofité, comme voulant imiter ce grand empereur (a), prendre plaifir à s'étendre fur les gens de lettres, en un temps où beaucoup penfent avoir trop récompenfé leurs travaux, quand ils les ont honorés d'une louange ftérile. Vous avez traité quelques-unes de nos mufes avec tant de magnanimité, qu'en elles vous avez obligé toutes les autres ; de forte qu'il n'en eft point qui ne vous en doive un remercîment. Trouvez bon, Monfieur, que je m'acquitte de celui que je reconnais vous en devoir, par le préfent que je vous fais de ce poëme, que j'ai choifi comme le plus durable des miens, pour apprendre plus long-temps à ceux qui le liront, que le *généreux* M. de *Montauron*, par une *libéralité* inouie en ce fiècle, s'eft rendu toutes les mufes redevables ; et que je prends tant de part aux bienfaits dont vous avez furpris quelques-unes d'elles, que je m'en dirai toute ma vie,

MONSIEUR,

votre très-humble et très-obligé ferviteur,

CORNEILLE.

(a) Voilà une étrange lettre, et pour le ftyle et pour les fentimens. On n'y reconnaît point *la main qui crayonna l'ame du grand Pompée, et l'efprit de Cinna*. Celui qui fefait des vers fi fublimes n'eft plus le même en profe. On ne peut s'empêcher de plaindre *Corneille*, et fon fiècle, et les beaux arts, quand on voit ce grand homme, négligé à la cour, comparer le fieur de *Montauron* à l'empereur *Augufte*. Si pourtant la reconnaiffance arracha ce fingulier hommage, il faut encore plus en louer *Corneille* que l'en blâmer ; mais on peut toujours l'en plaindre.

E X T R A I T

Du livre de Sénéque le philosophe, dont le sujet de Cinna est tiré. (Page 370, édition in-4°.)

Seneca, lib. 1. de clementiâ, cap. 9. (a)

DIVUS *Augustus mitis fuit princeps, si quis illum à principatu suo æstimare incipiat : in communi quidem republicâ duodevicesimum egressus annum, jam pugiones in sinu amicorum absconderat, jam insidiis M. Antonii consulis latus petierat, jam fuerat collega proscriptionis: sed cùm annum quadragesimum transisset, et in Galliâ moraretur, delatum est ad eum indicium L. Cinnam, solidi ingenii virum, insidias ei struere. Dictum est et ubi, et quandò, et quemadmodùm aggredi vellet. Unus ex consciis deferebat; statuit se ab eo vindicare. Consilium amicorum advocari jussit.*

Nox illi inquieta erat, cùm cogitaret adolescentem nobilem, hoc detracto integrum, Cn. Pompeii nepotem damnandum. Jam unum hominem occidere non poterat, cùm M. Antonio proscriptionis edictum inter cœnam dictaret. Gemens subindè voces

---

(a) L'aventure de *Cinna* laisse quelque doute. Il se peut que ce soit une fiction de *Sénéque*, ou du moins qu'il ait ajouté beaucoup à l'histoire pour mieux faire valoir son chapitre de la clémence. C'est une chose bien étonnante que *Suétone*, qui entre dans tous les détails de la vie d'*Auguste*, passe sous silence un acte de clémence qui ferait tant d'honneur à cet empereur, et qui ferait la plus mémorable de ses actions. *Sénéque* suppose la scène en Gaule. *Dion Cassius*, qui rapporte cette anecdote long-temps après *Sénéque*, au milieu du troisième siècle de notre ère vulgaire, dit que la chose arriva dans Rome. J'avoue que je croirai difficilement qu'*Auguste* ait nommé sur le champ premier consul un homme convaincu d'avoir voulu l'assassiner.

Mais vraie ou fausse, cette clémence d'*Auguste* est un des plus nobles sujets de tragédie, une des plus belles instructions pour les princes. C'est une grande leçon de mœurs ; c'est, à mon avis, le chef-d'œuvre de *Corneille*, malgré quelques défauts.

varias emittebat et inter se contrarias. Quid ergo? Ego percusso-
rem meum securum ambulare patiar, me sollicito? Ergo non
dabit pœnas, qui tot civilibus bellis frustrà petitum caput, tot
navalibus, tot pedestribus prœliis incolume, postquam terrâ
marique pax parta est, non occidere constituat, sed immolare?
(Nam sacrificantem placuerat adoriri.) Rursùs silentio inter-
posito majore multò voce sibi quàm Cinnœ irascebatur. Quid
vivis, si perire te tam multorum interest? Quis finis erit suppli-
ciorum? quis sanguinis? Ego sum nobilibus adolescentulis
expositum caput, in quod mucrones acuant. Non est tanti vita,
si, ut ego non peream, tam multa perdenda sunt. Interpellavit
tandem illum Livia uxor; et admittis, inquit, muliebre consilium?
Fac quod medici solent, ubi usitata remedia non procedunt,
tentant contraria. Severitate nihil adhuc profecisti: Salvidienum
Lepidus secutus est, Lepidum Murœna, Murœnam Cœpio,
Cœpionem Egnatius, ut alios taceam quos tantùm ausos pudet:
nunc tenta quomodò tibi cedat clementia. Ignosce L. Cinnœ;
deprehensus est, jam nocere tibi non potest; prodesse famœ
tuœ potest.

Gavisus sibi quòd advocatum invenerat, uxori quidem
gratias egit : renuntiari autem extemplò amicis quos in consi-
lium rogaverat, imperavit, et Cinnam unum ad se accersit,
dimissísque omnibus è cubiculo, cum alteram poni Cinnœ cathe-
dram jussisset, hoc, inquit, primum à te peto ne me loquentem
interpellas, ne meo sermone medio proclames, dabitur tibi
loquendi liberum tempus. Ego te, Cinna, cùm in hostium castris
invenissem, non factum tantùm mihi inimicum, sed natum,
servavi; patrimonium tibi omne concessi; hodiè tam fœlix es et
tam dives, ut victo victores invideant : sacerdotium tibi petenti,
prœteritis compluribus quorum parentes mecum militaverant,
dedi. Cùm sic de te meruerim, occidere me constituisti.

Cùm ad hanc vocem exclamasset Cinna, procul hanc ab se

*abeſſe dementiam : non præſtas, inquit, fidem, Cinna; conve-
nerat ne interloquereris. Occidere, inquam, me paras. Adjecit
locum, ſocios, diem, ordinem inſidiarum, cui commiſſum eſſet
ferrum. Et cum defixum videret, nec ex conventione jam, ſed
ex conſcientiâ tacentem : quo, inquit, hoc animo facis ? ut ipſe
ſis princeps ? Malè me herculè cum republicâ agitur, ſi tibi ad
imperandum nihil præter me obſtat. Domum tuam tueri non
potes, nuper libertini hominis gratiâ in privato judicio ſupe-
ratus es. Adeò nihil facilius putas quàm contrà Cæſarem
advocare ? Cedo, ſi ſpes tuas ſolus impedio. Paulufne te et
Fabius Maximus et Coſſi et Servilii ferent, tantumque agmen
nobilium, non inania nomina præferentium, ſed eorum qui
imaginibus ſuis decori ſunt ? Ne totam ejus orationem repetendo
magnam partem voluminis occupem, diutiùs enim quàm duabus
horis locutum eſſe conſtat, cùm hanc pœnam, quâ ſolâ erat
contentus futurus, extenderet. Vitam tibi, inquit, Cinna,
iterùm do, priùs hoſti, nunc inſidiatori ac parricidæ. Ex
hodierno die inter nos amicitia incipiat. Contendamus utrùm
ego meliore fide vitam tibi dederim, an tu debeas. Poſt hæc
detulit ultrò conſulatum, queſtus, quod non auderet petere,
amiciſſimum, fideliſſimumque habuit, hæres ſolus fuit illi,
nullis ampliùs inſidiis ab ullo petitus eſt.*

LETTRE

DE M. DE BALZAC

A M. CORNEILLE.

(*Page 373.*)

MONSIEUR,

(*a*) J'AI fenti un notable foulagement depuis l'arrivée de votre paquet, et je crie miracle dès le commencement de ma lettre. Votre Cinna guérit les malades : il fait que les paralytiques battent des mains : il rend la parole à un muet, ce ferait trop peu de dire à un enrhumé. En effet, j'avais perdu la parole avec la voix ; et, puifque je les recouvre l'une et l'autre par votre moyen, il eft bien jufte que je les emploie toutes deux à votre gloire, et à dire fans ceffe, *la belle chofe !* Vous avez peur néanmoins d'être de ceux qui font accablés par la majefté des fujets qu'ils traitent, et ne penfez pas avoir apporté affez de force pour foutenir la grandeur romaine. Quoique cette modeftie me plaife, elle ne me perfuade pas, et je m'y oppofe pour l'intérêt de la vérité. Vous êtes trop fubtil examinateur d'une compofition univerfellement approuvée : et s'il était vrai qu'en quelqu'une de fes parties vous euffiez fenti quelque faibleffe, ce ferait un fecret entre vos mufes et vous, car je vous affure que

(*a*) Les étrangers verront dans cette lettre quelle était l'éloquence de ce temps-là. Il n'eft guère convenable peut-être que l'éloquence foit le partage d'une lettre familière ; et, comme dit M. l'abbé d'*Olivet*, *Balzac* écrivait une lettre comme *Lingende* fefait un fermon ou un panégyrique ; il s'étudiait à prodiguer les figures.

perſonne ne l'a reconnue. La faibleſſe ſerait de notre expreſſion et non pas de votre penſée : elle viendrait du défaut des inſtrumens, et non pas de la faute de l'ouvrier : il faudrait en accuſer l'incapacité de notre langue.

Vous nous faites voir Rome tout ce qu'elle peut être à Paris, et ne l'avez point briſée en la remuant. Ce n'eſt point une Rome de *Caſſiodore* (*b*), et auſſi déchirée qu'elle était au ſiècle des *Théodorics*; c'eſt une Rome de *Tite-Live*, et auſſi pompeuſe qu'elle était au temps des premiers *Céſars*. Vous avez même trouvé ce qu'elle avait perdu dans les ruines de la république, cette noble et magnanime fierté ; et il ſe voit bien quelques paſſables traducteurs de ſes paroles et de ſes locutions, mais vous êtes le vrai et le fidèle interprète de ſon eſprit et de ſon courage. Je dis plus, Monſieur, vous êtes ſouvent ſon pédagogue, et l'avertiſſez de la bienſéance, quand elle ne s'en ſouvient pas. Vous êtes le réformateur du vieux temps, s'il a beſoin d'embelliſſement ou d'appui. Aux endroits où Rome eſt de brique, vous la rebâtiſſez de marbre : quand vous trouvez du vide, vous le rempliſſez d'un chef-d'œuvre ; et je prends garde que ce que vous prêtez à l'hiſtoire eſt toujours meilleur que ce que vous empruntez d'elle.

La femme d'*Horace* et la maîtreſſe de *Cinna*, qui font vos deux véritables enfantemens, et les deux pures créatures de votre eſprit, ne ſont-elles pas auſſi les principaux ornemens de vos deux poëmes ? Et qu'eſt-ce que la ſainte antiquité a produit de vigoureux et de ferme dans le ſexe faible, qui ſoit comparable à ces nouvelles héroïnes que vous avez miſes au monde, à

(*b*) Pourquoi parler de *Théodoric* et de *Caſſiodore*, quand il s'agit d'*Auguſte ?*

ces romaines de votre façon ? Je ne m'ennuie point depuis quinze jours de confidérer celle que j'ai reçue la dernière.

Je l'ai fait admirer à tous les habiles de notre province : nos orateurs et nos poëtes en difent merveilles ; mais un docteur de mes voifins, qui fe met d'ordinaire fur le haut ftyle, en parle certes d'une étrange forte ; et il n'y a point de mal que vous fachiez jufqu'où vous avez porté fon efprit. Il fe contentait le premier jour de dire que votre *Emilie* était la rivale de *Caton* et de *Brutus* dans la paffion de la liberté. A cette heure il va bien plus loin : tantôt il la nomme la poffédée du démon de la république, et quelquefois la belle, la raifonnable, la fainte (*c*) et l'adorable furie. Voilà d'étranges paroles fur le fujet de votre romaine ; mais elles ne font pas fans fondement. Elle infpire en effet toute la conjuration, et donne chaleur au parti par le feu qu'elle jette dans l'ame du chef. Elle entreprend, en fe vengeant (*d*), de venger toute la terre : elle veut facrifier à fon père une victime qui ferait trop grande pour *Jupiter* même. C'eft à mon gré une perfonne fi excellente, que je penfe dire peu à fon avantage, de dire que vous êtes beaucoup plus heureux en votre race, que *Pompée* n'a été en la fienne, et que votre fille *Emilie* vaut, fans comparaifon, davantage que *Cinna*, fon petit-fils. Si celui-ci même a plus de vertu que n'a cru *Sénèque*, c'eft pour être tombé entre vos mains et à caufe que vous avez pris foin de lui. Il vous eft obligé

(*c*) Voilà une plaifante épithète que celle de *fainte*, donnée par ce docteur à *Emilie*.

(*d*) Il paraît qu'en effet *Emilie* était regardée comme le premier perfonnage de la pièce, et que dans les commencemens on n'imaginait pas que l'intérêt pût tomber fur *Augufte*.

de fon mérite , comme à *Augufte* de fa dignité. L'empereur le fit conful , et vous l'avez fait *honnête homme* (*e*) ;
mais vous l'avez pu faire par les lois d'un art qui polit
et orne la vérité , qui permet de favorifer en imitant ,
qui quelquefois fe propofe le femblable , et quelquefois
le meilleur. J'en dirais trop fi j'en difais davantage. Je ne
veux pas commencer une differtation , je veux finir une
lettre et conclure par les proteftations ordinaires , mais
très-fincères et très-véritables , que je fuis ,

MONSIEUR,

votre très-humble ferviteur ,

BALZAC.

(*e*) C'eft donc *Cinna* qu'on regardait comme l'honnête homme de la
pièce , parce qu'il avait voulu venger la liberté publique. En ce cas il
fallait qu'on ne regardât la clémence d'*Augufte* que comme un trait de politique confeillé par *Livie.*
Dans les premiers mouvemens des efprits émus par un poëme tel que
Cinna , on eft frappé et ébloui de la beauté des détails ; on eft long-temps
fans former un jugement précis fur le fond de l'ouvrage.

REMARQUES

SUR CINNA,

TRAGEDIE.

ACTE PREMIER.

SCENE PREMIERE.

EMILIE.

Plusieurs actrices ont fupprimé ce monologue dans les repréfentations. Le public même paraiffait fouhaiter ce retranchement. On y trouvait de l'amplification. Ceux qui fréquentent les fpectacles difaient qu'*Emilie* ne devait pas ainfi fe parler à elle-même, fe faire des objections et y répondre ; que c'était une déclamation de rhétorique ; que les mêmes chofes qui feraient très-convenables quand on parle à fa confidente, font très-déplacées quand on s'entretient toute feule avec foi-même ; qu'enfin la longueur de ce monologue y jetait de la froideur ; et qu'on doit toujours fupprimer ce qui n'eft pas néceffaire.

Cependant j'étais fi touché des beautés répandues dans cette première fcène, que j'engageai l'actrice qui jouait *Emilie* à la remettre au théâtre ; et elle fut très-bien reçue.

Vers 1. Impatiens défirs d'une illuftre vengeance, &c.

Quand il fe trouve des acteurs capables de jouer Cinna, on retranche affez communément ce monologue. Le public a perdu le goût de ces déclamations ; celle-ci n'eft pas néceffaire à la pièce. Mais n'a-t-elle pas de grandes beautés ? n'eft-elle pas majeftueufe et même affez passionnée ? *Boileau* trouvait dans ces *impatiens désirs, enfans du ressentiment, embrassés par la douleur*, une espèce de famille ; il prétendait que les grands intérêts et les grandes passions s'expriment plus naturellement ; il trouvait que le poëte paraît trop ici, et le personnage trop peu.

V. 5. Vous prenez sur mon ame un trop puissant empire.

Il y avait dans les premières éditions, *vous régnez sur mon ame avecque trop d'empire : avecque* fesait un son dur et traînant, comme on l'a déjà remarqué. On ne peut corriger mieux.

V. 9. Quand je regarde Auguste au milieu de sa gloire,

Il y avait dans les premières éditions , *au trône de sa gloire.*

V. 10. Et que vous reprochez à ma triste mémoire
Que, par sa propre main, mon père massacré
Du trône où je le vois fait le premier degré.

Ces désirs rappellent à *Emilie* le meurtre de son père, et ne le lui reprochent pas. Il fallait dire : *Vous me reprochez de ne l'avoir pas encore vengé*, et non pas, *vous me reprochez sa proscription ;* car elle n'est certainement pas cause de cette mort.

V. 13. Quand vous me présentez cette sanglante image,
La cause de ma haine et l'effet de sa rage.

Emilie a déjà dit quelle est la cause de sa rage ; la cause et l'effet paraissent trop recherchés.

V. 16. Je crois pour une mort lui devoir mille morts...
Sans attirer sur moi mille et mille tempêtes.

Mille morts, mille et mille tempêtes ne sont que de légères négligences auxquelles il ne faut pas prendre garde dans les ouvrages de génie, et fur-tout dans ceux du fiècle de *Corneille*, mais qu'il faut éviter foigneufement aujourd'hui.

V. 18. J'aime encor plus Cinna que je ne hais Augufte.

De bons critiques qui connaiffent l'art et le cœur humain, n'aiment pas qu'on annonce ainfi de fang froid les fentimens de fon cœur. Ils veulent que les fentimens échappent à la paffion. Ils trouvent mauvais qu'on dife: *J'aime plus celui-ci que je ne hais celui-là, je fens refroidir mon mouvement bouillant ; je m'irrite contre moi-même, j'ai de la fureur.* Ils veulent que cette fureur, cet amour, cette haine, ces bouillans mouvemens éclatent fans que le perfonnage vous en avertiffe. C'eft le grand art de *Racine.* Ni *Phèdre*, ni *Iphigénie*, ni *Agrippine*, ni *Roxane*, ni *Monime*, ne débutent par venir étaler leurs fentimens fecrets dans un monologue, et par raifonner fur les intérêts de leurs paffions ; mais il faut toujours fe fouvenir que c'eft *Corneille* qui a débrouillé l'art, et que fi ces amplifications de rhétorique font un défaut aux yeux des connaiffeurs, ce défaut eft réparé par de très-grandes beautés.

V. 48. Amour, fers mon devoir, et ne le combats plus.

Il femble que le monologue devrait finir là. Les quatre derniers vers ne font-ils pas furabondans? les penfées n'en font-elles pas recherchées et hors de la nature ? Qu'importe de la gloire ou de la honte de l'amour ? Qu'eft-ce que ce devoir qui ne triomphera que pour couronner l'amour ? D'ailleurs, dans le dernier de ces vers, au lieu de

Et ne triomphera que pour te couronner,

il faudrait, *il ne triomphera ;* mais les vers précédens paraiffent dignes de *Corneille*, et j'ofe croire qu'au théâtre il faudrait réciter ce monologue en retranchant feulement ces quatre derniers vers qui ne font pas dignes du refte.

SCENE II.

V. 2. Quoique j'aime Cinna, quoique mon cœur l'adore,
S'il me veut poſſéder, Auguſte doit périr.

Des critiques trouvent ce premier vers languiſſant, par le ſoin même que prend l'auteur de lui donner de la force ; ils diſent qu'*adore* n'eſt que la répétition de *j'aime.*

V. 7. Par un ſi grand deſſein vous vous faites juger...

Vous vous faites juger eſt plus languiſſant : d'ailleurs c'eſt un grand ſecret. On ne peut encore le juger.

V. 8. Digne ſang de celui que vous voulez venger.

Foranius était un plébéïen inconnu qui n'avait joué aucun rôle, et qu'*Octave* ſacrifia dans les proſcriptions parce qu'il était riche.

V. 39. Je recevrais de lui la place de Livie
Comme un moyen plus ſûr d'attenter à ſa vie.

Ce ſentiment furieux eſt, à mon gré, une raiſon pour ne pas ſupprimer le monologue qui prépare cette férocité.

V. 37. Tant de braves romains, tant d'illuſtres victimes
Qu'à ſon ambition ont immolés ſes crimes, *&c.*

Ambition ont eſt bien dur à l'oreille.

Fuyez des mauvais ſons le concours odieux.

V. 51. Et tu verrais mes pleurs couler pour ſon trépas,
Qui le feſant périr ne me vengerait pas, *&c.*

Ce ſentiment atroce et ces beaux vers ont été imités par *Racine* dans Andromaque.

Ma vengeance eſt perdue,
S'il ignore en mourant que c'eſt moi qui le tue.

V. 73. Tout beau, ma paſſion, deviens un peu moins forte.

Tout beau revient au *pian piano* des Italiens. Ce mot familier eſt banni du diſcours ſérieux, à plus forte raiſon de la poëſie ; et l'apoſtrophe à ſa paſſion ſort du ton du dialogue et de la vérité ; c'eſt un tour de rhéteur qu'on ſe permettait encore.

V. 81. Quoi qu'il en ſoit, qu'Auguſte ou que Cinna périſſe,
Aux manes paternels je dois ce ſacrifice.

Il ſemble, par ces expreſſions, qu'elle doive le ſacrifice de *Cinna.*

V. 88. Et c'eſt à faire enfin à mourir après lui.

Et c'eſt à faire eſt encore une expreſſion bourgeoiſe hors d'uſage, même aujourd'hui chez le peuple. Remarquez que dans cette ſcène il n'y a preſque que ces deux mots à reprendre, et que la pièce eſt faite depuis ſix vingts ans. Ce n'eſt qu'une ſcène avec une confidente, et elle eſt ſublime.

S C E N E I I.

V. 17. Plût aux dieux que vous-même euſſiez vu de quel zèle
Cette troupe entreprend une action ſi belle ! *&c.*

Ce diſcours de *Cinna* eſt un des plus beaux morceaux d'éloquence que nous ayons dans notre langue.

V. 23. Amis, leur ai-je dit, voici le jour heureux
Qui doit conclure enfin nos deſſeins généreux.

Le mot *deſſein* ne convient pas à *conclure.* Il me ſemble qu'on conclut une affaire, un traité, un marché ; que l'on conſomme un deſſein, qu'on l'exécute, qu'on l'effectue. Peut-être que le verbe *remplir* eût été plus juſte et plus poëtique que *conclure.*

V. 33. Là, par un long récit de toutes les misères
Que durant notre enfance ont enduré nos pères...

Durant et *enduré*, dans le même vers, ne font qu'une
inadvertance ; il était aifé de mettre *pendant notre enfance* ;
mais *ont enduré* paraît une faute aux grammairiens ; ils
voudraient *les misères qu'ont endurées nos pères.* Je ne fuis
point du tout de leur avis. Il ferait ridicule de dire,
les misères qu'ont foufferres nos pères, quoiqu'il faille dire,
les misères que nos pères ont foufferres. S'il n'eft pas permis
à un poëte de fe fervir en ce cas du participe abfolu,
il faut renoncer à faire de vers.

V. 41. Où les meilleurs foldats et les chefs les plus braves
Mettaient toute leur gloire à devenir efclaves ;
Où, pour mieux affurer la honte de leurs fers,
Tous voulaient à leur chaîne attacher l'univers.

Les premières éditions portent :

Où le but des foldats et des chefs les plus braves
Etait d'être vainqueurs pour devenir efclaves,
Où chacun trahiffait aux yeux de l'univers
Soi-même et fon pays pour fe donner des fers.

Ce mot *but*, dans cette place, ne paraiffait ni affez
noble ni affez jufte. *Aux yeux de l'univers* était un faible
hémiftiche, un de ces vers oifeux qui fervaient uniquement à la rime. *Corneille* corrigea ces deux petites
fautes, et mit à la place ces vers dignes du refte de
cet admirable récit.

V. 65. Vous dirai-je les noms de ces grands perfonnages
Dont j'ai dépeint les morts pour aigrir les courages ?

Dans le temps de *Corneille*, on difait *les courages* pour
les efprits. On peut même fe fervir encore du mot *courage*
en ce fens ; mais *aigrir* n'eft pas affez fort. *Cinna* a peint

les proscriptions pour faire horreur, pour enflammer les esprits, pour les irriter, pour les envenimer, pour les saisir d'indignation, pour les remplir des fureurs de la vengeance.

V. 81. Mais nous pouvons changer un destin si funeste.

Il y avait auparavant :

Rendons toutefois grâce à la bonté céleste.

V. 85. Lui mort, nous n'avons point de vengeur ni de maître.

Il veut dire, *mort il est sans vengeur, et nous sommes sans maître :* en effet, c'est Rome qui a des vengeurs dans les assassins du tyran. *Corneille* entend donc qu'*Auguste* restera sans vengeance.

V. 86. Avec la liberté Rome s'en va renaître.

S'en va renaître. Cette expression n'est point fautive en poësie, au contraire : voyez dans l'Iphigénie de *Racine :*

Et ce triomphe heureux qui s'en va devenir
L'éternel entretien des siècles à venir.

Cet exemple est un de ceux qui peuvent servir à distinguer le langage de la poësie de celui de la prose.

V. 110. Demain j'attends la haine ou la faveur des hommes,
Le nom de parricide ou de libérateur,
César celui de prince, ou d'un usurpateur.

Il faut *d'usurpateur* dans la règle ; *il aura le nom de prince légitime ou d'usurpateur.* Mais gênons la poësie moins que nous pourrons.

V. 115. Et le peuple inégal à l'endroit des tyrans,
S'il les déteste morts, les adore vivans.

Ce terme *à l'endroit* n'est plus d'usage dans le style noble.

V. 127.

V. 127. Sont-ils morts tous entiers avec leurs grands deffeins ?

Il y avait :

> Et font-ils morts entiers avecque leurs deffeins ?

D'abord l'auteur fubftitua , *et font-ils morts entiers avec leurs grands deffeins ?* enfuite il mit : *font-ils morts tous entiers ?* Cette expreffion fublime , *mourir tout entier* , eft prife du latin d'*Horace* , *non omnis moriar* ; et *tout entier* eft plus énergique. *Racine* l'a imitée dans fa belle pièce d'Iphigénie :

> Ne laiffer aucun nom et mourir tout entier.

V. 133. Va marcher fur leurs pas...

Il faudrait *va* , *marche* ; on ne dit pas plus *allons marcher* qu'*allons aller*.

Ibid. . . . . . . Où l'honneur te convie.

Convie eft une très-belle expreffion ; elle était très-ufitée dans le grand fiècle de *Louis XIV*. Il eft à fouhaiter que ce mot continue d'être en ufage.

V. 135. Souviens-toi du beau feu dont nous fommes épris...
> Que tu me dois ton cœur, que mes faveurs t'attendent.

Ailleurs ce mot de *faveurs* exciterait le ris et le murmure ; mais ce mot eft ici confondu dans la foule des beautés de cette fcène , fi vive , fi éloquente et fi romaine.

S C E N E   I V.

V. 1. Seigneur, Céfar vous mande , et Maxime avec vous.

L'intrigue eft nouée dès le premier acte ; le plus grand intérêt et le plus grand péril s'y manifeftent. C'eft un coup de théâtre.

Remarquez que l'on s'intéreffe d'abord beaucoup au fuccès de la confpiration de *Cinna* et d'*Emilie* ; 1°. parce

Comment. fur Corneille. Tome I.   N

que c'eft une confpiration; 2°. parce que l'amant et la maîtreffe font en danger; 3°. parce que *Cinna* a peint *Augufte*
avec toutes les couleurs que les profcriptions méritent,
et que dans fon récit il a rendu *Augufte exécrable*; 4°. parce
qu'il n'y a point de fpectateur qui ne prenne dans fon
cœur le parti de la liberté. Il eft important de faire voir
que, dans ce premier acte, *Cinna* et *Emilie* s'emparent
de tout l'intérêt. On tremble qu'ils ne foient découverts.
Vous verrez qu'enfuite cet intérêt change, et vous
jugerez fi c'eft un défaut ou non.

V. 23. Je verfe affez de pleurs pour la mort de mon père.

Peut-être ces pleurs, difent les critiques févères, font
un peu trop de commande, peut-être n'eft-il pas bien
naturel qu'on pleure fon père au bout de vingt ans; et
il eft certain que les fpectateurs ne pleurent point ce
Foranius, père d'*Emilie*. Mais fi *Corneille* s'élève ici au-
deffus de la nature, il ne choque point la nature. C'eft
une beauté plutôt qu'un défaut.

V. 41. Je mourrai tout enfemble heureux et malheureux.

Heureux, *&c.*

Boileau reprenait cet *heureux et malheureux* : il y trouvait
trop de recherches, et je ne fais quoi d'alambiqué. On
peut dire, *heureux dans mon malheur*, l'exact et l'élégant
Racine l'a dit; mais être à la fois heureux et malheureux,
expliquer et retourner cette antithèfe, cette énigme,
cela n'eft pas de la véritable éloquence.

V. 72. Je fais de ton deftin des règles à mon fort,

n'eft pas à la vérité une expreffion heureufe; mais y a-t-il
des fautes au milieu de tant de beaux vers, avec tant
d'intérêt, de grandeur et d'éloquence?

V. 73. Et j'obtiendrai ta vie, ou je fuivrai ta mort.

Je fuivrai ta mort n'exprime pas ce que l'auteur veut
dire, *je mourrai après toi.*

V. dern. Va-t-en, et souviens-toi seulement que je t'aime.

Seulement fait là un mauvais effet ; car *Cinna* doit se souvenir de son entreprise et de ses amis.

On ne remarque ces légères inadvertances qu'en faveur des étrangers et des commençans.

ACTE SECOND.

SCENE PREMIERE.

CORNEILLE, dans son examen de Cinna , semble se condamner d'avoir manqué à l'unité de lieu. *Le premier acte* , dit-il , *se passe dans l'appartement d'Emilie , le second dans celui d'Auguste :* mais il fait aussi réflexion que l'unité s'étend à tout le palais ; il est impossible que cette unité soit plus rigoureusement observée. Si on avait eu des théâtres véritables , une scène semblable à celle de Vicence, qui représentât plusieurs appartemens , les yeux des spectateurs auraient vu ce que leur esprit doit suppléer. C'est la faute des constructeurs quand un théâtre ne représente pas les différens endroits où se passe l'action , dans une même enceinte , une place , un temple , un palais , un vestibule , un cabinet, &c. Il s'en fallait beaucoup que le théâtre fût digne des pièces de *Corneille.* C'est une chose admirable sans doute d'avoir supposé cette délibération d'*Auguste* avec ceux mêmes qui viennent de faire serment de l'assassiner. Sans cela , cette scène serait plutôt un beau morceau de déclamation qu'une belle scène de tragédie.

Vers 3. Cet empire absolu sur la terre et sur l'onde,
Ce pouvoir souverain que j'ai sur tout le monde ;
Cette grandeur sans borne et cet illustre rang
Qui m'a jadis coûté tant de peine et de sang, &c.

Cet empire absolu, ce pouvoir souverain , la terre et l'onde , tout le monde, et cet illustre rang, font une rédondance, un pléonasme, une petite faute.

Fénélon, dans sa lettre à l'académie sur l'éloquence, dit : ,, Il me semble qu'on a donné souvent aux Romains ,, un discours trop fastueux ; je ne trouve point de ,, proportion entre l'emphase avec laquelle *Auguste* parle ,, dans la tragédie de Cinna, et la modeste simplicité ,, avec laquelle *Suétone* le dépeint. ,, Il est vrai : mais ne faut-il pas quelque chose de plus relevé sur le théâtre que dans *Suétone* ? Il y a un milieu à garder entre l'enflure et la simplicité. Il faut avouer que *Corneille* a quelquefois passé les bornes.

L'archevêque de Cambrai avait d'autant plus raison de reprendre cette enflure vicieuse, que de son temps les comédiens chargeaient encore ce défaut par la plus ridicule affectation dans l'habillement, dans la déclamation et dans les gestes. On voyait *Auguste* arriver avec la démarche d'un matamore, coiffé d'une perruque carrée qui descendait pardevant jusqu'à la ceinture ; cette perruque était farcie de feuilles de laurier, et surmontée d'un large chapeau avec deux rangs de plumes rouges. *Auguste*, ainsi défiguré par des bateleurs gaulois sur un théâtre de marionnettes, était quelque chose de bien étrange. Il se plaçait sur un énorme fauteuil à deux gradins, et *Maxime* et *Cinna* étaient sur deux petits tabourets. La déclamation ampoulée répondait parfaitement à cet étalage ; et sur-tout *Auguste* ne manquait pas de regarder *Cinna* et *Maxime* du haut en bas avec un noble dédain, en prononçant ces vers :

> Enfin tout ce qu'adore en ma haute fortune
> D'un courtisan flatteur la préfence importune.

Il sesait bien sentir que c'était eux qu'il regardait comme des courtisans flatteurs. En effet il n'y a rien dans le commencement de cette scène qui empêche que ces vers ne puissent être joués ainsi. *Auguste* n'a point

encore parlé avec bonté, avec amitié, à *Cinna* et à *Maxime;*
il ne leur a encore parlé que de fon pouvoir abfolu fur
la terre et fur l'onde. On eft même un peu furpris qu'il
leur propofe tout d'un coup fon abdication à l'empire,
et qu'il les ait mandés avec tant d'empreffement pour
écouter une réfolution fi foudaine, fans aucune préparation, fans aucun fujet, fans aucune raifon prife de
l'état préfent des chofes.

Lorfque *Augufte* examinait avec *Agrippa* et avec *Mécène*
s'il devait conferver ou abdiquer fa puiffance, c'était
dans des occafions critiques qui amenaient naturellement
cette délibération ; c'était dans l'intimité de la converfation, c'était dans des effufions de cœur. Peut-être
cette fcène eût-elle été plus vraifemblable, plus théâtrale, plus intéreffante, fi *Augufte* avait commencé par
traiter *Cinna* et *Maxime* avec amitié, s'il leur avait parlé
de fon abdication comme d'une idée qui leur était déjà
connue ; alors la fcène ne paraîtrait plus amenée comme
par force, uniquement pour faire un contrafte avec la
confpiration. Mais, malgré toutes ces obfervations, ce
morceau fera toujours un chef-d'œuvre par la beauté
des vers, par les détails, par la force du raifonnement,
et par l'intérêt même qui doit en réfulter ; car eft-il rien
de plus intéreffant que de voir *Augufte* rendre fes propres
affaffins arbitres de fa deftinée ? Il ferait mieux, j'en
conviens, que cette fcène eût pu être préparée ; mais
le fond eft toujours le même, et les beautés de détail,
qui feules peuvent faire les fuccès des poëtes, font d'un
genre fublime.

V. 11. L'ambition déplaît quand elle eft affouvie, &c.

Ces maximes générales font rarement convenables au
théâtre (comme nous le remarquons plufieurs fois),
fur-tout quand leur longueur dégénère en differtation ;
mais ici elles font à leur place. La paffion et le danger
n'admettent point les maximes. *Augufte* n'a point de

paſſion, et n'éprouve point ici de dangers; c'eſt un homme qui réfléchit, et ces réflexions même ſervent encore à juſtifier le projet de renoncer à l'empire. Ce qui ne ferait pas permis dans une ſcène vive et paſſionnée eſt ici admirable.

V. 16. Et monté ſur le faîte il aſpire à deſcendre.

Racine admirait ſur-tout ce vers, et le feſait admirer à ſes enfans. En effet ce mot *aſpire*, qui d'ordinaire s'emploie avec *s'élever*, devient une beauté frappante quand on le joint à *deſcendre*. C'eſt cet heureux emploi des mots qui fait la belle poëſie, et qui fait paſſer un ouvrage à la poſtérité.

V. 21. Mille ennemis ſecrets, la mort à tous propos…

La mort à tous propos eſt trop familier. Si ces légers défauts ſe trouvaient dans une tirade faible, ils l'affaibliraient encore; mais ces négligences ne choquent perſonne dans un morceau ſi ſupérieurement écrit; ce ſont de petites pierres entourées de diamans, elles en reçoivent de l'éclat et n'en ôtent point.

V. 22. Point de plaiſir ſans trouble et jamais de repos,

eſt trop faible, trop inutile après *la mort à tous propos*.

V. 35. Et l'ordre du deſtin qui gêne nos penſées,
     N'eſt pas toujours écrit dans les choſes paſſées,

ne fait pas un ſens clair; il veut dire, *le deſtin que nous cherchons à connaître n'eſt pas toujours écrit dans les événemens paſſés qui pourraient nous inſtruire*. La grande difficulté des vers eſt d'exprimer ce qu'on penſe.

V. 40. Vous qui me tenez lieu d'Agrippe et de Mécène…

Auguſte eut en effet, à ce qu'on dit, cette converſation avec *Agrippa* et *Mecenas*. *Dion Caſſius* les fait parler tous deux ; mais qu'il eſt faible et ſtéril en comparaiſon de *Corneille !*

Dion Caſſius fait ainſi parler *Mecenas : Conſultez plutôt les beſoins de la patrie que la voix du peuple qui , ſemblable aux enfans , ignore ce qui lui eſt profitable ou nuiſible. La république eſt comme un vaiſſeau battu de la tempête,* &c. Comparez ces diſcours à ceux de *Corneille*, dans leſquels il avait la difficulté de la rime à ſurmonter.

Cette ſcène eſt un traité du droit des gens. La différence que *Corneille* établit entre l'uſurpation et la tyrannie, était une choſe toute nouvelle ; et jamais écrivain n'avait étalé des idées politiques en proſe, auſſi fortement que *Corneille* les approfondit en vers.

V. 51. Malgré notre ſurpriſe, &c.

Ce mot eſt la critique du peu de préparation donnée à cette ſcène. En effet eſt-il naturel qu'*Auguſte* veuille ainſi abdiquer tout d'un coup ſans aucun ſujet, ſans aucune raiſon nouvelle ?

V. 67. Rome eſt deſſous vos lois par le droit de la guerre.

Comme il faut des remarques grammaticales, ſur-tout pour les étrangers, on eſt obligé d'avertir que *deſſous* eſt adverbe, et n'eſt point prépoſition : *Eſt-il deſſus ? eſt-il deſſous ? il eſt ſous vous ; il eſt ſous lui.*

V. 73. C'eſt ce que fit Céſar ; il vous faut aujourd'hui
Condamner ſa mémoire ou faire comme lui.

Le mot de *faire* eſt proſaïque et vague : *régner comme lui* eût mieux valu.

V. 77. Et vous devez aux Dieux compte de tout le ſang
Dont vous l'avez vengé pour monter à ſon rang.

Cela n'eſt pas français ; il a vengé *Céſar par le ſang*, et non *du ſang.* Il fallait :

> Et vous devez aux Dieux compte de tout le fang
> Que vous avez verfé pour monter à fon rang.

V. 79. N'en craignez point, Seigneur, les triftes deftinées;
Un plus puiffant démon veille fur vos années.

Il y avait d'abord :

> Mais fa mort vous fait peur, Seigneur ; les deftinées
> D'un foin bien plus exact veillent fur vos années.

Corneille a changé heureufement ces deux vers. Quelques perfonnes reprennent *les deftinées* ; elles prétendent que la mort de *Céfar* eft le deftin de *Céfar*, fa deftinée, et que ce mot au pluriel ne peut fignifier un feul événement. Je crois cette critique auffi injufte que fine, car s'il n'eft pas permis à la poëfie de dire *deftinées* pour *deftins*, *grâces*, *faveurs*, *dons*, *inimitiés*, *haines*, &c. au pluriel, c'eft vouloir qu'on ne faffe pas des vers.

V. 81. On a dix fois fur vous attenté fans effet ;
Et qui l'a voulu perdre, au même inftant l'a fait.

On ne fait point à quoi fe rapporte *le perdre ;* on pourrait entendre par ce vers, *ceux qui ont attenté fur vous fe font perdus.* Il faut éviter ce mot *faire,* fur-tout à la fin d'un vers : petite remarque, mais utile ; ce mot *faire* eft trop vague ; il ne préfente ni idée déterminée, ni image ; il eft lâche, il eft profaïque.

V. 107. Votre Rome autrefois vous donna la naiffance.

La tyrannie du vers amène très-mal à propos ce mot oifeux *autrefois.*

V. 109. Et Cinna vous impute à crime capital
La libéralité vers le pays natal.

Le pays natal n'eft pas du ftyle noble. *La libéralité* n'eft pas le mot propre ; car rendre *la liberté à fa patrie* eft bien plus que *liberalitas Augufti.*

V. 113. Et ce n'eſt qu'un objet digne de nos mépris,
    Si de ſes pleins effets l'infamie eſt le prix.

Cette phraſe n'a pas la clarté, l'élégance, la juſteſſe néceſſaires. La vertu eſt donc un objet digne de nos mépris, ſi l'infamie eſt le prix de ſes pleins effets. Remarquez de plus qu'*infamie* n'eſt pas le mot propre. Il n'y a point d'infamie à renoncer à l'empire.

V. 117. Mais commet-on un crime indigne de pardon,
    Quand la reconnaiſſance eſt au-deſſus du don ?

La rime a encore produit cet hémiſtiche, *indigne de pardon* ; ce n'eſt aſſurément pas un crime impardonnable de donner plus qu'on n'a reçu. Les vers, pour être bons, doivent avoir l'exactitude de la proſe en s'élevant au-deſſus d'elle.

V. 125. Et peu de généreux vont juſqu'à dédaigner
    Après un ſceptre acquis la douceur de régner.

Après un ſceptre acquis, cet hémiſtiche n'eſt pas heureux, et ces deux vers ſont de trop après celui-ci :

    Mais pour y renoncer il faut la vertu même.

C'eſt toujours gâter une belle penſée que de vouloir y ajouter : c'eſt une abondance vicieuſe.

V. 131. Il paſſe pour tyran quiconque s'y fait maître...

Cet *il* qui était autrefois un tour très-heureux, la tyrannie de l'uſage l'a aboli. *Il eſt un tyran celui qui aſſervit ſon pays ; il eſt un perfide celui qui manque à ſa parole :* on a encore conſervé ce tour : *ils ſont dangereux ces ennemis du théâtre, ces rigoriſtes outrés.*

V. 132. Qui le ſert pour eſclave, et qui l'aime pour traître.

Voilà encore de cette abondance ſuperflue et ſtérile. Pourquoi celui qui aime un uſurpateur eſt-il traître ? Il n'eſt certainement pas traître parce qu'il l'aime. Quand on a dit qu'il eſt eſclave, on a tout dit, le reſte eſt inutile.

V. 133. Qui le ſouffre a le cœur lâche, mol, abattu.

On ne ſe ſert plus du terme *mol*. De plus, ces trois épithètes forment un vers trop négligé ; la préciſion y perd, et le ſens n'y gagne rien.

V. 164. Dans le champ du public largement ils moiſſonnent.

Il y avait auparavant : *Dedans le champ d'autrui*.

V. 167. Le pire des Etats, c'eſt l'Etat populaire.

Quelle prodigieuſe ſupériorité de la belle poëſie ſur la proſe ! Tous les écrivains politiques ont délayé ces penſées ; aucun a-t-il approché de la force, de la profondeur, de la netteté, de la préciſion de ces diſcours de *Cinna* et de *Maxime*? Tous les corps de l'Etat auraient dû aſſiſter à cette pièce, pour apprendre à penſer et à parler. Ils ne feſaient que des harangues ridicules, qui font la honte de la nation. *Corneille* était un maître dont ils avaient beſoin. Mais un préjugé, plus barbare encore que ne l'était l'éloquence du barreau et de la chaire, a ſouvent empêché pluſieurs magiſtrats très-éclairés d'imiter *Cicéron* et *Hortenſius*, qui allaient entendre des tragédies fort inférieures à celles de *Corneille*. Ainſi les hommes pour qui ces pièces étaient faites, ne les voyaient pas. Le parterre n'était pas digne de ces tableaux de la grandeur romaine. Les femmes ne voulaient que de l'amour ; bientôt on ne traita plus que l'amour, et par-là on fournit à ceux que leurs petits talens rendent jaloux de la gloire des ſpectacles un malheureux prétexte de s'élever contre le premier des beaux arts. Nous avons eu un chancelier qui a écrit ſur l'art dramatique, et on a obſervé que de ſa vie il n'alla au ſpectacle ; mais *Scipion*, *Caton*, *Cicéron*, *Céſar* y allaient.

V. 203. Les changemens d'Etat que fait l'ordre célefte
     Ne coûtent point de fang, n'ont rien qui foit funefte.

J'ai peur que ces raifonnemens ne foient pas de la force des autres ; ce que dit *Maxime* eft faux ; la plupart des révolutions ont coûté du fang, et d'ailleurs tout fe fait par l'ordre célefte. La réponfe, que c'eft un ordre immuable du ciel de vendre cher fes bienfaits, femble dégénérer en difpute de fophiftes, en queftion d'école, et trop s'écarter de cette grande et noble politique dont il eft ici queftion.

V. 209. Donc votre aïeul Pompée au ciel a réfifté
     Quand il a combattu pour notre liberté ?

L'objection de *votre aïeul Pompée* eft preffante ; mais *Cinna* n'y répond que par un trait d'efprit. Voilà un fingulier honneur fait aux manes de *Pompée*, d'affervir Rome pour laquelle il combattait. Pourquoi le ciel devait-il cet honneur à *Pompée?* au contraire, s'il lui devait quelque chofe, c'était de foutenir fon parti qui était le plus jufte. Dans une telle délibération, devant un homme tel qu'*Augufte*, on ne doit donner que des raifons folides : ces fubtilités ne paraiffent pas convenir à la dignité de la tragédie. *Cinna* s'éloigne ici de ce vrai fi néceffaire et fi beau. Voulez-vous favoir fi une penfée eft naturelle et jufte? examinez la propofition contraire; fi ce contraire eft vrai, la penfée que vous examinez eft fauffe.

On peut répondre à ces objections que *Cinna* parle ici contre fa penfée. Mais pourquoi parlerait-il contre fa penfée? y eft-il forcé? *Junie*, dans Britannicus, parle contre fon propre fentiment, parce que *Néron* l'écoute; mais ici *Cinna* eft en toute liberté; s'il veut perfuader à *Augufte* de ne point abdiquer, il doit dire à *Maxime :* Laiffons là ces vaines difputes, il ne s'agit pas de favoir fi *Pompée* a réfifté au ciel, et fi le ciel lui devait l'honneur de rendre Rome efclave. Il s'agit que Rome a befoin d'un maître ; il s'agit de prévenir des guerres civiles , &c. Je crois enfin que cette fubtilité , dans cette belle fcène, eft un défaut ; mais c'eft un défaut dont il n'y a qu'un grand homme qui foit capable.

V. 2 3 9. Sylla quittant la place enfin bien ufurpée ,
   N'a fait qu'ouvrir le champ à Céfar et Pompée.

Cet *enfin* gâte la phrafe.

V. 2 4 1 . Que le malheur des temps ne nous eût pas fait voir
   S'il eût dans fa famille affuré fon pouvoir.

Il femble que le malheur des temps ne nous eût pas fait voir *Céfar* et *Pompée*. La phrafe eft louche et obfcure.

Il veut dire : *le malheur des temps ne nous eût pas voir le champ ouvert à Céfar et à Pompée.*

V. 2 5 2. Votre Rome à genoux vous parle par ma bouche.

Ici *Cinna* embraffe les genoux d'*Augufte* , et femble déshonorer les belles chofes qu'il a dites par une perfidie bien lâche qui l'avilit. Cette baffe perfidie même femble contraire aux remords qu'il aura. On pourrait croire que c'eft à *Maxime* , repréfenté comme un vil fcélérat , à faire le perfonnage de *Cinna* , et que *Cinna* devait dire ce que dit *Maxime. Cinna* , que l'auteur veut et doit ennoblir, devait-il conjurer *Augufte* à genoux de garder l'empire pour avoir un prétexte de l'affaffiner ? On eft fâché que *Maxime* joue ici le rôle d'un digne romain, et *Cinna* d'un fourbe qui emploie le raffinement le plus noir pour empêcher *Augufte* de faire une action qui doit même défarmer *Emilie.*

V. 2 6 3. Confervez-vous, Seigneur, en lui laiffant un maître.

Il y avait auparavant :

  Confervez-vous, Seigneur, en confervant un maître.

V. 279. Maxime, je vous fais gouverneur de Sicile.

Cela n'eft pas dans l'hiftoire. En effet c'eût été plutôt un exil qu'une récompenfe : un proconfulat en Sicile eft une punition pour un favori qui veut refter à Rome et à la cour avec un grand crédit.

V. 283. Pour époufe, Cinna, je vous donne Emilie.

Ceci eft bien différent. Tout lecteur voit dans ce vers la perfection de l'art. *Augufte* donne à *Cinna* fa fille adoptive que *Cinna* veut obtenir par l'affaffinat d'*Augufte*. Le mérite de ce vers ne peut échapper à perfonne.

V. 287. Mon épargne depuis, en fa faveur ouverte,
  Doit avoir adouci l'aigreur de cette perte.

Epargne fignifiait *tréfor royal*, et la caffette du roi s'appelait *chatouille*. Les mots changent ; mais ce qui ne doit pas changer, c'eft la nobleffe des idées. Il eft trop bas de faire dire à *Augufte* qu'il a donné de l'argent à *Emilie* ; et il eft bien plus bas à *Emilie* de l'avoir reçu et de confpirer contre lui.

V. 291. De l'offre de vos vœux elle fera ravie.

Il y avait :

  Je préfume plutôt qu'elle en fera ravie.

L'un et l'autre font également faibles, et il importe peu que ce vers foit faible ou fort. En général cette fcène eft d'un genre dont il n'y avait aucun exemple chez les anciens ni chez les modernes ; détachez-la de la pièce, c'eft un chef-d'œuvre d'éloquence ; incorporée à la pièce, c'eft un chef-d'œuvre encore plus grand. Il eft vrai que ces beautés n'excitent ni terreur, ni pitié, ni grands mouvemens : mais ces mouvemens, cette pitié, cette terreur ne font pas néceffaires dans le commencement d'un fecond acte.

Cette fcène eft beaucoup plus difficile à jouer qu'aucune autre. Elle exigerait trois acteurs d'une figure impofante, et qui euffent autant de nobleffe dans la voix et dans les geftes qu'il y en a dans les vers : c'eft ce qui ne s'eft jamais rencontré.

SCENE II.

V. 1. Quel eft votre deffein après ces beaux difcours ? —
Le même que j'avais et que j'aurai toujours.

Ces beaux difcours eft trop familier. Pourquoi *Cinna* n'aurait-il pas ici les remords qu'il a dans le troifième acte ? Il eût fallu en ce cas une autre conftruction dans la pièce. C'eft un doute que je propofe, et que les remarques fuivantes expoferont plus au long.

V. 5. Je veux voir Rome libre ; — et vous pouvez juger
Que je veux l'affranchir enfemble et la venger.

Pourquoi perfifter dans des principes qu'il va démentir et dans une fourbe honteufe dont il va fe repentir ? N'était-ce pas dans ce moment-là même que ces mots, *je vous donne Emilie*, devaient faire impreffion fur un homme qu'on nous donne pour digne petit-fils du grand *Pompée* ? J'ai vu des lecteurs de goût et de fens réprouver cette fcène, non-feulement parce que *Cinna*, pour qui on s'intéreffait, commence à devenir odieux, et pourrait ne pas l'être s'il difait tout le contraire de ce qu'il dit ; mais parce que cette fcène eft inutile pour l'action, parce que *Maxime*, rival de *Cinna*, ne laiffe échapper aucun fentiment de rival, et qu'en ôtant cette fcène, le refte marche plus rapidement. Il la faut pardonner à la néceffité de donner quelque étendue aux actes ; néceffité confacrée par l'ufage.

V. 7. Octave aura donc vu fes fureurs affouvies...

Il y avait :

Augufte aura foûlé fes damnables envies.

On remarque ces changemens pour faire voir comment le ſtyle ſe perfectionna avec le temps. La plupart de ces corrections furent faites plus de vingt années après la première édition.

V. 12. Un lâche repentir garantira ſa tête!

C'eſt proprement un ſimple repentir. Le mot *repentir*, le mot même, *en ſera quitte*, indiquent qu'on ne doit pas pardonner à *Octave* pour un ſimple repentir : il n'y a nulle lâcheté à ſentir, au comble de la gloire, des remords de toutes les violences commiſes pour arriver à cette gloire.

V. 22. S'il n'eût puni Céſar, Auguſte eût moins oſé.

Maxime veut retourner le beau vers de *Cinna* : *s'il eût puni Sylla, Céſar eût moins oſé*, et répondre en écho ſur la même rime ; il dit une choſe qui a beſoin d'être éclaircie. Si *Céſar* n'eût pas été aſſaſſiné, *Auguſte*, ſon fils adoptif, eût été bien plus aiſément le maître, et beaucoup plus maître. Il eſt vrai qu'il n'y eût point eu de guerre civile ; et c'eſt par cela même que l'empire d'*Auguſte* eût été mieux affermi, et qu'il eût oſé davantage. Il eſt vrai encore que, ſans le meurtre de *Céſar*, il n'y eût point eu de proſcription. Il reſte donc à diſcuter quelle a été la véritable cauſe du triumvirat et des guerres civiles. Or il eſt indubitable que ces differtations ne conviennent guère à la tragédie. Quoi ! après ces vers : *Mais je le retiendrai pour vous en faire part... Je vous donne Emilie : Cinna*, differte ! il n'eſt pas troublé ! et il le ſera enſuite. Quel eſt le lecteur qui ne s'attend pas à de violentes agitations dans un tel moment ? Si *Cinna* les éprouvait, ſi *Maxime* s'en apercevait, cette ſituation ne ſerait-elle pas plus naturelle et plus théâtrale ? Encore une fois, je ne propoſe cette idée que comme un doute ; mais je crois que les combats du cœur ſont toujours plus intéreſſans que des raiſonnemens politiques, et ces côntestations qui au fond font souvent un jeu d'esprit assez froid. C'est au cœur qu'il faut parler dans une tragédie.

***V*. 49.** Mais quand j'aurai vengé Rome des maux soufferts,
     Je saurai le braver jusque dans les enfers.

L'esprit de notre langue ne permet guère ces participes; nous ne pouvons dire *des maux soufferts*, comme on dit *des maux passés. Soufferts* suppose par quelqu'un ; *les maux qu'elle a soufferts :* il serait à souhaiter que cet exemple de *Corneille* eût fait une règle ; la langue y gagnerait une marche plus rapide.

***V.* 52.** Je veux joindre à sa main ma main ensanglantée,
     L'épouser sur sa cendre...

Cet affermissement de *Cinna* dans son crime, cette fureur d'épouser *Emilie* sur le tombeau d'*Auguste*, cette persévérance dans la fourberie avec laquelle il a persuadé *Auguste* de ne point abdiquer, ne font espérer aucun remords ; il était naturel qu'il en eût quand *Auguste* lui a dit qu'il partagerait l'empire avec lui. Le cœur humain est ainsi fait : il se laisse toucher par le sentiment présent des bienfaits ; et le spectateur n'attend pas d'un homme qui s'endurcit lorsqu'il devrait être attendri, qu'il s'attendrira après cet endurcissement. Nous donnerons plus de jour à ce doute dans la suite.

***V.* 58.** Ami, dans ce palais on peut nous écouter.

Et que peut-il dire de plus fort que ce qu'il a déjà dit ? N'a-t-il pas, dans ce même palais, déclaré qu'il veut épouser *Emilie* sur la cendre d'*Auguste ?* Cette conclusion de l'acte paraît un peu fautive. On sent assez qu'il n'est pas vraisemblable que l'on conspire et qu'on rende compte de la conspiration dans le cabinet d'*Auguste*.

Les acteurs sont supposés avoir passé d'un appartement dans un autre : mais si le lieu où ils sont est *si mal propre*

à

à cette confidence, il ne fallait donc pas y dire tous fes fecrets. Il valait mieux motiver la fortie par la néceffité d'aller tout préparer pour la mort d'*Augufte*; c'eût été une raifon valable et intéreffante, et le péril d'*Augufte* en eût redoublé.

L'obfervation la plus importante, à mon avis, c'eft qu'ici l'intérêt change. On déteftait *Augufte* ; on s'intéreffait beaucoup à *Cinna* : maintenant c'eft *Cinna* qu'on hait, c'eft en faveur d'*Augufte* que le cœur fe déclare. Lorfque ainfi on s'intéreffe tour à tour pour les partis contraires, on ne s'intéreffe en effet pour perfonne : c'eft ce qui fait que plufieurs gens de lettres regardent Cinna plutôt comme un bel ouvrage que comme une tragédie intéreffante.

ACTE TROISIEME.

SCENE PREMIERE.

Vers 2. Il adore Emilie, il eft adoré d'elle ;
Mais fans venger fon père il n'y peut afpirer.

CEPENDANT *Maxime* a été témoin qu'*Augufte* a donné *Emilie* à *Cinna* ; il peut croire que *Cinna* peut afpirer à elle, fans tuer *Augufte. Cinna* et *Maxime* peuvent préfumer qu'*Emilie* ne tiendra pas contre un tel bienfait. *Maxime* fur-tout n'a nulle raifon de penfer le contraire, puifqu'il ne fait point encore fi *Emilie* cède ou non à la bonté d'*Augufte* ; et *Cinna* peut penfer qu'*Emilie* fera touchée comme il commence lui-même à l'être. *Cinna* doit fans doute l'efpérer, et *Maxime* doit le craindre. Il doit donc dire : *Emilie* fera à lui, foit qu'il cède aux bienfaits d'*Augufte*, foit qu'il l'affaffine.

Comment. fur Corneille. Tome I.   O

V. 5.   Je ne m'étonne plus de cette violence ,
    Dont il contraint Augufte à garder fa puiffance.

Le mot de *violence* eft peut-être trop fort. *Cinna* a étalé un faux zèle , une fourbe éloquente ; eft-ce-là de la violence ?

V. 7.   La ligue fe romprait s'il s'en était démis.

On fe démet d'une charge , d'un emploi, d'une dignité , mais on ne fe démet pas d'une puiffance. L'auteur veut dire ici que la ligue fe diffiperait fi *Augufte* renonçait à l'empire. Mais ce vers fait entendre *fi Cinna s'était démis de cette ligue* , parce que cet *il* tombe fur *Cinna*. C'eft une faute très-légère.

V. 9.   Ils fervent à l'envi la paffion d'un homme...

Il y avait *abufés ;* on a fubftitué *à l'envi*.

V. 13.   Vous êtes fon rival ! — Oui, j'aime fa maitreffe,
    Et l'ai toujours caché avec affez d'adreffe.

Ces vers de comédie, et cette manière froide d'exprimer qu'il eft rival de *Cinna* , ne contribuent pas peu à l'aviliffement de ce perfonnage. L'amour qui n'eft pas une grande paffion, n'eft pas théâtral.

V. 21.   Que l'amitié me plonge en un malheur extrême !

Ni fon amitié ni fon amour n'intéreffe. J'ai toujours remarqué que cette fcène eft froide au théâtre ; la raifon en eft que l'amour de *Maxime* eft infipide. On apprend au troifième acte que ce *Maxime* eft amoureux. Si *Orefte*, dans Andromaque, n'était rival de *Pyrrhus* qu'au troifième acte , la pièce ferait froide. L'amour de *Maxime* ne fait aucun effet, et tout fon rôle n'eft que celui d'un lâche fans aucune paffion théâtrale.

V. 24.   Gagnez une maitreffe accufant un rival.

Il semble par la construction que ce soit *Emilie* qui accuse : il fallait *en accusant* pour lever l'équivoque ; légère inadvertance qui ne fait aucun tort.

V. 28. Un véritable amant ne connaît point d'amis.

En général, ces maximes et ce terme de *véritable amant*, sont tirés des romans de ce temps-là, et sur-tout de l'Astrée, où l'on examine sérieusement ce qui constitue le véritable amant. Vous ne trouverez jamais ni ces maximes ni ces mots, *véritables amans*, *vrais amans*, dans *Racine.* Si vous entendez par *véritable amant* un homme agité d'une passion effrénée, furieux dans ses désirs, incapable d'écouter la raison, la vertu, la bienséance, *Maxime* n'est rien de tout cela ; il est de sang froid ; à peine parle-t-il de son amour. De plus il est l'ami de *Cinna* et son confident ; il doit s'être douté que *Cinna* aime *Emilie* : il voit qu'*Auguste* a donné *Emilie* à *Cinna* ; c'était alors qu'il devait éprouver le sentiment de la jalousie. Ni les remords de *Cinna*, ni la jalousie de *Maxime* ne remuent l'ame ; pourquoi ? c'est qu'ils viennent trop tard, comme on l'a déjà dit ; c'est qu'ils ont disserté au lieu de sentir.

V. 61. Nous disputons en vain, et ce n'est que folie
De vouloir par sa perte acquérir Emilie ;
Ce n'est pas le moyen de plaire à ses beaux yeux,
Que de priver du jour ce qu'elle aime le mieux.

Ce n'est que folie, vers comique, indigne de la tragédie. *Plaire à ses beaux yeux*, expression fade. *Ce qu'elle aime le mieux*, encore pire.

Je conserve ce sang qu'elle veut voir périr.

Périr un sang est un barbarisme. Ces fautes sont d'autant plus senties que la scène est froide.

V. 66. Je veux gagner son cœur plutôt que sa personne.

Remarquez qu'on ne s'intéresse jamais à un amant

O 2

qu'on eſt ſûr qui ſera rebuté. Pourquoi *Oreſte* intéreſſe-t-il dans Andromaque ? c'eſt que *Racine* a eu le grand art de faire eſpérer qu'*Oreſte* ſerait aimé. Un amant toujours rebuté par ſa maîtreſſe l'eſt toujours auſſi par le ſpectateur, à moins qu'il ne reſpire la fureur de la vengeance. Point de vraie tragédie ſans grandes paſſions.

V. 73. C'eſt ce qu'à dire vrai je vois fort difficile.

Cette manière de répondre à une objection preſſante ſent un peu plus le valet de comédie que le confident tragique.

V. 85. Cinna vient, et je veux en tirer quelque choſe...

On ne voit pas ce qu'il veut tirer de *Cinna*; s'il veut être inſtruit que *Cinna* eſt ſon rival, il le ſait déjà.

SCENE II.

V. 2. Puis-je d'un tel chagrin ſavoir quel eſt l'objet ? — Emilie et Céſar. L'un et l'autre me gêne.

C'eſt-là peut-être ce que *Cinna* devait dire immédiatement après la conférence d'*Auguſte*. Pourquoi a-t-il préſent des remords ? s'eſt-il paſſé quelque choſe de nouveau qui ait pu lui en donner ? Je demande toujours pourquoi il n'en a point ſenti, quand les bienfaits et la tendreſſe d'*Auguſte* devaient faire ſur ſon cœur une ſi forte impreſſion ? Il a été perfide ; il s'eſt obſtiné dans ſa perfidie. Les remords ſont le partage naturel de ceux que l'emportement des paſſions entraîne au crime, mais non pas des fourbes conſommés. C'eſt ſur quoi les lecteurs qui connaiſſent le cœur humain doivent prononcer. Je ſuis bien loin de porter un jugement.

V. 22. Des deux côtés j'offenſe et ma gloire et mes dieux.

Pourquoi les dieux ? eſt-ce parce qu'il a fait ſerment

à fa maîtreſſe? Il eſt utile d'obſerver ici que dans beaucoup de tragédies modernes on met ainſi les dieux à la
fin du vers à cauſe de la rime. *Manlius* dit qu'un homme
tel que lui partage la vengeance *avec les dieux;* un autre
qu'il punit à l'exemple *des dieux :* un troiſième qu'il s'en
prend *aux dieux. Corneille* tombe rarement dans cette
faute puérile.

***V*. 25.** Vous n'aviez point tantôt ces agitations.

Vous voyez que *Corneille* a bien ſenti l'objection.
Maxime demande à *Cinna* ce que tout le monde lui
demanderait. Pourquoi avez-vous des remords ſi tard?
qu'eſt-il ſurvenu qui vous oblige à changer ainſi? Il veut
en *tirer quelque choſe,* et cependant il n'en tire rien. S'il
voulait s'éclaircir de la paſſion d'*Emilie,* n'aurait-il pas
été convenable que d'abord il eût ſoupçonné leur intelligence, que *Cinna* la lui eût avouée, que cet aveu l'eût
mis au déſeſpoir, et que ce déſeſpoir joint aux conſeils
d'*Euphorbe,* l'eût déterminé, non pas à être délateur,
car cela eſt bas, petit et ſans intérêt, mais à laiſſer deviner
la conſpiration par ſes emportemens?

***V*. 28.** On ne les ſent auſſi que quand le coup approche;
  Et l'on ne reconnaît de ſemblables forfaits
  Que quand la main s'apprête à venir aux effets.

Oui, ſi vous n'avez pas reçu des bienfaits de celui
que vous vouliez aſſaſſiner : mais ſi entre les préparatifs
du crime et la conſommation, il vous a donné les plus
grandes marques de faveur, vous avez tort de dire qu'on
ne ſent des remords qu'au moment de l'aſſaſſinat.

Un coup n'approche pas : *reconnaître des forfaits* n'eſt
pas le mot propre; *en venir aux effets* eſt faible et proſaïque.

Il ſera peut-être utile de faire voir comment *Shakeſpeare,*
ſoixante ans auparavant, exprima le même ſentiment
dans la même occaſion. C'eſt *Brutus* prêt à aſſaſſiner *Céſar.*

O 3

„ Entre le deſſein et l'exécution d'une choſe ſi terri-
„ ble, tout l'intervalle n'eſt qu'un rêve affreux. Le génie
„ de Rome et les inſtrumens mortels de ſa ruine ſem-
„ blent tenir conſeil dans notre ame bouleverſée : cet
„ état funeſte de l'ame tient de l'horreur de nos guerres
„ civiles „.

> *Betuveen the acting of a dreadfull thing,*
> *And the firſt motion, alle the interim is,*
> *Like a fantaſma, or a hideous dream, &c.*

Je ne préſente point ces objets de comparaiſon pour
égaler les irrégularités ſauvages et capricieuſes de *Shakeſpeare* à la profondeur du jugement de *Corneille*, mais
ſeulement pour faire voir comment des hommes de génie
expriment différemment les mêmes idées. Qu'il me ſoit
ſeulement permis d'obſerver encore qu'à l'approche de
ces grands événemens, l'agitation qu'on ſent eſt moins
un remords qu'un trouble dont l'ame eſt ſaiſie : ce n'eſt
point un remords que *Shakeſpeare* donne à *Brutus*.

V. 44. Et formez vos remords d'une plus juſte cauſe ;
    De vos lâches conſeils, qui ſeuls ont arrêté
    Le bonheur renaiſſant de notre liberté.

Voilà la plus forte critique du rôle qu'a joué *Cinna*
dans la conférence avec *Auguſte :* auſſi *Cinna* n'y répond-il
point. Cette ſcène eſt un peu froide, et pourrait être
très-vive ; car deux rivaux doivent dire des choſes intéreſſantes, ou ne pas paraître enſemble ; ils doivent être
à la fois défians et animés ; mais ici ils ne font que
raiſonner. *Arrêter un bonheur renaiſſant*, l'expreſſion eſt
trop impropre.

V. 53. Mais entendez crier Rome à votre côté.

Cela eſt plus froid encore, parce que *Maxime* fait ici
l'enthouſiaſte mal à propos. Quiconque s'échauffe trop,

refroidit. *Maxime* parle en rhéteur : il devrait épier avec une douleur sombre toutes les paroles de *Cinna*, paraître jaloux, être près d'éclater, se retenir. Il est bien loin d'être *un véritable amant*, comme le disait son confident ; il n'est ni un vrai romain, ni un vrai conjuré, ni un vrai amant ; il n'est que froid et faible : il a même changé d'opinion ; car il disait à *Cinna*, au second acte : Pourquoi voulez-vous assassiner *Auguste*, plutôt que de recevoir de lui la liberté de Rome ? Et à présent il dit : Pourquoi n'assassinez-vous pas *Auguste* ? Veut-il par-là faire persévérer *Cinna* dans le crime, afin d'avoir une raison de plus pour être son délateur, comme *Cinna* a voulu empêcher *Auguste* d'abdiquer, afin d'avoir un prétexte de plus de l'assassiner ? En ce cas, voilà deux scélérats qui cachent leur basse perfidie par des raisonnemens subtils.

V. 57. Ami, n'accable plus un esprit malheureux
   Qui ne forme qu'en lâche un dessein généreux.

Voilà *Cinna* qui se donne lui-même le nom de *lâche*, et qui par ce seul mot détruit tout l'intérêt de la pièce, toute la grandeur qu'il a déployée dans le premier acte. Que veulent dire les *abois* d'une vieille amitié qui lui fait pitié ? quelle façon de parler ! et puis il parle de sa *mélancolie* !

V. dern. Adieu, je me retire en confident discret.

Maxime finit son indigne rôle dans cette scène par un vers de comédie, et en se retirant comme un valet à qui on dit qu'on veut être seul. L'auteur a entièrement sacrifié ce rôle de *Maxime* : il ne faut le regarder que comme un personnage qui sert à faire valoir les autres.

SCENE III.

V. 1. Donne un plus digne nom au glorieux empire
Du noble sentiment que la vertu m'inspire, &c.

Voici le cas où un monologue est convenable. Un homme dans une situation violente peut examiner avec lui-même le danger de son entreprise, l'horreur du crime qu'il va commettre, écouter ou combattre ses remords ; mais il fallait que ce monologue fût placé après qu'*Auguste* l'a comblé d'amitiés et de bienfaits, et non pas après une scène froide avec *Maxime*.

V. 11. Qu'une ame généreuse a de peine à faillir !

Ce vers ne prouve-t-il pas ce que j'ai déjà dit, que ce n'était pas à *Cinna* à donner à l'empereur des conseils du fourbe le plus déterminé ? S'il a une ame si généreuse, s'il a tant de *peine à faillir*, pourquoi n'a-t-il pas affermi *Auguste* dans le dessein de quitter l'empire ? S'il a tant de *peine à faillir*, pourquoi n'a-t-il pas senti les plus cuisans remords au moment qu'*Auguste* lui donnait *Emilie* ?

V. 17. S'il faut percer le flanc d'un prince magnanime,
Qui du peu que je suis fait une telle estime, &c.

Ce discours est d'un vil domestique, et non pas d'un sénateur romain : il achève d'avilir son rôle qui était si mâle, si fier, si terrible au premier acte. On s'intéressait à *Cinna*, et à présent on ne s'intéresse qu'à *Auguste*.

V. 21. O coup, ô trahison trop indigne d'un homme !

J'en reviens toujours à ce remords trop tardif ; je soupçonne qu'il ferait très-touchant, très-intéressant, s'il avait été plus prompt, s'il n'était pas contradictoire avec la rage d'épouser *Emilie* sur la cendre d'*Auguste*. *Metastasio*, dans sa *Clemenza di Tito*, imitée de Cinna, commence par donner des remords à *Sestus* qui joue le rôle de *Cinna*.

V. 29. Mais je dépends de vous, ô ferment téméraire !

Non, fans douté, il ne dépend pas de ce ferment ; c'eft chercher un prétexte, et non pas une raifon. Voilà un plaifant ferment que la promeffe faite à une femme de hafarder le dernier fupplice pour faire une très-vilaine action ! Il devait dire : Les conjurés et moi nous avons fait ferment de venger la patrie. Voilà un ferment refpectable.

V. 30. O haine d'Emilie, ô fouvenir d'un père !
Ma foi, mon cœur, mon bras, tout vous eft engagé,
Et je ne puis plus rien que par votre congé.

Par votre congé ne fe dit plus, et en effet ne devait pas fe dire, puifque ce mot vient de *congédier*, qui ne fignifie pas *permettre*. Comment un homme qui n'a pas les fureurs de l'amour, un petit-fils de *Pompée*, qui a affemblé tant de romains pour rendre la liberté à la patrie, peut-il dire en langage de ruelle, je ne peux rien que par le congé d'une femme ? Il fallait donc le peindre dès le premier acte comme un homme éperdu d'amour, forcé par une maîtreffe qu'il idolâtre à confpirer contre un maître qu'il aime. C'eft ainfi que *Metaftafio* peint *Seftus* dans la *Clemenza di Tito*, en donnant à ce *Titus* le caractère de l'*Orefte* de *Racine*. Ce n'eft pas que je préfère ce *Seftus* à *Cinna*, il s'en faut beaucoup ; mais je dis que le rôle de *Cinna* ferait beaucoup plus touchant, fi on l'avait peint dès le premier acte aveuglé par une paffion furieufe ; mais il a joué à ce premier acte le rôle d'un *Brutus*, et au troifième il n'eft plus qu'un amant timide.

V. 38. Rendez-la, comme à vous, à mes vœux exorable.

Exorable devrait fe dire ; c'eft un terme fonore, intelligible, néceffaire et digne des beaux vers que débite *Cinna*. Il eft bien étrange qu'on dife *implacable* et non *placable; ame inaltérable*, et non pas *ame altérable; héros indomptable*, et non *héros domptable*, &c.

V. dern. Mais voici de retour cette aimable inhumaine.

Aimable inhumaine fait quelque peine à caufe de tant de fades vers de galanterie où cette expreffion commune fe trouve.

SCENE IV.

V. 20. Je vous aime, Emilie, et le ciel me foudroie
 Si cette paffion ne fait toute ma joie,

fait toujours un peu rire. *Avec toute l'ardeur qu'un digne objet peut attendre d'un grand cœur*, eft du ftyle de *Scudéri*. Ce n'eft que depuis *Racine* qu'on a profcrit ces fades lieux communs.

V. 28. Les faveurs du tyran emportent tes promeffes.

Des faveurs qui emportent des promeffes. Cette figure n'a pas de fens en français. Les faveurs d'*Augufte* peuvent l'emporter fur les promeffes de *Cinna*, les faire oublier, mais elles ne les emportent pas. *Quinault* a dit avec élégance et jufteffe :

Mais le zéphyr léger et l'onde fugitive
Ont bientôt emporté les fermens qu'elle a faits.

V. 34. Il peut faire trembler la terre fous fes pas,
 Mettre un roi hors du trône, et donner fes Etats.

Il y avait :

Jeter un roi du trône, et donner fes Etats.

Mettre hors eft bien moins énergique que *jeter*, et n'eft pas même une expreffion noble. *Roi hors* eft dur à l'oreille. Pourquoi ne dirait-on pas *jeter du trône?* On dit bien *jeter du haut du trône* : en tout cas *chaffer* eût été mieux que *mettre hors*. Quelquefois en corrigeant on affaiblit.

V. 38. Mais le cœur d'Emilie eſt hors de ſon pouvoir.

Voilà une imitation admirable de ces beaux vers d'*Horace* :

> *Et cuncta terrarum ſubacta ,*
> *Præter atrocem animum Catonis.*

Cette imitation eſt d'autant plus belle , qu'elle eſt en ſentiment. Pluſieurs s'étonnent qu'*Emilie* , affectant de penſer comme *Caton* , ait cependant reçu pendant quinze ans les bienfaits et l'argent d'*Auguſte* dont *l'épargne lui a été ouverte*. Cette conduite ne ſemble pas s'accorder avec cette inflexibilité héroïque dont elle fait parade.

V. 40. Je ſuis toujours moi-même, et ma foi toujours pure.

Il faut, *ma foi eſt toujours pure. Ma foi* ne peut être gouvernée par *je ſuis. Foi pure* ne ſe dit qu'en théologie.

V. 43. Et prends vos intérêts par-delà mes ſermens.

Par-delà mes ſermens : expreſſion dont je ne trouve que cet exemple ; et cet exemple me paraît mériter d'être ſuivi.

V. 48. La conjuration s'en allait diſſipée.

Votre haine s'en allait trompée. C'eſt un barbariſme.

V. 54. Que je fois le butin de qui l'oſe épargner !..

Butin n'eſt pas le mot propre.

V. 58. Et malgré ſes bienfaits je rends tout à l'amour,
> Quand je veux qu'il périſſe ou vous doive le jour.

La ſcène ſe refroidit par ces argumens de *Cinna* ; il veut prouver qu'il a ſatisfait à l'amour, parce qu'il veut que le ſort d'*Auguſte* dépende de ſa maîtreſſe. Toute cette tirade paraît un peu obſcure.

V. 61. Souffrez ce faible effort de ma reconnaiſſance,
Que je tâche de vaincre un indigne courroux,
Et vous donner pour lui l'amour qu'il a pour vous.

Il faut *et de vous donner*. Le mot d'*amour* n'eſt point du tout convenable.

V. 64. Une ame généreuſe et que la vertu guide
Fuit la honte des noms d'ingrate et de perfide ;
Elle en hait l'infamie attachée au bonheur,
Et n'accepte aucun bien aux dépens de l'honneur.

Toutes ces ſentences refroidiſſent encore. Voyez ſi *Oreſte* et *Hermione* parlent en ſentences.

V. 71. Les cœurs les plus ingrats ſont les plus généreux.

Elle a déjà retourné cette penſée plus d'une fois.

V. 73. Je me fais des vertus dignes d'une romaine.

Ce vers eſt beau, et ces ſentimens d'*Emilie* ne ſe démentent jamais. Pluſieurs demandent encore pourquoi cette *Emilie* ne touche point ? pourquoi ce perſonnage ne fait pas au théâtre la grande impreſſion qu'y fait *Hermione ?* Elle eſt l'ame de toute la pièce, et cependant elle inſpire peu d'intérêt. N'eſt-ce point parce qu'elle n'eſt pas malheureuſe ? n'eſt-ce point parce que les ſentimens d'un *Brutus*, d'un *Caſſius*, conviennent peu à une fille ? n'eſt-ce point parce que ſa facilité à recevoir l'argent d'*Auguſte* dément la grandeur d'ame qu'elle affecte ? n'eſt-ce point parce que ce rôle n'eſt pas tout-à-fait dans la nature ? Cette fille que *Balzac* appelle une *adorable furie*, eſt-elle ſi adorable ? C'eſt *Emilie* que *Racine* avait en vue, lorſqu'il dit dans une de ſes préfaces qu'il ne veut pas mettre ſur le théâtre de ces femmes qui font des leçons d'héroïſme aux hommes. Malgré tout cela, le rôle d'*Emilie* eſt plein de choſes ſublimes ; et quand on compare ce qu'on feſait alors à ce ſeul rôle d'*Emilie*, on eſt étonné, on admire.

V. 80. Il abaiſſe à nos pieds l'orgueil des diadêmes ;
Il nous fait ſouverains ſur leurs grandeurs ſuprêmes.

Il faut remarquer les plus légères fautes de langage.
On eſt *ſouverain de*, on n'eſt pas *ſouverain ſur*, encore
moins *ſouverain ſur une grandeur :* mais ce qui eſt bien
plus digne de remarque, c'eſt que le ſecond vers n'eſt
qu'une faible répétition du premier.

V. 85. Pour être plus qu'un roi, tu te crois quelque choſe.

Ce beau vers eſt une contradiction avec celui que dit
Auguſte au cinquième acte :
Qu'en te couronnant roi je t'aurais donné moins.

Ou *Emilie* ou *Auguſte* a tort. Il n'eſt pas douteux que
le vers d'*Emilie* étant plus romain, plus fort, et même
étant devenu proverbe, ne dût être conſervé, et celui
d'*Auguſte* ſacrifié ; mais il faut ſur-tout remarquer que ces
hyperboles commencent à déplaire, qu'on y trouve
même du ridicule, qu'il y a une diſtance infinie entre
un grand roi et un marchand de Rome ; que ces exagérations d'une fille à qui *Auguſte* fait une penſion révoltent
bien des lecteurs, et que ces conteſtations entre *Cinna*
et ſa maîtreſſe ſur la grandeur romaine, n'ont pas toute
la chaleur de la véritable tragédie.

V. 86. Aux deux bouts de la terre en eſt-il un ſi vain,
Qu'il prétende égaler un citoyen romain ?

Il y avait :
Aux deux bouts de la terre en eſt-il d'aſſez vain
Pour prétendre égaler un citoyen romain ?

V. 90. Attale, ce grand roi dans la pourpre blanchi,
Qui du peuple romain ſe nommait l'affranchi,
Quand de toute l'Aſie il ſe fût vu l'arbitre,
Eût encor moins priſé ſon trône que ce titre.

Cet exemple du roi *Attale* ſerait peut-être plus convenable dans un conſeil que dans la bouche d'une fille qui

veut venger son père. Mais la beauté de ces vers et ces traits tirés de l'histoire romaine, font un très - grand plaisir aux lecteurs, quoiqu'au théâtre ils refroidissent un peu la scène. Au reste, cet *Attale* était un très-petit roi de Pergame, qui ne possédait pas un pays de trente lieues.

V. 98. Le ciel a trop fait voir en de tels attentats
Qu'il hait les assassins et punit les ingrats.

Cette réplique de *Cinna* ne paraît pas convenable. Un sujet parle ainsi dans une monarchie ; mais un homme du sang de *Pompée* doit-il parler en sujet ?

V. 106. Dis que de leur parti toi-même tu te rends,
De te remettre au foudre à punir les tyrans.

Cela n'est ni français ni clairement exprimé ; et ces dissertations sur la foudre ne sont plus tolérées.

V. 112. Sans emprunter ta main pour servir ma colère,
Je saurai bien venger mon pays et mon père.

Le mot de *colère* ne paraît peut-être pas assez juste. On ne sent point de colère pour la mort d'un père mis au nombre des proscrits il y a trente ans. Le mot de *ressentiment* serait plus propre : mais en poësie *colère* peut signifier *indignation, ressentiment, souvenir des injures, désir de vengeance*.

V. 121. Et, comme pour toi seul l'amour veut que je vive, &c.

Je remarque ailleurs que toutes les phrases qui commencent par *comme* sentent la dissertation, le raisonnement, et que la chaleur du sentiment ne permet guère ce tour prosaïque. Mais est-ce un sentiment bien touchant, bien tragique que celui d'*Emilie* ? *Je n'ai pas voulu tuer Auguste moi-même, parce qu'on m'aurait tuée ; je veux vivre pour toi, et je veux que ce soit toi qui hasardes ta vie*, &c.

*V.*125. Quand j'ai penſé chérir un neveu de Pompée,
. . . . D'un faux ſemblant mon eſprit abuſé
A fait choix d'un eſclave en ſon lieu ſuppoſé.

Il eſt trop dur d'appeler *Cinna eſclave* au propre , de
lui dire qu'il eſt un fils ſuppoſé, qu'il eſt fils d'un eſclave ;
cette condition était au-deſſous de celle de nos valets.

*V.*130. Mille autres à l'envi recevraient cette loi.

Doit-elle lui dire que mille autres aſſaſſineraient l'empereur pour mériter les bonnes grâces d'une femme ?
Cela ne révolte-t-il pas un peu ? cela n'empêche-t-il pas
qu'on ne s'intéreſſe à *Emilie* ? Cette préſomption de ſa
beauté la rend moins intéreſſante. Une femme emportée
par une grande paſſion touche beaucoup ; mais une
femme qui a la vanité de regarder ſa poſſeſſion comme
le plus grand prix où l'on puiſſe aſpirer , révolte au lieu
d'intéreſſer. *Emilie* a déjà dit au premier acte qu'on
publiera dans toute l'Italie qu'on n'a pu la mériter qu'en
tuant *Auguſte ;* elle a dit à *Cinna* : *Songe que mes faveurs
t'attendent.* Ici elle dit que *mille romains tueraient Auguſte
pour mériter ſes bonnes grâces.* Quelle femme a jamais
parlé ainſi ? Quelle différence entre elle et *Hermione ,*
qui dit dans une ſituation à peu-près ſemblable :

Quoi ! ſans qu'elle employât une ſeule prière ,
Ma mère en ſa faveur arma la Gréce entière !
Ses yeux pour leur querelle, en dix ans de combats,
Virent périr vingt rois qu'ils ne connaiſſaient pas.
Et moi, je ne prétends que la mort d'un parjure ,
Et je charge un amant du ſoin de mon injure ;
Il peut me conquérir à ce prix , ſans danger ,
Je me livre moi-même , et ne puis me venger !

C'eſt ainſi que s'exprime le goût perfectionné ; et le
génie, dénué de ce goût ſûr, bronche quelquefois. On

ne prétend pas , encore une fois , rien diminuer de l'extrême mérite de *Corneille* ; mais il faut qu'un commentateur n'ait en vue que la vérité et l'utilité publique. Au reste, la fin de cette tirade est fort belle

V. 148. S'il nous ôte à son gré nos biens, nos jours, nos femmes, Il n'a point jusqu'ici tyrannisé nos ames.

Mais en ce cas *Auguste* est donc un monstre à étouffer. *Cinna* ne devait donc pas balancer ; il a donc très-grand tort de se dédire. Ses remords ne sont donc pas vrais ? Comment peut-il aimer un tyran qui ôte aux Romains leurs biens, leurs femmes et leurs vies ? Ces contradictions ne font-elles pas tort au pathétique aussi-bien qu'au vrai, sans lequel rien n'est beau ?

V. 150. Mais l'empire inhumain qu'exercent vos beautés Force jusqu'aux esprits et jusqu'aux volontés.

C'est ici une idée poëtique, ou plutôt une subtilité. *Vos beautés sont plus inhumaines qu'Auguste !* ce n'est pas ainsi que la vraie passion parle. *Oreste*, dans une circonstance semblable , dit à *Hermione :*

Non, je vous priverai d'un plaisir si funeste, Madame, il ne mourra que de la main d'Oreste.

Il ne s'amuse point à dire que les beautés inhumaines d'*Hermione* font des tyrans ; il le fait sentir en se déterminant malgré lui à un crime. Ce n'est pas là le poëte qui parle , c'est le personnage.

V. 152. Vous me faites priser ce qui me déshonore ; Vous me faites haïr ce que mon ame adore.

Priser n'est plus d'usage. *Cinna* ne prise point ici son action, puisqu'il la condamne. Il dit qu'il adore *Auguste*, cela est beaucoup trop fort : il n'adore point *Auguste* ; il *devrait*, dit-il , *donner son sang pour lui mille et mille fois.* Il

devait

devait donc être très-touché au moment que ce même *Augufte* lui donnait *Emilie*. Il lui a confeillé de garder l'empire pour l'affaffiner, et il voudrait donner mille vies pour lui par réflexion.

V. 157. Mais ma main auffitôt contre mon fein tournée...
  A mon crime forcé joindra mon châtiment.

Ces derniers vers réconcilient *Cinna* avec le fpectateur; c'eft un très-grand art. *Racine* a imité ce morceau dans l'Andromaque :

  Et mes mains auffitôt contre mon fein tournées, &c.

S C E N E V.

V. pénult. . . . . . . Qu'il achève et dégage fa foi,
  Et qu'il choififfe après de la mort ou de moi.

Ce font-là de ces traits qui portaient le docteur cité par *Balzac*, à nommer *Emilie adorable furie.* On ne peut guère finir un acte d'une manière plus grande ou plus tragique ; et fi *Emilie* avait une raifon plus preffante de vouloir faire périr *Augufte*, fi elle n'avait appris que depuis peu qu'*Augufte* a fait mourir fon père, fi elle avait connu ce père, fi ce père même avait pu lui demander vengeance, ce rôle ferait du plus grand intérêt. Mais ce qui peut détruire tout l'intérêt qu'on prendrait à *Emilie*, c'eft la fuppofition de l'auteur qu'elle eft adoptée par *Augufte*. On devait chez les Romains autant et plus d'amour filial à un père d'adoption qu'à un père qui ne l'était que par le fang. *Emilie* confpire contre *Augufte* fon père et fon bienfaiteur au bout de trente ans, pour venger *Toranius* qu'elle n'a jamais vu. Alors cette furie n'eft point du tout adorable ; elle eft réellement parricide. Cependant gardons-nous bien de croire qu'*Emilie*, malgré fon ingratitude, et *Cinna*, malgré fa perfidie, ne foient pas deux très-beaux rôles ; tous deux étincellent de traits admirables.

Comment. fur Corneille. Tome I.   P

ACTE QUATRIEME.

SCENE PREMIERE.

***Vers* 1.** Tout ce que tu me dis, Euphorbe, eſt incroyable. —
Seigneur, le récit même en paraît effroyable.

Il eſt trifte qu'un ſi bas et ſi lâche ſubalterne, un
eſclave affranchi, paraiſſe avec *Augufte*, et que l'auteur
n'ait pas trouvé dans la jalouſie de *Maxime*, dans les
emportemens que ſa paſſion eût dû lui inſpirer, ou dans
quelque autre invention tragique, de quoi fournir des
ſoupçons à *Augufte*. Si le trouble de *Cinna*, celui de
Maxime, celui d'*Emilie*, ouvraient les yeux de l'empereur,
cela ferait beaucoup plus noble et plus théâtral que la
dénonciation d'un eſclave, qui eſt un reſſort trop mince
et trop trivial.

***V.* 13.** . . . . Cinna ſeul dans ſa rage s'obſtine,
Et contre vos bontés d'autant plus ſe mutine.

Le ſecond vers eſt faible après l'expreſſion, *il s'obſtine
dans ſa rage.* L'idée la plus forte doit toujours être la
dernière. De plus, *ſe mutiner contre des bontés* eſt une
expreſſion bourgeoiſe ; on ne l'emploie qu'en parlant
des enfans. Ce n'eſt pas que ce mot *mutiné*, employé
avec art, ne puiſſe faire un très-bel effet. *Racine* a dit :

Enchaîner un captif de ſes fers étonné,
Contre un joug qui lui plaît vainement mutiné.

D'autant plus exige un *que* ; c'eſt une phraſe qui n'eſt
pas achevée.

SCENE II.

V. 1. Il l'a jugé trop grand pour ne pas s'en punir.

On ne peut nier que ce lâche et inutile menfonge d'*Euphorbe* ne foit indigne de la tragédie. Mais, dira-t-on, on a le même reproche à faire à *Oenone* dans Phèdre. Point du tout ; elle eft criminelle, elle calomnie *Hippolyte*; mais elle ne dit pas une fauffe nouvelle : c'eft cela qui eft petit et bas.

SCENE III.

V. 1. Ciel, à qui voulez-vous déformais que je fie
Les fecrets de mon ame et le foin de ma vie ?

Voilà encore une occafion où un monologue eft bien placé ; la fituation d'*Augufte* eft une excufe légitime. D'ailleurs il eft bien écrit, les vers en font beaux, les réflexions font juftes, intéreffantes ; ce morceau eft digne du grand *Corneille*.

V. 12. Songe aux fleuves de fang où ton bras s'eft baigné,
De combien ont rougi les champs de Macédoine.

Cela n'eft pas français. Il fallait, *quels flots j'en ai verfés aux champs de Macédoine*, ou quelque chofe de femblable.

V. 27. Rends un fang infidèle à l'infidélité.

Ce vers eft imité de *Malherbe*.

Fais de tous les affauts que la rage peut faire,
Une fidelle preuve à l'infidélité.

Un tel abus de mots et quelques longueurs, quelques répétitions empêchent ce beau monologue de faire tout fon effet. A mefure que le public s'eft plus éclairé, il s'eft un peu dégoûté des longs monologues. On s'eft

P 2

laſſé de voir des empereurs qui parlaient ſi long-temps tout ſeuls. Mais ne devrait-on pas ſe prêter à l'illuſion du théâtre ? *Auguſte* ne pouvait-il pas être ſuppoſé au milieu de ſa cour, et s'abandonner à ſes réflexions devant ſes confidens, qui tiendraient lieu du chœur des anciens?

Il faut avouer que le monologue eſt un peu long. Les étrangers ne peuvent ſouffrir ces ſcènes ſans action, et il n'y a peut-être pas aſſez d'action dans Cinna.

V. 57. La vie eſt peu de choſe, et le peu qui t'en reſte
Ne vaut pas l'acheter par un prix ſi funeſte.

Ne vaut pas l'àcheter par un prix ſi funeſte. C'eſt ici le tour de phraſe italien. On dirait bien *non vale il comprar;* c'eſt un trope dont *Corneille* enrichiſſait notre langue.

V. 65. Mais jouiſſons plutôt nous-mêmes de ſa peine.

Peine ici veut dire *ſupplice.*

V. 71. Qui des deux dois-je ſuivre et duquel m'éloigner?
Ou laiſſez-moi périr, ou laiſſez-moi régner.

Ces expreſſions, *qui des deux, duquel,* n'expriment qu'un froid embarras ; elles peignent un homme qui veut réſoudre un problème, et non un cœur agité. Mais le dernier vers eſt très-beau et eſt digne de ce grand monologue.

SCENE IV.

AUGUSTE, LIVIE.

On a retranché toute cette ſcène au théâtre depuis environ trente ans. Rien ne révolte plus que de voir un perſonnage s'introduire ſur la fin, ſans avoir été annoncé, et ſe mêler des intérêts de la pièce ſans y être néceſſaire. Le conſeil que *Livie* donne à *Auguſte* eſt rapporté dans l'hiſtoire ; mais il fait un très-mauvais effet dans la tragédie. Il ôte à *Auguſte* la gloire de prendre de lui-même un parti généreux. *Augufte* répond à *Livie* : *Vous m'aviez bien promis des confeils d'une femme, vous me tenez parole* ; et après ces vers comiques il fuit ces mêmes confeils. Cette conduite l'avilit. On a donc eu raifon de retrancher tout le rôle de *Livie*, comme celui de l'infante dans le Cid. Pardonnons ces fautes au commencement de l'art, et fur-tout au fublime, dont *Corneille* a donné beaucoup plus d'exemples qu'il n'en a donné de faibleffes dans fes belles tragédies.

V. 27. J'ai trop par vos avis confulté là-deffus ;

Là-deffus, là-deffous, ci-deffus, ci-deffous, termes familiers qu'il faut abfolument éviter, foit en vers, foit en profe.

V. 37. Affez et trop long-temps fon exemple vous flatte ;
Mais gardez que fur vous le contraire n'éclate ;

n'exprime pas affez la penfée de l'auteur, ne forme pas une image affez précife. Le contraire d'un exemple ne peut fe dire.

V. 53. Vous m'aviez bien promis des confeils d'une femme,
Vous me tenez parole, et c'en font-là, Madame.

Corneille devait d'autant moins mettre un reproche fi injufte et fi aviliffant dans la bouche d'*Augufte*, que cette groffièreté eft manifeftement contraire à l'hiftoire. *Uxori gratias egit*, dit *Sénèque* le philofophe, dont le fujet de Cinna eft tiré.

V. 56. Depuis vingt ans je règne, et j'en fais les vertus.

Les vertus de régner eft un barbarifme de phrafe, un folécifme ; on peut dire *les vertus des rois, des capitaines, des magiftrats*, mais non *les vertus de régner, de combattre, de juger*.

V. 61. Une offenfe qu'on fait à toute fa province,
Dont il faut qu'il la venge ou ceffe d'être prince.

La rime de *prince* n'a que celle de *province* en fubftantif :

P 3

cette indigence eft ce qui contribue davantage à rendre fouvent la verfification françaife faible , languiffante et forcée. *Corneille* eft obligé de mettre *toute fa province*, pour rimer à *prince* ; et *toute fa province* eft une expreffion bien malheureufe, fur-tout quand il s'agit de l'empire romain.

V. 67. . . . . Je ne vous quitte point ,
Seigneur, que mon amour n'ait obtenu ce point.

Ce mot *point* eft trivial et didactique. Premier *point*, fecond *point*, *point* principal.

V. 69. C'eft l'amour des grandeurs qui vous rend importun,

augmente encore la faute qui confifte à faire rejeter par *Augufte* un très-bon confeil, qu'en effet il accepte.

SCENE V.

EMILIE, FULVIE.

La fcène refte vide ; c'eft un grand défaut aujourd'hui, et dans lequel même les plus médiocres auteurs ne tombent pas. Mais *Corneille* eft le premier qui ait pratiqué cette règle fi belle et fi néceffaire, de lier les fcènes, et de ne faire paraître fur le théâtre aucun perfonnage fans une raifon évidente. Si le légiflateur manque ici à la loi qu'il a introduite, il eft affurément bien excufable. Il n'eft pas vraifemblable qu'*Emilie* arrive avec fa confidente pour parler de la confpiration dans la même chambre dont *Augufte* fort ; ainfi elle eft fuppofée parler dans un autre appartement.

V. I. D'où me vient cette joie, et que mal à propos
Mon efprit malgré moi goûte un entier repos ?

On ne voit pas trop en effet d'où lui vient cette prétendue joie ; c'était au contraire le moment des plus terribles inquiétudes. On peut être alors atterré, immobile, égaré, accablé, infenfible à force d'éprouver des fentimens trop profonds : mais de la joie ! cela n'eft pas dans la nature.

***V*. 9.** Et je vous l'amenais plus traitable et plus doux
Faire un fecond effort contre votre courroux.

Je vous l'amenais... faire un fecond effort contre un grand courroux n'eft ni français ni intelligible ; de plus, comment cette *Fulvie* n'eft-elle pas effrayée d'avoir vu *Cinna* conduit chez *Augufte*, et des complices arrêtés ? comment n'en parle-t-elle pas d'abord ? comment n'infpire-t-elle pas le plus grand effroi à *Emilie* ? Il femble qu'elle dife par occafion des nouvelles indifférentes.

V 16. Chacun diverfement foupçonne quelque chofe.

Ces termes lâches et fans idée, ces familiarités de la converfation doivent être foigneufement évités.

***V*. 22.** Que même de fon maître on dit je ne fais quoi.

Je ne fais quoi eft du ftyle de la comédie ; et ce n'eft pas affurément un *je ne fais quoi*, que la mort de *Maxime*, principal conjuré.

***V*. 23.** On lui veut imputer un défefpoir funefte.

On lui veut imputer eft de la gazette fuiffe ; *on veut dire qu'il s'eft donné une bataille.*

***V*. 24.** On parle d'eaux du Tibre, et l'on fe tait du refte.

Il eft bien fingulier qu'elle dife que *Maxime* s'eft noyé et qu'on fe tait du refte. Qu'eft-ce que le refte ? et comment *Corneille*, qui corrigea quelques vers dans cette pièce, ne réforma-t-il pas ceux-ci ? n'avait-il pas un ami ?

***V*. 25.** Que de fujets de craindre et de défefpérer,
Sans que mon trifte cœur en daigne murmurer !

Cela n'eft pas naturel. *Emilie* doit être au défefpoir

d'avoir conduit fon amant au fupplice. Le refte n'eft-il pas un peu de déclamation ? On entend toujours ces vers d'*Emilie* fans émotion ; d'où vient cette indifférence ? c'eft qu'elle ne dit pas ce que toute autre dirait à fa place ; elle a forcé fon amant à confpirer, à courir au fupplice, et elle parle de fa gloire ! et elle eft *fumante* d'un *courroux* généreux ! elle devrait être défefpérée, et non pas fumante.

V. 37. Et je veux bien périr comme vous l'ordonnez,
Et dans la même affiette où vous me retenez.

Pourquoi les dieux voudraient-ils qu'elle mourût dans cette *affiette* ? qu'importe qu'elle meure dans cette *affiette* ou dans une autre ? Ce qui importe, c'eft qu'elle a conduit fon amant et fes amis à la mort.

SCENE VI.

V. 1. Mais je vous vois, Maxime, et l'on vous fefait mort !

Ne diffimulons rien, cette réfurrection de *Maxime* n'eft pas une invention heureufe. Qu'un héros qu'on croyait mort dans un combat reparaiffe, c'eft un moment intéreffant. Mais le public ne peut fouffrir un lâche que fon valet avait fuppofé s'être jeté dans la rivière. *Corneille* n'a pas prétendu faire un coup de théâtre ; mais il pouvait éviter cette apparition inattendue d'un homme qu'on croit mort, et dont on ne défire point du tout la vie ; il était fort inutile à la pièce que fon efclave *Euphorbe* eût feint que fon maître s'était noyé.

V. 18. En faveur de Cinna je fais ce que je puis.

Maxime joue le rôle d'un miférable ; pourquoi l'auteur pouvant l'ennoblir, l'a-t-il rendu fi bas ? apparemment il cherchait un contrafte, mais de tels contraftes ne peuvent guère réuffir que dans la comédie.

V. 23. Cinna dans fon malheur eft de ceux qu'il faut fuivre,
Qu'il ne faut pas venger de peur de leur furvivre.

Que veut dire *de peur de leur furvivre?* Le fens naturel eft qu'il ne faut pas venger *Cinna,* parce que fi on le vengeait, on ne mourrait pas avec lui ; mais en voulant le venger, on pourrait aller au fupplice, puifque *Augufte* eft maître, et que tout eft découvert. Je crois que *Corneille* veut dire : *Tu feins de le venger, et tu veux lui furvivre.*

V. 33. C'eft un autre Cinna qu'en lui vous regardez.

Cela eft comique, et achève de rendre le rôle de *Maxime* infupportable.

V. 35. Et puifque l'amitié n'en fefait plus qu'une ame,
Aimez en cet ami l'objet de votre flamme.

L'auteur veut dire : *Cinna et Maxime n'avaient qu'une ame,* mais il ne le dit pas.

V. 38. . . . Tu m'ofes aimer, et tu n'ofes mourir !

eft fublime.

V. 58. Maxime, en voilà trop pour un homme avifé.

Avifé n'eft pas le mot propre ; il femble qu'au contraire *Maxime* a été trop avifé ; il parait trop évidemment un perfide ; *Emilie* l'a déjà appelé lâche.

V. 69. Fuis fans moi, tes amours font ici fuperflus.

Superflus n'eft pas encore le mot propre ; ces amours doivent être très-odieux à *Emilie.*

Cette fcène de *Maxime* et d'*Emilie* ne fait pas l'effet qu'elle pourrait produire, parce que l'amour de *Maxime* révolte, parce que cette fcène ne produit rien, parce qu'elle ne fert qu'à remplir un moment vide, parce qu'on fent bien qu'*Emilie* n'acceptera point les propofitions de *Maxime*, parce qu'il eft impoffible de rien produire de théâtral et d'attachant entre un lâche qu'on méprife, et une femme qui ne peut l'écouter.

S C E N E   V I I.

M A X I M E   *feul.*

Autant que le fpectateur s'eft prêté au monologue important d'*Augufte*, qui eft un perfonnage refpectable, autant il fe refufe au monologue de *Maxime*, qui excite l'indignation et le mépris. Jamais un monologue ne fait un bel effet que quand on s'intéreffe à celui qui parle, que quand fes paffions, fes vertus, fes malheurs, fes faibleffes font dans fon ame un combat fi noble, fi attachant, fi animé, que vous lui pardonnez de parler trop long-temps à foi-même.

V. 3. . . . . Et quel eft le fupplice
Que ta vertu prépare à ton vain artifice ?

Ce mot de *vertu* dans la bouche de *Maxime* eft déplacé, et va jufqu'au ridicule.

V. 7. Sur un même échafaud la perte de fa vie
Etalera fa gloire et ton ignominie.

Il n'y avait point d'échafaud chez les Romains pour les criminels. L'appareil barbare des fupplices n'était point connu, excepté celui de la potence en croix pour les efclaves.

V. 11. Un même jour t'a vu par une fauffe adreffe
Trahir ton fouverain, ton ami, ta maîtreffe.

Fauffe adreffe eft trop faible, et *Maxime* n'a point été adroit.

V. 19. Jamais un affranchi n'eſt qu'un eſclave infame.

Il ne paraît pas convenable qu'un conjuré, qu'un ſénateur reproche à un eſclave de lui avoir fait commettre une mauvaiſe action ; ce reproche ſerait bon dans la bouche d'une femme faible, dans celle de *Phèdre*, par exemple, à l'égard d'*Oenone*, dans celle d'un jeune homme ſans expérience ; mais le ſpectateur ne peut ſouffrir un ſénateur qui débite un long monologue, pour dire à ſon eſclave qui n'eſt pas là, qu'il eſpère qu'il pourra ſe venger de lui, et le punir de lui avoir fait commettre une action infame.

V. 25. Mon cœur te réſiſtait et tu l'as combattu
Juſqu'à ce que la fourbe ait ſouillé ſa vertu.

Il faut éviter cette cacophonie en vers, et même dans la proſe ſoutenue.

V. 29. Mais les dieux permettront à mes reſſentimens
De te ſacrifier aux yeux des deux amans.

On ſe ſoucie fort peu que cet eſclave *Euphorbe* ſoit mis en croix ou non. Cet acte eſt un peu défectueux dans toutes ſes parties : la difficulté d'en faire cinq eſt ſi grande, l'art était alors ſi peu connu, qu'il ſerait injuſte de condamner *Corneille*. Cet acte eût été admirable par-tout ailleurs dans ſon temps : mais nous ne recherchons pas ſi une choſe était bonne autrefois, nous recherchons ſi elle eſt bonne pour tous les temps.

V. 31. Et je m'oſe aſſurer qu'en dépit de mon crime
Mon ſang leur ſervira d'aſſez pure victime.

On ne peut pas dire *en dépit de mon crime* comme on dit *malgré mon crime*, *quel qu'ait été mon crime*, parce qu'un crime n'a point de dépit. On dit bien *en dépit de ma haine*, *de mon amour*, parce que les paſſions ſe perſonnifient.

ACTE CINQUIEME.

SCENE PREMIERE.

Vers 1. Prends un fiége, Cinna, prends, et fur toute chofe,
Obferve exactement la loi que je t'impofe.

SEDE, *inquit, Cinna; hoc primum à te peto ne loquentem*
interpellas. Toute cette fcène eft de *Sénèque* le philofophe.
Par quel prodige de l'art *Corneille* a-t-il furpaffé *Sénèque*,
comme dans les Horaces il a été plus nerveux que
Tite-Live? c'eft-là le privilége de la belle poëfie, et c'eft
un de ces exemples qui condamnent bien fortement ces
auteurs, d'*Aubignac* et *la Motte*, qui ont voulu faire des
tragédies en profe : d'*Aubignac*, homme fans talens , qui,
pour avoir mal étudié le théâtre, croyait pouvoir faire
une bonne tragédie dans la profe la plus plate ; *la Motte*,
homme d'efprit et de génie, qui ayant trop négligé le
ftyle et la langue dans la poëfie pour laquelle il avait
beaucoup de talent, voulut faire des tragédies en profe,
parce que la profe eft plus aifée que la poëfie.

V. 13. Au milieu de leur camp tu reçus la naiffance,
Et lorfque après leur mort tu vins en ma puiffance,
Leur haine enracinée au milieu de ton fein
T'avait mis contre moi les armes à la main.

Il y avait auparavant :

Ce fut dedans leur camp que tu pris la naiffance :
Et quand après leur mort tu vins en ma puiffance,
Leur haine héréditaire, ayant paffé dans toi,
T'avait mis à la main les armes contre moi.

Leur haine héréditaire était bien plus beau que *leur haine*
enracinée.

V. 24. Ma cour fut ta prifon, mes faveurs tes liens.

On fous-entend *furent*. Ce n'eft point une licence ; c'eft un trope en ufage dans toutes les langues.

V. 35. De la façon enfin qu'avec toi j'ai vécu ,

Les vainqueurs font jaloux du bonheur du vaincu.

De la façon eft trop familier , trop trivial.

V. 48. En te couronnant roi je t'aurais donné moins.

Voilà ce vers qui contredit celui d'*Emilie* ; d'ailleurs quel royaume aurait-il donné à *Cinna* ? Les Romains n'en recevaient point. Ce n'eft qu'une inadvertance qui n'ôte rien au fentiment et à l'éloquence vraie et fans enflure dont ce morceau eft rempli.

V. 63. Ai-je de bons avis , ou de mauvais foupçons ?

Bons et mauvais n'eft-il pas un peu trop antithèfe ? et ces antithèfes en général ne font-elles pas trop fréquentes dans les vers français et dans la plupart des langues modernes ?

V. 97. Mais tu ferais pitié , même à ceux qu'il irrite,

Si je t'abandonnais à ton peu de mérite.

Ces vers et les fuivans occafionnèrent un jour une faillie fingulière. Le dernier maréchal de *la Feuillade* , étant fur le théâtre, dit tout haut à *Augufte* : Ah , tu me gâtes le *foyons amis* , *Cinna*. Le vieux comédien qui jouait *Augufte* fe déconcerta et crut avoir mal joué. Le maréchal après la pièce lui dit : Ce n'eft pas vous qui m'avez déplu , c'eft *Augufte* qui dit à *Cinna* qu'il n'a aucun mérite, qu'il n'eft propre à rien, qu'il fait pitié, et qui enfuite lui dit : *foyons amis*. Si le roi m'en difait autant , je le remercierais de fon amitié.

Il y a un grand fens et beaucoup de fineffe dans cette plaifanterie. On peut pardonner à un coupable qu'on

méprife, mais on ne devient pas fon ami ; il fallait peut-
être que *Cinna* très-criminel fût encore grand aux yeux
d'*Augufte*. Cela n'empêche pas que le difcours d'*Augufte*
ne foit un des plus beaux que nous ayons dans notre
langue.

V. 127. N'attendez point de moi d'infames repentirs.

Le *repentir* ne peut ici admettre de pluriel.

V. 130. Je fais ce que j'ai fait, et ce qu'il vous faut faire.

Le fens eft, *ce que vous devez faire ;* mais l'expreffion
eft trop équivoque, elle femble fignifier ce que *Cinna*
doit faire à *Augufte*.

SCENE II.

V. 1. Vous ne connaiffez pas encor tous les complices ;
Votre Emilie en eft, Seigneur, et la voici.

Les acteurs ont été obligés de retrancher *Livie*, qui
venait faire ici le perfonnage d'un exempt, et qui ne
difait que ces deux vers. On les fait prononcer par
Emilie, mais ils lui font peu convenables ; elle ne doit
pas dire à *Augufte*, *votre Emilie ;* ce mot la condamne :
fi elle vient s'accufer elle-même, il faut qu'elle débute
en difant : *Je viens mourir avec Cinna.*

V. 6. Quoi, l'amour qu'en ton cœur j'ai fait naître aujourd'hui
T'emporte-t-il déjà jufqu'à mourir pour lui ?
Ton ame à ces tranfports un peu trop s'abandonne,
Et c'eft trop tôt aimer l'amant que je te donne.

Cette petite ironie eft-elle bien placée dans ce
moment tragique ? eft-ce ainfi qu'*Augufte* doit parler ?

V. 19. Le ciel rompt le fuccès que je m'étais promis.

On ne rompt point un fuccès, encore moins un fuccès
qu'on s'eft promis : on rompt une union, on détruit des

efpérances, on fait avorter des deffeins, on prévient des projets. Le ciel ne m'a pas accordé, m'ôte, me ravit le fuccès que je m'étais promis.

V. 33. L'une fut impudique et l'autre parricide.

Il eft ici queftion de *Julie* et d'*Emilie*. Ce mot *impudique* ne fe dit plus guère dans le ftyle noble, parce qu'il préfente une idée qui ne l'eft pas ; on n'aime point d'ailleurs à voir *Augufte* fe rappeler cette idée humiliante et étrangère au fujet. Les gens inftruits favent trop bien qu'*Emilie* ne fut même jamais adoptée par *Augufte*; elle ne l'eft que dans cette pièce.

V. 34. O ma fille ! eft-ce-là le prix de mes bienfaits ? —
Ceux de mon père en vous firent mêmes effets.

Il y avait dans les premières éditions :

Mon père l'eut pareil de ceux qu'il vous a faits,

On a corrigé depuis :

Ceux de mon père en vous firent mêmes effets.

Mais *firent mêmes effets* n'eft recevable ni en vers, ni en profe.

L I V I E.

V. 44. C'en eft trop, Emilie, arrête, &c.

Les comédiens ont retranché tout le couplet de *Livie*, et il n'eft pas à regretter. Non-feulement *Livie* n'était pas néceffaire, mais elle fe fefait de fête mal à propos, pour débiter une maxime auffi fauffe qu'horrible, qu'il eft permis d'affaffiner pour une couronne, et qu'on eft abfous de tous les crimes quand on règne.

V. 5o. Et dans le facré rang où fa faveur l'a mis,
Le paffé devient jufte et l'avenir permis.

Ce vers n'a pas de fens. *L'avenir* ne peut fignifier *les*

crimes à venir; et s'il le signifiait, cette idée serait abominable.

***V.* 16.** Si j'ai séduit Cinna, j'en séduirai bien d'autres.

Il semble qu'*Emilie* soit toujours sûre de faire conspirer qui elle voudra, parce qu'elle se croit belle. Doit-elle dire à *Auguste* qu'elle aura d'autres amans qui vengeront celui qu'elle aura perdu ?

***V.* 72.** Que la vengeance est douce à l'esprit d'une femme !

Ce vers paraît trop du ton de la comédie, et est d'autant plus déplacé, qu'*Emilie* doit être supposée avoir voulu venger son père, non pas parce qu'elle a le caractère d'une femme, mais parce qu'elle a écouté la voix de la nature.

***V.* 73.** Je l'attaquai par-là, par-là je pris son ame.

Expression trop familière.

***V.* 77.** J'en suis le seul auteur, elle n'est que complice.

Pourquoi toute cette contestation entre *Cinna* et *Emilie* est-elle un peu froide ? C'est que si *Auguste* veut leur pardonner, il importe fort peu qui des deux soit le plus coupable ; et que s'il veut les punir, il importe encore moins qui des deux a séduit l'autre. Ces disputes, ces combats à qui mourra l'un pour l'autre, font une grande impression, quand on peut hésiter entre deux personnages, quand on ignore sur lequel des deux le coup tombera, mais non pas quand tous les deux sont condamnés et condamnables.

***V.* 80.** Mourez, mais en mourant ne souillez point ma gloire...
Et la mienne se perd si vous tirez à vous
Toute celle qui suit de si généreux coups.

Tirez à vous est une expression trop peu noble. *Généreux*

coups

coups ne peut fe dire d'une entreprife qui n'a pas eu d'effet.

V. 84. Eh bien, prends-en ta part et me laiffe la mienne.

Eh bien, prends-en ta part eft du ton de la comédie.

V. 87. Tout doit être commun entre de vrais amans.

Ce vers eft encore du ton de la comédie ; et cette expreffion *de vrais amans* revient trop fouvent.

V. 102. Mais enfin le ciel m'aime, et fes bienfaits nouveaux
Ont arraché Maxime à la fureur des eaux.

Maxime vient ici faire un perfonnage auffi inutile que *Livie*. Il paraît qu'il ne doit point dire à *Augufte* qu'on l'a fait paffer pour noyé, de peur qu'on n'eût envoyé après lui, puifqu'il n'avait révélé la confpiration qu'à condition qu'on lui pardonnerait. N'eût-il pas été mieux qu'il fe fût noyé en effet de douleur d'avoir joué un fi lâche perfonnage ? On ne s'intéreffe qu'au fort de *Cinna* et d'*Emilie*, et la grâce de *Maxime* ne touche perfonne.

SCENE DERNIERE.

V. 11. Euphorbe vous a feint que je m'étais noyé.

Feindre ne peut gouverner le datif ; on ne peut dire *feindre à quelqu'un.*

V. 15. Je penfais la réfoudre à cet enlèvement,
Sous l'efpoir du retour pour venger fon amant.

Sous l'efpoir du retour... expreffion de comédie ; *retour pour venger*, expreffion vicieufe.

V. 18. Sa vertu combattue a redoublé fes forces.

On dit *les forces d'un Etat, la force de l'ame.* De plus ,

Comment. fur Corneille. Tome I, Q

Emilie n'avait besoin ni de force , ni de vertu pour mépriser *Maxime.*

V. 22. Si pourtant quelque grâce est due à mon indice...

Indice est là pour rimer à *artifice :* le mot propre est *aveu.*

V. 23. Faites périr Euphorbe au milieu des tourmens.

C'est un sentiment lâche , cruel et inutile.

V. 37. Soyons amis, Cinna, c'est moi qui t'en convie.

C'est ce que dit *Auguste* qui est admirable ; c'est-là ce qui fit verser des larmes au grand *Condé*, larmes qui n'appartiennent qu'à de belles ames.

De toutes les tragédies de *Corneille*, celle-ci fit le plus grand effet à la cour, et on peut lui appliquer ces vers du vieil *Horace :*

> C'est aux rois, c'est aux grands, c'est aux esprits bien faits,...
>
> . . . .
>
> C'est d'eux seuls qu'on attend la véritable gloire.

De plus, on était alors dans un temps où les esprits animés par les factions qui avaient agité le règne de *Louis XIII*, ou plutôt du cardinal de *Richelieu*, étaient plus propres à recevoir les sentimens qui règnent dans cette pièce. Les premiers spectateurs furent ceux qui combattirent à la Marsée, et qui firent la guerre de la fronde. Il y a d'ailleurs dans cette pièce un vrai continuel, un développement de la constitution de l'empire romain, qui plaît extrêmement aux hommes d'Etat ; et alors chacun voulait l'être.

J'observerai ici que dans toutes les tragédies grecques, faites pour un peuple si amoureux de sa liberté, on ne trouve pas un trait qui regarde cette liberté ; et que *Corneille*, né français, en est rempli.

V. 47. Aime Cinna, ma fille, en cet illuſtre rang ;
Préfères-en la pourpre à celle de mon ſang.

La pourpre d'un rang eſt intolérable : cette pourpre, comparée au ſang parce qu'il eſt rouge, eſt puérile.

V. 59. J'ofe avec vanité me donner cet éclat,
Puiſqu'il change mon cœur, qu'il veut changer l'Etat,

n'eſt pas français.

V. 77. Si tu l'aimes encor, ce ſera ton ſupplice. —
Je n'en murmure point, il a trop de juſtice.

Un ſupplice eſt juſte ; on l'ordonne avec juſtice ; celui qui punit a de la juſtice ; mais le ſupplice n'en a point, parce qu'un ſupplice ne peut être perſonnifié.

On retranche aux repréſentations ce dernier couplet de *Livie* comme les autres, par la raiſon que tout acteur qui n'eſt pas néceſſaire gâte les plus grandes beautés.

V. 89. . . . . Une céleſte flamme
D'un rayon prophétique illumine mon ame.

Un rayon prophétique ne ſemble pas convenir à *Livie.* La juſte eſpérance que la clémence d'*Auguſte* préviendra déformais toute conſpiration, vaut bien mieux qu'un rayon prophétique.

REMARQUES

Sur l'examen de Cinna, imprimé par Corneille à la suite de sa tragédie. (Page 488 , tome premier de l'édition in-4°.)

CE poëme a tant d'illustres suffrages qui lui donnent le premier rang parmi les miens , que je me ferais trop d'importans ennemis si j'en disais du mal. Je ne le suis pas assez de moi-même pour chercher des défauts où ils n'en ont pas voulu voir , &c.

Quoique j'aye osé y trouver des défauts, j'oserais dire ici à *Corneille :* Je souscris à l'avis de ceux qui mettent cette pièce au-dessus de tous vos autres ouvrages ; je suis frappé de la noblesse , des sentimens vrais, de la force, de l'éloquence, des grands traits de cette tragédie. Il y a peu de cette emphase et de cette enflure qui n'est qu'une grandeur fausse. Le récit que fait *Cinna* au premier acte , la délibération d'*Auguste* , plusieurs traits d'*Emilie*, et enfin la dernière scène, sont des beautés de tous les temps, et des beautés supérieures. Quand je vous compare sur-tout aux contemporains qui osaient alors produire leurs ouvrages à côté des vôtres, je lève les épaules , et je vous admire comme un être à part. Qui étaient ces hommes qui voulaient courir la même carrière que vous? *Tristan, la Case, Grenaille, Rosiers, Boyer, Colletet, Gaumin, Gillet, Provais, la Menardière, Magnon, Picou, de Brosse.* J'en nommerais cinquante, dont pas un n'est connu, ou dont les noms ne se prononcent qu'en riant. C'est au milieu de cette foule que vous vous éleviez au-delà des bornes connues de l'art. Vous deviez avoir autant d'ennemis qu'il y avait de mauvais écrivains ; et tous les bons esprits devaient être vos admirateurs. Si j'ai trouvé des taches dans Cinna, ces défauts même auraient été de très-grandes beautés dans les écrits de vos pitoyables adverfaires ; je n'ai remarqué ces défauts que pour la perfection d'un art dont je vous regarde comme le créateur. Je ne peux ni ajouter ni ôter rien à votre gloire : mon feul but eft de faire des remarques utiles aux étrangers qui apprennent votre langue, aux jeunes auteurs qui veulent vous imiter, aux lecteurs qui veulent s'inftruire.

(Fin de l'examen.) *C'eft l'incommodité des pièces embarraf- fées qu'en termes de l'art on nomme* implexes, *par un mot emprunté du latin, telles que font Rodogune et Héraclius. Elle ne fe rencontre pas dans les fimples ; mais comme celles-là ont fans doute befoin de plus d'efprit pour les imaginer et de plus d'art pour les conduire, celles-ci n'ayant pas le même fecours du côté du fujet, demandent plus de force de vers, de raifonnement et de fentimens pour les foutenir.*

On peut conclure de ces derniers mots, que les pièces fimples ont beaucoup plus d'art et de beauté que les pièces implexes. Rien n'eft plus fimple que l'Oedipe et l'Electre de *Sophocle*, et ce font avec leurs défauts les deux plus belles pièces de l'antiquité. Cinna et Athalie, parmi les modernes, font, je crois, fort au-deffus d'Electre et d'Oedipe. Il en eft de même dans l'épique ; qu'y a-t-il de plus fimple que le quatrième livre de *Virgile* ? Nos romans au contraire font chargés d'incidens et d'intrigues.

LES HORACES,

Tragédie repréſentée en 1641.

PREFACE DU COMMENTATEUR.

Sɪ on reprocha à *Corneille* d'avoir pris dans des eſpagnols les beautés les plus touchantes du Cid, on dut le louer d'avoir tranſporté ſur la ſcène françaiſe, dans les Horaces, les morceaux les plus éloquens de *Tite-Live*, et même de les avoir embellis. On ſait que quand on le menaça d'une ſeconde critique ſur la tragédie des Horaces ſemblable à celle du Cid, il répondit : „ *Horace* fut condamné par les duumvirs, „ mais il fut abſous par le peuple. „ Horace n'eſt point encore une tragédie régulière, mais on y verra des beautés d'un genre ſupérieur.

REMARQUES

L'EPITRE DEDICATOIRE

DE CORNEILLE

AU CARDINAL DE RICHELIEU.

Page 4, *tome II de l'édition en 8 vol. in-4°.*

M O N S E I G N E U R,

J E n'aurais jamais eu la témérité de préfenter à votre Eminence ce mauvais portrait d'Horace, fi je n'euffe confidéré qu'après tant de bienfaits que j'ai reçus d'elle, le filence où le refpect m'a retenu pafferait pour ingratitude.

Ce mot *bienfaits* fait voir que le cardinal de *Richelieu* favait récompenfer en premier miniftre ce même talent qu'il avait un peu perfécuté dans l'auteur du Cid.

Ibid. Le fujet était capable de plus de grâces, s'il eût été traité d'une main plus favante; mais du moins il a reçu de la mienne toutes celles qu'elle était capable de lui donner, et qu'on pouvait raifonnablement attendre d'une mufe de province, &c.

M. *Corneille* demeurait à Rouen, et ne venait à Paris que pour y faire jouer fes pièces, dont il tirait un profit qui ne répondait point du tout à leur gloire, et à l'utilité dont elles étaient aux comédiens.

Ibid. Et certes, Monfeigneur, ce changement vifible qu'on remarque en mes ouvrages depuis que j'ai l'honneur d'être à votre Eminence , qu'eſt-ce autre choſe qu'un effet des grandes idées qu'elle m'inſpire ? &c.

Je ne fais ce qu'on doit entendre par ces mots , *être à votre Eminence.* Le cardinal de *Richelieu* feſait au grand *Corneille* une penſion de cinq cents écus , non pas au nom du roi, mais de ſes propres deniers. Cela ne ſe pratique-rait pas aujourd'hui. Peu de gens de lettres voudraient accepter une penſion d'un autre que de ſa majeſté ou d'un prince. Mais il faut conſidérer que le cardinal de *Richelieu* était roi en quelque façon ; il en avait la puiſſance et l'appareil.

Cependant une penſion de cinq cents écus que le grand *Corneille* fut réduit à recevoir, ne paraît pas un titre ſuffiſant pour qu'il dît: *J'ai l'honneur d'être à votre Eminence.*

Ibid. *Il faut , Monſeigneur, que tous ceux qui donnent leurs veilles au théâtre publient hautement avec moi que nous vous avons deux obligations très-ſignalées , l'une d'avoir ennobli le but de l'art , l'autre de nous en avoir facilité les connaiſſances.*

Cette page eſt aſſez remarquable ; ou elle eſt une ironie , ou elle eſt une flatterie qui ſemble contredire le caractère qu'on attribue à *Corneille.* Il eſt évident qu'il ne croyait pas que l'ennemi du Cid, et le protecteur de ſes ennemis, eût un goût ſi ſûr. Il était mécontent du car-dinal, et il le loue ! Jugeons de ſes vrais ſentimens par le ſonnet fameux qu'il fit après la mort de *Louis XIII.*

Sous ce marbre repoſe un monarque ſans vice,
Dont la ſeule bonté déplut aux bons François :
Ses erreurs, ſes écarts, vinrent d'un mauvais choix,
Dont il fut trop long-temps innocemment complice.

L'ambition , l'orgueil, la haine, l'avarice,
Armés de ſon pouvoir , nous donnèrent des lois :
Et bien qu'il fût en ſoi le plus juſte des rois,
Son règne fut toujours celui de l'injuſtice.

Fier vainqueur au dehors, vil efclave en fa cour,
Son tyran et le nôtre à peine perd le jour
Que jufque dans fa tombe il le force à le fuivre :

Et par cet afcendant fes projets confondus,
Après trente - trois ans fur le trône perdus,
Commençant à régner, il a ceffé de vivre.

Le fonnet a des beautés ; mais avouons que ce n'était
pas à un penfionnaire du cardinal à le faire, et qu'il ne
fallait ni lui prodiguer tant de louanges pendant fa vie,
ni l'outrager après fa mort.

Page 7. *Je fuis et je ferai toute ma vie très-paffionnément,
Monfeigneur, de votre Eminence, &c.*

Cette expreffion *paffionnément* montre combien tout
dépend des ufages. *Je fuis paffionnément* eft aujourd'hui la
formule dont les fupérieurs fe fervent avec les inférieurs.
Les Romains ni les Grecs ne connurent jamais ce proto-
cole de la vanité : il a toujours changé parmi nous.
Celui qui fait cette remarque eft le premier qui ait fupprimé les formules dans les épîtres dédicatoires de ce
genre, et on commence à s'en abftenir. Ces épîtres en
effet, étant fouvent des ouvrages raifonnés, ne doivent
point finir comme une lettre ordinaire.

REMARQUES

SUR

LA TRAGEDIE

DES HORACES.

ACTE PREMIER.

SCENE PREMIERE.

SABINE, JULIE.

CORNEILLE, dans l'examen des Horaces, dit que le personnage de *Sabine* est heureusement inventé ; mais qu'il ne sert pas plus à l'action que l'Infante à celle du Cid.

Il est vrai que ce rôle n'est pas nécessaire à la pièce ; mais j'ose ici être moins sévère que *Corneille*. Ce rôle est du moins incorporé à la tragédie. C'est une femme qui tremble pour son mari et pour son frère. Elle ne cause aucun événement, il est vrai ; c'est un défaut sur un théâtre aussi perfectionné que le nôtre ; mais elle prend part à tous les événemens, et c'est beaucoup pour un temps où l'art commençait à naître.

Observez que ce personnage débite souvent de très-beaux vers, et qu'il fait l'exposition du sujet d'une manière très-intéressante et très-noble.

Mais observez sur-tout que les beaux vers de *Corneille* nous enseignèrent à discerner les mauvais. Le goût du public se forma insensiblement par la comparaison des beautés et des défauts. On désapprouve aujourd'hui cet amas de fentences, ces idées générales retournées en tant de manières, l'ébranlement qui fied aux *fermes* courages, l'efprit le *plus mâle*, le *moins abattu* ; c'eft l'auteur qui parle, et c'eft le perfonnage qui doit parler.

Vers 3. Si près de voir fur foi fondre de tels orages,
  L'ébranlement fied bien aux plus fermes courages.

Si près de voir n'eft pas français : *près de* veut un fub-ftantif, *près de la ruine, près d'être ruiné.*

V. 8. Le trouble de mon cœur ne peut rien fur mes larmes.

Un trouble qui a du pouvoir fur des larmes ; cela eft louche et mal exprimé.

V. 11. Quand on arrête là les déplaifirs d'une ame....

Quand on arrête là ne ferait pas fouffert aujourd'hui ; c'eft une expreffion de comédie.

V. 12. Si l'on fait moins qu'un homme, on fait plus qu'une femme.

Cette petite diftinction, *moins qu'un homme, plus qu'une femme*, eft trop recherchée pour la vraie douleur.

Elle revient encore une troifième fois à la charge, pour dire qu'elle ne pleure point.

V. 25. Je fuis romaine, hélas ! puifque Horace eft romain.

Il y avait dans les premières éditions :

  Je fuis romaine, hélas ! puifque mon époux l'eft, *&c.*

Pourquoi peut-on finir un vers par *je le fuis*, et que *mon époux l'eft*, eft profaïque, faible et dur ? C'eft que ces trois fyllabes, *je le fuis*, femblent ne compofer qu'un mot ; c'eft que l'oreille n'eft point bleffée ; mais ce mot *l'eft*, détaché et finiffant la phrafe, détruit toute harmonie. C'eft cette attention qui rend la lecture des vers ou agréa-ble ou rebutante. On doit même avoir cette attention en profe. Un ouvrage dont les phrafes finiraient par des fyllabes sèches et dures, ne pourrait être lu, quelque bon qu'il fût d'ailleurs.

V. 3o. Albe, mon cher pays et mon premier amour,
Lorfque entre nous et toi je vois la guerre ouverte,
Je crains notre victoire autant que notre perte.

Voyez comme ces vers font fupérieurs à ceux du commencement. C'eft ici un fentiment vrai ; il n'y a point là de lieux communs , point de vaines fentences , rien de recherché, ni dans les idées , ni dans les expreffions. *Albe, mon cher pays ;* c'eft la nature feule qui parle. Cette comparaifon de *Corneille* avec lui - même formera mieux le goût que toutes les differtations et les poëtiques.

V. 34. Fais-toi des ennemis que je puiffe haïr.

Ce vers admirable eft reflé en proverbe.

V. 58. Sa joie éclatera dans l'heur de fes enfans.

Ce mot *heur,* qui favorifait la verfification, et qui ne choque point l'oreille, eft aujourd'hui banni de notre langue. Il ferait à fouhaiter que la plupart des termes dont *Corneille* s'eft fervi fuffent en ufage. Son nom devrait confacrer ceux qui ne font pas rebutans.

Remarquez que dans ces premières pages vous trouverez rarement un mauvais vers , une expreffion louche , un mot hors de fa place , pas une rime en épithète ; et que , malgré la prodigieufe contrainte de la rime, chaque vers dit quelque chofe. Il n'eft pas toujours vrai que dans notre poëfie il y ait continuellement un vers pour le fens, un autre pour la rime , comme il eft dit dans *Hudibras :*

For one for fenfe and one for rime,
I think fufficient at a time.

C'eft affez pour des vers méchans ,
Qu'un pour la rime , un pour le fens.

V. 59. Et fe laiſſant ravir à l'amour maternelle ,
Ses vœux feront pour toi , ſi tu n'es plus contre elle.

Cette phraſe eſt équivoque et n'eſt pas françaiſe. Le mot de *ravir*, quand il ſignifie *joie*, ne prend point un datif. On n'eſt point ravi à quelque choſe ; c'eſt un ſoléciſme de phraſe.

V. 61. Ce diſcours me ſurprend, vu que depuis le temps
Qu'on a contre ſon peuple armé nos combattans...

Ce *vu que* eſt une expreſſion peu noble , même en proſe ; s'il y en avait beaucoup de pareilles , la poëſie ferait baſſe et rampante ; mais juſqu'ici vous ne trouvez guère que ce mot indigne du ſtyle de la tragédie.

V. 68. Comme ſi notre Rome eût fait toutes vos craintes.

On ne fait pas une *crainte*, on la cauſe, on l'inſpire, on l'excite , on la fait naître.

V. 69. Tant qu'on ne s'eſt choqué qu'en de légers combats,
Trop faibles pour jeter un des partis à bas...
Oui , j'ai fait vanité d'être toute romaine.

Jeter à bas eſt une expreſſion familière qui ne ferait pas même admiſe dans la proſe. *Corneille*, n'ayant aucun rival qui écrivît avec nobleſſe , ſe permettait ces négligences dans les petites choſes, et s'abandonnait à ſon génie dans les grandes.

V. 75. Et ſi j'ai reſſenti dans ſes deſtins contraires
Quelque maligne joie en faveur de mes frères...
Soudain pour l'étouffer rappelant ma raiſon,
J'ai pleuré quand la gloire entrait dans leur maiſon.

La joie des ſuccès de ſa patrie et d'un frère peut-elle être appelée *maligne ?* Elle eſt naturelle ; on pouvait dire , *une ſecrète joie en faveur de mes frères.*

Ce mot de *maligne joie* eſt bien plus à ſa place dans ces deux admirables vers de la Mort de Pompée :

> Une *maligne joie* en ſon cœur s'élevait,
> Dont ſa gloire indignée à peine le ſauvait.

Il faut toujours avoir devant les yeux ce paſſage de *Boileau* :

> D'un mot mis en ſa place enſeigner le pouvoir.

C'eſt ce mot propre qui diſtingue les orateurs et les poëtes de ceux qui ne font que diſerts et verſificateurs.

V. 83. J'aurais pour mon pays une cruelle haine,
> Si je pouvais encore être toute romaine,
> Et ſi je demandais votre triomphe aux dieux
> Au prix de tant de ſang qui m'eſt ſi précieux.

Ce n'eſt pas ce *tant* qui eſt précieux, c'eſt le *ſang* : c'eſt *au prix d'un ſang qui m'eſt ſi précieux*. Le *tant* eſt inutile, et corrompt un peu la pureté de la phraſe et la beauté du vers : c'eſt une très-petite faute.

V. 91. Egale à tous les deux juſques à la victoire,
> Je prendrai part aux maux ſans en prendre à la gloire.

Egale à n'eſt pas français en ce ſens. L'auteur veut dire, *juſte envers tous les deux ;* car *Sabine* doit être juſte, et non pas indifférente.

V. 93. Et je garde au milieu de tant d'âpres rigueurs
> Mes larmes aux vaincus et ma haine aux vainqueurs.

Elle ne doit pas haïr ſon mari, ſes enfans, s'ils ſont victorieux ; ce ſentiment n'eſt pas permis ; elle devrait plutôt dire, *ſans haïr les vainqueurs*.

V. 95. Qu'on voit naître ſouvent de pareilles traverſes,
> En des eſprits divers, des paſſions diverſes !

Le lecteur ſe ſent arrêter à ces deux vers ; ces *de, des*

embarraffent l'efprit. *Traverfes* n'eft point le mot propre : les paffions ici ne font point *diverfes*. *Sabine* et *Camille* fe trouvent dans une fituation à peu-près femblable. Le fens de l'auteur eft probablement que *les mêmes malheurs produifent quelquefois des fentimens différens.*

V. 101. Lorfque vous conferviez un efprit tout romain,
> Le fien irréfolu, le fien tout incertain,
> De la moindre mêlée appréhendait l'orage.

Les premières éditions portent :

> Le fien irréfolu, tremblotant, incertain ;

Tremblotant n'eft pas du ftyle noble, et on doit en avertir les étrangers, pour qui principalement ces remarques font faites. *Corneille* changea,

> Le fien irréfolu, le fien tout incertain.

mais comme *incertain* ne dit pas plus qu'*irréfolu*, ce changement n'eft pas heureux. Ce redoublement de *fien* fait attendre une idée forte qu'on ne trouve pas.

V. 107. Mais hier quand elle fut qu'on avait pris journée...

On prend *jour*, et on ne prend point *journée*, parce que *jour* fignifie temps, et que *journée* fignifie bataille. La journée d'Ivry, la journée de Fontenoy.

V. 111. Hier dans fa belle humeur elle entretint Valère.

Hier, comme on l'a déjà dit, eft toujours aujourd'hui de deux fyllabes. La prononciation ferait trop gênée en le fefant d'une feule, comme s'il y avait *her*. *Belle humeur* ne peut fe dire que dans la comédie.

V. 112. Pour ce rival fans doute elle quitte mon frère.

Sabine ne doit point dire que fans doute *Camille* eft volage et infidelle, fur cela feul que *Camille* a parlé civilement à *Valère*, et paraissait être dans sa belle humeur. Ces petits moyens, ces soupçons peuvent produire quelquefois de grands mouvemens et des intérêts tragiques, comme la méprise peu vraisemblable d'*Acomat*, dans la tragédie de Bajazet. Le plus léger incident peut causer de grands troubles ; mais c'est ici tout le contraire, il ne s'agit que de savoir si *Camille* a quitté *Curiace* pour *Valère*.

> Sur de trop vains objets c'est arrêter la vue.

Cela ferait un peu froid, même dans une comédie.

V. 113. Son esprit ébranlé par les objets présens
> Ne trouve point d'absent aimable après deux ans.

Ces deux vers appartiennent plutôt au genre de la comédie qu'à la tragédie.

V. 117. Je forme des soupçons d'un trop léger sujet.

Ces mots font voir que l'auteur sentait que *Sabine* a tort ; mais il valait mieux supprimer ces soupçons de *Sabine* que vouloir les justifier, puisqu'en effet *Sabine* semble se contredire en prétendant que *Camille* a sans doute quitté son frère, et en disant ensuite que les ames sont rarement blessées de nouveau. Tout cet examen du sujet de la joie de *Camille* n'est nullement héroïque.

V. 121. Mais on n'a pas aussi de si doux entretiens,
> Ni des contentemens qui soient pareils aux siens,

sont de la comédie de ce temps-là. L'art de dire noblement les petites choses n'était pas encore trouvé.

V. 128. Voyez qu'un bon génie à propos nous l'envoie.

Ce tour a vieilli ; c'est un malheur pour la langue ; il est vif et naturel, et mérite, je crois, d'être imité.

V. 129. Essayez sur ce point à la faire parler.

On essaie *de*, on s'essaie *à*. Ce vers d'ailleurs est trop comique.

SCENE

SCENE II.

V. 1. . . . . Ma fœur, entretenez Julie,

eſt encore de la comédie ; mais il y a ici un plus grand
défaut, c'eſt qu'il femble que *Camille* vienne fans aucun
intérêt, et feulement pour faire converfation. La tragédie
ne permet pas qu'un perfonnage paraiſſe fans une raifon
importante. On eſt fort dégoûté aujourd'hui de toutes
ces longues converfations, qui ne font amenées que
pour remplir le vide de l'action, et qui ne le rempliſſent
pas. D'ailleurs, pourquoi s'en aller quand un bon génie
lui envoie *Camille*, et qu'elle peut s'éclaircir ?

V. 3. Et mon cœur, accablé de mille déplaifirs,
　　　　Cherche la folitude à cacher fes foupirs.

Cela n'eſt pas français. On cherche la folitude pour
cacher fes foupirs, et une folitude propre à les cacher.
On ne dit point *une folitude*, *une chambre à pleurer*, *à
gémir*, *à réfléchir*, comme on dit *une chambre à coucher*,
une falle à manger ; mais du temps de *Corneille* prefque
perfonne ne s'étudiait à parler purement.

Corneille a ici une grande attention à lier les ſcènes,
attention inconnue avant lui. On pourrait dire feulement
que *Sabine* n'a pas une raifon aſſez forte pour s'en aller ;
que cette fortie rend fon perfonnage plus inutile et plus
froid ; que c'était à *Sabine*, et non à une confidente, à
écouter les chofes importantes que *Camille* va annoncer ;
que cette idée d'entretenir *Julie* diminue l'intérêt ; qu'un
fimple entretien ne doit jamais entrer dans la tragédie ;
que les principaux perfonnages ne doivent paraître que
pour avoir quelque chofe d'important à dire ou à entendre ; qu'enfin il eût été plus théâtral et plus intéreſſant
que *Sabine* eût reproché à *Camille* fa joie, et que *Camille*
lui en eût appris la caufe.

SCENE III.

V. 1. Qu'elle a tort de vouloir que je vous entretienne!

Cette formule de converfation ne doit jamais entrer dans la tragédie, où les perfonnages doivent, pour ainfi dire, parler malgré eux, emportés par la paffion qui les anime.

V. 7. Je verrai mon amant, mon plus unique bien.

Plus unique ne peut fe dire; *unique* n'admet ni de plus, ni de moins.

V. 12. On peut changer d'amant, mais non changer d'époux.

Ce vers porte entièrement le caractère de la comédie. *Corneille* en ayant fait plufieurs, en conferva fouvent le ftyle. Cela était permis de fon temps; on ne diftinguait pas affez les bornes qui féparent le familier du fimple; le fimple eft néceffaire, le familier ne peut être foufert. Peut-être une attention trop fcrupuleufe aurait éteint le feu du génie; mais après avoir écrit avec la rapidité du génie, il faut corriger avec la lenteur fcrupuleufe de la critique.

V. 15. Vous ferez toute nôtre. . . . . . .

n'eft pas du ftyle noble. Ces familiarités étaient encore d'ufage.

V. 29. Si je l'entretins hier, et lui fis bon vifage...

Faire bon vifage eft du difcours le plus familier.

V. 30. N'en imaginez rien qu'à fon défavantage.

Tout cela eft d'un ftyle un peu trop bourgeois, qui était admis alors. Il ne ferait pas permis aujourd'hui qu'une fille dît que c'eft un défavantage de ne lui pas plaire.

V. 35. Il vous souvient qu'à peine on voyait de sa sœur
Par un heureux hymen mon frère possesseur , &c.

Il y avait dans les premières éditions :

Quelque cinq ou six mois après que de sa sœur
L'hymenée eut rendu mon frère possesseur.

Corneille changea heureusement ces deux vers de cette
façon. Il a corrigé beaucoup de ses vers au bout de vingt
années dans ses pièces immortelles ; et d'autres auteurs
laissent subsister une foule de barbarismes dans des pièces
qui ont eu quelques succès passagers.

V. 41. Un même instant conclut notre hymen et la guerre ,
Fit naître notre espoir , et le jeta par terre.

Non-seulement *un espoir jeté par terre* est une expression
vicieuse ; mais la même idée est exprimée ici en quatre
façons différentes ; ce qui est un vice plus grand. Il faut ,
autant qu'on le peut , éviter ces pléonasmes ; c'est une
abondance stérile : je ne crois pas qu'il y en ait un seul
exemple dans *Racine.*

V. 59. Lui qu'Apollon jamais n'a fait parler à faux.

Parler à faux n'est pas sans doute assez noble , ni même
assez juste. Un coup porte à faux , on est accusé à faux ,
dans le style familier ; mais on ne peut dire , *il parle à
faux* , dans un discours tant soit peu relevé.

V. 61. Albe et Rome demain prendront une autre face ;
Tes vœux sont exaucés , elles auront la paix ,
Et tu seras unie avec ton Curiace ,
Sans qu'aucun mauvais sort t'en sépare jamais.

On pourrait souhaiter que cet oracle eût été plutôt
rendu dans un temple que par un grec qui fait des
prédictions au pied d'une montagne. Remarquons encore
qu'un oracle doit produire un événement et servir au

nœud de la pièce, et qu'ici il ne ſert preſque à rien qu'à donner un moment d'eſpérance.

J'oſerais encore dire que ces mots à double entente, *ſans qu'aucun mauvais ſort t'en ſépare jamais*, paraiſſent ſeulement une plaiſanterie amère, une équivoque cruelle, ſur la deſtinée malheureuſe de *Camille*.

Le plus grand défaut de cette ſcène, c'eſt ſon inutilité. Cet entretien de *Camille* et de *Julie* roule ſur un objet trop mince, et qui ne ſert en rien, ni au nœud, ni au dénouement. *Julie* veut pénétrer le ſecret de *Camille*, et ſavoir ſi elle aime un autre que *Curiace* : rien n'eſt moins tragique.

V. 7 1. Il me parla d'amour ſans me donner d'ennui,
　　　　Je ne lui pus montrer de mépris ni de glace.

On pourrait faire ici une réflexion que je ne haſarde qu'avec la défiance convenable, c'eſt que *Camille* était plus en droit de laiſſer paraître ſon indifférence pour *Valère*, que de l'écouter avec complaiſance ; c'eſt qu'il était même plus naturel de lui montrer de *la glace*, quand elle ſe croyait ſûre d'épouſer ſon amant, que de *faire bon viſage* à un homme qui lui déplaît ; et enfin ce trait raffiné marque plus de ſubtilité que de ſentiment ; il n'y a rien là de tragique ; mais ce vers,

　　　　Tout ce que je voyais me ſemblait Curiace,

eſt ſi beau qu'il ſemble tout excuſer.

Il eſt vrai que ce petit incident, qui ne conſiſte que dans la joie que *Camille* a reſſentie, ne produit aucun événement, et n'eſt pas néceſſaire à la pièce ; mais il produit des ſentimens. Ajoutons que dans un premier acte on permet des incidens de peu d'importance, qu'on ne ſouffrirait pas dans le cours d'une intrigue tragique.

V. 7 8. J'en fus hier la nouvelle, et je n'y pris pas garde.

Elle ne prend pas garde à une bataille qui va ſe donner ! Le ſpectacle de deux armées prêtes à combattre, et le danger de son amant ne devaient-ils pas autant l'alarmer que le discours d'un grec au pied du mont Aventin a dû la rassurer ? Le premier mouvement dans une telle occasion n'est-il pas de dire , *ce grec m'a trompée , c'est un faux prophète ?* Avait-elle besoin d'un songe pour craindre ce que deux armées rangées en bataille devaient assez lui faire redouter ?

V. 85. J'ai vu du sang, des morts, et n'ai rien vu de suite...

Ce songe est beau en ce qu'il alarme un esprit rassuré par un oracle. Je remarquerai ici qu'en général un songe, ainsi qu'un oracle, doit servir au nœud de la pièce ; tel est le songe admirable d'*Athalie ;* elle voit un enfant en songe ; elle trouve ce même enfant dans le temple , c'est là que l'art est poussé à sa perfection.

Un rêve qui ne sert qu'à faire craindre ce qui doit arriver, ne peut avoir que des beautés de détail, n'est qu'un ornement passager. C'est ce qu'on appelle aujourd'hui un *remplissage.* *Mille* songes , *mille* images , *mille* amas, font d'un style trop négligé, et ne disent rien d'assez positif.

V. 89. C'est en contraire sens qu'un songe s'interprète.

Pourquoi un songe s'interprète-t-il en sens contraire ? Voyez les songes expliqués par *Joseph*, par *Daniel;* ils sont funestes par eux-mêmes et par leur explication.

V. 95. Soit que Rome y succombe, ou qu'Albe ait le dessous, Cher amant, n'attends plus d'être un jour mon époux.

Avoir le dessus ou le dessous , ne se dit que dans la poësie burlesque ; c'est le *di sopra* et le *di sotto* des Italiens. L'*Arioste* emploie cette expression lorsqu'il se permet le comique ; le *Tasse* ne s'en sert jamais.

S C E N E I V.

V. 1. N'en doutez point, Camille, et revoyez un homme
Qui n'eft ni le vainqueur ni l'efclave de Rome.

Camille vient de dire à la fin de la fcène précédente :

Jamais ce nom (d'époux) ne fera pour un homme
Qui foit ou le vainqueur ou l'efclave de Rome.

On ne permet plus de répéter ainfi un vers.

V. 3. Ceffez d'appréhender de voir rougir mes mains
Du poids honteux des fers ou du fang des Romains.

Rougir eft employé ici en deux acceptions différentes.
Les mains *rouges de fang;* elles font rouges en un autre
fens que quand elles font meurtries par le poids des
fers ; mais cette figure ne manque pas de juftefle , parce
qu'en effet il y a de la rougeur dans l'un et dans
l'autre cas.

V. 10. Tu fuis une bataille à tes vœux fi funefte.

Il eft bien étrange que *Camille* interrompe *Curiace* pour
le foupçonner et le louer d'être un lâche. Ce défaut eft
grand , et il était aifé de l'éviter. Il était naturel que
Curiace dît d'abord ce qu'il doit dire, qu'il ne commençât
point par répéter les vers de *Camille* , par lui dire. qu'*il a
cru que Camille aimait Rome et la gloire* , qu'*elle mépriferait
fa chaîne et haïrait fa victoire;* et que , *comme il craint
la victoire et la captivité...* &c. De tels propos ne font
pas à leur place ; il faut aller au fait : *Semper ad eventum
feftinat.*

V. 13. Qu'un autre confidère ici ta renommée ,
Et te blâme, s'il veut, de m'avoir trop aimée, *&c.*

Ces vers condamnent trop l'idée de *Camille* , que fon
amant eft traître à fon pays. Il fallait fupprimer toute
cette tirade.

V. 19. Mais as-tu vu ton père ? et peut-il endurer
Qu'ainfi dans fa maifon tu t'ofes retirer ?

Ce mot *endurer* eſt du ſtyle de la comédie ; on ne dit
que dans le diſcours le plus familier, *j'endure que, je
n'endure pas que.* Le terme *endurer* ne s'admet dans le ſtyle
noble qu'avec un accuſatif, *les peines que j'endure.*

V. 42. Camille, pour le moins, croyez-en votre oracle.

On ſent ici combien *Sabine* ferait un meilleur effet que
la confidente *Julie.* Ce n'eſt point à *Julie* à dire, *ſachons
pleinement ;* c'eſt toujours à la perſonne la plus intéreſſée
à interroger.

V. 51. . . . . Que feſons-nous, Romains,
Dit-il, et quel démon nous fait venir aux mains ?

J'oſe dire que, dans ce diſcours imité de *Tite-Live*,
l'auteur français eſt au-deſſus du romain, plus nerveux,
plus touchant ; et quand on ſonge qu'il était gêné par la
rime et par une langue embarraſſée d'articles, et qui
ſouffre peu d'inverſions ; qu'il a ſurmonté toutes ces
difficultés ; qu'il n'a employé le ſecours d'aucune épithète ;
que rien n'arrête l'éloquente rapidité de ſon diſcours ;
c'eſt là qu'on reconnaît le grand *Corneille.* Il n'y a que
tant et tant de nœuds à reprendre.

V. 65. Ils ont aſſez long-temps joui de nos divorces.

Ce mot de *divorces*, s'il ne ſignifiait que des querelles,
ferait impropre ; mais ici il dénote les querelles de deux
peuples unis ; et par là il eſt juſte, nouveau et excellent.

V. 76. Que le parti plus faible obéiſſe au plus fort.

Ce vers eſt ainſi dans d'autres éditions :

Que le faible parti prenne loi du plus fort.

Il eſt à croire qu'on reprocha à *Corneille* une petite

faute de grammaire. On doit, dans l'exactitude fcrupuleufe de la profe, dire : Que le parti *le* plus faible obéiffe
au plus fort ; mais fi ces libertés ne font pas permifes aux
poëtes, et fur-tout aux poëtes de génie, il ne faut point
faire de vers. *Prendre loi* ne fe dit pas, ainfi la première
leçon eft préférable. *Racine* a bien dit :

> Charger de mon débris les reliques plus chères :

au lieu de *reliques les plus chères.*

Encore une fois, ces licences font heureufes quand
on les emploie dans un morceau élégamment écrit ; car
fi elles font précédées et fuivies de mauvais vers, elles
en prennent la teinture et en deviennent plus infup-
portables.

V. 1 0 O. Chacun va renouer avec fes vieux amis.

On doit avouer que *renouer avec fes vieux amis*, eft de
la profe familière qu'il faut éviter dans le ftyle tragique,
bien entendu qu'on ne fera jamais ampoulé.

V. 1o3. . . L'auteur de vos jours m'a promis à demain...

A demain eft trop du ftyle de la comédie. Je fais fouvent
cette obfervation ; c'était un des vices du temps. La
Sophonisbe de *Mairet* eft toute entière dans ce ftyle, et
Corneille s'y livrait quand les grandes images ne le foute-
naient pas.

V. 1 0 4. Le bonheur fans pareil de vous donner la main.

Le bonheur fans pareil n'était pas fi ridicule qu'aujour-
d'hui. Ce fut *Boileau* qui profcrivit toutes ces expreffions
communes de *fans pareil, fans feconde, à nul autre pareil,
à nulle autre feconde.*

V. 1 0 6. Le devoir d'une fille eft dans l'obéiffance. —

> Venez donc recevoir ce doux commandement.

Ces deux vers font de pure comédie ; auffi les retrouve-
t-on mot à mot dans la comédie du Menteur ; mais
l'auteur aurait dû les retrancher de la tragédie des Horaces.

V. 109. Je vais fuivre vos pas, mais pour revoir mes frères,
      Et favoir d'eux encor la fin de nos misères.

Il n'eft pas inutile de dire aux étrangers que *misère* eft
en poëfie un terme noble, qui fignifie calamité et non
pas indigence.

     Hécube près d'Ulyffe achève fa *misère.*
     Peut-être je devrais, plus humble en ma *misère.*
                 R A C I N E.

A C T E   S E C O N D.

S C E N E   P R E M I E R E.

Vers 1. Ainfi Rome n'a point féparé fon eftime ;
      Elle eût cru faire ailleurs un choix illégitime.

ILLEGITIME pourrait n'être pas le mot propre en profe ;
on dirait *un mauvais choix*, *un choix dangereux*, &c. *Illégitime*
non-feulement eft pardonné à la rime, mais devient une
expreffion forte, et fignifie qu'il y aurait de l'injuftice à
ne point choifir les trois plus braves.

V. 5. Et fon illuftre ardeur d'ofer plus que les autres
      D'une feule maifon brave toutes les nôtres.

Il y avait dans les premières éditions :

      Et ne nous oppofant d'autres bras que les vôtres.

Ni l'une ni l'autre manière n'eft élégante, et *illuftre ardeur
d'ofer* n'eft pas français. *D'une maifon braver les autres* n'eft
pas une expreffion heureufe ; mais le fens eft fort beau.
On voit que quelquefois *Corneille* a mal corrigé fes vers.
Je crois qu'on peut imputer cette fingularité, non-feulement au peu de bons critiques que la France avait alors,
au peu de connaiffance de la pureté et de l'élégance de la

langue, mais au génie même de *Corneille*, qui ne produifait fes beautés que quand il était animé par la force de fon fujet.

V. 9. Ce choix pouvait combler trois familles de gloire, Confacrer hautement leurs noms à la mémoire.

Remarquez que *hautement* fait languir le vers, parce que ce mot eft inutile.

V. 11. Oui, l'honneur que reçoit la vôtre par ce choix En pouvait à bon titre immortalifer trois.

Cette répétition, *oui*, *l'honneur*, eft très-vicieufe. *Omne fupervacuum pleno de pectore manat.* C'eft ici ce qu'on appelle une battologie : il eft permis de répéter dans la paffion, mais non pas dans un compliment.

V. 40. Ce noble défefpoir périt mal-aifément.

Un *défefpoir* qui *périt mal-aifément* n'a pas un fens clair; de plus, *Horace* n'a point de défefpoir. Ce vers eft le feul qu'on puiffe reprendre dans cette belle tirade.

V. 59. La gloire en eft pour vous et la perte pour eux... On perd tout quand on perd un ami fi fidelle.

Perte fuivie de deux fois *perd* eft une faute bien légère.

S C E N E I I.

V. 3. Vos deux frères et vous. — Qui ? — Vous et vos deux frères.

Ce n'eft pas ici une battologie ; cette répétition, *vous et vos deux frères*, eft fublime par la fituation. Voilà la première fcène au théâtre, où un fimple meffager ait fait un effet tragique, en croyant apporter des nouvelles ordinaires. J'ofe croire que c'eft la perfection de l'art.

SCENE III.

V. 3. Que les hommes, les dieux, les démons et le fort,
Préparent contre nous un général effort.

Cet entaſſement, cette répétition, cette combinaiſon de *ciel*, de *dieux*, d'*enfer*, de *démons*, de *terre* et d'*hommes*, de *cruel*, d'*horrible*, d'*affreux*, eſt, je l'avoue, bien condamnable. Cependant le dernier vers fait preſque pardonner ce défaut.

V. 11. Il épuiſe ſa force à former un malheur
Pour mieux ſe meſurer avec notre valeur.

Le fort qui veut ſe meſurer avec la valeur, paraît bien recherché, bien peu naturel ; mais que ce qui ſuit eſt admirable !

V. 14. Hors de l'ordre commun il nous fait des fortunes,

n'eſt pas une expreſſion propre. Ce mot de *fortunes* au pluriel ne doit jamais être employé ſans épithète : *bonnes et mauvaiſes fortunes*, *fortunes diverſes*, mais jamais *des fortunes*. Cependant le ſens eſt ſi beau, et la poëſie a tant de priviléges, que je ne crois pas qu'on puiſſe condamner ce vers.

V. 18. Mille l'ont déjà fait, mille pourraient le faire.

Rien ne fait mieux ſentir les difficultés attachées à la rime que ce vers faible, ces *mille* qui ont *fait*, ces *mille* qui pourraient *faire*, pour rimer à *ordinaire*. Le reſte eſt d'une beauté achevée.

V. 43. . . . . Albe montre en effet
Qu'elle m'eſtime autant que Rome vous a fait,

n'eſt pas français. On peut dire en proſe, et non en vers : *J'ai dû vous eſtimer autant que je fais*, ou *autant que je le fais*, mais non pas *autant que je vous fais*; et le mot *faire*, qui revient immédiatement après, eft encore une faute ; mais ce font des fautes légères qui ne peuvent gâter une fi belle fcène.

V. 59. Je rends grâces aux dieux de n'être pas romain ,
Pour conferver encor quelque chofe d'humain.

Cette tirade fit un effet furprenant fur tout le public, et les deux derniers vers font devenus un proverbe ou plutôt une maxime admirable.

V. 80. Albe vous a nommé, je ne vous connais plus. —
Je vous connais encor. . . . . . .

A ces mots, *je ne vous connais plus*, — *je vous connais encore*, on fe récria d'admiration ; on n'avait jamais rien vu de fi fublime : il n'y a pas dans *Longin* un feul exemple d'une pareille grandeur ; ce font ces traits qui ont mérité à *Corneille* le nom de *grand*, non-feulement pour le diftinguer de fon frère, mais du refte des hommes. Une telle fcène fait pardonner mille défauts.

V. 85. Non, non, n'embraffez pas de vertu par contrainte, *&c.*

Un des excellens efprits de nos jours (*) trouvait dans ces vers un outrage odieux qu'*Horace* ne devait pas faire à fon beau-frère. Je lui dis que cela préparait au meurtre de *Camille*, et il ne fe rendit pas. Voici ce qu'il en dit dans fon Introduction à la connaiffance de l'efprit humain : ,, *Corneille* apparemment veut peindre ici une valeur ,, féroce ; mais s'exprime-t-on ainfi avec un ami et un ,, guerrier modefte ? La fierté eft une paffion fort théâtrale ; ,, mais elle dégénère en vanité et en petiteffe, fitôt qu'on ,, la montre fans qu'on la provoque. ,, J'ajouterai à cette réflexion de l'homme du monde qui penfait le plus noblement, qu'outre la fierté déplacée d'*Horace*, il y a une ironie, une amertume, un mépris dans fa réponfe, qui font plus déplacés encore.

(*) Le marquis de *Vauvenargues*.

V. 88. Voici venir ma fœur pour fe plaindre de vous.

Voici venir ne fe dit plus. Pourquoi fait-il un fi bel effet en italien, *Ecco venir la barbara reina*, et qu'il en fait un fi mauvais en français ? n'eft-ce point parce que l'italien fait toujours ufage de l'infinitif ? *Un bel tacer ;* nous ne difons pas, *un beau taire.* C'eft dans ces exemples que fe découvre le génie des langues.

SCENE IV.

V. 1. Avez-vous fu l'état qu'on fait de Curiace ?

L'état ne fe dit plus, et je voudrais qu'on le dît ; notre langue n'eft pas affez riche pour bannir tant de termes dont *Corneille* s'eft fervi heureufement.

SCENE V.

V. 1. Iras-tu, Curiace ? et ce funefte honneur
　　　 Te plaît-il aux dépens de tout notre bonheur ?

Il y avait dans les éditions anciennes :

　　　 Iras-tu, ma chère ame ? et ce funefte honneur, &c.

Chère ame ne révoltait point en 1639, et ces expreffions tendres rendaient encore la fituation plus haute. Depuis peu même une grande actrice a rétabli cette expreffion, *ma chère ame.*

V. 12. . . . . . Mon pouvoir t'excufe à ta patrie,
n'eft pas français ; il faut *envers ta patrie, auprès de ta patrie.*

V. 15. Autre n'a mieux que toi foutenu cette guerre,
　　　 Autre de plus de morts n'a couvert notre terre.

Ces *autres* ne feraient plus foufferts, même dans le ftyle comique. Telle eft la tyrannie de l'ufage ; *nul autre* donne peut-être moins de rapidité et de force au difcours.

V. 45. Que les pleurs d'une amante ont de puiſſans diſcours!

Remarquez qu'on peut dire *le langage des pleurs*, comme on dit *le langage des yeux;* pourquoi? parce que les regards et les pleurs expriment le ſentiment; mais on ne peut dire *le diſcours des pleurs*, parce que ce mot *diſcours* tient au raiſonnement. Les pleurs n'ont point de diſcours; et de plus, *avoir des diſcours*, eſt un barbariſme.

V. 46. Et qu'un bel œil eſt fort avec un tel ſecours!

Ces réflexions générales font rarement un bon effet; on ſent que c'eſt le poëte qui parle; c'eſt à la paſſion du perſonnage à parler. Un *bel œil* n'eſt ni noble ni convenable; il n'eſt pas queſtion ici de ſavoir ſi *Camille* a un *bel œil*, et ſi un bel œil eſt fort; il s'agit de perdre une femme qu'on adore et qu'on va épouſer. Retranchez ces quatre premiers vers, le diſcours en devient plus rapide et plus pathétique.

V. 49. N'attaquez plus ma gloire avec tant de douleurs.

Les premières éditions portent :

N'attaquez plus ma gloire avecque vos douleurs.

Comme on s'eſt fait une loi de remarquer les plus petites choſes dans les belles ſcènes, on obſervera que c'eſt avec raiſon que nous avons rejeté *avecque* de la langue, ce *que* était inutile et rude.

V. 59. Vengez-vous d'un ingrat, puniſſez un volage.

J'oſe penſer qu'il y a ici plus d'artifice et de ſubtilité que de naturel. On ſent trop que *Curiace* ne parle pas ſérieuſement. Ce trait de rhéteur refroidit; mais *Camille* répond avec des ſentimens ſi vrais, qu'elle couvre tout d'un coup ce petit défaut.

V. dern. . . . . . Quel malheur, ſi l'amour de ſa femme

Ne peut non plus ſur lui que le mien ſur ton ame!

n'eſt pas français; la grammaire demande, *ne peut pas plus fur lui.* Ces deux vers ne font pas bien faits ; il ne faut pas s'attendre à trouver dans *Corneille* la pureté, la correction, l'élégance du ftyle ; ce mérite ne fut connu que dans les beaux jours du fiècle de *Louis XIV.* C'eft une réflexion que les lecteurs doivent faire fouvent pour juftifier *Corneille*, et pour excufer la multitude des notes du commentateur.

SCENE VI.

V. 5. Non, non, mon frère, non, je ne viens en ce lieu
Que pour vous embraffer et pour vous dire adieu.

Ces trois *non*, et *en ce lieu* font un mauvais effet. On fent que le *lieu* eft pour la rime, et les *non* redoublés pour le vers. Ces négligences, fi pardonnables dans un bel ouvrage, font remarquées aujourd'hui. Mais ces termes, *en ce lieu*, *en ces lieux*, ceffent d'être une expreffion oifeufe, une cheville, quand ils fignifient qu'on doit être en ce lieu plutôt qu'ailleurs.

V. 7. Votre fang eft trop bon, n'en craignez rien de lâche,
Rien dont la fermeté de ces grands cœurs fe fâche.

Se fâche eft trop faible, trop du ftyle familier; mais le lecteur doit examiner quelque chofe de plus important ; il verra que cette fcène de *Sabine* n'était pas néceffaire, qu'elle ne fait pas un coup de théâtre, que le difcours de *Sabine* eft trop artificieux, que fa douleur eft trop étudiée, que ce n'eft qu'un effort de rhétorique. Cette propofition qu'un des deux la tue, et que l'autre la venge, n'a pas l'air férieufe ; et d'ailleurs cela n'empêchera pas que *Curiace* ne combatte le frère de fa maîtreffe, et qu'*Horace* ne combatte l'époux promis à fa fœur. De plus, *Camille* eft un perfonnage néceffaire, et *Sabine* ne l'eft pas ; c'eft fur *Camille* que roule l'intrigue. Epoufera-t-elle fon amant ? ne l'époufera-t-elle pas ? Ce font les perfonnages dont le fort peut changer, et dont les paffions doivent être heureufes ou malheureufes, qui font l'ame de la tragédie. *Sabine* n'eft introduite dans la pièce que pour fe plaindre.

V. 30. Vous feriez peu pour lui, fi vous vous étiez moins.

Ce *peu* et ce *moins* font un mauvais effet, et *vous vous étiez moins* eft profaïque et familier.

V. 39. Quoi ? me réfervez-vous à voir une victoire
Où, pour haut appareil d'une pompeufe gloire, &c.

Ces vers échappent quelquefois au génie dans le feu de la compofition. Ils ne difent rien ; mais ils accompagnent des vers qui difent beaucoup.

V. 59. Que t'ai-je fait, Sabine, et quelle eft mon offenfe ?

Il y avait auparavant :

Femme, que t'ai-je fait, et quelle eft mon offenfe ?

La naïveté qui régnait encore en ce temps-là dans les écrits permettait ce mot. La rudeffe romaine y paraît même toute entière.

V. 65. Tu me viens de réduire en un étrange point.

Notre malheureufe rime arrache quelquefois de ces mauvais vers ; ils paffent à la faveur des bons ; mais ils feraient tomber un ouvrage médiocre dans lequel ils feraient en grand nombre.

SCENE VII.

V. 1. Qu'eft-ceci, mes enfans, écoutez-vous vos flammes ?

Qu'eft-ceci ne fe dit plus aujourd'hui que dans le difcours familier.

V. 2. Et perdez-vous encor le temps avec des femmes ?

Avec des femmes ferait comique en toute autre occafion ; mais je ne fais fi cette expreffion commune ne va pas ici jufqu'à la nobleffe, tant elle peint bien le vieil *Horace*.

SCENE

SCENE VIII.

V. 10. Ne penfez qu'aux devoirs que vos pays demandent.

Des pays ne demandent point *des devoirs.* La patrie impofe *des devoirs*, elle en demande l'accompliffement.

V. dern. Faites votre devoir, et laiffez faire aux dieux.

J'ai cherché dans tous les anciens et dans tous les théâtres étrangers une fituation pareille, un pareil mélange de grandeur d'ame, de douleur, de bienféance, et je ne l'ai point trouvé : je remarquerai fur-tout que chez les Grecs il n'y a rien dans ce goût.

ACTE TROISIEME.

SCENE PREMIERE.

SABINE *feule.*

CE monologue de *Sabine* eft abfolument inutile, et fait languir la pièce. Les comédiens voulaient alors des mono-logues. La déclamation approchait du chant, fur-tout celle des femmes ; les auteurs avaient cette complaifance pour elles. *Sabine* s'adreffe fa penfée, la retourne, répète ce qu'elle a dit, oppofe parole à parole.

> En l'une je fuis femme, en l'autre je fuis fille.
> En l'une je fuis fille, en l'autre je fuis femme.
> Songeons pour quelle caufe, et non par quelles mains.
> Je fonge par quels bras, et non pour quelle caufe.

Les quatre derniers vers font plus dans la paffion. (Voyez ci-après, v. 51.)

Vers 20. Leur vertu les élève en cet illuftre rang.

Il ne s'agit point ici de rang : l'auteur a voulu rimer

Comment. fur Corneille. **Tome I.** S

à *fang*. La plus grande difficulté de la poëfie françaife et fon plus grand mérite eft que la rime ne doit jamais empêcher d'employer le mot propre.

V. 33. Pareille à ces éclairs qui, dans le fort des ombres,
Pouffent un jour qùi fuit, et rend les nuits plus fombres.

La tragédie admet les métaphores, mais non pas les comparaifons ; pourquoi ? parce que la métaphore, quand elle eft naturelle, appartient à la paffion ; les comparaifons n'appartiennent qu'à l'efprit.

V. 51. Quels foudres lancez-vous quand vous vous irritez,
Si même vos faveurs ont tant de cruautés ?
Et de quelle façon punirez-vous l'offenfe ,
Si vous traitez ainfi les vœux de l'innocence ?

Ces quatre derniers vers femblent dignes de la tragédie, mais ce monologue ne femble qu'une amplification.

SCENE II.

V. 1. En eft-ce fait, Julie ? et que m'apportez-vous ?

Autant la première fcène a refroidi les efprits, autant cette feconde les échauffe ; pourquoi? c'eft qu'on y apprend quelque chofe de nouveau et d'intéreffant : il n'y a point de vaine déclamation, et c'eft-là le grand art de la tragédie, fondé fur la connaiffance du cœur humain , qui veut toujours être remué.

V. 4. De tous les combattans a-t-il fait des hofties ?

Hoftie ne fe dit plus, et c'eft dommage ; il ne refte plus que le mot de *victime*. Plus on a de termes pour exprimer la même chofe , plus la poëfie eft variée.

V. 13. Et par les défefpoirs d'une chafte amitié,
Nous aurions des deux camps tiré quelque pitié.

On n'emploie plus aujourd'hui *défefpoir* au pluriel ; il

fait pourtant un très-bel effet. *Mes déplaifirs*, *mes craintes*, *mes douleurs*, *mes ennuis*, difent plus que *mon déplaifir*, *ma crainte*, &c. Pourquoi ne pourrait-on pas dire, *mes défefpoirs*, comme on dit *mes efpérances*? Ne peut-on pas défefpérer de plufieurs chofes, comme on peut en efpérer plufieurs?

V. 40. Ils combattront plutôt et l'une et l'autre armée,
  Et mourront par les mains qui leur font d'autres lois,
  Que pas un d'eux renonce aux honneurs d'un tel choix.

Il y avait:

  Et mourront par les mains qui les ont féparés,
  Que quitter les honneurs qui leur font déférés.

Comme il y a ici une faute évidente de langage, *mourront que quitter*, et que l'auteur avait oublié le mot *plutôt*, qu'il ne pouvait pourtant répéter parce qu'il eft au vers précédent, il changea ainfi cet endroit; par malheur la même faute s'y retrouve. Tout le refte de ce couplet eft très-bien écrit.

V. 50. Puifque chacun, dit-il, s'échauffe en ce difcord,
  Confultons des grands dieux la majefté facrée.

En ce difcord ne fe dit plus, mais il eft à regretter.

V. 62. Comme fi toutes deux le connaiffaient pour roi.

C'eft une petite faute. Le fens eft, *comme fi toutes deux voyaient en lui leur roi*. *Connaître un homme pour roi*, ne fignifie pas le reconnaître pour fon fouverain. On peut connaître un homme pour roi d'un autre pays. *Connaître* ne veut pas dire *reconnaître*.

S C E N E   I I I.

V. 1. Ma fœur, que je vous die une bonne nouvelle.

Au lieu de *die* on a imprimé *dife* dans les éditions fuivantes. *Die* n'eft plus qu'une licence ; on ne l'emploie que pour la rime. *Une bonne nouvelle* eft du ftyle de la comédie ; ce n'eft-là qu'une très-légère inattention. Il était très-aifé à *Corneille* de mettre : *Ah , ma fœur , apprenez une heureufe nouvelle* , et d'exprimer ce petit détail autrement ; mais alors ces expreffions familières étaient tolérées ; elles ne font devenues des fautes que quand la langue s'eft perfectionnée ; et c'eft à *Corneille* même qu'elle doit en partie cette perfection. On fit bientôt une étude férieufe d'une langue dans laquelle il avait écrit de fi belles chofes.

V. 13. Ils (les dieux) defcendent bien moins dans de fi bas étages,
Que dans l'ame des rois leurs vivantes images.

Bas étages eft bien bas , et la penfée n'eft que poëtique. Cette conteftation de *Sabine* et de *Camille* paraît froide dans un moment où l'on eft fi impatient de favoir ce qui fe paffe. Ce difcours de *Camille* femble avoir un autre défaut : ce n'eft point à une amante à dire que *les dieux infpirent toujours les rois* , qu'*ils font des rayons de la Divinité* ; c'eft-là de la déclamation d'un rhéteur dans un panégyrique.

Ces conteftations de *Camille* et de *Sabine* font, à la vérité, des jeux d'efprit un peu froids ; c'eft un grand malheur que le peu de matière que fournit la pièce ait obligé l'auteur à y mêler ces fcènes qui, par leur inutilité, font toujours languiffantes.

V. 34. Adieu, je vais favoir comme enfin tout fe paffe.

Ce vers de comédie démontre l'inutilité de la fcène. La néceffité de favoir comme tout fe paffe condamne tout ce froid dialogue.

V. 35. Modérez vos frayeurs ; j'efpère à mon retour
Ne vous entretenir que de propos d'amour.

Ce difcours de *Julie* eft trop d'une foubrette de comédie.

SCENE IV.

V. 1. Parmi nos déplaifirs fouffrez que je vous blâme.

Cette fcène eft encore froide. On fent trop que *Sabine* et *Julie* ne font là que pour amufer le peuple, en attendant qu'il arrive un événement intéreffant ; elles répètent ce qu'elles ont déjà dit. *Corneille* manque à la grande règle, *femper ad eventum feftinat* ; mais quel homme l'a toujours obfervée ? J'avouerai que *Shakéfpeare* eft de tous les auteurs tragiques celui où l'on trouve le moins de ces fcènes de pure converfation ; il y a prefque toujours quelque chófe de nouveau dans chacune de fes fcènes ; c'eft, à la vérité, aux dépens des règles et de la bienféance et de la vraifemblance ; c'eft en entaffant vingt années d'événemens les uns fur les autres ; c'eft en mêlant le grotefque au terrible ; c'eft en paffant d'un cabaret à un champ de bataille, et d'un cimetière à un trône ; mais enfin il attache. L'art ferait d'attacher et de furprendre toujours, fans aucun de ces moyens irréguliers et burlefques tant employés fur les théâtres efpagnols et anglais.

V. 13. L'hymen qui nous attache en une autre famille
Nous détache de celle où l'on a vécu fille.

Il faut : *attache à une autre famille* ; d'ailleurs ces vers font trop familiers.

V. 26. C'eft un raifonnement bien mauvais que le vôtre.

Ce mot feul de *raifonnement* eft la condamnation de cette fcène et de toutes celles qui lui reffemblent. Tout doit être action dans une tragédie ; non que chaque fcène doive être un événement, mais chaque fcène doit

S 3

fervir à nouer ou à dénouer l'intrigue ; chaque difcours doit être préparation ou obftacle. C'eft en vain qu'on cherche à mettre des contraftes entre les caractères dans ces fcènes inutiles, fi ces contraftes ne produifent rien.

V. 34. Et tous maux font pareils alors qu'ils font extrêmes.

Ce beau vers eft d'une grande vérité. Il eft trifte qu'il foit perdu dans une amplification.

V. 35 . . . L'amant qui vous charme, et pour qui vous brûlez,
Ne vous eft après tout que ce que vous voulez.
Une mauvaife humeur, un peu de jaloufie
En fait affez fouvent paffer la fantaifie,

font des vers comiques qui gâteraient la plus belle tirade.

V. 48. Vous ne connaiffez point ni l'amour, ni fes traits.

Ce *point* eft de trop. Il faut : *Vous ne connaiffez ni l'amour, ni fes traits.*

V. 53. Il entre avec douceur, mais il règne par force, &c.

Ces maximes détachées, qui font un défaut quand la paffion doit parler, avaient alors le mérite de la nouveauté. On s'écriait : *C'eft connaître le cœur humain !* mais c'eft le connaître bien mieux que de faire dire en fentiment ce qu'on n'exprimait guère alors qu'en fentences ; défaut éblouiffant que les auteurs imitaient de *Sénèque.*

V. 55. Vouloir ne plus aimer, c'eft ce qu'elle ne peut,
Puifqu'elle ne peut plus vouloir que ce qu'il veut.

Ces deux *peut*, ces fyllabes dures, ces monofyllabes *veut* et *peut*, et cette idée de vouloir ce que l'amour veut, comme s'il était queftion ici du dieu d'amour ; tout cela conftitue deux des plus mauvais vers qu'on pût faire, et c'était de tels vers qu'il fallait corriger.

V. dern. Ses chaînes font pour nous auffi fortes que belles.,

Toute cette fcène eft ce qu'on appelle du rempliffage; défaut infupportable, mais devenu prefque néceffaire dans nos tragédies qui font toutes trop longues, à l'exception d'un très-petit nombre.

SCENE V.

V. 1. Je viens vous apporter de fâcheufes nouvelles.

Comme l'arrivée du vieil *Horace* rend la vie au théâtre qui languiffait! quel moment et quelle noble fimplicité! On pourrait objecter qu'*Horace* ne devrait pas venir avertir des femmes que leurs époux et leurs frères font aux mains, que c'eft venir les défefpérer inutilement et fans raifon, qu'on les a même renfermées pour ne point entendre leurs cris, qu'il ne réfulte rien de cette nouvelle; mais il en réfulte du plaifir pour le fpectateur qui, malgré cette critique, eft très-aife de voir le vieil *Horace*.

V. 8. Ne nous confolez point contre tant d'infortune.

Cela n'eft pas français. On confole *du* malheur; on s'arme, on fe foutient *contre* le malheur.

V. 12. Nous pourrions aifément faire en votre préfence
De notre défefpoir une fauffe conftance.

Faire une fauffe conftance de fon défefpoir, eft du phébus, du galimatias; eft-il poffible que le mauvais fe trouve ainfi prefque toujours à côté du bon!

V. 14. Mais quand on peut fans honte être fans fermeté,
L'affecter au dehors, c'eft une lâcheté.

Ces fentences et ces raifonnemens font bien mal placés dans un moment fi douloureux; c'eft-là le poëte qui parle et qui raifonne.

S 4

V. 42. Ma main bientôt sur eux m'eût vengé hautement...

Ce discours du vieil *Horace* est plein d'un art d'autant plus beau, qu'il ne paraît pas. On ne voit que la hauteur d'un romain et la chaleur d'un vieillard qui préfère l'honneur à la nature. Mais cela même prépare tout ce qu'il dit dans la scène suivante ; c'est là qu'est le vrai génie.

V. 59. Un si glorieux titre est un digne trésor.

Notre malheureuse rime n'amène que trop souvent de ces expressions faibles ou impropres. *Un titre qui est un digne trésor*, ne serait permis que dans le cas où il s'agirait d'opposer ce titre à la fortune ; mais ici il ne forme pas de sens ; et ce mot de *digne* achève de rendre ce vers intolérable. Quand les poëtes se trouvent ainsi gênés par une rime, ils doivent absolument en chercher deux autres.

S C E N E   V I.

V. 1. Nous venez-vous, Julie, apprendre la victoire ?

Il semble intolérable qu'une suivante ait vu le combat, et que ce père des trois champions de Rome reste inutilement avec des femmes pendant que ses enfans sont aux mains, lui qui a dit auparavant :

> Qu'est-ceci, mes enfans ? écoutez-vous vos flammes,
> Et perdez-vous encor le temps avec des femmes ?

C'est une grande inconséquence ; c'est démentir son caractère. Quoi ! cet homme qui se sent assez de force pour tuer ses trois enfans *hautement* s'ils donnent un *mol consentement* à un nouveau choix que le peuple est en droit de faire, quitte le champ où ses trois fils combattent pour venir apprendre à des femmes une nouvelle qu'on doit leur cacher ! Il ne prétexte pas même cette disparate

fur l'horreur qu'il aurait de voir fes fils combattre contre
fon gendre! Il ne vient que comme meffager, tandis
que Rome entière eft fur le champ de bataille; il refte
les bras croifés, tandis qu'une foubrette a tout vu! ce
défaut peut-il fe pardonner? On peut répondre qu'il eft
refté pour empêcher ces femmes d'aller féparer les combattans, comme s'il n'y avait pas tant d'autres moyens.

V. 22. Ce bonheur a fuivi leur courage invaincu...

Ce mot *invaincu* n'a été employé que par *Corneille*, et
devrait l'être, je crois, par tous nos poëtes. Une expreffion fi bien mife à fa place dans le Cid et dans cette admirable fcène, ne doit jamais vieillir.

V. 23. Qu'ils ont vu Rome libre autant qu'ils ont vécu,
Et ne l'auront point vue obéir qu'à fon prince.

Ce *point* eft ici un folécifme; il faut, *et ne l'auront
vue obéir qu'à.*

V. 30. Que vouliez-vous qu'il fît contre trois? — Qu'il mourût.

Voilà ce fameux *qu'il mourût*, ce trait du plus grand
fublime, ce mot auquel il n'en eft aucun de comparable
dans toute l'antiquité. Tout l'auditoire fut fi tranfporté,
qu'on n'entendit jamais le vers faible qui fuit; et le
morceau, *n'eût-il que d'un moment retardé fa défaite*, étant
plein de chaleur, augmente encore la force du *qu'il
mourût*. Que de beautés! et d'où naiffent-elles? d'une
fimple méprife très-naturelle, fans complications d'événemens, fans aucune intrigue recherchée, fans aucun
effort. Il y a d'autres beautés tragiques, mais celle-ci
eft au premier rang.

Il eft vrai que le vieil *Horace*, qui était préfent quand
les *Horaces* et les *Curiaces* ont refufé qu'on nommât d'autres champions, a dû être préfent à leur combat. Cela
gâte jufqu'au *qu'il mourût.*

V. 36. Il eſt de tout ſon ſang comptable à ſa patrie,
Chaque goutte épargnée a ſa gloire flétrie.

Chaque goutte paraît être de trop. Il ne faut pas tant retourner ſa penſée.

A ſa gloire flétrie; la ſévérité de la grammaire ne permet point ce *flétrie* : il faut dans la rigueur, *a flétri ſa gloire* : mais *a ſa gloire flétrie* eſt plus beau, plus poëtique, plus éloigné du langage ordinaire ſans cauſer d'obſcurité.

V. 38. Chaque inſtant de ſa vie après ce lâche tour...

Après ce lâche tour, eſt une expreſſion trop triviale.

V. 39. Met d'autant plus ma honte avec la ſienne au jour.
J'en romprai bien le cours, *&c.*

Ces derniers mots ſe rapportent naturellement à la honte; mais on ne rompt point le cours d'une honte. Il faut donc qu'ils tombent ſur *chaque inſtant de ſa vie*, qui eſt plus haut; mais *je romprai bien le cours de chaque inſtant de ſa vie*, ne peut ſe dire. *Bien* ſignifie dans ces occaſions *fortement* ou *aiſément* : je le punirai *bien*, je l'empêcherai *bien*.

V. 61. Dieux! verrons-nous toujours des malheurs de la ſorte?

Ce *de la ſorte* eſt une expreſſion du peuple, qui n'eſt pas convenable; elle n'eſt pas même françaiſe. Il faudrait *de cette ſorte*, ou *d'une telle ſorte*.

V. 62. Nous faudra-t-il toujours en craindre de plus grands,
Et toujours redouter la main de nos parens?

Ce dernier vers eſt de la plus grande beauté : non-ſeulement il dit ce dont il s'agit, mais il prépare ce qui doit ſuivre.

ACTE QUATRIEME.

SCENE PREMIERE.

Vers 1. Ne me parlez jamais en faveur d'un infame.

Nous avons vu qu'il est très-extraordinaire que le père n'ait pas été détrompé entre le troisième et le quatrième acte, qu'un vieillard de son caractère, qui a assez de force pour tuer son fils de ses propres mains, à ce qu'il dit, n'en ait pas assez pour être allé sur le champ de bataille, qu'il reste dans sa maison tandis que Rome entière est spectatrice du combat; comment souffrir qu'une suivante soit allée voir ce fameux duel, et que le vieil *Horace* soit demeuré chez lui? comment ne s'est-il pas mieux informé pendant l'entr'acte? pourquoi le père des *Horaces* ignore-t-il seul ce que tout Rome fait? Je ne fais de réponse à cette critique, sinon que ce défaut est presque excusable, puisqu'il amène de grandes beautés.

V. 5.   Sabine y peut mettre ordre, ou derechef j'atteste
           Le souverain pouvoir de la troupe céleste....

Derechef et *la troupe céleste* sont hors d'usage. *La troupe céleste* est bannie du style noble, sur-tout depuis que *Scarron* l'a employée dans le style burlesque.

V. 11.   Le jugement de Rome est peu pour mon regard.

Pour mon regard, est suranné et hors d'usage; c'est pourtant une expression nécessaire.

SCENE II.

V. 11.   C'est à moi seul aussi de punir son forfait.

Si son fils est coupable d'un *forfait* envers Rome, pourquoi ferait-ce au père seul à le punir?

V. 15. Vous redoublez ma honte et ma confuſion.

Je ne ſais s'il n'y a pas dans cette ſcène un artifice trop viſible , une mépriſe trop long-temps ſoutenue. Il ſemble que l'auteur ait eu plus d'égards au jeu de théâtre qu'à la vraiſemblance. C'eſt le même défaut que dans la ſcène de *Chimène* avec *don Sanche* dans le Cid. Ce petit et faible artifice, dont *Corneille* ſe ſert trop ſouvent, n'eſt pas la véritable tragédie.

V. 22. Quels honneurs, quel triomphe, et quel empire enfin,
Lorſque Albe ſous ſes lois range notre deſtin ?

On ne range point ainſi un deſtin.

V. 30. Quoi, Rome enfin triomphe !

Que ce mot eſt pathétique ! comme il ſort des entrailles d'un vieux romain !

V. 56. L'air réſonne des cris qu'au ciel chacun envoie ;
Albe en jette d'angoiſſe et les Romains de joie.

On ne dit plus guère *angoiſſe* ; et pourquoi ? quel mot lui a-t-on ſubſtitué ? *Douleur , horreur , peine , afflictions,* ne ſont pas des équivalens : *angoiſſe* exprime la douleur preſſante et la crainte à la fois.

V. 59. C'eſt peu pour lui de vaincre , il veut encor braver.

Braver eſt un verbe actif qui demande toujours un régime ; de plus ce n'eſt pas ici une bravade ; c'eſt un ſentiment généreux d'un citoyen qui venge ſes frères et ſa patrie.

V. 84. C'eſt où le roi le mène. . . . . . .

Mener à des chants et à des vœux , n'eſt ni noble ni juſte ; mais le récit de *Valère* a été ſi beau , qu'on pardonne aiſément ces petites fautes.

V. 84. . . . . Et tandis il m'envoie
Faire office envers vous de douleur et de joie.

Tandis, fans un *que*, eft abfolument profcrit, et n'eft plus permis que dans une efpèce de ftyle burlefque et naïf, qu'on nomme *marotique : Tandis la perdrix vire.*

Faire office de douleur n'eft plus français, et je ne fais s'il l'a jamais été ; on dit familièrement, *faire office d'ami, office de ferviteur*, *office d'homme intéreffé* ; mais non *office de douleur et de joie.*

V. 94. Le roi ne fait que c'eft d'honorer à demi.

Cette phrafe eft italienne ; nous difons aujourd'hui , *ne fait ce que c'eft.* Mais la dignité du tragique rejette ces expreffions de comédie.

V. dern. Je vous devrai beaucoup pour un fi bon office.

Ici la pièce eft finie, l'action eft complétement terminée. Il s'agiffait de la victoire, et elle eft remportée ; du deftin de Rome, et il eft décidé.

SCENE III.

V. 1. Ma fille, il n'eft plus temps de répandre des pleurs.

Voici donc une autre pièce qui commence ; le fujet en eft bien moins grand , moins intéreffant , moins théâtral que celui de la première. Ces deux actions différentes ont nui au fuccès complet des Horaces. Il eft vrai qu'en Efpagne , en Angleterre, on joint quelquefois plufieurs actions fur le théâtre : on repréfente dans la même pièce la Mort de Céfar et la Bataille de Philippes. *Nos mufas colimus feveriores.*

Qu'en un lieu, qu'en un jour, un feul fait accompli,
Tienne jufqu'à la fin le théâtre rempli.

Remarquez que *Camille* a été ſi inutile ſur la fin de la première pièce des Horaces, qu'elle n'a proféré qu'un *hélas* pendant le récit de la mort de *Curiace*.

Remarquez encore que le vieil *Horace* n'a plus rien à dire, et qu'il perd le temps à répéter à *Camille* qu'il va conſoler *Sabine*.

V. 3. On pleure injuſtement des pertes domeſtiques,
Quand on en voit ſortir des victoires publiques.

Des victoires qui ſortent, font une image peu convenable. On ne voit point ſortir des victoires, comme on voit ſortir des troupes d'une ville.

V. 7. En la mort d'un amant vous ne perdez qu'un homme,
Dont la perte eſt aiſée à réparer dans Rome.

L'auteur répète trop ſouvent cette idée, et ce n'eſt pas là le temps de parler de mariage à *Camille*.

V. 13. Et ſes trois frères morts par la main d'un époux
Lui donneront des pleurs bien plus juſtes qu'à vous.

Lui donneront des pleurs juſtes n'eſt pas français. C'eſt *Sabine* qui donnera des pleurs; ce ne ſont pas ſes frères morts qui lui en donneront. Un accident fait couler des pleurs, et ne les donne pas.

V. 21. Faites-vous voir ſa ſœur, et qu'en un même flanc
Le ciel vous a tous deux formés d'un même ſang.

Faites-vous voir... et qu'en... eſt un ſoléciſme; parce que *faites-vous voir* ſignifie *montrez-vous, ſoyez ſa ſœur*; et *montrez-vous, ſoyez, paraiſſez*, ne peut régir un *que*.

Ajoutez qu'après lui avoir dit, *faites-vous voir ſa ſœur*, il eſt très-ſuperflu de dire qu'elle eſt ſortie du même flanc.

SCENE IV.

V. 1. Oui , je lui ferai voir par d'infaillibles marques
    Qu'un véritable amour brave la main des Parques.

Voici *Camille* qui , après un long filence dont on ne
s'eft pas feulement aperçu , parce que l'ame était toute
remplie du deftin des *Horaces* et des *Curiaces* , et de celui
de Rome ; voici *Camille* , dis-je , qui s'échauffe tout d'un
coup , et comme de propos délibéré ; elle débute par
une fentence poëtique : *Qu'un véritable amour brave la
main des Parques. Infaillibles marques* n'eft là que pour la
rime ; grand défaut de notre poëfie.

Ce monologue même n'eft qu'une vaine déclamation.
La vraie douleur ne raifonne point tant , ne récapitule
point ; elle ne dit point qu'on bâtit *en l'air fur le malheur
d'autrui* , et que fon père *triomphe* comme fon frère de ce
malheur. Elle ne s'excite point à *braver la colère* , à effayer
de déplaire. Tous ces vains efforts font froids , et pourquoi ? c'eft qu'au fond le fujet manque à l'auteur. Dès
qu'il n'y a plus de combats dans le cœur , il n'y a plus
rien à dire.

V. 7. . . . . Et par un jufte effort
    Je la veux rendre égale aux rigueurs de mon fort.

Elle dit ici qu'elle veut rendre fa douleur *égale* , *par un
jufte effort* , *aux rigueurs de fon fort.* Quand on fait ainfi
des efforts pour proportionner fa douleur à fon état , on
n'eft pas même poëtiquement affligé.

V. 17. Un oracle m'affure ; un fonge me travaille.

M'affure ne fignifie pas *me raffure* ; et c'eft *me raffure*
que l'auteur entend. Je fuis effrayé , on me raffure. Je
doute d'une chofe , on m'affure qu'elle eft ainfi . . . .
Affurer avec l'accufatif ne s'emploie que pour *certifier.*

J'assure ce fait ; et en termes d'art il signifie *affermir :* Assurez cette solive, ce chevron.

V. 20. Pour combattre mon frère on choisit mon amant.

Cette récapitulation de la pièce précédente n'est-elle point encore l'opposé d'une affliction véritable ? *Curæ leves loquuntur.*

V. 45. Dégénérons, mon cœur, d'un si vertueux père, &c.

Ce *dégénérons, mon cœur,* cette résolution de se mettre en colère, ce long discours, cette nouvelle sentence mal exprimée, que *c'est gloire de passer pour un cœur abattu,* enfin tout refroidit, tout glace le lecteur, qui ne souhaite plus rien. C'est, encore une fois, la faute du sujet. L'aventure des *Horaces,* des *Curiaces* et de *Camille* est plus propre en effet pour l'histoire que pour le théâtre.

On ne peut trop honorer *Corneille* qui a senti ce défaut, et qui en parle dans son examen avec la candeur d'un grand homme.

V. 55. Il vient, préparons-nous à montrer constamment
Ce que doit une amante à la mort d'un amant.

Préparons-nous augmente encore le défaut. On voit une femme qui s'étudie à montrer son affliction, qui répète, pour ainsi dire, sa leçon de douleur.

S C E N E   V.

V. 1. Ma sœur, voici le bras qui venge nos deux frères, &c.

Ce n'est plus là l'*Horace* du second acte. Ce *bras* trois fois répété, et cet ordre de rendre ce *qu'on doit à l'heur de sa victoire,* témoignent, ce semble, plus de vanité que de grandeur : il ne devrait parler à sa sœur que pour la consoler, ou plutôt il n'a rien du tout à dire. Qui l'amène auprès d'elle ? est-ce à elle qu'il doit présenter les armes
de

de fes beaux-frères ? C'eft au roi, c'eft au fénat affemblé qu'il devait montrer ces trophées. Les femmes ne fe mêlaient de rien chez les premiers Romains. Ni la bien-féance, ni l'humanité, ni fon devoir ne lui permettaient de venir faire à fa fœur une telle infulte. Il paraît qu'*Horace* pouvait dépofer au moins ces dépouilles dans la maifon paternelle, en attendant que le roi vînt ; que fa fœur, à cet afpect, pouvait s'abandonner à fa douleur, fans qu'*Horace* lui dît, *voici ce bras*, et fans qu'il lui ordonnât de ne s'entretenir jamais que de fa victoire ; il femble qu'alors *Camille* aurait paru un peu plus coupable, et que l'em-portement d'*Horace* aurait eu quelque excufe.

V. 18. O d'une indigne fœur infupportable audace !

Obfervez que la colère du vieil *Horace* contre fon fils était très-intéreſſante, et que celle de fon fils contre fa fœur eft révoltante et fans aucun intérêt. C'eft que la colère du vieil *Horace* fuppofait le malheur de Rome ; au lieu que le jeune *Horace* ne fe met en colère que contre une femme qui pleure et qui crie, et qu'il faut laiſſer crier et pleurer. Cela eft hiftorique, oui ; mais cela n'eft nullement tragique, nullement théâtral.

V. 19. D'un ennemi public dont je reviens vainqueur,
Le nom eft dans ta bouche et l'amour dans ton cœur.

Le reproche eft évidemment injufte. *Horace* lui-même devait plaindre *Curiace* ; c'eft fon beau-frère ; il n'y a plus d'ennémis, les deux peuples n'en font plus qu'un Il a dit lui-même au fecond acte qu'*il aurait voulu racheter de fa vie le fang de Curiace.*

V. 28. Donne-moi donc, barbare, un cœur comme le tien.

Ces plaintes feraient plus touchantes fi l'amour de *Camille* avait été le fujet de la pièce ; mais il n'en a été que l'épifode : on y a fongé à peine ; on n'a été

occupé que de Rome. Un petit intérêt d'amour inter-
rompu ne peut plus reprendre une vraie force. Le cœur
doit faigner par degrés dans la tragédie, et toujours des
mêmes coups redoublés , et fur-tout variés.

V. 51. Rome, l'unique objet de mon reffentiment ! *&c.*

Ces imprécations de *Camille* ont toujours été un beau
morceau de déclamation, et ont fait valoir toutes les
actrices qui ont joué ce rôle. Plufieurs juges févères
n'ont pas aimé le *mourir de plaifir* ; ils ont dit que l'hyperbole eft fi forte, qu'elle va jufqu'à la plaifanterie.

Il y a une obfervation à faire ; c'eft que jamais les
douleurs de *Camille* ni fa mort n'ont fait répandre une
larme.

> Pour m'arracher des pleurs, il faut que vous pleuriez.

Mais *Camille* n'eft que furieufe ; elle ne doit pas être en
colère contre Rome ; elle doit s'être attendue que Rome
ou Albe triompherait. Elle n'a raifon d'être en colère que
contre *Horace* qui, au lieu d'être auprès du roi après fa
victoire, vient fe vanter affez mal à propos à fa fœur
d'avoir tué fon amant. Encore une fois , ce ne peut être
un fujet de tragédie.

V. 70. Va dedans les enfers plaindre ton Curiace.

On ne fe fert plus du mot de *dedans*, et il fut toujours
un folécifme quand on lui donne un régime ; on ne
peut l'employer que dans un fens abfolu : *Etes-vous hors
du cabinet ? non, je fuis dedans.* Mais il eft toujours mal
de dire, *dedans ma chambre*, *dehors de ma chambre*. *Corneille*
au cinquième acte dit :

> Dans les murs, hors des murs, tout parle de fa gloire.

Il n'aurait pas parlé français s'il eût dit, *dedans les murs,
dehors des murs.*

SCENE VI.

V. 1. PROCULE. Que venez-vous de faire ?

D'où vient ce *Procule* ? à quoi fert ce *Procule*, ce perfonnage fubalterne qui n'a pas dit un mot jufqu'ici ? C'eſt encore un très-grand défaut ; non pas de ces défauts de convenances, de ces fautes qui amènent des beautés, mais de celles qui amènent de nouveaux défauts.

Cette ſcène a toujours paru dure et révoltante. *Ariſtote* remarque que la plus froide des cataſtrophes eſt celle dans laquelle on commet de fang froid une action atroce qu'on a voulu commettre. *Addiſſon*, dans ſon Spectateur, dit que ce meurtre de *Camille* eſt d'autant plus révoltant, qu'il ſemble commis de fang froid, et qu'*Horace* traverſant tout le théâtre pour aller poignarder ſa fœur avait tout le temps de la réflexion. Le public éclairé ne peut jamais ſouffrir un meurtre ſur le théâtre, à moins qu'il ne ſoit abſolument néceſſaire, ou que le meurtrier n'ait les plus violens remords.

SCENE VII.

V. 1. A quoi s'arrête ici ton illuſtre colère ?

Sabine arrivant après le meurtre de *Camille*, ſeulement pour reprocher cette mort à ſon mari, achève de jeter de la froideur ſur un événement qui, autrement préparé, devait être terrible.

L'illuſtre colère et *les généreux coups*, font une déclamation ironique. *Racine* a pourtant imité ce vers dans Andromaque :

Que peut-on refuſer à ces généreux coups ?

Cette converſation de *Sabine* et d'*Horace*, après le meurtre de *Camille*, eſt auſſi inutile que la ſcène de *Proculus* ; elle ne produit aucun changement.

V. 22. Embraſſe ma vertu pour vaincre ta faibleſſe.

Eſt-ce là le langage qu'il doit tenir à ſa femme, quand il vient d'aſſaſſiner ſa ſœur dans un moment de colère ?

V. 23. Participe à ma gloire au lieu de la fouiller,
Tâche à t'en revêtir, non à m'en dépouiller, &c.

Sans parler des fautes de langage, tous ces conſeils ne peuvent faire aucun bon effet, parce que la douleur de *Sabine* n'en peut faire aucun.

V. 33. Mais enfin je renonce à la vertu romaine.

C'eſt une répétition un peu froide des vers de *Curiace :*

Je rends grâces aux dieux de n'être pas romain.

V. 41. Pourquoi veux-tu, cruel, agir d'une autre ſorte ?
Laiſſe en entrant ici tes lauriers à la porte.

On ſent aſſez qu'*agir d'une autre ſorte,* et *laiſſer en entrant les lauriers à la porte,* ne ſont des expreſſions ni nobles ni tragiques, et que toute cette tirade eſt une déclamation oiſeuſe d'une femme inutile.

V. 57. Quelle injuſtice aux dieux d'abandonner aux femmes
Un empire ſi grand ſur les plus belles ames ! &c.

Cette tendreſſe eſt-elle convenable à l'aſſaſſin de ſa ſœur, qui n'a aucun remords de cette indigne action, et qui parle encore de ſa vertu ? Voyez comme ces ſentences et ces diſcours vagues ſur le pouvoir des femmes conviennent peu devant le corps ſanglant de *Camille* qu'*Horace* vient d'aſſaſſiner.

V. 61. A quel point ma vertu devient-elle réduite !

Devient réduite n'eſt pas français. Ce mot *devenir* ne convient jamais qu'aux affections de l'ame; on devient faible , malheureux , hardi , timide , &c. mais on ne devient pas *forcé à, réduit à.*

V. dern. Et n'employons après que nous à notre mort.

Sabine parle toujours de mourir : il n'en faut pas tant parler quand on ne meurt point.

ACTE CINQUIEME.

CORNEILLE, dans son Jugement sur Horace, s'exprime ainsi : *Tout ce cinquième acte est encore une des causes du peu de satisfaction que laisse cette tragédie ; il est tout en plaidoyers,* &c. Après un si noble aveu , il ne faut parler de la pièce que pour rendre hommage au génie d'un homme assez grand pour se condamner lui-même. Si j'ose ajouter quelque chose , c'est qu'on trouvera de beaux détails dans ces plaidoyers.

Il est vrai que cette pièce n'est pas régulière , qu'il y a en effet trois tragédies absolument distinctes , la Victoire d'*Horace* , la Mort de *Camille* et le Procès d'*Horace*. C'est imiter en quelque façon le défaut qu'on reproche à la scène anglaise et à l'espagnole ; mais les scènes d'*Horace*, de *Curiace* et du vieil *Horace* sont d'une si grande beauté, qu'on reverra toujours ce poëme avec plaisir, quand il se trouvera des acteurs qui auront assez de talent pour faire sentir ce qu'il y a d'excellent , et faire pardonner ce qu'il y a de défectueux.

SCENE PREMIERE.

Vers 5. Nos plaisirs les plus doux ne vont point sans tristesse ;

expression familière dont il ne faut jamais se servir dans le style noble. En effet , des plaisirs ne *vont* point.

T 3

V. 21. Si ma main en devient honteufe et profanée,
Vous pouvez d'un feul mot trancher ma deftinée.

Une action eft honteufe, mais la main ne l'eft pas ; elle eft fouillée, coupable, &c.

V. 23. Reprenez tout ce fang de qui ma lâcheté
A fi brutalement fouillé la pureté.

Lâcheté... brutalement. S'il a été lâche et brutal, pourquoi parlait-il à fa femme de *la vertu* avec laquelle il avait tué fa fœur ?

V. 29. Son amour doit fe taire où toute excufe eft nulle.

Eft nulle ; expreffion qui doit être bannie des vers.

S C E N E I I.

V. 5. Un fi rare fervice et fi fort important, &c.

Fort eft de trop.

V. 9. J'ai fu par fon rapport, et je n'en doutais pas,
Comme de vos deux fils vous portez le trépas.

Il faut *comment ;* et *portez* n'eft plus d'ufage.

V. 18. Et je doute comment vous portez cette mort.

Répétition vicieufe.

V. 29. Sire, puifque le ciel entre les mains des rois
Dépofe fa juftice et la force des lois, &c.

Il faut avouer que ce *Valère* fait là un fort mauvais perfonnage : il n'a encore paru dans la pièce que pour faire un compliment ; on n'en a parlé que comme d'un homme fans conféquence. C'eft un défaut capital que *Corneille* tâche en vain de pallier dans fon examen.

V. 36. Permettez qu'il achève, et je ferai juftice.

C'eft la loi de l'unité de lieu qui force ici l'auteur à faire le procès d'*Horace* dans fa propre maifon ; ce qui n'eft ni convenable, ni vraifemblable. J'ajouterai ici une remarque purement hiftorique ; c'eft que les chefs de Rome, appelés *rois*, ne rendaient point juftice feuls, il fallait le concours du fénat entier, ou des délégués.

V. 41. Souffrez donc, ô grand Roi, le plus jufte des rois,
     Que tous les gens de bien vous parlent par ma voix, &c.

Ce plaidoyer reffemble à celui d'un avocat qui s'eft préparé : il n'eft ni dans le génie de ces temps-là, ni dans le caractère d'un amant qui parle contre l'affaffin de fa maîtreffe.

V. 79. Mais je hais ces moyens qui fentent l'artifice.

Ce trait eft de l'art oratoire, et non de l'art tragique ; mais quelque chofe que pût dire *Valère*, il ne pouvait toucher.

V. 115. Sire, c'eft rarement qu'il s'offre une matière
     A montrer d'un grand cœur la vertu toute entière, &c.

Ces vers font beaux, parce qu'ils font vrais et bien écrits.

V. 151. Que votre majefté déformais m'en difpenfe.

On ne connaiffait point alors le titre de *majefté*.

SCENE III.

V. 16. Il mourra plus en moi qu'il ne mourrait en lui.

Ces fubtilités de *Sabine* jettent beaucoup de froid fur cette fcène. On eft las de voir une femme qui a toujours eu une douleur étudiée, qui a propofé à *Horace* de la

T 4

tuer afin que *Curiace* la vengeât, et qui maintenant veut qu'on la faſſe mourir pour *Horace*, parce qu'*Horace vit en elle.*

V. 49. Tous trois défavoûront la douleur qui te touche. . .
L'horreur que tu fais voir d'un mari vertueux.

Cela n'eſt pas vrai. *Sabine* qui veut mourir pour *Horace*, n'a point montré d'horreur pour lui.

V. 1 1 4. Il m'en reſte encore un, conſervez-le pour elle, &c.

Quoiqu'en effet tout ce cinquième acte ne ſoit qu'un plaidoyer hors d'œuvre, et dans lequel perſonne ne craint pour l'accuſé, cependant il y a de temps en temps des maximes profondes, nobles, juſtes, qu'on écoutait autrefois avec grand plaiſir. *Paſcal* même, qui feſait un recueil de toutes les penſées qui pouvaient ſervir à établir un ouvrage qu'il n'a jamais pu faire, n'a pas manqué de mettre dans ſon agenda cette penſée de *Corneille* : *Il faut plaire aux eſprits bien faits.*

V. 1 37. Je garde en mon eſprit les forces plus preſſantes.

Force s'emploie au pluriel pour les forces du corps, pour celles d'un Etat, mais non pour un diſcours. *Plus* eſt une faute.

SCENE DERNIERE.

JULIE *ſeule.*

Camille, ainſi le ciel t'avait bien avertie
Des tragiques ſuccès qu'il t'avait préparés ;
Mais toujours du ſecret il cache une partie
Aux eſprits les plus nets et les plus éclairés.

Il femblait nous parler de ton proche hymenée,
Il femblait tout promettre à tes vœux innocens ;
Et nous cachant ainfi ta mort inopinée
Sa voix n'eft que trop vraie en trompant notre fens.

Albe et Rome aujourd'hui prennent une autre face.
Tes vœux font-exaucés ; elles goûtent la paix ;
Et tu vas être unie avec ton Curiace ,
Sans qu'aucun mauvais fort t'en fépare jamais.

Ce commentaire de *Julie* fur le fens de l'oracle a été retranché dans les éditions fuivantes. Il eft vifiblement imité de la fin du *Paftor fido ;* mais dans l'italien cette explication fait le dénouement; elle eft dans la bouche de deux pères infortunés ; elle fauve la vie au héros de la pièce. Ici c'eft une confidente inutile qui dit une chofe inutile. Ces vers furent récités dans les premières repréfentations.

Les lecteurs raifonnables trouveront bon , fans doute , qu'on ait ainfi remarqué avec une équité impartiale les grandes beautés et les défauts de *Corneille* , et qu'on pourfuive dans cet efprit. Un commentateur n'eft pas un avocat qui cherche feulement à faire valoir en tout la caufe de fa partie ; et ce ferait trahir la mémoire de *Corneille* que de ne pas imiter la candeur avec laquelle il fe juge lui-même. On doit la vérité au public.

POLYEUCTE,

TRAGEDIE, 1643.

Quand on paffe de Cinna à Polyeucte, on fe trouve dans un monde tout différent. Mais les grands poëtes, ainfi que les grands peintres, favent traiter tous les fujets. C'eft une chofe affez connue, que *Corneille* ayant lu fa tragédie de Polyeucte chez madame de *Rambouillet*, où fe raffemblaient alors les efprits les plus cultivés, cette pièce y fut condamnée d'une voix unanime, malgré l'intérêt qu'on prenait à l'auteur dans cette maifon. *Voiture* fut député de toute l'affemblée pour engager *Corneille* à ne pas faire repréfenter cet ouvrage. Il eft difficile de démêler ce qui put porter les hommes du royaume qui avaient le plus de goût et de lumières, à juger fi fingulièrement. Furent-ils perfuadés qu'un martyr ne pouvait jamais réuffir fur le théâtre? c'était ne pas connaître le peuple. Croyaient-ils que les défauts que leur fagacité leur fefait remarquer, révolteraient le public? c'était tomber dans la même erreur qui avait trompé les cenfeurs du Cid; ils examinaient le Cid par l'exacte raifon, et ils ne voyaient pas qu'au fpectacle on juge par fentiment. Pouvaient-ils ne pas fentir les beautés fingulières des rôles de *Sévère* et de *Pauline*? Ces beautés, d'un genre fi neuf et fi délicat, les alarmèrent peut-être. Ils purent craindre qu'une femme qui aimait à la fois fon amant et fon mari, n'intéreffât pas; et c'eft précifément ce qui fit le fuccès de la pièce. On trouvera dans les remarques quelques anecdotes concernant ce jugement de l'hôtel de Rambouillet. Ce qui eſt étonnant, c'eſt que tous ces chefs-d'œuvre ſe ſuivaient d'année en année. Cinna fut joué au commencement de 1643, et Polyeucte à la fin. Il eſt vrai que *Lopez de Vega*, *Garnier*, *Calderon*, compoſaient encore plus vîte, *ſtantes pede in uno;* mais, quand on ne s'aſſervit à aucune règle, qu'on n'eſt gêné ni par la rime, ni par la conduite, ni par aucune bienféance, il eſt plus aiſé de faire dix tragédies que de faire Cinna et Polyeucte.

REMARQUES

SUR

L'EPITRE DEDICATOIRE

A LA

REINE REGENTE.

Page 134, tome II. *PERMETTEZ..... que je m'écrie dans mon transport:
Que vos soins, grande Reine, enfantent de miracles !* &c.

Corneille n'était pas fait pour les sonnets et pour les madrigaux. Il aurait mieux fait de ne se point *écrier dans son transport.* Les vers que *Voiture* fit cette année-là même pour la reine, en sa présence, sont dans un autre goût et un peu meilleurs :

. . . .
Mais que vous étiez plus heureuse,
Lorsque vous étiez autrefois,
Je ne veux pas dire amoureuse,
La rime le dit toutefois.

C'est un assez plaisant contraste que *Voiture* loue la reine d'avoir été un peu galante, et que *Corneille* fasse l'éloge de sa dévotion.

REMARQUES

SUR

POLYEUCTE,

TRAGEDIE.

ACTE PREMIER.

SCENE PREMIERE.

Vers 1. Quoi ! vous vous arrêtez aux songes d'une femme !
De si faibles sujets troublent cette grande ame !

Des songes qui font des sujets ; il était aisé de commencer avec plus d'exactitude et d'élégance ; mais la faute est très-légère.

V. 3. Et ce cœur tant de fois dans la guerre éprouvé
S'alarme d'un péril qu'une femme a rêvé !

Le mot de *rêver* est devenu trop familier ; peut-être ne l'était-il pas du temps de *Corneille* : il faut observer qu'il avait déjà l'art de varier son style ; il nous avertit même dans ses examens qu'il l'a proportionné à ses sujets. Toutes les pièces des autres auteurs paraissent jetées dans le même moule. Il faut convenir pourtant qu'un connaisseur reconnaîtra toujours le même fonds de style dans les pièces de *Corneille* qui paraissent le plus diversement écrites. C'est en effet le même tour dans les phrases, toujours un peu de raisonnement dans la passion, toujours des maximes détachées, toujours des pensées retournées en plus d'une manière. C'est le style de *Rotrou*, avec plus de force, d'élégance et de richesse. La manière du peintre est visible, quelque sujet que traite son pinceau.

V. 5. Je fais ce qu'est un songe, et le peu de croyance
   Qu'un homme doit donner à son extravagance ;

termes de la haute comédie. De plus, *donner de la croyance* n'est pas d'un français pur.

V. 9. Mais vous ne savez pas ce que c'est qu'une femme,

est du style bourgeois de la comédie.

V. 10. Vous ignorez quels droits elle a sur toute l'ame.

Ce mot *toute* est inutile, et fait languir le vers ; une vaine épithète affaiblit toujours la diction et la pensée.

V. 13. Pauline, sans raison, dans la douleur plongée,
   Craint et croit déjà voir ma mort qu'elle a songée.

On ne peut dire que dans le burlesque, *songer une mort.*

V. 19. Et mon cœur attendri sans être intimidé
   N'ose déplaire aux yeux dont il est possédé ;

expression impropre, vicieuse ; on ne peut dire : *Etre possédé des yeux.*

V. 23. Par un peu de remise épargnons son ennui,
   Pour faire en plein repos ce qu'il trouble aujourd'hui.

Cela est à peine intelligible. Ce style est trop à la fois négligé et forcé. Pour juger si des vers sont mauvais, mettez-les en prose ; si cette prose est incorrecte, les vers le sont. *Epargnons son ennui par un peu de remise, pour faire en plein repos ce qu'il trouble.* Vous voyez combien une telle phrase révolte. Les vers doivent avoir la clarté, la pureté de la prose la plus correcte ; et l'élégance, la force, la hardieſſe, l'harmonie de la poëſie.

Ce qui eſt aſſez ſingulier, c'eſt que *Corneille*, dans la première édition de Polyeucte, avait mis :

> Remettons ce deſſein qui l'accable d'ennui,
> Nous le pourrons demain auſſi-bien qu'aujourd'hui ;

et dans toutes les autres éditions qu'il fit faire, il corrigea ces deux vers de la manière dont nous les imprimons dans le texte. Apparemment on avait critiqué *remettre un deſſein*, parce qu'on remet à un autre jour l'accompliſſement, l'exécution, et non pas le deſſein. On avait pu blâmer auſſi, *nous le pourrons demain ;* parce que ce *le* ſe rapporte à *deſſein*, et que *pouvoir un deſſein* n'eſt pas français. Mais en général il vaut mieux pécher un peu contre l'exactitude de la ſyntaxe, que de faire des vers obſcurs et mal tournés. La première manière était, à la vérité, un peu fautive, mais elle vaut beaucoup mieux que la ſeconde. Tout cela prouve que la verſification françaiſe eſt d'une difficulté preſque inſurmontable.

V. 27. Et Dieu qui tient votre ame et vos jours dans ſa main,
  Promet-il à vos vœux de le vouloir demain ?

Eſt-ce D I E U qui *promet de vouloir demain*, ou qui promet que *Polyeucte* voudra ? Un écrivain ne doit jamais tomber dans ces amphibologies ; on ne les permet plus.

V. 29. Il eſt toujours tout juſte et tout bon, mais ſa grâce
  Ne deſcend pas toujours avec même efficace.
  Après certains momens que perdent nos longueurs,
  Elle quitte ces traits qui pénètrent les cœurs.

Tous ces vers ſont rampans, trop négligés, trop du ſtyle familier des livres de dévotion. *Après certains momens*, &c. cela ſent plus le ſtyle comique que le tragique.

V. 34. Le bras qui la verfait en devient plus avare.

Il y avait dans les premières éditions :

> Le bras qui la verfait s'arrête et fe courrouce ;
> Notre cœur s'endurcit, et fa pointe s'émouffe.

Il faut avouer qu'aujourd'hui on ne fouffrirait pas *un bras qui verfe une grâce.*

V. 39. Et pour quelques foupirs qu'on vous a fait ouïr,
Sa flamme fe diffipe et va s'évanouir.

Ce mot *ouïr* ne peut guère convenir à des *foupirs.* Quand *Racine*, dans fon ftyle châtié, toujours élégant, toujours noble, et d'autant plus hardi qu'il le paraît moins, fait dire à *Andromaque :*

> . . . . . Ah, Seigneur, vous entendiez affez
> Des foupirs qui craignaient de fe voir repouffés ;

le mot d'*entendre* fignifie là *comprendre*, *connaître.* *Vous connaiffiez mon cœur par mes foupirs.*

V. 53. Ainfi du genre humain l'ennemi vous abufe.

Ce langage familier de la dévotion parut d'abord extraordinaire ; on venait de jouer Ste Agnès, d'un *Puget de la Serre.* Elle était tombée ; fa chute donna mauvaife opinion de St Polyeucte à l'hôtel de Rambouillet. Le cardinal de *Richelieu* le condamna comme le Cid. C'eft ce que nous apprend l'abbé *Hedelin d'Aubignac*, ennemi de *Corneille*, et qui croyait être fon maître.

Remarquez que cette périphrafe, *l'ennemi du genre humain*, eft noble, et que le nom propre eût été ridicule. Le vulgaire fe repréfente le diable avec des cornes et une longue queue. *L'ennemi du genre humain* donne l'idée d'un être terrible qui combat contre DIEU même. Toutes les fois qu'un mot préfente une image, ou baffe, ou dégoûtante, ou comique, ennobliffez-la par des images acceffoires ; mais auffi ne vous piquez pas de vouloir

ajouter

ajouter une grandeur vaine à ce qui eſt impoſant par
ſoi-même. Si vous voulez exprimer que le roi vient,
dites, *le roi vient;* et n'imitez pas le poëte qui, trouvant
ces mots trop communs, dit :

> Ce grand roi roule ici ſes pas impérieux.

V. 54. Ce qu'il ne peut de force il l'entreprend de ruſe.

De force, *de ruſe*, cela eſt lâche, et n'eſt pas d'un
français pur. On n'entreprend point de ruſe.

V. 55. Jaloux des bons deſſeins qu'il tâche d'ébranler,
> Quand il ne peut les rompre, il pouſſe à reculer.

Les rompre, *demi-rompu*, *rompez*. Ce mot *rompre*, ſi
ſouvent répété, eſt d'autant plus vicieux, qu'on ne dit
ni *rompre un deſſein*, ni *rompre un coup*.

V. 57. D'obſtacle ſur obſtacle il va troubler le vôtre,
> Aujourd'hui par des pleurs, chaque jour par quelque autre.

Après *par des pleurs* il fallait ſpécifier un autre obſtacle. *Chaque jour par quelque autre;* il ſemble que ce ſoit
par quelque autre pleur. Le ſens eſt clair, à la vérité,
mais la phraſe ne l'eſt pas.

> Ici le ſens me choque, et plus loin c'eſt la phraſe.
> BOILEAU.

Ces petites négligences multipliées ſe font plus ſentir
à la lecture qu'au théâtre ; rien ne doit échapper aux
lecteurs qui veulent s'inſtruire. Quand *Virgile* eut appris
aux Romains à faire des vers toujours nobles et élégans,
il ne fut plus permis d'écrire comme *Ennius*.

V. 87. Sur mes pareils, Néarque, un bel œil eſt bien fort.

On ne dirait plus aujourd'hui, *ſur mes pareils*, ni *un bel
œil*. Ce terme de *pareil*, dont *Rotrou* et *Corneille* ſe ſont
toujours ſervi, et que *Racine* n'employa jamais, ſemble
caractériſer une petite vanité bourgeoiſe. *Un bel œil* eſt

toujours ridicule , et beaucoup plus dans un mari que dans un amant. *Fâcher un bel œil* eſt encore pis.

V. 101. . . . . . . Apaiſez donc ſa crainte.

On apaiſe la colère et non la crainte.

V. 104. Fuyez un ennemi qui fait votre défaut,
   Qui le trouve aiſément, qui bleſſe par la vue,
   Et dont le coup mortel vous plaît quand il vous tue.

Pluſieurs perſonnes ont cru que *Néarque* ne devait pas parler ainſi d'une épouſe. Que dirait-il de plus ſi c'était une maîtreſſe ? Le mot *tue* ſemble ici un peu trop fort ; car après tout une complaiſance de quelques heures pour ſa femme tuerait-elle l'ame de *Polyeucte ?*

SCENE II.

V. 7. Mais enfin il le faut.

Voilà trois fois de ſuite *il le faut.* Cette inadvertance n'ôte rien à l'intérêt qui commence à naître dès la première ſcène ; et quoique le ſtyle ſoit ſouvent incorrect et négligé, il eſt toujours au-deſſus de ſon ſiècle.

V. 15. Ne craignez rien de mal pour une heure d'abſence,

eſt encore du ſtyle comique.

SCENE III.

V. 5. Tu vois, ma Stratonice, en quel ſiècle nous ſommes.
   Voilà notre pouvoir ſur les eſprits des hommes.

Ces deux vers ſentent la comédie. Le peu de rimes de notre langue fait que pour rimer à *hommes,* on fait venir comme on peut *le ſiècle où nous ſommes, l'état où nous ſommes, tous tant que nous ſommes.*
Cette gêne ne ſe fait que trop ſentir en mille occaſions , et c'eſt une des preuves de la prodigieuſe ſupériorité des langues grecque et latine ſur les langues

modernes. La feule reffource eft d'éviter, fi l'on peut,
ces malheureufes rimes, et de chercher un autre tour ;
la difficulté eft prodigieufe, mais il la faut vaincre.

V. 11. Mais après l'hymenée ils font rois à leur tour.

Ce vers a paffé en proverbe. Il n'eft pas à la vérité
de la haute tragédie, mais cette naïveté ne peut
déplaire.

Et tragicus plerumque dolet fermone pedeftri.

Il y a ici une remarque bien plus importante à faire.
Il s'agit de la vie de *Polyeucte*. *Pauline* croit que le fanatique *Néarque* va livrer fon mari aux mains des affaffins,
et elle s'amufe à dire : *Voilà notre pouvoir fur les hommes
dans le fiècle où nous fommes*, &c. Si elle eft réellement fi
effrayée, fi elle craint pour la vie de *Polyeucte*, c'eft de
cette crainte qu'elle devait d'abord parler ; elle devait
même la confier à fon mari, et ne pas attendre fon
départ pour raconter fon rêve à une confidente.

V. 12. Polyeucte pour vous ne manque point d'amour.

Manquer d'amour eft d'une profe trop faible.

V. 13. S'il ne vous traite ici d'entière confidence. . .

Cela n'eft pas français ; c'eft un barbarifme de phrafe.

V. 14. S'il part malgré vos pleurs, c'eft un trait de prudence ;

expreffion de la haute comédie, mais que la tragédie
peut fouffrir.

V. 15. Sans vous en affliger, préfumez avec moi
            Qu'il eft plus à propos qu'il vous cèle pourquoi. . .

Ce dernier vers ou cette ligne tient trop du bourgeois.
C'eft une règle affez générale qu'un vers héroïque ne
doit guère finir par un adverbe, à moins que cet
adverbe fe faffe à peine remarquer comme adverbe ;

je ne le verrai *plus*, je ne l'aimerai *jamais*. *Pourquoi* pourrait être employé à la fin d'un vers quand le fens eſt fufpendu.

> Eh comment et pourquoi
> Voulez-vous que je vive,
> Quand vous ne vivez pas pour moi ?
>
> QUINAULT.

Mais alors ce *pourquoi* lie la phrafe. Vous ne trouverez jamais dans le ſtyle noble : *Il m'a dit pourquoi ; je fais pourquoi ;* la nuance du fimple et du familier eſt délicate, il faut la faifir.

V. 18. Il eſt bon qu'un mari nous cache quelque chofe.

Ce vers eſt abfolument comique et même burlefque.

V. 21. On n'a tous deux qu'un cœur qui fent mêmes traverfes.

Cette expreſſion ne paraît pas d'abord françaife, elle l'eſt cependant. *Eſt-on allé là ? on y eſt allé deux ;* mais c'eſt un gallicifme qui ne s'emploie que dans le ſtyle très-familier. *Mêmes traverfes, fonctions diverfes ;* cela n'eſt pas aſſez élégamment écrit, et l'idée eſt un peu fubtile ; rien n'eſt véritablement beau que ce qui eſt écrit naturellement, avec élégance et pureté : on ne faurait trop avoir ces règles devant les yeux.

V. 23. Et la loi de l'hymen qui vous tient aſſemblés,
> N'ordonne pas qu'il tremble alors que vous tremblez.

Le mot propre eſt *unis*, on ne peut fe fervir de celui d'*aſſembler* que pour plufieurs perfonnes.

V. 29. Un fonge en notre efprit paſſe pour ridicule. . .
> Mais il paſſe dans Rome, avec autorité,
> Pour fidèle miroir de la fatalité.

Les mots de *ridicule* et de *miroir* doivent être bannis des vers héroïques ; cependant on pourrait fe fervir du terme *ridicule* pour jeter de l'opprobre fur quelque chofe que d'autres refpectent. Tout dépend de l'art avec lequel les mots font placés.

Il eft à remarquer que du temps de l'empereur *Décie*, les Romains n'avaient nulle foi aux fonges ; les honnêtes gens ne connaiffaient plus de fuperftitions. On dit bien *miroir de l'avenir*, parce qu'on eft fuppofé voir l'avenir comme dans un miroir. Mais on ne peut dire *miroir de la fatalité*; parce que ce n'eft pas cette fatalité qu'on voit, mais les événemens qu'elle amène.

V. 33. Quelque peu de crédit que chez vous il obtienne, &c.

Le mot de *crédit* eft impropre. Un fonge n'obtient point de crédit.

V. 37. A raconter fes maux fouvent on les foulage.

Ce vers eft un peu familier, et il faut *en racontant*, et non *à raconter*.

V. 43. Ce n'eft qu'en ces affauts qu'éclate la vertu,
Et l'on doute d'un cœur qui n'a pas combattu.

Plufieurs perfonnes ont trouvé que *Pauline* ne devait pas débuter par dire un peu crûment qu'elle a eu *d'autres amours*, et qu'une coquette ne s'exprimerait pas autrement. D'autres difent que *Corneille* avait la fimplicité d'un grand homme, et qu'il la donne à *Pauline*.

On peut remarquer ici que *Corneille* étale prefque toujours en maxime ce que *Racine* mettait en fentiment. Il y a peut-être une efpèce d'appareil, une petite affectation dans une nouvelle mariée, à dire ainfi, qu'une femme d'honneur peut raconter fes amours. On fent que c'eft le poëte qui débite fes penfées et qui prépare une excufe pour *Pauline*. Si *Pauline* n'avait pas combattu, voudrait-elle qu'on doutât de fa conduite ? Une femme eft-elle moins eftimée pour n'avoir aimé que fon mari ? faut-il abfolument qu'elle ait un autre amour pour qu'on ne doute pas de fa vertu ?

V 3

V. 45. Dans Rome où je naquis ce malheureux vifage
D'un chevalier romain captiva le courage.

Cette expreſſion eſt condamnée comme burleſque.

V. 49. Eſt-ce lui . . . .
Qui leur tira mourant la victoire des mains ?

Tirer la victoire des mains, expreſſion impropre et un peu baſſe aujourd'hui ; peut-être ne l'était-elle pas alors.

V. 52. Et fit tourner le fort des Perſes aux Romains ?

Le fort ne peut être employé pour *la victoire ;* mais le ſens eſt ſi clair, qu'il ne peut y avoir d'équivoque. *Tourner le fort*, n'eſt pas heureux.

V. 65. La digne occaſion d'une rare conſtance !

Stratonice pourrait parler ainſi avant le mariage, mais non après. Ce vers eſt trop d'une ſoubrette.

V. 66. Dis plutôt d'une indigne et folle réſiſtance.
Quelque fruit qu'une fille en puiſſe recueillir,
Ce n'eſt une vertu que pour qui veut faillir.

Le fruit recueilli par une fille ne préſente pas un ſens clair ; et ſi par ce fruit *Pauline* entend la poſſeſſion d'un amant, ce diſcours paraît peu convenable à une nouvelle mariée. *Racine* a employé cette expreſſion dans *Phèdre* :

Hélas ! du crime affreux dont la honte me ſuit
Jamais mon triſte cœur n'a recueilli le fruit.

Mais cela veut dire, *je n'ai jamais goûté de douceur dans ma paſſion criminelle.*

V. 69. Parmi ce grand amour que j'avais pour Sévère
J'attendais un époux de la main de mon père.

Parmi ce grand amour eſt un ſolécifme. *Parmi* demande toujours un pluriel ou un nom collectif.

V. 81. Et lui défefpéré s'en alla dans l'armée
Chercher d'un beau trépas l'illuftre renommée.

La *renommée* ne convient point à *trépas*. Ce mot ne
regarde jamais que la perfonne , parce que *renommée*
vient de *nom*. La renommée d'un guerrier ; la gloire
d'un *trépas ;* mais la poëfie permet ces licences.

V. 91. Je donnai par devoir à fon affection
Tout ce que l'autre avait par inclination.

Rien ne paraît plus neuf , plus fingulier , et d'une
nuance plus délicate. Quoi qu'on en dife , ce fentiment
peut être très-naturel dans une femme fenfible et honnête. Ceux qui ont dit qu'ils ne voudraient de *Pauline*
ni pour femme , ni pour maîtreffe , ont dit un bon mot
qui ne dérobe rien à la beauté extraordinaire du caractère de *Pauline*. Il ferait à fouhaiter que ces vers fuffent
auffi délicats par l'expreffion que par le fentiment.
Affection, inclination , ne terminent pas un vers heureufement.

V. 93. Si tu peux en douter, juge-le par la crainte
Dont en ce trifte jour tu me vois l'ame atteinte.

Il faut éviter ces *le* après les verbes. *Jugez-en* ne ferait
pas moins dur.

Fuyez des mauvais fons le concours odieux.
BOILEAU.

V. 114. Hélas ! c'eft de tout point ce qui me défefpère. . . .
Là ma douleur trop forte a brouillé ces images,
Le fang de Polyeucte a fatisfait leurs rages.

De tout point , brouiller des images , font des termes
bannis du tragique. *Rages* ne fe dit plus au pluriel ;
je ne fais pourquoi ; car il fefait un très-bel effet dans
Malherbe et dans *Corneille*. Craignons d'appauvrir notre
langue.

V 4

Plufieurs perfonnes ont entendu dire au marquis de *Saint-Aulaire*, mort à l'âge de cent ans, que l'hôtel de Rambouillet avait condamné ce fonge de *Pauline*. On difait que dans une pièce chrétienne, ce fonge eft envoyé par DIEU même, et que dans ce cas DIEU, qui a en vue la converfion de *Pauline*, doit faire fervir ce fonge à cette même converfion ; mais qu'au contraire il femble uniquement fait pour infpirer à *Pauline* de la haine contre les chrétiens ; qu'elle voit des chrétiens qui affaffinent fon mari, et qu'elle devait voir tout le contraire.

> . . . . . De chrétiens une impie affemblée
> A jeté Polyeucte aux pieds de fon rival.

Ce qu'on pourrait encore reprocher peut-être à ce fonge, c'eft qu'il ne fert de rien dans la pièce ; ce n'eft qu'un morceau de déclamation. Il n'en eft pas ainfi du fonge d'*Athalie*, envoyé exprès par le Dieu des Juifs ; il fait entrer *Athalie* dans le temple, pour lui faire rencontrer ce même enfant qui lui eft apparu pendant la nuit, et pour amener l'enfant même, le nœud et le dénouement de la pièce. Un pareil fonge eft à la fois fublime, vraifemblable, intéreffant et néceffaire. Celui de *Pauline* eft à la vérité un peu hors d'œuvre, la pièce peut s'en paffer. L'ouvrage ferait fans doute meilleur s'il y avait le même art que dans *Athalie* ; mais fi ce fonge de *Pauline* eft une moindre beauté, ce n'eft point du tout un défaut choquant ; il y a de l'intérêt et du pathétique. On fait fouvent des critiques judicieufes qui fubfiftent ; mais l'ouvrage qu'elles attaquent fubfifte auffi. Je ne fais qui a dit que ce fonge eft envoyé par le diable.

V. 121. Voilà quel eft mon fonge. ⌐

STRATONICE.
Il eft vrai qu'il eft trifte.

Cette naïveté fait toujours rire le parterre ; je n'en ai jamais trop connu la raifon. On pouvait s'exprimer avec

un tour plus noble ; mais la fimplicité n'eft-elle pas permife dans une confidente ; fes expreffions ici ne font
point comiques.

A l'égard du fonge, s'il n'a pas l'extrême mérite de
celui d'*Athalie* qui fait le nœud de la pièce, il a celui
de *Camille*; il prépare.

V. 1 2 3. La vifion de foi peut faire quelque horreur.

La vifion eft bannie du genre noble , et *de foi* l'eft de
tous les genres.

S C E N E I V.

V. 5. Sévère n'eft point mort.

r A U L I N E.

Quel mal nous fait fa vie ?

*Sévère n'eft point mort . . . * Ce mot feul fait un beau coup
de théâtre. Et combien la réponfe de *Pauline* eft intéreffante ! Que le lecteur me pardonne de remarquer
quelquefois ces beautés, qu'il fent affez , fans qu'on les
lui indique.

Le deftin aux grands cœurs fi fouvent mal propice
Se réfout quelquefois à leur faire juftice.

Il n'y a que ce mot *mal propice* qui gâte cette belle
et naturelle réflexion de *Pauline.* *Mal* détruit *propice.* Il
faut *peu propice.*

V. 1 1. Il vient ici lui-même. — Il vient ! — Tu vas le voir. —
C'en eft trop ; mais comment le pouvez-vous favoir ?

Il n'eft pas naturel qu'un gouverneur d'Arménie ne
fache pas de fi grands événemens arrivés dans la Perfe
qui touche à l'Arménie , et qu'il ne les apprenne que
par l'arrivée de *Sévère.* Il ne paraît pas convenable qu'il
ne foit inftruit que par un fubalterne, à qui les gens de
Sévère ont parlé. Il eft encore affez extraordinaire que

Sévère (devenu tout d'un coup favori, fans que le gouverneur d'Arménie en ait rien fu) quitte la cour et l'armée pour aller faire fans raifon un facrifice qu'il pouvait mieux faire fur les lieux. Qu'eût-on dit de *Turenne*, s'il eût quitté l'Alface pour aller faire chanter un *Te Deum* en Champagne ? Mais *Sévère* vient pour époufer *Pauline*. L'Arménie eft frontière de Perfe ; il a dû favoir que *Pauline* était mariée ; il a dû s'informer d'elle tous les jours. *Félix* n'a point marié fa fille fans en avertir l'empereur. Il fallait inventer une fable qui fût plus vraifemblable. Toutefois le défaut de vraifemblance laiffe fouvent fubfifter l'intérêt. Le fpectateur eft entraîné par les objets préfens, et on pardonne prefque toujours ce qui amène de grandes beautés.

V. 14. Un gros de courtifans en foule l'accompagne.

Ce vers convient moins à un gouverneur de province qu'à un homme du commun, que cette foule de fuivans éblouit. Le récit de toutes ces aventures, arrivées dans le voifinage de *Félix*, fait trop voir que *Félix* devait en être inftruit. Cette cure fecrète de *Sévère* eft un mauvais artifice, qui n'empêche pas que la cure ne foit publique. L'auteur, en voulant ménager une furprife, a oublié toute la vraifemblance.

V. 22. Vous favez les honneurs qu'on fit faire à fon ombre ;

Il faudrait, *qu'on rendit*.

V. 23. Après qu'entre les morts on ne le put trouver ;
Le roi de Perfe auffi l'avait fait enlever ;

Ces vers font trop négligés. La fyntaxe y eft violée. *Le roi de Perfe l'avait fait enlever ; qu'on ne put le trouver ;* c'eft un folécifme : ce *que* ne fe rapporte à rien. Ce récit d'ailleurs eft trop dans la forme d'une relation. C'eft dans ces détails qu'il faut déployer les richeffes et les reffources de la langue.

V. 33. Il en fit prendre foin, la cure en fut fecrète.

Pourquoi la cure en fut-elle fecrète ? cela n'eſt point du tout vraiſemblable. On ne fait point guérir fecrétement un guerrier dont on honore la valeur publiquement.

V. 49. L'empereur qui lui montre une amour infinie,
Après ce grand fuccès l'envoie en Arménie.

Il n'eſt point du tout naturel que l'empereur envoie fon libérateur et fon favori en Arménie porter une nouvelle.

V. 55. Et j'ai couru, Seigneur, pour vous y difpoſer.

Ce *difpoſer* ne ſe rapporte à rien ; il veut dire *pour vous difpoſer à le recevoir.*

V. 56. Ah! fans doute, ma fille, il vient pour t'époufer.

Cette idée de *Félix*, que *Sévère* vient pour époufer fa fille, condamne fon ignorance. *Sévère* ne devait-il pas lui expédier un exprès de la frontière, lui écrire, l'inf-truire de tout et lui demander *Pauline* ? N'était-il pas infiniment plus raifonnable que *Félix* dît à fa fille : *Sévère* n'eſt point mort, il arrive, il m'écrit, il vous demande pour époufe? En ce cas, *Pauline* ne lui aurait pas répondu par ce vers comique : *Cela pourrait bien être.* Mais ici elle doit répondre : *Cela ne doit pas être;* il fait trop peu de cas de vous, il ne vous écrit point; vous ne favez fa victoire que par fes valets ; s'il voulait m'époufer, il ne vous traiterait pas avec tant de mépris.

V. 68. Ton courage était bon, ton devoir l'a trahi.

On dit bien dans le ſtyle familier, *tu as bon courage,* mais non pas, *ton courage eſt bon.* L'auteur veut dire, *tu penfais mieux que moi... le ciel t'infpirait... ton cœur ne ſe trompait pas.*

V. 73. Ménage en ma faveur l'amour qui le poſsède,
Et d'où provient mon mal fais ſortir le remède.

Félix n'annonce-t-il pas par ce vers le caractère le plus bas et le plus lâche ? Ces expreſſions bourgeoiſes, *fais ſortir le remède*, ne portent-elles pas dans l'eſprit l'idée que ſa fille doit faire des careſſes à *Sévère* pour l'apaiſer ? Devait-il craindre qu'un courtiſan poli d'un empereur juſte vînt perſécuter le père et la fille, parce qu'il n'a pas épouſé *Pauline* ? Ne ſerait-ce pas en partie la raiſon pour laquelle l'hôtel de Rambouillet et le cardinal de *Richelieu* refuſèrent leur ſuffrage à Polyeucte ?

V. 82. Il eſt toujours aimable, et je ſuis toujours femme.

Ce combat de *Pauline*, qui dit deux fois qu'elle eſt femme, et de *Félix* qui, malgré ce danger, veut abſolument que *Pauline* voie ſon ancien amant, n'aurait-il pas quelque choſe de comique plus que de tragique ? *Je ſuis toujours femme* eſt une expreſſion bourgeoiſe.

V. 84. Je n'oſe m'aſſurer de toute ma vertu.

Cela contredit ce bel hémiſtiche, *elle vaincra ſans doute*. Il n'eſt point du tout convenable qu'une femme diſe, *je ne réponds pas de ma vertu* ; mais qu'elle le diſe après quinze jours de mariage, cela paraît bien peu décent.

V. 85. Je ne le verrai point. — Il faut le voir, ma fille,
Ou tu trahis ton père et toute ta famille.

Malheureuſe preuve de l'eſclavage de la rime. *Toute ta famille* pour rimer à *fille* ; toute la *province* pour rimer à *prince* : on ne tombe plus guère aujourd'hui dans ces fautes ; mais la rime gêne toujours, et met ſouvent de la langueur dans le ſtyle.

V. 96. Juſqu'au-devant des murs je vais le recevoir.

On va au-devant de quelqu'un, mais non au-devant

des murs. On va le recevoir hors des murs , au-delà des murs.

V. 97. Rappelle cependant tes forces étonnées.

On n'a jamais dit *les forces* d'une femme en pareil cas.

ACTE SECOND.

SCENE PREMIERE.

Vers 1. Cependant que Félix donne ordre au sacrifice ,
Pourrai-je prendre un temps à mes vœux si propice ?

Il est bien peu décent, bien peu naturel que *Sévère* n'ait pas encore vu le gouverneur , et que ce gouverneur aille faire l'office de prêtre, au lieu de recevoir *Sévère.* Mais si *Félix* est allé le recevoir *hors des murs* , comment *Polyeucte* ne l'a-t-il pas accompagné ? comment n'a-t-on point parlé de *Pauline ?* Il est inconcevable que *Sévère* ignore que *Pauline* est mariée , et qu'il l'apprenne par son écuyer *Fabian.* Où parle ici *Sévère ?* dans la maison du gouverneur , dans un appartement où *Pauline* va bientôt le trouver ; et il n'a point vu ce gouverneur , et il ignore que ce gouverneur a marié sa fille ! Tout cela , encore une fois, justifierait le cardinal de *Richelieu* et l'hôtel de Rambouillet, si leur jugement n'était condamné par les beautés de cette pièce. Il y a sur-tout de l'intérêt, et l'intérêt fait tout passer. Le cœur oublie toutes les inconséquences quand il en est touché.

V. 3. Pourrai-je voir Pauline , et rendre à ses beaux yeux
L'hommage souverain que l'on va rendre aux dieux ?

sont-elles des expressions convenables ? tout cela ne justifie-t-il pas l'hôtel de Rambouillet ? Il a des lettres *de faveur* pour épouser *Pauline* , et il ne les a pas montrées ! Il vient pourtant *immoler toutes ses volontés aux beautés* de sa maîtresse,

***V.* 25.** Portez en lieu plus haut l'honneur de vos careſſes.
Vous trouverez dans Rome aſſez d'autres maîtreſſes.

Cela eſt-il de la dignité de la tragédie ? *Corneille* retourne ici ce vers du vieil *Horace :*

. . . . Vous ne perdez qu'un homme
Dont la perte eſt aiſée à réparer dans Rome ;

et cet autre de *Don Diègue : Il eſt tant de maîtreſſes.*
Mais *porter l'honneur de ſes careſſes en lieu plus haut* eſt intolérable.

***V.* 37.** Ainſi ce rang eſt ſien, cette faveur eſt ſienne.

Comment ce rang peut-il être ſien , c'eſt-à-dire appartenir à *Pauline* ? C'eſt, dit-il , parce qu'il a voulu mourir quand on n'a pas voulu de lui. Eſt-ce ainſi que *Didon* parle dans *Virgile ?* Un homme paſſionné épuiſe-t-il ainſi ſon eſprit à chercher de ſi fauſſes raiſons ? Les Italiens à qui on reproche les *concetti*, en ont-ils de plus condamnables ? *Rang ſien, faveur ſienne ,* expreſſions de comédie. Voyez avec quelle noble élégance *Titus*, dans *Racine* , dit qu'il doit tout à *Bérénice.*

Bérénice me plut. Que ne fait point un cœur
Pour plaire à ce qu'il aime et gagner ſon vainqueur ?
Je prodiguai mon ſang. Tout fit place à mes armes.
Je revins triomphant ; mais le ſang et les larmes
Ne me ſuffiſaient pas pour mériter ſes vœux.
J'entrepris le bonheur de mille malheureux.
On vit de toutes parts mes bontés ſe répandre.
Heureux et plus heureux que tu ne peux comprendre,
Quand je pouvais paraître à ſes yeux ſatisfaits ,
Chargé de mille cœurs conquis par mes bienfaits !
Je lui dois tout, Paulin. . . . . .

Cette élégance eſt abſolument néceſſaire pour conſtituer un ouvrage parfait. Je ne prétends pas dépriſer

Corneille ; mon commentaire n'eſt ni un panégyrique, ni une cenſure, mais un examen impartial. La perfection de l'art eſt mon ſeul objet.

V. 41. As-tu vu des froideurs quand tu l'en as priée ?

Ce petit artifice de ne pas apprendre tout d'un coup à *Sévère* que *Pauline* eſt mariée, eſt peut-être un reſſort indigne de la tragédie : on voit trop que l'auteur prend ſes avantages pour ménager une ſurpriſe ; et encore la ſurpriſe n'eſt pas naturelle : car il n'eſt pas poſſible qu'on ignore un moment dans la maiſon de *Félix* le mariage de ſa fille ; il a dû le ſavoir en mettant le pied dans l'Arménie.

V. 42. Je tremble à vous le dire ; elle eſt…— Quoi ? —Mariée.

Comment s'exprimerait-on autrement dans la comédie ? Quelle idée peut avoir *Sévère* en diſant *quoi ?* que peut-il ſoupçonner ? il ſait que *Pauline* eſt vivante, qu'elle eſt honorée. Ce *quoi* n'eſt là que pour faire dire à *Fabian*, *mariée ;* et *Sévère* devait le ſavoir tout auſſi bien que *Fabian.* Remarquez toutefois que, malgré tous ces défauts contre la vraiſemblance, il règne dans cette ſcène un très-grand intérêt ; et c'eſt-là ce qui fait le ſuccès des tragédies. Ce mouvement d'intérêt diminuerait beaucoup ſi les ſpectateurs étaient tous des cenſeurs éclairés. Mais le public eſt compoſé d'hommes qui ſe laiſſent entraîner au ſentiment.

V. 43. Soutiens-moi, Fabian, ce coup de foudre eſt grand,
Et frappe d'autant plus que plus il me ſurprend.

Ce coup de foudre eſt d'un héros de roman. Quand l'expreſſion eſt trop forte pour la ſituation, elle devient comique. Et comment un coup de foudre *frappe-t-il d'autant plus qu'il ſurprend ?* Il faut que la métaphore ſoit juſte.

V. 47. De pareils déplaifirs accablent un grand cœur ;
La vertu la plus mâle en perd toute vigueur ;
Et quand d'un feu fi beau les ames font éprifes,
La mort les trouble moins que de telles furprifes.

Ces quatre vers refroidiffent. C'eft l'auteur qui parle
et non pas le perfonnage. On ne débite pas des lieux
communs quand on eft profondément affligé. *Corneille*
tombe trop fouvent dans ce défaut.

V. 52. Pauline eft mariée !... Oui, depuis quinze jours.

Quoi, elle eft mariée depuis quinze jours, et *Sévère* n'en
a rien fu en venant en Arménie ? Plus j'y réfléchis, plus
cela me paraît abfurde, et cependant on fe fent remué,
attendri à la repréfentation ; grande preuve qu'il ne s'agit
pas au théâtre d'avoir raifon, mais d'émouvoir.

V. 73. Vous vous échapperez fans doute en fa préfence.

Expreffion bourgeoife.

V. 75. Dans un tel entretien il fuit fa paffion,
Et ne pouffe qu'injure et qu'imprécation.

Cela n'eft ni noble ni français.

V. 82. Son devoir m'a trahi, mon malheur et fon père.

Voilà où il eft beau de s'élever au-deffus des règles de
la grammaire. L'exactitude demanderait *fon devoir et fon
père, et mon malheur m'ont trahi* ; mais la paffion rend ce
défordre de paroles très-beau ; on peut dire feulement
que *trahi* n'eft pas le mot propre.

V. 83. Mais fon devoir fut jufte et fon père eut raifon,
J'impute à mon malheur toute la trahifon.

Un devoir ne peut être ni jufte, ni injufte : mais la
juftice confifte à faire fon devoir ; il n'y a point eu là
de trahifon.

V. 85.

V. 85. Un peu moins de fortune et plutôt arrivée,
   Eût gagné l'un par l'autre et me l'eût conservée.

L'un par l'autre ne se rapporte à rien ; on devine seulement qu'il eût gagné *Félix* par *Pauline*. Il faut éviter en poësie ces termes ; *celui-ci*, *celui-là*, *l'un*, *l'autre*, *le premier*, *le second*, tous termes de discussion, tous d'une prose rampante, qui ne peuvent être employés qu'avec une extrême circonspection.

V. 88. Laisse-la-moi donc voir, soupirer et mourir.

Un général d'armée qui vient en Arménie *soupirer et mourir*, en rondeau, paraît très-ridicule aux gens sensés de l'Europe. Cette imitation des héros de la chevalerie infectait déjà notre théâtre dans sa naissance ; c'est ce que *Boileau* appelle *mourir par métaphore*. L'écuyer *Fabian* qui parle des *vrais amans* est encore un écuyer de roman. Tout cela est vrai ; et il n'est pas moins vrai que l'amour de *Sévère* intéresse, parce que tous ses sentimens sont nobles.

On n'insiste pas ici sur *la douceur infinie de l'hymen*, sur ces expressions : *Eclaircis-moi ce point ; vous vous échapperez ; ne pousse qu'injure ; et les premiers mouvemens des vrais amans*. Il est peut-être un peu étrange que *Pauline* ait parlé de ces premiers mouvemens à l'écuyer *Fabian ;* mais enfin tout cela n'ôte rien à l'intérêt théâtral.

S C E N E I I.

V. 3. Pauline a l'ame noble, et parle à cœur ouvert.

Plus on a l'ame noble, moins on doit le dire. L'art consiste à faire voir cette noblesse sans l'annoncer. *Racine* n'a jamais manqué à cette règle. *Corneille* fait toujours dire à ses héros qu'ils sont grands ; ce serait les avilir s'ils pouvaient l'être. L'opposé de la magnanimité est de se dire magnanime. Ce n'est guère que dans un excès de

Comment. sur Corneille. Tome I. X

paſſion, dans un moment où l'on craint d'être avili, qu'il eſt permis de parler ainſi de ſoi-même.

V. 4.   Le bruit de votre mort n'eſt point ce qui vous perd.

Ce qui vous perd, n'eſt pas tout-à-fait le mot propre. Une femme qui a manqué un mariage ſi avantageux ne doit pas dire à un homme tel que *Sévère : Vous êtes perdu*, parce que vous n'êtes pas à moi.

V. 9.   Je découvrais en vous d'aſſez illuſtres marques,
        Pour vous préférer même aux plus heureux monarques.

Ces *marques* pour rimer à *monarques* reviennent ſouvent, et ne doivent jamais paraître dans la poëſie, à moins que ces *marques* ne ſignifient quelque choſe. La plus grande de toutes les difficultés eſt de faire tellement ſes vers que le lecteur n'aperçoive pas qu'on a été occupé de la rime. Dirait-on en proſe : Le prince *Eugène* avait des marques qui l'égalaient aux monarques ?

V. 12.   De quelque amant pour moi que mon père eût fait choix,
         Quand à ce grand pouvoir que la valeur vous donne,
         Vous auriez ajouté l'éclat d'une couronne,
         Quand je vous aurais vu, quand je l'aurais haï,
         J'en aurais ſoupiré, mais j'aurais obéi.

Pauline, romaine, parle peut-être trop de monarque et de couronne à un romain ; il ſemble qu'elle parle à un perſe. Elle vivait, à la vérité, ſous un empereur ; mais jamais empereur ne donna de royaume à un romain. C'eſt un diſcours ordinaire que l'auteur met ici dans la bouche de *Pauline ;* mais c'eſt préciſément à *Pauline* qu'il ne convenait pas.

V. 19.   Que vous êtes heureuſe, et qu'un peu de ſoupirs
         Fait un aiſé remède à tous vos déplaiſirs !

On ne peut dire correctement, *un peu de ſoupirs, un peu*

de larmes, *un peu de fanglots*, comme on dit : *un peu d'eau*, *un peu de pain*. On dira bien, *elle a verfé peu de larmes*, mais non pas *un peu de larmes* ; *elle a peu de douleur*, *peu d'amour*, non *un peu de douleur*, *un peu d'amour* ; *elle a peu de chagrin*, et non *un peu de chagrin*, &c.

Fait un aifé remède à, n'eft pas français. On remédie à des maux, on les répare, on les adoucit, on en confole. *Remède* n'eft admis dans la poëfie noble qu'avec une épithète qui l'ennoblit :

> D'un incurable amour remèdes impuiffans.

V. 27. Qu'un peu de votre humeur, ou de votre vertu,
Soulagerait les maux de ce cœur abattu !

On voit affez qu'*un peu de votre humeur* tient du ftyle comique.

V. 43. Et quoique le dehors foit fans émotion,
Le dedans n'eft que trouble et que fédition.

Le dehors et *le dedans* ne font pas du ftyle noble.

V. 51. . . . . Il n'a point déçu
Le généreux efpoir que j'en avais conçu ;
Mais ce même devoir qui le vainquit dans Rome, &c.

On cherche à quoi fe rapporte ce *le*, et on trouve que c'eft à *efpoir* ; c'eft donc le devoir qui a vaincu un *efpoir*. Ces phrafes obfcures, ces expreffions impropres et forcées ne feraient pas pardonnées aujourd'hui dans de bons ouvrages, c'eft-à-dire, dans des ouvrages dignes de la critique. On a fubftitué *me* à *le* dans quelques éditions.

V. 57. C'eft cette vertu même à nos défirs cruelle,
Que vous louiez alors en blafphémant contre elle.

Louiez, *louer*, *blafphémer*, termes qu'on eût dû corriger, car *louiez* eft défagréable à l'oreille : *blafphémer* n'eft point convenable. *Vous blafphémiez contre ma vertu* ; cela ne

X 2

peut fe dire ni en vers ni en profe. Une femme doit faire fentir qu'elle eft vertueufe ; et ne jamais dire *ma vertu*. Voyez fi *Monime*, dont *Mithridate* voulut faire fa concubine, et qui eft attaquée par les deux enfans de ce prince , dit jamais *ma vertu*.

V. 61. Et voyez qu'un devoir moins ferme et moins fincère
N'aurait pas mérité l'amour du grand Sévère.

Un devoir ne peut être ni *ferme* ni *faible ;* c'eft le cœur qui l'eft. Mais le fens eft fi clair, que le fentiment ne peut être affaibli.

V. 71. Faites voir des défauts qui puiffent à leur tour
Affaiblir ma douleur avecque mon amour.

Des critiques févères , mais juftes , peuvent dire que cela eft d'une galanterie un peu comique. *Madame, faites-moi voir des défauts , afin que je vous aime moins.* De plus, le feul défaut que *Pauline* montre ferait trop d'amour pour *Sévère ;* certainement il n'en aimerait pas moins fa maîtreffe. La penfée eft donc fauffe , recherchée, alambiquée.

V. 75. Ces pleurs en font témoins. . . . .

Ils en font la preuve. *Sévère* eft témoin ; mais *témoin* peut fignifier *preuve*.

V. 77. Trop rigoureux effets d'une aimable préfence!...

D'une aimable préfence, eft une expreffion d'idylle. *Monime*, en exprimant le même fentiment , dit :

Je verrais en fecret mon ame déchirée
Revoler vers le bien dont elle eft féparée.

Plus une fituation eft délicate , plus l'expreffion doit l'être.

V. 93. Eft-il rien que fur moi cette gloire n'obtienne ?
Elle me rend les foins que je dois à la mienne...
. . . Je vais. . . remplir. . . par une mort pompeufe
De mes premiers exploits l'attente avantageufe.

Rend les foins , mort pompeufe, &c. tous mots impropres.

V. 99. Si toutefois , après ce coup mortel du fort ,
J'ai de la vie affez pour chercher une mort.

Ces penfées affectées , ces idées plus recherchées que
naturelles , étaient les vices du temps.

V. 107. Puiffe trouver Sévère , après tant de malheur ,
Une félicité digne de fa valeur ! —
Il la trouvait en vous. — Je dépendais d'un père.

Ces fentimens font touchans ; ce dernier vers convient
auffi bien à la tragédie qu'à la comédie, parce qu'il eft
noble autant que fimple ; il y a tendreffe et précifion.

V. 111. Adieu, trop vertueux objet et trop charmant. —
Adieu, trop malheureux et trop parfait amant.

Ces vers-ci font un peu de l'églogue. Quand les
malheurs de l'amour ne confiftent qu'à aller dans fa
chambre, et à vivre avec fon mari, ce font des malheurs
de comédie ; nulle pitié , nulle terreur , rien de tragique.
Cette fcène ne contribue en rien au nœud de la pièce ;
mais elle eft intéreffante par elle-même. *Corneille* fentait
bien que l'entrevue de deux perfonnes qui s'aiment et
qui ne doivent pas s'aimer, ferait un très-grand effet ;
et l'hôtel de Rambouillet ne fentit pas ce mérite.

Jufqu'ici on ne voit, à la vérité, dans *Pauline* qu'une
femme qui n'a point époufé fon amant, qui l'aime encore,
et qui le lui dit quinze jours après fes noces. Mais c'eft
une préparation à ce qui doit fuivre , au péril de fon
mari , à la fermeté que montrera *Pauline* en parlant à
Sévère pour ce mari même , à la grandeur d'ame de

X 3

Sévère : voilà ce qui rend l'amour de *Pauline* infiniment théâtral, et digne de la tragédie.

SCENE III.

V. 2. . . . . Votre esprit est hors de ses alarmes.

On dit *hors d'alarmes*, *hors de crainte*, *hors de danger ;* mais non, *hors de ses alarmes*, *de sa crainte*, *de son danger*, parce qu'on n'est pas hors de quelque chose qu'on a. Il est *hors de mesure*, et non *hors de sa mesure ;* ce mot *hors*, bien employé, peut devenir noble :

Mais le cœur d'Emilie est hors de son pouvoir.

V. 17. Mais soit cette croyance ou fausse ou véritable, Son séjour en ces lieux m'est toujours redoutable.

Soit cette croyance, n'est pas français ; il faut, *que cette croyance soit fausse ou véritable.*

Je ne sais, au reste, si ce passage subit de la tendresse pour *Sévère* à la crainte pour son mari, est bien naturel, si cela n'est pas ce qu'on appelle ajusté au théâtre. Le spectateur n'est point du tout ému de ce renouvellement de crainte pour *Polyeucte*. Ne sent-on pas qu'une femme tendre qui sort d'une conversation tendre avec son amant, ne s'afflige que par bienséance pour son mari ?

SCENE IV.

V. 1. C'est trop verser de pleurs ; il est temps qu'ils tarissent.

Si *Pauline* verse des pleurs, c'est son amour pour *Sévère*, et le combat de cet amour et de son devoir qui la font pleurer. Il est clair qu'elle ne peut pleurer de ce que *Polyeucte* est sorti pendant une heure. Cette méprise de *Polyeucte* peut jeter un peu d'avilissement sur le rôle d'un mari qui croit qu'on a pleuré son absence, tandis qu'on a entretenu un amant.

V. 3. Malgré les faux avis par vos dieux envoyés,
Je suis vivant, Madame, et vous me revoyez.

Il faut sous-entendre *que vous croyez envoyés par vos dieux* ; car *Polyeucte*, chrétien, ne doit pas croire que les dieux des Romains envoient des songes.

V. 13. On m'avait assuré qu'il vous fesait visite.

Discours trop familier. *Polyeucte*, à la vérité, joue un rôle un peu désagréable, et n'intéresse encore en rien : revenir pour dire qu'*il n'est pas mort*, cela n'est pas tragique ; et il est bien étrange que *Polyeucte* ait appris que *Sévère* fesait visite à sa femme avant d'avoir vu ni *Polyeucte* ni *Félix*. Cela n'est ni décent ni vraisemblable. Une telle conduite est révoltante dans un homme comme *Sévère*. *Félix* aurait dû aller au-devant de lui, ou *Sévère* aurait dû rendre visite à *Félix*, et demander du moins à voir *Polyeucte*.

V. 18. Je ferais à tous trois un trop sensible outrage,

est admirable. Le reste n'affaiblit-il pas ce beau vers ? *Pauline* doit-elle dire en face à son époux que le vrai mérite de *Sévère* a dû l'*enflammer*, qu'il a droit de la *charmer* ? Quel mari ne serait très-offensé de ce discours outrageant et très-indécent ? Il répond à cette insulte : *O vertu trop parfaite !* Cette vertu aurait été bien plus parfaite, si elle n'avait pas dit à son mari qu'il lui est *pénible* de résister à son amant.

V. 29. O vertu trop parfaite ! ô devoir trop sincère !

Un devoir n'est ni *sincère* ni *dissimulé* ; et *Polyeucte* ne doit pas dire que sa femme doit coûter des regrets à *Sévère* ; c'est l'encourager à l'aimer. Qui jamais a parlé à sa femme *du beau feu de l'amant* de sa femme ? *Pauline* a un étrange beau-père et un étrange mari. Sans l'amour et le caractère de *Sévère*, la pièce était très-hasardée, et

X 4

l'hôtel de Rambouillet pouvait avoir pleinement raifon. Jufqu'ici il n'y a encore rien de tragique : c'eft une femme qui veut que fon mari ménage fon amant, et qui fe ménage elle-même entre l'un et l'autre.

V. 31. Qu'aux dépens d'un beau feu vous me rendez heureux !

Les *dépens d'un beau feu* ne devaient avoir place que dans les romans de *Scudéri*.

S C E N E V.

V. 8. Et reffouvenez-vous que fa faveur eft grande.

Le fens eft, *fongez*, *mon mari*, *que mon amant eft un grand feigneur qu'il ne faut pas choquer*. Cela femble avilir fon mari.

V. 11. Nous ne nous combattrons que de civilité,

vers de comédie.

S C E N E V I.

V. 7. Fuyez donc leurs autels. — Je les veux renverfer.

C'eft une tradition, que tout l'hôtel de Rambouillet, et particulièrement l'évêque de Vence, *Godeau*, condamnèrent cette entreprife de *Polyeucte*. On difait, que c'eft un zèle imprudent ; que plufieurs évêques et plufieurs fynodes avaient expreffément défendu ces attentats contre l'ordre et contre les lois ; qu'on refufait même la communion aux chrétiens qui, par des témérités pareilles, avaient expofé l'Eglife entière aux perfécutions. On ajoutait que *Polyeucte* et même *Pauline* auraient intéreffé bien davantage, fi *Polyeucte* avait fimplement refufé d'affifter à un facrifice idolâtre fait en l'honneur de la victoire de *Sévère*. Ces réflexions me paraîffent judicieufes ; mais il me paraît auffi que le fpectateur pardonne à *Polyeucte* fon imprudence, comme celle d'un jeune homme pénétré d'un zèle ardent que le baptême fortifie en lui ; il n'examine pas fi ce zèle eft felon la fcience. Au théâtre on fe prête toujours aux fentimens naturels des perfonnages ; on devient enthoufiafte avec *Polyeucte*, inflexible avec *Horace*, tendre avec *Chimène ;* le dialogue eft vif, et il entraîne. Il eft vrai que les efprits philofophes, dont le nombre eft fort augmenté, méprifent beaucoup l'action de *Polyeucte* et de *Néarque*. Ils ne regardent ce *Néarque* que comme un convulfionnaire qui a enforcelé un jeune imprudent. Mais le parterre entier ne fera jamais philofophe. Les idées populaires feront toujours admifes au théâtre.

V. 31. Je fuis chrétien, Néarque, et le fuis tout-à-fait ;
La foi que j'ai reçue afpire à fon effet.

Tout-à-fait ne doit jamais entrer dans la poëfie, et *une foi qui afpire à fon effet* n'eft pas un vers correct et élégant.

V. 67. Mais Dieu, dont on ne doit jamais fe défier,
Me donne votre exemple à me fortifier.

Il fallait *pour me fortifier.* J'ai cru apercevoir dans le public, aux repréfentations, une fecrète joie que *Polyeucte* allât commettre cette action, parce qu'on efpérait qu'il en ferait puni, et que *Sévère* épouferait fa femme. En effet, c'eft à *Sévère* qu'on s'intéreffe ; et le public prend toujours, fans qu'il s'en aperçoive, le parti du héros amant contre le mari qui n'eft pas héros.

V. 77. Allons fouler aux pieds ce foudre *ridicule.*

Voilà un exemple d'un mot bas noblement employé.

V. 79. Allons en éclairer l'aveuglement fatal.

En éclairer, eft dur à l'oreille. Il faut éviter ces cacophonies ; de plus, on éclaire des yeux ; on n'éclaire point un aveuglement, on le diffipe, on le guérit.

V. 80. Allons brifer ces dieux de pierre et de métal:

C'eft, fans doute, une action très-ridicule et très-coupable. Un feigneur turc qui, dans Conftantinople, irait brifer les ftatues de l'églife chrétienne, pendant la grand'meffe, pafferait pour un fou et ferait févèrement puni par les Turcs mêmes.

Nous renvoyons le lecteur aux notes précédentes.

V. dern. Allons faire éclater fa gloire aux yeux de tous,
Et répondre avec zèle à ce qu'il veut de nous.

Néarque ne fait ici que répéter en deux vers languiffans ce qu'a dit *Polyeucte;* auffi j'ai vu fouvent fupprimer ces vers à la repréfentation.

ACTE TROISIEME.

SCENE PREMIERE.

Vers 13. Sévère inceffamment brouille ma fantaifie.

CETTE fantaifie devrait-elle être *brouillée*, après les affurances de *civilités* réciproques? *Pauline* doit-elle craindre que *Sévère* et *Polyeucte* fe querellent au temple? Ce monologue, qui n'eft qu'une répétition de fes terreurs, et même des terreurs qu'elle ne peut avoir qu'en vertu de fon rêve, languit un peu à la repréfentation; non-feulement il eft long et fans chaleur; mais, fi *Pauline* eft encore effrayée par fon rêve, elle ne doit craindre qu'une affemblée de chrétiens, puifque c'eft *de chrétiens une impie affemblée* qui a tué fon mari en fonge, et qu'elle ne doit pas préfumer que cette impie affemblée foit dans le temple de *Jupiter.* Je crois que, fi elle avait craint un affaffinat de la part des chrétiens, cela produirait un coup de théâtre, quand on vient lui dire que fon mari eft chrétien lui-même.

V. 19. L'un voit aux mains d'autrui ce qu'il croit mériter,
        L'autre un défefpéré qui peut tout attenter, *&c.*

Cette differtation paraît bien froide. Le grand défaut de *Corneille* eft de faire des raifonnemens quand il faut du fentiment. Le public ne s'aperçut pas d'abord de ce défaut qui était caché par tant de beautés ; mais il augmenta avec l'âge et jeta dans toutes fes dernières pièces une langueur infupportable. Ici cette faute eft un peu couverte par l'intérêt qu'on prend au rôle fi neuf et fi fingulier de *Pauline*.

V. 33. Leurs ames à tous deux d'elles-mêmes maîtreffes
        Sont d'un ordre trop haut pour de telles baffeffes.

Leurs ames à tous deux ; cette expreffion n'eft pas françaife.

V. 36. Mais las ! ils fe verront, et c'eft beaucoup pour eux.

On dirait bien de deux rivaux ennemis : C'eft beaucoup pour eux de fe voir, c'eft-à-dire, ils ont fait un grand effort ; ils ont furmonté leur averfion ; ils ont pris fur eux de fe voir. Ici l'auteur veut dire, *il eft dangereux qu'ils fe voient*, mais il ne le dit pas.

V. 40. (Il) fe repent déjà du choix de mon mari,

vers de comédie.

V. 41. Si peu que j'ai d'efpoir ne luit qu'avec contrainte,

n'eft pas français ; il faut *le peu.*

V. *dern.* Dieux, faites que ma peur puiffe enfin fe tromper !
        Mais fachons-en l'iffue.

Cette *iffue* fe rapporte à *peur*. Une peur n'a point d'iffue.

SCENE II.

V. 17. Un méchant, un infame, un rebelle, un perfide, &c. &c.

Ce couplet fait toujours un peu rire ; mais la réponse de *Pauline* est belle et répare incontinent le ridicule produit par cet entassement d'injures.

V. 30. Et si de tant d'amour tu peux être ébahie ,
  Apprends que mon devoir ne dépend point du sien.

Ebahie ne s'emploie que dans le bas comique ; je crois qu'on a mis à la place :

  Je l'aimerais encor, m'eût-il abandonnée ;
  Et si de tant d'amour tu parais étonnée. . . .

V. 33. Quoi, s'il aimait ailleurs, ferais-je dispensée
  A suivre, à son exemple , une ardeur insensée ?

Ce qu'elle dit ici d'amour n'est-il pas un peu déplacé ? Elle doit trembler pour les jours de son mari, et elle demande s'il serait permis de lui faire une infidélité. D'ailleurs , *dispensée à* n'est pas français ; elle veut dire, *ferais-je autorisée à. A suivre une ardeur*, est un barbarisme ; on ne suit point une ardeur.

V. 41. Il ne veut point sur lui faire agir sa justice.

Cela n'est pas français ; il faut *agir contre lui* , ou *déployer sur lui*.

V. 52. Il me faut essayer la force de mes pleurs.

Il faut *le pouvoir ;* mais un autre tour ferait beaucoup mieux. De plus , doit-elle se préparer ainsi à pleurer ? Les pleurs sont involontaires ; elle aurait dû dire , *il aura peut-être pitié de mes pleurs*.

V. 59. Je ne puis y penser sans frémir à l'instant.

On ne peut remarquer avec trop d'attention ces mots

inutiles que la rime arrache. *Sans frémir* dit tout; *à l'inftant*, eft ce qu'on appelle *cheville*.

V. 73. Ici difpenfez-moi du récit des blafphèmes. . . .

Je ne répondrai point à cette fauffe opinion où l'on eft, que les Romains adoraient du bois et de la pierre. Il eft bien sûr que leur *Deus optimus, maximus*, que *Deûm fator atque hominum rex* n'était point une ftatue, et que *Polyeucte* avait très-grand tort de leur reprocher une fottife dont ils n'étaient point coupables; mais c'eft une opinion commune. *Polyeucte* était dans cette erreur. Il parle comme il doit parler, conformément aux préjugés. La poëfie n'eft pas de la philofophie; ou plutôt la philofophie confifte à faire dire ce que les caractères des perfonnages comportent.

V. 74. Qu'ils ont vomis tous deux contre Jupiter mêmes.

Corneille emploie indifféremment cet adverbe *même* avec une *s* et fans *s*. Les poëtes, tant gênés d'ailleurs, peuvent avoir la liberté d'ôter et d'ajouter une *s* à ce mot.

V. 76. Oyez, Félix, dit-il; oyez, peuple, oyez, tous.

Oyez n'eft plus employé qu'au barreau. On a confervé ce mot en Angleterre. Les huiffiers difent *ois*, fans favoir ce qu'ils difent. Nous n'avons gardé de ce verbe que l'infinitif *ouïr;* et nous difions autrefois *oyer*. Les feffions de l'échiquier de Normandie s'appelaient *oyer et terminer*.

V. 96. Nous voyons... les clameurs d'un peuple mutiné...

Voir des clameurs; c'eft une inadvertance qui n'empêche pas que ce récit ne foit animé et bien fait.

V. 98. Félix. . . Mais le voici qui vous dira le refte.

Il y a là un grand intérêt. C'eft-là, encore une fois, ce qui fait le fuccès des pièces de théâtre.

S C E N E   I I I.

V. 17. Au spectacle sanglant d'un ami qu'il faut suivre,
La crainte de mourir et le désir de vivre
Refaisissent une ame avec tant de pouvoir,
Que qui voit le trépas cesse de le vouloir, &c.

Voilà où les maximes générales sont bien placées; elles ne sont point ici dans la bouche d'un homme passionné qui doit parler avec sentiment, et éviter les sentences et les lieux communs. C'est un juge qui parle et qui dit des raisons prises dans la connaissance du cœur humain.

V. 33. Je devais même peine à des crimes semblables ;
Et mettant différence entre ces deux coupables...
J'ai trahi la justice à l'amour paternel.

Cette suppression des articles n'est permise que dans le style burlesque, qu'on nomme *marotique ;* et *trahir la justice à l'amour paternel*, n'est pas français.

V. 48. Qu'il fasse autant pour soi comme je fais pour lui.

Ce vers est un barbarisme. On dit *autant que*, et non pas *autant comme. Soi* ne se dit qu'à l'indéfini ; il faut faire quelque chose pour *soi*, il travaille pour *lui*.

V. 53. Ils écoutent nos vœux. — Eh bien, qu'il leur en fasse, &c.

Le lecteur voit, sans doute, combien tout ce dialogue est vif, pressé, naturel, intéressant : c'est un chef-d'œuvre.

V. 75. Outre que les chrétiens ont plus de dureté,
Vous attendez de lui trop de légéreté.

Outre que, expression qui ne doit jamais entrer dans la poësie. *Plus de dureté*, ce *plus* ne se rapporte à rien. On peut demander pourquoi elle dit que *Polyeucte* sera inébranlable, quand elle espère le fléchir par ses pleurs?

Peut-être que fi elle efpérait un retour de *Polyeucte* à la religion de fes pères , la fituation en deviendrait plus touchante , quand elle verrait enfuite fon efpérance trompée. Cette fcène , d'ailleurs , eft fupérieurement dialoguée.

SCENE IV.

V. 10. Vous aimez trop , Pauline, un indigne mari. —
         Je l'ai de votre main , mon amour eft fans crime.

On eft toujours un peu étonné que *Pauline* prononce le mot d'amour en parlant de fon mari , elle qui a avoué à ce mari qu'elle en aimait un autre. Mais *je l'ai de votre main* , eft admirable.

Dans le vers qui fuit , *la glorieufe eftime de votre choix* , eft un barbarifme.

V. 20. Par ces beaux fentimens qu'il m'a fallu contraindre,
         Ne m'ôtez pas vos dons, ils font chers à mes yeux.

Il ne paraît guère convenable que *Pauline* demande la grâce de fon mari, au nom de l'amour qu'elle a eu pour un autre que fon mari.

V. 24. Je n'aime la pitié qu'au prix que j'en veux prendre.

Que veut dire *aimer la pitié au prix qu'on en veut prendre?* Qu'eft-ce que ce prix? Cette phrafe était autrefois triviale, et jamais noble ni exacte.

SCENE V.

V. 1. Albin , comme eft-il mort ?

Il faut *comment*.

Ibid. . . . . En brutal. . . .

Mauvaife expreffion.

V. 13. De pensers sur pensers mon ame est agitée,
De soucis sur soucis elle est inquiétée.

Il n'y a pas là d'élégance, mais il y a de la vivacité de sentiment.

V. 15. Je sens l'amour, la haine, et la crainte et l'espoir,
La joie et la douleur tour à tour l'émouvoir.

La joie : ce mot ne découvre-t-il pas trop la bassesse de *Félix ?* Quel moment pour sentir de la joie !

V. 31. A punir les chrétiens son ordre est rigoureux.

Un *ordre à punir*, est un solécisme.

V. 44. Et de tant de mépris son esprit indigné. . . .
Du courroux de Décie obtiendrait ma ruine.

Cette crainte n'est-elle pas aussi frivole que celle où était *Pauline*, que son mari et son amant ne se querellassent au temple ? Personne ne craint pour *Félix ;* il n'a rien à redouter en demandant l'ordre de l'empereur ; il affecte une terreur qui paraît peu naturelle.

V. 62. Mais si par son trépas l'autre épousait ma fille,
J'acquerrais bien par là de plus puissans appuis, &c.

Voici le sentiment le plus bas qu'on puisse jamais développer, mais il est ménagé avec art.

Ces expressions, *l'autre épousait ma fille, j'acquerrais par là, cent fois plus haut*, sont aussi basses que le sentiment de *Félix.* Cependant j'ai toujours remarqué qu'on n'écoutait pas sans plaisir l'aveu de ces sentimens, tout condamnables qu'ils sont. On aimait en secret ce développement honteux du cœur humain ; on sentait qu'il n'est que trop vrai que souvent les hommes sacrifient tout à leur propre intérêt. Enfin, *Félix* dit au moins qu'il déteste ces pensers si lâches ; on lui pardonne un peu. Mais pardonne-t-on à *Albin*, qui lui dit qu'il a *l'ame trop haute ?*

C'est

C'eft ici le lieu d'examiner fi on peut mettre fur la fcène tragique des caractères bas et lâches. Le public en général ne les aime pas. Le parterre murmure quand *Narciffe* dit dans Britannicus, *et pour nous rendre heureux perdons les miférables.* On n'aime point le prêtre *Mathan* qui veut *à force d'attentats perdre tous fes remords.* Cependant, puifque ces caractères font dans la nature, il femble qu'il foit permis de les peindre ; et l'art de les faire contrafter avec les perfonnages héroïques peut quelquefois produire des beautés.

V. 77. Je dois vous avertir, en ferviteur fidelle,
Qu'en fa faveur déjà la ville fe rebelle.

Rebeller ne fe dit plus, et devrait fe dire, puifqu'il vient de *rebelle, rebellion.* Mais comment cette ville païenne peut-elle fe révolter en faveur d'un chrétien, après que l'on a dit que ce même peuple a été indigné de fon facrilége, et qu'il s'eft enfui du temple fi épouvanté qu'il a craint d'être écrafé par la foudre ? Il eût donc fallu expliquer comment on a paffé fi tôt de l'exécration pour l'action de *Polyeucte* à l'amour pour fa perfonne.

ACTE QUATRIEME,

SCENE PREMIERE.

Vers 17. L'autre m'obligerait d'aller querir Sévère.

QUERIR ne fe dit plus.

V. 21. Si vous me l'ordonnez j'y cours en diligence.

Il n'eft pas naturel que *Polyeucte* envoye prier *Sévère* de venir lui parler. Il ne doit rien avoir à lui dire ; mais le public eft dans l'attente qu'il dira quelque chofe d'important. On ne fe doute pas que *Polyeucte* envoie chercher *Sévère* pour lui donner fa femme.

Comment. fur Corneille. Tome I.   Y

SCENE II.

Quatre ans après Polyeucte, *Rotrou* donna Saint Genêt comme une tragédie fainte. On fait que ce *Genêt* était un comédien qui fe convertit fur le théâtre, en jouant dans une farce contre les chrétiens. *Rotrou*, dans cette pièce, a imité ces ftances de *Polyeucte* :

V. 6.   Toute votre félicité,
Sujette à l'inftabilité,
En moins de rien tombe par terre ;

Tombe par terre, eft toujours mauvais ; la raifon en eft que *par terre* eft inutile, et n'eft pas noble. Cette manière de parler eft de la converfation familière : *il eft tombé par terre.*

V. 9.   Et comme elle a l'éclat du verre,
Elle en a la fragilité.

C'eft-là un de ces *concetti*, un de ces faux brillans qui étaient tant à la mode. Ce n'eft pas l'éclat qui fait la fragilité ; les diamans, qui éclatent bien davantage, font très-folides. On remarqua, dès les premières repréfentations de Polyeucte, que ces trois vers étaient pris entièrement de la trente-deuxième ftrophe d'une ode de l'évêque *Godeau* à *Louis XIII*.

Mais leur gloire tombe par terre,
Et comme elle a l'éclat du verre,
Elle en a la fragilité.

Cette ode était oubliée, comme le font toutes les odes aux rois, fur-tout quand elles font trop longues ; mais on la déterra pour accufer *Corneille* de ce petit plagiat. Sa mémoire pouvait l'avoir trompé ; ces trois vers purent fe préfenter à lui dans la foule de fes autres enfans ; il eût été mieux de ne les pas employer ; il était affez riche de fon propre fonds. C'eſt peut-être une plus grande faute de les avoir crus bons que de ſe les être appropriés.

V. 17. Et les glaives qu'il tieut pendus
Sur les plus fortunés coupables,
Sont d'autant plus inévitables
Que leurs coups font moins attendus.

Qu'il tient ſuſpendus ſerait mieux. *Pendus* n'eſt pas agréable.

V. 55. Et mes yeux éclairés des céleſtes lumières
Ne trouvent plus aux ſiens leurs grâces coutumières.

C'eſt dommage que ce dernier mot ne ſoit plus d'uſage que dans le burleſque.

SCENE III.

V. 4. Vient-il à mon ſecours, vient-il à ma défaite?

Cela n'eſt pas français.

V. 7. Vous n'avez point ici d'ennemi que vous-même.

Point eſt ici une faute contre la langue; il faut, *vous n'avez d'ennemi que vous-même.*

V. 9. Seul vous exécutez tout ce que j'ai rêvé.

On a déjà dit que les mots *rêver*, *ſonger*, *faire un rêve*, *un ſonge*, ne ſont pas du ſtyle de la tragédie.

V. 16. Gendre du gouverneur de toute la province.

Ce *toute* gâte le vers, parce qu'il eſt à la fois inutile et emphatique.

V. 19. Mais après vos exploits, après votre naiſſance,
Après votre pouvoir, voyez notre eſpérance.

On ne peut dire *après votre naiſſance, après votre pouvoir,*

comme on dit *après vos exploits. Voyez notre espérance* est
le contraire de ce qu'elle entend ; car elle entend , voyez
la juste terreur qui nous reste, voyez où vous nous
réduisez ; vous , d'une si grande naissance, vous qui avez
tant de pouvoir !

V. 23. . . . . Je fais mes avantages ,
          Et l'espoir que sur eux forment les grands courages.

L'espoir que les *grands courages forment sur des avantages*
n'est pas une faute contre la syntaxe , mais cela n'est pas
bien écrit. La raison en est qu'il ne faut pas un grand
courage pour espérer une grande fortune quand on est
gendre du gouverneur de *toute la province,* et *estimé chez*
le prince.

V. 35. Est-ce trop l'acheter que d'une triste vie,
          Qui tantôt, qui soudain me peut être ravie ?

Tantôt est ici pour *bientôt.* J'ai vu des gens traiter de
capucinade ce discours de *Polyeucte ;* mais il faut toujours
se mettre à la place du personnage qui parle. *Polyeucte* ne
dit que ce qu'il doit dire.

V. 39. Voilà de vos chrétiens les ridicules songes.

C'est ici que le mot de *ridicule* est bien placé dans la
bouche de *Pauline.* Les termes les plus bas , employés à
propos , s'ennoblissent. *Racine* , dans Athalie , se sert des
mots de *bouc* et *chien* avec succès.

V. 55. Quel dieu ? — Toutbeau, Pauline, il entend vos paroles.

Tout beau ne peut jamais être ennobli, parce qu'il ne
peut être accompagné de rien qui le relève ; mais presque
tout ce que dit *Polyeucte* dans cette scène est du genre
sublime.

V. 66. Il m'ôte des périls que j'aurais pu courir.

On n'ôte point *des périls.* On vous sauve d'un péril ;
on détourne un péril ; on vous arrache à un péril.

V. 67. Et, fans me laiffer lieu de tourner en arrière,

Sans me laiffer lieu, expreffion de profe rampante.

V. 68. Sa faveur me couronne entrant dans la carrière ;
Du premier coup de vent il me conduit au port ;
Et, fortant du baptême, il m'envoie à la mort.

Obfervez que voilà quatre vers qui difent tous la même chofe ; c'eft une *carrière*, c'eft un *port*, c'eft la *mort*. Cette fuperfluité fait quelquefois languir une idée, une feule image la fortifierait. Une feule métaphore fe préfente naturellement à un efprit rempli de fon objet, mais deux ou trois métaphores accumulées fentent le rhéteur. Que dirait-on d'un homme qui, en revenant dans fa patrie, dirait : *Je rentre dans mon nid, j'arrive au port à pleines voiles, je reviens à bride abattue?* C'eft une règle de la vraie éloquence, qu'une feule métaphore convient à la paffion.

V. 75. Cruel! car il eft temps que ma douleur éclate....
Eft-ce là ce beau feu? font-ce là tes fermens? *&c.*

Il me femble que ce couplet eft tendre, animé, douloureux, naturel et très à fa place.

V. 93. Hélas! — Que cet hélas a de peine à fortir!

Cet hélas eft un peu familier, mais il eft attendriffant, quoique le mot *fortir* ne foit pas noble.

V. 107. Seigneur, de vos bontés il faut que je l'obtienne.

Je me fouviens qu'autrefois l'acteur qui jouait *Polyeucte*, avec des gants blancs et un grand chapeau, ôtait fes gants et fon chapeau pour faire fa prière à DIEU. Je ne fais pas fi ce ridicule fubfifte encore.

V. 108. Elle a trop de vertu pour n'être pas chrétienne,

eft un vers admirable. On a beau dire qu'un mahométan

en dirait autant à Conſtantinople de ſa femme ſi elle était chrétienne. *Elle a trop de vertu pour n'être pas muſulmane.* C'eſt par cela même que cette idée eſt très-belle, parce qu'elle eſt dans la nature. C'eſt ce qu'*Horace* appelle *benè morata fabula.*

V. 129. Va, cruel, va mourir, tu ne m'aimas jamais.

Pauline doit-elle tant inſiſter ſur l'amour qu'elle exige d'un mari pour lequel elle n'a point d'amour? Peutêtre ce dépit ne ſied qu'à une amante qu'on dédaigne, et non à une épouſe dont le mari va être exécuté. Tout ſentiment qui n'eſt pas à ſa place sèche les larmes qu'une ſituation attendriſſante ſefait couler. Il ne s'agit pas ici que *Pauline* ſoit aimée, il s'agit qu'on ne tranche pas la tête à ſon mari. Cependant, comme les femmes veulent toujours être aimées, ce vers eſt dans la nature, et il doit plaire.

SCENE IV.

V. 5. A ma ſeule prière il rend cette viſite.
Je vous ai fait, Seigneur, une incivilité.

Rendre viſite et *incivilité* ne doivent jamais être employés dans la tragédie.

V. 8. Poſſeſſeur d'un tréſor dont je n'étais pas digne,
Souffrez avant ma mort que je vous le réſigne.

Cette étrange idée de prier *Sévère* de venir pour lui céder ſa femme, ne ſerait pas tolérable en toute autre occaſion. On ne peut l'approuver que dans un chrétien qui n'aime que le martyre. Cette ceſſion, d'ailleurs lâche et ridicule, peut devenir héroïque par le motif. Le philoſophe même peut être touché; car le philoſophe ſait que chacun doit parler ſuivant ſon caractère. Cependant on peut dire que cette ceſſion n'a rien d'attendriſſant, parce qu'elle n'a rien de néceffaire ; que c'eft une chofe que *Polyeucte* peut également faire ou ne faire pas , qui n'eft point fondée dans l'intrigue de la pièce , un hors d'œuvre qui ne va point au cœur. Il femble qu'il cède fa femme pour avoir le plaifir de la céder. Mais cela produit de très-grandes beautés dans la fcène fuivante.

S C E N E V.

V. 2. Je fuis confus pour lui de fon aveuglement.

Cette réfignation de *Polyeucte* fait naître une des plus belles fcènes qui foient au théâtre. C'eft-là fur-tout ce qui foutient cette tragédie. Remarquez que fi l'acte finif-fait par la propofition étrange de *Polyeucte* de laiffer fa femme à fon mari par teftament , rien ne ferait plus ridicule et plus froid ; mais le grand art de relever cette efpèce de baffeffe par la fcène entre *Sévère* et *Pauline* , eft d'un génie plein de reffources.

V. 5. . . . . Mais quel cœur affez bas
Aurait pu vous connaître et ne vous chérir pas ?

Affez bas n'eft pas le mot propre. *Affez* ne fe rapporte à rien.

V. 9. Et comme fi vos feux étaient un don fatal,
Il en fait un préfent lui-même à fon rival.

C'eft dommage qu'*un préfent de vos feux* gâte un peu ces vers excellens.

V. 19. On m'aurait mis en poudre, on m'aurait mis en cendre
Avant que . . . . — Brifons là.

En poudre, en cendre ; c'eft une petite négligence qui n'affaiblit point les fublimes et pathétiques beautés de cette fcène.

Y 4

V. 20. . . . . Brifons là ; je crains d'en trop entendre,
Et que cette chaleur qui fent vos premiers feux
Ne pouffe quelque fuite indigne de tous deux.

Une chaleur qui fent des premiers feux et qui pouffe une fuite, cela eft mal écrit, d'accord ; mais le fentiment l'emporte ici fur les termes, et le refte eft d'une beauté dont il n'y eut jamais d'exemple. Les Grecs étaient des déclamateurs froids en comparaifon de cet endroit de *Corneille.*

V. 31. Il n'eft point aux enfers d'horreurs que je n'endure
Plutôt que de fouiller une gloire fi pure,
Que d'époufer un homme, après fon trifte fort,
Qui de quelque façon foit caufe de fa mort.

Par la conftruction, c'eft le trifte fort de cet homme qu'elle épouferait en fecondes noces ; et par le fens, c'eft le trifte fort de *Polyeucte* dont il s'agit.

V. 35. Et fi vous me croyiez d'une ame fi peu faine,
L'amour que j'eus pour vous tournerait tout en haine.

Si peu faine n'eft pas le mot propre, il s'en faut beaucoup.

V. dern. Pour vous prifer encor, je le veux ignorer.

Il n'eft point du tout naturel que *Pauline* forte fans recevoir une réponfe qu'elle attend avec tant d'empreffe- ment. Mais le dernier vers eft fi beau, et en même temps fi adroit, qu'il fait tout pardonner.

SCENE VI.

V. 1. Qu'eſt-ceci, Fabian, quel nouveau coup de foudre
Tombe ſur mon bonheur et le réduit en poudre !

Si on ôtait ce *qu'eſt-ceci* et ce *coup de foudre* qui réduit un eſpoir en poudre, et les deux vers faibles qui ſuivent, et ſi on commençait la ſcène par ces mots : *Quoi ! toujours la fortune*, &c. elle en ſerait plus vive.

V. 45. Je te dirai bien plus, mais avec confidence,
La ſecte des chrétiens n'eſt pas ce que l'on penſe, *&c*.

On ſait aſſez que c'eſt-là un des plus beaux endroits de la pièce ; jamais on n'a mieux parlé de la tolérance. C'eſt la condamnation de tous les perſécuteurs.

V. 69. Peut-être qu'après tout ces croyances publiques
Ne ſont qu'inventions de ſages politiques,
Pour contenir un peuple, ou bien pour l'émouvoir,
Et deſſus ſa faibleſſe affermir leur pouvoir.

Ces quatre vers ſont retranchés dans l'édition de 1664 et dans les ſuivantes.

V. 75. Jamais un adultère, un traître, un aſſaſſin,
Jamais d'ivrognerie, et jamais de larcin,
Ce n'eſt qu'amour entre eux, que charité ſincère ;
Chacun y chérit l'autre, et le ſecourt en frère.

Ces quatre vers trop ſimples ont auſſi été retranchés.

V. 79. Ils ſont des vœux pour nous qui les perſécutons.

Remarquez ici que *Racine*, dans Eſther, exprime la même choſe en cinq vers :

Tandis que votre main ſur eux appeſantie
A leurs perſécuteurs les livrait ſans ſecours,
Ils conjuraient ce Dieu de veiller ſur vos jours,

De rompre des méchans les trames criminelles,
De mettre votre trône à l'ombre de fes ailes.

Sévère, qui parle en homme d'Etat, ne dit qu'un mot, et ce mot eft plein d'énergie. *Efther*, qui veut toucher *Affuérus*, étend davantage cette idée. *Sévère* ne fait qu'une réflexion ; *Efther* fait une prière ; ainfi l'un doit être concis, et l'autre déployer une éloquence attendriffante. Ce font des beautés différentes, et toutes deux à leur place. On peut fouvent faire de ces comparaifons ; rien ne contribue davantage à épurer le goût.

ACTE CINQUIEME.

SCENE PREMIERE.

Vers 1. Albin, as-tu bien vu la fourbe de Sévère?

JE ne doute pas que *Corneille* n'ait voulu faire contrafter la baffeffe de *Félix* avec la grandeur de *Sévère*. Les oppofitions font belles en peinture, en poëfie, en éloquence. *Homère* a fon *Therfite* ; l'*Ariofte* a fon *Brunel* ; il n'en eft pas ainfi au théâtre. Les caractères lâches ne font prefque jamais tolérés ; on ne veut pas voir ce qu'on méprife.

Non-feulement *Félix* eft méprifable, mais il fe trompe toujours dans fes raifonnemens. Il prétend que *Sévère* méprife dans *Pauline* les reftes de *Polyeucte*. Cependant *Sévère* aime paffionnément *ces reftes*. Il a beau dire que *Sévère tempête*, qu'il tranche du *généreux*, et qu'au fond c'eft *un fourbe* ; il devrait bien voir que *Sévère* n'a pas befoin de l'être. En général, tout ce qui n'eft que politique eft froid au théâtre ; et la politique de *Félix* eft auffi fauffe que lâche. S'il croit que *Sévère* fe foucie peu de *Pauline*, il ne doit pas croire qu'il veuille fe venger. Pourquoi ne pas donner à *Félix* un grand zèle pour fa religion?

Cela ferait un bien meilleur contraste avec le zèle de *Polyeucte* pour la sienne.

V. 2. As-tu bien vu sa haine, et vois-tu ma misère ?

Le mot de *misère*, qu'on emploie souvent en vers pour *malheur*, peut n'être pas convenable ici, parce qu'il peut être entendu de la misère, c'est-à-dire de la bassesse des sentimens.

V. 5. Que tu discernes mal le cœur d'avec la mine !

est trop du ton de la comédie.

V. 7. Et s'il l'aima jadis, il estime aujourd'hui
Les restes d'un rival trop indignes de lui ;

expression toujours déshonnête et du discours familier.

V. 11. Tranchant du généreux il croit m'épouvanter ;
L'artifice est trop lourd pour ne pas l'éventer.
Je fais des gens de cour quelle est la politique ;
J'en connais mieux que lui la plus fine pratique.

Tranchant du généreux . . . l'artifice est trop lourd . . . la plus fine pratique ; tout cela est bourgeois et comique.

V. 15. C'est en vain qu'il tempête. . . . . . .

Ce mot n'est que burlesque.

V. 19. Et s'il avait affaire à quelque mal-adroit,
Le piége est bien tendu ; sans doute il le perdrait.

Toute cette tirade et ces expressions bourgeoises, *j'en ai tant vu de toutes les façons, et j'en ferais des leçons au besoin, et s'il avait affaire à un mal-adroit,* sont absolument mauvaises. Il faut savoir avouer les fautes, comme admirer les beautés.

V. 26. Pour subsister en cour c'est la haute science.

Pour subsister en cour, est une expression bourgeoise. *La haute science pour subsister en cour* n'est pas de faire couper le cou à son gendre avant de demander l'ordre de l'empereur. Il faut des raisons plus fortes. Le zèle de la religion suffisait et pouvait fournir des choses sublimes.

ALBIN.

V. 33. Cette grâce, Seigneur, que Pauline l'obtienne.

FELIX.

Celle de l'empereur ne suivrait pas la mienne.

Qui lui a dit que la grâce de l'empereur ne suivrait pas la sienne? Au contraire, il doit présumer que l'empereur trouvera fort bon qu'il n'ait pas fait couper le cou à son gendre, et qu'il attende des ordres positifs.

V. 47. Je vois le peuple ému pour prendre son parti.

Cette raison ne paraît guère meilleure que les autres. Il est difficile, comme on l'a déjà remarqué, que le peuple, qui a eu tant d'horreur pour le fanatisme punissable de *Polyeucte*, se révolte sur le champ en sa faveur. Ce qu'il y a de triste, c'est que les défauts du rôle de *Félix* ne sont rachetés par aucune beauté; il parle presque toujours aussi bassement qu'il pense. On ne dit point *ému pour*, cela n'est pas français.

V. 53. Et Sévère aussitôt, courant à sa vengeance,
M'irait calomnier de quelque intelligence...

n'est pas français.

SCENE II.

***V.* 4.** Je ne hais point la vie, et j'en aime l'ufage ;
Mais fans attachement qui fente l'efclavage.

L'efclavage n'eft pas le mot propre, parce qu'on n'eft pas efclave de la vie.

***V.* 10.** Te fuivre dans l'abyme où tu veux te jeter ! —

P O L Y E U C T E.

Mais plutôt dans la gloire où je m'en vais monter.

Ce dernier vers fait un mauvais effet, parce qu'il affaiblit le beau vers de la fcène fuivante, *où le conduifez-vous ? — à la mort, — à la gloire.* Voyez comme ces mots *où je m'en vais monter* gâtent, énervent ce fentiment, comme ce qui eft fuperflu eft toujours mauvais.

***V.* 28.** Mais ces fecrets pour vous font fâcheux à comprendre.

Ce mot *fâcheux* n'eft pas le mot propre, c'eft *difficile.*

***V.* 33.** Pour lui feul contre toi j'ai feint d'être en colère.

Cet artifice eft de *mauvaife grâce,* comme le dit très-bien *Polyeucte.*

Rotrou, dans fon Saint Genêt, fait parler ainfi *Marcel* qui veut perfuader à *Genêt* de ne pas renoncer à la religion de fes pères :

O ridicule erreur de vanter la puiffance
D'un dieu qui donne aux fiens la mort pour récompenfe,
D'un impofteur, d'un fourbe, et d'un crucifié !
Qui l'a mis dans le ciel ? qui l'a déifié ?
Un ramas d'ignorans et d'hommes inutiles,
De malheureux, la lie et l'opprobre des villes,
De femmes et d'enfans, dont la crédulité
S'eft forgé à plaifir une divinité ;

De gens qui , dépourvus des biens de la fortune,
Trouvant dans leur malheur la lumière importune,
Sous le nom de chrétiens s'expofent au trépas,
Et méprifent des biens qu'ils ne pofsèdent pas.

On ne fit aucune difficulté de réciter ces vers convenables à un païen. Ces raifons font aifément réfutées
par Genêt :

Si méprifer vos dieux c'eft leur être rebelle,
Croyez qu'avec raifon je leur fuis infidelle. . .
Vous verrez fi ces dieux de métal et de pierre
Seront puiffans au ciel comme on les croit en terre.
Alors les fectateurs de ce crucifié
Vous diront fi fans caufe ils l'ont déifié, &c.

Une telle fcène entre *Polyeucte* et *Félix* , écrite avec
force , aurait certainement fait un très-grand effet.

V. 36. Portez à vos païens, portez à vos idoles
Le fucre empoifonné que sèment vos paroles.

Ce mot de *fucre* n'eft admis que dans le difcours très-
familier.

V. 48. En vous ôtant un gendre , on vous en donne un autre
Dont la condition répond mieux à la vôtre.

La condition eft du ftyle de la comédie.

V. 51. Ceffe de me tenir ce difcours outrageux.

Ce mot n'eft pas ufité ; mais plufieurs auteurs s'en font
heureufement fervis. Nous ne fommes pas affez riches
pour devoir nous priver de ce que nous avons.

V. 64. Je voulais gagner temps pour ménager ta vie
Après l'éloignement d'un flatteur de Décie.

Gagner temps, ftyle de comédie. *Flatteur de Décie* ; ce
n'eft pas ainfi qu'il doit caractérifer *Sévère*.

SCENE III.

V. 5. Parlez à votre époux. — Vivez avec Sévère.

On est un peu révolté que *Polyeucte* ne parle à sa femme que de l'amour qu'elle a pour *Sévère*. Cette répétition peut déplaire. Le christianisme n'ordonne point qu'on cède sa femme. Mais ici *Polyeucte* semble lui reprocher qu'elle en aime un autre.

V. 8. Il voit quelle douleur dans l'ame vous possède,
Et fait qu'un autre amour en est le seul remède.

Ces maximes d'amour sont ici un peu révoltantes. Il n'est pas convenable que *Polyeucte* l'encourage à aimer un autre amant, et ce n'est pas à un homme uniquement occupé du bonheur du martyre, à dire qu'il n'y a qu'un autre amour qui puisse remédier à l'amour. Un martyr enthousiaste doit-il débiter ces fades maximes de comédie?

V. 10. Puisqu'un si grand mérite a pu vous enflammer,
Sa présence toujours a droit de vous charmer.

Un si grand mérite, style de comédie.

V. 13. Que t'ai-je fait, cruel, pour être ainsi traitée,
Et pour me reprocher, au mépris de ma foi,
Un amour si puissant que j'ai vaincu pour toi?

Elle l'a déjà dit bien souvent.

V. 17. Quels efforts à moi-même il a fallu me faire...

On dit bien *se faire des efforts*, mais non pas *faire des efforts à soi*, il faut *sur soi*.

V. 18. Quels combats j'ai donnés pour te donner un cœur
Si justement acquis à son premier vainqueur.

Donnés pour te donner, répétition vicieuse.

V. 22. Apprends d'elle à forcer ton propre fentiment.

Le mot propre eft *dompter*.

V. 28. Ne défefpère pas une ame qui t'adore.

Comment *Pauline* peut-elle dire qu'elle adore *Polyeucte?* Elle lui donne *par devoir* et *par affection* tout ce que l'autre avait *par inclination*. Mais *l'adorer*, c'eft trop ; certainement elle ne l'adore pas.

V. 30. Vivez avec Sévère ou mourez avec moi.

Cette troifième apoftrophe, cet empreffement extrême de lui donner un mari, ne paraiffent pas naturels. Tout cela n'empêche pas que cette fcène ne foit écoutée avec un grand plaifir. L'obftination de *Polyeucte*, fa réfignation, fon tranfport divin plaifent beaucoup. Ceux qui affiftent au fpectacle étant perfuadés, pour la plupart, des vérités qui enflamment *Polyeucte*, font faifis de fon tranfport : ils ne font pas fort attendris, mais ils s'intéreffent à la fituation.

V. 32. Mais de quoi que pour vous notre amour m'entretienne,
Je ne vous connais plus fi vous n'êtes chrétienne.

De quoi que notre amour m'entretiénne pour vous. Ce vers eft un barbarifme. *Un amour qui entretient et qui entretient pour! et de quoi qu'il entretienne!* Il n'eft pas permis de parler ainfi.

V. 37. Mais s'il eft infenfé vous êtes raifonnable.

Ce vers eft du ftyle de la comédie.

V. 46. . . . Elle changera, par ce redoublement,
En injufte rigueur un jufte châtiment.

Il eft trifte que *redoublement* ne puiffe fe dire en cette occafion ; le fens eft beau. Mais on n'a jamais appelé *redoublement* la mort d'un mari et d'une femme.

V. 52.

V. 52. Un cœur à l'autre uni jamais ne fe retire.

Ces maximes générales conviennent peu à la douleur. C'eft-là parler de fentimens ; ce n'eft pas en avoir. Comment fe peut-il faire que cette fcène ne faffe jamais verfer de larmes ? N'eft-ce point qu'on fent que *Pauline* n'agit que par devoir, et qu'elle s'efforce d'aimer un homme pour lequel elle n'a point d'amour ? D'ailleurs, elle parle ici de défunion après avoir parlé de *redoublement* de mort qui les féparé.

V. 62. Peux-tu voir tant de pleurs d'un œil fi détaché ?

Le cœur peut être détaché, mais l'œil ne l'eft pas.

V. 68. Que tout cet artifice eft de mauvaife grâce !

eft du ftyle de la comédie.

V. 71. Après avoir tenté l'amour et fon effort.

Cela n'eft ni d'un français exact, ni d'un français agréable.

V. 74. Vous vous joignez enfemble ! Ah ! rufes de l'enfer !
Faut-il tant de fois vaincre avant que triompher ?

expreffion pardonnable au perfonnage qui parle, mais qui n'eft pas d'un ftyle noble. *Enfer* ne rime avec *triompher* qu'à l'aide d'une prononciation vicieufe ; grande preuve que l'on ne doit rimer que pour les oreilles.

V. 76. Vos réfolutions ufent trop de remife ;

phrafe qui n'a point d'élégance. *Ufer de remife*, expreffion profaïque : *ufer* d'ailleurs fuppofe *ufage* ; une réfolution n'a point d'ufage.

V. 92. Je le ferais encor fi j'avais à le faire.

Ce vers eft dans le Cid, et eft à fa place dans les deux pièces.

Comment. fur Corneille. TOME I.   Z

V. 96. Adore-les ou meurs. — Je fuis chrétien. — Impie,
Adore-les, te dis-je, ou renonce à la vie.

Renonce à la vie n'enchérit point fur *mourir* ; quand on répète la penfée, il faut fortifier l'expreffion.

V. 100. Où le conduifez-vous ? — A la mort. — A la gloire.

dialogue admirable et toujours applaudi.

SCENE IV.

V. 7. Vois-tu comme le fien des cœurs impénétrables ?

Impénétrable n'eft pas le mot propre ; il fignifie *caché*, *diffimulé*, *qu'on ne peut découvrir*, *qu'on ne peut pénétrer*, et ne peut jamais être mis à la place d'*inflexible*.

V. 18. . . . . Répandant votre fang par votre propre main.

F E L I X.

Ainfi l'ont autrefois verfé Brute et Manlie.

On eft un peu furpris que cet homme fe compare aux *Brutus* et aux *Manlius*, après avoir avoué les fentimens les plus lâches.

V. 21. Et quand nos vieux héros avaient du mauvais fang,
Ils euffent pour le perdre ouvert leur propre flanc.

C'eft une vieille erreur qu'en fe fefant faigner on fe délivrait de fon mauvais fang. Cette fauffe métaphore a été fouvent employée, et on la retrouve dans la tragédie de *Don Carlos* fous le nom d'*Andronic*.

Quand j'ai du mauvais fang je me le fais tirer.

On a dit que *Philippe II* a fait cette abominable plai-fanterie à fon fils en le condamnant.

V. 25. Quand vous verrez Pauline, et que fon défefpoir
Par fes pleurs et fes cris faura vous émouvoir.

Remarquez que nous employons fouvent ce mot

favoir en poëfie affez mal à propos : *J'ai fu le fatisfaire* pour *je l'ai fatisfait* ; *j'ai fu lui plaire* au lieu de *je lui ai plu*. Il ne faut employer ce mot que quand il marque quelque deffein.

V. 31. Romps ce que fes douleurs y donneraient d'obftacle ;
Tire-la, fi tu peux, de ce trifte fpectacle.

Romps, tire-la, mauvaifes expreffions. *Des douleurs qui donnent obftacle*, eft un barbarifme ; et *ce qu'ils donneraient d'obftacle* eft un barbarifme encore plus grand.

S C E N E V.

V. 2. Cette feconde hoftie eft digne de ta rage.

Ce mot *hoftie* fignifiait alors *victime*.

V. 5. Ta barbarie en elle a les mêmes matières.

Ce vers eft trop négligé, et n'eft pas français. *Une barbarie qui a des matières* et *matières en elle*, cela eft un peu barbare.

V. 7. Son fang, dont tes bourreaux viennent de me couvrir,
M'a deffillé les yeux, et me les vient d'ouvrir ;

pléonafme.

V. 13. Redoute l'empereur, appréhende Sévère.

D'où fait-elle que *Félix* a facrifié *Polyeucte* à la crainte qu'il a de *Sévère?* eft-ce une révélation ?

V. 25. Le faut-il dire encor ? Félix, je fuis chrétienne.

Ce miracle foudain a révolté beaucoup de gens. *Quod-cumque oftendis mihi fic, incredulus odi.* Mais le parterre aimera long-temps ce prodige ; il eft la récompenfe de la vertu de *Pauline* ; et s'il n'eft pas dans l'hiftoire, il convient parfaitement au théâtre dans une tragédie chrétienne.

Z 2

V. 27. Le coup à l'un et l'autre en fera précieux,
  Puisqu'il t'assure en terre en m'élevant aux cieux.

T'assure en terre n'est pas français. Il veut dire, *affermit ton pouvoir sur la terre.*

SCENE DERNIERE.

La pièce semble finie quand *Polyeucte* est mort. Autrefois quand les acteurs représentaient les Romains avec le chapeau et une cravate, *Sévère* arrivait le chapeau sur la tête, et *Félix* l'écoutait chapeau bas, ce qui fesait un effet ridicule.

V. 2. Esclave ambitieux d'une peur chimérique,
  Polyeucte est donc mort ! et par vos cruautés
  Vous pensez conserver vos tristes dignités ?

D'où sait-il que *Félix* a immolé son gendre à la peur méprisable qu'il avait de *Sévère*? Ce *Sévère* ne pouvait le savoir, à moins que *Polyeucte*, par un second miracle, ne le lui eût révélé. Le reste est fort juste et fort beau; il doit être irrité que *Félix* n'ait pas déféré à sa noble prière.

V. 24. Je cède à des transports que je ne connais pas.

Ce nouveau miracle n'est pas si bien reçu du parterre que les deux autres ; il ne faut pas sur-tout prodiguer coup sur coup les prodiges de même espèce. Quand on pardonnerait la conversion incroyable de ce lâche *Félix*, on n'en serait pas touché, parce qu'on ne s'intéresse pas à lui comme à *Pauline*, et qu'il est même odieux.

V. 25. Et par un mouvement que je ne puis entendre,
  De ma fureur je passe au zèle de mon gendre.

Comprendre semblerait plus juste qu'*entendre*.

V. 29. Son amour épandu fur toute la famille,
Tire après lui le père auffi-bien que la fille.

Tirer après foi eft devenu bas avec le temps.

V. 42. De pareils changemens ne vont point fans miracle.

Des changemens ne *vont* point. On mène une vie innocente, et non pas *avec innocence.* Mais *j'approuve que chacun ait fes dieux ,* et *fervez votre monarque ,* reçoivent toujours des applaudiffemens. La manière dont le fameux *Baron* récitait ces vers, en appuyant fur *fervez votre monarque ,* était reçue avec tranfport. Plufieurs n'approuvent pas que *Sévère* dife à *Félix : Gardez votre pouvoir, reprenez-en la marque ,* parce que ce n'eft pas lui qui donne les gouvernemens , et que *Félix* n'a pas quitté le fien ; il n'appartient qu'à l'empereur de parler ainfi.

V. 45. Ils mènent une vie avec tant d'innocence ,
Que le ciel leur en doit quelque reconnaiffance ;

eft trop du ftyle familier , et d'ailleurs cela n'eft pas français , comme on l'a déjà dit.

V. 47. Se relever plus forts plus ils font abattus ,
N'eft pas auffi l'effet des communes vertus.

Se relever n'eft pas l'effet ; cela n'eft pas exact , mais c'eft une licence que je crois permife.

V. 52. J'approuve cependant que chacun ait fes dieux.

Ce vers eft toujours très-bien reçu du parterre. C'eft la voix de la nature.

V. 53. Qu'il les ferve à fa mode ,

eft du ftyle comique ; *à fon choix* eût peut-être été mieux placé.

V. 56. Je n'en veux pas fur vous faire un perfécuteur.

Il y avait auparavant *en vous ;* cela paraiffait un contre-

Z 3

fens ; il femblait que ce fût *Félix* chrétien qui pût être perfécuteur. *Corneille* corrigea *fur vous*, mais c'eft une faute de langage ; on perfécute un homme et non *fur* un homme.

V. 65. Nous autres, béniffons notre heureufe aventure.

Notre heureufe aventure, immédiatement après avoir coupé le cou à fon gendre, fait un peu rire ; et *nous autres* y contribue.

L'extrême beauté du rôle de *Sévère*, la fituation piquante de *Pauline*, la fcène admirable avec *Sévère*, au quatrième acte, affurent à cette pièce un fuccès éternel. Non-feulement elle enfeigne la vertu la plus pure, mais la dévotion, et la perfection du chriftianifme. Polyeucte et Athalie font la condamnation éternelle de ceux qui, par une jaloufie fecrète, voudraient profcrire un art fublime dont les beautés n'effacent que trop leurs ouvrages. Ils fentent combien cet art eft au-deffus du leur ; ne pouvant y atteindre, ils le veulent profcrire, et par une injuftice auffi abfurde que barbare, ils confondent *Tabarin* et *Guillot Gorju* avec S' *Polyeucte* et le grand-prêtre *Joad*.

Dacier, dans fes Remarques fur la poëtique d'*Ariftote*, prétend que *Polyeucte* n'eft pas propre au théâtre, parce que ce perfonnage n'excite ni la pitié, ni la crainte ; il attribue tout le fuccès à *Sévère* et à *Pauline*. Cette opinion eft affez générale ; mais il faut avouer auffi qu'il y a de très-beaux traits dans le rôle de *Polyeucte*, et qu'il a fallu un très-grand génie pour manier un fujet fi difficile.

REMARQUES

SUR LE MENTEUR,

Comédie repréfentée en 1642.

PREFACE DU COMMENTATEUR.

Il faut avouer que nous devons à l'Efpagne la première
tragédie touchante, et la première comédie de caractère
qui aient illuftré la France. Ne rougiffons point d'être
venus tard dans tous les genres. C'eft beaucoup que,
dans un temps où l'on ne connaiffait que des aventures
romanefques et des turlupinades, *Corneille* mît la morale
fur le théâtre. Ce n'eft qu'une traduction ; mais c'eft
probablement à cette traduction que nous devons *Molière*.
Il eft impoffible en effet que l'inimitable *Molière* ait vu
cette pièce fans voir tout d'un coup la prodigieufe fupériorité que ce genre a fur tous les autres, et fans s'y
livrer entièrement. Il y a autant de diftance de Mélite
au Menteur, que de toutes les comédies de ce temps-là
à Mélite : ainfi *Corneille* a réformé la fcène tragique et la
fcène comique par d'heureufes imitations. Nous nous
conformons à l'édition que *Corneille* donna en 1644, édition devenue extrêmement rare, dans laquelle on trouve
le Cid avec les imitations de *Guilain de Caftro*, Pompée
avec les imitations de *Lucain*, et le Menteur avec des
vers affez curieux qui ne font dans aucune autre édition.
Corneille ne mit point au bas des pages du Menteur les
traits qu'il prit dans *Lopez* ou dans *Roxas ;* on ne fait
qui de ces deux poëtes efpagnols eft l'auteur de cette
comédie.

Z 4

REMARQUES

SUR

LE MENTEUR,

COMEDIE.

ACTE PREMIER.

SCENE PREMIERE.

Vers 4. . . . Je fais banqueroute à ce fatras de lois.

On difait alors *faire banqueroute*, pour *abandonner*, *renoncer*, *quitter*, *fe détacher*, mais mal à propos ; *banqueroute* était impropre, même en ce temps-là, dans l'occafion où l'auteur l'emploie. *Dorante* ne fait pas banqueroute aux lois, puifque fon père confent qu'il renonce à cette profeffion.

V. 5.   Mais puifque nous voici dedans les Tuileries,
Le pays du beau monde et des galanteries, &c.

Nous avons fouvent remarqué ailleurs que *dedans* eft une légère faute, et qu'il faut *dans*.

V. 22.   C'eft-là le plus beau foin qui vienne aux belles âmes.

On prend un foin, on a un foin ; on fe charge d'un foin, on rend des foins ; mais un foin ne *vient* pas.

V. 28.   Et déjà vous cherchez à pratiquer l'amour.

On ne pratique point l'amour comme on pratique le barreau, la médecine.

V. 29. Je fuis auprès de vous en fort bonne pofture,
  De paffer pour un homme à donner tablature.
  J'ai la taille d'un maître, *&c.*

Quoique *Corneille* ait épuré le théâtre dans fes premières comédies, et qu'il ait imité, ou plutôt deviné le ton de la bonne compagnie de fon temps, il eft pourtant encore ici loin de la bienféance et du bon goût; mais au moins il n'y a pas de mot déshonnête, comme *Scarron* s'en permit dans de miférables farces des *Jodelets*, qui, à la honte de la nation et même de la cour, eurent tant de fuccès avant les chefs-d'œuvre de *Molière.*

V. 39. Vous tenez celles-là trop indignes de vous
  Que le fon d'un écu rend traitables à tous.

Le fon d'un écu et l'idée de ce vers font des chofes honteufes qu'on devrait retrancher pour l'honneur de la fcène françaife. Ce vers même eft imité de la fatire de *Régnier* intitulée *Macette.* Les bienféances étaient impunément violées dans ce temps-là; et *Corneille*, qui s'élevait au-deffus de fes contemporains, fe laiffait entraîner à leurs ufages.

V. 41. Auffi que vous cherchiez de ces fages coquettes
  Où peuvent tous venans débiter leurs fleurettes,
  Mais qui ne font l'amour que de babil et d'yeux?

Cela n'eft pas français. On dit bien *la maifon où j'ai été*, mais non *la coquette où j'ai été.*
Le texte dans l'édition in-8° encadrée et dans l'in-4° en 8 vol. porte:

  Auffi que vous cherchiez de ces fages coquettes
  Qui bornent au babil leurs faveurs plus fecrètes,
  Et qui ne font l'amour que de babil et d'yeux?
  Vous êtes d'encolure à vouloir un peu mieux.
  Loin de paffer fon temps, *&c.*

V. 43. Et qui ne font l'amour que de babil et d'yeux.

Ce vers n'eſt pas français ; *faire l'amour d'yeux et de babil* ne peut ſe dire. On a changé ce vers, et on a mis :

> Sans qu'il vous ſoit permis de jouer que des yeux.

V. 46. Et le jeu, comme on dit, n'en vaut pas les chandelles.

Chandelles ; cette expreſſion ſerait aujourd'hui indigne de la haute comédie.

V. 63. J'en voyais là beaucoup paſſer pour gens d'eſprit,
> Et faire encore état de Chimène et du Cid ;
> Eſtimer de tous deux la vertu ſans ſeconde,
> Qui paſſeraient ici pour gens de l'autre monde,
> Et ſe feraient ſiffler ſi dans un entretien
> Ils étaient ſi groſſiers que d'en dire du bien.

On voit que *Corneille* avait encore ſur le cœur, en 1646, le déchaînement des auteurs contre le Cid. Il ſupprima depuis ces vers, et y ſubſtitua ceux-ci :

> La diverſe façon de parler et d'agir
> Donne aux nouveaux venus ſouvent de quoi rougir.

V. 70. Et là, faute de mieux, un ſot paſſe à la montre.

Ce mot ſignifie *revue.*

V. 85. . . . . Chacun s'y fait de miſe.

Peut-être cette expreſſion pouvait paſſer autrefois.

V. 86. Et vaut communément autant comme il ſe priſe.

Vaut autant comme n'eſt pas français ; on l'a déjà obſervé ailleurs.

V. 93. Tel donne à pleines mains qui n'oblige perſonne, &c.

Molière n'a point de tirade plus parfaite ; *Térence* n'a

rien écrit de plus pur que ce morceau. Il n'eſt point au-deſſus d'un valet, et cependant c'eſt une des meilleures leçons pour ſe bien conduire dans le monde. Il me ſemble que *Corneille* a donné des modèles de tous les genres.

V. 99. Et d'un tel contre-temps il fait tout ce qu'il fait,
Que, quand il tâche à plaire, il offenſe en effet.

On ne dit pas *faire d'un contre-temps*, mais *faire à contre-temps*.

Au reſte, cette ſcène eſt d'un ton très-ſupérieur à toutes les comédies qu'on donnait alors ; elle peint des mœurs vraies ; elle eſt bien écrite, à l'exception de quelques fautes excuſables.

SCENE II.

Clarice, feſant un faux pas et comme ſe laiſſant choir.

Une comédie qui n'eſt fondée que ſur un faux pas que fait une demoiſelle en ſe promenant aux Tuileries, ſemble manquer d'art dans ſon expoſition ; et les complimens que ſe font *Clarice* et *Dorante* n'annoncent ni intrigue ni caractère.

V. 1. Ahi ! — Ce malheur me rend un favorable office....

Si cette *Clarice* n'avait pas fait un faux pas, il n'y aurait donc pas de pièce. Ce défaut eſt de l'auteur eſpagnol. L'eſprit eſt plus content quand l'intrigue eſt déjà nouée dans l'expoſition. On prend bien plus de part à des paſſions déjà régnantes, à des intérêts déjà établis. Un amour qui commence tout d'un coup dans la pièce, et dont l'origine eſt ſi faible, ne fait aucune impreſſion, parce que cet amour n'eſt pas aſſez vraiſemblable. On tolère la naiſſance ſoudaine de cette paſſion dans quelque jeune homme ardent et impétueux qui s'enflamme au premier objet ; encore y faut-il beaucoup de nuances.

On croirait prefque que ce *Dorante* qui aime tant à mentir, exerce ce talent dans fa déclaration d'amour, et que cet amour eft un de fes menfonges ; cependant il eft de bonne foi.

V. 2.   Puifqu'il me donne lieu de ce petit fervice.

Lieu d'un fervice n'eft pas français. On donne lieu de rendre fervice.

V. 19.   Et le plus grand bonheur au mérite rendu
   Ne fait que nous payer de ce qui nous eft dû.

Cela n'eft pas français. On rend juftice au mérite, on ne lui rend pas *bonheur* : peut-être les premiers imprimeurs ont-ils mis *bonheur* au lieu d'*honneur*. Cette fcène languit par une conteftation trop longue.

V. 35.   Comme l'intention feule en forme le prix, &c.

Ces differtations dont les phrafes commencent prefque toujours par *comme*, et dont l'auteur a rempli fes tragédies, font une de ces habitudes qu'il avait prifes en écrivant ; c'eft la manière du peintre.

S C E N E   I V.

V. 12.   La plus belle des deux je crois que ce foit l'autre.

Je crois que ce foit eft une faute de grammaire, du temps même de *Corneille. Je crois*, étant une chofe pofitive, exige l'indicatif ; mais pourquoi dit-on, je crois qu'elle *eft* aimable, qu'elle *a* de l'efprit ? et, *croyez-vous* qu'elle *foit* aimable, qu'elle *ait* de l'efprit ? C'eft que *croyez-vous* n'eft point pofitif ; *croyez-vous* exprime le doute de celui qui interroge. *Je fuis fûr qu'il vous fatisfera ; êtes-vous fûr qu'il vous fatisfaffe ?*
Vous voyez par cet exemple que les règles de la grammaire font fondées pour la plupart fur la raifon, et fur

cette logique naturelle avec laquelle naiſſent tous les hommes bien organiſés.

V. 15. Ah ! depuis qu'une femme a le don de ſe taire,
Elle a des qualités au-deſſus du vulgaire.

Depuis ne peut être employé pour *quand*, pour *dès-là que*, *lorſque*. Ce mot *depuis* dénote toujours un temps paſſé. Il n'y a point d'exception à cette règle. C'eſt principalement aux étrangers que j'adreſſe cette remarque ; c'eſt pour eux ſurtout qu'on fait ces commentaires. *Corneille* corrigea depuis :

Monſieur, quand une femme a le don de ſe taire.

V. 22. Et quand le cœur m'en dit, j'en prends par où je puis.

J'en prends par où je puis eſt un peu licencieux, et l'expreſſion eſt dégoûtante. Ce n'eſt point ainſi que *Térence* fait parler ſes valets.

S C E N E V.

V. 41. . . . . Des flûtes . . . . . des hautbois,
Qui tour à tour dans l'air pouſſaient des harmonies
Dont on pouvait nommer les douceurs infinies.

Quoique ce ſubſtantif *harmonie* n'admette point de pluriel, non plus que *mélodie*, *muſique*, *phyſique*, et preſque tous les noms des ſciences et des arts, cependant j'oſe croire que dans cette occaſion ces *harmonies* ne ſont point une faute, parce que ce ſont des concerts différens. On peut dire, *les mélodies de Lulli et de Rameau ſont différentes* ; de plus, le Menteur s'égaie dans ſon récit ; et *pouſſer des harmonies* eſt aſſez plaiſant pour un menteur qui eſt ſuppoſé chercher à tout moment ſes phraſes.

V. 66. S'il(le foleil)eût pris notre avis, ou s'il eût craint ma haine,
Il eût autant tardé qu'à la couche d'Alcmène.

Cela eft guindé, faux, hors de la nature, et du plus mauvais goût. Auffi *Corneille* fubftitua à ces deux vers fi différens du refte, ces deux-ci qui font très-plaifans et du meilleur ton :

S'il eût pris notre avis, fa lumière importune
N'eût pas troublé fi tôt ma petite fortune.

V. 75. Il s'eft fallu paffer à cette bagatelle.

Se paffer à, *fe paffer de*, font deux chofes abfolument différentes. *Se paffer à* fignifie *fe contenter de ce qu'on a*. *Se paffer de* fignifie *foutenir le befoin de ce qu'on n'a pas*. Il a quatre attelages, on peut fe paffer à moins. Vous avez cent mille écus de rente, et je m'en paffe.

S C E N E V I.

V. 2. Je remets à ton choix de parler ou te taire.

La grande exactitude de la profe veut *de te taire;* mais il faut renoncer à faire des vers fi cette petite licence n'eft pas permife.

V. 7. . . . . . Pauvre efprit! — Je le perds
Quand je vous oy parler de guerre et de concerts.

Je vous *oy* ne fe dit plus; pourquoi? Cette diphthongue n'eft-elle pas fonore? *Foi, loi, crois, bois*, révoltent-ils l'oreille? Pourquoi l'infinitif *ouïr* eft-il refté, et le préfent eft-il profcrit? La fyntaxe eft toujours fondée fur la raifon; l'ufage et l'abolition des mots dépendent quelquefois du caprice; mais on peut dire que cet ufage tend toujours à la douceur de la prononciation : *je l'oy, j'oy,* eft fec et rude; on s'en eft défait infenfiblement.

V. 27. Etaler force mots qu'elles n'entendent pas,
Faire fonner Lamboy, Jean de Vert, et Galas.

Généraux de l'empereur *Ferdinand III.*

V. 34. On leur fait admirer les baies qu'on leur donne.

Baies fignifie ici *bourdes*, *caſſades*. Il faut éviter foigneufement au milieu des vers ces mots *baies*, *haies*, et ne
les jamais faire rencontrer par des fyllabes qui les heurtent.
On eſt obligé de faire *baies* de deux fyllabes, et ce fon
eſt très-défagréable; c'eſt ce qu'on appelle le *demi-hiatus*.
Nous avons des règles certaines d'harmonie dans la poëfie;
pour peu qu'on s'en écarte, les vers rebutent, et c'eſt
en partie pourquoi nous avons tant de mauvais poëtes.

V. 42. Nous pourrons fous ces mots être d'intelligence.

On n'entend pas bien ce que l'auteur veut dire.
Comment *Dorante* fera-t-il d'intelligence avec fa maîtreſſe, fous les mots de *contreſcarpe* et de *foſſé* ?

V. 49. Ayant fi bien en main le feſtin et la guerre,
Vos gens en moins de rien courraient toute la terre.

Le feſtin en main; mauvaiſe expreſſion de ce temps-là.

V. 61. . . . . Mais enfin ces pratiques
Vous peuvent engager en de fâcheux intrigues.

Ce mot *intrigues* n'eſt plus d'ufage. *Thomas Corneille*,
dans l'édition qu'il fit des œuvres de fon frère, fubſtitua :

. . . . Mais enfin ces pratiques
Vous couvriront de honte en devenant publiques.

DORANTE.
N'en prends point de fouci. Mais tous ces vains difcours, &c.

V. 65. . . . . Sache qu'à me fuivre
Je t'apprendrai bientôt d'autres façons de vivre.

A me fuivre eſt un barbarifme.

ACTE SECOND.

SCENE PREMIERE.

Vers 3. Par quelque haut récit qu'on en foit conviée,
C'eft grande avidité de fe voir mariée.

CETTE expreffion *conviée*, prife en ce fens, n'eft plus
d'ufage ; mais j'ofe croire que fi on voulait l'employer à
propos, elle reprendrait fes premiers droits.

Remarquez ici que la fcène change. Le premier acte
s'eft paffé dans les Tuileries, à préfent nous fommes
dans la maifon de *Clarice*, à la Place royale. On aurait
pu aifément fuppofer que la maifon eft voifine du jardin
des Tuileries, et que le fpectateur voit l'une et l'autre.
Nous avons déjà dit que l'unité de lieu ne confifte pas
à refter toujours dans le même endroit, et que la fcène
peut fe paffer dans plufieurs lieux repréfentés fur le
théâtre avec vraifemblance. Rien n'empêche qu'on ne
voie aifément un jardin, un veftibule, une chambre.

V. 7. S'il faut qu'à vos projets la fuite ne réponde,
Je m'engagerais trop dans le caquet du monde.

Il faut, *ne réponde pas.* Ce *ne* feul ne fe dit que dans
les occafions fuivantes : Je crains qu'elle ne réponde ; il
n'eft point de douceurs qu'elle ne réponde aux complimens qu'on lui a faits ; il n'y a perfonne dans cette
maifon dont je ne réponde ; eft-il une queftion difficile
à laquelle il ne réponde ? Mais nous ne voulons pas
faire une trop longue differtation.

V. 12. Ce que vous fouhaitiez eft la même juftice.

La même juftice ne fignifie pas la *juftice même.* Voyez ce
qui eft dit fur cette règle dans les notes fur la tragédie
de Cinna.

V. 15.

V. 15. Je le tiendrai long-temps deffous votre fenêtre,
  Afin qu'avec loifir vous le puiffiez connaître.

Cette manière de préfenter un amant à fa maîtreffe,
qu'il doit époufer, paraît un peu fingulière dans nos
mœurs ; mais la pièce eft efpagnole ; et de plus ce n'eft
point ici une entrevue ; le père ne veut que prévenir
Clarice par la bonne mine de fon fils.

V. 17. Examiner fa taille, et fa mine, et fon air,
  Et voir quel eft l'époux que je veux vous donner.

Son air . . . donner. Il faut rimer à l'oreille, puifque
c'eft pour elle que la rime fut inventée, et qu'elle n'eft
que le retour des mêmes fons, ou du moins des fons
à peu-près femblables. On prononçait *donner* en féfant
fonner la finale *r*, comme s'il y avait eu *donnair.*

V. 24. Je cherche à l'arrêter parce qu'il m'eft unique.

On ne dit pas *il m'eft unique* comme *il m'eft cher, il m'eft
agréable*, parce qu'*unique* n'eft pas un adjectif, une qualité
fufceptible de régime. Il eft agréable pour moi, agréable à
mes yeux. *Unique* eft abfolu. Mais pourquoi dit-on, cela
m'eft agréable? et ne peut-on pas dire, cela m'eft aimable?
cela eft plaifant à mon goût, et non pas cela m'eft plaifant? C'eft qu'*agréable* vient d'*agréer ;* cela m'agrée, au
datif. *Plaifant* vient de *plaire ;* cela me plaît, auffi au
datif, comme s'il y avait *plaît à moi.* Il n'en eft pas ainfi
d'*aimer :* j'aime cette pièce, et non cette pièce aime à
moi ; ainfi on ne peut dire, *m'eft aimable.*

SCENE II.

V. 15. Cette chaîne (du mariage) qui dure autant que notre vie,
Et qui nous doit donner plus de peur que d'envie,
Si l'on n'y prend bien garde, attache affez fouvent
Le contraire au contraire et le mort au vivant.

Cette allégorie ne paraît-elle pas un peu forte dans une fcène de comédie, et fur-tout dans la bouche d'une fille? mais toute cette tirade eft de la plus grande beauté. Il n'y a point de fille qui parle mieux, et peut-être fi bien dans *Molière*.

V. 34. . . . Fille qui vieillit tombe dans le mépris.
C'eft un nom glorieux qui fe garde avec honte.
Sa défaite eft fâcheufe à moins que d'être prompte.

L'ufage permet qu'on dife, cette fille eft *de défaite*, c'eft-à-dire elle eft belle, on peut aifément s'en défaire, la marier. Mais la *défaite* exprime figurément qu'elle s'eft rendue; *défaire*, *fe défaire*, un vifage *défait*, un ennemi *défait*, *défaite* d'une marchandife, *défaite* d'une armée; toutes acceptions différentes.

V. 37. Le temps n'eft pas un dieu qu'elle puiffe braver,
Et fon honneur fe perd à le trop conferver.

Il femble qu'une fille perde fon honneur en fe mariant. Ce vers gâte un très-beau morceau.

V. 39. Ainfi vous quitteriez Alcippe pour un autre,
Dont vous verriez l'humeur rapportant à la vôtre?

Rapportant n'était pas français du temps même de *Corneille*. Il faut, *dont vous verriez l'humeur conforme à la vôtre*, *répondante à la vôtre*, *affortie à la vôtre*.

V. 42. Il me faudrait en main avoir un autre amant.

> J'avais certaine vieille *en main*
> D'un génie, à vrai dire, au-dessus de l'humain.

R E G N A R D.

S C E N E I I I.

V. 7. Ton père va descendre, ame double et sans foi !

Tout cela paraît choquer un peu la bienséance ; mais on pardonne au temps où *Corneille* écrivait ; on tutoyait alors au théâtre. Le tutoiement qui rend le discours plus ferré, plus vif, a souvent de la noblesse et de la force dans la tragédie ; on aime à voir *Rodrigue* et *Chimène* l'employer. Remarquez cependant que l'élégant *Racine* ne se permet guère le tutoiement que quand un père irrité parle à son fils, ou un maître à un confident, ou quand une amante emportée se plaint à son amant.

> Je ne t'ai point aimé ! Cruel, qu'ai-je donc fait ?

Jamais *Molière* n'a fait tutoyer les amans. *Hermione* dit :

> Ne devais-tu pas lire au fond de ma pensée ?

Phèdre dit :

> Eh bien, connais donc Phèdre et toute sa fureur.

Mais jamais *Achille*, *Oreste*, *Britannicus*, &c. ne tutoient leurs maîtresses. A plus forte raison cette manière de s'exprimer doit-elle être bannie de la comédie, qui est la peinture de nos mœurs. *Molière* en fait usage dans le Dépit amoureux ; mais il s'est ensuite corrigé lui-même.

V. 31. Si je le vis jamais, et si je le connoi. . . . . .
> Ne viens-je pas de voir son père avecque toi ?

Voilà encore *connois* ou *connoi* qui rime avec toi. Voilà une nouvelle preuve qu'on prononçait *je connois*, ou bien *je connoi*, en retranchant la lettre *s*, comme nous prononçons *j'aperçois* , *je vois* , *loi* , *roi* ; tous les *oi* prononcés comme écrits avec l'*o*. Aujourd'hui qu'on prononce *je connais* , *je parais* , *je verrais* , *j'aimerais* , il est clair qu'il faut un *a*.

V. 33.   Tu passes, infidelle, ame ingrate et légère,
       La nuit avec le fils, le jour avec le père.

Cette idée ne serait pas tolérable s'il n'était question d'une fête qu'on a donnée. Le théâtre doit être l'école des mœurs.

V. 35.   Son père de vieux temps était ami du mien.

On ne dit point *de vieux temps* , mais *dès long-temps* , *depuis long-temps* , *de tout temps* , *toujours* , *en tout temps* , *en tous les temps*.

V. 51.   Quoi, je suis donc un fourbe, un bizarre, un jaloux !

Il semble que l'auteur espagnol n'ait pas tiré assez de parti du mensonge de *Dorante* sur cette fête. La méprise d'un page qui a pris une femme pour une autre, n'a rien d'agréable et de comique. D'ailleurs, ce mensonge de *Dorante* , fait à son rival , devait servir au nœud de la pièce et au dénouement ; il ne sert qu'à des incidens.

V. 61.   A moins qu'en attendant le jour du mariage,
       M'en donner ta parole et deux baisers pour gage.

Cette indécence ne serait point soufferte aujourd'hui. On demande comment *Corneille* a épuré le théâtre ? C'est que de son temps on allait plus loin ; on demandait des baisers et on en donnait. Cette mauvaise coutume venait de l'usage où l'on avait été très-long-temps en France, de donner par respect un baiser aux dames sur la bouche, quand on leur était présenté. *Montaigne* dit qu'il est triste pour une dame d'apprêter sa bouche pour le premier mal tourné qui viendra à elle avec trois laquais.

Les foubrettes fe conformèrent à cet ufage fur le théâtre. De là vient que dans la Mère coquette de *Quinault*, jouée plus de vingt ans après, la pièce commence par ce vers :

> Je t'ai baifé deux fois. — Quoi, tu baifes par compte?

Il faut encore obferver que quand ces familiarités ridicules font inutiles à l'intrigue, c'eft un défaut de plus.

SCENE IV.

V. 7. . . . . Ce jour même nos armes
Régleront par leur fort tes plaifirs ou tes larmes.

Cela n'eft pas français. *Régler* ne veut pas dire *caufer*; on ne peut dire *régler des larmes*, *régler des plaifirs*.

V. 10. Puiffé-je dans fon fang voir couler tout le mien!

L'auteur paraît ici quitter abfolument le ton de la comédie, et s'élever à la nobleffe des images et des expreffions tragiques; mais il faut obferver que c'eft un amant au défefpoir qui veut appeler fon rival en duel. Les expreffions fuivent ordinairement le caractère des paffions qu'elles expriment.

> *Interdum tamen et vocem comœdia tollit.*

V. 11. Le voici ce rival que fon père t'amène.

On ne conçoit pas trop comment *Alcippe* peut voir entrer *Dorante*. Le premier vers de la cinquième fcène prouve que *Dorante* et *Géronte* fon père font dans une place publique, ou dans une rue fur laquelle donnent les fenêtres de *Clarice*, ou à toute force dans le jardin des Tuileries, qui eft le premier lieu de la fcène, quoiqu'il foit affez peu vraifemblable que tous les perfonnages de cette comédie paffent leur journée, et ne faffent leurs affaires qu'en fe promenant dans un jardin.

Aa 3

Or *Alcippe* eſt encore dans la maiſon de *Clarice*; car ce n'eſt ſurement ni dans la rue, ni dans un jardin public, que *Géronte* vient rendre viſite à *Clarice* et lui propoſer ſon fils en mariage. Ce n'eſt pas non plus dans la rue que *Clarice* découvre à ſa ſoubrette les ſecrets de ſon cœur. Enfin ce ne peut pas être dans la rue qu'*Alcippe* vient débiter à ſa maîtreſſe deux pages d'injures, et lui demander enſuite deux baiſers; cela ne ferait ni vraiſemblable, ni décent; ce n'eſt pas dans le milieu d'un jardin, puiſque *Clarice* le prie de parler plus bas, de crainte que ſon père ne l'entende.

Il faut donc conclure que le lieu de la ſcène change ſouvent dans cette comédie, et qu'en cet endroit *Alcippe* qui eſt chez *Clarice* ne peut pas voir entrer *Dorante* qui eſt dans la rue. Remarquez auſſi que les ſcènes IVᵉ et Vᵉ ne ſont point liées, et que le théâtre reſte vide. Seulement *Alcippe* annonce que *Dorante* paraît; mais il l'annonce mal à propos, puiſqu'il ne peut le voir.

V. 14. Mais ce n'eſt pas ici qu'il faut le quereller.

Quereller ſignifie aujourd'hui *reprendre*, *faire des reproches*, *réprimander*; il ſignifiait alors *inſulter*, *défier*, et même *ſe battre*. Dans nos provinces méridionales, les tribunaux ſe ſervent du mot *quereller* pour accuſer un homme, attaquer un teſtament, une convention; c'eſt un abus des mots; le langage du barreau eſt par-tout barbare.

S C E N E V.

V. 1. Dorante, arrêtons-nous, le trop de promenade
Me mettrait hors d'haleine et me ferait malade.

Il ſemble par ces vers que *Géronte* et *Dorante* ſoient dans les Tuileries. Comment *Alcippe* a-t-il pu les voir de la maiſon de *Clarice* à la place Royale?

V. 11. Et l'univers entier ne peut rien voir d'égal
Aux fuperbes dehors du palais Cardinal.

Aujourd'hui le Palais-royal. Ce quartier, qui eft à préfent un des plus peuplés de Paris, n'était que des prairies entourées de foffés, lorfque le cardinal de *Richelieu* y fit bâtir fon palais. Quoique les embelliffemens de Paris n'aient commencé à fe multiplier que vers le milieu du fiècle de *Louis XIV*, cependant la fimple architecture du palais Cardinal ne devait pas paraître fi fuperbe aux Parifiens, qui avaient déjà le Louvre et le Luxembourg. Il n'eft pas furprenant que *Corneille*, dans ces vers, cherchât à louer indirectement le cardinal de *Richelieu*, qui protégea beaucoup cette pièce, et même donna des habits à quelques acteurs. Il était mourant alors, en 1642, et il cherchait à fe diffiper par ces amufemens.

V. 13. Toute une ville entière avec pompe bâtie
Semble d'un vieux foffé par miracle fortie,
Et nous fait préfumer à fes fuperbes toits
Que tous fes habitans font des dieux ou des rois.

Des dieux! cela eft un peu fort.

V. 70. Ce fut, s'il m'en fouvient, le fecond de feptembre.

Ces particularités rendent la narration de *Dorante* plus vraifemblable; on ne peut fe refufer au plaifir de dire que cette fcène eft une des plus agréables qui foient au théâtre. *Corneille*, en imitant cette comédie de l'efpagnol de *Lopez de Vega*, a, comme à fon ordinaire, eu la gloire d'embellir fon original. Il a été imité à fon tour par le célèbre *Goldoni*. Au printemps de l'année 1750, cet auteur, fi naturel et fi-fécond, a donné à Mantoue une comédie intitulée *le Menteur*. Il avoue qu'il en a imité les fcènes les plus frappantes de la pièce de *Corneille*. Il a même quelquefois beaucoup ajouté à fon original.

Aa 4

Il y a dans *Goldoni* deux chofes fort plaifantes ; la première, c'eft un rival du *Menteur*, qui redit bonnement
pour des vérités toutes les fables que le *Menteur* lui a
débitées, et qui eft pris pour un menteur lui-même, à
qui on dit mille injures ; la feconde eft le valet qui veut
imiter fon maître, et qui s'engage dans des menfonges
ridicules dont il ne peut fe tirer.

Il eft vrai que le caractère du *Menteur* de *Goldoni* eft bien
moins noble que celui de *Corneille*. La pièce françaife eft
plus fage, le ftyle en eft plus vif, plus intéreffant. La
profe italienne n'approche point des vers de l'auteur de
Cinna. Les *Ménandre*, les *Térence* écrivirent en vers,
c'eft un mérite de plus, et ce n'eft guère que par
impuiffance de mieux faire, ou par envie de faire vîte,
que les modernes ont écrit des comédies en profe. On
s'y eft enfuite accoutumé. L'Avare fur-tout, que *Molière*
n'eut pas le temps de verfifier, détermina plufieurs
auteurs à faire en profe leurs comédies. Bien des gens
prétendent aujourd'hui que la profe eft plus naturelle
et fert mieux le comique. Je crois que dans les farces la
profe eft affez convenable ; mais que le Mifanthrope et le
Tartuffe perdraient de force et d'énergie s'ils étaient
en profe !

ACTE TROISIEME.

SCENE PREMIERE.

Vers 3. Je rends grâces au ciel de ce qu'il a permis
Que je fuis furvenu pour vous refaire amis.

Il faudrait, *que je fois ;* le *que* entre deux verbes exige le fubjonctif, excepté quand on affure pofitivement quelque chofe. Je fuis fûr que vous m'aimez ; je crois que vous m'aimez ; je jure que je vous aime : mais il faut dire, *je permets, je fouhaite, je doute, je veux, j'ordonne, je crains, je défire que vous aimiez.*

V. 13. . . . . Quoique j'aye pu faire,
Je crois n'avoir rien fait qui doive vous déplaire.

Le mot *aye* ne peut entrer dans un vers, à moins qu'il ne foit fuivi d'une voyelle avec laquelle il forme une élifion.

V. 17. Mon affaire eft d'accord.

Les hommes font *d'accord ;* les affaires font *accordées, terminées, accommodées, finies.*

V. 43. Prenez fur un appel le loifir d'y rêver,
Sans commencer par où vous devez achever.

Ce premier hémiftiche du fecond vers ne ferait pas permis dans le ftyle élevé ; c'eft une licence qu'il faut prendre très-rarement dans le comique. Une conjonction, un adverbe monofyllabe, un article, doivent rarement finir la moitié d'un vers.

,, Adieu, je m'en vais *à* Paris pour mes affaires.

SCENE II.

V. 5. . . . L'ardeur de Clarice eſt égale à vos flammes.

Ce mot au pluriel était alors en uſage; et en effet pourquoi ne pas dire *à vos flammes*, auſſi-bien qu'*à vos feux, à vos amours* ?

V. 13. Comme il en voit ſortir ces deux beautés maſquées,
Sans les avoir au nez de plus près remarquées,
Voyant que le carroſſe et chevaux et cocher
Etaient ceux de Lucrèce, il ſuit ſans s'approcher ;
Et les prenant ainſi pour Lucrèce et Clarice,
Il rend à votre amour un très-mauvais ſervice.

Sans les avoir au nez, &c. Cette manière de s'exprimer ne ſerait plus excuſable à préſent que dans la bouche d'un valet.

Au lieu de ces vers, on trouve ceux-ci dans quelques éditions :

Il les en voit ſortir, mais à coiſſe abattue,
Et ſans les approcher il ſuit de rue en rue.
Aux couleurs, au carroſſe, il ne doute de rien,
Tout était à Lucrèce, et le dupe ſi bien,
Que prenant ces beautés pour Lucrèce et Clarice,
Il rend à votre amour, *&c.*

V. 35. Il vint hier de Poitiers, et ſans faire aucun bruit
Chez lui paiſiblement a dormi toute nuit.

On diſait alors *toute nuit*, au lieu de *toute la nuit;* mais comme on ne pouvait pas dire *tout jour*, à cauſe de l'équivoque de *toujours*, on a dit *toute la nuit*, comme on diſait *tout le jour*.

V. 37. Quoi, ſa collation ! — N'eſt rien qu'un pur menſonge,
Ou bien s'il l'a donnée, il l'a donnée en ſonge.

Il eſt évident que ce dernier vers n'eſt placé là que

pour la rime. Ce font de légères taches que la difficulté de notre poëfie doit faire excufer. Dès qu'on voit *fonge*, on eft prefque sûr de *menfonge*.

V. 49. A nous laiffer duper nous fommes bien novices.

Ce vers fignifie à la lettre, *nous ne favons pas être dupés.* C'eft le contraire de ce que l'auteur veut dire.

V. 55. Quiconque le peut croire, ainfi que vous et moi,
  S'il a manqué de fens, n'a pas manqué de foi.

Philifte avoue ici qu'il a cru ce que difait *Dorante ;* et le vers d'après, il dit qu'il ne l'a pas cru.

S C E N E   I I I.

Les fcènes ici ceffent encore d'être liées ; le théâtre ne refte pas tout-à-fait vide ; les acteurs qui entrent font du moins annoncés.

V. 33. En matière de fourbe, il eft maître, il y pipe.

Cette expreffion ne ferait plus admife aujourd'hui. On dit *piper au jeu, piper la bécaffe ;* voilà tout ce qui eft refté en ufage.

V. 57. Tu vas fortir de garde et perdre tes mefures.

Cette métaphore tirée de l'art des armes paraît aujourd'hui peu convenable dans la bouche d'une fille parlant à une fille ; mais quand une métaphore eft ufitée, elle ceffe d'être une figure. L'art de l'efcrime étant alors beaucoup plus commun qu'aujourd'hui, *fortir de garde, être en garde,* entrait dans le difcours familier, et on employait ces expreffions avec les femmes même, comme on dit *à la boule vue* à ceux qui n'ont jamais vu jouer à la boule ; *fervir fur les deux toits,* à ceux qui n'ont jamais vu jouer à la paume ; *le deffous des cartes,* &c.

SCENE IV.

Remarquez que le théâtre ici ne reste pas tout-à-fait vide, et que si les scènes ne sont pas liées, elles sont du moins annoncées. Il sort deux acteurs, et il en rentre deux autres ; mais les deux premiers ne sortent qu'en conséquence de l'arrivée des deux seconds. C'est toujours la même action qui continue , c'est le même objet qui occupe le spectateur. Il est mieux que les scènes soient toujours liées ; les yeux et l'esprit en sont plus satisfaits.

V. 2. J'ai su tout ce détail d'un ancien valet.

Autrefois un auteur , selon sa volonté , fesait *hier* d'une syllabe , et *ancien* de trois ; aujourd'hui cette méthode est changée. *Ancien* de trois syllabes rend le vers plus languissant ; *ancien* de deux syllabes devient dur. On est réduit à éviter ce mot quand on veut faire des vers où rien ne rebute l'oreille.

V. 14. Ne hésiter jamais, et rougir encor moins.

Ne hé est dur à l'oreille. On ne fait plus difficulté de dire aujourd'hui, *j'hésite* , *je n'hésite plus*.

SCENE V.

Cette scène est toute espagnole ; c'est un simple jeu de deux femmes , une simple méprise de *Dorante* dont il ne résulte rien d'intéressant, ni de plaisant , rien qui déploye les caractères ; et c'est probablement la raison pour laquelle le Menteur n'est plus si goûté qu'autrefois.

V. 19. Chère amie, il en conte à chacune à son tour.

Il paraît que *Clarice* ne dit pas ce qu'elle devrait dire , et ne joue pas le rôle qu'elle devrait jouer. Elle est convenue que *Lucrèce* mentirait au *Menteur* , et qu'elle lui ferait croire que cette *Lucrèce* est la même personne

qu'il a vue aux Tuileries. C'eſt la demoiſelle des Tuileries que *Dorante* aime ; c'eſt elle à qui il croit parler.
Par conſéquent il n'en conte point à chacune à ſon
tour, il n'eſt point fourbe, il tombe dans le piége qu'on
lui a dreſſé.

V. 78. Appelez-moi grand fourbe, et grand donneur de bourdes.

Cette expreſſion eſt aujourd'hui un peu baſſe ; elle
vient de l'ancien mot *bourdeler*, *bordeler*, qui ne ſignifiait que *ſe réjouir*.

V. 123. Vous couchez d'impoſture, et vous oſez jurer,
Comme ſi je pouvais vous croire ou l'endurer.

Vous couchez d'impoſture ; cette manière de s'exprimer
n'eſt plus admiſe ; elle vient du jeu. On diſait : *Couché
de vingt piſtoles, de trente piſtoles, couché belle.*

V. dern. J'ai donné cette baie à bien d'autres qu'à vous.

Cette ſcène ne peut réuſſir, elle eſt trop forcée ; il
était naturel que *Clarice* lui dît : C'eſt moi que vous avez
trouvée aux Tuileries, vous devez reconnaître ma voix ;
et alors tout était fini.

SCENE VI.

V. 15. Je diſais vérité. — Quand un menteur la dit,
En paſſant par ſa bouche elle perd ſon crédit.

Voilà deux vers qui ſont paſſés en proverbe. C'eſt
une vérité fortement et naïvement exprimée ; elle eſt
dans l'eſpagnol, et on l'a imitée dans l'italien.

V. 18. Elle recevra point un accueil moins farouche.

Il faudrait ici la particule *ne* avant le verbe, pour que
la phraſe fût exacte. Cette licence n'eſt pas même permiſe en poëſie.

V. 19. Allons fur le chevet rêver quelque moyen.

Il faut , *rêver à quelque moyen.*

V. dern. Il fera demain jour , et la nuit porte avis.

On ne peut guère finir un acte moins vivement. Il faut toujours tenir le fpectateur en haleine , lui donner de la crainte ou de l'efpérance. Quand un perfonnage fe borne à dire , nous verrons demain ce que nous ferons , allons-nous en , le fpectateur eft tenté de s'en aller auffi , à moins que les chofes auxquelles le perfonnage va rêver ne foient très-intéreffantes.

ACTE QUATRIEME.

SCENE PREMIERE.

Vers 1. Mais, Monfieur, penfez-vous qu'il foit jour chez Lucrèce?

Nous avons déjà remarqué que le lieu de la fcène changeait fouvent dans cette comédie ; et que par conféquent l'unité de lieu n'y était pas fcrupuleufement obfervée.

V. 9. Je me fuis fouvenu d'un fecret que toi-même
Me donnais hier pour grand, pour rare, pour fuprême.

Un fecret fuprême ! voilà à quoi l'efclavage de la rime réduit trop fouvent les auteurs ; on emploie les mots les plus impropres , parce qu'ils riment. C'eft le plus grand défaut de notre poëfie. Il vaut mieux rejeter la plus belle penfée que de la mal exprimer.

V. 14. Je fais ce qu'eft Lucrèce, elle eft fage et difcrète.

D'où le fait-il , lui qui arriva hier de Poitiers ?

V. 15. A lui faire préfent mes efforts feraient vains.

Il faut dire , *faire un préfent* , ou *faire préfent de quelque chofe.*

V. 21. Si celle-ci venait qui m'a rendu fa lettre ;

n'eft pas français. Il faudrait *celle-là* , ou *celle. Celle* ne doit point fe féparer du *qui ;* mais ce n'eft qu'une petite faute.

V. 30. Mais, Monfieur, attendant que Sabine furvienne,
  Et que fur fon efprit vos dons faffent vertu ,
  Il court quelque bruit fourd qu'Alcippe s'eft battu.

On dit *fe faire une vertu* , *faire une vertu d'un vice ;* mais *faire vertu* , quand il fignifie *faire effet* , n'eft plus d'ufage ; et *faire vertu fur quelque chofe* , eft un barbarifme.

SCENE III.

V. 4. Avec ces qualités j'avais lieu d'efpérer
  Qu'affez mal-aifément je pourrais m'en parer.

Dans ces deux vers que *Cliton* répète ici après les avoir dits à la fin du fecond acte , on peut remarquer qu'*efpérer* ne fe prenant jamais en mauvaife part, ne peut pas fervir de fynonyme à *craindre* , et qu'ici l'expreffion n'eft point jufte.

V. 18. Et je n'ai point appris qu'elle eût tant d'efficace.

Efficace , pris comme fubftantif, n'eft plus d'ufage ; on dit *efficacité* , ou plutôt on fe fert d'un autre mot.

V. 25. En moins de fermer l'œil on ne s'en fouvient pas.

En moins de fermer l'œil pour *en moins d'un clin d'œil* , n'eft pas français.

V. 36. Vous les hachez menu comme chair à pâtés.
Vous avez tout le corps bien plein de vérités,
Il n'en fort jamais une.

Ces vers ne paraiffent-ils pas d'un genre de plaifanterie trivial, et même trop bas pour le ton général de
la pièce ?

S C E N E   I V.

V. 2. . . . . Que mal à propos
Son abord importun vient troubler mon repos !

Il ne peut pas dire qu'il eft en repos ; il ne pourrait
trouver fon père incommode qu'en cas qu'il fût que fon
père vient troubler fon amour. Il ferait excufable alors
par l'excès de fa paffion ; mais il n'a de véritable paffion
que celle de mentir affez mal à propos.

V. 12. Je me tiens trop heureux qu'une fi belle fille,
Si fage et fi bien née, entre dans ma famille.

Si fage et fi bien née, une fille qui a été furprife avec
un homme pendant la nuit !

S C E N E   V.

Qu'il me foit permis de dire en paffant que, dans
les quatre fcènes précédentes, la réfurrection d'*Alcippe*,
le nouvel embarras de *Dorante* avec *Géronte*, la noble
confiance de ce dernier, forment les fituations les plus
heureufes et les plus comiques. On ne voit point de
tels exemples chez les Grecs, ni chez les Latins ; auffi
l'auteur italien n'a-t-il pas manqué de traduire toutes
ces fcènes.

S C E N E

S C E N E V I.

Toutes les fois qu'un acteur entre, ou fort du théâtre, l'art exige que le fpectateur foit inftruit des motifs qui l'y déterminent. On ne voit pas trop ici quelle raifon ramène *Sabine*.

V. 18. On prend à toutes mains dans le fiècle où nous fommes,
Et refufer n'eft plus le vice des grands hommes.

Que veut dire *le vice des grands hommes*, quand il s'agit d'une femme de chambre ?

V. dern. Je vous conterai lors tout ce que j'aurai fait.

Ces fcènes, qui ne confiftent qu'à donner de l'argent à des fuivantes qui font des façons et qui acceptent, font devenues auffi infipides que fréquentes ; mais alors la nouveauté empêchait qu'on n'en fentît toute la froideur.

S C E N E V I I.

V. 2. Il eft homme qui fait litière de piftoles.

Litière de piftoles ; expreffion aujourd'hui profcrite et entièrement hors d'ufage.

V. 26. Elle tient, comme on dit, le loup par les oreilles.

Le proverbe ne paraît-il pas un peu trivial, et la fcène un peu trop longue, dans la fituation où font les chofes ?

V. 36. Peut-être que tu mens auffi-bien comme lui.

On a déjà dit que *comme* eft ici un folécifme, et qu'il faut *que*.

SCENE VIII.

V. 3.   Elle meurt de favoir que chante le poulet.

Il faut *ce que chante*. Nous ne devons pas rendre le *quid* des Latins et le *che* des Italiens par le fimple *que* ; la raifon en eft claire ; ce *que* produirait une amphibologie perpétuelle. *Je crois que vous penfez* eft très-différent de *je crois ce que vous penfez. Je vois que vous aimez*, et *je vois ce que vous aimez*, ne font pas la même chofe.

L'auteur corrigea depuis :

Comme elle a les yeux fins elle a vu le poulet.

V. 25.   Conte-lui dextrement le naturel des femmes.

Dextrement n'eft plus d'ufage. On ne conte point le naturel ; on le peint, on le décrit.

SCENE IX.

V. 1.   Il t'en veut tout de bon et m'en voilà défaite.

Ces fcènes de *Clarice* et de *Lucrèce* ne font ni comiques ni intéreffantes. Aucune des deux n'aime ; elles jouent un tour affez groffier à *Dorante*, qui doit reconnaître *Clarice* à fa voix ; et ce font elles qui font véritablement menteufes avec lui.

V. 13.   Si tu l'aimes, du moins étant bien avertie,
Prends bien garde à ton fait et fais bien ta partie.

Cette expreffion prife en ce fens n'eft plus d'ufage. Aujourd'hui, *prendre garde à fon fait* eft une phrafe très-populaire.

On a remarqué que ces fcènes de *Clarice* et de *Lucrèce* font toutes très-froides. On en demande la raifon ; c'eft que ni l'une ni l'autre n'a une vraie paffion, ni un grand intérêt.

V. 27. . . . Vous n'en casserez, ma foi, que d'une dent ;

façon de s'exprimer prise d'un ancien proverbe trivial et indigne d'être écrit, sur-tout en vers.

V. 29. Quand nous le vîmes hier dedans les Tuileries. . .

Ce vers prouve deux choses ; d'abord que la pièce dure deux journées, ensuite que la scène a changé, que le théâtre ne doit plus représenter les Tuileries, mais la place Royale. Il était, à la vérité, assez extraordinaire que ces dames se promenassent si régulièrement dans un jardin, deux journées de suite : mais il ne l'est pas moins qu'elles aient de si longues conférences dans une place.

Au reste la règle des vingt-quatre heures peut très-bien subsister, la pièce commençant à six heures du soir, et finissant le lendemain à la même heure.

V. 46. Soit, mais il est saison que nous allions au temple.

Il est saison, pour *il est temps*, *il est l'heure*, ne se dit plus. De plus, voilà une manière bien froide et bien mal-adroite de finir un acte. Il est temps d'aller à l'église, parce que nous n'avons plus rien à dire.

V. 47. Allons. — Si tu le vois, agis comme tu fais. —

Ce n'est pas sur ce coup que je fais mes essais.

Tu fais ne rime pas avec *essais* ; c'est ce qu'on appelle des rimes provinciales. La rime est uniquement pour l'oreille. On prononce *tu fais* comme s'il y avait *tu fés*, et *essais* est long et ouvert. Si on ne voulait rimer qu'aux yeux, *cuiller* rimerait avec *mouiller*. Tous les mots qui se prononcent à peu-près de même, doivent rimer ensemble. Il me paraît que c'est la règle générale concernant la rime.

V. 51. Mais sachez qu'il est homme à prendre sur le vert.

On appelait alors *le vert*, le gazon du rempart sur

B b 2

lequel on fe promenait , et de là vient le mot *boule-vert* , vert à jouer à la boule , qu'on prononce aujourd'hui *boulevart*. Le nom de *vert* fe donnait auffi au marché aux herbes.

ACTE CINQUIEME.

SCENE PREMIERE.

GERONTE , ARGANTE.

Voici un monfieur *Argante* dont le fpectateur n'a point encore entendu parler, qui arrive fous prétexte de folliciter un procès, maïs effectivement pour détromper *Géronte*, et lui ouvrir les yeux fur toutes les fauffetés que lui a débitées fon fils. Peut-être défirerait-on qu'il fût annoncé dès le premier acte ; c'eft du moins une des règles de l'art. On doit rarement introduire au dénouement un perfonnage qui ne foit à la fois annoncé et attendu. D'ailleurs, on ne voit pas de quelle utilité eft cet *Argante* qui ne paraît qu'un moment, qui ne revient pas même aux dernières fcènes. *Géronte* n'aurait-il pas pu découvrir auffi-bien la fauffeté du mariage de *Dorante* dans une converfation avec *Clarice* ou *Lucrèce* , à qui fon fils vient de jurer qu'il n'eft point marié, et qu'il n'a imaginé ce menfonge que pour fe conferver la liberté d'offrir à la perfonne qu'il aime fon cœur et fa main ? Mais il faut fonger en quel temps écrivait *Corneille*, et paffer rapidement aux fcènes fuivantes qui font fublimes.

(Le commencement de cette fcène étant différent dans quelques éditions , on en donne ici les deux leçons.)

Première édition, donnée par Corneille.

GERONTE, ARGANTE.

ARGANTE.

La fuite d'un procès est un fâcheux martyre.

GERONTE.

Vu ce que je vous fuis, vous n'aviez qu'à m'écrire,
Et demeurer chez vous en repos à Poitiers ;
J'aurais follicité pour vous en ces quartiers ;
Le voyage est trop long, et dans l'âge où vous êtes
La fanté s'intéreffe aux efforts que vous faites.
Mais puifque vous voici, je veux vous faire voir,
Et fi j'ai des amis, et fi j'ai du pouvoir.
Faites-moi cependant la faveur de m'apprendre
Quelle eft et la famille et le bien de Pyrandre, &c.

Editions poftérieures à celle donnée par Corneille.

GERONTE, PHILISTE.

GERONTE.

Je ne pouvais avoir rencontre plus heureufe
Pour fatisfaire ici mon humeur curieufe.
Vous avez feuilleté le Digefte à Poitiers,
Et vu, comme mon fils, les gens de ces quartiers.
Ainfi vous me pouvez facilement apprendre
Quelle eft et la famille et le bien de Pyrandre, &c.

SCENE III.

V. 1. Etes-vous gentilhomme ?

Cette fcène eft imitée de l'efpagnol. Le génie mâle de
Corneille quitte ici le ton familier de la comédie ; le fujet

qu'il traite l'oblige d'élever fa voix ; c'est un père justement indigné , c'est

Iratus Chremes (qui) tumido delitigat ore.

On voit ici la même main qui peignit le vieil *Horace*
et *Don Diégue*. Il n'est point de père qui ne doive faire
lire cette belle scène à ses enfans. Et si l'on disait aux
farouches ennemis du théâtre, aux persécuteurs du plus
beau des arts : Oserez-vous nier que cette scène, bien
représentée , ne fasse une impression, plus heureuse et
plus forte sur l'esprit d'un jeune homme que tous les
sermons que l'on débite journellement sur cette matière ?
je voudrais bien savoir ce qu'ils pourraient répondre.

Le *Goldoni*, dans son *Bugiardo*, n'a pu imiter cette
belle scène de *Corneille*, parce que *Pantalon Bisognosi* est
le père de son Menteur, et que *Pantalon*, marchand
vénitien, ne peut avoir l'autorité et le ton d'un
gentilhomme. *Pantalon* dit simplement à son fils qu'il
faut qu'un marchand ait de la bonne foi.

V. 49. . . . . Mon indulgence , au dernier point venue,
Confentait à tes yeux l'hymen d'une inconnue.

Confentir est un verbe neutre qui régit le datif, c'est-
à-dire notre préposition *à* qui sert de datif. On ne dit
pas *consentir quelque chose*, mais *à quelque chose*. Dans
quelques éditions on a substitué *approuvait* à *consentait*.

SCENE IV.

V. 5. Toutes tierces, dit-on, sont bonnes ou mauvaises.

Cette plaisanterie est tirée de l'opinion où l'on était
alors que le troisième accès de fièvre décidait de la
guérison ou de la mort.

V. 10. Car je doute à présent si vous aimez Lucrèce.

On ne sait en effet qui *Dorante* aime ; il ne le sait pas

lui-même ; c'eſt une intrigue où le cœur n'a aucune part. *Dorante*, *Lucrèce* et *Clarice* prennent ſi peu de part à cet amour que le ſpectateur n'y prend aucun intérêt. C'eſt un très-grand défaut, comme on l'a déjà dit, et l'intrigue n'eſt point aſſez plaiſante pour réparer cette faute. La pièce ne ſe ſoutient que par le comique des menteries de *Dorante*.

V. 23. Mon cœur entre les deux eſt preſque partagé.

Cela ſeul ſuffit pour refroidir la pièce. S'il ne ſe ſoucie d'aucune, qu'importe celle qu'il aura ?

V. 28. Quoi, même en diſant vrai, vous mentiez en effet ?

Voilà une excellente plaiſanterie, qui prépare le dénouement de l'intrigue.

S C E N E V.

(*à la fin.*) Cette ſcène participe de cette froideur cauſée par l'indifférence de *Dorante*. Il demande avec empreſſement comment on a reçu ſa lettre écrite à une perſonne qu'il n'aime guère, et qu'il appelle *ce cher objet* ?

S C E N E V I.

V. 32. Votre ame du depuis ailleurs s'eſt engagée.

Du depuis a toujours été une faute ; c'eſt une façon de parler provinciale. Il eſt clair que le *du* eſt de trop avec le *de*.

V. 41. Vous ferez marié, ſi l'on veut, en Turquie...
Je ferai marié, ſi l'on veut, en Alger.

Etre marié en Turquie ou bien à Alger, n'eſt pas fort différent. Ce n'eſt pas là enchérir, c'eſt répéter.

V. 47. Moi-mêmes à mon tour je ne fais où j'en fuis.

Il ne faut point ici d's à *même*.

V. 54. Sabine m'en a fait un fecret entretien. —
Bonne bouche, j'en tiens, mais l'autre la vaut bien.

La méprife de *Dorante* ferait plaifante et intéreffante,
fi, aimant paffionnément une des deux, il difait à l'une
tout ce qu'il croit dire à l'autre. L'auteur efpagnol et le
français femblent avoir manqué leur but.

Clarice fait connaître, au fecond acte, qu'elle n'aime
ni *Dorante*, ni *Alcippe*, et qu'elle ne veut qu'un mari.
Ainfi nul intérêt dans cette pièce; elle fe foutient feulement par des méprifes et des menfonges comiques.
Faire un entretien n'eft pas français. *Bonne bouche* eft trivial,
et cette longue méprife eft froide.

V. 90. Eft-il un plus grand fourbe, et peux-tu l'écouter?

Elle devait lui dire : Je fuis *Clarice*, c'eft mon nom, et
vous avez cru que je m'appelais *Lucrèce*.

V. 104. Vois que fourbe fur fourbe à nos yeux il entaffe,
Et ne fait que jouer des tours de paffe-paffe.

Cette expreffion populaire ne paraît-elle pas ici
déplacée?

V. 108. Si mon père à préfent porte parole au vôtre,
Après fon témoignage en voudrez-vous quelque autre?

De pareils dénouemens font toujours froids et vicieux,
parce qu'ils n'ont point ce qu'on appelle la péripétie;
ils n'excitent aucune furprife; il n'y a ni comique, ni
intérêt. *Si mon père confent à mon mariage, y confentez-
vous? Oui.* Ce n'eft pas la peine de faire cinq actes pour
amener quelque chofe de fi trivial; et, encore une
fois, le caractère du *Menteur* eft l'unique caufe du fuccès.

V. 115. Je ne lui ferai pas ce mauvais entretien.

Faire un mauvais entretien eſt un barbariſme.

SCENE VII *et dernière.*

V. 8. Le devoir d'une fille eſt dans l'obéiſſance. —
Venez donc recevoir ce doux commandement.

Il eſt aſſez ſingulier de remarquer que *Corneille* a placé
ces deux mêmes vers dans la bouche de *Camille* et de
Curiace, dans ſa belle tragédie des Horaces.

V. 12. Je changerai pour toi cette pluie en rivières ;

plaiſanterie bien recherchée. Un défaut de cette pièce eſt
la répétition des façons et des gaietés d'une ſoubrette à
qui l'on fait quelques petits préſens.

V. dern. Par un ſi rare exemple apprenez à mentir.

C'eſt ici une plaiſanterie de valet, mais elle paraît
déplacée. On attend la morale de la pièce qui eſt toute
contraire au propos de *Cliton*. *Goldoni* ne manque jamais
à ce devoir. Tous ſes dénouemens ſont accompagnés
d'une courte leçon de vertu. Chez lui le *Menteur* eſt puni,
et il doit l'être. Il en a fait un mal-honnête homme,
odieux et mépriſable. Le *Menteur*, dans le poëte eſpagnol et dans la copie faite par *Corneille*, n'eſt qu'un
étourdi. Il y a peut-être plus d'intérêt dans l'italien, en
ce que tous les menſonges de *Bugiardo* ſervent à ruiner
les eſpérances d'un honnête homme diſcret, timide et
fidelle.

REMARQUES

SUR

LA SUITE DU MENTEUR,

Comédie repréſentée en 1644.

PREFACE DU COMMENTATEUR.

Lᴀ Suite du Menteur ne réuſſit point. Serait-il permis de dire qu'avec quelques changemens , elle ferait au théâtre plus d'effet que le Menteur même ? L'intrigue de cette feconde pièce efpagnole eſt beaucoup plus intéreſſante que la première. Dès que l'intrigue attache, le fuccès ne dépend plus que de quelques embelliſſemens, de quelques convenances , que peut-être *Corneille* négligea tróp dans les derniers actes de cette pièce.

REMARQUES

LA SUITE DU MENTEUR.

ACTE PREMIER.

SCENE PREMIERE.

DÈS les premiers vers un grand intérêt commence. *Dorante* eſt en priſon, après avoir diſparu le jour de ſes noces. Il eſt vrai qu'il n'a eu aucune raiſon de s'enfuir quand il allait ſe marier ; que c'eſt un caprice impardonnable ; que ce caprice même le rend un peu mépriſable ; mais il eſt en priſon ; ſa maîtreſſe a épouſé ſon père ; ce père eſt mort : tout cela excite beaucoup de curioſité. C'eſt une choſe à laquelle il ne faut jamais manquer dans les expoſitions. Toute première ſcène qui ne donne pas envie de voir les autres ne vaut rien.

Vers 25. Et tel vous ſoupçonnait de quelque guériſon
　　　　　D'un mal privilégié dont je tairai le nom.

Il faut plaindre un ſiècle où l'on préſentait ſur le théâtre de ces idées qui font rougir. De plus, *privilégié* doit être de cinq ſyllabes, et *Corneille* le fait de quatre.

V. 27. Pour moi j'écoutais tout, et mis dans mon caprice
　　　　　Qu'on ne devinait rien que par votre artifice.

Je mis dans mon caprice ne peut ſignifier, *je mis dans ma tête, dans ma fantaiſie, dans mon imagination, dans mon eſprit* ; on n'a pas le caprice comme on a une faculté de l'ame ; on peut bien avoir un caprice dans fon idée , mais on n'a point une idée dans fon caprice.

V. 32. Attendant le boiteux , je confolais Lucrèce.

Ancienne façon de parler qui fignifie *le temps* , parce que les anciens figuraient le temps fous l'emblème d'un vieillard boiteux qui avait des ailes , pour faire voir que le mal arrive trop vîte , et le bien trop lentement.

Nous ne remarquerons pas dans cette pièce toutes les fautes de langage ; elles font en très-grand nombre ; mais c'eft affez d'avertir qu'en général il ne faut pas imiter le ftyle de cet ouvrage trop négligé. Il me femble que la meilleure manière de s'inftruire eft d'obferver foigneufement les fautes des bons écrits , parce qu'elles pourraient être d'un exemple dangereux ; et de remarquer les beautés des pièces moins heureufes , parce que d'ordinaire ces beautés font perdues.

V. dern. La dernière partie de cette première fcène me paraît d'un très-grand mérite. Il y a cependant quelques fautes de langage.

SCENE II.

(*à la fin.*) S'il ne s'agiffait dans cette fcène que d'une femme qui a vu paffer un prifonnier, qui fans le connaître devient amoureufe de lui, qui lui déclare fa paffion en lui envoyant de l'argent, ce ne ferait qu'une aventure incroyable et indécente de nos anciens romans; et ce qui n'eft ni décent , ni vraifemblable , ne peut jamais plaire ; mais cette *Méliffe* ne fait que fon devoir en fefant une démarche fi extraordinaire ; elle obéit à fon frère, pour lequel *Dorante* eft en prifon ; elle s'égaye même en obéiffant, car elle n'eft point encore éprife de *Dorante* ; elle veut à la fois le fervir comme elle le doit, l'embarraffer un peu , et voir en même temps s'il eft digne qu'on s'attache à lui. Tout cela est à la fois noble, intéressant, et du haut comique. On ne peut que louer l'auteur espagnol de cette belle invention ; mais il eût fallu y mettre plus d'art et de ménagement.

Les plaisanteries du valet, et l'avidité pour l'argent sont très-grossières. On n'a que trop long-temps avili la comédie par ce bas comique, qui n'est point du tout comique. Ces scènes de valets et de soubrettes ne sont bonnes que quand elles sont absolument nécessaires à l'intérêt de la pièce, et quand elles renouent l'intrigue ; elles sont insipides dès qu'on ne les introduit que pour remplir le vide de la scène ; et cette insipidité, jointe à la bassesse des discours, déshonore un théâtre fait pour amuser et pour instruire les honnêtes gens.

SCENE III.

V. 43. Cette pièce doit être et plaisante et fantasque,
Mais son nom ?— Votre nom de guerre, LE MENTEUR.
— Les vers en sont-ils bons ? fait-on cas de l'auteur ?
— La pièce a réussi, quoique faible de style, &c.

Cette tirade et toute cette scène durent plaire beaucoup en leur temps ; elles rappelaient au public l'idée d'un ouvrage qui avait extrêmement réussi. Beaucoup de vers du Menteur avaient passé en proverbe ; et même près de cent ans après un homme de la cour, contant à table des anecdotes très-fausses, comme il n'arrive que trop souvent, un des convives se tournant vers le laquais de cet homme, lui dit : *Cliton, donnez à boire à votre maître.*

SCENE IV.

(*à la fin.*) Cette scène n'est-elle pas très-vraisemblable, très-attachante ? *Dorante* n'y joue-t-il pas le rôle d'un homme généreux ? n'inspire-t-il pas pour lui un grand intérêt ? la situation n'eſt-elle pas des plus heureuſes ? ne tient-elle pas les eſprits en ſuſpens ? Je doute qu'il y ait au théâtre une pièce mieux commencée.

SCENE VI.

V. 14. Et c'eſt ainſi, Monſieur, que l'on s'amende à Rome ?

Cliton fait fort mal de ne pas approuver un menſonge ſi noble ; et *Dorante* perd ici une belle occaſion de faire voir qu'il eſt des cas où il ferait infame de dire la vérité. Quel cœur ferait aſſez lâche pour ne point mentir quand il s'agit de ſauver la vie et l'honneur d'un père, d'un parent, d'un ami ? Il y avait là de quoi faire de très-beaux vers.

ACTE SECOND.

SCENE PREMIERE.

Vers 6. Que je voudrais l'aimer, ſi j'étais demoiſelle !

C'EST préciſément ce que dit *Antoine* à *Céſar* dans la tragédie de Pompée : *Et ſi j'étais Céſar je la voudrais aimer.* Cette idée ridicule dans le tragique eſt ici à ſa place. On peut remarquer d'ailleurs que, quand il s'agit d'amour, il y a une infinité de vers qui conviennent également au comique et au tragique. Tout ce qui eſt naturel et tendre peut également s'employer dans les deux genres ; mais ce qui n'eſt que familier ne doit jamais appartenir qu'au genre comique.

Le grand défaut de ce temps-là était de ne pas diſtin-guer ces nuances. On n'y parvint que fort tard, quand le goût épuré de la cour de *Louis XIV*, l'eſprit de *Racine*, et la critique de *Boileau*, eurent enfin poſé ces bornes qu'il était fi difficile de connaître , et qu'il eft fi aifé de paffer. On doit avouer que c'eft un mérite qui ne fut guère connu qu'en France ; l'amour n'a été traité fur aucun autre théâtre comme il doit l'être. Les auteurs tragiques de toutes les autres nations ont toujours fait parler leurs amans en poëtes.

V. 24. Mais vous fuivez d'un frère un abfolu pouvoir.

Cela juftifie entièrement le procédé de *Méliffe* ; cela rend fon rôle intéreffant. Tout annonce jufqu'ici une pièce parfaite pour la conduite. Nous ne parlons point des fautes de ftyle.

SCENE II.

(*à la fin.*) Cette fcène redouble encore l'intérêt. L'amour de *Méliffe* , fondé fur la reconnaiffance , dut être attendriffant. Les fcènes fuivantes foutiennent cet intérêt dans toute fa force , malgré les fautes du ftyle.

SCENE VI.

(*à la fin.*) Cette fcène du portrait n'eft-elle pas encore très-ingénieufe ? Les menteries que fait *Dorante* dans cette pièce ne font plus d'une étourderie ridicule comme dans la première ; elles font pour la plupart dictées par l'honneur ou par la galanterie ; elles rendent le *Menteur* infiniment aimable.

ACTE TROISIEME.

SCENE PREMIERE.

(*à la fin.*) CETTE fcène ne dément en rien le mérite des deux premiers actes. N'eft-ce pas l'invention du monde la plus heureufe, de faire fecourir *Dorante* par fon rival *Philifte*, et de préparer ainfi le plus grand embarras ?

J'écarte, comme je l'ai déjà dit, tous les petits défauts de langage, les plaifanteries qui ne font plus de mode; je ne m'arrête qu'à la marche de la pièce, qui me paraît toujours parfaite. La manière dont *Mélisse* envoie à *Dorante* fon portrait, celle dont il le prend, ce portrait montré à un homme qui paraît furpris et fâché de le voir ; encore une fois, y a-t-il rien de mieux ménagé et de plus agréable dans aucune pièce de théâtre ?

SCENE II.

(*à la fin.*) Ces fcènes avec *Cliton*, ces ftances fur un portrait, cette parodie des ftances par *Cliton*, peuvent avoir nui à la pièce. Ces défauts feraient bien aifés à corriger.

SCENE III.

(*à la fin.*) Cette fcène où *Mélisse* voilée vient voir fi on lui rendra fon portrait, devait être d'autant plus agréable que les femmes alors étaient en ufage de porter un mafque de velours, ou d'abaiffer leurs coiffes quand elles fortaient à pied. Cette mode venait d'Efpagne, ainfi que la plupart de nos comédies.

SCENE

SCENE IV.

(*à la fin.*) On pouvait tirer un plus grand parti de l'aventure de *Philiste*, qui rencontre sa maîtreffe dans la prifon de *Dorante*. Ce coup de théâtre qui pouvait fournir les fituations les plus intéreffantes, ne produit qu'un menfonge auffi plat qu'inutile. Tout fe borne à faire paffer *Méliffe* pour une lingère. L'intrigue pouvait redoubler, et elle eft affaiblie ; l'intérêt ceffe dès qu'il n'y a plus de danger ; le comique ceffe auffi, dès qu'il n'eft plus dans les fituations ; et voilà ce qui perd une pièce, que quelques changemens pouvaient rendre excellente.

ACTE QUATRIEME.

SCENE PREMIERE.

Vers 37. Quand les ordres du ciel nous ont faits l'un pour l'autre, Lyfe, c'eft un accord bientôt fait que le nôtre, &c.

Si la Suite du Menteur eft tombée, ces vers ne le font pas ; prefque tous les connaiffeurs les favent par cœur. C'eft la même penfée qu'on voit dans Rodogune ; et cela prouve que les mêmes chofes conviennent quelquefois à la comédie et à la tragédie ; mais la comédie a fans doute plus de droit à ces petits morceaux naïfs et galans. Celui-ci a toujours paffé pour achevé. Il n'y a que ce vers, *Et, fans s'inquiéter de mille peurs frivoles*, qui dépare un peu ce joli couplet.

Nous avons déjà remarqué combien la rime entraîne de mauvais vers, et avec quel foin il faut empêcher que de deux vers il y en ait un pour le fens, et l'autre pour la rime.

Comment. fur Corneille. Tome I.   C c

V. 51. Si, comme dit Sylvandre, une ame en se formant,
Ou descendant du ciel, prend d'une autre l'aimant,
La sienne a pris le vôtre, &c.

Tout ce qui suit est une allusion au roman de l'Astrée,
du marquis d'*Urfé* ; roman qui eut en France beaucoup
de réputation et de cours sous les règnes de *Henri IV*
et de *Louis XIII*, et qu'on lisait encore, même dans les
beaux jours de *Louis XIV*, sur la foi de sa réputation.
Toutes ces allusions sont toujours froides au théâtre,
parce qu'elles ne sont point liées au nœud de la pièce ;
ce n'est que de la conversation, ce n'est que de l'esprit,
et toute beauté étrangère est un défaut.

SCENE II.

(*à la fin.*) Pour n'avoir pas su mettre en œuvre l'amour
de *Mélisse* et le don de son portrait, la pièce languit.
Cette scène de *Cléandre* et de *Mélisse* n'est qu'ingénieuse.
Toutes ces petites finesses refroidissent les spectateurs ; il
faut attacher dans la comédie comme dans la tragédie,
quoique par des moyens absolument différens. Il faut
que le cœur soit occupé ; il faut qu'on désire et qu'on
craigne ; les situations doivent être vives ; c'est ici tout
le contraire.

SCENE III.

(*à la fin.*) Cette scène augmente l'ennui.

SCENE IV.

(*à la fin.*) Tout est manqué.

SCENE V.

(*à la fin.*) C'est encore pis ; cette *Mélisse* qui prend
Philiste son amant pour *Dorante*, ce *Cliton* qui crie au
secours, font tomber la pièce.

ACTE CINQUIEME.

SCENE PREMIERE.

(*à la fin.*) CES fcènes , où les valets font l'amour à l'imitation de leurs maîtres , font enfin profcrites du théâtre avec beaucoup de raifon. Ce n'eft qu'une parodie baffe et dégoûtante des premiers perfonnages.

SCENE III.

(*à la fin.*) Cette fcène pouvait faire un très - grand effet , et ne le fait point. Les plus beaux fentimens n'attendriffent jamais quand ils ne font pas amenés , préparés par une fituation preffante , par quelque coup de théâtre , par quelque chofe de vif et d'animé.

SCENE V et dernière.

(*à la fin.*) Cette fcène eft encore manquée. L'auteur n'a point fait de *Philifte* l'ufage qu'il en pouvait faire. Un rival ne doit jamais être un perfonnage épifodique et inutile. *Philifte* eft froid ; et c'eft , comme on l'a dit fi fouvent , le plus grand des défauts. Ce refrain , *Rentrez dans la prifon dont vous vouliez fortir* , eft encore plus froid que le caractère de *Philifte* ; et cette petite fineffe anéantit tout le mérite que pouvait avoir *Philifte* en fe facrifiant pour fon ami.

Je ne fais fi je me trompe ; mais en donnant de l'ame à ce caractère , en mettant en œuvre la jaloufie , en retranchant quelques mauvaifes plaifanteries de *Cliton* , on ferait de cette pièce un chef-d'œuvre.

Examen de la Suite du Menteur, tome II, page 523.

L E lecteur doit être averti que tous ces examens à la fin des pièces font de *Pierre Corneille.*

Le contraire eft arrivé de Théodore, *que les troupes de Paris n'y ont point rétablie* (au théâtre) *depuis fa difgrâce, mais que celles des provinces y ont fait affez paffablement réuffir.*

Il ne faut jamais juger d'une pièce par les fuccès des premières années, ni à Paris, ni en province ; le temps feul met le prix aux ouvrages ; et l'opinion réfléchie des bons juges eft à la longue l'arbitre du goût du public.

REMARQUES

SUR POMPÉE,

TRAGEDIE REPRESENTÉE EN 1644.

Remercîment de P. Corneille à M. le cardinal Mazarin,
tome III, page 5.

Vers 1. Non, tu n'es point ingrate, ô maîtreſſe du monde,
Qui de ce grand pouvoir ſur la terre et ſur l'onde,
Malgré l'effort des temps, retiens ſur nos autels
Le ſouverain empire et des droits immortels.

Sur la terre et ſur l'onde, eſt devenu, comme on l'a déjà remarqué, un lieu commun qu'il n'eſt plus permis d'employer.

V. 5. Si de tes vieux héros j'aime encor la mémoire,
Tu relèves mon nom ſur l'aile de leur gloire.

On dirait bien, *ſur l'aile de la Gloire*, parce que la gloire eſt perſonnifiée ; mais *leur gloire* ne peut l'être.

V. 9. C'eſt toi, grand Cardinal, homme au-deſſus de l'homme.

Homme au-deſſus de l'homme, eſt bien fort pour le cardinal *Mazarin*. Que dirait-on de plus des *Antonins ?*

V. 19. Et c'eſt je ne ſais quoi d'abaiſſement ſecret,
Où quiconque a du cœur ne conſent qu'à regret ;

n'eſt pas français.

V. 29. Ainſi le grand Auguſte, autrefois dans ta ville,
Aimait à prévenir l'attente de Virgile.

Il eſt triſte que *Corneille* ait comparé *Mazarin* et *Montauron* à *Auguſte*.

V. 37. Quand j'ai peint un Horace, un Augufte, un Pompée,
Affez heureufement ma mufe s'eft trompée,
Puifque, fans le favoir, avecque leur portrait,
Elle tirait du tien un admirable trait.

Il eft encore plus trifte qu'il *tire un admirable trait* du portrait du cardinal *Mazarin*, en peignant *Horace*, *Céfar* et *Pompée*.

V. 44. Les Scipions vainqueurs, et les Catons mourans,
Les Pauls, les Fabiens ; alors de tous enfemble,
On en verra fortir un tout qui te reffemble.

Les *Scipions* achèvent cette étonnante flatterie. *Boileau* avait en vue ces fauffes louanges prodiguées à un miniftre, quand il dit à M. de *Seignelai :*

Si pour faire fa cour à ton illuftre père,
Seignelai, quelque auteur d'un faux zèle emporté,
Au lieu de peindre en lui la noble activité,
La folide vertu, la vafte intelligence,
Le zèle pour fon roi, l'ardeur, la vigilance,
La conftante équité, l'amour pour les beaux arts,
Lui donnait des vertus d'Alexandre ou de Mars ;
Et pouvant juftement l'égaler à Mécène,
Le comparait au fils de Pelée ou d'Alcmène :
Ses yeux, d'un tel difcours faiblement éblouis,
Bientôt dans ce tableau reconnaîtraient Louis.

Horace avait dit la même chofe dans fa feizième épître du premier livre ;

Si quis bella tibi terrâ pugnata marique, &c.

V. 65. Mais ne te laffe point d'illuminer mon ame,
Ni de prêter ta vie à conduire ma flamme.

On ne prête point une vie à conduire une flamme. Il veut dire, *ne ceffe d'échauffer mon génie par tes illuftres actions.*

V. 69. Délasse en mes écrits ta noble inquiétude.

On se délasse de ses travaux par des écrits agréables ; on ne délasse point une inquiétude.

Ajoutons à ces remarques, qu'on peut trop flatter un cardinal, et faire des tragédies pleines de sublime.

POMPÉE,

TRAGEDIE.

ACTE PREMIER.

SCENE PREMIERE.

> Que devant Troye en flamme Hécube désolée
> Ne vienne point pousser une plainte ampoulée,
> Ni sans raison décrire en quels affreux pays
> Par sept bouches l'Euxin reçoit le Tanaïs.
>
> BOILEAU, *Art poëtique.*

A plus forte raison, un roi d'Egypte qui n'a point vu Pharsale, et à qui cette guerre est étrangère, ne doit point dire que les dieux étaient étonnés en se partageant, qu'ils n'osaient juger, et que la bataille a jugé pour eux. Dès qu'on reconnaît des dieux, on doit convenir qu'ils ont jugé par la bataille même. *Ces champs empestés, ces montagnes de morts qui se vengent, ces débordemens de parricides, ces troncs pourris* étaient notés par *Boileau* comme un exemple d'enflure et de déclamation. Il fallait dire simplement :

> Le destin se déclare ; et le droit de l'épée
> Justifiant César a condamné Pompée.

Cc 4

C'était parler en roi. Les vers ampoulés ne conviennent pas dans un conseil d'Etat. Il n'y a donc qu'à retrancher des vers sonores et inutiles, pour que la pièce commence noblement ; car l'ampoulé n'est pas plus noble que convenable.

V. 14. Justifiant Céfar et condamnant Pompée, &c.

Il y avait dans la première édition :

Justifie Céfar et condamne Pompée.

On ne trouve guère, dans toutes les pièces de *Corneille*, que cette seule faute contre les règles de notre verfification.

V. 23. Sa déroute orgueilleufe en cherche aux mêmes lieux,
Où contre les Titans en trouvèrent les dieux.

Une déroute orgueilleufe qui cherche un afile, ne préfente ni une idée vraie, ni une idée nette. *Où les dieux en trouvèrent contre les Titans*, est une idée qui pourrait être admife dans une ode, où le poëte fe livre à l'enthoufiafme ; mais dans un confeil, on parle férieufement. De plus, *Pompée* ferait ici le dieu, et *Céfar* le titan ; et fi une comparaifon poëtique était une raifon, c'en ferait une en faveur de *Pompée*.

V. 25. Il croit que ce climat, en dépit de la guerre, . . .
Pourra prêter l'épaule au monde chancelant ;

est dans ce même genre de déclamation ampoulée. *Lucain* lui-même n'est pas tombé dans ce défaut. Obfervez que dans cette déclamation, *prêter l'épaule*, est du genre familier. Enfin un climat qui *prête l'épaule*, forme une image trop incohérente. Comment l'auteur de Cinna put-il fe livrer à un pareil phébus ? C'est qu'il y eut de mauvais critiques, qui ne trouvèrent pas les beaux vers de Cinna affez relevés ; c'est que de fon temps on n'avait ni connaiffance, ni goût : cela est fi vrai, que *Boileau* fut le premier qui fit connaître combien ce commencement eſt défectueux.

V. 3o. Il veut que notre Egypte , en miracles féconde,
Serve à ſa liberté de ſépulcre ou d'appui.

Appui n'eſt pas l'oppoſé de *ſépulcre;* mais c'eſt une très-légère faute.

V. 45. . . . . Nous aurons la gloire
D'achever de Céſar ou troubler la victoire.

On peut dire également ici *de troubler* ou *troubler*, parce que le *de* répété eſt déſagréable. Mais *troubler* n'eſt pas le mot propre ; une *victoire troublée* n'a pas un ſens aſſez déterminé , aſſez clair.

V. 47. Et jamais potentat n'a vu ſous le ſoleil
Matière plus illuſtre agiter ſon conſeil.

Dans les éditions ſubſéquentes , il y a :

Et je puis dire enfin que jamais potentat
N'eut à délibérer d'un ſi grand coup d'Etat.

L'uſage veut aujourd'hui que *délibérer* ſoit ſuivi de *ſur ;* mais le *de* eſt auſſi permis. On délibéra du ſort de *Jacques II* dans le conſeil du prince d'Orange : mais je crois que la règle eſt de pouvoir employer le *de* quand on ſpécifie les intérêts dont on parle. On délibère aujourd'hui *de* la néceſſité , ou *ſur* la néceſſité d'envoyer des ſecours en Allemagne ; on délibère *ſur* de grands intérêts , *ſur* des points importans.

V. 49. Sire, quand par le fer les choſes ſont vidées ,
La juſtice et le droit ſont de vaines idées.

Les choſes vidées, n'eſt pas du ſtyle noble ; de plus on vide un procès, une querelle ; on ne vide pas une choſe.

V. 51. Et qui veut être jufte en de telles faifons,
Balance le pouvoir et non pas les raifons.
Voyez donc votre force, &c.

En de telles faifons, eft pour la rime. *Balance le pouvoir et non pas les raifons*; il veut dire, *examine ce qu'il peut et non pas ce qu'il doit* : mais il ne l'exprime pas. On ne balance point le pouvoir ; cette expreffion eft impropre et obfcure, et c'eft précifément les raifons politiques qu'on balance. Le dernier vers eft imité de *Lucain*.

Metiri fua regna decet, virefque fateri.

V. 55. Céfar n'eft pas le feul qu'il fuie en cet Etat,
Il fuit et le reproche et les yeux du Sénat. . .

*Nec foceri tantùm arma fugit, fugit ora Senatûs
Cujus theffalicas faturat pars magna volucres ;
Et metuit gentes quas uno in fanguine miftas
Deferuit, regefque timet quorum omnia merfit.*

V. 57. Dont plus de la moitié piteufement étale
Une indigne curée aux vautours de Pharfale.

Piteufement, *curée*, expreffions baffes en poëfie.

V. 59. Il fuit Rome perdue ; il fuit tous les Romains
A qui par fa défaite il met les fers aux mains.

Perdue n'eft pas le mot propre ; on ne fuit pas ce qu'on a perdu.

V. 65. Auteur des maux de tous, il eft à tous en butte,
Et fuit le monde entier écrafé fous fa chute.

Comment peut-on fuir l'univers écrafé ? Comment et où fuir quand on eft écrafé avec cet univers ? cette métaphore n'eft pas plus jufte qu'un *climat qui prête l'épaule.*

***V*. 70.** Soutiendrez-vous un faix fous qui Rome fuccombe ?

Tu, *Ptolomæe*, *potes Magni fulcire ruinam*
Sub quâ Roma cadit ?

***V*. 7 1.** Sous qui tout l'univers fe trouve foudroyé.

Un faix fous qui l'on fe trouve foudroyé, eft encore une de ces figures fauffes, une de ces images incohérentes qu'on ne peut admettre. Un faix ne foudroie pas.

***V*. 73.** Quand on veut foutenir ceux que le fort accable,
A force d'être jufte on eft fouvent coupable.

Jus et fas multos faciunt, *Ptolomæe*, *nocentes*.

***V*. 7 5.** Et la fidélité qu'on garde imprudemment,
Après un peu d'éclat traîne un long châtiment.

Dat pœnas laudata fides, *cùm fuftinet* (*inquit*)
Quos fortuna premit.

***V*. 7 7.** Trouve un noble revers dont les coups invincibles,
Pour être glorieux ne font pas moins fenfibles.

Ces termes ne paraîtront pas juftes à ceux qui exigent la pureté du langage, et la jufteffe des figures. En effet, un coup n'eft pas *invincible*, parce qu'un coup ne combat pas.

***V*. 80.** Rangez-vous du parti des deftins et des Dieux.

. . . . *Fatis accede*, *Deifque*.

***V*. 81.** Et fans les accufer d'injuftice et d'outrage...

Accufe-t-on les deftins d'outrage ?

***V*. 82.** Puifqu'ils font les heureux, adorez leur ouvrage...
Et pour leur obéir perdez le malheureux.

Et cole felices. *Miferos fuge*.

***V*. 85.** Preffé de toutes parts des colères céleftes...

Colère, fubftantif, n'admet point le pluriel.

V. 86. Il en vient deſſus vous faire fondre les reſtes.

Deſſus vous, eſt une faute contre la langue, et *faire fondre* en eſt une contre l'harmonie : et quelle expreſſion que les *reſtes des colères* !

V. 87. Et ſa tête qu'à peine il a pu dérober,
Toute prête de cheoir, cherche avec qui tomber.

*Poſtquam nulla manet rerum fiducia, quærit
Cum qua gente cadat.*

V. 89. Sa retraite chez vous en effet n'eſt qu'un crime.

La retraite de *Pompée* peut-elle être repréſentée comme un crime et comme un effet de ſa haine contre *Ptolomée*? Eſt-ce ainſi que s'exprime un miniſtre d'Etat? n'eſt-ce point aller au-delà du but ? Tout le reſte de ce morceau eſt d'une beauté achevée, et plus le fonds du diſcours eſt naturel et vrai, plus les exagérations emphatiques ſont déplacées.

V. 90. Elle marque ſa haine et non pas ſon eſtime.

Cette exagération d'un miniſtre d'Etat eſt trop évidemment fauſſe. Eſt-ce une preuve de haine que de demander un aſile ?

V. 91. Il ne vient que vous perdre en venant prendre port.

Venant prendre port, expreſſion trop triviale pour la tragédie.

V. 93. Il devait mieux remplir nos vœux et notre attente.

. . . . *Votis tua fovimus arma.*

V. 95. Il n'eût ici trouvé que joie, et que feſtins.

On pourrait encore dire que *joie et feſtins*, ne ſont pas l'expreſſion convenable dans la bouche d'un miniſtre d'Etat. C'eſt ainſi qu'on parlerait de la réception d'une bourgeoiſe.

V. 97. J'en veux à fa difgrâce et non à fa perfonne.
J'exécute à regret ce que le ciel ordonne, &c.

*Hoc ferrum , quod fata jubent proferre , paravi ,
Non tibi , fed victo. Feriam tua vifcera , Magne ,
Malueram foceri.*

V. 101. Vous ne pouvez enfin qu'aux dépens de ma tête
Mettre à l'abri la vôtre et parer la tempête.

On ne pare point une tempête.

V. 105. Le choix des actions ou mauvaifes ou bonnes
Ne fait qu'anéantir le pouvoir des couronnes.

*Sceptrorum vis tota perit , cùm pendere jufta
Incipit.*

Ces deux vers obfcurs et entortillés affaibliffent cette
tirade. C'eft d'ailleurs trop retourner , trop répéter la
même chofe.

V. 107. Le droit des rois confifte à ne rien épargner.
La timide équité détruit l'art de régner.

Cette maxime horrible n'eft point du tout convenable
ici ; il ne s'agit point du droit des rois contre d'autres
rois , ni avec leurs fujets ; il ne s'agit que de mériter la
faveur de *Céfar. Ptolomée* eft lui-même une efpèce de fujet ,
un vaffal , à qui on propofe de flatter fon maître par une
action infame. Ainfi la dernière partie du difcours de
Photin péche contre la raifon autant que contre la morale.

V. 109. Quand on craint d'être injufte , on a toujours à craindre.
. . . . . . *Semper metuet quem fæva pudebunt.*

V. 110. Et qui veut tout pouvoir doit ofer tout enfreindre ,
Fuir comme un déshonneur la vertu qui le perd ,
Et voler fans fcrupule au crime qui le fert.

C'eſt ce qu'on a dit quelquefois des miniſtres ; mais ils ne parlent jamais ainſi. Un homme qui veut faire paſſer ſon avis, ne lui donne point de ſi abominables couleurs. La Saint-Barthelemi même ne fut point préſentée dans le conſeil de *Charles IX* comme un crime, mais comme une ſévérité néceſſaire. La tragédie eſt une imitation des mœurs, et non pas une amplification de rhétorique.

Cette faute de *Corneille* a perdu pluſieurs auteurs. Leurs perſonnages débitent avec un enthouſiaſme de poëte, des maximes atroces, et de fades lieux communs d'horreurs inſipides, qui ſéduiſent quelquefois le parterre dans un roman barbarement dialogué. On a récité ſur le théâtre ces vers :

> Chacun a ſes vertus ainſi qu'il a ſes dieux.
> Le ſceptre abſout toujours la main la plus coupable.
> Le crime n'eſt forfait que pour les malheureux.
> Telle eſt donc de ces lieux l'influence cruelle
> Que juſqu'à la vertu s'y rendra criminelle.
> Oui, lorſque de ſes ſoins la juſtice eſt l'objet,
> Elle y doit emprunter le ſecours du forfait.
> Vertu ! c'eſt à ce prix qu'on te doit dédaigner.

Voilà des ſentences dignes de la Grève, dont pluſieurs de nos pièces ont été remplies : voilà les vers barbares dignes de ces maximes qui ont retenti ſur nos théâtres. Nous avons vu une mère amoureuſe de ſon fils qui diſait hardiment :

> Dieux qui m'abandonnez à ces honteux tranſports,
> N'en attendez, cruels, ni douleurs, ni remords.
> Je ne tiens mon amour que de votre colère.
> Mais pour vous en punir je prétends m'y complaire.

Les dieux qui n'*attendent pas la douleur* de cette vieille, et qui ſont punis par la *complaiſance* de la vieille dans ſon inceſte, doivent être bien étonnés ; et les gens de goût doivent l'être bien davantage de la vogue qu'ont eue pendant quelque temps ces infamies abfurdes écrites en gaulois.

Nous avons entendu dans Catilina des vers encore plus révoltans et plus ridicules.

> Qu'il foit cru fourbe, ingrat, parjure, impitoyable,
> Il fera toujours grand s'il eft impénétrable.
> Tel on détefte avant que l'on adore après.

Ce n'eft que depuis quelque temps que le parterre a fenti l'horreur et le ridicule de ces maximes. *Narciffe*, dans Britannicus, ne dit point à *Néron :* Commettez un crime, c'eft à vous qu'il appartient d'en faire. Il ne débite aucune de ces maximes d'un vain déclamateur.

V. 124. Qui n'eft point au vaincu ne craint point le vainqueur.

> *Quidquid non fuerit Magni dùm bella geruntur,*
> *Nec victoris erit.*

V. 126. Vous pouvez adorer Céfar fi l'on l'adore.

Il faut éviter ces fyllabes défagréables de *l'on l'a.*

V. 127. Mais quoique vos encens le traitent d'immortel,
> Cette grande victime eft trop pour fon autel.

Encens ne fouffre point le pluriel. On offre de l'encens aux immortels, mais l'encens ne traite point d'immortel.

On peut obferver ici qu'en aucune langue les métaux, les minéraux, les aromates, n'ont jamais de pluriel. Ainfi, chez toutes les nations on offre de l'or, de l'encens, de la myrrhe, et non des *ors*, des *encens*, des *myrrhes.*

V. 132. En ufant de la forte on ne vous peut blâmer ;

n'eft ni français, ni noble. On dit dans le langage familier, *en ufer de la forte*, mais non pas *ufer de la forte.*

V. 137. Quoique doive un monarque, et dût-il fa couronne,
> Il doit à fes fujets encor plus qu'à perfonne.
> Il ceffe de devoir quand la dette eft d'un rang
> A ne point l'acquitter qu'aux dépens de leur fang.

Une dette eft trop forte, trop grande, elle n'eft pas *d'un rang à ne point l'acquitter qu'aux;* ce *point* eft de trop, jamais on ne l'emploie que dans le fens abfolu : *Je n'irai point, je n'irai qu'à cette condition.*

V. 145. Il le fervit enfin, mais ce fut de la langue.
> La bourfe de Céfar fit plus que fa harangue.

La langue, la bourfe, font des expreffions trop fami-lières. Voyez comme il eft difficile de dire noblement les petites chofes, et comme il eft aifé de traiter les autres avec emphafe. Le grand art des vers confifte à n'être jamais ni ampoulé, ni bas.

V. 147. . . . . Pompée et fes difcours
> Pour rentrer en Egypte étaient un froid fecours.

Un fecours n'eft ni chaud ni froid. Le mot propre eft fouvent difficile à rencontrer, et quand il eft trouvé, la gêne du vers et de la rime empêche qu'on ne l'emploie.

V. 152. Comme il parla pour vous, vous parlerez pour lui.
> Ainfi vous le pouvez et devez reconnaître.

On reconnaît un bienfait, mais non pas la perfonne. *Je vous reconnais,* n'eft pas français, et ne forme point de fens, à moins qu'il ne fignifie au propre : *Je ne vous remettais pas, et je vous reconnais;* ou bien *je reconnais là votre caractère.*

V. 161. Sire, je fuis romain, &c.

Le raifonnement de *Septime* eft encore plus fort que celui d'*Achillas.* Cette fcène eft au fond parfaitement
traitée,

traitée, et à quelques fautes près (qu'on eſt toujours obligé de remarquer pour l'utilité des jeunes gens et des étrangers), elle eſt très-forte de raiſonnement.

V.169. . . . . C'eſt lui laiſſer et ſur mer et ſur terre
La ſuite d'une longue et difficile guerre.

Il faut éviter autant qu'on peut ces hémiſtiches trop communs, *et ſur mer et ſur terre*, qui ne ſont que pour la rime, et qui font tout languir ; *laiſſer ſuite d'une guerre*, n'eſt pas français.

V.173. Le livrer à Céſar n'eſt que la même choſe ;

expreſſion trop familière et trop triviale : de plus, livrer *Pompée* à *Céſar*, n'eſt pas la même choſe que le renvoyer. Il y a une différence immenſe entre laiſſer un homme en liberté, et le mettre dans les mains de ſon ennemi.

V.180. Auſſi-bien qu'à Pompée il vous voudra du mal.

Il vous voudra du mal, eſt une expreſſion de comédie.

V.181. Il faut le délivrer du péril et du crime,
Aſſurer ſa puiſſance et ſauver ſon eſtime.

Sauver ſon eſtime, ne forme aucun ſens. Veut-il dire que *Ptolomée* conſervera l'eſtime qu'on a pour *Céſar*, ou l'eſtime que *Céſar* a pour *Ptolomée*, ou l'eſtime que *Céſar* fait de lui-même ? dans les trois cas, *ſauver l'eſtime*, eſt trop impropre. *J'évite d'être long, et je deviens obſcur.*

V.189. N'examinons donc plus la juſtice des cauſes,
Et cédons au torrent qui traîne toutes choſes.

Des cauſes, eſt un terme de barreau. *Toutes choſes*, eſt trop proſaïque, quoique dans les délibérations la poëſie tragique ne doive point s'élever au-deſſus de la proſe ſoutenue ; et d'ailleurs *toutes choſes*, et *la même choſe*, dans une page, eſt d'un ſtyle trop négligé. On ne peut trop

Comment. ſur Corneille. Tome I.   D d

répéter qu'on eſt dans l'obligation de remarquer ces
fautes, de peur que les jeunes gens qui n'auraient pas la
même excuſe que *Corneille*, n'imitent des défauts qu'on
devait lui pardonner, mais qu'on ne pardonne plus
aujourd'hui.

V. 195. Abattons ſa ſuperbe avec ſa liberté.

La *ſuperbe* ne ſe dit plus dans la poëſie noble ; il eſt aiſé
d'y ſubſtituer *orgueil*. On n'abat point la liberté, on la
détruit ; rien n'eſt beau ſans le mot propre.

Ces remarques ne portent point ſur l'eſſentiel de la
pièce ; mais il faut avertir de tout les lecteurs qui veulent
s'inſtruire, et ceux qui nous font l'honneur d'apprendre
notre langue.

V. 105. Allez donc, Achillas, allez avec Septime,
    Nous immortaliſer par cet illuſtre crime.

Cette penſée eſt trop emphatique. *Ptolomée* peut-il dire
qu'il s'immortaliſera par un aſſaſſinat ? Cette illuſion qu'il
ſe fait, eſt-elle bien dans la nature ? les raiſons qu'il en
apporte ſont-elles de vraies raiſons ? les nations ſeront-elles
moins eſclaves pour être eſclaves du maître de Rome ?
S'exprimer ainſi, c'eſt ſubſtituer une amplification de rhétorique à la ſolidité d'un conſeil d'Etat. Quel eſt le ſouverain qui dirait : Allons nous immortaliſer par un illuſtre
crime ? La tragédie doit être l'imitation embellie de la
nature. Ces défauts dans le détail n'empêchent pas que
le fond de cette première ſcène ne ſoit une des plus belles
expoſitions qu'on ait vue ſur aucun théâtre. Les anciens
n'ont rien qui en approche ; elle eſt auguſte, intéreſſante,
importante ; elle entre tout d'un coup en action ; les
autres expoſitions ne font qu'inſtruire du ſujet de la
pièce, celle-ci en eſt le nœud : placez-la dans quelque
acte que vous vouliez, elle ſera toujours attachante.
C'eſt la ſeule qui ſoit dans ce goût.

SCENE II.

***V*. 2.** De l'abord de Pompée elle efpère autre iffue.

Autre iffue, ne fe dit que dans le ftyle comique. Il faut dans le ftyle noble, *une autre iffue*. On ne fupprime les articles et les pronoms que dans ce familier qui approche du ftyle marotique. Sentir joie, faire mauvaife fin, &c. obfervez encore qu'*iffue* n'eft pas le mot propre. Un abord n'a point d'*iffue*. Il faut toujours ou le mot propre, ou une métaphore noble.

***V*. 5.** Elle fe croit déjà fouveraine maîtreffe
D'un fceptre partagé que fa bonté lui laiffe.

On ne fait par la conftruction à quoi fe rapporte *fa bonté*.

***V*. 8.** De mon trône dans l'ame elle prend la moitié.

Ce mot *prend*, n'eft pas affez noble.

***V*. 9.** Où de fon vain orgueil les cendres rallumées
Pouffent déjà dans l'air de nouvelles fumées.

Jamais un orgueil n'eut de cendres. Ces fumées pouf-fées par les cendres de l'orgueil, ne font guère plus admiffibles. Tout ce qui n'eft pas naturel doit être banni de la poëfie et de la profe.

***V*. 13.** Sans doute il jugerait de la fœur et du frère,
Suivant le teftament du feu roi votre père,
Son hôte et fon ami qui l'en voulut faifir.

Le feu roi votre père, eft trop profaïque, et il y a un enjambement que les règles de notre poëfie ne fouffrent point dans le ftyle férieux des vers alexandrins. *Qui l'en voulut faifir*, eft un terme de chicane. Ma partie eft faifie de ce teftament. On a faifi ma partie de ces pièces.

D d 2

V. 16. Jugez, après cela, de votre déplaifir.

Ce vers n'a pas un fens clair. Eft-ce du déplaifir qu'a eu *Ptolomée* ? On ne peut dire à un homme, jugez de la peine que vous avez eue : eft-ce du déplaifir qu'il aura ? il fallait donc l'exprimer, et dire, jugez de votre déplaifir fi *Pompée* venait mettre *Cléopâtre* fur le trône : de plus, cette raifon de *Photin* peut être alléguée contre *Céfar* bien plus que contre *Pompée*.

V. 20. Car c'eft ne régner pas qu'être deux à régner.

C'eft exprimer baffement ce qui demande de l'élévation.

S C E N E I I I.

V. 3. Je lui viens d'envoyer Achillas et Septime. —
  Quoi! Septime à Pompée, à Pompée Achillas !

Ce vers en dit plus que vingt n'en pourraient dire. La fimple expofition des chofes eft quelquefois plus énergique que les plus grands mouvemens de l'éloquence. Voilà le véritable dialogue de la tragédie : il eft fimple, mais plein de force ; il fait penfer plus qu'il ne dit. *Corneille* eft le premier qui ait eu l'idée de cette vraie beauté ; mais elle eft très-difficile à faifir, et il ne l'a pas toujours employée.

V. 13. Il eft toujours Pompée, et vous a couronné. —
  Il n'en eft plus que l'ombre, et couronna mon père,
  Dont l'ombre et non pas moi lui doit ce qu'il efpère.

Il n'en eft plus que l'ombre. Donc c'eft à *l'ombre* de mon père à le payer. Quel raifonnement ! et quel mauvais jeu de mots !

V. 23. Mais fongez qu'au port même il peut faire naufrage.

Ptolomée ne commet-il pas ici une indifcrétion, en

fefant entendre à fa fœur dont il fe défie, qu'il va faire affaffiner *Pompée*? ne doit-il pas craindre qu'elle ne l'en avertiffe? Je ne crois pas qu'il foit permis de mettre fur la fcène tragique un prince imprudent et indifcret, à moins d'une grande paffion qui excufe tout. L'imprudence et l'indifcrétion peuvent être jouées à la comédie; mais fur le théâtre tragique, il ne faut peindre que des défauts nobles. *Britannicus* brave *Néron* avec la hauteur impru-dente d'un jeune prince paffionné; mais il ne dit pas fon fecret à *Néron* imprudemment.

V. 36. Après tout, c'eft ma fœur, oyez fans repartir.

Oyez ne fe dit plus. L'ufage fait tout.

V. 40. Cette haute vertu dont le ciel et le fang
Enflent toujours les cœurs de ceux de notre rang.

Le ciel et le fang qui enflent le cœur de vertu, n'eft pas une expreffion convenable. Le mot *enfler* eft fait pour l'orgueil. On pourrait encore dire, *enfler d'une vaine efpérance.*

V. 46. Confeffez-le, ma fœur, vous fauriez vous en taire,
N'était le teftament du feu roi notre père.

N'était eft une expreffion du ftyle le plus familier, et prife encore du barreau. *Le feu roi notre père*, deux fois répété, n'eft pas d'un ftyle affez châtié. Ces façons de parler ne font plus permifes. La poëfie ne doit pas être enflée, mais elle ne doit pas être trop familière; c'eft une obfervation qu'on eft obligé de faire fouvent. C'eft un défaut trop grand dans cette pièce que ce mélange con-tinuel d'enflure et de familiarité.

V. 57. Il fut jufques à Rome implorer le Sénat.

Il fut implorer, c'était une licence qu'on prenait autre-fois. Il y a même encore plufieurs perfonnes qui difent, je fus le voir, je fus lui parler; mais c'eft une faute, par la raison qu'on *va* parler, qu'on *va* voir : on n'*est* point parler, on n'*est* point voir. Il faut donc dire, *j'allai le voir*, *j'allai lui parler*, *il alla l'implorer*. Ceux qui tombent dans cette faute ne diraient pas, je *fus* lui remontrer, je *fus* lui faire apercevoir.

V. 58. Il nous mena tous deux pour toucher son courage.

Quand on parle du courage de *César*, on entend toujours sa valeur. Mais ici *Cléopâtre* entend son ame, son cœur. Le mot de *courage* était entendu en ce sens du temps de *Corneille;* nous avons vu que *Félix* dit à *Pauline*, *ton courage était bon.*

V. 60. . . . Ce peu de beauté que m'ont donné les cieux
     D'un assez vif éclat fesait briller mes yeux ;
     César en fut épris.

Il n'est guère dans les bienséances qu'une princesse parle ainsi devant des ministres. La décence est une des premières lois de notre théâtre : on n'y peut manquer qu'en faveur du grand tragique, dans les occasions où la passion ne ménage plus rien.

V. 70. Après avoir pour nous employé ce grand homme,
     Qui nous gagna soudain toutes les voix de Rome,
     Son amour en voulut seconder les efforts.

Que veut dire *en seconder les efforts ?* Est-ce aux efforts des voix de Rome que cet *en* se rapporte ? sont-ce les efforts de l'amour de ce grand homme ? cet *en* est également vicieux dans l'un et l'autre sens.

V. 73. Et nous ouvrant son cœur, nous ouvrit ses trésors.

Ouvrir son cœur et ses trésors, semble un jeu de mots. Tout ce qui a l'air de pointe est l'opposé du style sérieux.

V. 74. Nous eûmes de ses feux encore en leur naissance
     Et les nerfs de la guerre et ceux de la puissance.

Nous eûmes de ses feux les nerfs de la guerre. Cette expreffion n'eft pas françaife : qu'eft-ce qu'un nerf qu'on a d'un
feu ? L'idée eft plus répréhenfible que l'expreffion. Une
femme ne fe vante point ainfi d'avoir un amant; cela
n'eft permis que dans les rôles comiques.

V. 86. Certes, ma fœur, le conte eft fait avec adreffe. —
   Céfar viendra bientôt, et j'en ai lettre expreffe.

Ces vers font de la pure comédie.

Cette fcène eût été bien plus belle, fi *Cléopâtre* n'eût
fait parler que fa fierté et fa vertu, et fi elle ne fe fût
point vantée que *Céfar* était amoureux d'elle.

J'en ai lettre expreffe. Style familier et bourgeois.

V. 87. Je n'ai reçu de vous que mépris et que haine.

On ne dit point, *je n'ai reçu que haine.* On ne reçoit
point haine; c'eft un barbarifme.

V. 88. Et de ma part du fceptre indigne raviffeur,
   Vous m'avez plus traitée en efclave qu'en fœur.

Part du fceptre, eft hazardé, parce qu'on ne coupe point
un fceptre en deux. Mais cette figure qui ne préfente
rien de louche et d'obfcur, eft très-admiffible.

V. 96. Cependant mon orgueil vous laiffe à démêler
   Quel était l'intérêt qui me fefait parler.

Elle ne le laiffe point à démêler ; elle le fait entendre
trop nettement.

SCENE IV.

V. 2. Sire, cette furprife eft pour moi merveilleufe.

Merveilleufe pour *étonnante, furprenante*, eft du ftyle de
la comédie; l'on ne peut dire, *une furprife étonnante, merveilleufe*; ce n'eft pas la furprife qui eft merveilleufe, c'eft
la chofe qui furprend.

***V*. 3.** Je n'en fais que penfer, et mon cœur étonné
D'un fecret que jamais il n'aurait foupçonné. . . .

Mon cœur n'eſt pas le mot propre, on ne l'emploie
que dans le fentiment. Le cœur n'a jamais de part aux
réflexions politiques. Il fallait, *mon eſprit ;* de plus, quand
on vient de dire qu'on eſt furpris, il ne faut pas ajouter
qu'on eſt étonné.

***V*. 5.** Inconſtant et confus dans fon incertitude,
Ne fe réfout à rien qu'avec inquiétude.

Inconſtant eſt encore moins convenable. *Le cœur inconſtant*, n'exprime point du tout un homme embarraſſé.

***V*. 7.** Sauverons-nous Pompée ?— Il faudrait faire effort,
Si nous l'avions fauvé pour conclure fa mort.

Il faudrait faire effort pour conclure. C'eſt le contraire de
ce que *Photin* veut dire. Il ne faudrait point d'effort pour
conclure la mort de *Pompée :* on aurait une raifon de plus
pour la conclure ; il faudrait s'efforcer de la hâter.

***V*. 18.** Confultez-en encore Achillas et Septime.

En encore : on doit éviter ce bâillement, ces *hiatus* de
fyllabes, défagréables à l'oreille.
Cet acte ne finit point avec la pompe et la nobleſſe
qu'on attendait du commencement.

***V*. 19.** Allons donc les voir faire, et montons à la tour ;

eſt du ton bourgeois, et l'acte a commencé dans un
ſtyle emphatique. Il faut, autant qu'on le peut, finir un
acte par de beaux vers, qui faſſent naître l'impatience de
voir l'acte fuivant.

ACTE SECOND.

SCENE PREMIERE.

***Vers* 1.** Je l'aime ; mais l'éclat d'une fi belle flamme,
Quelque brillant qu'il foit, n'éblouit point mon ame.

CE fentiment de *Cléopâtre* eft fort beau ; mais on affaiblit toujours fon propre fentiment quand on l'exprime par des maximes générales.

***V.* 3.** Et toujours ma vertu retrace dans mon cœur
Ce qu'il doit au vaincu brûlant pour le vainqueur.

Les héroïnes de *Corneille* parlent toujours de leur vertu.

***V.* 4.** Ce qu'il doit au vaincu brûlant pour le vainqueur.

Il femble, par la conftruction, que le vaincu brûle pour le vainqueur. Toutes ces négligences font pardonnables à *Corneille*, mais ne le feraient pas à d'autres ; c'eft pour cette raifon que je les remarque foigneufement.

***V.* 7.** Et je le traiterais avec indignité
Si j'afpirais à lui par une lâcheté.

Je le traiterais avec indignité, ne dit pas ce que *Cléopâtre* veut dire. Son idée eft, qu'elle ferait indigne de *Céfar*, fi elle ne penfait pas noblement. *Traiter avec indignité*, fignifie *maltraiter, accabler d'opprobre*.

***V.* 14.** Les princes ont cela de leur haute naiffance.

Les princes ont cela, gâte la nobleffe de cette idée. C'eft ici le lieu de rapporter le fentiment du marquis de *Vauvenargues. Les héros de Corneille*, dit-il, *parlent toujours trop, et pour se faire connaître. Ceux de Racine se font connaître parce qu'ils parlent.* Cette réflexion est très-juste. Les vaines maximes, les lieux communs, disent toujours peu de chose ; et un mot qui échappe à propos, qui part du cœur, qui peint le caractère, en dit bien davantage.

V. 15. Leur ame dans leur sang prend des impressions,
  Qui dessous leur vertu rangent leurs passions.

Dessous leur vertu, cette expression n'est pas heureuse.

V. 17. Leur générosité soumet tout à leur gloire ;

a un sens trop vague, qui ôte à ce couplet sa précision, et lui dérobe par conséquent sa force.

V. 18. Tout est illustre en eux quand ils osent se croire.

Tout est illustre, n'est pas le mot propre ; c'est *noble* qu'il fallait.

V. 23. Il croit cette ame basse et se montre sans foi ;
  Mais s'il croyait la sienne il agirait en roi.

Ce dernier vers est beau, et semble demander grâce pour les autres.

V. 29. Apprends qu'une princesse, aimant sa renommée,
  Quand elle dit qu'elle aime, est sûre d'être aimée.

Il y avait d'abord :

  Quand elle avoue aimer, s'assure d'être aimée.

Voilà encore une maxime générale, qui a même le défaut de n'être pas vraie ; car l'infante du *Cid* avoue qu'elle aime, et n'en est pas plus aimée. *Hermione* est dans la même situation : il est vrai que si une princesse disait publiquement qu'elle aime et qu'elle n'est point aimée, elle pourrait être avilie ; mais il n'est pas vrai qu'une princesse n'avoue à sa confidente sa passion que

quand elle eft sûre d'être aimée. En général il faut s'inter-
dire ce ton didactique dans une tragédie : on doit le plus
qu'on peut mettre les maximes en fentiment. Ce qu'il y
a de pis, c'eft que l'amour de *Cléopâtre* eft très-froid, et
contre les lois de la tragédie ; il n'infpire ni terreur, ni
pitié : ce n'eft précifément que de la galanterie, fans
aucun intérêt ; et cette galanterie eft des plus indécentes.
C'eft un très-grand défaut.

V. 31. Et que les plus beaux feux dont fon cœur foit épris
  N'oferaient l'expofer aux hontes d'un mépris.

Soit épris, eft un folécifme ; mais *de beaux feux qui
expofent à des hontes*, font pis qu'un folécifme.

V. 39. Son bras ne dompte point de peuples ni de lieux,
  Dont il ne rende hommage au pouvoir de mes yeux.

Lieux après *peuples*, eft inutile et languiffant. *Un bras
qui dompte des lieux*, révolte l'efprit et l'oreille.

V. 43. Il trace des foupirs, et d'un ftyle plaintif
  Dans fon champ de victoire il fe dit mon captif.

Céfar qui trace des foupirs d'un ftyle plaintif, n'eft point
Céfar ; et ce ridicule augmente encore par celui de l'expreffion. On ne parlerait pas autrement de *Corydon* dans une
églogue. Eft-il poffible qu'on ait dit que *Corneille* a banni
la galanterie de fes pièces ? il ne l'a traitée que trop : elle
était alors la bafe de tous les ouvrages d'imagination.
Horatius Coclès chante à l'écho dans *Clélie*, et fait des ana-
grammes. Tout héros eft galant. Remarquons que *Dacier*
dans fes notes fur l'art poëtique d'*Horace*, cenfura fortement la plupart de ces fautes où *Corneille* tombe trop
fouvent. Il rapporte plufieurs vers dont il fait la critique.
Le feul amour du bon goût le portait à cette jufte févérité
dans un temps où il ne femblait pas encore permis de
cenfurer un homme prefque univerfellement applaudi.
Boileau avait bien fait fentir que *Corneille* péchait fouvent

par le ftyle, par l'obfcurité des penfées, quelquefois par leur fauffeté, par l'inégalité, par des termes bas, et par des expreffions ampoulées : mais il le difait avec ménagement ; jufqu'à ce qu'enfin dans fon Art poëtique il alla jufqu'à dire :

> Et fi le roi des Huns ne lui charme l'oreille,
> Traiter de vifigoths tous les vers de Corneille.

Il n'aurait jamais parlé ainfi de *Racine*, le feul qui eut toujours un ftyle noble et pur.

V. 45. Oui, tout victorieux il m'écrit de Pharfale.

Il faut dire, *oui, tout vainqueur qu'il eft.*

V. 46. Et fi fa diligence à fes feux eft égale,
Ou plutôt fi la mer ne s'oppofe à fes feux,
L'Egypte le va voir me préfenter fes vœux.

Cette oppofition de la *mer* et des *feux*, eft un jeu de mots puérile, auquel l'auteur n'a peut-être pas penfé. Ce n'eft pas affez de ne pas chercher ces petiteffes, il faut prendre garde que le lecteur ne puiffe les foupçonner.

V. 53. Si bien que ma rigueur, ainfi que le tonnerre,
Peut faire un malheureux du maître de la terre.

L'expreffion familière *fi bien que*, eft à peine tolérée dans la comédie. La rigueur d'une femme comparée au tonnerre, eft d'un gigantefque puéril. Un tonnerre qui fait un malheureux eft petit. Le tonnerre fait pis, il tue ; et les rigueurs de *Cléopâtre* qui tueraient *Céfar* comme le tonnerre, font quelque chofe de plus outré, de plus faux, et de plus choquant que les exagérations de tous nos romans. On ne peut trop s'élever contre ce faux goût.

V. 55. J'oferais bien jurer que vos divins appas
Se vantent d'un pouvoir dont ils n'uferont pas ;

eft un difcours de foubrette ; mais *Cléopâtre*, qui efpère

avoir un enfant de *Céfar*, s'exprime en femme. abandonnée.

V. 57. Et que le grand Céfar n'a rien qui l'importune ,
 Si vos feules rigueurs ont droit fur fa fortune.

Toutes ces expreffions font fauffes et alambiquées. Des rigueurs n'ont point de droit, elles n'en ont point fur la fortune de *Céfar* ; et ce *Céfar qui n'a rien qui importune* eft comique. J'avoue qu'on eft étonné de tant de fautes , quand on y regarde de près. Remarquons-les , puifqu'il faut être utile ; mais fongeons toujours que *Corneille* a des beautés admirables ; et que s'il a bronché dans la carrière , c'eft lui qui l'a ouverte en quelque façon , puifqu'il a furpaffé fes contemporains jufqu'à l'époque d'*Andromaque.*

V. 69. Peut-être mon amour aura quelque avantage
 Qui faura mieux que moi ménager fon courage.

Son amour qui a un avantage , lequel ménagera mieux le courage de *Céfar* qu'elle-même, eft une idée obfcure exprimée obfcurément.

Il y avait auparavant :

 Et fi jamais le ciel favorifait ma couche
 De quelque rejeton de cette illuftre fouche ,
 Cette heureufe union de mon fang et du fien
 Unirait à jamais fon deftin et le mien.

L'auteur retrancha ces vers , qui préfentaient une image révoltante.

V. 85. Ne pouvant rien de plus pour fa vertu féduite,
 Dans mon ame en fecret je l'exhorte à la fuite.

Il femble par la phrafe qu'il s'agiffe de la vertu féduite de *Pompée* ; et c'eft de la vertu féduite de l'ame de *Cléopâtre.* *Je l'exhorte à la fuite dans mon ame.* Cette expreffion n'eft pas heureufe. Mais fi *Cléopâtre* veut fecourir *Pompée*, que ne lui dépêche-t-elle un exprès pour l'avertir de fon danger ? Elle en dit trop, quand elle ne fait rien.

V. dern. . . . J'en apprendrai la nouvelle affurée.

On apprend des nouvelles sûres, et non une nouvelle affurée : on dit bien, *Cette nouvelle m'a été affurée par tels et tels.*

SCENE II.

Si *Cléopâtre*, au lieu de parler en femme galante, avait fu donner de la nobleffe à fon amour pour *Céfar*, et montrer en même temps la plus grande reconnaiffance pour *Pompée*, et une véritable crainte de fa mort, le récit d'*Achorée* ferait bien un autre effet. Le cœur n'eft point affez ému quand le récit des infortunes n'eft fait qu'à des perfonnes indifférentes. Le nom de *Pompée*, et de beaux vers, fuppléent à l'intérêt qui manque. *Cléopâtre* a montré affez d'envie de fauver *Pompée*, pour que le récit qu'on lui fait, la touche ; mais non pas pour que ce récit foit un coup de théâtre, non pas pour qu'il faffe répandre des larmes.

V. 4. J'ai vu la trahifon, j'ai vu toute fa rage.

La rage de la trahifon !

V. 5. Du plus grand des mortels j'ai vu trancher le fort.

On tranche la vie, on tranche la tête, on ne tranche point un fort.

V. 6. J'ai vu dans fon malheur la gloire de fa mort.

La gloire d'une mort ! et cette *gloire* deux fois répétée ! quelle négligence !

V. 9. Ecoutez, admirez, et plaignez fon trépas.

On n'admire point un *trépas*, mais la manière héroïque

dont un homme eft mort. Cependant cette expreſſion eſt une beauté et non une faute ; c'eſt une figure très-admiſſible.

V. 15. Mais voyant que ce prince ingrat à ſes mérites
N'envoyait qu'un eſquif rempli de ſatellites,
Il ſoupçonne dès-lors ſon manquement de foi.

> *Quippe fides ſi pura foret*, &c.
> *Venturum tota pharium cum claſſe tyrannum.*

Ingrat à ſes mérites. Nous diſons, *ingrat envers quelqu'un*, et non pas, *ingrat à quelqu'un.* Aujourd'hui que la langue ſemble commencer à ſe corrompre, et qu'on s'étudie à parler un jargon ridicule, on ſe ſert du mot impropre *vis-à-vis.* Pluſieurs gens de lettres ont été ingrats *vis-à-vis de moi*, au lieu d'*envers moi.* Cette compagnie s'eſt rendue difficile *vis-à-vis du roi*, au lieu d'*envers le roi* ou *avec le roi.* Vous ne trouverez le mot *vis-à-vis* employé en ce ſens dans aucun auteur claſſique du ſiècle de *Louis XIV.*

> Son manquement de foi.

Manquement n'eſt plus d'uſage ; nous diſons, *manque ;* et ce *manque de foi* eſt une expreſſion trop faible pour exprimer l'horrible perfidie que *Pompée* ſoupçonne.

V. 23. N'expoſons, lui dit-il, que cette ſeule tête
A la réception que l'Egypte m'apprête, &c.

> . . . . *Longèque à littore caſus*
> *Expectate meos et in hac cervice tyranni*
> *Explorate fidem.*

V. 29. Mais quand tu les verrais deſcendre chez Pluton,
Ne déſeſpère point du vivant de Caton.

Pompée ne ſe ſervit certainement pas de cette figure, *deſcendre chez Pluton.* Il ne faut pas faire parler un héros en poëte.

V. 33. Septime se présente, et, lui tendant la main,
Le salue empereur, &c.

Romanus pharia miles de puppe salutat
Septimius.

V. 39. Ce héros voit la fourbe et s'en moque dans l'ame.

S'en moque, est comique et trivial. Je ne sais pourquoi
Corneille feint que *Pompée* s'aperçoit du dessein de *Septime* ;
car s'il le devine, il ne doit pas quitter son vaisseau, dans
lequel sans doute il a des soldats. Il doit prendre le chemin
de Carthage.

V. 48. Mes yeux ont vu le reste et mon cœur en soupire,
Et croit que César même à de si grands malheurs
Ne pourra refuser des soupirs et des pleurs.

Un cœur qui croit. Cela ne serait pas souffert aujourd'hui

V. 57. Il se lève, et soudain par derrière Achillas,
Comme pour commencer tirant son coutelas,
Septime et trois des siens, lâches enfans de Rome,
Percent à coups pressés les flancs de ce grand homme.

Par derrière, est d'une prose trop basse.

V. 61. Tandis qu'Achillas même épouvanté d'horreur,
De ces quatre enragés admire la fureur.

Ces quatre enragés, est aujourd'hui du bas comique ; il
ne l'était pas alors. *Enragé* fesait le même effet que
l'*arrabbiato* des Italiens, et l'*enragd'* des Anglais : *admire*,
est insoutenable.

V. 68. D'un des pans de sa robe il couvre son visage,
A son mauvais destin en aveugle obéit, &c.

Involvit vultus, atque indignatus apertum
Fortunæ præbere caput, tunc lumina pressit.

V. 70.

V. 70. Et dédaigne de voir le ciel qui le trahit.

J'ai vu autrefois admirer ce vers ; et depuis j'ai vu tous les connaiffeurs le condamner comme une exagération, comme un vain ornement, et même comme une penfée fauffe. On peut dédaigner de regarder un ami perfide ; mais dédaigner de regarder le ciel, parce qu'on fe fuppofe trahi par le ciel, cela eft d'un capitan plutôt que d'un héros.

V. 73. Aucun gémiffement à fon cœur échappé...

. . . . . . *Nullo gemitu confenfit ad ictum.*

V. 74. Ne le montre en mourant digne d'être frappé.

N'eft-ce pas là encore une fauffe idée ? Pourquoi *Pompée* aurait-il été *digne d'être frappé,* s'il eût gémi ? et que veut dire *digne d'être frappé* ? quelle enflure ! quelle fauffe grandeur !

V. 75. Immobile à leurs coups, en lui-même il rappelle
Ce qu'eut de beau fa vie et ce qu'on dira d'elle.

Immobile n'a et ne peut avoir de régime ; car en toute langue, on n'eft immobile ni à quelque chofe ni en quelque chofe.

V. 77. Et tient la trahifon que le roi leur prefcrit
Trop au-deffous de lui pour y prêter l'efprit.

Quoi ! *Pompée* ne daigne pas fonger qu'on l'affaffine ? quoi ! il ne daigne pas *prêter l'efprit* à vingt coups de poignard qu'il reçoit ? il n'y a rien au monde de plus faux, de plus romanefque ; et *cette vertu qui augmente ainfi fon luftre dans leur crime !* Quelles peines l'auteur fe donne pour montrer de l'efprit faux et pour s'expliquer en énigmes !

V. 80. Et fon dernier foupir eft un foupir illuftre.

Seque probat moriens.

Ce mot *illuftre* ne peut convenir à un *foupir ;* de plus,

Comment. fur Corneille. Tome I. E e

un *foupir* n'eft-il pas une efpèce de gémiffement ? *Achorée* vient de dire que *Pompée* n'a pouffé aucun gémiffement. Et comment un *foupir* peut-il étaler tout *Pompée?* *Corneille* a voulu traduire le *feque probat moriens* de *Lucain*. *Il prouve en mourant qu'il eft Pompée.* Ce peu de mots eft vrai, fimple et noble ; mais un *foupir illuftre* n'eft pas tolérable.

V. 83. Sa tête fur les bords de la barque penchée. . . .

Eft-ce la barque ou la tête qui eft penchée ?

V. 84. Par le traître Septime indignement tranchée , Paffe au bout d'une lance en la main d'Achillas.

> *Septimius retegit fciffo velamine vultus*
> *Collaque in obliquo ponit languentia roftro ,*
> *Tunc nervos venafque fecat. . . .*
> *Vindicat hoc Pharius dextrâ géftare fatelles.*

V. 88. On donne à ce héros la mer pour fépulture.

> *Littora Pompeium feriunt , truncufque vadofis*
> *Huc , illuc , jactatur aquis.*

V. 94. Je l'ai vue élever fes triftes mains aux cieux.

On fait bien que des mains ne font point triftes. Cependant cette épithète peut être foufferte en poëfie , et furtout dans cette occafion.

V. 95. Puis cédant auffitôt à la douleur plus forte , Tomber dans fa galère évanouie ou morte.

> . . . . *Interque fuorum*
> *Lapfa manus , rapitur , trepida fugiente carina.*

V. 116. Dans quelque urne chétive en ramaffer la cendre.

Le mot de *chétive* ne pafferait pas aujourd'hui. Il me paraît qu'il fait ici un très-bel effet, par l'oppofition d'une fin fi déplorable, à la grandeur paffée de *Pompée.*

*V.*124. Cléopâtre a de quoi vous mettre tous en poudre.

Cléopâtre a de quoi; on évite aujourd'hui de tels hémif-
tiches. La fituation n'en eft pas moins intéreffante ; rien
n'eft plus grand que ce moment où *Pompée* périt, où
Cornélie fuit, et où *Céfar* arrive.

On évite aujourd'hui ces lieux communs, *mettre en
poudre*, qui n'étaient employés que pour rimer à *foudre*.

*V.*127. Admirons cependant le deftin des grands hommes;
    Plaignons-les, et par eux jugeons ce que nous fommes, &c.

Cela ferait froid en toute autre occafion. On eft peu
touché quand on fe prépare ainfi, quand on s'arrange
pour faire des réflexions. Il vaudrait mieux montrer plus
de fentiment.

*V.*131. Lui que fa Rome a vu plus craint que le tonnerre ,
    Triompher en trois fois des trois parts de la terre.

On voit bien là le miférable efclavage de la rime. Ce
tonnerre n'eft mis que pour rimer à *terre;* on s'eft imaginé ,
grâce à ces malheureufes rimes, fi fouvent rebattues,
qu'il n'y avait que tonnerre et guerre qui puffent rimer
à terre, à caufe des deux *rr* qui fe trouvent dans ces
mots. On n'a pas fait réflexion que ce double *r* ne fe
prononce pas. *Abhorre*, qui a deux *r*, rime très-bien avec
adore et *honore*, qui n'en ont qu'un. L'ufage fait tout,
mais c'eft un ufage bien condamnable de fe donner des
entraves fi ridicules. La rime eft faite pour l'oreille. On
prononce *terre* comme *père , mère;* et puifqu'*abhorre* rime
avec *adore , terre* doit rimer avec *mère*.

*V.*141. Ainfi finit Pompée, et peut-être qu'un jour
    Céfar éprouvera même fort à fon tour.

Cette idée eft fort belle, et d'autant plus convenable
que, le jour même, on confpire contre *Céfar*.

SCENE III.

V. 4. Vous haïffez toujours ce fidelle fujet ? —
Non, mais en liberté je ris de fon projet.

Le fpectateur eft indigné qu'après la mort du grand *Pompée*, dont il eft rempli , *Ptolomée* et *Cléopâtre* s'amufent à parler de *Photin* , et que *Cléopâtre* dife en vers de comédie , qu'elle *rit de fon projet*.

Il faut, autant qu'on le peut, fixer toujours l'attention du public fur les grands objets , et parler peu des petits, mais avec dignité.

Cette froide fcène devient encore moins tragique par les petites ironies du frère et de la fœur.

V. 15. Il en coûte la vie, et la tête à Pompée.

Quand on dit *la vie* , *la tête* eft de trop.

V. 22. Je ferai mes préfens ; n'ayez foin que des vôtres.

Je ferai mes préfens , eft de la dernière indécence, furtout dans la bouche d'une femme galante. *N'ayez foin que des vôtres* , paraît encore plus infupportable quand il s'agit de la tête de *Pompée*.

V. 35. Je connais ma portée et ne prends point le change...
Et je fuis bonne fœur fi vous m'êtes bon frère. —
Vous montrez cependant un peu bien du mépris, &c.

Tout cela eft d'un comique fi froid, que plufieurs perfonnes font étonnées que *Corneille* ait pu paffer fi rapidement du pathétique et du fublime, à ce ftyle bourgeois, et qu'il n'ait point eu quelque ami qui l'ait fait apercevoir de ces difparates. On l'a déjà dit : *Corneille* n'était plus le même quand il n'était plus foutenu par la majefté du fujet; et il ne vivait pas dans un temps où l'on connût encore toutes les bienféances du dialogue, la pureté du ftyle, l'art, auffi néceffaire que difficile, de dire les petites chofes avec une nobleffe élégante. On ne peut trop répéter que la plupart des défauts de *Corneille* font ceux de fon fiècle.

. . . Je fuis bonne fœur fi vous m'êtes bon frère;

vers de comédie et mauvais vers. *Un peu bien du mépris*, n'eft pas français.

S C E N E I V.

V. **1.** J'ai fuivi tes confeils; mais plus je l'ai flattée, Et plus dans l'infolence elle s'eft emportée.

Elle s'eft emportée dans l'infolence, eft un barbarifme et un folécifme. Il faut, *jufqu'à l'infolence elle s'eft emportée.*

V. **4.** Je m'allais emporter dans les extrémités.

On s'emporte à quelque extrémité, et non dans les extrémités. *Ptolomée* doit-il dire qu'il a été tenté de tuer fa fœur? Il me femble qu'au théâtre on ne doit parler de meurtre que dans les grandes paffions, ou dans les grands intérêts, et non pas après une fcène d'ironie et de picoterie.

V. **7.** (Il) l'eût mife en état, malgré tout fon appui, De fe plaindre à Pompée auparavant qu'à lui.

Auparavant qu'à lui, n'eft pas français. Cet adverbe abfolu n'admet aucune relation, aucun régime. Il faut, *avant qu'à lui.*

V. **17.** Et ne permettons pas qu'après tant de bravades, Mon fceptre foit le prix d'une de fes œillades;

eft du ftyle comique. On peut trouver de telles obfervations minutieufes; mais elles font faites pour les étrangers. Il ne faut rien omettre

V. 19. Sire, ne donnez point de prétexte à Céfar,
Pour attacher l'Egypte aux pompes de fon char.

Attacher l'Egypte à des pompes !

V. 23. Enflé de fa victoire et des reffentimens
Qu'une perte pareille imprime aux vrais amans...

Un miniftre d'Etat, et même un fcélérat, qui parle de
vrais amans, et des reffentimens qu'une perte imprime
aux vrais amans !

V. 30. Si Cléopâtre meurt, votre perte eft eertaine...
Pour la perdre avec joie il faut vous conferver.

Cet *avec joie*, eft ridicule : il devait dire pour la perdre
fans vous nuire, pour vous venger avec fureté.

V. 34. Sceptre, s'il faut enfin que ma main t'abandonne,
Paffe, paffe plutôt en celle du vainqueur.

Il faut avoir l'attention d'éviter ces façons de parler,
employées dans le ftyle bas ; *paffe paffe* fait un effet
ridicule.

V. 39. L'amour à fes pareils ne donne point d'ardeur,
Qui ne cède aifément aux foins de leur grandeur.

L'*Amour*, qui donne de l'*ardeur* !

V. 47. Et s'il donnait loifir à des cœurs fi hardis,
De relever du coup dont ils font étourdis.....

On relève de maladie ; on ne relève pas d'un coup.

V. 49. S'il les vainc, s'il parvient où fon défir afpire...

Evitez toujours ces fyllabes rudes et sèches.

V. 57. Remettez en fes mains, trône, fceptre, couronne.

Ce ne font point trois chofes différentes, c'eft la même

idée fous trois diverfes figures ; c'eft un pléonafme, une négligence.

V. pénult. Avec toute ma flotte allons le recevoir ,
    Et par ces vains honneurs féduire fon pouvoir.

Notre langue ne permet guère qu'on applique à des chofes inanimées des verbes qui ne font appropriés qu'à des chofes animées. On féduit un homme ; et , par une métaphore très-jufte , on féduit fa paffion : mais quand on féduit un homme puiffant, ce n'eft pas fon pouvoir qu'on féduit. Cette impropriété de termes eft fouvent ce qui révolte le lecteur, fans qu'il s'aperçoive d'où naît fon dégoût. Les poëtes comme *Boileau* et *Racine*, qui n'emploient jamais que des métaphores juftes, qui écrivent toujours purement, font lus de tout le monde ; et il n'y a pas un feul de leurs vers que les amateurs ne relifent cent fois , et ne fachent par cœur : mais on ne lit des autres que quelques endroits de génie , dont la beauté fupérieure s'élève au-deffus des règles de la fyntaxe et de la correction du ftyle.

ACTE TROISIEME.

SCENE PREMIERE.

Corneille, dans l'examen de *Pompée*, dit qu'on a trouvé mauvais qu'*Achorée* faffe le récit intéreffant qui fuit à une fimple fuivante. Il donne pour réponfe que cette fuivante tient lieu de la reine ; mais , encore une fois , les récits intéreffans ne doivent être faits qu'aux principaux perfonnages. On eft mécontent de voir une fuivante qui dit que fa maîtreffe, *dans fon appartement , de Céfar attend le compliment fans s'en émouvoir.* Ces fcènes inutiles , et par conféquent froides , prouvent que prefque toutes les tragédies françaises sont trop longues. On les appelle des scènes de *remplissage*. Ce mot est leur condamnation.

Vers 1. Oui, tandis que le roi va lui-même en personne
Jusqu'aux pieds de César prosterner sa couronne,
Cléopâtre s'enferme en son appartement.

On ne prosterne point une couronne ; on se prosterne, on dépose une couronne ; on la dépose aux pieds, et non jusqu'aux pieds.

V. 5. Comment nommerez-vous une humeur si hautaine ?

Humeur n'est pas plus noble que *beau présent*.

V. 9. . . . . Elle m'envoie
Savoir à cet abord ce qu'on a vu de joie.

Ce qu'on a vu de joie, ne peut se dire dans le *style tragique*, quoique ce soit une suivante qui parle.

V. 11. Ce qu'à ce beau présent César a témoigné.

Ce beau présent, est comique.

V. 13. S'il traite avec douceur, s'il traite avec empire.

Traite exige un régime ; ce verbe n'est neutre que lorsqu'on parle d'un traiteur.

V. 15. La tête de Pompée a produit des effets
Dont ils n'ont pas sujet d'être fort satisfaits.

Ce dernier vers est un peu de comédie.

V. 21. Ses vaisseaux en bon ordre ont éloigné la ville.

Ont éloigné la ville, est un solécisme. Il fallait, *se sont éloignés de*, ou plutôt une autre expression, un autre tour.

V. 23. Il venait à plein voile, &c.

est un solécisme ; *voile* de vaisseau a toujours été féminin ; *voile* qui couvre, masculin.

V. 25. Sa flotte qu'à l'envi favorifait Neptune,
Avait le vent en poupe ainfi que fa fortune.

N'eft-ce pas là une réflexion inutile, et en même temps trop recherchée ? Pourquoi dire que fon vaiffeau avait le vent en poupe ? pourquoi comparer la fortune de *Céfar* à ce vaiffeau ? quel rapport de ces idées avec la réception dont il s'agit ?

La peinture de l'humiliation de *Ptolomée* eft admirable, parce qu'elle eft-vraie. Celle de la tête de *Pompée*, qui femble s'apprêter à parler, n'eft pas fi vraie. Cela fent le poëte, et dès-lors on n'eft plus fi touché. Un mort n'a pas la vue égarée.

V. 40. Mais avec fix vaiffeaux un des miens la pourfuit.

un des miens, il femble que ce foit un de fes vaiffeaux, et *Ptolomée* entend un de fes officiers. Ces méprifes font affez communes dans notre langue ; il faut y prendre garde foigneufement.

V. 41. A ces mots Achillas découvre cette tête ;
Il femble qu'à parler encore elle s'apprête,
Qu'à ce nouvel affront un refte de chaleur
En fanglots mal formés exhale fa douleur.

. . . . . *Atque os in murmura pulfant
Singultus animæ.*

V. 47. Et fon courroux mourant fait un dernier effort,
Pour reprocher aux dieux fa défaite et fa mort.

Iratamque Deis faciem.

V. 49. Céfar à cet afpect, comme frappé du foudre. . .

Ce n'eft pas un coup de foudre pour *Céfar* que la mort de *Pompée*.

V. 50. Et comme ne fachant que croire, ou que réfoudre...
Nous tient affez long-temps fes fentimens cachés.

Il doit favoir certainement *que croire* en voyant la tête de *Pompée*.

Non primo Cæfar damnavit munera vultu,
. . . . . Vultus, dùm crederet, hæfit.

V. 53. Et je dirai fi j'ofe en faire conjecture. . .

Expreffion un peu triviale.

V. 54. Que par un mouvement commun à la nature
Quelque maligne joie en fon cœur s'élevait,
Dont fa gloire indignée à peine le fauvait.

Quelle peinture et quelle vérité ! que ces grands traits effacent de fautes ! rien n'eft plus beau que cette tirade : elle fait voir en même temps qu'il fallait mettre ce récit intéreffant dans la bouche d'un perfonnage plus important qu'*Achorée*.

V. 64. Examine, choifit, laiffe couler des pleurs, &c.

. . . Lacrymas non fponte cadentes
Effudit :

V. 67. Enfuite il fait ôter ce préfent de fes yeux.

Aufer ab afpectu noftro funefta, fatelles,
Regis dona tui.

V. 75. Met des gardes par-tout, et des ordres fecrets.

Cela eft impropre ; on met des gardes, et on donne des ordres.

V. 81. Je vais bien la ravir avec cette nouvelle.

Vers familier de comédie. *La ravir avec une nouvelle !*

SCENE II.

V. 2. Connaiffez-vous Céfar, de lui parler ainfi, *&c.*

Beaucoup de bons juges ont trouvé que *Céfar* affecte. ici un peu trop de rodomontade, que la véritable grandeur eft plus fimple, que les Romains ne regardaient point le trône comme une infamie, qu'ils avaient au contraire aboli chez eux le nom de roi, comme trop dangereux à Rome ; que les Romains n'avaient aucun mépris pour un roi d'Egypte ; que *Céfar* joue un peu fur le mot ; que quand *Ptolomée* lui dit, *montez au trône*, il veut dire feulement, foyez ici le maître, et non pas, faites-vous couronner roi d'Egypte : qu'enfin *Céfar* répond à un compliment très-raifonnable par des hauteurs qui fentent plus la vanité que la grandeur. Ces critiques peuvent être fondées ; mais peut-être eft-il néceffaire d'enfler un peu la grandeur romaine fur le théâtre, comme on place des figures coloffales dans de vaftes enceintes. Il eft bien certain que quand *Ptolomée* dit à *Céfar : Commandez ici*, il ne lui dit pas, prenez le titre de roi d'Egypte, au lieu de celui d'*imperator*, de *conful*, de *triumvir* ; mais *Céfar* veut humilier *Ptolomée*. Le fpectateur eft charmé de voir ce roi abaiffé et confondu, et les reproches fur la mort de *Pompée* font admirables.

V. 3. Que m'offrirait de pis la fortune ennemie,
　　　　 A moi qui tiens le trône égal à l'infamie ?

Jamais on n'a tenu *le trône égal à l'infamie* ; il n'y a là qu'un faux air de grandeur, et tout faux air eft puéril. *Céfar* tenait fi peu le trône égal à l'infamie, qu'il voulut depuis être reconnu roi. Les Romains craignaient chez eux la royauté ; mais le trône ailleurs n'était point infame.

V. 12. S'il en eût aimé l'offre, il eût fu s'en défendre.

Ce vers n'eſt pas trop intelligible ; le reſte fait un très-bel effet. *Ptolomée* joue là un indigne rôle ; mais on aime à voir un roi abaiſſé devant *Céſar*. Lorſque *Corneille* fait parler *Ptolomée*, les vers font faibles ; *Céſar* s'exprime fortement ; tel était le génie de *Corneille*. Le ſublime de *Céſar* paſſe juſque dans l'ame du lecteur.

V. 22. Vous qui devez reſpect au moindre des Romains.

Cela n'eſt pas vrai, puiſque *Ptolomée* avait des chevaliers romains à ſon ſervice.

V. 23. Ai-je vaincu pour vous dans les champs de Pharſale ?

Ergo in Theſſalicis Pellæo fecimus arvis
Jus gladio ?

V. 27. Moi, qui n'ai jamais pu la ſouffrir à Pompée,
La ſouffrirai-je en vous ſur lui-même uſurpée ?

Non tuleram Magnum mecum Romana regentem :
Te, Ptolomæe, feram ?

V. 32. Ce coûp où vous tranchez du ſouverain de Rome,
Et qui ſur un ſeul chef lui fait bien plus d'affront
Que ſur tant de milliers ne fit le roi de Pont.

Un coup qui fait affront ſur un chef, n'eſt pas élégant.

V. 35. Penſez-vous que j'ignore ou que je diſſimule
Que vous n'auriez pas eu pour moi plus de ſcrupule,
Et que s'il m'eût vaincu, votre eſprit complaiſant
Lui feſait de ma tête un ſemblable préſent ?

. . . . *Nec fallere vos me*
Credite victorem ; nobis quoque iale paratum
Littoris hoſpitium :

Cela eſt beau, parce que cela eſt vrai. Il n'y a là ni décla-mation ni enflure.

V. 39 Grâces à ma victoire on me rend des hommages,
Où ma fuite eût reçu toutes fortes d'outrages.

. . . . *Ne fic mea colla gerantur,*
Theſſaliæ fortuna facit.

V. 49. Ici, dis-je, où ma cour tremble en me regardant,
Où je n'ai point encore agi qu'en commandant. . .

eſt un folécifme ; le *point* eſt de trop.

V. 67. Mais de ce grand Sénat les faintes ordonnances
Euſſent peu fait pour nous, Seigneur, fans vos finances.

Le mot de *finances* n'eſt pas plus fait pour la tragédie
que celui de *caiſſier*.

V. 70. Et, pour en bien parler, nous vous devons le tout ;

Expreſſion trop faible, trop commune. Ne finiſſez
jamais un vers par ces mots, *le tout ;* ils ne font ni harmonieux , ni nobles.
Le tout , eſt du ſtyle de bureau.

V. 72. Juſqu'à ce qu'à vous-même il ait ofé fe prendre.

On ne peut trop remarquer avec quel foin pénible il
faut éviter ce concours de fyllabes dures, dont les auteurs
ne s'aperçoivent pas dans la chaleur de la compoſition.
Juſqu'à ce qu'à, révolte l'oreille : *fe prendre à quelqu'un,*
eſt du difcours familier ; et *s'en prendre*, eſt quelquefois
fort noble. *Répondez du fuccès, ou je m'en prends à vous.* De
plus, *fe prendre* ne fignifie pas attaquer, comme *Corneille*
le prétend ici ; il fignifie le contraire , chercher un appui,
un fecours. En tombant il fe prit à un arbre qui le
garantit. Dans le malheur on fe prend à tout, c'eſt-à-
dire on fe fait une reſſource de tout ce qu'on trouve ;
dans le malheur, *on s'en prend à tout*, fignifie , on accufe
tout, on fe plaint de tout.

V. 73. Mais voyant son pouvoir de vos succès jaloux...

Un pouvoir jaloux d'un succès !

V. 75. Tout beau, que votre haine en son sang assouvie,
N'aille point à sa gloire, il suffit de sa vie.

On a déjà remarqué ailleurs que ce mot familier, *tout beau*, ne doit jamais entrer dans la tragédie.

V. 84. J'ai cru sa mort pour vous un malheur nécessaire,
Et que sa haine injuste augmentant tous les jours...

Et que, n'ayant point été précédé d'un autre *que*, est une faute de grammaire, mais de ces fautes qui cessent de l'être dans la poësie animée.

V. 86. Jusque dans les enfers chercherait du secours.

Les enfers sont ici d'un déclamateur, et non pas d'un homme qui donne de bonnes raisons.

V. 93. Et sans attendre d'ordre en cette occasion,
Mon zèle ardent l'a prise à ma confusion.

Il veut dire mon zèle ardent a pris cette occasion ; mais c'est une expression bien étrange, *j'ai pris cette occasion pour assassiner Pompée.*

V. 103. Vous cherchez, Ptolomée, avecque trop de ruses,
De mauvaises couleurs, et de froides excuses.

Les comédiens disent, *avec de faibles ruses : avecque*, était trop dur.

V. 105. Votre zèle était faux, si seul il redoutait
Ce que le monde entier à pleins vœux souhaitait.

A pleins vœux, ne se dit plus.

V. 107. Et s'il vous a donné ces craintes trop subtiles
Qui m'ôtent tout le fruit de nos guerres civiles,

Où l'honneur feul m'engage, et que pour terminer,
Je ne veux que celui de vaincre, et pardonner.

. . . . *Unica belli*
Præmia civilis, victis donare falutem,
Perdidimus.

Où l'honneur feul m'engage, et que pour, &c. Cela n'éft pas français; il fallait, *guerres où l'honneur m'engage, où je ne veux que vaincre et pardonner, où mes plus grands ennemis,* &c.

V. 115. O combien d'allégreffe une fi trifte guerre
Aurait-elle laiffé deffus toute la terre,
Si l'on eût vu marcher deffus un même char,
Vainqueurs de leur difcorde, et Pompée et Céfar !

Thomas Corneille dans l'édition qu'il fit des œuvres de fon frère, mit, *marcher en même char.* La correction n'eft pas heureufe; ces minuties (on ne peut trop le dire) n'empêchent point un morceau fublime d'être fublime. Il les faut regarder comme des fautes d'orthographe.

V. 121. Vous craigniez ma clémence; ah! n'ayez plus ce foin:
Souhaitez-la plutôt; vous en avez befoin.

Souhaitez-la plutôt, eft fublime; et quoique les vers fuivans étendent peut-être un peu trop cette penfée, ils ne la déparent pas, tant on aime à voir le crime puni et un roi confondu par un romain.

V. 133. Cependant à Pompée élevez des autels, *&c.*

. . . . *Jufto date thura fepulcro*
Et placate caput.

S C E N E I I I.

V. 1. Antoine, avez-vous vu cette reine adorable ? —
Je l'ai vue, ô Céfar! elle eft incomparable.

Après ce difcours noble et vigoureux de *Céfar*, le lecteur eft indigné de voir *Antoine* faire le perfonnage d'entremetteur, et de lui entendre dire, *que cette reine adorable eft incomparable, que fon corps eft fi beau qu'il la voudrait aimer;* ce n'eft pas là *Céfar*, ce n'eft pas là *Antoine:* c'eft un amoureux de comédie qui parle à un valet. On a fubftitué à ce demi-vers, *je l'ai vue, ô Céfar*, cet autre, *oui, feigneur, je l'ai vue. L'incomparable* exigeait plutôt une correction.

V. 3. Le ciel n'a point encor, par de fi doux accords,
Uni tant de vertus aux grâces d'un beau corps.

Par de fi doux accords, hémiftiche d'églogue, qui, joint aux *grâces d'un beau corps,* rend tout ce morceau indigne de la tragédie.

V. 9. Comme a-t-elle reçu les offres de ma flamme?

Au moins il fallait, *comment a-t-elle reçu ?*

V. 12. Elle s'en dit indigne, et croit la mériter.

Madrigal de comédie.

V. 13. En pourrai-je être aimé ?

eft trop comique.

V. 15. . . . . Douter de fes ardeurs,
Vous qui la pouvez mettre au faîte des grandeurs !

eft au-deffous du ftyle de la comédie.

V. 23.

V. 23. Vous ferez fuccéder un efpoir affez doux,
Lorfque vous daignerez lui dire un mot pour vous.

Il faut toujours un régime à *fuccéder.* On *fuccède à.*
Tout cet endroit eft mal écrit.

V. 31. Sitôt qu'ils ont pris port...

expreffion de marin, et non de poëte.

V. 33. Qu'elle entre. Ah, l'importune et fâcheufe nouvelle!

Voici un trait de comédie qui fait un grand tort à la
belle fcène de *Cornélie.* Tout ce que lui dit *Céfar* de noble
et de grand, eft gâté par ce vers fi déplacé. On voit qu'il
voudrait être auprès de fa maîtreffe, qu'il ne fera à
Cornélie que de vains complimens; et cela feul répand
du froid fur la pièce. D'ailleurs, après la mort de *Pompée*,
la tragédie ne roule plus que fur un rendez-vous de
Céfar avec *Cléopâtre*, fur une bonne fortune; tout devient
hors d'œuvre: il n'y a ni nœud, ni intrigue. *Cornélie*
n'arrive que pour déplorer la mort de fon mari; mais
telle eft la beauté de fon rôle, qu'elle foutient prefque
feule la dignité de la pièce.

SCENE IV.

V. 1. ... Allez, Septime, allez vers votre maître;
Céfar ne peut fouffrir la préfence d'un traître,
D'un romain lâche affez pour fervir fous un roi,
Après avoir fervi fous Pompée et fous moi.

Ces quatre vers de *Céfar* à *Septime*, relèvent tout d'un
coup le caractère de *Céfar*, et le rendent digne d'écouter
Cornélie.

V. 5. Céfar, car le deftin qui m'outre et que je brave
Me fait ta prifonnière et non pas ton efclave;

Cornélie doit-elle dire à *Céfar* qu'elle eft fa prifonnière,

Comment. fur Corneille. Tome I.   F f

et non pas son esclave? n'est-ce pas une chose assez reconnue par *César* ? jamais les romains vaincus par des romains ne furent mis dans l'esclavage. Elle se vante d'appeler *César* par son nom , et de ne point l'appeler *seigneur ;* mais le nom de *seigneur* n'était donné à personne ; c'est un terme dont nous nous servons au théâtre français , et dont *Cornélie* abuse : il vient du mot latin *senior* , et nous l'avons adopté pour en faire un titre honorifique. *Cornélie* peut-elle s'excuser de ne pas donner à un romain un titre français ? doit-elle enfin faire remarquer à *César* , qu'elle parle comme tout le monde parlait alors ? n'est-ce pas une petite attention de *Cornélie* , à faire voir qu'elle veut mettre de la grandeur où il n'y a rien que de très-ordinaire ?

Cette affectation , dit le judicieux marquis de *Vauvenargues* , homme trop peu connu et qui a trop peu vécu , cette affectation est le principal défaut de notre théâtre , et l'écueil ordinaire des poëtes.

V. 15. J'ai vu mourir Pompée et ne l'ai pas suivi ;
    Et bien que le moyen m'en aye été ravi,
    Qu'une pitié cruelle à mes douleurs profondes
    M'aye ôté le secours et du fer et des ondes. . .

Aye été pour *ait été.* Cet *aye* à la troisième personne , est un solécisme très-commun. On a mis *ait* dans les dernières éditions. On doit sur-tout remarquer que *Cornélie* devrait commencer par remercier *César* , qui vient de chasser ignominieusement de sa présence *Septime* , l'un des assassins de *Pompée.*

V. 19. Je dois rougir pourtant après un tel malheur
    De n'avoir pu mourir d'un excès de douleur.
    Turpe mori post te solo non posse dolore.

V. 33. Je l'ai porté pour dot chez Pompée et chez Crasse;
    Deux fois du monde entier j'ai causé la disgrâce.
    Bis nocui mundo.

Je l'ai porté pour dot, &c. et ce *bis nocui mundo* n'eſt-il pas un peu chargé d'oſtentation ? pourquoi *Cornélie* a-t-elle fait le malheur du monde ? elle n'entra jamais dans les affaires publiques. C'était une jeune veuve que *Pompée* fut blâmé d'avoir épouſée. Elle eut deux maris malheureux, mais ne fut cauſe du malheur d'aucun.

V. 35. Deux fois de mon hymen le nœud mal aſſorti
A chaſſé tous les Dieux du plus juſte parti.

. . . . *Cunctoſque fugavi*
A cauſa meliore Deos.

V. 37. Heureuſe en mes malheurs, ſi ce triſte hymenée
Pour le bonheur de Rome à Céſar m'eût donnée !
Et ſi j'euſſe avec moi porté dans ta maiſon
D'un aſtre envenimé l'invincible poiſon.

O utinam in thalamos inviſi Cæſaris iſſem
Infelix conjux, et nulli læta marito !

Ce ſouhait d'être la femme de *Céſar*, pour lui porter l'invincible poiſon d'un aſtre, paraît trop recherché. Cela eſt imité de *Lucain*, et n'en paraît pas meilleur : il n'eſt point du tout naturel qu'elle penſe être la cauſe des malheurs de Rome, puiſqu'elle n'a point été la cauſe des guerres civiles. Elle rend grâce aux dieux d'avoir trouvé *Céſar ;* elle lui demande la vengeance de la mort de ſon mari, et elle lui dit en même temps qu'elle voudrait l'épouſer pour le rendre malheureux. De pareils jeux d'eſprit dégraderaient beaucoup le rôle de *Cornélie*, ſi quelque choſe pouvait l'avilir. On pourrait dire que cette entrevue de *Cornélie* et de *Céſar* eſt inutile à l'intrigue de la pièce. Cette tragédie (qui eſt en effet d'un genre particulier, qu'il ferait très-dangereux d'imiter) ſe ſoutient par les beaux morceaux de détail. Il y a des choſes admirables dans ce diſcours de *Cornélie*. Il ferait à ſouhaiter qu'il y eût moins de cette enflure qui eſt contraire à la vraie dignité et à la vraie douleur.

V. 42. Je te l'ai déjà dit, Céfar, je fuis romaine.

Pourquoi le répéter ? parle-t-elle à un autre qu'à un romain ?

V. 51. Et l'on juge aifément au cœur que vous portez,
　　　　Où vous êtes entrée et de qui vous fortez.

C'eft une répétition de ces deux vers qui précèdent :

　　　Certes, vos fentimens font affez reconnaître
　　　Qui vous donna la main et qui vous donna l'être.

En général toute répétition affaiblit l'idée.

V. 69. Alors foulant aux pieds la difcorde et l'envie,
　　　　Je l'euffe conjuré de fe donner la vie, &c.

　　　Ut te complexus, pofitis civilibus armis,
　　　Affectus à te veteres, vitamque rogarem,
　　　Magne, tuam; dignaque fatis mercede laborum
　　　Contentus par effe tibi. Tunc pace fideli
　　　Feciffem, ut victus poffes ignofcere Divis,
　　　Feciffes, ut Roma mihi.

V. 78. Le fort a dérobé cette allégreffe au monde.

　　　Læta dies rapta eft populis.

V. 81. Prenez donc en ces lieux liberté toute entière.

Prenez liberté, eft trop familier, trop trivial, trop du ftyle de la comédie : de plus, on ne prend point liberté.

V. 87. Je vous laiffe à vous-même et vous quitte un moment.

Il eft trifte que *Céfar* finiffe une fi belle fcène par dire, *je vous quitte un moment*, fur-tout après l'avoir commencée en difant, que la vifite de *Cornélie* était très-importante. On fent trop qu'il va voir fa maîtreffe ; et le détail du *digne appartement* acheverait d'affaiblir ce beau morceau, fans l'admirable vers de *Cornélie* qui termine l'acte.

V. 88. Choififfez-lui, Lépide, un digne appartement.

On pouvait fe paffer de ce digne appartement.

V. dern. O Ciel! que de vertus vous me faites haïr!

Me fera-t-il permis de rapporter ici, que mademoifelle de *Lenclos*, preffée de fe rendre aux offres d'un grand feigneur qu'elle n'aimait point, et dont on lui vantait la probité et le mérite, répondit:

O Ciel! que de vertus vous me faites haïr!

C'eft le privilége des beaux vers d'être cités en toute occafion, et c'eft ce qui n'arrive jamais à la profe.

ACTE QUATRIEME.

SCENE PREMIERE.

Vers 5. Il eft mort, et mourant, Sire, il doit vous apprendre
La honte qu'il prévient et qu'il vous faut attendre.

D ANS les éditions fuivantes, au lieu de; *il eft mort, et mourant, &c.* on a mis:

Oui, Seigneur, et fa mort a de quoi vous apprendre, &c.

V. 12. Par adreffe il fe fâche après s'être affuré.

Il faut dire de quoi. S'*affurer*, ne fignifie rien quand il eft fans régime. *Par adreffe il fe fâche*, eft du ftyle comique négligé.

V. 15. Et veut tirer à foi, par un courroux accort,
L'honneur de fa vengeance, et le fruit de fa mort.

Accort, fignifie *conciliant*; il vient d'*accorder*; il ne fignifie pas *feint*. C'eft d'ailleurs un mot qui n'eft plus

Ff 3

en ufage dans le ftyle noble , et on doit regretter qu'il n'y foit plus. *Tirer à foi* , eft bas.

V. 21. Le deftin les aveugle au bord du précipice ;
    Ou fi quelque lumière en leur ame fe gliffe ,
    Cette fauffe clarté , dont il les éblouit,
    Les plonge dans un gouffre, et puis s'évanouit.

Gliffe n'eft pas heureux, mais il eft fi difficile de trouver des termes nobles et convenables , et de les accorder avec la rime , qu'on doit pardonner à ces petites fautes inféparables d'un art dans lequel on éprouve autant d'obftacles qu'on fait de pas.

V. 25. J'ai mal connu Céfar , mais puifqu'en fon eftime
    Un fi rare fervice eft un énorme crime ,
    Sire , il porte en fon flanc de quoi nous en laver.

Eftime fignifie ici *opinion*. C'eft un terme qui n'eft en ufage que dans la marine. L'eftime du pilote veut dire le calcul préfumé.

V. 32. Juftifions fur lui la mort de fon rival ;
    Et notre main alors également trempée,
    Et du fang de Céfar et du fang de Pompée,
    Rome, fans leur donner des titres différens ,
    Se croira par vous feul libre de deux tyrans.

   . . . . . . *Placemus cæde fecunda*
Hefperias gentes. Jugulus mihi Cæfaris hauftus
Hoc præftare poteft , Pompeii cæde nocentes
Ut populus Romanus amet.

V. 37. Oui , oui , ton fentiment enfin eft véritable ;
    C'eft trop craindre celui que j'ai fait redoutable.
    Quid , miferande , times quem tu facis ipfe timendum?

On a corrigé le premier de ces deux vers, et on a mis:

    Oui, par là feulement ma perte eft évitable.

Pourquoi *évitable* n'eſt-il pas en uſage, puiſqu'*inévitable* eſt reçu ? c'eſt une grande bizarrerie des langues, d'admettre le mot compoſé et d'en rejeter la racine.

V. 44. Pompée était mortel, et tu ne l'es pas moins.
>   *Quem metuis, par hujus erat.*

V. 46. Tu n'as, non plus que lui, qu'une ame, et qu'une vie.

Jamais perſonne n'en a eu deux.

V. 47. Et ſon ſort que tu plains, te doit faire penſer
>   Que ton cœur eſt ſenſible et qu'on péut le percer.

C'eſt une équivoque. Le mot *ſenſible* eſt pris ici au phyſique. *Ptolomée* entend que *Céſar* n'eſt pas invulnérable ; jamais le mot *ſenſible* ne ſouffre cette acception : de plus, cette penſée eſt trop répétée, trop délayée. Il ne faut jamais rien ajoûter quand on a dit aſſez.

V. 51. C'eſt à moi de punir ta cruelle douceur. . .
>   Je n'abandonne plus ma vie et ma puiſſance
>   Au haſard de ſa haine, ou de ton inconſtance.

Il veut dire, *au caprice* ; *haſard* n'eſt pas le mot propre.

V. 69. Nous pouvons beaucoup, Sire, en l'état où nous ſommes ;
>   A deux milles d'ici vous avez ſix mille hommes.

Il ne faut jamais être ampoulé, mais il faut éviter ces expreſſions de gazette, et ces tours languiſſans qui ne ſervent qu'à la rime, comme, *en l'état où nous ſommes.*

V. 77. Car contre ſa fortune aller à force ouverte,
>   Ce ſerait trop courir vous-même à votre perte.

Car contre, eſt trop rude. C'eſt une petite remarque, mais il ne faut rien négliger.

V. 79. Il nous le faut ſurprendre au milieu du feſtin,
>   Enivré des douceurs de l'amour et du vin.

Plenum epulis , madidumque mero , venerique paratum
Invenies.

De l'amour et du vin, ces expreffions ne font permifes
que dans une chanfon ; il faut chercher des tours qui
ennobliffent ces idées : c'eft-là le grand mérite de *Racine*.

V. 81. Tout le peuple eft pour nous. Tantôt à fon entrée
J'ai remarqué l'horreur qu'il a foudain montrée ,
Lorfqu'avec tant de fafte il 'a vû fes faifceaux
Marcher arrogamment et braver nos drapeaux.

Sed fremitu vulgi fafces et figna querentis
Inferri Romana fuis , difcordia fenfit
Pectora.

V. 95. Les gens de Cornélie, &c.

Cette expreffion ne doit jamais entrer dans la tragédie.

V. 104. Pour de ce grand·deffein affurer le fuccès.

Cette inverfion eft trop rude , et il n'eft pas permis de
mettre ainfi une prépofition à côté de l'article *de*. *Pour*
de lui me fervir, et d'elle me défaire ; cela n'eft toléré tout au
plus que dans le ftyle plaifant qu'on appelle marotique.

V. 105. Mais voici Cléopâtre , agiffez avec feinte ,
Sire , et ne lui montrez que faibleffe et que crainte.

Ce confeil achève d'avilir le roi.

SCENE II.

Cette fcène met le comble au caractère méprifable de
Ptolomée. On ne s'intéreffe ni à lui , ni à *Cléopâtre* ; on fe
foucie peu que *Ptolomée* ait vécu dans la gloire *où vivaient*
fes pareils , et qu'il demande la grâce de *Photin* ; mais le
plus grand·défaut , c'eft qu'à ce quatrième acte une
nouvelle pièce commence. Il s'agiffait d'abord de la mort

de *Pompée* ; on veut actuellement affaffiner *Céfar*, parce qu'on craint qu'il ne faffe mettre en croix les miniftres du roi. Le péril même de *Céfar* n'eft pas affez grand pour que cette nouvelle tragédie intéreffe. Ce n'eft point comme dans *Cinna*, où les mefures des conjurés font bien prifes ; on ne craint ici pour perfonne, on ne s'intéreffe à perfonne ; la baffeffe du roi révolte l'efprit, les amours de *Cléopâtre* glacent le cœur, et les ironies de *Ptolomée* dégoûtent.

V. 3. Vous êtes généreufe, et j'avais attendu
Cet office de fœur que vous m'avez rendu.
Mais cet illuftre amant vous a bientôt quittée.

Eft-ce de l'ironie ? parle-t-il férieufement ?

V. 6. Sur quelque brouillerie en la ville excitée. . . .

Brouillerie, ce mot trop familier ne doit jamais entrer dans la tragédie.

V. 7. Il a voulu lui-même apaifer les débats,
Qu'avec nos citoyens ont pris quelques foldats.

Cela n'eft pas français ; on dit, *prendre querelle*, et non *prendre débat*.

V. 15. Ainfi que la naiffance ils ont les efprits bas.

Le mot *efprit* en ce fens ne peut guère être employé au pluriel. Il fallait *le cœur bas*, pour la régularité ; et il faut un autre tour pour l'élégance. On pourrait dire, *il n'y eut jamais des cœurs plus durs et des efprits plus bas*, mais non, *ils ont les efprits bas*.

V. 33. Je vous ai maltraitée, et vous êtes fi bonne
Que vous me confervez la vie et la couronne.

Eft-ce de l'ironie ? mais foit qu'il raille, foit qu'il parle férieufement, il s'exprime en termes bien bas ou du moins bien familiers.

V. 35. Vainquez-vous tout-à-fait, &c. . . .

et plus bas :

.　.　.　.　.　.　. Mais il a su gauchir.

Et tournant le discours sur une autre matière, &c.

Toutes expressions qu'on doit éviter ; elles sont trop familières , trop comiques.

V. 45. .　.　.　.　.　.　. César cherche à vous plaire ;

Vous pouvez d'un coup d'œil désarmer sa colère.

Rien n'est plus petit et plus désagréable au théâtre qu'un roi qui prie sa sœur d'intercéder auprès de son amant pour qu'on ne perde pas ses ministres.

S C E N E I I I.

L'amour régna toujours sur le théâtre de France dans les pièces qui précédèrent celles de *Corneille* , et dans les siennes. Mais , si vous en exceptez les scènes de *Chimène* , il ne fut jamais traité comme il doit l'être. Ce ne fut point une passion violente, suivie de crimes et de remords ; il ne déchira point le cœur , il n'arracha point de larmes. Ce ne fut guère que dans le cinquième acte d'*Andromaque* , et dans le rôle de *Phèdre* , que *Racine* apprit à l'Europe comment cette terrible passion, la plus théâtrale de toutes, doit être traitée. On ne connut long-temps que de fades conversations amoureuses , et jamais les fureurs de l'amour.

Cette scène de *César* et de *Cléopâtre* , est un des plus grands exemples du ridicule auquel les mauvais romans avaient accoutumé notre nation. Il n'y a presque pas un vers dans cette scène de *César* , qui ne fasse souhaiter au lecteur que *Corneille* eût en effet secoué ce joug de l'habitude qui le forçait à faire parler d'amour tous ses héros. *Ce moment qu'il l'a quittée — a d'un trouble plus grand son ame agitée — que tout le tumulte et le trouble excité dans la ville. Mais il pardonne à ce tumulte en faveur du simple souvenir du bonheur dont il a une haute espérance, qui le flatte d'une illustre apparence. Il n'est pas tout-à-fait indigne des feux de Cléopâtre, et il en peut prétendre une haute conquête, n'ayant que les dieux au-dessus de sa tête. Son bras ambitieux a combattu dans Pharsale, non pas pour vaincre Pompée, mais pour mériter Cléopâtre. Ce sont ses divins appas qui enflaient le courage de César ; ce sont ses beaux yeux qui ont gagné la bataille.*

La pureté de la langue est aussi blessée que le bon goût dans toute cette tirade. Le reste de la scène enchérit encore sur ces défauts ; il veut que cette *ingrate* de Rome prie *Cléopâtre* de se livrer à lui, et d'en avoir des enfans. Il ne voit que ce chaste amour; *mais las ! contre son feu, son feu le sollicite*, &c.

Ne perdons point de vue que les héros ne parlaient point autrement dans ce temps-là ; et même lorsque *Racine* donna son *Alexandre*, il lui fit tenir les mêmes discours à *Cléophile ;* les vers étaient plus purs à la vérité, mais *Alexandre* n'en était pas moins avili. Pardonnons à *Corneille* de ne s'être pas toujours élevé au-dessus de son siècle. Imputons à nos romans ces défauts du théâtre, et plaignons le plus beau génie qu'eût la France, d'avoir été asservi aux plus ridicules usages.

> Gardez-vous de donner, ainsi que dans Clélie,
> L'air et l'esprit français à l'antique Italie,
> Et sous des noms romains fesant notre portrait,
> Peindre Caton galant et César dameret.

V. 1. Reine, tout est paisible, et la ville calmée,
> Qu'un trouble assez léger avait trop alarmée,
> N'a plus à redouter le divorce intestin
> Du soldat insolent et du peuple mutin.

Divorce intestin, expression impropre et désagréable.

V. 36. Et vos beaux yeux enfin m'ayant fait soupirer,
> Pour faire que votre ame avec gloire y réponde,
> M'ont rendu le premier, et de Rome, et du monde.

C'eſt ce glorieux titre, à préſent effectif,
Que je viens ennoblir par celui de captif.

Ce glorieux titre à préſent effectif, &c. C'eſt un mauvais vers de comédie, et l'eſprit de *Cléopâtre* que *Céſar* prie d'eſtimer le titre de premier du monde, et de permettre celui de captif, eſt une choſe intolérable.

V. 43. Je fais ce que je dois au ſouverain bonheur
Dont me comble et m'accable un tel excès d'honneur.

Elle doit à *Céſar*, et non au ſouverain bonheur cet excès d'honneur qui comble et accable.

V. 45. Je ne vous tiendrai plus mes paſſions ſecrètes.

On ne dit point *paſſions* au pluriel, pour ſignifier *mon amour*.

V. 55. Ce ſceptre par vos mains dans les miennes remis,
A mes vœux innocens ſont autant d'ennemis.

Cela n'eſt pas français; on n'eſt pas ennemi *à*, mais ennemi *de*.

V. 59. Et ſi Rome eſt encor telle qu'auparavant,
Le trône où je me ſieds m'abaiſſe en m'élevant.

Elle veut dire, *ſi Rome perſévère dans ſon horreur pour le trône;* mais *telle qu'auparavant,* eſt trop profaïque.

V. 71. Votre bras dans Pharſale a fait de plus grands coups.

Un bras qui fait de grands coups ! quelle expreſſion! elle eſt digne du rôle de *Cléopâtre.* Faut-il que le très-mauvais ſoit à tout moment à côté du très-bon! Mais ce très-bon n'appartenait qu'à *Corneille*, et le très-mauvais appartenait à tous les auteurs de ſon temps juſqu'à ce que l'inimitable *Racine* parût.

V. 79. Et vos yeux la verront par un ſuperbe accueil
Immoler à vos pieds ſa haine et ſon orgueil.

Par un ſuperbe accueil, veut dire ici, *réception favorable;*

mais *immoler fon orgueil par un fuperbe accueil*, n'eft pas une expreffion élégante et jufte.

V. 81. Encore une défaite, et dans Alexandrie
   Je veux que cette ingrate en ma faveur vous prie.

Cette ingrate de Rome qui *prie dans Alexandrie!* et dont un jufte *refpect conduit les regards!* On voit combien ce ftyle eft forcé.

V. 86. C'eft le fruit que j'attends des lauriers qui m'attendent.

Ce n'eft pas là que la répétition a de l'énergie et de la grâce.

V. 93. Permettez cependant qu'à ces douces amorces
   Je prenne un nouveau cœur et de nouvelles forces.

Céfar qui prend un nouveau cœur à ces douces amorces, quelles expreffions !

V. 95. Pour faire dire encore aux peuples pleins d'effroi,
   Que venir, voir, et vaincre, eft même chofe en moi.

Il faudrait *pour moi*; mais ce qui eft bien plus à obferver, c'eft qu'on fait dire à *Céfar*, par un orgueil révoltant, ce qu'il dit en effet par modeftie dans la guerre contre *Pharnace. Veni, vidi, vici*, ne fignifiait que le peu de peine qu'il avait eu contre un ennemi prefque fans défenfe. Voyez les Commentaires de *Céfar*. Jamais grand homme ne fut plus modefte. La grandeur romaine, encore une fois, ne confifta jamais dans de vaines paroles, dans des difcours emphatiques ; elle ne fut jamais bourfouflée. Des actions fermes, et des paroles fimples, Voilà le vrai caractère des anciens Romains. Nous y avons été fouvent trompés : on a pris plus d'une fois des difcours de capitan pour des difcours de héros.

V. 105. Faites grâce, Seigneur, on fouffrez que j'en faffe,
   Et montre à tous par là que j'ai repris ma place.

Jamais dans la poëſie on ne doit employer *par là*, *par ici*, ſi ce n'eſt dans le ſtyle comique.

V.107. Achillas et Photin ſont gens à dédaigner.

Ce mot *gens*, ne doit jamais entrer dans le ſtyle noble. On voit par le grand nombre de ces expreſſions vicieuſes, combien l'art de la poëſie eſt difficile.

V.113. Ne vous donnez ſur moi qu'un pouvoir légitime,
            Et ne me rendez point complice de leur crime.

Je reconnais là le véritable *Céſar*, et c'était ſur ce ton qu'il devait toujours parler.

V.115. C'eſt beaucoup que pour vous j'oſe épargner le roi.

Que j'oſe épargner, n'eſt pas le mot propre, c'eſt, *que je daigne épargner*.

SCENE IV.

V. 1. . . . . Céſar, prends garde à toi.

Que cette ſcène répare bien la précédente! Que cette généroſité de *Cornélie* élève l'ame! ce n'eſt point de la terreur et de la pitié, mais c'eſt de l'admiration. *Corneille* eſt le premier de tous les tragiques du monde qui ait excité ce ſentiment, et qui en ait fait la baſe de la tragédie. Quand l'admiration ſe joint à la pitié et à la terreur, l'art eſt pouſſé alors au plus haut point où l'eſprit puiſſe atteindre. L'admiration ſeule paſſe trop vîte. *Boileau* dit :

Inventez des reſſorts qui puiſſent m'attacher.

Que ceux qui travaillent pour la ſcène tragique aient toujours ce précepte gravé dans leur mémoire.

V. 12. Mettant leur haine bas. . . . .

Mettre bas, ne ſe dit plus, comme on l'a déjà obſervé, et n'a jamais été un terme noble.

V. 14. Quoi que la perfidie ait ofé fur fa trame,
   Il vit encore en vous.

On dit bien , *la trame de la vie.* Cela eft pris de la fable allégorique des parques : mais comme on ne dirait pas *le fil de Pompée ,* on ne doit point dire non plus *la trame de Pompée ,* pour fignifier fa vie.

V. 26. Mais avec cette foif que j'ai de ta ruine,
   Je me jette au-devant du coup qui t'affaffine.

Plufieurs critiques prétendent que *Cornélie* en dit trop, qu'elle ne doit point montrer tant de *foif* de la ruine d'un homme qui vient de venger fon époux ; qu'elle retourne ce fentiment en trop de manières ; que la grandeur vraie ou apparente de ce fentiment eft affaiblie par trop de déclamation, et par trop de fentences ; qu'elle ne devrait pas même dire à *Céfar, le fang de mon époux a rompu tout commerce entre nous ,* parce qu'il femble par ces mots que *Céfar* ait tué *Pompée.*

Je crois qu'il eft important de remarquer, que fi *Cornélie* s'était réduite, dans une pareille fcène, à parler feulement avec la bienféance de fa fituation. c'eft-à-dire, à ne pas trop menacer un homme tel que *Céfar ,* à ne fe pas mettre au-deffus de lui ; en un mot, fi elle n'eût dit que ce qu'elle devait dire , la fcène eût été un peu froide. Il faut peut-être dans ces occafions aller un peu au-delà de la vérité. Une critique très-jufte , c'eft que tous ces difcours de vengeance font inutiles à la pièce.

V. 40. Quelque efpoir qui d'ailleurs me l'ofe ou puiffe offrir,
   Ma jufte impatience aurait trop à fouffrir.

Un efpoir qui ofe offrir , et cette alternative d'*ofe* ou *puiffe ,* ne font ni convenables ni juftes.

V. 44. Je n'irai point chercher fur les bords africains
   Le foudre fouhaité que je vois en tes mains ; *&c.*

Il y avait d'abord, *le foudre puniffeur : puniffeur* était

un beau terme qui manquait à notre langue. *Puni* doit fournir *puniſſeur*, comme *vengé* fournit *vengeur*. J'oſe ſouhaiter, encore une fois, qu'on eût conſervé la plupart de ces termes qui feſaient un ſi bel effet du temps de *Corneille* ; mais il a mis lui-même à la place, *le foudre ſouhaité*, épithète qui eſt bien plus faible.

En tes mains. Comment ce foudre ſouhaité contre *Céſar* eſt-il dans les mains de *Céſar?* quelques éditions portent, *en ſes mains* ; mais *en ſes mains*, ne ſe rapporte à rien.

V. 46.   La tête qu'il menace en doit être frappée ;
　　　　J'ai pu donner la tienne au lieu d'elle à Pompée.

On ne voit pas d'abord à quoi ſe rapporte cet *au lieu d'elle.* C'eſt à *Ptolomée.*

V. 52.   Rome le veut ainſi : ſon adorable front
　　　　Aurait de quoi rougir d'un trop honteux affront....

L'adorable front de Rome qui rougirait! Eſt-ce ainſi que doit s'exprimer la noble douleur d'une femme profondément affligée ? cela n'eſt-il pas un peu trop recherché ?

V. 60.   Comme autre qu'un romain n'a pu l'aſſujettir,
　　　　Autre auſſi qu'un romain ne l'en doit garantir.

Cette antithèſe, ce raiſonnement, ces expreſſions ne ſont-elles pas encore moins naturelles ?

V. 63.   Au lieu d'un châtiment ta mort ferait un crime ;
　　　　Et ſans que tes pareils en conçûſſent d'effroi,
　　　　L'exemple que tu dois périrait avec toi.

　　　In ſcelus it Pharium Romani pœna tyranni,
　　　Exemplumque perit.

V. 68. . . . . Adieu, tu peux
　　　　Te vanter qu'une fois j'ai fait pour toi des vœux.

Ces derniers vers que prononce *Cornélie* frappent d'admiration ; et quand ce couplet eſt bien récité, il eſt
　　　　　　　　　　　　　　　　toujours

toujours fuivi d'applaudiffemens. Quelques perfonnes ont prétendu que ces mots, *tu peux te vanter*, ne conviennent pas, qu'ils contiennent une efpèce d'ironie, que c'eft affecter fur *Céfar* une fupériorité qu'une femme ne peut avoir. On a remarqué que cette tirade, et toutes celles dans lefquelles la hauteur eft pouffée au-delà des bornes, fefaient toujours moins d'effet à la cour qu'à la ville. C'eft peut-être qu'à la cour on avait plus de connaiffance et plus d'ufage de la manière dont les perfonnes du premier rang s'expriment; et que dans le parterre on aime les bravades, on fe plaît à voir la puiffance abaiffée par la grandeur d'ame. On croit que la veuve de *Pompée* devait parler comme *Brutus* et *Caton;* et les grands fentimens de *Cornélie* font oublier combien les menaces d'une femme font peu de chofe aux yeux de *Céfar;* et peut-être même ces menaces font-elles un peu déplacées envers un homme qui venge *Pompée*, et à qui *Cornélie* ne doit que des remercîmens.

SCENE V.

V. 7. Leur rage pour l'abattre attaque mon foutien,
  Et par votre trépas cherche un paffage au mien.

Cléopâtre fonge ici plus à elle qu'au péril de *Céfar.* On ne cherche point *un paffage au trépas, par un autre trépas.* Cette fcène eft fans intérêt; il ne s'agit guère que d'*Achillas* et de *Photin.* Il eft trifte que l'acte finiffe fi froidement.

V. 13. Oui, je me fouviendrai que ce cœur magnanime
  Au bonheur de fon fang veut pardonner fon crime.

Ce dernier vers eft trop obfcur. *Céfar* veut dire que *Ptolomée* eft heureux d'être frère de *Cléopâtre*, et qu'il fera épargné; mais *pardonner un crime au bonheur d'un fang*, n'eft pas intelligible.

ACTE CINQUIEME.

SCENE PREMIERE.

Par quel art une fcène inutile eft-elle fi belle ? *Cornélie* a déjà dit fur la mort de *Pompée* tout ce qu'elle devait dire. Que les cendres de *Pompée* foient enfermées dans une urne ou non, c'eft une chofe abfolument indifférente à la conftruction de la pièce ; cette urne ne fait ni le nœud, ni le dénouement. Retranchez cette fcène ; la tragédie (fi c'en eft une) marche tout de même : mais *Cornélie* dit de fi belles chofes, *Philippe* fait parler *Céfar* d'une manière fi noble, le nom feul de *Pompée* fait une telle impreffion, que cette fcène même foutient le cinquième acte, qui eft affez languiffant. Ce qui dans les règles févères de la tragédie eft un véritable défaut, devient ici une beauté frappante par les détails, par les beaux vers.

Vers 1. Mes yeux, puis-je vous croire, et n'eft-ce point un fonge,
Qui fur mes triftes vœux a formé ce menfonge ?

Il eft trifte dans notre poëfie, que *fonge* faffe toujours attendre la rime de *menfonge*. Un *menfonge* formé fur des vœux n'eft pas intelligible, n'eft pas français.

V. 6. O vous, à ma douleur objet terrible et tendre !

Tendre à ma douleur, ne peut fe dire ; et cependant ce vers eft beau ; c'eft qu'il eft plein de fentiment, c'eft qu'il eft compofé comme les bons vers doivent l'être, d'un affemblage harmonieux de confonnes et de voyelles. Ce morceau, qui eft un peu de déclamation, ferait déplacé dans le premier moment où *Cornélie* apprend la mort de fon époux : mais après les premiers tranfports de la

douleur, on peut donner plus de liberté à ses sentimens. Peut-être ne devrait-elle pas dire, *ma divinité
seule*, &c. car est-ce à une femme vertueuse à blasphémer
les dieux ?

Garnier, du temps de *Henri III*, fit paraître *Cornélie*
tenant en main l'urne de *Pompée*. Elle dit :

> O douce et chère cendre ! ô cendre déplorable !
> Qu'avecque vous ne suis-je, ô femme misérable !

C'est la même idée, mais elle est grossièrement rendue
dans *Garnier*, et admirablement dans *Corneille*. L'expression fait la poësie.

V. 23. Et je n'entrerai point dans tes murs désolés,
Que le prêtre et le dieu ne lui soient immolés.

Peut-être, *le prêtre et le dieu*, sont peu convenables
à la vraie douleur. Elle a dit que la cendre de *Pompée* est
son seul *dieu*, et puis elle dit que *César* est le *dieu*, et
Ptolomée le *prêtre*. Tout cela est-il bien conséquent ? peut-
être encore ce sentiment serait plus digne de *Cornélie*, si
elle ignorait avec quelle grandeur d'ame *César* a promis
de venger la mort de *Pompée*. N'est-on pas un peu fâché
que *Cornélie* ne parle que de faire tuer *César* ? Ce sont des
nuances délicates que les connaisseurs aperçoivent sans
en approuver moins la force et la fierté du pinceau de
l'auteur.

V. 26. O cendres ! mon espoir aussi-bien que ma peine.

C'est la répétition de ce vers, *objet terrible et tendre* ;
mais *aussi-bien que ma peine*, affaiblit encore cette répétition ; et *des cendres qui versent ce qu'un cœur ressent*, ne
sont pas une image naturelle.

V. 29. Toi qui l'as honoré, sur cette infame rive,
D'une flamme pieuse autant comme chétive ;

n'est ni français ni noble. On ne dit point, *autant comme*,

mais *autant que*. Ce mot de *chétive* a été heureusement
employé au second acte ; *dans quelque urne chétive en
ramasser la cendre*. Le même terme peut faire un bon et
un mauvais effet, selon la place où il est. Une urne
chétive qui contient la cendre du grand *Pompée* présente
à l'esprit un contraste attendrissant : mais une flamme
n'est point chétive. Ces deux vers que *Philippe* met dans
la bouche de *César* :

> Restes d'un demi-dieu dont à peine je puis
> Egaler le grand nom, tout vainqueur que j'en suis ;

font d'un sublime si touchant, qu'on dit avec raison que
Corneille, dans ses bonnes pièces, fesait quelquefois
parler les Romains mieux qu'ils ne parlaient eux-mêmes.

V. 49. Et n'y voyant qu'un tronc dont la tête est coupée,
A cette triste marque il reconnaît Pompée.

Una nota est Magno capitis jactura revulsi.

V. 85. O soupirs ! ô respect ! ô qu'il est doux de plaindre
Le sort d'un ennemi quand il n'est plus à craindre !

Ces beaux vers font un très-grand effet, parce que la
maxime est courte, et qu'elle est en sentiment. Peut-être
Cornélie est toujours trop occupée de rabaisser le mérite de
César. Elle doit savoir que *César* a parlé de punir le meurtre
de *Pompée* en arrivant en Egypte, et avant que *Ptolomée*
conspirât contre lui ; mais que ne pardonne-t-on point à
la veuve de *Pompée* gémissante !

Les curieux ne seront pas fâchés de savoir que *Garnier*
avait donné les mêmes sentimens à *Cornélie*. *Philippe* lui
dit :

> César plora sa mort.

Cornélie répond :

> Il plora mort celui
> Qu'il n'eût voulu souffrir être vif comme lui.

V. 95. Pour grand qu'en foit le prix, fon péril en rabat.

Pour grand ne fe dit plus. *Son péril en rabat,* eft trop familier.

V. 101. Si comme par foi-même un grand cœur juge un autre,
Je n'aimais mieux juger fa vertu par la nôtre ;

Par la nôtre, gâte un peu ce dernier vers. On ne dit, *nous et nôtre,* en parlant de foi, que dans un édit; et fi *Cornélie* juge *Céfar* fi vertueux, fi généreux, il femble qu'elle aurait dû fouhaiter un peu moins fa mort. Elle ne paraît pas toujours d'accord avec elle-même.

V. 103. Et croire que nous feuls armons ce combattant,
Parce qu'au point qu'il eft j'en voudrais faire autant.

Au point qu'il eft, ne fe dit plus.

SCENE II.

Après cette fcène de *Cornélie,* qui eft un chef-d'œuvre de génie, on eft fâché de voir celle-ci. Quand le fujet baiffe, l'auteur baiffe néceffairement ; et *Cléopâtre* n'eft pas digne de parler à *Cornélie.* Ces fcènes d'ailleurs ne fervent ni au nœud ni au dénouement. Ce font des entretiens, et non pas des fcènes.

V. 1. Je ne viens pas ici pour troubler une plainte
Trop jufte à la douleur dont vous êtes atteinte.

Jufte à la douleur, n'eft pas français; il fallait, *permife à la douleur.*

V. 20. Vous êtes fatisfaite, et je ne la fuis pas.

On fait aujourd'hui qu'il faut, *je ne le fuis pas;* ce *le* eft neutre. Etes-vous fatisfaites? nous *le* fommes, et non pas, nous *les* fommes.

V. 25. L'ardeur de le venger dans mon ame allumée,

L'ardeur de le venger, ne se rapporte à rien ; elle veut dire *Pompée* : mais ce régime est trop éloigné.

V. 26. En attendant Céfar, demande Ptolomée.

Pourquoi tant répéter qu'elle veut la tête de *Céfar*, le vengeur de son mari ? que dirait-elle de plus s'il en était l'assassin ? *Pompée* lui-même eût-il demandé la tête de *Céfar* ? est-ce ainsi qu'on doit traiter le plus généreux des vainqueurs ? Ce sentiment eût été lâche dans *Pompée* ; pourquoi serait-il beau dans *Cornélie* ?

V. 32. Par la main l'un de l'autre ils périront tous deux.

Encore des souhaits pour la mort de *Céfar* ! qu'un sentiment contraire serait plus noble !

V. 37. Le ciel sur nos souhaits ne règle pas les choses ;

est trop prosaïque.

V. 38. Le ciel règle souvent les effets sur les causes.

est trop didactique ; et tous ces discours sont de plus très-inutiles.

V. 45. Chacune a son sujet d'aigreur ou de tendresse ;

est trop du style de la comédie.

S C E N E I I I.

V. 5. Aussitôt que Céfar eut su la perfidie. . . .

Il faut, *a su la perfidie.*

V. 6. Ah ! ce n'est pas ces soins que je veux qu'on me die.

Die était en usage ; mais on ne dit pas *des soins* ; cela n'est pas français.

V. 7. Je fais qu'il fit trancher et clorre ce conduit
Par où ce grand fecours devait être introduit.

Il faut, *qu'il a fait trancher*, parce que la chofe s'eft paffée aujourd'hui.

Si *Ptolomée* avait pu intéreffer, ce qui était prefque impoffible, le récit de fa mort pourrait émouvoir ; mais ce récit eft auffi froid que fon rôle. La pièce d'ailleurs eft finie, quand *Ptolomée* eft mort, tout le refte n'eft qu'une *fuperftructure* inutile à l'édifice.

Toute la petite difpute entre *Cornélie* et *Cléopâtre* eft très-froide, par cette raifon-là même que *Ptolomée* n'intéreffe point du tout.

V. 24. Du moins Céfar l'eût fait s'il l'avait confenti.

Ce verbe alors gouvernait l'accufatif comme le datif. On confent aujourd'hui à une chofe , on ne la confent pas. *Corneille* mit depuis ,

Il faudrait qu'à nos vœux il eût mieux confenti.

V. 29. Mais il eft mort, Madame, avec toutes les marques
Dont éclatent les morts des plus dignes monarques.

Mourir avec toutes les marques dont les morts des plus dignes monarques éclatent !

V. 41. Son efprit alarmé les croit un artifice
Pour réferver fa tête aux hontes du fupplice.

On ne dit point les *hontes ;* et il n'eft pas trop vraifemblable que *Ptolomée* craignît que l'amant de fa fœur le fît mourir par la main du bourreau. Il fallait donner un plus noble motif à fon courage.

Gg 4

SCENE IV.

V. 1. Céfar, tiens-moi parole, et me rends mes galères.

Il eft évident que *Cornélie* qui redemande fes galères, eft abfolument inutile. La pièce eft finie, et ces galères ne font point le fujet de la tragédie.

V. 3. Leur roi n'a pu jouir de ton cœur adouci ;

Il veut dire, *n'a pu profiter de la clémence de Céfar;* mais *jouir du cœur de Céfar*, eft une expreffion impropre.

V. 4. Et Pompée eft vengé ce qu'il peut l'être ici.

N'eft-ce pas dommage que cette expreffion ait entièrement vieilli ? on dirait aujourd'hui, *autant qu'il peut l'être;* mais *ce qu'il peut l'être* n'eft-il pas plus énergique ?

V. 5. Je n'y puis plus rien voir qu'un funefte rivage...
Ta nouvelle victoire, et le bruit éclatant
Qu'aux changemens du roi pouffe un peuple inconftant.

C'eft fans doute une faute d'impreffion ; on doit lire, *aux changemens de rois.* Mais *un peuple qui pouffe un bruit,* eft un barbarifme.

V. 12. Et fouffre que ma haine agiffe en liberté.

Elle parle toujours de fa *haine* quand elle ne devrait parler que de fa reconnaiffance.

V. 14. Vois l'urne de Pompée, il y manque fa tête.

La tête pour rejoindre à l'urne eft un acceffoire qui, ne pouvant être refufé, ne mérite peut-être pas d'être demandé; c'eft une circonftance étrangère, et les complimens de *Céfar* paraiffent fuperflus quand l'action eft entièrement finie.

V. 21. Qu'un bûcher allumé par ma main et la vôtre,
Le venge pleinement de la honte de l'autre.

On ne voit pas à quoi se rapporte cet *autre*. Il veut dire apparemment *l'autre bûcher*.

V. 30. Il ne recevra point d'honneurs que légitimes ;

est trop dur et trop négligé.

V. 33. Faites un peu de force à votre impatience ;

n'est pas français. Il faut, ou, *modérez votre impatience*, ou, *mettez un frein à votre impatience*, ou quelque autre tour.

V. 37. Il faut que ta défaite et que tes funérailles
A cette cendre aimée en ouvrent les murailles.

On se lasse à la fin d'entendre *Cornélie* qui demande toujours les *funérailles* de *Céfar*, et qui le lui dit en face. *Quid deceat, quid non.*

V. 39. Et, quoiqu'elle la tienne aussi chère que moi,
Elle n'y doit rentrer qu'en triomphant de toi.

Ces vers déparent la beauté et l'harmonie des autres ; c'est à quoi il faut toujours prendre garde. Voyez que ces deux *elle* font un mauvais effet, parce que l'une se rapporte à Rome, et l'autre à la cendre de *Pompée*, fans que la construction indique ces rapports nécessaires. Voyez combien ce vers est rude, *et quoiqu'elle la tienne aussi chère que....*

Tout vers qui n'est pas aussi harmonieux qu'exact et correct doit être banni de la poësie ; voilà pourquoi il est si prodigieusement difficile d'en faire de bons dans toutes les langues, et fur-tout dans la nôtre.

V. 49. Je veux que de ma haine ils reçoivent des règles,
Qu'ils fuivent au combat des urnes au lieu d'aigles.

Cela est trop impropre et trop vicieux. Qu'est-ce

qu'une *haine qui donne des règles à des aigles ?* que ce vers affaiblit le précédent qui eſt admirable ! de plus , faut-il que *Cornélie* parle toujours à *Céſar* de ſa haine pour lui ? il ſerait bien plus beau, à mon gré , de lui dire qu'elle ſera toujours ſon ennemie ſans pouvoir haïr un ſi grand homme.

V. 56. Mais ne préſume pas par là toucher mon cœur.

Cela ſerait bon ſi *Céſar* avait tâché de l'engager à ſuivre ſon parti; mais il n'y a jamais penſé, il n'a pas dit à *Cornélie* un ſeul mot qui pût lui donner cette préſomption.

V. 61. Je t'avoûrai pourtant , comme vraiment romaine ,
Que pour toi mon eſtime eſt égale à ma haine ;

Elle a déjà dit pluſieurs fois qu'elle eſt romaine , et cette affectation diminue beaucoup de la vraie grandeur.

V. 63. Que l'une et l'autre eſt juſte et montre le pouvoir,
L'une de la vertu , l'autre de mon devoir ;
Que l'une eſt généreuſe et l'autre intéreſſée ,
Et que dans mon eſprit l'une et l'autre eſt forcée.

Toutes ces antithèſes, et cette petite diſſertation dégradent la nobleſſe de ce rôle , et les répétitions continuelles affaibliſſent le ſentiment.

V. 69. Juge ainſi de la haine où mon devoir me lie.

Un devoir qui la lie à la haine, et toujours la haine !

V. 76. Ils connaîtront leur faute, et le voudront venger.

Ces dieux qui connaîtront leur faute, et ce zèle qui ſaura bien ſans eux arracher la victoire, ſont une déclamation ſi ampoulée et ſi puérile, qu'on ne peut s'empêcher de s'élever avec force contre ce faux goût. On admirait autrefois ce galimatias , tant le bon goût eſt rare, tant l'eſprit des nations ſeptentrionales de l'Europe eſt difficile à former.

V. 79. Et quand tout mon effort fe trouvera rompu,
Cléopâtre fera ce que je n'aurai pu.

Un effort qui fe trouve rompu !

V. 81. Je fais quelle eft ta flamme et quelles font fes forces.

Les forces de fa flamme ! et on a pu applaudir à tous ces faux fentimens, exprimés en folécifmes et en barbarifmes !

V. 89. J'empêche ta ruine, empêchant tes careffes.

Ce vers péche à la fois contre l'harmonie, contre la langue, contre les convenances, et contre la vérité. Il ne convient point à *Cornélie* de parler des careffes que *Céfar* peut faire à *Cléopâtre* ; elle n'empêche point fes careffes, elle ne peut les empêcher; elle pourrait feulement dire à *Céfar* que l'amour d'une égyptienne peut lui être fatal; mais il ferait encore plus décent de ne lui en point parler. De quoi fe mêle-t-elle ? eft-ce l'affaire de la veuve de *Pompée*, pour qui *Céfar* a eu tant d'égards, tant de générofité ? cela n'eft ni convenable, ni intéreffant. Il eft ridicule que *Cornélie* prononce ces paroles, que *Céfar* les entende, et que *Cléopâtre* les fouffre.

S C E N E   D E R N I E R E.

V. 3. Sacrifiez ma vie au bonheur de la vôtre ;
Le mien fera trop grand, et je n'en veux point d'autre.

Cléopâtre parle auffi mal que *Céfar* a parlé. Elle ne veut point d'autre bonheur que d'être tuée par *Céfar*, parce que *Cornélie* a manqué à toute bienféance, à toute honnêteté devant elle.

V. 7. Reine, ces vains projets font le feul avantage,
Qu'un grand cœur impuiffant a du ciel en partage.

De vains projets qui font le feul avantage qu'on ait

du ciel en partage ! et un grand cœur impuiſſant ! *Céſar*
viſe au galimatias auſſi-bien que *Cornélie.*

V. 9. Comme il a peu de force, il a beaucoup de ſoins.

Beaucoup de ſoins, ce n'eſt pas là le mot propre. *Céſar*
veut dire que *Cornélie* ne menace beaucoup que parce
qu'elle a peu de pouvoir ; mais le mot de *ſoins* ne remplit
point du tout cette idée.

V. 12. Et mes félicités n'en feront pas moins pures,
‘ Pourvu que votre amour gagne ſur vos douleurs.

Un amour qui gagne ſur des douleurs !

V. 18. J'ai vu le déſeſpoir qu'il a voulu choiſir.

On ne choiſit point un déſeſpoir ; au contraire, le
déſeſpoir ôte la liberté du choix ; ou , ſi l'on veut , le
déſeſpoir force à choiſir mal.

V. 23. O honte pour Céſar qu'avec tant de puiſſance,
Tant de ſoins pour vous rendre entière obéiſſance,
Il n'ait pu toutefois en ces événemens
Obéir au premier de vos commandemens !

Rendre entière obéiſſance. Ces termes ſignifient la ſujé-
tion d'un vaſſal. *Céſar* veut dire qu'il a fait ce qu'il a pu
pour obéir à la volonté de *Cléopâtre.* Ce n'eſt pas là rendre
obéiſſance : cette expreſſion ne lui convient pas ; *tant de
ſoins pour*, ne ſe dit pas.

V. 27. Prenez-vous en au ciel dont les ordres ſublimes ,
Malgré tous nos efforts ſavent punir les crimes.

Ordres ſublimes, ne ſe dit plus ; on ſé ſert des épithètes ,
ſuprêmes , *ſouverains* , *inévitables* , *immuables. Sublime* eſt
affecté aux grandes idées , aux grands ſentimens.

V. 33. Mais comme il eſt, Seigneur , de la fatalité
Que l'aigreur ſoit mêlée à la félicité. . .

Le mot propre ſerait *amertume*, au lieu d'*aigreur.*

V. 43. Un grand peuple, Seigneur, dont cette cour est pleine,
Par des cris redoublés demande à voir sa reine.

Il importe peu que le peuple soit ou non dans la cour pour voir *Cléopâtre.* La pièce s'appelle *Pompée :* les affassins font punis. Tous les complimens de *César* et de *Cléopâtre* font peut-être plus inutiles que le dernier discours de *Cornélie,* dans lequel du moins il y a toujours de la grandeur. Cette dernière scène est la plus froide de toutes ; et dans une tragédie, elle doit être, s'il se peut, la plus touchante. Mais *Pompée* n'est point une véritable tragédie, c'est une tentative que fit *Corneille,* pour mettre sur la scène des morceaux excellens, qui ne sefaient point un tout ; c'est un ouvrage d'un genre unique, qu'il ne faudrait pas imiter, et que son génie, animé par la grandeur romaine, pouvait seul faire réussir. Telle est la force de ce génie, que cette pièce l'emporte encore sur mille pièces régulières, que leur froideur a fait oublier. Trente beaux vers de *Cornélie* valent beaucoup mieux qu'une pièce médiocre.

V. 50. Que ces longs cris de joie étouffent vos soupirs,
Et puissent ne laisser dedans votre pensée
Que l'image des traits dont mon ame est blessée !

Voilà de ces métaphores qui ne paraissent pas naturelles. Comment peut-on avoir dans sa pensée l'image d'un trait qui a blessé une ame ? Ces figures forcées expriment toujours mal le sentiment. *César* veut dire, puissiez-vous ne vous occuper que de mon amour ! il pouvait y ajouter encore, *de sa gloire.* Ces sentimens doivent être toujours exprimés noblement, mais jamais d'une manière recherchée.

REMARQUES

Sur l'Examen de Pompée, par Corneille, tome II.

Page 135. *Pour le ſtyle, il eſt ſſlus élevé en ce poëme qu'en aucun des miens, et ce ſont, ſans contredit, les vers les plus pompeux que j'aye faits.*

Il eſt important de faire ici quelques réflexions ſur le ſtyle de la tragédie. On a accuſé *Corneille* de ſe méprendre un peu à cette pompe des vers, et à cette prédilection qu'il témoigne pour le ſtyle de *Lucain ;* il faut que cette pompe n'aille jamais juſqu'à l'enflure et à l'exagération ; on n'eſtime point dans *Lucain, Bella per Emathios plus quam civilia campos.* On eſtime, *Nil actum reputans ſi quid ſupereſſet agendum.*

De même, les connaiſſeurs ont toujours condamné dans Pompée, *les fleuves rendus rapides par le débordement des parricides,* et tout ce qui eſt dans ce goût. Mais ils ont admiré,

> O ciel ! que de vertus vous me faites haïr !
>
> . . . .
>
> Reſtes d'un demi-dieu dont à peine je puis
> Egaler le grand nom, tout vainqueur que j'en ſuis.

Voilà le véritable ſtyle de la tragédie ; il doit être toujours d'une ſimplicité noble, qui convient aux perſonnes du premier rang ; jamais rien d'ampoulé, ni de bas ; jamais d'affectation ni d'obſcurité. La pureté du langage doit être rigoureuſement obſervée ; tous les vers doivent être harmonieux, ſans que cette harmonie dérobe rien à la force des ſentimens. Il ne faut pas que les vers marchent toujours de deux en deux, mais que tantôt une penſée ſoit exprimée en un vers, tantôt en deux ou trois, quelquefois dans un feul hémiftiche ; on peut étendre une image dans une phrafe de cinq ou fix vers, enfuite en renfermer une autre dans un ou deux ; il faut fouvent finir un fens. par une rime, et commencer un autre fens par la rime correfpondante.

Ce font toutes ces règles, très-difficiles à obferver, qui donnent aux vers la grâce, l'énergie, l'harmonie, dont la profe ne peut jamais approcher. C'eft ce qui fait qu'on retient par cœur, même malgré foi, les beaux vers. Il y en a beaucoup de cette efpèce dans les belles tragédies de *Corneille*. Le lecteur judicieux fait aifément la comparaifon de ces vers harmonieux, naturels, et énergiques, avec ceux qui ont les défauts contraires ; et c'eft par cette comparaifon que le goût des jeunes gens pourra fe former aifément. Ce goût jufte eft bien plus rare qu'on ne penfe ; peu de perfonnes favent bien leur langue ; peu diftinguent au théâtre l'enflure de la dignité ; peu démêlent les convenances. On a applaudi pendant plufieurs années à des penfées fauffes et révoltantes. On battait des mains lorfque *Baron* prononçait ce vers :

Il eft comme à la vie un terme à la vertu.

On s'eft récrié quelquefois d'admiration à des maximes non moins fauffes. Ce qu'il y a d'étrange, c'eft qu'un peuple qui a pour modèle de ftyle les pièces de *Racine*, ait pu applaudir long-temps des ouvrages où la langue et la raifon font également bleffées d'un bout à l'autre.

REMARQUES

SUR THEODORE,

VIERGE ET MARTYRE,

TRAGEDIE.

Sur la fin de 1645.

PREFACE DU COMMENTATEUR.

Sɪ quelque chofe peut étonner et confondre l'efprit humain, c'eſt que l'auteur de Polyeucte ait pu être celui de Théodore ; c'eſt que le même homme qui avait fait la fcène fublime dans laquelle *Pauline* demande à *Sévère* la grâce de fon mari, ait pu préfenter une héroïne dans un mauvais lieu, et accompagné une turpitude fi odieufe et fi ridicule de tous les mauvais raifonnemens qu'une telle impertinence peut fuggérer, de tous les incidens qu'une telle infamie peut fournir, et de tous les mauvais vers que le plus inepte des verfificateurs n'aurait jamais pu faire.

Comment ne fe trouva-t-il perfonne qui empêchât l'auteur de Cinna de déshonorer fes talens par le choix honteux d'un tel fujet, et par une exécution auffi mauvaife que le fujet même ? comment les comédiens ofèrent-ils enfin repréfenter Théodore ?

REMARQUES

REMARQUES

SUR

L'EPITRE DEDICATOIRE

A MONSIEUR L. P. C. B.

Tome III.

Page 143. *J*E *vois que la meilleure partie de mes juges impute ce mauvais fuccès à l'idée de la proftitution, quoique.... j'aye employé, pour en exténuer l'horreur, tout ce que l'art et l'expérience m'ont pu fournir de lumières.*

Il ne paraît pas qu'il ait mis de voile fur ce fujet révoltant, puifqu'il emploie dans la pièce les mots de *proftitution*, *d'impudicité*, de *fille abandonnée aux foldats.*

Ibid. *Et certes il y a de quoi congratuler à la pureté de notre théâtre*, &c. *Congratuler à ne fe dit plus. Cette phrafe eft latine, *tibi gratulor* : mais aujourd'hui *congratuler* régit l'accufatif comme *féliciter.*

Ibid. *La modeftie de notre fcène a défavoué comme indigne d'elle ce peu* (de la proftitution de *Théodore* décrite par St *Ambroife*) *que la néceffité de mon fujet m'a forcé de faire connaître.*

Les honnêtes gens affemblés font toujours chaftes. On fouffrait du temps de *Hardi* qu'on parlât de viol fur le théâtre, de la manière la plus groffière : mais c'eft qu'alors il n'y avait que des hommes groffiers qui fré-quentaffent les fpectacles. *Mairet* et *Rotrou* furent les premiers qui épurèrent un peu la fcène des indécences les plus révoltantes. Il était impoffible que cette pièce de *Corneille* eût du fuccès en 1646; elle en aurait eu vingt ans auparavant. Il choifit ce fujet parce qu'il con-naiffait plus fon cabinet que le monde, et qu'il avait

Comment. fur Corneille. **Tome I.**   H h

plus de génie que de goût. C'eſt toujours la même
verſification, tantôt forte, tantôt faible, toujours la
même inégalité de ſtyle, le même tour de phraſe, la
même manière d'intriguer ; mais n'étant pas ſoutenu par
le ſujet comme dans les pièces précédentes, il ne pouvait
ni s'élever ni intéreſſer. Puiſqu'il faut des notes ſur toutes
les pièces de *Corneille*, on en donne auſſi quelques-unes
ſur Théodore ; mais un commentaire n'eſt pas un panégyrique : on doit au public la vérité dans toute ſon
étendue.

Page 144. *Après cela j'oſerai bien dire que ce n'eſt pas contre
des comédies pareilles aux nôtres que déclame St Auguſtin.*

On ſait aſſez que St *Auguſtin* ignorait le grec : s'il avait
connu cette belle langue, il n'aurait pas déclamé contre
Sophocle ; ou s'il eût déclamé contre ce grand homme, il
eût été fort à plaindre.

Page 145. *Ils demeurent privés du plus agréable et du plus
utile des divertiſſemens dont l'eſprit humain ſoit capable.*

On ne peut rien dire de plus fort en faveur de l'art
des *Sophocles*, dont *Ariſtote* a donné les règles ; et il eſt
bien honteux pour notre nation, devenue ſi critique
après avoir été ſi barbare, que *Corneille* ait été obligé de
faire l'apologie d'un art qui était ſi reſpectable entre ſes
mains.

Le grand *Corneille* traite ici avec une fierté qui ſied
bien à ſa réputation et à ſon mérite, ces hommes baſſe-
ment jaloux du premier des beaux arts, qui colorent
leur envie du prétexte de la religion. Ils craignent que
la nation ne s'inſtruiſe au théâtre, et que des hommes
accoutumés à nourrir leur eſprit de ce que la raiſon a de
plus pur, et de ce que l'éloquence des vers a de plus
touchant, ne deviennent indifférens pour de vaines
diſputes ſcolaſtiques, pour de miſérables querelles, dans
leſquelles on veut trop ſouvent entraîner les citoyens.

Ces ennemis de la ſociété ont imaginé qu'un chrétien
devait regarder Cinna, les Horaces et Polyeucte, du même

œil dont les pères de l'Eglife regardaient les mimes et les farces obfcènes qu'on repréfentait de leur temps dans les provinces de l'empire romain.

On confulta fur cette queftion, dans l'année 1742, monfignor *Cerrati*, confeffeur du pape *Clément XII*, et du confiftoire qui élut ce pape. J'ai heureufement retrouvé une partie de fa réponfe, écrite de fa main, commençant par ces mots : *I concilii e i padri*; et finiffant par ceux-ci, *Giovan Battifta Andreini*; et voici la traduction fidelle des principaux articles de fa lettre :

,, Les conciles et les pères qui ont condamné la
,, comédie, comme il paraît par le troifième article du
,, concile de Carthage de l'an 397, entendaient les repré-
,, fentations obfcènes, mêlées de facré et de profane, la
,, dérifion des chofes eccléfiaftiques, les blafphèmes, *&c.*

,, Les comédies dans des temps plus éclairés ne furent
,, pas de ce genre. C'eft pourquoi St *Thomas*, queft. 168,
,, art. III, parlant de la comédie, s'exprime ainfi :

,, *Officium hiftrionum ordinatum ad folatium hominibus*
,, *exhibendum, non eft fecundùm fe illicitum, nec funt in ftatu*
,, *peccati ; dummodò moderatè ludo utantur, id eft non utendo*
,, *aliquibus illicitis verbis, vel factis ; et non adhibendo ludos*
,, *negotiis, et temporibus indebitis.*

,, L'emploi des comédiens inftitué pour donner quel-
,, que délaffement aux hommes, n'eft pas en foi illicite ;
,, ils ne font point dans l'état de péché, pourvu qu'ils
,, ufent honnêtement de leurs talens, c'eft-à-dire, qu'ils
,, évitent les mots et les actions défendues, et qu'ils ne
,, repréfentent point dans les temps qui ne font point
,, permis.

,, *Cajetan*, en commentant ce paffage, conclut : *donc*
,, *l'art des comédiens qui fe contiennent dans les bornes, n'eft*
,, *point condamnable, mais permis.*

,, St *Antonin*, archevêque de Florence, dans fa Somme
,, théologique, partie III, titre 8, chap. IV, dit :

,, Au temps de St *Charles Borromée*, il fut défendu à

,, certains comédiens de repréfenter fur le théâtre de
,, Milan. Ils allèrent trouver St *Charles*, et obtinrent de
,, lui un décret portant permiffion de repréfenter des
,, comédies dans fon diocèfe, en obfervant les règles
,, prefcrites par St *Thomas* ; il fe fit préfenter tous les
,, fujets des fcènes qu'ils jouaient impromptu, et il leur
,, fit jurer que toutes les nouvelles fcènes qu'ils mêle-
,, raient à celles dont il avait vu la difpofition, feraient
,, auffi honnêtes et auffi décentes que les autres.

,, L'ufage de l'Italie eft de permettre toutes les repré-
,, fentations qui ne portent point de fcandale. On joue
,, des pièces à Rome dans de certains temps, et parti-
,, culièrement dans des colléges. Les comédiens appro-
,, chent des facremens, et on ne trouve aucune bulle
,, ni aucun décret des papes qui les en privent. On leur
,, donne la fépulture dans les églifes comme à tous les
,, autres bons catholiques, avec toutes les cérémonies
,, facrées, *con tutte le facre funzioni*.

,, *Nicolò Barbieri* rapporte qu'*Ifabella Andreini* reçut à
,, Lyon beaucoup d'honneurs, qu'elle y fut enterrée avec
,, pompe, et que fon corps fut accompagné des princi-
,, paux de la ville, qui firent graver fon épitaphe fur le
,, bronze.

,, L'empereur *Mathias* donna des lettres de nobleffe à
,, *Pierre-Cequini*. *Jean-Baptifte Andreini* fut de l'académie
,, de Mantoue, et capitaine des chaffes.

,, Le même *Nicolò Barbieri* rapporte que *Rinoceronte*,
,, comédien, mourut de fon temps en odeur de
,, fainteté. ,,

Si *Lopez de Vega* et *Shakefpeare* ne furent pas regardés
comme de faints perfonnages, perfonne au moins, ni à
Madrid ni à Londres, ne reprocha à ces deux célèbres
auteurs d'avoir repréfenté leurs ouvrages felon l'ufage
des anciens grecs nos maîtres. Le fameux docteur *Ramon*,
le licencié *Michel Sanchez*, le chanoine *Mira de Mezeva*,
le chanoine *Tarraga*, firent beaucoup de comédies,

prefque toutes eftimées, et leurs fonctions de prêtres n'en furent pas interrompues. Plufieurs prêtres en France en ont fait, témoins le cardinal de *Richelieu*, l'abbé *Boyer*, l'abbé *Geneft*, aumônier de madame la ducheffe d'*Orléans*, et tant d'autres. Enfin, l'art doit être encouragé, l'abus de l'art feul peut avilir.

Pour dernière preuve inconteftable, rapportons la déclaration de *Louis XIII* du 16 avril 1641, enregiftrée au parlement ; elle dit expreffément :

» Nous voulons que l'exercice des comédiens, qui
» peut innocemment détourner nos fujets de diverfes
» occupations mauvaifes, ne puiffe leur être imputé à
» blâme, ni préjudicier à leur réputation dans le com-
» merce public. »

C'eft en vertu de cette déclaration que *Louis XIV* maintint *Floridor*, fieur de *Soulas*, dans la poffeffion de fa nobleffe, par arrêt du confeil du 10 feptembre 1668. En bonne foi, peut-on flétrir un penfionnaire du roi, déclaré gentilhomme par le roi, pour avoir rempli des fonctions dont le roi lui ordonne expreffément de s'acquitter ? Il eft mis en prifon s'il ne joue pas, il eft excommunié s'il joue. Voilà un bel exemple de nos contradictions. En faut-il davantage pour confondre ceux qui fe déclarent contre nos fpectacles, autant par ignorance que par mauvaife volonté ?

THEODORE,

VIERGE ET MARTYRE,

TRAGEDIE.

ACTE PREMIER.

Il est vrai que cette pièce ne mérite aucun commentaire. Elle péche par l'indécence du sujet, par la conduite, par la froideur, par le style. On ne fera que très-peu de remarques.

SCENE PREMIERE.

Vers 3. Mon père est gouverneur de toute la Syrie.

Dans Polyeucte, *Félix* est gouverneur de *toute* l'Arménie, et ici *Valens* est gouverneur de *toute* la Syrie. Un mot de trop gâte un beau vers, et rend un médiocre mauvais.

V. 4. Et comme si c'était trop peu de flatterie,
Moi-même elle m'embrasse, &c.

Trop peu de flatterie de donner le gouvernement *de toute la Syrie! et la fortune qui embrasse Placide!* quelles expressions! quel style! quelle négligence!

V. 7. Certes, si je m'enflais de ces vaines fumées
Dont on voit à la cour tant d'ames si charmées...

Il faut convenir que ce style est bas et incorrect; et malheureusement la plus grande partie de la pièce est écrite dans ce goût.

On a exigé un commentaire sur toutes les pièces de *Corneille*, mais toutes n'en méritent pas. Que verra-t-on

par ce commentaire ? que nul auteur n'eſt jamais tombé
ſi bas, après être monté ſi haut. La ſeule conſolation
d'un travail ſi ingrat, eſt que du moins tant de fautes
peuvent être de quelque utilité. Elles feront voir aux
étrangers que les beautés ne nous aveuglent pas ſur les
défauts ; que notre nation eſt juſte en admirant, et en
déſapprouvant ; et les jeunes auteurs, en voyant ces
chutes déplorables et ſi fréquentes, en feront plus ſur
leurs gardes.

V. 9. Si l'éclat des grandeurs avait pu me ravir,
J'aurais de quoi me plaire et de quoi m'aſſouvir.

*Un éclat qui peut ravir ! un homme qui aurait de quoi ſe
plaire et de quoi s'aſſouvir !* Nul auteur n'a jamais écrit
plus mal et mieux. Voilà pourquoi on diſait que *Corneille*
avait un démon qui fit pour lui les belles ſcènes de ſes
tragédies, et qui lui laiſſa faire tout le reſte.

V. 12. A moins que de leur rang, le mien ne ſaurait croître ;

n'eſt pas français. Un rang ne croît pas ; on paſſe, on
s'élève d'un rang à un autre.

V. 14. On y monte ſouvent par de moindres degrés ;

n'eſt pas plus exact que le reſte ; on ne monte pas à
un titre.

V. 15. Mais ces honneurs pour moi ne font qu'une infamie,
Parce que je les tiens d'une main ennemie.

Parce que, eſt une conjonction dure à l'oreille et
traînante en vers, il faut toujours l'éviter ; mais quand
il eſt répété, il devient intolérable. On pardonne toutes
ces fautes dans des ouvrages remplis de beautés comme
les précédens.

V. 19. . . . . Ce cœur n'eſt point à vendre.

On peut dire dans le ſtyle noble, *vendre ſon ſang*,

H h 4

vendre son honneur à la fortune ; mais *un cœur à vendre* est bas.

V. 25. Va plus outre ;

terme autrefois familier, et qui n'est pas français.

V. 26. Joins le vouloir des dieux à leur autorité.

Pourquoi *le vouloir des dieux ?* Cet hymen n'est point ordonné par un oracle ; les *dieux* sont ici de trop ; *le vouloir* n'est plus d'usage.

V. 27. Affemble leur faveur, affemble leur colère.

Il faudrait *leurs faveurs* au pluriel, parce qu'on ne peut affembler une feule chofe.

V. 37. Sitôt qu'à fon parti le bonheur eut manqué,
Sa tête fut profcrite et fon bien confifqué.

Toutes ces expreffions font faibles, profaïques et rampantes.

V. 45. Et depuis ce moment Marcelle a fait chez nous
Un deftin que tout autre aurait trouvé fort doux ;

eft du ftyle bas et négligé de la comédie. En voilà affez fur le ftyle de la pièce, dont les fautes ne font rachetées par aucun morceau fublime. Nous nous contenterons de remarquer les endroits moins faibles que les autres. Il eft étrange que *Corneille* ait fenti le vice de fon fujet, et qu'il n'ait pas fenti le vice de fa diction.

V. 57. Puifqu'avec tant d'effort on vous voit travailler
A mettre ailleurs l'éclat dont elle doit briller...

Travailler à mettre ailleurs un éclat !

V. 59. . . . . Votre ame ravie
Lui veut donner ce trône élevé pour Flavie.

Le terme de *trône* ne peut jamais convenir à un gouverneur de province.

V. 63. Flavie au lit malade en meurt de jalousie.

Ce style prosaïque est inadmissible dans le tragique ; la poësie n'est faite que pour déguiser et embellir tous ces détails. Voyez comment *Racine* rend la même idée :

> Phèdre atteinte d'un mal qu'elle s'obstine à taire,
> Lasse enfin d'elle-même et du jour qui l'éclaire.

V. 72: Chaque jour pour l'aigrir je vais jusqu'à l'outrage.

Il n'était pas nécessaire que *Placide* outrageât tous les jours sa belle-mère qui lui veut donner sa fille. Ce sont là des mœurs révoltantes, et qui rendent tout d'un coup le premier personnage odieux.

Nous ne parlerons plus guère du style, nous nous en tiendrons à l'art de la tragédie. Il n'y a rien de tragique dans cette intrigue ; c'est un jeune homme qui ne veut point de la femme qu'on lui offre, et qui en aime une autre qui ne veut point de lui ; vrai sujet de comédie, et même, sujet trivial. Nous avons déjà remarqué que les gens peu instruits croient que *Racine* a gâté le théâtre en y introduisant ces intrigues d'amour. Mais il n'y a aucune pièce de *Corneille* dont l'amour ne fasse l'intrigue. La seule différence est que *Racine* a traité cette passion en maître, et que *Corneille* n'a jamais su faire parler des amans, excepté dans le Cid, où il était conduit par un auteur espagnol. Ce n'est pas l'amour qui domine dans Polyeucte, c'est la victoire que remporte *Pauline* sur son amant, c'est la noblesse de *Sévère*.

SCENE II.

V. 1. Ce mauvais conseiller toujours vous entretient ?

Cette scène de bravade entre *Marcelle* et *Placide* paraît contre toute bienséance. C'est une picoterie bourgeoise ; et des bourgeois bien élevés parleraient plus noblement.

Marcelle querelle *Placide*, tandis qu'elle devrait tâcher de lui plaire. Quel rôle défagréable que celui d'une femme qui veut à toute force qu'on époufe fa fille, qui dit des injures groffières à celui dont elle veut faire fon gendre, et qui en effuie de plus fortes ! *Marcelle* dit que *Placide* a le cœur trop bas pour aimer en bon lieu, qu'il a une ame vile et baffe : *Placide* répond fur le même ton : cela feul devait faire tomber la pièce, qui d'ailleurs eft une des plus mal écrites.

V. 48. Un bienfait perd fa grâce à le trop publier.

Racine a imité heureufement ce vers dans Iphigénie :

Un bienfait reproché tint toujours lieu d'offenfe.

SCENE III.

Corneille avoue la faibleffe et la lâcheté de *Valens* ; mais comment ne fentait-il pas que le rôle de *Marcelle* révoltait encore davantage ?

V. 13. De ce feu turbulent l'éclat impétueux
N'eft qu'un faible avorton d'un cœur préfomptueux.

Si on affemblait des mots au hafard, il eft à préfumer qu'ils ne s'arrangeraient pas plus mal.

SCENE V.

V. dern. Jetez un peu de haine où règne tant d'amour.

Je ne parle pas des termes impropres, des locutions vicieufes dont cette pièce fourmille. Je laiffe à part ces vers barbares.

Si fon ordre n'agit l'effet ne s'en peut voir,
Et je penfe être quitte y fefant mon pouvoir.
Faire votre pouvoir avec tant d'indulgence . . .
Déployez-la, Madame, à le faire haïr, &c. &c.

Mais il faut avouer que malheureusement de cent tragédies françaises il y en a quatre-vingt-dix-huit fondées sur un mariage qu'une des parties veut, et que l'autre ne veut pas. C'est l'intrigue de toutes les comédies. C'est une uniformité qui fait tout languir. Les femmes, dit-on, qui fréquentent nos spectacles, et qui seules y attirent les hommes, ont réduit tous les auteurs à ne marcher que dans ce chemin qu'elles leur ont tracé, et *Racine* seul est parvenu à répandre des fleurs sur cette route trop commune, et à embellir cette stérilité misérable. Il est à croire que le génie de *Corneille* aurait pris une autre voie, s'il avait pu secouer le joug, si l'on avait représenté la tragédie ailleurs que dans un vil jeu de paume, où les courtauds de boutique allaient pour cinq sous, si la nation avait eu quelque connaissance de l'antiquité, si Paris avait pu alors avoir quelque chose d'Athènes.

A C T E   S E C O N D.

S C E N E   P R E M I E R E.

Vers 1. Marcelle n'est pas loin, et je me persuade
    Que son amour l'attache auprès de sa malade.

Sa malade et *Marcelle qu'on verra venir dans un moment ou deux*, sont toujours le style de la comédie.

S C E N E   I I.

Cette scène, aux vices de la diction près, n'est pas repréhensible. Les sentimens et le caractère de *Théodore* s'y développent.

V. dern. . . . . Quittons ce discours, je vois venir Marcelle.

Rien n'est plus froid et plus déplacé dans le tragique que ces scènes dans lesquelles un confident parle à une femme en faveur de l'amour d'un autre. C'est ce qu'on a tant reproché à *Racine* dans son Alexandre, où *Epheſtion* paraît en *fidelle confident du beau feu de ſon maître*. Rien n'a plus avili notre théâtre, et ne l'a rendu plus ridicule aux yeux des étrangers que ces ſcènes d'ambaſſadeurs d'amour. Heureuſement il y en a peu dans *Corneille.*

S C E N E I V.

V. 54. Plutôt que dans ſon lit j'entrerais au tombeau.

On retrouve dans quelques vers de cette ſcène l'auteur des beaux morceaux de Polyeucte. Mais une fille de qualité qui veut mourir vierge eſt fort bonne pour le couvent et fort mauvaiſe pour le théâtre.

Au reſte, *l'amour qui brûle ſans luire*, *Cléobule* qu'on voit *aller tant et venir*, un reſte de ſcrupule que *Marcelle tient pour ridicule*, ſont des façons de parler ſi baſſes, ſi choquantes, qu'elles dégoûteraient tout lecteur, quand même la pièce ferait bien faite.

V. dern. Mais demeurez ; il vient.

L'auteur dit, avec une candeur digne de lui, qu'une femme ſans grande paſſion ne pouvait faire un grand effet. On ne peut ſans doute s'intéreſſer à elle, mais on s'intéreſſe beaucoup moins à *Marcelle*. Son caractère indigne, et ſon ton ironique et inſultant dégoûtent.

S C E N E V I.

V. 6. Ah ! que vous ſavez mal comme il faut ſe venger !

Ce ne ſont plus, on l'a déjà dit, les expreſſions que nous examinons. Il faut plaindre ici la faibleſſe de l'eſprit humain. C'eſt l'auteur de Cinna qui met dans la tête d'un romain qu'on ne doit ſe venger d'une princeſſe, qu'en l'envoyant dans un mauvais lieu ; et c'eſt à ſa femme qu'il tient ce langage !

Au refte, on doute fort que cette aventure foit vraie. Ces contes qu'on nous fait de jeunes et belles chrétiennes, condamnées à la proftitution, font l'oppofé des mœurs et des lois romaines. Une nation qui condamnait les veftales à être enterrées toutes vives pour une faibleffe, n'avait garde de permettre qu'on proftituât des princeffes à des foldats pour caufe de religion. On pourrait mettre un événement au théâtre, fi fans être vrai, il avait été vraifemblable ; mais il faudrait fur-tout qu'il fût noble et tragique : celui-ci eft faux, ridicule et abominable. Il eft tiré de ces légendes qui font la honte de l'efprit humain.

V. 30. Et le défefpérer, ce n'eft pas l'acquérir.

Comme fi on ne défefpérait pas ce *Placide* en envoyant au b..... une fille refpectable qu'il veut époufer ! *Valens* ne favait-il pas qu'on peut avec le temps pardonner le meurtre, et qu'on ne pardonne jamais les affronts ?

V. 54. Je me faurai bientôt venger d'elle et de vous.

Voilà une impertinente créature : elle menace fon mari qui veut la venger. Si elle n'entend point de quoi il s'agit, c'eft une grande fotte.

S C E N E   V I I.

V. 32. Dis-lui qu'à tout le peuple on va l'abandonner ;
Tranche le mot enfin, que je la proftitue.

Ce vers, et le mot *proftitue*, préfentent l'image la plus dégoûtante, la plus odieufe et la plus fale. Cela ne ferait pas fouffert à la foire. Voilà pourtant le nœud de la pièce. On ne fort point d'étonnement que le même homme qui a imaginé le cinquième acte de Rodogune, ait fait un pareil ouvrage.

ACTE TROISIEME.

SCENE PREMIERE. (à la fin.)

> Soit que vous contraigniez pour vos dieux impuiffans
> Mon corps à l'infamie , ou ma main à l'encens ,
> Je faurai conferver d'une ame réfolue
> A l'époux fans macule une époufe impollue.

Qui aurait jamais pu s'attendre à voir une ame réfolue conferver une époufe impollue à l'époux fans macule ? Jufqu'où *Corneille* s'eft-il oublié ? jufqu'à quel abaiffement eft-il defcendu ? Ce n'eft pas feulement l'excès du ridicule qui étonne ici, c'eft la réfignation de cette bonne fille qui prend fon parti d'aller dans un mauvais lieu s'abandonner à la canaille , et qui fe confole en fongeant qu'elle n'y confentira pas.

> Dieu foit , Dieu foit , dit le faint perfonnage ,
> Dieu foit loué ! je l'ai fait fans péché.

SCENE III.

Vers 9. Et lorfque vous pouviez jouir de vos dédains ,
Si j'ofais quelquefois les nommer inhumains ,
Je les juftifiais dedans ma confcience , &c.

Voilà comme *Corneille* parle d'amour quand il n'eft pas guidé par *Guilain de Caftro* , et quand il n'a que l'amour à faire parler ; c'eft le ftyle des romans de fon temps ; c'eft le ftyle de fes comédies. Rien n'eft plus infipide, plus bourgeois, plus dégoûtant , que le langage purement amoureux qui a déshonoré toujours le théâtre français. *Racine*, au moins , par la pureté de fa diction , par l'harmonie des vers , par le choix des mots , par un ftyle auffi foigné que naturel, ennoblit un peu ce petit genre, et réchauffe la froideur de ce langage. Je ne parle pas ici de cet amour paffionné, furieux, terrible, qui entre fi bien dans la vraie tragédie ; je parle des déclarations d'*Antiochus*, de *Xipharès*, de *Pharnace*, d'*Hippolyte*; je parle des fcènes de coquetterie ; je parle de ces amours plus propres à l'idylle et à la comédie qu'à la tragédie, dont il a feul foutenu la faibleffe par le charme de la poëfie, et par des fentimens vrais et délicats, inconnus à tout autre qu'à lui.

V. 63. N'efpérez pas, Seigneur, que mon fort déplorable
Me puiffe à votre amour rendre plus favorable, &c.

Ce couplet de *Théodore* eft fort beau, quoique trop long, et quoiqu'il y ait une affectation condamnable à parler d'un amant qui s'unit à ce qu'il aime, fi fortement qu'il en fait une part de lui-même. Mais pourquoi *Corneille* a-t-il réuffi dans ce morceau? C'eft que les fentimens y font grands, c'eft que l'objet en ferait vraiment tragique, s'il n'était pas avili par le ridicule honteux de la proftitution. Toutes les fois que *Corneille* a quelque chofe de vigoureux à traiter, on le retrouve ; mais ces beaux morceaux font perdus.

V. 149. Mettez en fureté ce qu'on va vous ravir.

C'eft toujours l'idée de la proftitution.

V. 150. Vous n'êtes pas celui dont Dieu s'y veut fervir ;
Il faura bien fans vous en fufciter un autre,
Dont le bras moins puiffant, mais plus faint que le vôtre,
Par un zèle plus pur fe fera mon appui....

Elle eft donc déjà informée que *Didyme* entrera dans le mauvais lieu pour fauver fon honneur.

S C E N E I V.

MARCELLE.

V. 2. . . . . Je vous fuis importune
De mêler ma préfence aux fecrets des amans,
Qui n'ont jamais befoin de pareils truchemans.

PAULIN.

Madame, on m'a forcé de puiffance abfolue.

MARCELLE.

L'ayant foufferte ainfi, vous l'avez bien voulue.

Il n'y a rien de plus indécent, de plus révoltant, de plus atroce, de plus bas, de plus lâche que cette *Marcelle* qui vient infulter à cette proftituée. Du moins elle devrait épargner les folécifmes et les barbarifmes. *On a forcé Paulin de puiffance abfolue, et il l'a bien voulue.*

S C E N E V.

V. 8. Vous trouvez, je m'affure, en un fi digne lieu
Cet objet de vos vœux encor digne d'un Dieu ?

Que dites-vous d'un b..... que cette dame appelle *un digne lieu?*

V. dern. Allez fans plus rien craindre, ayant pour vous Marcelle.

Cette fcène eft une des plus étranges qui foient au théâtre français. *Rendez une vifite de civilité à ma fille ; finon, je vais proftituer votre maîtreffe aux porte-faix d'Antioche.* C'eft la fubftance de cette fcène et l'intrigue de la pièce : difons hardiment qu'il n'y a jamais rien eu de fi mauvais en aucun genre ; il ne faut pas ménager les fautes portées à cet excès.

ACTE

ACTE QUATRIEME.

SCENE II.

***Vers* 16.** Tout fait peur à l'amour, c'eſt un enfant timide.

IL ne manquait aux étonnantes turpitudes de cette pièce que la mauvaiſe plaiſanterie du madrigal, *l'amour eſt un enfant timide.*

***V.* 21.** Va, dis-lui que j'attends ici ce grand ſuccès,
Où ſa bonté pour moi paraît avec excès.

Qui aurait pu s'attendre en voyant Cinna et les belles ſcènes des Horaces, que peu d'années après, quand le génie de *Corneille* était dans toute ſa force, il mettrait ſur le théâtre une princeſſe qu'on envoie dans un mauvais lieu, et un amant qui dit que *l'amour eſt un enfant timide?*

SCENE IV.

***V.* 71.** Il leur jette de l'or enſuite à pleines mains.

Comment a-t-on pu haſarder un tel récit ſur le théâtre tragique! Ce *Didyme*, à la vérité, n'entre dans ce mauvais lieu qu'avec une louable intention; mais le récit fait le même effet que ſi *Didyme* n'était qu'un débauché. Ce n'eſt pas la peine de pouſſer plus loin nos remarques: plaignons tout eſprit abandonné à lui-même; et n'en eſtimons pas moins l'ame du grand *Pompée* et celle de *Cinna.*

V. dern. A ſon zèle, de grâce, épargnez cette honte.

Voilà donc la gouvernante d'Antioche qui livre la princeſſe à la canaille, et la canaille ſe diſpute à qui l'aura. Voilà un homme qui leur jette de l'argent pour

Comment. ſur Corneille. Tome I.   I i

avoir la préférence. Il eſt vrai que c'eſt à bonne intention ;
mais on ne peut le deviner, et cette bonne intention eſt
un ridicule de plus. On a oſé nommer tragédie cet
étrange ouvrage, parce qu'il y a du ſang répandu à la fin.
Comment oſons-nous, après cela, condamner les pièces
de *Lopez de Véga* et de *Shakeſpeare?* Ne vaut-il pas mieux
manquer à toutes les unités, que de manquer à toutes
les bienſéances, et d'être à la fois froid et dégoûtant ?

S C E N E V.

V. 1. Eh bien, votre parente, elle eſt hors de ces lieux
Où l'on ſacrifiait ſa pudeur à nos Dieux ?—
Oui, Seigneur.

On ne voit ici que l'apparence de la proſtitution ;
l'apparence eſt trompeuſe ; mais cela reſſemble à ces
énigmes dont les vers annoncent une ordure, et dont
le mot eſt honnête ; jeu de l'eſprit, honteux, et fait
pour la populace.

V. 24. Sous l'habit de Didyme elle-même eſt ſortie.

Je dois remarquer ici, en général, que toutes ces
petites tromperies, des changemens d'habits, des billets
qu'on entend en un ſens et qui en ſignifient un autre,
des oracles même à double entente, des mépriſes de
ſubalternes qui ont mal vu, ou qui n'ont vu que la
moitié d'un événement, ſont des inventions de la tragédie moderne ; inventions petites, meſquines, imitées
de nos romans ; puérilités inconnues à l'antiquité, et
dont il faut couvrir la faibleſſe par quelque choſe de
grand et de tragique ; comme vous avez vu dans les
Horaces la mépriſe d'une ſuivante produire les plus
grands mouvemens. Le vieil *Horace* n'eſt admirable que
parce qu'une domeſtique de la maiſon a été trop impa-
tiente ; c'eſt-là créer beaucoup de rien ; mais ici c'eſt
entaſſer petiteſſes ſur petiteſſes.

ACTE CINQUIEME.

SCENE VIII.

V. der. Ne crains rien. Mais, ô Dieux, que j'ai moi-même à craindre!

CETTE fin eſt funeſte, mais elle n'eſt nullement touchante. Pourquoi? parce qu'on ne s'intéreſſe à perſonne. A quoi bon intituler *Tragédie chrétienne* ce malheureux ouvrage? Suppoſons que *Théodore* fût de la religion de ſes pères, *Marcelle* n'en eſt pas moins furieuſe de la perte de ſa fille, que *Placide* a dédaignée, et qui eſt morte de la fièvre; elle n'en tue pas moins *Théodore*; elle ne s'en tue pas moins elle-même; *Placide* auſſi ne s'arrache pas moins la vie, et le tout aux yeux du maître de la maiſon, le plus imbécille qu'on ait jamais mis ſur le théâtre tragique. Voilà quatre morts violentes, et tout eſt froid. Il ne ſuffit pas de répandre du ſang, il faut que l'ame du ſpectateur ſoit continuellement remuée en faveur de ceux dont le ſang eſt répandu. Ce n'eſt pas le meurtre qui touche, c'eſt l'intérêt qu'on prend aux malheureux. Jamais *Corneille* n'a cherché cette grande et principale partie de la tragédie; il a donné tout à l'intrigue, et ſouvent à l'intrigue plus embrouillée qu'intéreſſante. Il a élevé l'ame quelquefois; il a excité l'admiration; il a preſque toujours négligé les deux grands pivots du tragique, la terreur et la pitié. Il a fait très-rarement repandre des larmes.

REMARQUES

Sur l'Examen de Théodore, tome III.

Page 249. *La représentation de cette tragédie n'a pas eu grand éclat.*

Elle devrait avoir fait beaucoup de bruit ; la prostitution avait dû révolter tout le monde. Les comédiens aujourd'hui n'oseraient représenter une pareille pièce, fût-elle parfaitement écrite.

P. 251. *Placide en peut faire naître, et purger ensuite ces forts attachemens d'amour qui sont cause de son malheur.*

Placide ne peut rien purger ; et il serait à souhaiter que *Corneille* eût purgé le recueil de ses Oeuvres de cette infame pièce si indigne de se trouver avec le Cid et Cinna.

REMARQUES

SUR RODOGUNE,

PRINCESSE DES PARTHES,

TRAGEDIE.

1646.

PREFACE DU COMMENTATEUR.

Rodogune ne reſſemble pas plus à Pompée, que Pompée à Cinna, et Cinna au Cid. C'eſt cette variété qui caractériſe le vrai génie. Le ſujet en eſt auſſi grand et auſſi terrible que celui de Théodore eſt bizarre et impraticable.

Il y eut la même rivalité entre cette Rodogune et celle de *Gilbert*, qu'on vit depuis entre la Phèdre de *Racine* et celle de *Pradon*. La pièce de *Gilbert* fut jouée quelques mois avant celle de *Corneille*, en 1645 : elle mourut dès ſa naiſſance, malgré la protection de *Monſieur*, fils de *Louis XIII*, et lieutenant général du royaume, à qui *Gilbert*, réſident de la reine *Chriſtine*, la dédia. La reine de Suède, et le premier prince de France ne ſoutinrent point ce mauvais ouvrage, comme depuis l'hôtel de Bouillon et l'hôtel de Nevers ſoutinrent la Phèdre de *Pradon*.

En vain le réſident préſente à ſon alteſſe royale, dans ſon épître dédicatoire, *la généreuſe Rodogune*, *femme et mère des deux plus grands monarques de l'Aſie*. En vain compare-t-il cette *Rodogune* à *Monſieur*, qui cependant ne lui reſſemblait en rien. Ce mauvais ouvrage fut oublié du protecteur et du public.

Le privilége du réſident pour ſa Rodogune, eſt du 8 janvier 1646 : elle fut imprimée en février 1647. Le privilége de *Corneille* eſt du 13 avril 1646, et ſa Rodogune ne fut imprimée qu'au 30 janvier 1647. Ainſi la Rodogune

Ii 3

de *Corneille* ne parut fur le papier qu'un an, ou environ, après les repréfentations de la pièce de *Gilbert*, c'eſt-à-dire, un an après que cette pièce n'exiſtait plus.

Ce qui eſt étrange, c'eſt qu'on retrouve dans les deux tragédies précifément les mêmes ſituations, et ſouvent les mêmes ſentimens, que ces ſituations amènent. Le cinquième acte eſt différent; il eſt terrible et pathétique dans *Corneille*. *Gilbert* crut rendre ſa pièce intéreſſante en rendant le dénouement heureux; et il en fit l'acte le plus froid et le plus inſipide qu'on pût mettre ſur le théâtre.

On peut encore remarquer que *Rodogune* joue dans la pièce de *Gilbert* le rôle que *Corneille* donne à *Cléopâtre*, et que *Gilbert* a falſifié l'hiſtoire.

Il eſt étrange que *Corneille*, dans ſa préface, ne parle point d'une reſſemblance ſi frappante. *Bernard de Fontenelle*, dans la vie de *Corneille* ſon oncle, nous dit que *Corneille* ayant fait confidence du plan de ſa pièce à un ami, cet ami indiſcret donna le plan au réſident, qui, contre le droit des gens, vola *Corneille*. Ce trait eſt peu vraiſemblable. Rarement un homme revêtu d'un emploi public ſe déshonore, et ſe rend ridicule pour ſi peu de choſe. Tous les mémoires du temps en auraient parlé; ce larcin aurait été une choſe publique.

On parle d'un ancien roman de *Rodogune*; je ne l'ai pas vu; c'eſt, dit-on, une brochure in-8° imprimée chez *Sommaville*, qui ſervit également au grand auteur et au mauvais. *Corneille* embellit le roman, et *Gilbert* le gâta. Le ſtyle nuiſit auſſi beaucoup à *Gilbert*; car, malgré les inégalités de *Corneille*, il y eut autant de différence entre ſes vers et ceux de ſes contemporains juſqu'à *Racine*, qu'entre le pinceau de *Michel-Ange* et la broſſe des barbouilleurs.

Il y a un autre roman de *Rodogune* en deux volumes, mais il ne fut imprimé qu'en 1668; il eſt très-rare et preſque oublié : le premier l'eſt entièrement.

REMARQUES

SUR

RODOGUNE,

PRINCESSE DES PARTHES,

TRAGEDIE.

ACTE PREMIER.

SCENE PREMIERE.

Vers 1. Enfin ce jour pompeux, cet heureux jour nous luit,
Qui d'un trouble fi long doit diffiper la nuit, &c.

A ce magnifique début qui annonce la réunion entre la
Perfe et la Syrie, et la nomination d'un roi, &c. on croirait
que ce font des princes qui parlent de ces grands intérêts
(quoiqu'un prince ne dife guère qu'un jour eft pompeux).
Ce font malheureufement deux fubalternes qui ouvrent
la pièce. *Corneille*, dans fon examen, dit qu'on lui reprocha cette faute ; il était prefque le feul qui eût appris
aux Français à juger. Avant lui on n'était pas difficile. Il
n'y a guère de connaiffeurs quand il n'y a point de
modèles.

Les défauts de cette expofition, font, 1°. qu'on ne fait
point qui parle ; 2°. qu'on ne fait point de qui l'on parle ;
3°. qu'on ne fait point où l'on parle. Les premiers vers
doivent mettre le fpectateur au fait autant qu'il eft
poffible.

Ii 4

V. 7. Ce grand jour eft venu, mon frère, où notre reine
Doit rompre aux yeux de tous fon filence obftiné.

Quelle reine ? elle n'eft pas nommée dans cette fcène. On ne dit point que l'on foit en Syrie , et il faudrait le dire d'abord.

V. 15. Mais n'admirez-vous point que cette même reine
Le donne pour époux à l'objet de fa haine ? . . .

Sa haine fe rapporte à l'*époux*, qui eft le fubftantif le plus voifin. Cependant l'auteur entend la *haine* de *Cléopâtre* ; ce font de ces fautes de grammaire dans lefquelles *Corneille* , qui ne châtiait pas fon ftyle , tombe fouvent, et dans lefquelles *Racine* ne tombe jamais depuis Andromaque.

V. 17. Et n'en doit faire un roi, qu'afin de couronner
Celle que dans les fers elle aimait à gêner ?

Le mot *gêner* ne fignifie parmi nous qu'*embarraffer* , *inquiéter.* Ainfi *Pyrrhus* dit à *Andromaque* : Ah ! que vous me gênez ! Il vient à la vérité originairement de *géhenne* , vieux mot tiré de la Bible , qui fignifie *torture, prifon;* mais jamais il n'eft pris en ce dernier fens.

V. 19. Rodogune par elle en efclave traitée,
Par elle fe va voir fur le trône montée ;

cela n'eft pas français. Une machine eft *montée* par quelqu'un ; une reine n'eft pas *montée* au trône par un autre. *Et fe va voir montée,* eft ridicule.

V. 23. Pour le mieux admirer trouvez bon , je vous prie,
Que j'apprenne de vous les troubles de Syrie.

Pour *le* , &c. Ce *le* ne fe rapporte à rien, et *pour le mieux admirer*, eft un peu du ftyle comique. *Trouvez bon, je vous prie,* &c. tout cela reffemble trop à une converfation familière de deux domeſtiques qui s'entretiennent des aventures de leurs maîtres , ſans aucun art.

V. 25. J'en ai vu les premiers, et me ſouviens encor
Des malheureux ſuccès du grand roi Nicanor.

Succès veut dire au propre *événement heureux ;* mais il eſt permis de dire , *malheureux , mauvais , funeſte ſuccès.*

V. 27. Quand des Parthes vaincus preſſant l'adroite fuite , ...
Il tomba dans leurs fers au bout de ſa pourſuite.

Il ſemble qu'il ait preſſé les Parthes de fuir. L'auteur veut dire que *Nicanor* pourſuivait les Parthes fuyans.

V. 29. Je n'ai pas oublié que cet événement
Du perfide Tryphon fit le ſoulèvement.

Le ſpectateur ne ſait pas quel eſt ce *Tryphon ;* il fallait le dire.

V. 32. Il crut pouvoir ſaiſir la couronne ébranlée ;

Un empire , un trône peut être ébranlé , mais non pas une couronne. Il faut toujours que la métaphore ſoit juſte.

V. 35. La reine craignant tout de ces nouveaux orages ,
En ſut mettre à l'abri ſes plus précieux gages ;

En ſut mettre à l'abri , eſt louche et incorrect. Le mot de *gages* ſeul n'a aucun ſens que quand il ſignifie appointemens : il a reçu ſes gages. Mais il faut dire les gages de mon hymen pour ſignifier mes enfans.

V. 37. Et pour n'expoſer pas l'enfance de ſes fils ,
Me les fit chez ſon frère enlever à Memphis.

Me les fit enlever , phraſe louche. Elle peut ſignifier , *les fit enlever de mes bras* , ou *m'ordonna de les enlever*. En ce dernier ſens , elle eſt mauvaiſe. *Enlever à Memphis* , eſt impropre. Elle les porta, les conduifit à Memphis, les cacha dans Memphis. *Enlever à Memphis*, fignifie tout le contraire ; *enlever à*, fignifie *ôter à*, *dérober à* ; *enlever le Palladium à Troye*, *enlever Hélène à Paris*. (*Elever* au lieu d'*enlever* ôterait toute équivoque. Peut-être y a-t-il dans la première édition une faute d'impreffion qui a été répétée dans toutes les autres.)

V. 39. Là, nous n'avons rien fu que de la renommée,
    Qui, par un bruit confus diverfement femée,
    N'a porté jufqu'à nous ces grands renverfemens
    Que fous l'obfcurité de cent déguifemens.

Il ne faudrait pas imiter cette phrafe, quoique l'idée foit intelligible. On ne dit pas, *femer la renommée*, comme on dit dans le difcours familier, *femer un bruit*. *La renommée diverfement femée par un bruit*, cela n'eft pas français. La raifon en eft qu'un bruit ne sème pas, et que toute métaphore doit être d'une extrême jufteffe.

V. 43. Sachez donc que Tryphon, après quatre batailles,
    Ayant fu nous réduire à ces feules murailles,

Quelles font ces murailles ? Ne fallait-il pas d'abord nommer Séleucie ? Ce font-là des fautes contre l'art, non pas un manque de génie. Cet oubli des convenances ne diminue point le mérite de l'invention.

V. 45. En forma tôt le fiége.

Tôt ne fe dit plus, il eft devenu bas.

V. 46. Un faux bruit s'y coula touchant la mort du roi.

S'y coula, n'eft pas d'un ftyle noble.

V. 51. Croyant fon mari mort, elle époufa fon frère.

Il femble qu'elle époufa fon propre frère. Ne devait-on pas exprimer qu'elle époufa le frère de fon mari ? L'auteur ne devait-il pas lever cette petite équivoque avec d'autant plus de foin, qu'on pouvait époufer fon frère en Perfe, en Syrie, en Egypte, à Athènes, en Paleftine ? Ce n'eft là qu'une très-légère négligence, mais il faut toujours faire voir combien il importe de parler purement fa langue et d'être toujours clair.

V. 52. L'effet montra foudain ce confeil falutaire.

Montrer une chofe bonne ou mauvaife, utile ou dangereufe, ne fignifie pas montrer que cette chofe eft telle, prouver qu'elle eft telle. Il montrait fes bleffures mortelles, ne dit pas, il montrait que fes bleffures étaient mortelles.

V. 53. Le prince Antiochus, devenu nouveau roi,

Ce mot *nouveau* eft de trop, il gâte le fens et le vers.

V. 54. Sembla de tous côtés traîner l'heur après foi.

On a déjà remarqué que l'*heur* ne fe dit plus ; mais on ne traîne après foi ni l'*heur*, ni le *bonheur*. *Traîner* donne toujours l'idée de quelque chofe de douloureux ou d'humiliant ; on traîne fa mifère, fa honte ; on traîne une vie obfcure. Les rois vaincus étaient traînés au capitole. *Et traîné fans honneurs autour de nos murailles.* Le mot *traîner* eft encore heureufement employé pour fignifier une douce violence, et alors il eft mis pour *entraîner. Charmant, jeune, traînant tous les cœurs après foi.*

V. 56. Sur nos fiers ennemis rejeta les alarmes ;

Le mot eft impropre. On ne rejette point des *alarmes* fur un autre comme on rejette une faute, un foupçon, &c. fur un autre. Les *alarmes* font dans les hommes, parmi les hommes, et non fur les hommes. On ne peut trop répéter que la propriété des termes eft toujours fondée en raifon.

V. 57. Et la mort de Tryphon dans un dernier combat,
   Changeant tout notre fort, lui rendit tout l'Etat.

Cela reffemble à un *gendre du gouverneur de toute la province*. On eft malheureufement obligé de remarquer des négligences, des obfcurités, des fautes prefque à chaque vers.

V. 59. Quelque promeffe alors qu'il eût faite à la mère
   De remettre fes fils au trône de leur père...

Il n'eft pas dit que cette veuve de *Nicanor* était *Cléopâtre*, mère des deux princes, et que le roi *Antiochus* avait promis de rendre la couronne aux enfans du premier lit. Le fpectateur a befoin qu'on lui débrouille cette hiftoire. *Cléopâtre* n'eft pas nommée une feule fois dans la pièce. *Corneille* en donne pour raifon qu'on aurait pu la confondre avec la *Cléopâtre* de *Céfar* ; mais il n'y a guère d'apparence que les fpectateurs inftruits, qui inftruifent bientôt les autres, euffent pris cette reine de Syrie pour la maîtreffe de *Céfar*. Et puis, comment cet *Antiochus* avait-il promis de rendre le royaume aux deux princes ? devaient-ils régner tous deux enfemble ? Tout cela eft un peu confus dans le fond, et eft exprimé confufément ; plufieurs lecteurs en font révoltés. On eft plus indulgent à la repréfentation.

V. 63. Ayant régné fept ans, fon ardeur militaire

Ce mot *militaire* eft technique, c'eft-à-dire un terme d'art ; le *pas militaire*, la *difcipline militaire*, *l'ordre militaire de Saint-Louis*. Il faut en poëfie employer les mots *guerrière*, *belliqueufe*.

V. 64. Ralluma cette guerre où fuccomba fon frère.

Rien ne fait mieux voir la néceffité abfolue d'écrire purement que l'erreur où jette ce mot *fuccomba*. Il fait

croire qu'un frère d'*Antiochus* fuccomba dans cette nouvelle guerre. Point du tout ; il eft queftion du roi *Nicanor*
qui avait fuccombé dans la guerre précédente ; il fallait
avait fuccombé. Cela feul jette des obfcurités fur cette
expofition. N'oublions jamais que la pureté du ftyle eft
d'une néceffité indifpenfable.

Quand on voit que celui qui conte cette hiftoire
s'interrompt *aux mille beaux exploits* de cet *Antiochus*,
craint à l'égal du tonnerre, et *qui donna bataille*, cette
interruption qui laiffe le fpectateur fi peu inftruit, lui
ôte l'envie de s'inftruire ; et il a fallu tout l'art et toutes
les reffources du génie de *Corneille* pour renouer le fil de
l'intérêt.

V. 65. Il attaqua le Parthe et fe crut affez fort
Pour en venger fur lui la prifon et la mort.

La conftruction eft encore obfcure et vicieufe ; *en* fe
rapporte au frère, et *lui* fe rapporte au Parthe. La difficulté
d'employer les pronoms et les conjonctions, fans nuire
à la clarté et à l'élégance, eft très-grande en français.

V. 70. Je vous achèverai le refte une autre fois ;

eft du ftyle comique.

V. dern. Un des princes furvient.

On ne fait point quel prince, et *Antiochus* ne fe nommant point, laiffe le fpectateur incertain.

SCENE II.

V. 1. . . . . Demeurez, Laonice.

On ne fait encore fi c'eft *Antiochus* ou *Séleucus* qui parle.
On ignore même que l'un eft *Antiochus*, l'autre *Séleucus*.
Il eft à remarquer qu'*Antiochus* n'eft nommé qu'au quatrième acte, à la fcène troifième, et *Séleucus* à la fcène
cinquième, et que *Cléopâtre* n'eft jamais nommée. Il

fallait d'abord inftruire les fpectateurs. Le lecteur doit fentir la difficulté extrême d'expliquer tant de chofes dans une feule fcène, et de les énoncer d'une manière intéreffante. Mais voyez l'expofition de *Bajazet*; il y avait autant de préliminaires dont il fallait parler ; cependant quelle netteté ! comme tous les caractères font annoncés ! avec quelle heureufe facilité tout eft développé ! Quel art admirable dans cette expofition de *Bajazet!*

V. 2. Vous pouvez, comme lui, me rendre un bon office.

Bon office. Jamais ce mot familier ne doit entrer dans le ftyle tragique.

V. 3. Dans l'état où je fuis, trifte, plein de fouci,
Si j'efpère beaucoup, je crains beaucoup auffi.

Plein de fouci n'eft pas affez noble.

V. 5. Un feul mot aujourd'hui, maître de ma fortune,
M'ôte ou donne à jamais le fceptre et Rodogune ;

Il vaudrait mieux qu'on sût déjà qui eft *Rodogune.* Il eft encore plus important de faire connaître tout d'un coup les perfonnages auxquels on doit s'intéreffer, que les événemens paffés avant l'action.

V. 7. Et de tous les mortels ce fecret révélé
Me rend le plus content ou le plus défolé.

Il femble par la phrafe que ce fecret ait été révélé par tous les mortels. On n'infifte ici fur ces petites fautes, que pour faire voir aux jeunes auteurs quelle attention demande l'art des vers.

V. 9. Je vois dans le hafard tous les biens que j'efpère ;

eft impropre et louche. *Voir dans le hafard*, ne fignifie pas : *Mon bien eft au hafard, mon bien eft hafardé.* Cette expreffion n'eft pas françaife.

V. 13. Donc pour moins hafarder, j'aime mieux moins prétendre;

Donc ne doit prefque jamais entrer dans un vers, encore moins le commencer. *Quoi donc* fe dit très-bien, parce que la fyllabe *quoi* adoucit la dureté de la fyllabe *donc.*

Racine a dit :

Je fuis donc un témoin de leur peu de puiffance.

Mais remarquez que ce mot eft gliffé dans le vers, et que fa rudeffe eft adoucie par la voyelle qui le fuit. Peu de nos auteurs ont fu employer cet enchaînement harmonieux de voyelles et de confonnes. Les vers les mieux penfés et les plus exacts rebutent quelquefois. On en ignore la raifon ; elle vient du défaut d'harmonie.

V. 14. Et pour rompre le coup que mon cœur n'ofe attendre,

J'ai déjà remarqué qu'on ne rompt point un coup ; on le pare, on le détourne, on l'affaiblit, on le repouffe ; de plus on prononce ces mots comme *rompre le cou;* il faut éviter cette équivoque. Si l'expreffion *rompre un cou* eft prife des jeux, comme par exemple du jeu de dés, où l'on dit, *rompre le coup,* quand on arrête les dés de fon adverfaire, cette figure alors eft indigne du ftyle noble.

V. 15. Lui cédant de deux biens le plus brillant aux yeux,
M'affurer de celui qui m'eft plus précieux.

On eft étonné d'abord qu'un prince cède un trône pour avoir une femme. Cette feule idée fit tomber *Pertharite,* qui redemandait fa propre époufe, et dont la vertu pouvait excufer cette faibleffe. Mais, dans *Pertharite,* cette ceffion eft la cataftrophe. Ici elle commence la pièce. *Antiochus* eft déterminé par fon amitié pour fon frère *Séleucus,* ainfi que par fon amour pour *Rodogune.* Ce qui déplaît dans *Pertharite* ne déplaît pas ici. Tout dépend des circonftances où l'auteur fait mettre fes perfonnages. Peut-être eût-il fallu qu'*Antiochus* eût paru éperdument amoureux, et qu'on s'intéreſsât déjà à ſa paſſion, pour qu'on excuſât davantage ce début par lequel il renonce au trône.

V. 17. Heureux fi, fans attendre un fâcheux droit d'aîneſſe,
Pour un trône incertain j'en obtiens la princeſſe ;

Le mot propre, au dernier hémiſtiche du premier vers, eſt *incertain*, car ce droit d'aîneſſe n'eſt point *fâcheux* pour celui qui aura le trône et *Rodogune*. *Fâcheux*, d'ailleurs, n'eſt pas noble.

V. 19. Et puis, par ce partage, épargner les ſoupirs,

Il faut abfolument : *Et ſi je puis épargner des ſoupirs*. On dit bien *je vous épargne des ſoupirs* ; mais on ne peut dire *j'épargne des ſoupirs*, comme on dit *j'épargne de l'argent*.

V. 20. Qui naîtraient de ma peine ou de ſes déplaiſirs.

Cela veut dire *de ma peine* ou *de ſa peine*. Les déplaiſirs et la peine ne ſont pas des expreſſions aſſez fortes pour la perte d'un trône.

V. 21. Va le voir de ma part, Timagène, et lui dire
Que pour cette beauté je lui cède l'Empire,

Pour cette beauté, termes de comédie, et qui jettent une eſpèce de ridicule fur cette ambaſſade. Va lui dire que je lui cède l'Empire pour une beauté.

V. 23. Mais porte-lui fi haut la douceur de régner,

On ne porte point haut une douceur, cela eſt impropre, négligé, et peu français. *Racine* dit : *Oenone, fais briller la couronne à ſes yeux.* C'eſt ainſi qu'il faut s'exprimer.

V. 24. Qu'à cet éclat du trône il ſe laiſſe gagner ;

Qu'il ſe laiſſe éblouir, eſt le mot propre ; mais *ſe laiſſer gagner à un éclat* affaiblit cette belle idée.

SCENE

SCENE III.

V. 1. Et vous en ma faveur voyez ce cher objet.

Ce cher objet n'eſt-il pas un peu du ſtyle de l'idylle? Le ton de la pièce n'eſt pas juſqu'à préſent au-deſſus de la haute comédie, et eſt trop vicieux.

SCENE IV.

V. 1. Seigneur, le prince vient, et votre amour lui-même
Lui peut, ſans interprète, offrir le diadème.

Quel prince? le ſpectateur peut-il ſavoir ſi c'eſt *Séleucus* ou *Antiochus*? La réponſe de *Timagène* ne ſemble-t-elle pas un reproche? et ſi ce *Timagène* était un homme de cœur, ſon diſcours ſec ne paraîtrait-il pas ſignifier, chargez-vous vous-même d'une propoſition ſi humiliante; dites vous-même à votre frère que vous renoncez au droit de régner?

V. 3. Ah! je tremble, et la peur d'un trop juſte refus
Rend ma langue muette et mon eſprit confus.

Antiochus, qui tremble que ſon frère n'accepte pas l'empire, a-t-il des ſentimens bien élevés? ne devrait-il pas préparer les ſpectateurs à cette averſion qu'il a montrée pour régner? J'ai vu de bons critiques penſer ainſi. Je ſoumets au public leur jugement et mes doutes.

SCENE V.

V. 1. Vous puis-je en confiance expliquer ma penſée?

On ne ſait point encore que c'eſt *Séleucus* qui parle. Il était aiſé de remédier à ce petit défaut.

V. 9. . . . . Ce jour fatal à l'heur de notre vie
Jette ſur l'un de nous trop de honte ou d'envie.

Pourquoi trop de honte? y a-t-il de la honte à n'être

Comment. ſur Corneille. Tome I. K k

pas l'aîné ? et s'il eſt honteux de ne pas régner, pourquoi céder le trône ſi vîte?

V. 13.   Mais ſi vous le voulez j'en fais bien le remède.

Ce vers eſt de la haute comédie. On a déjà dit que cet uſage dura trop long-temps.

V. 14.   Si je le veux ! Bien plus, je l'apporte, et vous cède
Tout ce que la couronne a de charmant en ſoi.

Il paraît ſingulier que *Séleucus* ait préciſément la même idée que ſon frère. Il y a beaucoup d'art à les repréſenter unis de l'amitié la plus tendre ; n'y en a-t-il point un peu trop à leur faire naître en même temps une idée ſi contraire au caractère de tous les princes ? Cela eſt-il bien naturel ? peut-être que non. Cependant les deux frères intéreſſent ; pourquoi ? parcé qu'ils s'aiment ; et le ſpectateur voit déjà dans quel embarras ils vont ſe précipiter l'un et l'autre.

V. 29.   Elle vaut bien un trône, il faut que je le die. —
Elle en vaut à mes yeux tout ce qu'en a l'Aſie.

Ces diſcours ſont d'un ſtyle familier, et *il faut que je le die* eſt plus qu'inutile ; car lorſqu'on ſe ſert de ces tours, *il faut que je le diſe*, *que je l'avoue*, *que j'en convienne*, c'eſt pour exprimer ſa répugnance. *Mon ennemi a des vertus*, *il faut que j'en convienne. Je vais vous apprendre une choſe déſagréable*, *mais il faut que je la diſe.* Antiochus n'a aucune répugnance à dire que *Rodogune* eſt préférable aux trônes de l'Aſie.

V. 31.   Vous l'aimez donc, mon frère ? — Et vous l'aimez auſſi.

Pluſieurs critiques demandent comment deux frères ſi unis, et qui n'ont tous deux qu'un même ſentiment, ont pu ſe cacher une paſſion dont l'aveu involontaire échappe à tous ceux qui l'éprouvent ? Comment ne ſe ſont-ils pas au moins ſoupçonnés l'un l'autre d'être rivaux ? Quoi ! tous deux débutent par fe céder le trône pour une maîtreffe ! A peine ferait-il permis d'abandonner fon droit à une couronne pour une femme dont on ferait adoré ; et deux princes commencent par préférer à l'empire une femme à laquelle ils n'ont pas feulement déclaré leur amour.

C'eft au lecteur à s'interroger lui-même, à fe demander quel effet cette idée fait fur lui, fi ce double facrifice eft vraifemblable, s'il n'eft pas un peu romanefque ? Mais auffi il faut confidérer que ces princes ne cèdent pas abfolument le trône, mais un droit incertain au trône. Voilà ce qui les juftifie.

V. 39. O mon cher frère ! ô nom pour un rival trop doux !

répare tout d'un coup ce que leur propofition femble avoir de trop aviliffant et de trop concerté ; mais ces répétitions par écho, *que ne ferais-je point contre un autre !* font-elles affez nobles, affez tragiques, et d'un affez bon goût ?

V. 42. Amour, qui doit ici vaincre de vous ou d'elle ?

Cette apoftrophe à l'amour eft-elle digne de la tragédie ?

V. 43. L'amour, l'amour doit vaincre.

Cette réponfe ne fent-elle pas un peu plus l'idylle que la tragédie ? Remarquez que *Racine*, qui a tant traité l'amour, n'a jamais dit *l'amour doit vaincre*. Il n'y a pas une maxime pareille, même dans Bérénice. En général ces maximes ne touchent jamais. Tous ceux qui ont dit que *Racine* facrifiait tout à l'amour, et que les héros de *Corneille* étaient toujours fupérieurs à cette paffion, n'avaient pas examiné ces deux auteurs. Il eft très-commun de lire et très-rare de lire avec fruit.

V. 47. Mais lorfqu'un digne objet a pu nous enflammer,
Qui le cède eft un lâche et ne fait pas aimer.

Cette maxime n'eft-elle pas encore plus convenable à

un berger qu'à un prince? *Qui cède sa maîtresse est un lâche et ne sait pas aimer; et qui cède un trône est un grand cœur.* Avouons que ni dans *Cyrus*, ni dans *Clélie* on ne trouve point de sentences amoureuses d'une semblable afféterie. *Louis Racine*, fils de l'immortel *Jean Racine*, s'élève avec force contre ces idées dans son Traité de la poësie, page 355, et ajouté : ,, La femme qui mérite ce grand sacrifice ,, est cependant une femme très-peu estimable; et l'on ,, peut remarquer que dans les tragédies de *Corneille*, ,, toutes ces femmes adorées par leurs amans sont par ,, les qualités de leur ame des femmes très-communes; ,, ce n'est que par la beauté que *Cléopâtre* captive *César*, ,, et qu'*Emilie* a tout empire sur *Cinna*. ,,

Cet auteur judicieux en excepte sans doute *Pauline*, qui immole si noblement son amour à son devoir.

Ajoutons à cette remarque que les deux frères disent leurs secrets devant deux subalternes, et que *Timagène* est le confident des amours des deux frères. Comment ces deux frères, qui sont si unis, ne se sont-ils pas avoué ce qu'ils ont avoué à un domestique?

V. 65. Ces deux sièges fameux de Thèbes et de Troie...

Les citations des sièges de Troie et de Thèbes, sont peut-être étrangères à ce qui se passe. Ne pourrait-on pas dire : *Non erat his exemplis, his sermonibus locus?*

V. 66. Qui mirent l'une en sang, l'autre aux flammes en proie...

On ne met point en sang une ville; on ne la met point en proie : on la livre, on l'abandonne en proie.

V. 74. Tout va choir en ma main, ou tomber dans la vôtre.

Le mot de *choir*, même du temps de *Corneille*, ne pouvait être employé pour tomber en partage.

V. 81. Que de sources de haine! hélas! jugez le reste.

Jugez du reste était l'expression propre, mais elle n'en

eſt pas plus digne de la tragédie. Juger quelque choſe, c'eſt porter un arrêt ; juger de quelque choſe, c'eſt dire ſon ſentiment.

V. 89. Ainſi ce qui jadis perdit Thèbes et Troie,
    Dans nos cœurs mieux unis ne verſera que joie.

Ne verſera que joie ne ſe dirait pas aujourd'hui, et c'était même alors une faute ; on ne verſe point joie. La ſcène eſt belle pour le fond, et les ſentimens l'embelliſſent encore.

On demande à préſent un ſtyle plus châtié, plus élégant, plus ſoutenu : on ne pardonne plus ce qu'on pardonnait à un grand homme qui avait ouvert la carrière ; et c'eſt à préſent ſur-tout qu'on peut dire :

    Sans la langue, en un mot, l'auteur le plus divin
    Eſt toujours, quoi qu'il faſſe, un mauvais écrivain.

Quand des pièces romaneſques réuſſiſſent de nos jours au théâtre par les ſituations, ſi elles fourmillent de barbariſmes, d'obſcurités, de vers durs, elles ſont regardées par les connaiſſeurs comme de très-mauvais ouvrages. Je crois que, malgré tous ſes défauts, cette ſcène doit toujours réuſſir au théâtre. L'amitié tendre des deux frères touche d'abord. On excuſe leur deſſein de céder le trône, parce qu'ils ſont jeunes, et qu'on pardonne tout à la jeuneſſe paſſionnée et ſans expérience ; mais ſur-tout parce que leur droit au trône eſt incertain. La bonne foi avec laquelle ces princes ſe parlent doit plaire au public. Leurs réflexions, que *Rodogune* doit appartenir à celui qui ſera nommé roi, forment tout d'un coup le nœud de la pièce, et le triomphe de l'amitié ſur l'amour et ſur l'ambition finit cette ſcène parfaitement.

SCENE VI.

V. 1. Peut-on plus dignement mériter la couronne?

Mériter plus dignement signifie à la lettre, *être digne plus dignement*. C'est un pléonasme, mais la faute est légère.

V. 5. Mais, de grâce, achevez l'histoire commencée. —
Pour la reprendre donc où nous l'avons laissée...

Ces discours de confidens, cette histoire interrompue et recommencée, sont condamnés universellement.

Tous deux débrouillant mal une pénible intrigue,
D'un divertissement me font une fatigue.

V. 12. Si bien qu'Antiochus, &c.

Si bien que, tôt après, piqué jusqu'au vif, expressions trop familières qu'il faut éviter.

V. 24. Il allait épouser la princesse sa sœur.

Sœur de qui? Ce n'est pas de *Cléopâtre*, c'est *Rodogune*. Elle est nommée dans la liste des acteurs, sœur de *Phraates*, roi des Parthes; on n'est pas plus instruit pour cela, et le nom de *Phraates* n'est pas prononcé dans la pièce.

V. 25. C'est cette Rodogune où l'un et l'autre frère
Trouve encor les appas qu'avait trouvés leur père.

Cet *encor* semble dire que *Rodogune* a conservé sa beauté, que les deux fils la trouvent aussi belle que le père l'avait trouvée. Le théâtre, qui permet l'amour, ne permet point qu'on aime une femme uniquement parce qu'elle est belle. Un tel amour n'est jamais tragique.

V. 27. La reine envoie en vain pour se justifier.

Ce tour n'est pas assez élégant; il est un peu de gazette.

V. 36. Soit qu'ainſi cet hymen eût plus d'autorité.

On ne voit pas ce que c'eſt que l'*autorité* d'un hymen, ni pourquoi ce ſecond mariage eût été plus reſpectable en préſence de l'épouſe répudiée, ni pourquoi cette inſulte à *Cléopâtre* eût mieux aſſuré le trône aux enfans d'un ſecond lit.

V. 41. . . . Un gros eſcadron de parthes pleins de joie
Conduit ces deux amans, et court comme à la proie.

Plaignons ici la gêne où la rime met la poëſie. Ce *plein de joie* eſt pour rimer à *proie*; et *comme à la proie* eſt encore une faute ; car pourquoi ce *comme*?

V. 43. La reine au déſeſpoir de ne rien obtenir
Se réſout de ſe perdre. . . . .

Se réſout de ſe perdre eſt un ſoléciſme. Je me réſous à, je reſous *de*. Il s'eſt réſolu à mourir. Il eſt réſolu de mourir.

V. 47. Et changeant à regret ſon amour en horreur,
Elle abandonne tout à ſa juſte fureur.

On peut faire la guerre, ſe venger, commettre un crime à regret ; mais on n'a point de l'horreur à regret.

V. 50. Se mêle dans les coups, porte par-tout ſa rage.

Il valait mieux dire, *ſe mêle aux combattans.*

V. 57. La reine à la gêner prenant mille délices...

On prend plaiſir, et non des délices, à quelque choſe; et on n'en prend point mille.

V. 58. Ne commettait qu'à moi l'ordre de ſes ſupplices.

Il fallait *le ſoin de ſes ſupplices*, on ne commet point un ordre.

K k 4

V. 59. Mais, quoique m'ordonnât cette ame toute en feu,
Je promettais beaucoup et j'exécutais peu.

Ame toute en feu, expreffion triviale pour rimer à *peu*.
Dans quelle contrainte la rime jette!

V. 61. Le Parthe, cependant, en jure la vengeance.

Cet *en* eft mal placé; il femble que le Parthe jure la
vengeance du peu.

V. 62. Sur nous à main armée il fond en diligence;

expreffion trop commune.

V. 65. Il veut fermer l'oreille, enflè de l'avantage.

Ce mot indéfini *de l'avantage* ne peut être admis ici;
il faut *de cet avantage*, ou *de fon avantage*.

V. 67. Enfin il craint pour elle, et nous daigne écouter,
Et c'eft ce qu'aujourd'hui l'on doit exécuter.

Cela eft louche et obfcur. Il femble qu'on aille exécuter ce qu'on a écouté.

V. 71. Rodogune a paru fortant de fa prifon
Comme un foleil levant deffus notre horizon.
Le Parthe a décampé;

expreffions trop négligées; mais il y a un grand germe
d'intérêt dans la fituation que *Timagène* expofe. Il eût été
à défirer que les détails euffent été exprimés avec plus
d'élégance; on a remarqué déjà que *Racine* eft le premier
qui ait eu ce talent.

V. 75. D'un ennemi cruel il s'eft fait notre appui.

Il fallait, *d'ennemi qu'il était. Je me fais votre ami d'un
ennemi*, n'eft pas français. On pourrait dire, *d'un ennemi
je fuis devenu un ami.*

V. 76. La paix finit la haine.

La haine finit, on ne la finit pas.

V. 85. Vous me trouvez mal propre à cette confidence.

Mal propre ne doit pas entrer dans le ftyle noble ; et que *Timagène* foit propre ou non à une confidence, c'eft un trop petit objet.

V. 86. Et peut-être à deffein je la vois qui s'avance.

A quel deffein ?

V. 87. Adieu, je dois au rang qu'elle eft prête à tenir
Du moins la liberté de vous entretenir.

Timagène doit du refpect à *Rodogune*, indépendamment de ce mariage ; et il doit fe retirer quand elle veut parler à fa confidente.

SCENE VII.

V. 1. Je ne fais quel malheur aujourd'hui me menace,
Et coule dans ma joie une fecrète glace.

Coule une glace n'eft pas du ftyle noble, et la glace ne coule point.

V. 3. Je tremble, Laonice, et te voulais parler,
Ou pour chaffer ma crainte, ou pour m'en confoler.

Cet *en* fe rapporte à la *crainte* par la phrafe ; il femble qu'elle veuille fe confoler de fa crainte. Il faut éviter foigneufement ces amphibologies.

V. 7. La fortune me traite avec trop de refpect.

La fortune ne traite point avec refpect ; toutes ces expreffions impropres, hafardées, lâches, négligées, employées feulement pour la rime, doivent être foigneufement bannies.

V. 9. L'hymen femble à mes yeux cacher quelque fupplice,
Le trône fous mes pas creufer un précipice.

La poëfie françaife marche trop fouvent avec le fecours des antithèfes, et ces antithèfes ne font pas toujours juftes. Comment *un hymen cache-t-il un fupplice?* Comment *un trône creufe-t-il un précipice?* Le précipice peut être creufé fous le trône et non par lui.

L'antithèfe des *premiers fers et des nouveaux, des biens et des maux,* vient enfuite. Cette figure tant répétée eft une puérilité dans un rhéteur, à plus forte raifon dans une princeffe.

V. 14. La paix qu'elle a jurée en a calmé la haine.

On ne doit jamais fe fervir de la particule *en* dans ce cas-ci. Il fallait, *la paix qu'elle a jurée a dû calmer fa haine.* Cet *en* n'eft pas français. On ne dit point, *j'en crains le courroux, j'en vois l'amour,* pour *je crains fon courroux, je vois fon amour.*

V. 16. La paix fouvent n'y fert que d'un amufement.

Ces réflexions générales et politiques font-elles d'une jeune femme? Qu'eft-ce que la paix qui fert d'amufement à la haine?

V. 17. Et dans l'état où j'entre, à te parler fans feinte,

On n'entre point dans un état, cela eft profaïque et impropre.

V. 18. Elle a lieu de me craindre, et je crains cette crainte;

Cela reffemble trop à un vers de parodie.

V. 19. Non qu'enfin je ne donne au bien des deux états
Ce que j'ai dû de haine à de tels attentats.

Elle n'a point parlé de ces attentats; l'auteur les a en vue; il répond à fon idée. Mais *Rodogune,* par ce mot *tels*, suppofe qu'elle a dit ce qu'elle n'a point dit. Cependant le fpectateur eft fi inftruit des attentats de *Cléopâtre*, qu'il entend aifément ce que *Rodogune* veut dire. Je ne remarque cette négligence très-légère que pour faire voir combien l'exactitude du ftyle eft néceffaire.

V. 22. Mais une grande offenfe eft de cette nature,
Que toujours fon auteur impute à l'offenfé
Un vif reffentiment dont il le croit bleffé ;

maxime toujours trop générale, differtation politique qui eft un peu longue, et qui n'eft pas exprimée avec affez d'élégance et de force. *De cette nature que, jamais ne s'y fie*, &c. il vaut toujours mieux faire parler le fentiment ; c'eft-là le défaut ordinaire de *Corneille. Rodogune* fe plaignant de *Cléopâtre*, et exprimant ce qu'elle craint d'un tel caractère, ferait bien plus d'effet qu'une differtation. Peut-être que *Corneille* a voulu préparer un peu par ce ton politique la propofition atroce que fera *Rodogune* à fes amans ; mais auffi toutes ces fentences, dans le goût de *Machiavel*, ne préparent point aux tendreffes de l'amour, et à ce caractère d'innocence timide que *Rodogune* prendra bientôt. Cela fait voir combien cette pièce était difficile à faire, et de quel embarras l'auteur a eu à fe tirer.

V. 24. Un vif reffentiment dont il le croit bleffé.

Bleffé d'un reffentiment ! une injure bleffe, et le reffentiment eft la bleffure même.

V. 31. Vous devez oublier un défefpoir jaloux,
Où força fon courage un infidelle époux.

Oublier un défefpoir ! et un défefpoir jaloux ! où un infidelle époux a forcé fon courage ! Prefque toutes les fcènes de ce premier acte font remplies de barbarifmes ou de folécifmes intolérables. Eft-ce là l'auteur des belles fcènes de Cinna?

V. 39. Quand je me difpenfais à lui mal obéir. . .

n'eft pas français. On fe difpenfe d'une chofe, et non à une chofe.

V. 41. Peut-être qu'en fon cœur, plus douce et repentie,
Elle en diffimulait la meilleure partie.

Repentie ne l'eft pas non plus, du moins aujourd'hui. On ne peut pas dire cette princeffe *repentie.* Mais pourquoi n'emploierions-nous pas une expreffion néceffaire dont l'équivalent eft reçu dans toutes les langues de l'Europe ?

V. 47. Et fi de cet amour je la voyais fortir,
Je jure de nouveau de vous en avertir.

Sortir d'un amour! de telles impropriétés, de telles négligences, révoltent trop l'efprit du lecteur.

V. 49. Vous favez comme quoi je vous fuis toute acquife.

Comme quoi ne fe dit pas davantage ; et *toute acquife* eft du ftyle comique.

V. 57. Comme ils ont même fang avec pareil mérite. . .

Avoir même fang eft encore un barbarifme ; ils font du même fang, ils font nés, formés du même fang. Il y avait plus d'une manière de fe bien exprimer.

V. 58. Un avantage égal pour eux me follicite.

Un avantage ne follicite point ; et il n'y a point d'avantage dans l'égalité.

V. 61. Il eft des nœuds fecrets, il eft des fympathies,
Dont par le doux rapport les ames afforties
S'attachent l'une à l'autre, et fe laiffent piquer
Par ces je ne fais quoi qu'on ne peut expliquer.

C'eft toujours le poëte qui parle ; ce font toujours des

maximes ; la paffion ne s'exprime point ainfi. Ces vers
font agréables , quoique *dont par le doux rapport* ne
foit point français ; mais *ces ames qui fe laiffent piquer*, et
ces je ne fais quoi , appartiennent plus à la haute comédie
qu'à la tragédie. Ces vers reffemblent à ceux de la Suite
du Menteur : *Quand les ordres du ciel nous ont faits l'un pour
l'autre* , comme on l'a déjà remarqué. Cependant ces
quatre vers , tout éloignés qu'ils font du ftyle de la
véritable tragédie , furent toujours regardés comme un
chef-d'œuvre du développement du cœur humain , avant
qu'on vît les chefs-d'œuvre véritables de *Racine* en ce
genre.

V. 69. Etrange effet d'amour ! incroyable chimère !

Elle voudrait bien être à *Séleucus*, fi elle n'aimait pas
Antiochus ; ce n'eft pas là une chimère incroyable ; mais
cet examen, cette differtation, cette comparaifon de fes
fentimens pour les deux frères, ne font-ils pas l'oppofé
de la tragédie ?

V. 73. Ne pourrai-je fervir une fi belle flamme ?

N'eft-ce pas là un difcours de foubrette ?

V. 74. Ne crois pas en tirer le fecret de mon ame.

Tirer n'eft pas noble ; cet *en* rend la phrafe incorrecte
et louche.

V. 79. L'hymen me le rendra précieux à fon tour.

A fon tour eft de trop ; mais il faut rimer au mot *amour*.
Cette gêne extrême fe fait fentir à tout moment.

V. 81. Sans crainte qu'on reproche à mon humeur forcée
Qu'un autre qu'un mari règne fur ma penfée.

Ces vers font dans le ftyle comique. *Racine* feul a fu
ennoblir ces fentimens qui demandent les tours les plus
délicats.

V. 84. Que ne puis-je à moi-même auſſi bien le cacher !

eſt d'une jeune fille timide et vertueuſe qui craint d'aimer. C'eſt au lecteur à voir ſi cette timide innocence s'accorde avec ces maximes de politique que *Rodogune* a étalées, et ſur-tout avec la conduite qu'elle aura.

V. 85. Quoi que vous me cachiez, aiſément je devine ;

eſt d'une ſoubrette.

V. 88. Ma rougeur trahirait les ſecrets de mon cœur.

Remarquez que tous les diſcours de *Rodogune* ſont dans le caractère d'une jeune perſonne qui craint de s'avouer à elle-même les ſentimens tendres et honnêtes dont ſon cœur eſt touché. Cependant *Rodogune* n'eſt point jeune ; elle épouſa *Nicanor*, lorſque les deux frères étaient en bas âge ; ils ont au moins vingt ans. Cette rougeur, cette timidité, cette innocence, ſemblent donc un peu outrées pour ſon âge ; elles s'accordent peu avec tant de maximes de politique ; elles conviennent encore moins à une femme qui bientôt demandera la tête de ſa belle-mère aux enfans même de cette belle-mère.

ACTE SECOND.

SCENE PREMIERE.

Vers 1. Sermens fallacieux, ſalutaire contrainte,
  Que m'impoſa la force, et qu'accepta ma crainte !
  Heureux déguiſement d'un immortel courroux,
  Vains fantômes d'Etat, évanouiſſez-vous.

*C*ORNEILLE reparaît ici dans toute ſa pompe. L'éloquent *Boſſuet* eſt le ſeul qui ſe ſoit ſervi après lui de cette belle épithète, *fallacieux*. Pourquoi appauvrir la langue ? un mot conſacré par *Corneille* et *Boſſuet* peut-il être abandonné ?

Salutaire contrainte, il eſt difficile d'expliquer comment une ſalutaire contrainte eſt un vain fantôme d'Etat. Il manque là un peu de netteté et de naturel.

V. 7. Semblables à ces vœux dans l'orage formés
Qu'efface un prompt oubli quand les flots ſont calmés.

Une comparaiſon directe n'eſt point convenable à la tragédie. Les perſonnages ne doivent point être poëtes ; la métaphore eſt toujours plus vraie, plus paſſionnée. Il ferait mieux de dire, *mes vœux formés dans l'orage ſont oubliés quand les flots ſont calmés*. Mais il faudrait le dire dans d'auſſi beaux vers.

V. 10. Recours des impuiſſans, haine diſſimulée,
Digne vertu des rois, noble ſecret de cour,
Eclatez, il eſt temps.

Cela paraît un peu d'un poëte qui cherche à montrer qu'il connaît la cour ; mais une reine ne s'exprime point ainſi. *Recours des impuiſſans*, paraît un défaut dans ce monologue noble et mâle ; car un recours d'impuiſſant n'eſt pas une digne vertu des rois. La reine n'eſt point ici impuiſſante, puiſqu'elle dit que le Parthe eſt éloigné et qu'elle n'a rien à craindre. *Recours des impuiſſans, éclatez*, eſt une contradiction ; car ce recours eſt *la haine diſſimulée*, la diſſimulation ; et c'eſt préciſément ce qui n'éclate pas. Le ſens de tout cela eſt, *ceſſons de diſſimuler, éclatons* ; mais ce ſens eſt noyé dans des paroles qui ſemblent plus pompeuſes que juſtes. *Secret de cour* ne peut ſe dire comme on dit, *homme de cour, habit de cour*.

V. 13. Montrons-nous toutes deux, non plus comme ſujettes.

Qui ſont ces deux ? eſt-ce la haine diſſimulée et *Cléopâtre* ? Voilà un aſſemblage bien extraordinaire ! Comment *Cléopâtre* et ſa haine ſont-elles deux ? comment ſa haine eſt-elle *ſujette* ? C'eſt bien dommage que de ſi beaux morceaux foient fi fouvent défigurés par des tours fi alambiqués.

V. 17. Je hais, je règne encor. Laiffons d'illuftres marques
En quittant, s'il le faut, ce haut rang des monarques.

Je hais, je règne encor, eft un coup de pinceau bien fier ; mais *laiffons d'illuftres marques* eft faible ; on laiffe des marques de quelque chofe. *Marques* n'eft là qu'un mot impropre pour rimer à *monarques*. Plût à Dieu que du temps de *Corneille* un *Defpréaux* eût pu l'accoutumer à faire des vers difficilement !

Haut rang des monarques. Haut rang fuffifait, *des monar-ques* eft de trop. La rime fubjugue fouvent le génie, et affaiblit l'éloquence.

V. 19. Fefons-en avec gloire un départ éclatant,

eft barbare ; *faire un départ* n'eft pas français ; *en avec* révolte l'oreille ; mais fi elle n'a rien à craindre, comme elle le dit, pourquoi quitterait-elle le trône ? Elle commence par dire qu'elle ne veut plus diffimuler, qu'elle veut tout ofer.

V. 21. C'eft encor, c'eft encor cette même ennemie...
Dont la haine, à fon tour, croit me faire la loi,
Et régner par mon ordre et fur vous et fur moi.

A quoi fe rapporte ce *vous* ? Il ne peut fe rapporter qu'au recours des impuiffans, à cette haine diffimulée dont elle a parlé treize vers auparavant ; elle s'entretient donc avec fa haine dans ce monologue. Convenons que cela n'eft point dans la nature. Il régnait dans ce temps-là un faux goût dans toute l'Europe, dont on a eu beaucoup de peine à fe défaire. Ces apoftrophes à fes paffions, ces jeux d'efprit, ces efforts qu'on fefait pour ne pas parler naturellement, étaient à la mode en Italie, en Efpagne, en Angleterre. *Corneille*, dans les momens de paffion, fe livra rarement à ce défaut ; mais il s'y laiffa

fouvent

souvent entraîner dans les morceaux de déclamation. Le reste du monologue est plein de force.

S C E N E I I.

V. 1. Laonice, vois-tu que le peuple s'apprête
Au pompeux appareil de cette grande fête ?

S'apprête à l'appareil est encore un barbarisme.

V. 5. L'un et l'autre fait voir un mérite si rare,
Que le souhait confus entre les deux s'égare.

Le souhait confus, n'est pas français.

V. 7. Et ce qu'en quelques-uns on voit d'attachement...

Cela forme un concours de syllabes trop dures.

V. 8. N'est qu'un faible ascendant du premier mouvement ;

est impropre ; *l'ascendant* veut dire la supériorité ; un mouvement n'a pas d'ascendant. On ne peut s'exprimer ni avec moins d'élégance, ni avec moins de correction, ni avec moins de netteté.

V. 9. Ils penchent d'un côté prêts à tomber de l'autre ;

ne signifie pas ce que l'auteur veut dire, *se déclarer pour un des deux princes ;* le mot de *tomber* est impropre, il ne signifie jamais qu'une chute, excepté dans cette phrase, *je tombe d'accord.*

V. 15. Pour un esprit de cour et nourri chez les grands,
Tes yeux dans leurs secrets sont bien peu pénétrans ;

n'est pas le langage d'une reine. *Esprit de cour* est une expression bourgeoise ; d'ailleurs, pourquoi *Cléopâtre* dit-elle tout cela à sa confidente ? Elle ne l'emploie à rien ; et pour une si grande politique, *Cléopâtre* paraît bien imprudente de dire ainsi son secret inutilement.

Comment. sur Corneille. Tome I. L l

V. 18. Si je cache en quel rang le ciel les a fait naître...

C'eſt ainſi qu'on s'exprimerait, ſi on voulait dire qu'ils ignorent leurs parens. Mais *je cache leur rang* n'exprime pas *je cache qui des deux a le droit d'aîneſſe*; et c'eſt ce dont il s'agit.

V. 23. Cependant je poſsède, et leur droit incertain
Me laiſſe avec leur ſort leur ſceptre dans la main.

Je poſsède demande un régime; *jouir* eſt neutre quelquefois; *poſſéder* ne l'eſt pas : cependant je crois que cette hardieſſe eſt très-permiſe, et fait un bel effet.

V. 25. Voilà mon grand ſecret. Sais-tu par quel myſtère
Je les laiſſais tous deux en dépôt chez mon frère?

Il ſemble que *Cléopâtre* ſe faſſe un petit plaiſir de faire valoir ſes méchancetés à une fille qu'elle regarde comme un eſprit peu éclairé. On ne doit jamais faire de confidences qu'à ceux qui peuvent nous ſervir dans ce qu'on leur confie, ou à des amis qui arrachent un ſecret.

V. 32. Quand je le menaçais du retour de mes fils,
Voyant ce foudre prêt à ſervir ma colère...

Ce foudre peut-il convenir à des enfans en bas âge?

V. 34. Quoi qu'il me plût oſer, il n'oſait me déplaire.

Toute répétition qui n'enchérit pas doit être évitée.

V. 37. Je te dirai bien plus; ſans violence aucune
J'aurais vu Nicanor épouſer Rodogune.

Cet *aucune* à la fin d'un vers n'eſt toléré que dans la comédie. On peut voir une choſe ſans colère, ſans dépit, ſans reſſentiment. Le mot de *violence* n'eſt pas le mot propre.

V. 41. Son retour me fâchait plus que ſon hymenée,

Ce mot *fâcher* ne doit jamais entrer dans la tragédie.

V. 42. Et j'aurais pu l'aimer, s'il ne l'eût couronnée.

Il ne l'a point couronnée, il a voulu la couronner; ou s'il l'a époufée en effet, *Rodogune* veut donc époufer le fils de fon mari. Cette obfcurité n'eft point éclaircie dans la pièce.

V. 43. Tu vis comme il y fit des efforts fuperflus ;
Je fis beaucoup alors, et ferais encor plus.

Il y fit des efforts ; je fis beaucoup alors, et ferais encor plus. Que de négligences !

V. 45. S'il était quelque voie, infame ou légitime,
Que m'enfeignât la gloire, ou que m'ouvrît le crime...

Infame eft trop fort. Un défaut trop commun au théâtre avant *Racine*, était de faire parler les méchans princes comme on parle d'eux, de leur faire dire qu'ils font méchans et exécrables : cela eft trop éloigné de la nature. De plus, comment une voie infame eft-elle enfeignée par la gloire ? elle peut l'être par l'ambition. Enfin, quel intérêt a *Cléopâtre* de dire tant de mal d'elle-même ?

V. 47. Qui me pût conferver un bien que j'ai chéri
Jufqu'à verfer pour lui tout le fang d'un mari.

Ce *pour lui* gâte la phrafe, auffi-bien que le *que, qui.* Verfer du fang pour un bien !

V. 49. Dans l'état pitoyable où m'en réduit la fuite...

C'eft la fuite du fang qu'elle a verfé. Cela n'eft pas net ; et cet *en* n'eft pas heureufement placé.

V. 50. Délice de mon cœur, il faut que je te quitte...
L'amour que j'ai pour toi tourne en haine pour elle,
Autant que l'un fut grand l'autre fera cruelle.

Ce font des expreffions faites pour la tendreffe, et non pour le trône. Un amour du trône qui fe tourne en haine pour *Rodogune*, et l'un qui eſt grand, l'autre cruelle, tout cela n'eſt nullement dans la nature, et l'expreſſion n'en vaut pas mieux que le ſentiment.

V. 51. On m'y force, il le faut.

Ne faudrait-il pas expliquer comment elle eſt forcée à réſigner la couronne, puiſqu'elle vient de dire qu'elle n'a rien à craindre, que le péril eſt paſſé? ne devrait-elle pas dire ſeulement, *on l'exige, je l'ai promis ?*

V. 53. L'amour que j'ai pour toi tourne en haine pour elle.

L'amour du trône fait ſa haine pour *Rodogune*, mais ne tourne point en haine.

V. 54. Autant que l'un fut grand l'autre ſera cruelle.

La poëſie n'admet guère ces *l'un* et *l'autre.*

V. 55. Et puiſqu'en te perdant j'ai ſur qui me venger,
Ma perte eſt ſupportable et mon mal eſt léger.

Comment peut-elle dire que la perte d'un rang qui la rend forcenée lui ſera ſupportable?

V. 57. Quoi! vous parlez encor de vengeance et de haine
Pour celle dont vous-même allez faire une reine ?

La particule *pour* ne peut convenir à *vengeance*. On n'a point de vengeance pour quelqu'un.

V. 61. N'apprendras-tu jamais, ame baſſe et groſſière,
A voir par d'autres yeux que les yeux du vulgaire ?

Ce n'eſt point cette confidente qui eſt groſſière ; n'eſt-ce pas *Cléopâtre* qui ſemble le devenir en parlant à une dame de ſa cour comme on parlerait à une ſervante dont l'imbécillité mettrait en colère : et ici c'eſt une reine qui confie des crimes à une dame épouvantée de cette confidence inutile. Elle appelle cette dame *groſſière.* En vérité cela eſt dans le goût de la comteſſe d'*Eſcarbagnas* qui appelle ſa femme de chambre *bouvière*.

V. 63. Toi qui connais ce peuple, et fais qu'aux champs de Mars
Lâchement d'une femme il fuit les étendards ,
Que ſans Antiochus Tryphon m'eût dépouillée ,
Que ſous lui ſon ardeur fut ſoudain réveillée.

Il ſemble que ce ſoit l'ardeur d'*Antiochus*. Il s'agit de celle du peuple. Et qu'eſt-ce qu'une ardeur réveillée ſous quelqu'un ?

V. 67. Ne ſaurais-tu juger que ſi je nomme un roi,
C'eſt pour le commander et combattre pour moi ?

On commande une armée , on commande à une nation. On ne commande point un homme , excepté lorſqu'à la guerre un homme eſt commandé par un autre pour être de tranchée, pour aller reconnaître, pour attaquer. *Pour le commander et combattre* n'eſt pas français : elle veut dire, *pour que je lui commande et qu'il combatte pour moi.* Ces deux *pour* font un mauvais effet.

V. 69. J'en ai le choix en main avec le droit d'aîneſſe.

Avoir un choix en main , n'eſt ni régulier, ni noble.

V. 70. Et puiſqu'il en faut faire un aide à ma faibleſſe. . .

Un aide à ma faibleſſe , eſt du ſtyle familier.

V. 71. Que la guerre ſans lui ne peut ſe rallumer,
J'uſerai bien du droit que j'ai de le nommer.

Sans lui; elle entend : *Sans que je faſſe un roi.*

V. 73. On ne montera point au rang dont je dévale. . .

Dévaler eſt trop bas, mais il était encore d'uſage du temps de *Corneille.*

V. 74. Qu'en époufant ma haine, au lieu de ma rivale.

Epoufer une haine au lieu d'une femme, eft un jeu de mots, une équivoque qu'il ne faut jamais imiter.

V. 75. Ce n'eft qu'en me vengeant qu'on me le peut ravir.

Ce *le* fe rapporte au rang, qui eft trop loin.

V. 77. Je vous connaiffais mal.

Ce mot devrait, ce femble, faire rentrer *Cléopâtre* en elle-même, et lui faire fentir quelle imprudence elle commet, d'ouvrir fans raifon une ame fi noire à une perfonne qui en eft effrayée.

Ibid. . . . . . . Connais-moi toute entière,

paraît d'une femme qui veut toujours parler, et non pas d'une reine habile. Car quel intérêt a-t-elle à vouloir fe donner pour un monftre à une femme étonnée de ces étranges aveux?

V. 83. Beaucoup dans ma vengeance ayant fini leurs jours...

eft une phrafe obfcure, et qui n'eft pas françaife. On ne fait fi fa vengeance les a fait périr, ou s'ils font morts en voulant la venger ; et *beaucoup d'une troupe* n'eft pas français.

V. 84. M'expofaient à fon frère et faible et fans fecours.

Quel était ce frère ? on ne l'a point dit. Voilà, je crois, bien des fautes ; et cependant le caractère de *Cléopâtre* eft impofant, et excite un très-grand intérêt de curiofité ; le fpectateur eft comme la confidente, il apprend de moment en moment des chofes dont il attend la fuite.

SCENE III.

V. 1. . . . . Enfin voici le jour. . .
Où je puis voir briller fur une de vos têtes,
Ce que j'ai confervé parmi tant de tempêtes,
Et vous remettre un bien, après tant de malheurs,
Qui m'a coûté pour vous tant de foins et de pleurs.

Il faut éviter ces répétitions, à moins qu'on ne les
emploie comme une figure, comme un trope qui doit
augmenter l'intérêt ; mais ici ce n'eft qu'une négligence.

V. 17. Il fallut fatisfaire à fon brutal défir. . .

Brutal défir eft bas, et convient à toute autre chofe
qu'au défir d'avoir un roi.

V. 18. Et de peur qu'il n'en prît il m'en fallut choifir. .

Il faut, dans la rigueur, *de peur qu'il n'en prît un*, parce
qu'il s'agit ici d'un roi, et non pas d'un nom générique.

V. 19. Pour vous fauver l'Etat que n'euffé-je pu faire !

n'eft pas français. On ne peut dire, *je vous fauvai l'Etat*,
le peuple, la nation, au lieu de *je confervai vos droits*.
On dit, *je vous ai fauvé votre fortune*, parce que cette
fortune vous appartenait, vous la perdiez fans moi ; *j'ai
fauvé l'Etat*, mais non *je vous ai fauvé l'Etat*.

V. 23. Mais à peine fon bras en relève la chute,
Que par lui de nouveau le fort me perfécute.

On ne relève point une chute ; on relève un trône
tombé. Le refte du difcours de *Cléopâtre* eft très-artificieux,
et plein de grandeur. Il femble que *Racine* l'ait pris en
quelque chofe pour modèle du grand difcours d'*Agrippine*
à *Néron* ; mais la fituation de *Cléopâtre* eft bien plus frappante que celle d'*Agrippine* ; l'intérêt eft beaucoup plus
grand, et la fcène bien autrement intéreffante.

Ll 4

V. 37. Paſſons; je ne me puis ſouvenir ſans trembler
Du coup dont j'empêchai qu'il nous pût accabler.

Il ſemble, par cette phraſe, que *Cléopâtre* trembla du coup que voulait porter *Nicanor*, et qu'elle l'empêcha de porter ce coup; elle veut dire le contraire.

V. 54. Je me crus tout permis pour garder votre bien.

Il fallait, *pour vous garder votre bien.*

V. 63. Juſques ici, Madame, aucun ne met en doute
Les longs et grands travaux que notre amour vous coûte, &c.

Ce diſcours d'*Antiochus* eſt d'une bienſéance qui lui gagne tous les cœurs.

S'il y a *notre amour* (toutes les éditions le portent), c'eſt un barbariſme. *Notre amour* ne peut jamais ſignifier l'amour que vous avez pour nous. S'il y a *votre amour*, il peut ſignifier l'amour de *Cléopâtre* pour ſes enfans.

V. 65. Et nous croyons tenir des ſoins de cet amour
Ce doux eſpoir du trône auſſi-bien que le jour.

Un doux eſpoir du trône qu'on tient du ſoin d'un amour !

V. 71. Ce ſont fatalités dont l'ame embarraſſée...

Il faudrait au moins *des fatalités.* Mais *des fatalités* dont l'ame eſt embarraſſée ! une femme qui débute ſans raiſon par avouer à ſes enfans qu'elle a tué leur père, doit leur cauſer plus que de l'embarras.

V. 72. A plus qu'elle ne veut ſe voit ſouvent forcée.

Souvent eſt de trop.

V. 73. Sur les noires couleurs d'un ſi triſte tableau
Il faut paſſer l'éponge ou tirer le rideau.

On ſent aſſez que cette alternative d'*éponge* et de *rideau* fait un mauvais effet. Il ne faut employer l'alternative que quand on propofe le choix de deux partis ; mais on ne propofe point en parlant à fa reine et à fa mère le choix de deux expreffions. De plus, ces expreffions un peu triviales ne font pas dignes du ftyle tragique. Il en faut dire autant de la *fuite que le ciel deftine à ces noires couleurs.*

V. 76. Et quelque fuite enfin que le ciel y deftine,
     J'en rejette l'idée.

Le ciel qui deftine une fuite !

V. 87. J'ajouterai, Madame, à ce qu'a dit mon frère...

Séleucus ne parle pas fi bien que fon frère ; il dit, *j'ajouterai*, et il n'ajoute rien.

V. 88. Que bien qu'avec plaifir et l'un et l'autre efpère...

Que bien qu'avec eft trop rude à l'oreille. On ne dit point, *et l'un et l'autre*, à moins que le premier *et* ne lie la phrafe.

V. 89. L'ambition n'eft pas notre plus grand défir.

L'ambition eft une paffion et non un défir.

V. 91. Et c'eft bien la raifon que pour tant de puiffance
     Nous vous rendions du moins un peu d'obéiffance.

C'eft bien la raifon eft du ftyle de la comédie. *Pour tant de puiffance* ne forme pas un fens net : eft-ce pour la puiffance de la reine ? eft-ce pour la puiffance de fes enfans qui n'en ont aucune ? eft-ce pour celle qu'aura l'un d'eux ?

V. 99. Elle paffe à vos yeux pour la même infamie,
     S'il la faut partager avec votre ennemie...

Ces vers ne forment aucun fens ; la honte paffe à vos yeux pour la même infamie, fi un indigne hymen la fait retomber fur celle qui venait, &c. Le défaut vient principalement de *la même infamie*, qui n'eft pas français, et de ce que ce pronom *elle*, qui fe rapporte par le fens à *couronne*, eft joint à *honte* par là conftruction.

V. 101. Et qu'un indigne hymen la faffe retomber
Sur celle qui venait pour vous la dérober, *&c.*

Eft-il vraifemblable que *Cléopâtre* n'ait pas foupçonné que fes enfans pouvaient aimer *Rodogune ?* peut-elle imaginer qu'ils ne veulent point régner avec *Rodogune*, parce que leur père a voulu autrefois l'époufer? *Rodogune* fera-t-elle autre chofe que femme du roi ? Celui qui régnera tiendra-t-il d'elle la couronne? doit-elle s'écrier : *O mère trop heureufe!* cet artifice n'eft-il pas un peu groffier? ne fent-on pas que *Cléopâtre* cherche un vain prétexte, que la raifon défavoue? fi fes deux fils étaient des imbécilles, parlerait-elle autrement ? Que ce fecond difcours de *Cléopâtre* eft au-deffous du premier! *Sur celle qui venait*, expreffion incorrecte et familière.

V. 110. Rodogune, mes fils, le tua par ma main.

Cette fauffeté eft trop fenfible et trop révoltante; et c'eft bien là le cas de dire : *qui prouve trop ne prouve rien.*

V. 111. Ainfi de cet amour la fatale puiffance
Vous coûte votre père, à moi mon innocence.

De cet amour ne fe rapporte à rien : elle entend l'amour que *Nicanor* avait eu pour *Rodogune.*

V. 115. Ainfi vous me rendrez l'innocence et l'eftime.

Vous me rendez l'eftime, ne peut fe dire comme *vous me rendez l'innocence;* car l'innocence appartient à la perfonne; et l'eftime eft le fentiment d'autrui. Vous me rendez mon innocence, ma raifon, mon repos, ma gloire ; mais non pas mon eftime.

V. 1 2 2. Si vous voulez régner le trône eſt à ce prix.

La propoſition de donner le trône à qui aſſaſſinera *Rodogune* eſt-elle raiſonnable ? Tout doit être vraiſemblable dans une tragédie. Eſt-il poſſible que *Cléopâtre*, qui doit connaître les hommes, ne ſache pas qu'on ne fait point de telles propoſitions ſans avoir de très-fortes raiſons de croire qu'elles ſeront acceptées ? Je dis plus ; il faut que ces choſes horribles ſoient abſolument néceſſaires. Mais *Cléopâtre* n'eſt point réduite à faire aſſaſſiner *Rodogune*, et encore moins à la faire aſſaſſiner par ſes fils. Elle vient de dire que le Parthe eſt éloigné, qu'elle eſt ſans aucun danger. *Rodogune* eſt en ſa puiſſance. Il paraît donc abſolument contre la raiſon que *Cléopâtre* invite à ce crime ſes deux enfans dont elle doit vouloir être reſpectée. Si elle a tant d'envie de tuer *Rodogune*, elle le peut ſans recourir à ſes enfans. Cependant cette propoſition ſi peu préparée, ſi extraordinaire, prépare des événemens d'un ſi grand tragique, que le ſpectateur a toujours pardonné cette atrocité, quoiqu'elle ne ſoit ni dans la vérité hiſtorique, ni dans la vraiſemblance. La ſituation eſt théâtrale, elle attache malgré la réflexion. Une invention purement raiſonnable peut être très-mauvaiſe. Une invention théâtrale, que la raiſon condamne dans l'examen, peut faire un très-grand effet. C'eſt que l'imagination émue de la grandeur du ſpectacle, ſe demande rarement compte de ſon plaiſir. Mais je doute qu'une telle ſcène pût être ſoufferte par des hommes d'un goût et d'un jugement formé qui la verraient pour la première fois.

V. 1 2 5. La mort de Rodogune en nommera l'aîné.
Quoi, vous montrez tous deux un viſage étonné !

Comment peut-elle être ſurpriſe que ſa propoſition révolte ? Elle veut que le crime tienne lieu du droit d'aîneſſe. Celui des deux qui ne voudra pas tuer ſa maîtreſſe ſera le cadet et perdra le trône ; mais ſi tous deux veulent la tuer, qui ſera roi ? Il eſt clair que la propoſition de *Cléopâtre* eſt abſurde autant qu'abominable ; et cependant elle forme un grand intérêt, parce qu'on veut voir ce qu'elle produira, parce que *Cléopâtre* tient en ſa main la deſtinée de ſes enfans.

En nommera l'aîné, cet *en* ſe rapporte à ſes deux fils ; mais comme il y a un vers entre deux, le ſens ne ſe préſente pas clairement. Il faut encore éviter de finir un vers par *aîné* quand l'autre finit par *aîneſſe*.

*V.*129. J'ai fait lever des gens par des ordres ſecrets, *&c.*

ſtyle de gazette.

*V.*137. Vous ne répondez point ! Allez, enfans ingrats...
J'ai fait votre oncle roi, j'en ferai bien un autre.

Cléopâtre n'eſt pas adroite, quoiqu'elle ſe ſoit donnée pour une femme très-habile ; dès qu'elle s'aperçoit que ſes enfans ont horreur de ſa propoſition, elle ne doit pas inſiſter. On ne perſuade point un crime horrible par de la colère et des emportemens. Quand *Phèdre* a laiſſé voir ſon amour à *Hippolyte*, et qu'*Hippolyte* répond : *Oubliez-vous que Théſée eſt mon père et votre époux ?* elle rentre alors en elle-même, et dit : *Et ſur quoi jugez-vous que j'en perds la mémoire ?* Cela eſt dans la nature ; mais peut-on ſuppoſer qu'une reine qui a de l'expérience, perſiſte à révolter ſes enfans contre elle, en ſe rendant horrible à leurs yeux ? De quel droit leur dit-elle qu'elle peut diſpoſer du trône comme de ſa conquête, après avoir dit, dans la ſcène précédente, qu'elle eſt forcée de deſcendre du trône ? Et comment peut-elle y être forcée en diſant qu'elle eſt maîtreſſe de tout ? Cette contradiction n'eſt-elle pas palpable ? Faut-il que toute cette pièce, pleine de traits ſi fiers et ſi hardis, ſoit fondée ſur de ſi grandes inconſéquences ?

V. 149. Rien ne vous fert ici de faire les furpris.

Expreffion trop triviale, furtout dans une circonftance fi tragique.

V. 153. Et puifque mon feul choix vous y peut élever...

Cet *y* fe rapporte à *trône*, qui eft quatre vers auparavant. Les pronoms, les adverbes doivent toujours être près des noms qu'ils défignent. C'eft une règle à laquelle il n'y a point d'exception.

V. 154. Pour jouir de mon crime, il le faut achever.

Ce vers eft très-beau. Mais comment une reine habile peut-elle avouer fon crime à fes enfans, et les preffer d'en commettre un autre?

SCÈNE IV.

V. 1. Eft-il une conftance à l'épreuve du foudre
       Dont ce cruel arrêt met notre efpoir en poudre?

Voilà encore un foudre, dont un arrêt met un efpoir en poudre; et *Antiochus* répond par écho à cette figure incohérente. Nouvelle preuve du peu de foin qu'on prenait alors de châtier fon ftyle. *Defpréaux* eft le premier qui ait appris comment on doit toujours parler en vers. La douleur refpectueufe d'*Antiochus* eft auffi contraire à l'hiftoire qu'à la politique ordinaire des princes. Plufieurs ont fait enfermer leurs mères pour de bien moindres crimes. *Cléopâtre* vient d'avouer à fes enfans qu'elle a affaffiné leur père; elle veut les forcer à affaffiner leur maîtreffe. Elle doit être à leurs yeux infiniment plus coupable que *Clytemneftre* ne le fut pour *Orefte*. Eft-ce là le cas de dire : *j'aime ma mère?* Mais ce fentiment d'amour refpectueux pour une mère eft fi profondément gravé dans tous les cœurs bien faits, que tous les fpectateurs penfent comme *Antiochus*. Telle eft la magie de la poëfie;

le poëte tient les cœurs dans fa main ; il peut, s'il veut, peindre *Antiochus* comme un *Oreste*, et alors le public s'intéreffera à fa vengeance ; il peut le peindre comme un prince févère et jufte, qui, pour le bien de fon Etat, veut ôter le gouvernement à une femme homicide, le fléau de fes fujets : alors les fpectateurs applaudiront à fa juftice. Il peut le peindre foumis, refpectueux, attaché à fa mère autant qu'indigné ; et alors le public partage les mêmes fentimens. Cette dernière fituation eft la feule convenable à la conftruction de cette tragédie, d'autant plus qu'*Antiochus* eft repréfenté comme un jeune homme foumis ; mais auffi fon caractère eft fans force.

V. 38. Je vois bien plus encor, je vois qu'elle eft ma mère,
    Et plus je vois fon crime indigne de ce rang.

Ce mot de *rang* ne convient point à *mère*. On n'a point le rang de mère comme on a le rang de reine.

V. 44. Je vois les traits honteux dont nous fommes formés.

On n'eft point formé de traits, et les forfaits ne s'impriment point fur le front.

V. 54. Une larme d'un fils peut amollir fa haine.

Il n'eft peut-être pas bien naturel qu'*Antiochus* dife qu'une larme peut changer le cœur de *Cléopâtre*, après qu'elle lui a propofé de fang froid le plus grand des crimes ; mais ce contrafte du caractère d'*Antiochus* avec celui de *Séleucus*, eft fi beau, qu'on aime cette petite illufion que fe fait le cœur vertueux d'*Antiochus*.

V. 59. De fes pleurs tant vantés je découvre le fard.

Le fard des pleurs eft des plus impropres. On peut demander pourquoi on a dit avec fuccès, *le fafte des pleurs*, pour exprimer l'oftentation d'une douleur étudiée, et que le mot de *fard* n'eft pas recevable ? C'eft qu'en effet il y a de l'oftentation, du fafte dans l'appareil d'une douleur qu'on étale ; mais on ne peut mettre réellement du fard fur des larmes. Cette figure n'eſt pas juſte , parce qu'elle n'eſt pas vraie.

V. 61. Elle fait bien ſonner ce grand amour de mère.

Cette expreſſion eſt trop triviale. De plus , il ne faut pas une grande pénétration pour deviner qu'une femme ſi criminelle ne travaille que pour elle ſeule.

V. 72. Il eſt (le trône) à l'un de nous ſi l'autre le conſent.

Le conſent n'eſt pas français ; mais ce ſeul vers ſuffit pour démontrer combien *Cléopâtre* a été imprudente avec ſes deux enfans.

A C T E   T R O I S I E M E.

S C E N E   P R E M I E R E.

Vers 4. (Voilà) comme elle uſe enfin de ſes fils et de moi.

C E vers eſt du ton de la comédie. *Uſer de quelqu'un* eſt du ſtyle familier , et *Cléopâtre* n'a point uſé de *Rodogune.* Il eſt triſte que *Rodogune* n'apprenne ſon danger et le deſſein barbare de *Cléopâtre*, que par une confidente qui trahit ſa maîtreſſe ; n'eût-il pas été plus théâtral et plus touchant de l'apprendre par les deux frères ? Tous deux brûlans pour elle , tous deux conſternés en ſa préſence ; *Antiochus* n'avouant rien par reſpect pour ſa mère , et *Séleucus* qui la ménage moins , dévoilant ce ſecret terrible avec horreur ? Cette ſituation ne ferait-elle pas une impreſſion plus forte qu'une ſuivante qui recommande le ſecret à *Rodogune*, de peur d'être perdue ? à quoi *Rodogune* répond, qu'*elle reconnaîtra ce ſervice en ſon lieu.*

Cet avertiſſement que donne la ſuivante à *Rodogune* démontre combien *Cléopâtre* a été imprudente de vouloir charger fes enfans d'un crime qui n'entrera jamais dans le cœur d'aucun homme ; et il y a même beaucoup plus que de l'imprudence à propofer à deux jeunes princes qu'on fait être vertueux , de tuer leur maîtreffe ? Mais comment *Cléopâtre*, après avoir vu avec quelle jufte horreur fes enfans la regardent , a-t-elle pu confier à *Laonice* qu'elle a fait cette propofition à fes fils ? quelle fureur a-t-elle de découvrir toujours à une confidente qu'elle méprife tout ce qui peut la rendre exécrable et avilie aux yeux de cette confidente ?

V. 22. Oronte eft avec vous , qui , comme ambaffadeur ,
   Devait de cet hymen honorer la fplendeur.

Cet *Oronte* qui, comme ambaffadeur, devait honorer *la fplendeur d'un hymen* , et qui ne dit pas un mot, joue dans cette fcène un bien mauvais perfonnage ; mais une confidente qui dit le fecret de fa maîtreffe , en joue un plus mauvais encore. C'eft un moyen trop petit, trop commun dans les comédies.

S C E N E I I.

Au lieu d'une fituation tragique et terrible, que la fureur de *Cléopâtre* fefait attendre, on ne voit ici qu'une fcène de politique entre *Rodogune* et l'ambaffadeur *Oronte*. *Rodogune* a deux grands objets , fon amour et la haine de *Cléopâtre*. Ces deux objets ne produifent ici aucun mouvement, ils font écartés par des difcours de politique. On a déjà obfervé que le grand art de la tragédie eft que le cœur foit toujours frappé des mêmes coups, et que des idées étrangères n'affaibliffent pas le fentiment dominant. Cet *Oronte*, qui ne paraît qu'au troifième acte, lui dit qu'*il aurait perdu l'efprit s'il lui confeillait la réfiftance ;* et il lui confeille de *faire l'amour politiquement.* Mais d'où fait-il que les deux fils de *Cléopâtre* aiment *Rodogune ?* Les deux frères avaient été jufque-là fi difcrets , qu'ils
           s'étaient

s'étaient caché l'un à l'autre leur paffion ; comment cet ambaffadeur peut-il donc en parler comme d'une chofe publique? et fi l'ambaffadeur s'en eft aperçu, comment leur mère l'a-t-elle ignorée ?

V. 9. L'avis de Laonice eft fans doute une adreffe.

Pourquoi cet inutile *Oronte*, qui croit parler ici en ambaffadeur fort adroit, foupçonne-t-il que l'avis eft faux, et que c'eft un piége que *Cléopâtre* tend ici à *Rodogune?* Ne connaît-il pas les crimes de *Cléopâtre?* ne la doit-il pas croire capable de tout, ne doit-il pas balancer les raifons ? Il joue ici le rôle de ce qu'on appelle un gros fin, et rien n'eft ni moins tragique ni plus mal imaginé.

V. 35. Mais pouvez-vous trembler, quand, dans ces mêmes lieux,
Vous portez le grand maître et des rois et des dieux ?
L'amour fera lui feul tout ce qu'il vous faut faire.

Comment une femme porte-t-elle ce grand maître ? *L'amour maître des dieux*, eft une expreffion de madrigal indigne d'un ambaffadeur.

Remarquons encore qu'on n'aime point à voir un ambaffadeur jouer un rôle fi peu confidérable.

SCENE III.

V. 1. Quoi ! je pourrais defcendre à ce lâche artifice
D'aller de mes amans mendier le fervice ?

Voici *Rodogune* qui oublie dans le commencement de ce monologue, et fon danger et fon amour. Elle prend la hauteur de ces princeffes de roman, qui ne veulent rien devoir à leurs amans; *celles de fa naiffance ont*, dit-elle, *horreur des baffeffes;* et cette fcrupuleufe et modefte princeffe qui a dit, qu'*il eft des nœuds fecrets, qu'il eft des fympathies, dont par le doux rapport les ames afforties,* &c. et qui craint de s'avouer à elle-même la fympathie qu'elle a pour *Antiochus ;* cette fille fi timide va (la fcène d'après) propofer à fes deux amans d'affaffiner leur mère ; et elle dit ici qu'elle ne veut pas mendier leur feryice ! Quoi, elle craint de leur avoir la moindre obligation ; et elle va leur demander le fang de *Cléopâtre !* C'eft au lecteur à fe rendre compte de l'impreffion que ces contraftes font fur lui.

V. 3.   Et fous l'indigne appas d'un coup d'œil affété,
   J'irais jufqu'en leurs cœurs chercher ma fureté ?

Je ne fais fi cette figure eft bien jufte : *chercher fa fureté fous l'appas d'un coup d'œil affété !*

V. 5.   Celles de ma naiffance ont horreur des baffeffes.
   Leur fang tout généreux hait ces molles adreffes.

Mais fi celles de fa naiffance ont le fang tout généreux, comment cette générofité s'accorde-t-elle avec le parricide ?

V. 7.   Quel que foit le fecours qu'ils me puiffent offrir,
   Je croirai faire affez de le daigner fouffrir.

On ne doit jamais montrer de la fierté, que quand on nous propofe quelque chofe d'indigne de nous. Dans tout autre cas, la fierté eft méprifable. Cette fierté de *Rodogune* ne paraît point placée : elle éprouvera la force de leur amour fans flatter leurs défirs, fans leur jeter d'amorce ; et fi cet amour eft affez fort pour lui fervir d'appui, elle fera régner cet amour en régnant fur lui. Et c'eft pour débiter ce galimatias que *Rodogune* fait un monologue de foixante vers.

V. 13.   Sentimens étouffés de colère et de haine,
   Rallumez vos flambeaux à celle de la reine.

Des fentimens qui rallument des flambeaux à la haine de la reine, et qui rompent la *loi dure* d'un oubli *contraint* pour *rendre* juftice : ce font des paroles qui ne forment

point un fens net : c'eft un ftyle auffi obfcur qu'emphatique ; et on doit d'autant plus le remarquer, que plus
d'un auteur a imité ces fautes.

V. 17. Rapportez à mes yeux fon image fanglante
D'amour et de fureur encore étincelante.

On dirait bien : *Je crois le voir encore étincelant de courroux* ; mais ce n'eft pas l'image qui eft encore animée ;
de plus, on n'étincelle point d'amour.

V. 25. Plus la haute naiffance approche des couronnes,
Plus cette grandeur même affervit nos perfonnes.

Ces réflexions fur *la haute naiffance qui approche des
couronnes et qui affervit les perfonnes*, font de ces lieux
communs qui étaient pardonnables autrefois.

V. 27. Nous n'avons point de cœur pour aimer ni haïr.

Ici elle n'a point de cœur pour aimer ni haïr ; et, dans
le même monologue, elle reprend un cœur pour aimer
et haïr. Ces antithèfes, ces jeux de vers ne font plus
permis.

V. 41. Le confentiras-tu cet effort fur ma flamme ?...

Confentir *à*, et non confentir *le*. Ce verbe gouverne
toujours le datif exprimé chez nous par la prépofition *à*.
Il eft vrai qu'au barreau on viole cette règle : mais le
ftyle du barreau eft celui des barbarifmes.

V. 50. S'il t'en coûte un foupir j'en verferai des larmes.

Que veut dire cela ? veut-elle parler de l'ordre qu'elle
va donner à fes deux amans de tuer leur mère ? eft-ce là
le cas d'un foupir ? ne faut-il pas avouer que prefque
tous les fentimens de ce monologue ne font ni affez
vrais, ni affez touchans ?

V. 52. Amour, qui me confonds, cache du moins tes feux.

Enfin, cette même *Rodogune*, qui fonge à faire affaffiner

Mm 2

une mère par fes propres fils, fait une invocation à l'amour, et le prie de ne pas paraître dans fes yeux. Voilà une fingulière timidité pour une fille qui n'eft plus jeune, qui a voulu époufer le père, qui eft amoureufe du fils, et qui veut faire affaffiner la mère! La force de la fituation a fait apparemment paffer tous ces défauts, qui aujourd'hui feraient relevés févèrement dans une pièce nouvelle.

SCENE IV.

V. 1. Ne vous offenfez pas, princeffe, de nous voir
De vos yeux à vous-même expliquer le pouvoir, *&c.*

Et de quoi veut-il qu'elle s'offenfe? de ce que deux frères, dont l'un doit l'époufer et la faire reine, joignent à l'offre du trône un fentiment dont elle doit être charmée et honorée? Ce faux goût était introduit par nos romans de chevalerie, dans lefquels un héros était sûr de l'indignation de fa dame quand il lui avait fait fa déclaration; et ce n'était qu'après beaucoup de temps et de façons qu'on lui pardonnait.

V. 3. Ce n'eft pas d'aujourd'hui que nos cœurs en foupirent.

Cet *en* ne paraît fe rapporter à rien, car les cœurs ne foupirent pas d'expliquer un pouvoir.

V. 5. Mais un profond refpect nous fit taire et brûler.

Un profond refpect ne fait pas brûler, au contraire.

V. 7. L'heureux moment approche où votre deftinée
Semble être aucunement à la nôtre enchaînée,

Aucunement eft un terme de loi qui ne doit jamais entrer dans un vers.

V. 9. Puifque d'un droit d'aîneffe, incertain parmi nous,
La nôtre attend un fceptre et la vôtre un époux.

Incertain parmi nous, il veut dire, *incertain entre nous deux*. Mais *parmi* ne peut jamais être employé pour *entre*.

V. 11. C'eſt trop d'indignité que notre ſouveraine
De l'un de ſes captifs tienne le nom de reine ;

Quelle indignité y a-t-il que *Rodogune* partage le trône avec celui qui ſera roi de Syrie ? Quoi ! parce que ces deux princes s'appellent ſes *captifs*, il y aura de l'indignité qu'elle ſoit reine ? C'eſt jouer ſur les mots de *reine* et de *captif*; et c'eſt un ton de galanterie qui eſt bien loin du tragique.

V. 13. Notre amour s'en offenſe, et changeant cette loi,
Remet à notre reine à nous choiſir un roi.

Il faudrait, *lui remet le choix*. On ne dit point, *je vous remets à décider*, mais *il vous appartient de décider*, *je m'en remets à votre déciſion*.

V. 15. Ne vous abaiſſez plus à ſuivre la couronne.

On ne ſuit point une couronne ; on ſuit l'ordre, la loi qui diſpoſe de la couronne.

V. 19. L'ardeur qu'allume en nous une flamme ſi pure...
. . . . . Vient ſacrifier à votre élection
Toute notre eſpérance et notre ambition.

Election ne peut être employé pour *choix*. *Election d'un empereur*, *d'un pape*, ſuppoſe pluſieurs ſuffrages.

V. 24. Nous céderons ſans honte à cette illuſtre marque ;

On ne *cède point à une illuſtre marque*, même pour rimer avec *monarque* ; il faudrait ſpécifier cette *marque*.

V. 25. Et celui qui perdra votre divin objet
Demeurera du moins votre premier ſujet.

Votre divin objet ne peut ſignifier *votre divine perſonne*;

M m 3

une femme eft bien l'objet de l'amour de quelqu'un ; et
en ftyle de ruelle, cela s'appelait autrefois *l'objet aimé ;*
mais une femme n'eft point fon propre objet.

V. 33. Et j'en recevrais l'offre avec quelque plaifir,
Si celles de mon rang avaient droit de choifir.

Cette expreffion, *celles de mon rang,* eft fouvent employée ;
non-feulement elle n'eft pas heureufe, mais ce n'eft pas
de *rang* dont il s'agit, elle parle du traité qui l'oblige
d'époufer l'aîné des deux frères. Ces mots, *celles de mon
rang,* femblent être un terme de fierté qui n'eft pas ici
convenable.

V. 38. Et l'ordre des traités règle tout dans leur cœur;

Il n'y a d'ordre des traités que par les dates. Il fallait,
la loi des traités ; à moins qu'on n'entende par *ordre* cette
loi même : mais le mot *d'ordre* eft impropre dans ce fens.

V. 39. C'eft lui que fuit le mien et non pas la couronne,

Un cœur qui fuit une couronne, tour impropre et forcé :
cette faute eft répétée deux fois.

V. 41. Du fecret révélé j'en prendrai le pouvoir,

Je prendrai du fecret révélé le pouvoir de vous aimer ; cela
n'eft pas français ; *j'en prendrai* eft obfcur.

V. 42. Et mon amour pour naître attendra mon devoir.

Un amour peut bien attendre le devoir pour fe mani-
fefter, mais non pas pour naître ; car s'il n'eft pas né,
comment peut-il attendre ? Il eût fallu peut-être, *et pour
ofer aimer j'attendrai mon devoir ;* ou bien, *et j'attendrai
pour aimer l'ordre de mon devoir.*

Voilà donc *Rodogune* qui déclare qu'elle fe donnera à
l'aîné, et qu'elle l'aimera. Comment pourra-t-elle après
déclarer qu'elle ne fe donnera qu'à l'affaffin de *Cléopâtre,*
quand elle a promis d'obéir à *Cléopâtre ?*

V. 45. J'entreprendrai fur elle à l'accepter de vous.

On entreprend fur des droits, et non fur une perfonne. *Entreprendre fur quelqu'un à accepter un choix;* cela n'eft pas français.

V. 51. Mais craignez avec moi que ce choix ne ranime
Cette haine mourante à quelque nouveau crime.

Ranime ne peut gouverner le datif; c'eft un folécifme.

V. 53. Pardonnez-moi ce mot qui viole un oubli
Que la paix entre nous doit avoir établi.

On ne viole point un oubli, on ne l'établit pas davantage; l'oubli ne peut être perfonnifié.

V. 55. Le feu qui femble éteint fouvent dort fous la cendre;
Qui l'ofe réveiller peut s'en laiffer furprendre.

Se laiffer furprendre d'un feu qu'on réveille, ne paraît pas jufte. On n'eft point furpris d'un feu qu'on attife, mais on peut en être atteint.

V. 63. Et toutes fes fureurs fans effet rallumées
Ne poufferont en l'air que de vaines fumées.

De vaines fumées pouffées en l'air par des fureurs, ne font pas, comme je l'ai remarqué ailleurs, une belle image; et *Corneille* emploie trop fouvent ces fumées pouffées en l'air.

V. 65. Mais a-t-elle intérêt au choix que vous ferez,
Pour en craindre les maux que vous vous figurez?

Il paraît naturel que *Cléopâtre* ait intérêt à ce choix, puifque *Rodogune* peut choifir le cadet, et que *Cléopâtre* doit choifir l'aîné. De plus, la phrafe eft trop louche; *a-t-elle intérêt pour en craindre?*

V. 69. Chacun de nous à l'autre en peut céder fa part,
Et rendre à votre choix ce qu'il doit au hafard.

Chacun de nous peut céder fa part de fon efpérance, et rendre au choix de Rodogune ce qu'il doit au hafard : quel langage ! quel tour ! il faudrait au moins, *ce qu'il devrait au hafard ;* car les deux frères n'ont encore rien.

V. 72. Votre inclination vaut bien un droit d'aineffe,
Dont vous feriez traitée avec trop de rigueur.

Un droit d'aîneffe dont on eft traité avec rigueur ; cela n'eft pas français, et le vers n'eft pas bien tourné.

V. 75. On vous applaudirait quand vous feriez à plaindre.

Applaudirait n'eft pas le mot propre ; c'eft, *on vous féliciterait.*

V. 80. Princeffe, à notre efpoir ôtez cette amertume,

Qu'eft-ce qu'ôter l'amertume à un efpoir ?

V. 81. Et permettez que l'heur qui fuivra votre époux...

Un heur qui fuit un époux, et qui redouble à le tenir ! Tout cela eft impropre, et n'eft ni bien conftruit, ni français ; ce font autant de barbarifmes.

V. 82. Se puiffe redoubler à le tenir de vous ;

eft encore un barbarifme ; *un heur qui redouble à le tenir !* Il femble que ce foit cet *heur* qui tienne.

V. 83. Ce beau feu vous aveugle autant comme il vous brûle,
Et tâchant d'avancer fon effort vous recule.

Cela n'eft ni français, ni noble, ni exact. *Aveugler* et *reculer* font des figures qui ne peuvent aller enfemble. Toute métaphore doit finir comme elle a commencé. Qu'eft-ce que l'effort d'un feu qui recule deux princes tâchant d'avancer ?

V. 87. Et moi quelque vertu que votre cœur prépare...

ne paraît pas bien dit ; on ne prépare pas une vertu, comme on prépare une réponfe, un deffein, une action, un difcours, &c.

V. 88. Je crains d'en faire deux fi le mien fe déclare.

Elle craint d'en faire deux. On ne fait, par la conftruction, fi c'eft deux heureux ou deux mécontens ; *le mien* veut dire *mon cœur ;* toute cette tirade eft un peu embrouillée.

V. 90. Je tiendrais à bonheur d'être à l'un de vous deux.

Tenir à bonheur eft une façon de parler de ce temps-là ; mais la belle poëfie ne l'a jamais admife.

V. 95. Savez-vous quels devoirs, quels travaux, quels fervices Voudront de mon orgueil exiger les caprices ?

Il eft bien étrange qu'elle fe ferve de ce mot, et qu'elle appelle *caprice* l'abominable propofition qu'elle va faire.

V. 97. Par quels degrés de gloire on me peut mériter ?

Elle appelle un parricide *degré de gloire ;* fi elle parle férieufement, elle dit une chofe auffi affreufe que fauffe ; fi c'eft une ironie, c'eft joindre le comique à l'horreur.

V. 99. Ce cœur vous eft acquis après le diadème, Princes, mais gardez-vous de le rendre à lui-même.

Ces idées et ces expreffions ne font pas nettes. *Cœur acquis après le diadème !* Elle veut dire, *je dois mon cœur à celui qui étant roi fera mon époux. Rendre à lui-même,* veut dire, *gardez-vous de faire dépendre la couronne du fervice que je vais exiger de vous.*

V. 103. Quels feront les devoirs, quels travaux, quels fervices
Dont nous ne vous faffions d'amoureux facrifices ?

On peut faire un facrifice de fon devoir, de fes fentimens, de fa vie ; et non de fes travaux et de fes fervices ;
mais c'eft par des fervices et des travaux qu'on fait des
facrifices : et quelle expreffion, que des *facrifices amoureux!*

V. 105. Et quels affreux périls pourrons-nous redouter
Si c'eft par ces degrés qu'on peut vous mériter ?

Des périls ne font point des degrés ; on ne mérite
point par des degrés : tout cela eft écrit barbarement.

V. 116. J'obéis à mon roi, puifqu'un de vous doit l'être.

N'eft-il pas étrange que *Rodogune* prenne le prétexte
d'obéir à fon roi, pour demander la tête de la mère de
ce roi ? Comment peut-elle attefter tous les dieux qu'elle
eft contrainte par les deux enfans à leur faire cette propofition ? Ces fubtilités font-elles naturelles ? ne voit-on
pas qu'elles ne font employées que pour pallier une
horreur qu'elles ne pallient point ?

V. 120. J'écoute une chaleur qui m'était défendue, *&c.*

*Une chaleur défendue, un devoir qui rend un fouvenir, un
fouvenir que les traités ne peuvent retenir,* font un amas de
termes impropres, et une conftruction trop vicieufe.

V. 123. Tremblez, princes, tremblez au nom de votre père,
Il eft mort, et pour moi, par les mains d'une mère ;
Je l'avais oublié, fujette à d'autres lois ;
Mais libre, je lui rends enfin ce que je dois.

On fent bien qu'elle veut dire, *je ne l'avais pas vengé ;*
mais le mot d'*oublier,* quand il eft feul, fignifie *perdre la
mémoire,* excepté dans les cas fuivans ; *je veux bien l'oublier, vous devez l'oublier, il faut oublier les injures,* &c. on

n'eſt point ſujette à des lois : cela n'eſt pas français ; et de quelles lois veut-elle parler ?

V. 128. J'aime les fils du roi, je hais ceux de la reine.

Cette antithèſe eſt-elle bien naturelle ? Une ſituation terrible permet-elle ces jeux d'eſprit ? Comment peut-on en effet haïr et aimer les mêmes perſonnes ? *Et ce n'eſt point ainſi que parle la nature.*

V. 135. Ce ſang que vous portez , ce trône qu'il vous laiſſe ,
    Valent bien que pour lui votre cœur s'intéreſſe.

On ne porte point un ſang : il était aiſé de dire, *ce ſang qui coule en vous ,* ou *le ſang dont vous ſortez.*

V. 138. Qui peut contre elle et lui ſoulever votre eſprit ?

Le ſens eſt louche ; *contre elle ,* ſignifie *contre votre gloire ;* et *lui,* ſignifie *votre amour :* c'eſt-là le ſens ; mais il faut le chercher ; la clarté eſt la première loi de l'art d'écrire ; et puis comment l'eſprit de ces princes peut-il être ſoulevé contre leur gloire ? eſt - ce parce qu'ils s'effrayent d'un parricide ?

V. 141. Vous devez la punir ſi vous la condamnez.
    Vous devez l'imiter ſi vous la ſoutenez.

Rien de tout cela ne paraît vrai ; un fils n'eſt point du tout obligé de punir ſa mère, quoiqu'il condamne ſes crimes ; il doit encore moins l'imiter , quoiqu'il lui pardonne. Faut-il un raiſonnement faux pour perſuader une action déteſtable ? Que veut dire en effet , *vous devez l'imiter ſi vous la ſoutenez ? Cléopâtre* a tué ſon mari , ſes enfans doivent-ils tuer leurs femmes ?

V. 144. J'avais ſu le prévoir, j'avais ſu le prédire...

Si elle a ſu le prévoir, comment s'expoſe-t-elle à toute l'horreur qu'elle mérite qu'on ait pour elle ?

V. 145. . . . . . Il n'eſt plus temps, le mot en eſt lâché.

Il ſemble que cette idée affreuſe et méditée lui ſoit échappée dans le feu de la converſation ; cependant elle a préparé, avec beaucoup d'artifice, la propoſition révoltante qu'elle fait.

V. 146. Quand j'ai voulu me taire en vain je l'ai tâché.

En vain je l'ai tâché, n'eſt pas français ; on dit , *je l'ai voulu, je l'ai eſſayé*, parce qu'on veut une choſe , on l'eſſaie, mais on ne la tâche pas.

V. 147. Appelez ce devoir haine, rigueur, colère ;
Pour gagner Rodogune il faut venger un père.

On voit trop que *colère* n'eſt là que pour rimer.

V. 149. Je me donne à ce prix, oſez me mériter.

Il eſt vrai que tous les lecteurs ſont révoltés qu'une princeſſe ſi douce , ſi retenue, qui tremble de prononcer le nom de ſon amant, qui craignait de devoir quelque choſe à ceux qui prétendaient à elle, ordonne de ſang froid un parricide à des princes qu'elle connaît vertueux, et dont elle ne ſavait pas un moment auparavant qu'elle fût aimée; elle ſe fait déteſter , elle ſur qui l'intérêt de la pièce devait ſe raſſembler. Cette ſituation, pourtant, inſpire un intérêt de curioſité ; on ne peut en éprouver d'autre. *Cléopâtre* eſt trop odieuſe ; *Rodogune* le devient en ce moment autant qu'elle , et beaucoup plus mépriſable, parce que, contre toutes les lois que la raiſon a preſcrites au théâtre, elle a changé de caractère. L'amour dans cette pièce ne peut toucher le cœur, parce qu'il n'agit qu'à repriſes interrompues, qu'il n'eſt point combattu , qu'il ne produit point de danger, et qu'il eſt preſque toujours exprimé en vers languiſſans, obſcurs, ou du ſtyle de la comédie. L'amitié des deux frères ne fait pas le grand effet qu'on en attend , parce que l'amitié ſeule ne peut produire de grands mouvemens au théâtre,

que quand un ami rifque fa vie pour fon ami en danger.
L'amitié qui ne va qu'à ne fe point brouiller pour une
maîtreffe, eft froide, et rend l'amour froid. La plus grande
faute peut-être dans cette pièce, eft que tout y eft ajufté
au théâtre d'une manière peu vraifemblable, et quelquefois contradictoire; car il eft contradictoire que cet
ambaffadeur *Oronte* foit inftruit de l'amour des deux frères,
et que *Rodogune* ne le fache pas. Il n'eft guère poffible
qu'*Antiochus* aime une mère parricide; et c'eft une chofe
trop forcée, que *Cléopâtre* demande la tête de *Rodogune*,
et *Rodogune* la tête de *Cléopâtre*, dans la même heure et
aux mêmes perfonnes, d'autant plus que ce meurtre
horrible n'eft néceffaire ni à l'une ni à l'autre; toutes
deux même en fefant cette propofition rifquent beaucoup plus qu'elles ne peuvent efpérer. Les hommes les
moins inftruits fentent trop que toutes ces préparations
fi forcées, fi peu naturelles, font l'échafaud préparé pour
établir le cinquième acte. Cependant l'auteur a voulu
qu'*Antiochus* pût balancer entre fa mère et fa maîtreffe,
quand elles s'accuferont l'une et l'autre d'un parricide et
d'un empoifonnement; mais il était impoffible qu'*Antiochus*
fût raifonnablement indécis entre ces deux princeffes, fi
elles n'avaient paru également coupables dans le cours
de la pièce. Il fallait donc néceffairement que *Rodogune*
pût être foupçonnée avec quelque vraifemblance; mais
auffi *Rodogune*, en fe rendant fi coupable, changeait
de caractère et devenait odieufe; il fallait donc trouver
quelque autre nœud, quelque autre intrigue qui fauvât
le caractère de *Rodogune*; il fallait qu'elle parût coupable
et qu'elle ne le fût pas. Ce moyen eût encore eu de
grands inconvéniens. Il refte à favoir s'il eft permis
d'amener une grande beauté par de grands défauts, et
c'eft fur quoi je n'ofe prononcer; mais je doute qu'une
pièce remplie de ces défauts effentiels, et en général fi
mal écrite, pût aujourd'hui être foufferte jufqu'au quatrième acte par une affemblée de gens de goût qui ne
prévoiraient pas les beautés du cinquième.

V. dern. Adieu, princes.

Adieu, après une telle propofition! Et obfervez qu'elle n'a pas dit un feul mot de la feule chofe qui pourrait en quelque façon lui faire pardonner cette horreur infenfée. Elle devait leur dire au moins, *Cléopâtre* vous a demandé ma tête ; ma fureté me force à vous demander la fienne.

SCENE V.

V. 1. . . . . . . Hélas! c'eft donc ainfi qu'on traite
    Les plus profonds refpects d'une amour fi parfaite!

Eft-ce ici le temps de fe plaindre qu'on a mal reçu les profonds refpects de l'amour, quand il s'agit d'un parricide ?

V. 4. Elle fuit, mais en Parthe, en nous perçant le cœur.

Ce vers a toujours été regardé comme un jeu d'efprit, qui diminue l'horreur de la fituation. On dit que les Parthes lançaient des flèches en fuyant ; mais ce n'eft pas parce que *Rodogune* fort qu'elle afflige ces princes, c'eft parce qu'elle leur a fait auparavant une propofition affreufe qui n'a rien de commun avec la manière dont les Parthes combattaient.

V. 7. Plaignons-nous fans blafphème.

Ne croirait-on pas entendre un héros de roman qui traite fa maîtreffe de divinité ?

V. 10. Il faut plus de refpect pour celle qu'on adore.

Peut-on employer ces idées et ces exprefsions de roman dans un moment fi terrible ? Il n'y a rien de fi plat et de fi mauvais que ce vers.

V. 11. C'eft ou d'elle ou du trône être ardemment épris,
    Que vouloir ou l'aimer ou régner à ce prix.

On ne fait, par la conftruction, fi c'eft au prix du fang de fa mère.

***V.* 13.** C'eſt et d'elle et de lui tenir bien peu de compte...

Lui ſe rapporte au *trône*; mais on ne ſe ſert point de ce pronom pour les choſes inanimées. Ces vers jettent de l'obſcurité dans le dialogue; *tenir bien peu de compte d'un trône*, termes d'une proſe rampante.

***V.* 14.** Que faire une révolte et ſi pleine et ſi prompte.

Faire une révolte contre une femme qui a imaginé quelque choſe de ſi noir! Cette expreſſion ne ſerait pas pardonnée à *Céladon; faire une révolte*, n'eſt pas français.

***V.* 17.** La révolte, mon frère, eſt bien précipitée...

La révolte, trois fois répétée, rebute trois fois dans une telle circonſtance; on voit que cette idée de traiter de ſouveraine et de divinité une maîtreſſe qui exige un parricide, eſt indigne, non-ſeulement d'un héros, mais de tout honnête homme.

Non-ſeulement cet amour romaneſque eſt froid et ridicule, mais cette differtation fur le reſpect et l'obéiſſance qu'on doit à l'objet aimé, quand cet objet aimé ordonne de ſang froid un parricide, eſt peut-être ce qu'il y a de plus mauvais au théâtre aux yeux des connaiſſeurs.

***V.* 18.** Quand la loi qu'elle rompt peut être rétractée;

On ne rompt point une loi; on ne la rétracte pas; *révoquer* eſt le mot propre. On rétracte une opinion.

***V.* 19.** Et c'eſt à nos déſirs trop de témérité,
    De vouloir de tels biens avec facilité.

Que veut dire ce *trop de témérité à ſes déſirs, de vouloir de tels biens?* De quels biens a-t-on parlé? de quelle gloire s'agit-il? que prétend-il par ces ſentences? Si *Rodogune* a fait ce qu'elle ne devait pas faire, *Antiochus* dit ce qu'il ne devrait pas dire.

V. 22. Pour gagner un triomphe il faut une victoire.

On gagne une victoire, et non un triomphe.

V. 24. Nos malheurs font plus forts que ces déguisemens.

Un déguisement n'est point fort. Il faut toujours, ou le mot propre, ou une métaphore juste. *Antiochus* veut dire qu'il ne peut se dissimuler ses malheurs.

V. 25. Leur excès à mes yeux paraît un noir abyme,
Où la haine s'apprête à couronner le crime,
Où la gloire est sans nom. . .

Un abyme noir où la haine s'apprête; et une gloire sans nom. On dit bien, *un nom sans gloire;* mais *gloire sans nom* n'a pas de sens.

V. 35. J'en ferais comme vous (des discours)

n'est pas français, et *je ferais comme vous* est du style de la comédie.

V. 38. Je vois ce qu'est un trône et ce qu'est une femme.

Il voit bien ce qu'est *Rodogune*, mais il n'y a jamais eu que cette femme au monde, qui ait dit : *tuez votre mère, si vous voulez que je vous épouse.* Le trône n'a rien de commun avec la monstrueuse idée de la douce *Rodogune.* Ce qu'il y a de pis, c'est que tous les raisonnemens d'*Antiochus* et de *Séleucus* ne produisent rien ; ils différent ; les deux frères ne prennent aucune résolution ; et le malheur de leur personnage jusqu'ici, est de ne rien faire, et d'attendre ce qu'on fera d'eux.

V. 47. Comme j'aime beaucoup j'espère encore un peu.

Beaucoup et *un peu*, cette antithèse n'est pas digne du tragique.

V. 48. L'espoir ne peut s'éteindre où brûle tant de feu.

Un feu où brûle l'espoir !

V. 49.

V. 49. Et fon refte confus me rend quelques lumières,

Ce refte confus du feu de l'amour peut-il donner des lumières, parce qu'on fe fert du mot *feu* pour exprimer l'amour? N'eft-ce pas abufer des termes? Eft-ce ainfi que la nature parle?

V. 50. Pour juger mieux que vous de ces ames fi fières.

Il femble que l'auteur ait été fi embarraffé de cette fituation forcée, qu'il ait voulu exprès fe rendre inintelligible. Une fuite qui dérobe des cœurs à des foupirs, une haine qui attend des larmes et qui rend les armes!

V. 58. Il vous faudra parer leurs haines mutuelles;

On ne pare point une haine comme on pare un coup d'épée.

V. 61. . . . . Ni maîtreffe, ni mère
 N'ont plus de choix ici, ni de lois à nous faire :

Il veut dire, *nous n'avons plus à choifir entre Cléopâtre et Rodogune. N'ont plus de choix*, dans le fens qu'on lui donne ici, n'eft pas français.

V. 64. Rodogune eft à vous puifque je vous fais roi.

Lorfqu'on prend la réfolution de renoncer à un royaume, un fi grand effort doit-il être fi foudain? fait-il une grande impreffion fur les fpectateurs, furtout quand cette ceffion ne produit rien dans la pièce?

SCENE VI.

V. 4. Elle agira pour vous, mon frère, également,
 Et n'abufera point de cette violence
 Que l'indignation fait à votre efpérance.

Cela eft très-obfcur, et à peine intelligible. On ne fait point violence à une efpérance.

Comment. fur Corneille. Tome I.   N n

V. 7. La pefanteur du coup fouvent nous étourdit : &c.

Antiochus perd là dix vers entiers à débiter des fentences ; eft-ce l'occafion de differter, de parler de malades qui ne fentent point leur mal, et d'ombres de fanté qui cachent mille poifons ? On ne peut trop répéter que la véritable tragédie rejette toutes les differtations, toutes les comparaifons, tout ce qui fent le rhéteur, et que tout doit être fentiment, jufque dans le raifonnement même.

V. 14. Cependant allons voir fi nous vaincrons l'orage ;

Vaincre un orage eft impropre ; on détourne, on calme un orage, on s'y dérobe, on le brave, &c. on ne le *vainc* pas : cette métaphore d'orage vaincu ne peut convenir à des ombres de fanté qui cachent des poifons.

V. 15. Et fi contre l'effort d'un fi puiffant courroux,
La Nature et l'Amour voudront parler pour nous.

La Nature et l'Amour qui parlent contre l'effort d'un courroux ! Voilà encore des expreffions impropres ; je ne me lafferai point de dire qu'il les faut remarquer, non pas pour obferver des fautes, mais pour être utile à ceux qui ne lifent pas avec affez d'attention, à ceux qui veulent fe former le goût et poffeder leur langue, à ceux qui veulent écrire, aux étrangers qui nous lifent. On a paffé beaucoup de fautes contre la langue, et contre l'élégance et la netteté de la conftruction ; le lecteur attentif peut les fentir. On a craint de faire trop de remarques, et de marquer une affectation de critiquer.

ACTE QUATRIEME.

SCENE PREMIERE.

Vers 1. Prince, qu'ai-je entendu ! Parce que je foupire
Vous préfumez que j'aime, et vous m'ofez le dire !

L'AME du fpectateur était remplie de deux affaffinats
propofés par deux femmes ; on attendait la fuite de ces
horreurs ; le fpectateur eft étonné de voir *Rodogune* qui
fe fâche de ce qu'on préfume qu'elle pourrait aimer un
des princes, deftiné pour être fon époux. Elle ne parle
que de la témérité d'*Antiochus*, qui, en la voyant foupirer,
ofe fuppofer qu'elle n'eft pas infenfible. C'était un des
ridicules à la mode dans les romans de chevalerie, comme
on l'a déjà dit ; il fallait qu'un chevalier n'imaginât pas
que la dame de fes penfées pût être fenfible avant de
très-longs fervices : ces idées infectèrent notre théâtre.
Antiochus, qui ne devrait parler à cette princeffe que
pour lui dire qu'elle eft indigne de lui, et qu'on n'époufe
point la vieille maîtreffe de fon père, quand elle demande
la tête de fa belle-mère pour préfent de noce, oublie
tout d'un coup la conduite révoltante et contradictoire
d'une fille modefte et parricide, et lui dit que perfonne
n'eft affez téméraire, jufqu'à s'imaginer qu'il ait l'heur de lui
plaire ; que c'eft préfomption de croire ce miracle ; qu'elle eft un
oracle ; qu'il ne faut pas éteindre un bel efpoir. Peut-on
fouffrir, après ces vers, que *Rodogune*, qui mériterait
d'être enfermée toute fa vie pour avoir propofé un pareil
affaffinat, *trouve trop de vanité dans l'efpoir trop prompt des*
termes obligeans de fa civilité? Ces propos de comédie font-
ils foutenables ? Il faut dire la vérité courageufement ;
il faut admirer, encore une fois, les grandes beautés
répandues dans Cinna, dans les Horaces, dans le Cid,

dans Pompée, dans Polyeucte ; mais, fi on veut être utile au public, il faut faire fentir des défauts dont l'imitation rendrait la fcène françaife trop vicieufe.

Remarquez encore que cette conjonction *parce que* ne doit jamais entrer dans un vers noble ; elle eft dure et fourde à l'oreille.

V. 7. Je vois votre mérite et le peu que je vaux ,
　　　　Et ce rival fi cher connaît mieux fes défauts.

Eft-ce à *Antiochus* à parler des défauts de fon frère ? Comment peut-on dire à une telle femme que les deux frères connaiffent trop bien leurs défauts pour ofer croire qu'elle puiffe aimer l'un des deux ?

V. 23. Lorfque j'ai foupiré , ce n'était pas pour vous.

Ce vers paraît trop comique et achève de révolter le lecteur judicieux qui doit attendre ce que deviendra la propofition d'un affaffinat horrible.

V. 24. J'ai donné ces foupirs aux manes d'un époux.

Voici qui eft bien pis. Quoi ! elle prétend avoir été l'époufe du père d'*Antiochus* ! elle ne fe contente pas d'être parricide, elle fe dit inceftueufe ! En effet, dans les premiers actes, on ne fait fi elle a confommé ou non le mariage avec le père de fes amans. Il faudrait au moins que de telles horreurs fuffent un peu cachées fous la beauté de la diction.

V. 28. Recevez donc ce cœur en nous deux réparti.

Il femble , par ce difcours d'*Antiochus*, qu'en effet *Rodogune* a été la femme de fon père ; s'il eft ainfi , quel effet doit faire un amour d'ailleurs affez froid , qui devient un incefte avéré ; auquel ni *Antiochus*, ni *Rodogune* ne prennent feulement pas garde ? Mais qu'eft-ce qu'un cœur réparti en deux ?

V. 31. Ce cœur en vous aimant, indignement percé,
Reprend, pour vous aimer, le sang qu'il a versé ;

C'est donc le cœur de *Nicanor* réparti entre ses deux fils, qui ayant été percé reprend le sang qu'il a versé ; c'est-à-dire, son propre sang, pour aimer encore sa femme dans la personne de ses deux enfans. Que dire de telles idées et de telles expressions ! comment ne pas remarquer de pareils défauts ? et comment les excuser ? que gagnerait-on à vouloir les pallier ? Ce serait trahir l'art qu'on doit enseigner aux jeunes gens.

V. 38. Faites ce qu'il ferait, s'il vivait en lui-même ;

Rodogune continue la figure employée par *Antiochus*, mais on ne peut dire *vivre en soi-même* ; ce style fait beaucoup de peine ; mais ce qui en fait bien davantage, c'est que *Rodogune* passe ainsi tout d'un coup de la modeste fierté d'une fille qui ne veut pas qu'on lui parle d'amour, à l'exécrable empressement d'exiger d'un fils la tête de sa mère.

V. 39. A ce cœur qu'il vous laisse osez prêter un bras.
Pouvez-vous le porter et ne l'écouter pas ?

Prêter un bras à un cœur, le porter et ne pas l'écouter, font des expressions si forcées, si fausses, qu'on voit bien que la situation n'est point naturelle ; car d'ordinaire, comme dit *Boileau*,

Ce que l'on conçoit bien, s'exprime clairement.

V. 43. Une seconde fois il vous le dit par moi.
Prince, il faut le venger.

Rodogune demande donc deux fois un parricide, ce que *Cléopâtre* elle-même n'a pas fait. Est-il possible qu'*Antiochus* puisse lui dire : *Nommez les assassins ?* Quel faux artifice ! ne les connaît-il pas ? ne sait-il pas que c'est sa mère ? ne s'en est-elle pas vantée à lui-même ?

N n 3

Jè n'ai point de terme pour exprimer la peine que me font les fautes de ce grand homme ; elles confolent au moins, en fefant voir l'extrême difficulté de faire une bonne pièce de théâtre.

V. 49. Ah ! je vois trop régner fon parti dans votre ame,
Prince, vous le prenez ?—Oui, je le prends, Madame.

Quelle froideur dans de tels éclairciffemens, et quelles étranges expreffions ! *Vous le prenez? Oui, je le prends.* Je ne parle pas ici du fens ridicule que les jeunes gens attribuent à ces paroles, je parle de la baffeffe des mots.

V. 59. De deux princes unis à foupirer pour vous,
Prenez l'un pour victime, et l'autre pour époux.

Il fallait au moins, *unis en foupirant ;* car on ne peut dire, *unis à foupirer.*

V. 61. Puniffez un des fils des crimes de la mère.

Peut-on férieufement dire à *Rodogune* : Tuez l'un de nous deux, et époufez l'autre ; et fe complaire dans cette penfée auffi froide que barbare, et la retourner en deux ou trois façons ?

Corneille fait dire à *Sabine* dans les Horaces : *Que l'un de vous me tue et que l'autre me venge.* Il répète ici cette penfée, mais il la délaye ; il la rend infipide : tous ces froids efforts de l'efprit ne font que des amplifications de rhéteur. Ce n'eft pas là *Virgile*, ce n'eft pas là *Racine*.

V. 68. Hélas, prince !—Eft-ce encor le roi que vous plaignez?
Ce foupir ne va-t-il que vers l'ombre d'un père ?

Enfin *Rodogune* paffe tout d'un coup de l'affaffinat à la tendreffe. La petite fineffe du foupir qui va vers l'ombre d'un père, et *Rodogune* qui tremble d'aimer, forment ici une paftorale. Quel contrafte ! eft-ce là du tragique ? La propofition d'affaffiner une mère eft d'une furie ; et cet *hélas* et ce *foupir* font d'une bergère. Tout cela n'eft que trop vrai ; et, encore une fois, il faut le dire et le redire.

Ibid. . . . . . Eft-ce encor le roi que vous plaignez ?

Cela ferait bon dans la bouche d'un berger galant. Ce mélange de tendreffe naïve et d'atrocités affreufes n'eft pas fupportable.

V. 77. Mais enfin il m'échappe, et cette retenue
Ne peut plus foutenir l'effort de votre vue:

Ce foupir échappe donc ; et la retenue de cette parricide ne peut plus fe foutenir à la vue de celui qui doit être fon mari, et cependant elle lui tient encore de longs difcours, malgré *l'effort de fa vue.*

Remarquez qu'une femme qui dit deux fois *mon foupir m'échappe*, eft une femme à qui rien n'échappe, et qui met un art groffier dans fa conduite. *Racine* n'a jamais de ces mauvaifes fineffes. *Ne peut plus foutenir l'effort de votre vue*, quelle expreffion ! Jamais le mot propre. Ce n'eft pas là le *vultus nimiùm lubricus afpici* d'*Horace.*

V. 83. Vous l'avez fait renaître en me preffant d'un choix
Qui rompt de vos traités les favorables lois.

Cela n'eft pas français ; on ne preffe point d'une chofe.

V. 85. D'un père mort pour moi voyez le fort étrange :

Le *fort étrange* eft faible ; *étrange* n'eft là qu'une mauvaife épithète pour rimer à *venge.*

V. 86. Si vous me laiffez libre, il faut que je le venge ;

Pourquoi ? Elle a donc été fa femme ? mais fi elle ne l'a point été, elle n'eft point du tout obligée de venger *Nicanor* ; elle n'eft obligée qu'à remplir les conditions de la paix qui interdifent toute vengeance ; ainfi elle raifonne fort mal.

Nn 4

V. 87. Et mes feux dans mon ame ont beau s'en mutiner,
  Ce n'eft qu'à ce feul prix que je puis me donner.

Des feux qui fe mutinent ! cela eft impropre, et *s'en mutinent* eft encore plus mauvais. On ne fe mutine point *de. Mutiner* eft un verbe qui n'a point de régime. Cette fcène eft un entaffement de barbarifmes et de folécifmes autant que de penfées fauffes. Ce font ces défauts applaudis par quelques ignorans entêtés que *Boileau* avait en vue, quand il difait dans fon Art poëtique :

> Mon efprit n'admet point un pompeux barbarifme,
> Ni d'un vers ampoulé l'orgueilleux folécifme.

V. 89. Mais ce n'eft pas de vous qu'il faut que je l'attende.

Pourquoi l'a-t-elle donc demandé? Toutes ces contradictions font la fuite de cette propofition révoltante qu'elle a faite d'affaffiner fa belle-mère ; une faute en attire cent autres.

V. 93. Et je n'eftime pas l'honneur d'une vengeance
  Jufqu'à vouloir d'un crime être la récompenfe.

Y a-t-il de l'honneur dans cette vengeance? Elle change à préfent d'avis ; elle ne voudrait plus d'*Antiochus* s'il avait tué fa mère : ce n'eft pas là affurément le caractère qu'exigent *Horace* et *Boileau*,

> Qu'en tout avec foi-même il fe montre d'accord,
> Et qu'il foit jufqu'au bout tel qu'on l'a vu d'abord.

V. 103. Attendant fon fecret vous aurez mes défirs,
  Et s'il le fait régner, vous aurez mes foupirs.

Elle voulait tout à l'heure tuer *Cléopâtre*, et à préfent elle lui eft foumife. Et qu'eft-ce qu'un fecret qui *fait régner?*

V. 112. Je mourrai de douleur, mais je mourrai content.

Il eft affurément impoffible de mourir affligé et content.

V. 115. Mon amour . . . mais adieu, mon efprit fe confond.

Voilà encore *Rodogune* qui fe recueille pour dire qu'elle eft troublée, qui fait une paufe pour dire qu'elle fe confond. Toujours cette groffière fineffe, toujours cet art qui manque d'art.

V. 117. Si vous n'êtes ingrat à ce cœur qui vous aime,

n'eft pas français ; on dit, *ingrat envers quelqu'un*, et non, *ingrat à quelqu'un*.

J'ai déjà remarqué ailleurs qu'*ingrat vis-à-vis de quelqu'un*, eft une de ces mauvaifes expreffions qu'on a mifes à la mode depuis quelque temps. Prefque perfonne ne s'étudie à bien parler fa langue.

V. dern. Ne me revoyez point qu'avec le diadème,

n'eft pas français ; il faut, *ne me revoyez qu'avec*.

S C E N E   I I.

V. 1.   Les plus doux de mes vœux enfin font exaucés.
         Tu viens de vaincre, Amour ! mais ce n'eft pas affez.
         Si tu veux triompher en cette conjoncture,
         Après avoir vaincu, fais vaincre la Nature ;
         Et prête-lui pour nous ces tendres fentimens
         Que ton ardeur infpire aux cœurs des vrais amans,
         Cette pitié qui force, et ces dignes faibleffes
         Dont la vigueur détruit les fureurs vengereffes.

Tout cela reffemble à des ftances de *Boifrobert*, où les vrais amans reviennent à tout propos.

Pourquoi *Rodrigue* et *Chimène* parlent-ils fi bien, et *Antiochus* et *Rodogune* fi mal ? c'eft que l'amour de *Chimène* eft véritablement tragique, et que celui de *Rodogune* et d'*Antiochus* ne l'eft point du tout ; c'eft un amour froid dans un fujet terrible.

S C E N E I I I.

Je ne fais fi je me trompe, mais cette fcène ne me
paraît pas plus naturelle ni mieux faite que les précédentes.
Il me femble que *Cléopâtre*, après avoir dit à fes deux
fils qu'elle couronnera celui qui aura affaffiné fa maîtreffe,
ne doit point parler familièrement à *Antiochus*.

V. 1. Eh bien, Antiochus, vous dois-je la couronne?

C'eft-à-dire, voulez-vous tuer *Rodogune*? cela ne peut
s'entendre autrement; cela même fignifie, avez-vous tué
Rodogune? car elle n'a promis la couronne qu'à l'affaffin.

V. 7. Il a fu me venger quand vous délibériez,

On ne peut imaginer que *Cléopâtre* veuille dire ici autre
chofe, finon, *Séleucus vient de tuer fa maîtreffe et la vôtre.*
A ce mot feul *Antiochus* ne doit-il pas entrer en fureur?

V. 8. Et je dois à fon bras ce que vous efpériez.

Ce vers confirme encore la mort de *Rodogune; il* n'en eft
rien, à la vérité; mais *Cléopâtre* le dit pofitivement. Comment *Antiochus* n'eft-il pas faifi du plus affreux défefpoir à
cette nouvelle épouvantable? Comment peut-il raifonner
de fang froid avec fa mère, comme fi elle ne lui avait rien
dit? Rien de tout cela n'eft vraifemblable; il ne l'eft pas
que *Cléopâtre* veuille faire accroire que *Rodogune* eft morte;
il ne l'eft pas qu'*Antiochus* foutienne cette converfation.
S'il croit *Cléopâtre*, il doit être furieux : s'il ne la croit
pas, il doit lui dire : Ofez-vous bien imputer ce crime à
mon frère?

V. 10. C'eft périr en effet que perdre un diadème;
Je n'y fais qu'un remède, encor eft-il fâcheux,
Etonnant, incertain, et trifte pour tous deux ;
Je périrai moi-même avant que de le dire :

On n'entend pas mieux ce que c'eſt que ce ſecret.
Ces deux couplets paraiſſent remplis d'obſcurités.

V. 15. Le remède à nos maux eſt tout en votre main.

Comment ce remède aux maux eſt-il dans la main de
Cléopâtre? entend-il qu'en nommant l'aîné elle finira tout ?
Mais il dit : *Nous perdons tout en perdant Rodogune.* Il
n'y aura donc point de remède aux maux de celui qui la
perdra. Peut-il répondre que le cœur de *Cléopâtre* eſt
aveuglé d'un peu d'inimitié ? que ſi ce cœur ignore les
maux des deux frères, elle ne peut en prendre pitié, et
qu'au point où il les voit, c'en eſt le ſeul remède. Quel
diſcours ! quel langage ! et dans une telle occaſion, il
parle avec la plus grande ſoumiſſion ; et *Cléopâtre* lui
répond : *Quelle fureur vous poſsède ?* En vérité ces diſcours
ſont-ils dans la nature ?

V. 29. Je tâche avec reſpect à vous faire connaître
Les forces d'un amour que vous avez fait naître.

On a déjà remarqué qu'on ne dit point *les forces* au
pluriel, excepté quand on parle des *forces d'un Etat.*

V. 32. Et quel autre prétexte a fait notre retour ?

Un prétexte qui fait un retour, n'eſt pas français.

V. 37. Qui de nous deux, Madame, eût oſé s'en défendre,
Quand vous nous ordonniez à tous deux d'y prétendre ?

Il me ſemble qu'il n'eſt point du tout intéreſſant de
ſavoir ſi *Cléopâtre* a fait naître elle-même l'amour des deux
frères pour *Rodogune ;* ce n'eſt pas là ce qui doit l'inquiéter ; il doit trembler que *Cléopâtre* n'ait déjà fait
aſſaſſiner *Rodogune* par *Séleucus*, comme elle l'a déjà dit,
ou du moins qu'elle n'emploie le bras de quelque autre.
Cette idée ſi naturelle ne ſe préſente pas ſeulement à lui ;
ç'était la ſeule qui pût inſpirer de la terreur et de la

pitié, et c'eſt la ſeule qui ne vienne pas dans la tête d'*Antiochus*. Il s'amuſe à dire inutilement que les deux frères devaient aimer *Rodogune*; il veut le prouver en forme; il parle de *l'ordre des lois*.

V. 40. Le devoir auprès d'elle eût attaché nos vœux.

Il dit que *le devoir attacha leurs vœux auprès d'elle.* Comment un devoir attache-t-il des vœux? cela n'eſt pas français.

V. 41. Le déſir de régner eût fait la même choſe ;
Et dans l'ordre des lois que la paix nous impoſe,
Nous devions aſpirer à ſa poſſeſſion
Par amour, par devoir, ou par ambition.
Nous avons donc aimé, &c.

Le déſir de régner qui eût fait la même choſe, et les deux princes qui devaient aſpirer à la poſſeſſion de *Rodogune* dans l'ordre des lois, et qui ont donc aimé! Quel langage!

V. 49. Avons-nous dû prévoir une haine cachée,
Que la foi des traités n'avait point arrachée ?

Ce verbe *arracher* exige une prépoſition et un ſubſtantif : on arrache la haine du cœur.

V. 51. Non, mais vous avez dû garder le ſouvenir
Des hontes que pour vous j'avais ſu prévenir.

La *honte* n'a point de pluriel, du moins dans le ſtyle noble.

V. 55. Je croyais que vos cœurs, ſenſibles à ſes coups,
En ſauraient conſerver un généreux courroux.

Je croyais que vos cœurs, ſenſibles à ſes coups, ſe rapporte, par la conſtruction de la phraſe, au courage de *Cléopâtre*, dont il eſt parlé au vers précédent, et par le ſens de la phrase aux coups de *Rodogune*. Et comment retenait-elle ce courroux, quand elle dit qu'elle croyait que leurs cœurs conserveraient un généreux courroux ? pouvait-elle retenir un courroux dont ses deux fils ne lui donnaient aucune marque ? Au reste, je suis toujours étonné que *Cléopâtre* veuille tromper toujours grossièrement des princes qui la connaissent, et qui doivent tant se défier d'elle. Observez surtout que rien n'est si froid que ces discussions dans des scènes où il s'agit d'un grand intérêt.

V. 82. Votre main tremble-t-elle ? y voulez-vous la mienne ?

Cet *y* ne se rapporte à rien.

V. 89. Du moins souvenez-vous qu'elle n'a pris pour armes
Que de faibles soupirs et d'impuissantes larmes.

S'il n'a eu que d'impuissantes larmes, comment *Cléopâtre* a-t-elle pu lui dire, *quelle aveugle fureur vous possède*, comme on l'a déjà remarqué ?

V. 96. Je sens que je suis mère auprès de vos douleurs ;

Cela n'est pas français ; il fallait dire, *vos douleurs me font sentir que je suis mère*. La correction du style est devenue d'une nécessité absolue. On est obligé de tourner quelquefois un vers en plusieurs manières avant de rencontrer la bonne.

V. 99. Rendez grâces aux dieux qui vous ont fait l'aîné :

Je suis encore surpris du peu d'effet que produit ici cette déclaration de la primogéniture d'*Antiochus* ; c'est pourtant le sujet de la pièce, c'est ce qui est annoncé dès les premiers vers, comme la chose la plus importante. Je pense que la raison de l'indifférence avec laquelle on entend cette déclaration, est qu'on ne la croit pas vraie. *Cléopâtre* vient de s'adoucir sans aucune raison ; on pense

que tout ce qu'elle dit eſt feint. Une autre raiſon encore
du peu d'effet de cette déclaration ſi importante, c'eſt
qu'elle eſt noyée dans un amas de petits artifices, de
mauvaiſes raiſons, et ſurtout de mauvais vers. Cela peut
rendre attentif, mais cela ne ſaurait toucher. J'obſerve
que parmi ces défauts l'intérêt de curioſité ſe fait toujours
ſentir; c'eſt ce qui ſoutient la pièce juſqu'au cinquième
acte, dont les grandes beautés, la ſituation unique, et
le terrible tableau, demandent grâce pour tant de fautes,
et l'obtiennent.

V. 109. Oui, je veux couronner une flamme ſi belle.

Une flamme ſi belle, n'eſt pas une raiſon quand il s'agit
d'un trône, il faut d'autres preuves. Le petit compliment
qu'elle fait à *Antiochus* eſt plutôt de la comédie que de
la tragédie.

V. 113. Heureux Antiochus! heureuſe Rodogune!

Il faut que ce prince ait le ſens bien borné, pour n'avoir
aucune défiance, en voyant ſa mère paſſer tout d'un coup
de l'excès de la méchanceté la plus atroce à l'excès de la
bonté! Quoi! après qu'elle ne lui a parlé que d'aſſaſſiner
Rodogune, après avoir voulu lui faire accroire que
Séleucus l'a tuée, après lui avoir dit: Périſſez, périſſez,
elle lui dit que ſes larmes ont de l'intelligence dans ſon
cœur, et *Antiochus* la croit! Non, une telle crédulité n'eſt
pas dans la nature. *Antiochus* n'a jamais dû avoir plus de
défiance, et il n'en témoigne aucune. Il devrait au moins
demander ſi le changement inopiné de ſa mère eſt bien
vrai; il devrait dire: Eſt-il poſſible que vous ſoyez toute
autre en un moment! Serai-je aſſez heureux? &c. Mais
point; il s'écrie tout d'un coup: *O moment fortuné! ô trop
heureuſe fin!* Plus j'y réfléchis, et moins je trouve cette
ſcène naturelle.

SCENE V.

On dit qu'au théâtre on n'aime pas les fcélérats. Il n'y a point de criminelle plus odieufe que *Cléopâtre*, et cependant on fe plaît à la voir ; du moins le parterre, qui n'eft pas toujours compofé de connaiffeurs févères et délicats, s'eft laiffé fubjuguer quand une actrice impofante a joué ce rôle ; elle ennoblit l'horreur de fon caractère par la fierté des traits dont *Corneille* la peint ; on ne lui pardonne pas, mais on attend avec impatience ce qu'elle fera après avoir promis *Rodogune* et le trône à fon fils *Antiochus*. Si *Corneille* a manqué à fon art dans les détails, il a rempli le grand projet de tenir les efprits en fufpens, et d'arranger tellement les événemens, que perfonne ne peut deviner le dénouement de cette tragédie.

V. 5. Je ne veux plus que moi dedans ma confidence.

On a déjà averti qu'il faut *dans* et non pas *dedans*. Mais pourquoi ne veut-elle plus de confidente, et pourquoi s'eft-elle confiée? elle ne le dit pas.

V. 13. Ce n'eft pas tout d'un coup que tant d'orgueil trébuche :

Trébucher n'a jamais été du ftyle noble.

V. 15. Et c'eft mal démêler le cœur d'avec le front,
Que prendre pour fincère un changement fi prompt.

Je crois qu'il eût fallu *diftinguer*, au lieu de *démêler* ; car le cœur et le front ne font point mêlés enfemble. Je ne vois pas pourquoi elle s'applaudit de tromper toujours fa confidente ; doit-elle penfer à elle dans ce moment d'horreur?

SCENE VI.

V. 1. Savez-vous, Séleucus, que je me fuis vengée ? —
Pauvre princeffe, hélas !

Cette réponfe eft infoutenable ; la baffeffe de l'expreffion s'y joint à une indifférence qu'on n'attendait pas
d'un homme amoureux ; on ne parlerait pas ainfi de la
mort d'une perfonne qu'on connaîtrait à peine : il croit
que fa maîtreffe eft affaffinée, et il dit : *Pauvre princeffe !*

V. 3. Quoi, l'aimiez-vous ? — Affez pour regretter fa mort ;

enchérit encore fur cette faute.

V. 26. Les biens que vous m'ôtez n'ont point d'attraits fi doux
Que mon cœur n'ait donnés à ce frère avant vous.

N'ait donnés fe rapporte *aux attraits fi doux* ; mais ce ne
font pas les attraits fi doux qu'il a donnés à fon frère,
ce font *les biens.*

V. 30. C'eft ainfi qu'on déguife un violent dépit,
C'eft ainfi qu'une feinte au-dehors l'affoupit,
Et qu'on croit amufer de fauffes patiences
Ceux dont en l'ame on craint les juftes défiances.

Cléopâtre eft - elle habile ? elle veut trop perfuader à
Séleucus qu'il doit s'affliger ; c'eft lui faire voir qu'en effet
elle veut l'affliger, et l'animer contre fon frère ; mais fes
paroles n'ont pas un fens net. Qu'eft-ce qu'*une feinte* qui
affoupit au-dehors, et de *fauffes patiences* qui *amufent ceux
dont on craint en l'ame des défiances* ? Comment l'auteur
de Cinna a-t-il pu écrire dans un ftyle fi incorrect et fi
peu noble ?

V. 44. Piqué jufques au vif il tâche à le reprendre ;
Il fait de l'infenfible, afin de mieux furprendre ;
D'autant plus animé que ce qu'il a perdu,
Par rang ou par mérite, à fa flamme était dû.

Tout

Tout cela eft très-mal exprimé, et eft d'un ftyle familier et bas. *Une chofe due par rang*, n'eft pas français.

Le refte de la fcène eft plus naturel et mieux écrit; mais *Séleucus* ne dit rien qui doive faire prendre à fa mère la réfolution de l'affaffiner. Un fi grand crime doit au moins être néceffaire. Pourquoi *Séleucus* ne prend-il pas des mefures contre fa mère, comme il l'avait propofé à *Antiochus*? En ce cas *Cléopâtre* aurait quelque raifon qui femblerait colorer fes crimes.

SCENE VII.

V. 1. . . . De quel malheur fuis-je encore capable?

On eft capable d'une réfolution, d'une action vertueufe ou criminelle. On n'eft point capable d'un malheur.

V. 8. Peux-tu n'en prendre qu'un, et m'ôter tous les deux!

Elle veut dire, *en n'en prenant qu'un*, car *Rodogune* ne pouvait pas prendre deux maris. Cette antithèfe, *en prendre un, et en ôter deux*, eft recherchée. J'ai déjà remarqué que l'antithèfe eft trop familière à la poëfie françaife; ce pourrait bien être la faute de la langue, qui n'a point le nombre et l'harmonie de la latine et de la grecque; c'eft encore plus notre faute; nous ne travaillons pas affez nos vers, nous n'avons pas affez d'attention au choix des paroles, nous ne luttons pas affez contre les difficultés.

V. 16. J'ai commencé par lui, j'acheverai par eux.

Je ne fais fi on fera de mon fentiment, mais je ne vois aucune néceffité preffante, qui puiffe forcer *Cléopâtre* à fe défaire de fes deux enfans. *Antiochus* eft doux et foumis; *Séleucus* ne l'a point menacée. J'avoue que fon atrocité me révolte; et quelque méchant que foit le genre-humain,

Comment. fur Corneille. Tome I.   Oo

je ne crois pas qu'une telle réfolution foit dans la nature. Si fes deux enfans avaient comploté de la faire enfermer, comme ils le devaient, peut-être la fureur pouvait rendre *Cléopâtre* un peu excufable ; mais une femme, qui de fang froid fe réfout à affaffiner un de fes fils et à empoifonner l'autre , n'eft pour moi qu'un monftre qui me dégoûte. Cela eft plus atroce que tragique. Il faut toujours, à mon avis, qu'un grand crime ait quelque chofe d'excufable.

ACTE CINQUIEME.

SCENE PREMIERE.

Vers 1. Enfin, grâces aux dieux, j'ai moins d'un ennemi, &c.
Il n'eſt point de ſerpent, ni de monſtre odieux
Qui, par l'art imité, ne puiſſe plaire aux yeux.

Il faut bien que cela ſoit ainſi, puiſque le public écoute encore, non ſans plaiſir, ce monologue. Je ne puis trahir ma penſée, juſqu'à déguiſer la peine qu'il me fait. Je trouve ſur-tout cette exclamation, *grâces aux dieux*, auſſi déplacée qu'horrible ; *grâces aux dieux, je viens d'égorger mon fils de qui je n'avais nul ſujet de me plaindre ;* mais enfin je conçois que cette déteſtable fermeté de *Cléopâtre* peut attacher, et ſur-tout qu'on eſt très-curieux de ſavoir comment *Cléopâtre* réuſſira ou ſuccombera ; c'eſt-là ce qui fait, à mon avis, le grand mérite de cette pièce.

V. 3. Son ombre, en attendant Rodogune et ſon frère,
Peut déjà de ma part les promettre à ſon père :

De ma part eſt une expreſſion familière ; mais ainſi placée, elle devient fière et tragique ; c'eſt-là le grand art de la diction. Il ferait à ſouhaiter que *Corneille* l'eût employé ſouvent ; mais il ferait à ſouhaiter auſſi que la rage de *Cléopâtre* pût avoir quelque excuſe, au moins apparente.

V. 11. Poiſon, me ſauras-tu rendre mon diadème ?

J'avoue encore que je n'aime point cette apoſtrophe au *poiſon*. On ne parle point à un *poiſon ;* c'eſt une déclamation de rhéteur : une reine ne s'aviſe guère de prodiguer ces figures recherchées. Vous ne trouverez point de ces apoſtrophes dans *Racine*.

V. 13. . . . . Et toi, que me veux-tu,
Ridicule retour d'une fotte vertu ?

n'eft pas de même ; rien n'eft plus bas , ni même plus mal placé. *Cléopâtre* n'a point de vertu ; fon ame exécrable n'a pas héfité un inftant. Ce mot *fotte* doit être évité.

V. 15. Tendreffe dangereufe autant comme importune , &c.

Autant comme n'eft pas français ; on l'a déjà obfervé ailleurs.

V. 28. Il faut ou condamner ou couronner fa haine.

Ces fentences , au moins , doivent être claires et fortes : mais ici le mot de *haine* eft faible , et *couronner fa haine* ne donne pas une idée nette.

V. 33. Trône , à t'abandonner je ne puis confentir.
Par un coup de tonnerre il vaut mieux en fortir ;
Il vaut mieux mériter le fort le plus étrange.
Tombe fur moi le ciel pourvu que je me venge !

Il vaut mieux mériter , &c. Il eft bien plus étrange qu'un vers fi oifeux et fi faible fe trouve entre deux vers fi beaux et fi forts. Plaignons la ftérilité de nos rimes dans le genre noble ; nous n'en avons qu'un très-petit nombre, et l'embarras de trouver une rime convenable fait fou-vent beaucoup de tort au génie ; mais auffi , quand cette difficulté eft toujours furmontée , le génie alors brille dans toute fa perfection.

V. 36. Tombe fur moi le ciel pourvu que je me venge !

On fait bien que le ciel ne peut tomber fur une perfonne ; mais cette idée , quoique très-fauffe , était reçue du vulgaire ; elle exprime toute la fureur de *Cléopâtre*, elle fait frémir.

V. 41. Mais voici Laonice, il faut diffimuler...

Ces avertiffemens au parterre ne font plus permis ; on s'eft aperçu qu'il y a très-peu d'art à dire, *je vais agir avec art.* On doit affez s'appercevoir que *Cléopâtre* diffimule, fans qu'elle dife, *je vais diffimuler.*

SCENE II.

V. 1. Viennent-ils, nos amans ? — Ils approchent, Madame ;
On lit deffus leur front l'allégreffe de l'ame ; &c.

Cette defcription que fait *Laonice*, toute fimple qu'elle eft, me paraît un grand coup de l'art ; elle intéreffe pour les deux époux ; c'eft un beau contrafte avec la rage de *Cléopâtre.* Ce moment excite la crainte et la pitié, et voilà la vraie tragédie.

V. 6. Ils viennent prendre ici la coupe nuptiale, ...
Par les mains du grand-prêtre être unis à jamais ;

On fent affez la dureté de ces fons, *grand-prêtre être ;* il eft aifé de fubftituer le mot de *pontife.*

V. 10. Le peuple tout ravi par fes vœux les devance ;

eft un peu trop du ftyle de la comédie. Il ne faut pas croire que ces petites négligences puiffent diminuer en rien le grand intérêt de cette fituation, la majefté du fpectacle, et la beauté de prefque tout ce cinquième acte, confidéré en lui-même, indépendamment des quatre premiers.

V. 15. Les Parthes à la foule aux Syriens mêlés,

Il faut *en foule.*

V. 16. Tous nos vieux différens de leur ame exilés,
Font leur fuite affez groffe, et d'une voix commune
Béniffent à la fois le prince et Rodogune.

Il femble par la phrafe que ces différens foient de la fuite.

SCENE III.

***V.* 1.** Approchez, mes enfans, car l'amour maternelle,
Madame, dans mon cœur vous tient déjà pour telle;

Quoi ! après avoir demandé, il y a deux heures, la tête de *Rodogune*, elle leur parle d'*amour maternelle;* cela n'eft-il pas trop outré ? *Rodogune* ne peut-elle pas regarder ce mot comme une ironie ? Il n'y a point de réconciliation formelle, les deux princeffes ne fe font point vues.

***V.* 27.** Prêtez les yeux au refte,

Pourquoi dit-on *prêter l'oreille*, et que *prêter les yeux* n'eft pas français ? N'eft-ce point qu'on peut s'empêcher à toute force d'entendre, en détournant ailleurs fon attention ; et qu'on ne peut s'empêcher de voir, quand on a les yeux ouverts ?

SCENE VI.

***V.* 14.** Immobile, et rêveur en malheureux amant....

On eft fâché de cette abfurdité de *Timagène*, qui jetterait quelque ridicule fur cet événement terrible, s'il était poffible d'en jeter. Peut-on dire d'un prince affaffiné qu'il eft *rêveur en malheureux amant fur un lit de gazon?* Le moment eft preffant et horrible. *Séleucus* peut avoir un refte de vie, on peut le fecourir ; et *Timagène* s'amufe à repréfenter un prince affaffiné et baigné dans fon fang, comme un berger de l'Aftréc, rêvant à fa maîtreffe fur une couche verte.

***V.* 15.** Enfin que fefait-il ? Achevez promptement.

Enfin que fefait ce malheureux amant rêveur ? Monfieur, il était mort. C'eft une efpéce d'arlequinade. Si un auteur hafardait aujourd'hui fur le théâtre une telle incongruité, comme on se récrierait! comme on sifflerait! sur-tout si l'auteur était mal voulu; cela seul serait capable de faire tomber une pièce nouvelle. Mais le grand intérêt qui régne dans ce dernier acte si différent du reste, la terreur de cette situation, et le grand nom de *Corneille*, couvrent ici tous les défauts.

V. 25. La tienne est donc coupable, et ta rage insolente...
  L'ayant assassiné le fait encor parler.

Je ne sais s'il est bien adroit à *Cléopâtre* d'accuser sur le champ *Timagène*; mais comme elle craint d'être accusée, elle se hâte de faire retomber le soupçon sur un autre, quelque peu vraisemblable que soit ce soupçon. D'ailleurs son trouble est une excuse.

On peut remarquer que quand *Timagène* dit que *Séleucus* a parlé en mourant, la reine lui répond : C'est donc toi qui l'as tué. Ce n'est pas une conséquence : *il a parlé*, donc *tu l'as tué*.

V. 31. J'en ferais autant qu'elle à vous connaître moins.

Cet *à* n'est pas français; il faut, *si je vous connaissais moins*; mais pourquoi soupçonnerait-il *Timagène*? ne devrait-il pas plutôt soupçonner *Cléopâtre* qu'il sait être capable de tout?

V. 40. *Une main qui nous fut bien chère,*
  Vengé ainsi le refus d'un coup trop inhumain, &c.

Plusieurs critiques ont trouvé qu'il n'est pas naturel que *Séleucus* en mourant ait prononcé quatre vers entiers sans nommer sa mère; ils disent que cet artifice est trop ajusté au théâtre : ils prétendent que s'il a été frappé à la poitrine par sa mère, il devait se défendre; qu'un prince ne se laisse pas tuer ainsi par une femme; et que s'il a été assassiné par un autre, envoyé par sa mère, il ne doit pas dire que c'est *une main chère*; qu'enfin *Antiochus*, au récit de cette aventure, devrait courir sur le lieu. C'est au lecteur à pefer la valeur de toutes ces critiques. La dernière critique fur-tout ne fouffre point de réponfe. *Antiochus* aimait tendrement fon frère. Ce frère eft affaffiné, et *Antiochus* achève tranquillement la cérémonie de fon mariage. Rien n'eft moins naturel et plus révoltant. Son premier foin doit être de courir fur le lieu, de voir fi en effet fon frère eft mort, fi on peut lui donner quelque fecours; mais le parterre s'aperçoit à peine de cette invraifemblance; il eft impatient de favoir comment *Cléopâtre* fe juftifiera.

V. 67. Eft-ce vous déformais dont je dois me garder?

Cette fituation eft fans doute des plus théâtrales, elle ne permet pas aux fpectateurs de refpirer. Quelques perfonnes plus difficiles peuvent trouver mauvais qu'*Antiochus* foupçonne *Rodogune* qu'il adore, et qui n'avait affurément aucun intérêt à tuer *Séleucus*. D'ailleurs, quand l'aurait-elle affaffiné? On fefait les préparatifs de la cérémonie; *Rodogune* devait être accompagnée d'une nombreufe cour; l'ambaffadeur *Oronte* ne l'a pas fans doute quittée; fon amant était auprès d'elle. Une princeffe qu'on va marier fe dérobe-t-elle à tout ce qui l'entoure? fort-elle feule du palais pour aller au bout d'une allée fombre affaffiner fon beau-frère, auquel elle ne penfe feulement pas? Il eft très-beau qu'*Antiochus* puiffe balancer entre fa maîtreffe et fa mère; mais malheureufement on ne pouvait guère amener cette belle fituation qu'aux dépens de la vraifemblance.

Le fuccès prodigieux de cette fcène eft une grande réponfe à tous ces critiques, qui difent à un auteur: Ceci n'eft pas affez fondé, cela n'eft pas affez préparé. L'auteur répond: J'ai touché, j'ai enlevé le public; l'auteur a raifon, tant que le public applaudit. Il eft pourtant infiniment mieux de s'aftreindre à la plus exacte vraifemfemblance; par-là on plaît toujours, non-feulement au public affemblé, qui fent plus qu'il ne raifonne, mais aux critiques éclairés qui jugent dans le cabinet : c'eſt même le ſeul moyen de conſerver une réputation pure dans la poſtérité.

V. 80. Nous avons mal ſervi vos haines mutuelles ,
　　　　Aux jours l'une de l'autre également cruelles;

Des haines cruelles aux jours l'une de l'autre; cela n'eſt pas françaiſ.

V. 92. Puis-je vivre et traîner cette gêne éternelle ?

On ne traîne point une gêne. Mais le diſcours d'*Antiochus* eſt ſi beau que cette légère faute n'eſt pas ſenſible.

V. 97. Tirez-moi de ce trouble, ou ſouffrez que je meure;
　　　　Et que mon déplaiſir , par un coup généreux ,
　　　　Epargne un parricide à l'une de vous deux.

Il faudrait *déſeſpoir* plutôt que *déplaiſir.*

V. 112. Elle a ſoif de mon ſang ; elle a voulu l'épandre.

Epandre était un terme heureux qu'on employait au beſoin au lieu de *répandre*; ce mot a vieilli.

V. 115. Sur la foi de ſes pleurs je n'ai rien craint de vous ,

Ce plaidoyer de *Cléopâtre* n'eſt pas ſans adreſſe; mais ce vain artifice doit être ſenti par *Antiochus* , qui ne peut, en aucune façon , ſoupçonner *Rodogune.*

V. 131. Si vous n'avez un charme à vous juſtifier.

cela n'eſt pas français , et ce dernier vers ne finit pas heureuſement une ſi belle tirade.

V. 132. Je me défendrai mal. L'innocence étonnée
　　　　Ne peut s'imaginer qu'elle ſoit ſoupçonnée ; &c.

On n'a rien à dire ſur ces deux plaidoyers de *Cléopâtre* et de *Rodogune.* Ces deux princeſſes parlent toutes deux comme elles doivent parler. La réponse de *Rodogune* est beaucoup plus forte que le discours de *Cléopâtre*, et elle doit l'être. Il n'y a rien à y répliquer ; elle porte la conviction ; et *Antiochus* devrait en être tellement frappé, qu'il ne devrait peut-être pas dire : *Non, je n'écoute rien ;* car comment ne pas écouter de si bonnes raisons ? Mais j'ose dire que le parti que prend *Antiochus* est infiniment plus théâtral que s'il était simplement raisonnable.

V. 174. Heureux, si sa fureur, qui me prive de toi,
    Se fait bientôt connaître, en achevant sur moi ! &c.

En achevant sur moi dépare un peu ce morceau qui est très-beau. *Achevant* demande absolument un régime. *Tout lieu de me surprendre* est trop faible ; *réduire en poudre*, trop commun.

V. 189. Faites-en faire essai par quelque domestique.

Apparemment que les princesses syriennes faisaient peu de cas de leurs domestiques ; mais c'est une réflexion que personne ne peut faire dans l'agitation où l'on est, et dans l'attente du dénouement.

L'action qui termine cette scène fait frémir, c'est le tragique porté au comble. On est seulement étonné que dans les complimens d'*Antiochus* et de l'ambassadeur qui terminent la pièce, *Antiochus* ne dise pas un mot de son frère qu'il aimait si tendrement. Le rôle terrible de *Cléopâtre* et le cinquième acte feront toujours réussir cette pièce.

V. 196. Et soit amour pour moi, soit adresse pour elle,
    Ce soin là fait paraître un peu moins criminelle.

Soit adresse pour elle n'est pas français ; on ne peut dire, j'ai de l'adresse pour moi ; il fallait peut-être dire : *soit intérêt pour elle.*

V. 212. Mais j'ai cette douceur dedans cette disgrâce,
    De ne voir point régner ma rivale en ma place.

Disgrâce paraît un peu trop faible dans une aventure si

effroyable ; voilà ce que la néceffité de la rime entraîne ;
dans ces occafions il faut changer les deux rimes.

*V.*214. Je n'aimais que le trône , et de fon droit douteux
    J'efpérais faire un don fatal à tous les deux ,
    Détruire l'un par l'autre , et régner en Syrie ,
    Plutôt par vos fureurs que par ma barbarie.
    Ton frère , avecque toi trop fortement uni ,
    Ne m'a point écoutée et je l'en ai puni ;
    J'ai cru par le poifon en faire autant du refte ,
    Mais fa force trop prompte à moi feule eft funefte.

Ces vers ne fe trouvent aujourd'hui dans aucune
édition connue. *Corneille* les fupprima avec grande raifon.
Une femme empoifonnée et mourante n'a pas le temps
d'entrer dans ces détails ; et une femme auffi forcenée que
Cléopâtre ne rend point compte ainfi à fes ennemis. Les
comédiens de Paris ont rétabli ces vers, pour avoir le mérite
de réciter quelques vers que perfonne ne connaiffait. La
fingularité les a plus déterminés que le goût. Ils fe
donnent trop de licence de fupprimer et d'allonger des
morceaux qu'on doit laiffer comme ils étaient.

On trouvera peut-être que j'ai examiné cette pièce
avec des yeux trop févères. Mais ma réponfe fera toujours que je n'ai entrepris ce commentaire que pour
être utile ; que mon deffein n'a pas été de donner de
vaines louanges à un mort qui n'en a pas befoin , et à
qui je donne d'ailleurs tous les éloges qui lui font dus ;
qu'il faut éclairer les artiftes , et non les tromper ; que je
n'ai pas cherché malignement à trouver des défauts ;
que j'ai examiné chaque pièce avec la plus grande attention ; que j'ai très-fouvent confulté des hommes d'efprit
et de goût , et que je n'ai dit que ce qui m'a paru la
vérité. Admirons le génie mâle et fécond de *Corneille ;*
mais pour la perfection de l'art , connaiffons fes fautes
ainfi que fes beautés.

SCENE DERNIERE.

V. 1. Dans les juftes rigueurs d'un fort fi déplorable,
Seigneur, le jufte ciel vous eft bien favorable. &c.

L'ambaffadeur *Oronte* n'a joué dans toute la pièce qu'un rôle infipide; et il finit l'acte le plus tragique, par les plus froids complimens.

Fin du Tome premier.

TABLE

DES PIECES

CONTENUES DANS CE VOLUME.

Fin de la Table du tome premier.

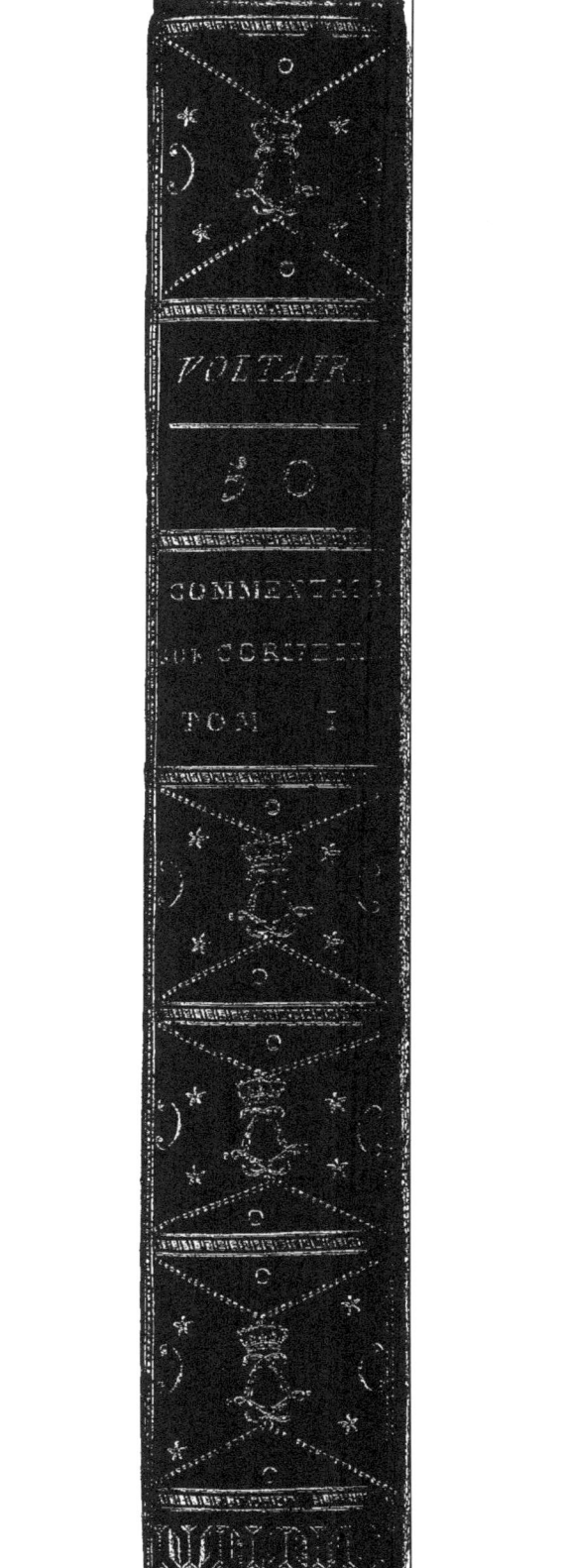